Escoffier

요리의 거장 에스코피에

미셸 갈 지음 | 김도연 옮김

지은이 미셸 갈 1932년에 태어났으며, 프랑스 메스와 파리에서 학업을 마쳤다. 화가이자 아방가르드 영화 작가이기도 한 그는 〈엑스프레스〉, 〈탕 드 파리〉, 〈엘르〉 지에서 기자 생활을 했고, 〈마리 클레르〉와 〈파리 마치〉에서 부편집장을 역임했다. 그는 미국에서 험프리 리처드슨이라는 필명으로 작품 활동을 했는데, 저명한 비평가이자 작가인 고어 비달은 그를 가리켜 "1950년대의 가장 뛰어난 작가 중 한 사람"이라고 말했다. 작품으로는 《율리시스의 대항해》, 《천일야화의 비밀》, 《큐피트와 푸시케》, 《아름다운 메그의 삶》 등이 있다. 현재 프랑스 남부 코트 다쥐르에서 살고 있다.

옮긴이 김도연 한국외국어대학교 불어과와 동대학원 불어과 석사 과정을 졸업했다. 파리 13대학 언어학 D.E.A.(기초박사)를 취득하였고, 파리 13대학 언어학 박사 과정에서 '광고 담화 분석'에 관한 주제로 연구하였다. 아동 그림책 《사랑해 별똥별아》, 《아빠의 하루》, 《카멜레아의 마술옷》 등을 번역했다. 현재는 번역과 함께, 프랑스의 책들을 국내에 소개하는 일을 하고 있다.

요리의 거장 에스코피에

미셸 갈 지음 | 김도연 옮김

초판 1쇄 인쇄 2005. 7. 1. 초판 1쇄 발행 2005. 7. 5.
발행인 | 고용석 발행처 | 다우출판사 편집 | 남미은, 박현혜
등록번호 | 제03-01192호 등록일자 | 1999. 7. 15.
서울시 용산구 청파2가 71-14 3층 대표전화 | 02-701-3443
팩스 | 02-701-3442 E-mail | onbook@korea.com/yesbook@chollian.net

ISBN 89-88964-31-4 03810

Escoffier

요리의 거장 에스코피에

미셸 갈 지음 | 김도연 옮김

Publishing
다우

✣ 옮긴이 서문

위대한 사람들에게 공통적인 특징이 하나 있다면, 그건 그들의 가슴속에 커다란 꿈이 들어 있다는 것이다. 그들은 현실에 안주하여 단조롭고 편안한 삶을 누리는 대신 더 넓은 세계를 향해 기꺼이 한발 한발 내딛는다. 그들은 장애가 닥칠 때마다 주저앉아 울거나 한탄하고 낙담하는 대신, 그 고통을 발판삼아 한층 더 아름다운 도전을 시도한다.

그건 자신에 대한 엄격한 관리와 더불어 편하고 쉬운 길로 가려는 유혹을 뿌리치고, 남들이 가지 않는 미지의 길로 두려움 없이 들어섬으로써 가능한 일이다.

이 책은 바로 그 위대한 사람 중 한 명이었던 오귀스트 에스코피에의 삶을 말한다. 가난한 대장장이의 아들로 태어나 요리의 길로 들어선 에스코피에는 결국 자신에게 주어진 길을 화려한 영광의 길로 바꾸고, 세계의 요리 역사에 그 족적을 남겼다.

후끈거리는 부엌에서 눈물을 삼키며 일하던 소년이 '왕들의 요리사, 요리사의 황제' 라는 가슴 벅찬 칭호를 받기까지 그 얼마나 많은 수고와 고뇌가 뒤따랐을 것인가. 13세에 요리에 입문해, 89세의 나이로 영면할 때까지 70여 년의 긴 세월을 한눈 한번 팔지 않고 오로지 한길만을 걸어온 에스코피에.

그에게 요리란 단순히 끼니를 때우는 수단이 아닌, 사람의 마음을 움직이고 감동시키는 하나의 예술 작품이었다. 그의 요리에는 예술가로 살고자 했던 에스코피에의 창조적인 발상과 미적 감각, 타인에게 유익한 존재가 되기 원했던 세심한 배려, 그리고 모험가로 살고자 했던 뜨거운 열정과 도전 정신이 빛나는 훈장처럼 살아 있었다.

화려하고 낭만적인 19세기 말과 20세기 초반의 유럽을 배경으로 자신의 재능을 아낌없이 쏟아부었던 에스코피에. 그는 그 시대의 인물들에게 자신의 요리를 바침으로써 그들의 이름과 함께, 자신의 요리 작품도 불사(不死)하는 길을 택했다. 외제니 황후, 사라 베르나르, 넬리 멜바, 아델리나 파티… 고혹적인 매력이 넘치는 당대의 인물들이 에스코피에의 우아한 요리 예술과 함께 그 이름을 영원히 남기게 되었다.

건강하게 잘 사는 법? 그건 복잡함을 피하고 단순하게 사는 것이다. 신선한 재료로 본래의 맛을 살리는 것. 그것이 요새 유행하는 '웰빙 푸드'의 제조 핵심이라면, 에스코피에는 그 옛날, 예술적 이상을 까다롭게 추구했음에도, 날아갈 듯 가볍고 신선하며 간결한 요리를 강조함으로써 현대판 웰빙 푸드를 지향했다. '웰빙'이란 말이 잘 먹고 잘 사는 것. 그것도 더불어 잘 사는 것을 의미하는 말이라면, 에스코피에는 다른 사람들의 권익을 위해 투쟁하고, 노동 조건을 개선하기 위해 끊임없이 노력했던 '웰빙'의 기수이기도 했다.

어떻게 살아야 할 것인가. 한 사람의 삶이 뜻밖의 선물처럼 다른 이에게 감동과 놀라움과 기쁨이 될 수 있다면, 그리고 스스로 후회하지 않고 생을 마감한다면, 그 삶은 이미 그 자체로 빛나게 될 것이다. 우리 앞에 어떤 인생의 상이 차려질지 확신할 수 있는 사람은 아무도 없다. 그 상이 성찬이 될지, 초라한 밥상이 될지… 그러나 한 가지 확실한 것은 그 상에 올라갈 음식을 정하는 사람은 바로 우리 자신이며, 올라온 음식들을 나누는 것도 우리 자신이라는 것이다.

맛있는 요리. 봄직도 하고 먹음직도 한 그 달콤한 유혹 앞에서 이제, 우리는 천재적인 요리사 에스코피에를 떠올리고, 또 우리의 인생을 반추해보게 되지 않을까.

[일러두기]

1. 본문 하단의 각주는 옮긴이가 독자의 이해를 돕기 위해 붙인 것으로, 그 내용은 '르 프티 로베르' 고유명사 사전과 브리태니커 사전, 그외 여러 자료들을 참고하였다. 저자가 본문에 괄호로 처리한 내용은 원문 그대로 본문 안에서 번역하였다.
2. 인명과 지명, 도서명, 호텔 및 레스토랑명, 요리명 등은 원칙적으로 외래어 표기법에 따르되, 국립국어원에서 펴낸 표준국어대사전과 브리태니커 사전을 참고로 표기하였다. 이러한 용어들에 대한 원문은 '찾아보기'에 병기해두었다.
3. 레스토랑명, 호텔명 등은 가급적 원어 그대로 표기하려고 했으며, 요리명의 경우 독자의 이해를 돕기 위해 한국어로 뜻이 통하게 번역하는 것을 원칙으로 하되, 요리명 중에 고유명사(인명, 지명)가 들어가 있거나, 우리나라에 이미 원어로 알려져 있는 음식이나 재료의 경우, 원어식대로 표기하였다.
4. 본문에 나오는 도서명은 겹꺾쇠(《 》)로, 신문이나 잡지 등의 정기간행물명은 홑꺾쇠(〈 〉)로, 영화나 오페라, 노래 제목, 요리명 등은 작은 따옴표(' ')로 묶었다.

차례

소피에게

1부

대장장이의 꿈(1846-1865)

꿈은 생각의 휴일.

— 아미엘(아미엘 일기 중에서)

Escoffier

타오르는 불

오귀스트는 녹색 올리브가 담긴 통 위에 앉아 작렬하는 잉걸불을 오래도록 바라보고 있었다. 형형색색으로 타오르는 불길에서 오귀스트는 눈을 뗄 수가 없었다. 오렌지색과 붉은 석류색, 은은한 상아색의 불길이 제멋대로 춤을 추는가 하면, 투명하거나 간유리처럼 불투명한 불꽃들이 앞다투어 오르내렸다. 이 불길들은 꺼진 것인지 아니면 갑자기 되살아난 것인지 모르는 검은 찌꺼기들과 끊임없이 뒤섞이며 더욱더 새하얗게 타들어갔다. 잉걸불은 하나의 작은 우주였다. 이 속에는 모든 것이 다 들어 있었다. 오귀스트는 추함과 기쁨, 선함과 악의, 그리고 환상의 세계가 이 불 속에 들어 있다고 상상하곤 했다. 그는 불을 친구처럼 여겼다. 오귀스트는 만약 화재가 난 집을 보고 자신이 공포를 느낀다면, 집을 집어삼킨 그 화마가 아버지의 대장간에서 타오르는 '길들여진 불' 과는 다른 종류의 것이기 때문이라고 생각했다.

장 밥티스트 에스코피에는 한겨울에 집을 따뜻하게 해주

고, 음식을 익히며, 1856년 그해에 자신에게 대장장이 직업을 갖게 해준 우주의 한 원소에 매료된 아들의 관심을 북돋아주었다. 오귀스트의 아버지, 장 밥티스트 역시 불을 좋아했다. 장 밥티스트는 아들에게 프로메테우스의 신화를 즐겨 이야기해주곤 했다. 프로메테우스가 사람들에게 불을 가져다주기 위해 불카누스[1]의 대장간에서 불을 훔쳐 회향목(茴香木) 줄기 속에 숨겼다는 이야기로 시작되는 신화였다.

"그런데 그것 말고 또 다른 전설들도 있단다." 아버지가 말했다. "어느 날 굴뚝새 한 마리가 하늘의 불(le feu du firmament)[2]을 가져오느라 깃털이 몽땅 빠졌어. 그러자 이 굴뚝새를 불쌍히 여긴 다른 새들이 각자의 깃털을 한 개씩 주었단다. 굴뚝새 깃털이 얼룩덜룩한 것은 그 때문이야. 그런데 어떤 울새가 굴뚝새를 찾으러 지옥에 갔단다. 그런데 불타는 열쇠구멍 속을 통과하다가 그만 온몸이 벌겋게 되었지……."

오귀스트의 아버지는 범부(凡夫)가 아니었다. 그는 네발 달린 짐승들의 편자와 농기구, 그리고 자물쇠에 대해 모르는 게 없었다. 자물쇠란 자고로 비밀을 감춘 신비하고도 상징적인 예술이며, 보호와 해방의 상징 아니던가. 농부들은 하늘과 땅을 가른, 서두르는 법이 없으면서도 대담무쌍한 대지의 여신에게 알랑거렸지만, 오귀스트의 아버지인 이 대장장이는 속

---

1) 불을 주관하는 로마의 신.

2) '별' 이라는 뜻으로도 해석할 수 있다.

도와 효율의 신을 섬겼다. 오귀스트는 아버지한테 가죽옷을 빌려 입고, 내뿜는 연기 속에 두 발을 굳게 디딘 채 힘차게 풀무질을 했다. 벌겋게 타오르는 불길에 번뜩이는 오귀스트의 얼굴과 몸통이 무섭게 일그러져 보였다. 이 인물이 바로 위풍당당한 신화 속 주인공이 될 사람이었다.

오귀스트의 아버지는 교육에도 열성적이었다. 오귀스트가 살던 '빌뇌브-루베' 에는 교사가 없었기 때문에 장 밥티스트는 저녁마다 동네 아이들에게 읽기와 쓰기, 셈하기를 가르쳤다. 그는 아들의 교육을 위하여 대부분의 시간 동안 사투리보다는 표준말을 썼다.

"불을 장악하고 쓸 줄 아는 것보다 더 고귀한 일이 있을 수 있을까?" 장 밥티스트가 아들에게 물었다. "그리스 사람들에게 가장 친근한 신은 아마도 헤파이스토스[3]였을 것 같구나."

불은 위험하기도 했지만 동시에 인간의 동반자이기도 했다. 오귀스트는 늘 불을 사랑했고, 또 두려워했다. 불은 오귀스트의 첫사랑이었다.

예술가를 꿈꾸는 소년

오귀스트는 '빌뇌브-루베' 라는 동네에 살았다. 이 마을은

3) 그리스 신화에서 불의 신이자 대장장이의 신.

말똥가리나 솔개의 비행거리를 기준으로 측정할 때 니스에서 10여 킬로미터 정도 떨어져 있었고, '늑대'라는 별칭을 지닌 강급이 위로 불쑥 솟아 있는 것처럼 보였다. 생경하게 우뚝 서 있는 중세 시대의 거대한 성곽 발치에는 마을의 허름한 집들이 층층이 늘어서 있었다.

아버지는 담배를 재배해서 항구 도시인 앙티브에 정기적으로 내다 팔기도 했다. 그는 등에 담배를 한 짐 짊어지고 오귀스트를 대동하여 앙티브까지 걸어가곤 했다. 오귀스트도 자기 체격에 맞는 짐을 짊어지고 아버지를 따라다녔다.

"담배의 질이 좋은지 알려면 말이야, 후각을 발달시켜야 한단다. 요즘엔 후각이 점점 퇴화하고 있거든. 미국 인디언들은 냄새를 맡고 사람을 뒤쫓을 수가 있어. 솔개와 말똥가리들은 짐승의 썩은 시체 냄새를 맡고 수십 킬로미터를 날아갈 수가 있지. 눈에 보이는 것으로 사물을 인식하려 들지 말고, 냄새로 사물을 파악하고 분류해보도록 하거라."

현대판 불카누스가 버들가지로 광주리를 만들면서 아들에게 얘기했다.

"어떻게 하면 그렇게 될 수 있지요?"

"들판에 나가서 향나무나 소나무 가까이 다가가거라. 그리고 그 향기에 빠져드는 거야. 눈을 감고 열댓 발자국을 걸은 후 너 자신의 후각에만 의지해서 네가 선택한 나무 발치로 되돌아오는 거야. 틀리지 않을 때까지 계속 연습하면 된다."

어린 소년은 이런 식으로 식물의 향을 구분하는 법을 배웠다. 담뱃잎은 줄기의 윗부분에서 딴 것이 상품(上品)인데, 오귀스트는 담배 잎사귀의 냄새만으로도 그것이 줄기의 어느 부분에서 따낸 것인지 알 수 있었다. 아버지의 가르침 덕분에 오귀스트는 훌륭한 후각을 가지게 된 것이다.

오귀스트는 또한 풍부한 의학 지식을 갖추고 있었다. 사실 아버지 장 밥티스트는 불이나 담배식물과 교감을 나누었을 뿐 아니라 말(馬)들과도 이야기를 나누었다. 왜냐하면 그 시절에는 대장장이가 수의사를 대신하곤 했기 때문이다. 편자를 박기 위해서는 네발 짐승의 다리를 구부리는 법을 알아야만 하고, 힘줄이 가장 적은 부분을 구분해내야 하며, 편자를 박을 때 근육의 긴장 상태에 따라 짐승이 어떻게 행동할지 그 반응을 예측할 수 있어야 했다. 또한 이 짐승에게 신뢰를 주거나, 짐승을 굴복시키기 위해서는 그 눈을 똑바로 쳐다보아야 하고, 짐승이 건강한 상태인지 아픈 상태인지도 바로 알 수 있어야 한다.

오귀스트는 말들의 흥분을 가라앉히는 법을 배웠고, 말이 편자로 인해 고통스러워할 때 부드러운 언어나 마사지로 진정시키는 법을 배웠다. 편자를 박은 후 오귀스트는 꿀을 한 줌씩 먹여가며 말들을 진정시켰다. 그리고 처음에는 눈치채지 못하게 말고삐를 살살 조이다가 점점 힘을 주어 잡아당기면서 "자, 자, 착하지, 바르텔레미"라고 속삭이곤 했다.

"사람들은 불을 길들이는 것처럼 말을 길들이지." 아버지는 오귀스트에게 이렇게 말해주었다.

새로운 편자를 박고 고통을 견디지 못하는 어떤 말들은 다리를 조금씩 절기 시작한다. 이들을 진정시키고 돌봐주는 일은 오귀스트의 몫이었다. 그는 적절한 단어들을 찾아 흥분한 말들을 능숙하게 진정시키고 쓰다듬어주었다.

오귀스트는 아주 학구적인 소년이었다. 그는 프랑스어를 완벽하게 구사하기 위해서 무려 세 명이나 되는 선생님들을 쫓아다녔다. 주임 신부님, 대장장이 견습생으로 프랑스 전국일주를 했던 할아버지, 그리고 평생의 스승인 아버지가 오귀스트에게 프랑스어 선생님이 되어주었다.

부친의 가업을 이어받은 오귀스트의 아버지는 빌뇌브-루베에 정착했다. 장 밥티스트는 비용 문제 때문에 아들을 직공(職工)으로 쓸 수가 없었다. 그것은 참 안된 일이었다. 왜냐하면 아들의 적성에 대장장이 직업이 잘 맞는 것처럼 보였기 때문이다. 사실 오귀스트는 빅토르 삼촌처럼 금속공예가가 되고 싶었다.

삼촌은 망치로 두드려서 소용돌이 장식을 만들기 전에 종이 위에 스케치하는 법을 가르쳐주었다.

"제품의 완성도는 밑그림이 얼마나 잘되었느냐에 달렸단다." 삼촌은 오귀스트에게 제품을 만드는 것만으로는 만족할 수 없는 세계, 즉 연구가 우선이 되는 세계를 열어준 것이다.

그러나 자신의 견습생으로 오귀스트를 쓰고 싶어했던 빅토르 삼촌은 군대에 동원되어 러시아 세바스토폴로 간 후 콜레라에 감염되어 이스탄불에서 사망하고 말았다.

오귀스트에게는 빅토르 말고도 네 명의 삼촌이 더 있었는데, 그들은 숙박업을 하거나 레스토랑을 경영하고 있었다. 1859년, 열세 살이 된 소년은 삼촌 중 한 분이 경영하는 '프랑세 레스토랑' 에 들어갔다. 이 레스토랑은 니스의 중심부인 마세나 광장에서 엎어지면 코 닿을 정도의 거리에 있었다.

이때까지만 해도 소년은 늙은 수녀에게 매력을 느끼지 못하는 것만큼이나 요리에도 도통 흥미를 느끼지 못했다. 그는 닭똥 같은 눈물을 뚝뚝 흘리며 주먹을 쥐고 이부자리를 쾅쾅 두들기며 소리쳤다.

"난 예술가가 되고 싶단 말이야!"

니스의 요리 견습생

겨울에도 여름처럼 새벽 다섯 시에 일어나야 하고, 늦게 잠자리에 들어야 하는 생활이 이어졌다. 휴식시간이라곤 오후에 한두 시간이 고작이었다. 그러나 오귀스트는 야채 껍질을 벗기는 일이든, 밀가루를 체 치는 지루한 일이든, 불타는 화덕에 연료를 넣는 일이든, 냄비를 빡빡 소리가 날 때까지 닦는 일이든, 생선 가시를 빼는 일이든 모두 기꺼운 마음으로 해냈다. 마요네즈로 멋진 장식을 만들거나, 값이 비싸고 귀한 향신료들을 배합하는 일에는 좀더 세심한 정성을 기울여야 했는데 이러한 작업을 끝내고 나면 오귀스트의 마음속에는 뿌듯함이 넘쳐흘렀다.

그렇다고 초보 견습생의 착실한 성품이 모든 것을 해결해 줄 수는 없었다. 그는 부엌 고참들의 구박과 다른 견습생들의 경쟁의식, 그리고 정신이 멍할 정도로 뜨거운 지하 숯 화덕의 열기를 견뎌내야만 했다.

그래도 니스는 매력적인 도시였다. 빌뇌브-루베가 프랑스풍이라면, 니스는 이탈리아 향취가 물씬 풍겼다. 니스 사람들은 단순한 사투리가 아닌 니스어로 말했다. 국제적이고 마술과도 같은 도시, 꽃의 도시 니스에는 이국의 정취가 가득했다. 빌뇌브-루베라는 작은 마을은 니스 근처에 존재하지도 않는 것 같았다.

자유시간이 되면 오귀스트는 영국인들이 산책하는 모양을 흉내내어 성큼성큼 걸으면서 바깥 공기를 들이마셨다. 거리에는 영국인들이 염소가죽으로 만든 흰색 조끼를 입고 지나갔다. 영국인들은 마치 에어 쿠션 위를 걷는 것처럼 소리 하나 내지 않고 이동했다. 귀부인들은 비단 모자를 쓰고 다녔는데 챙이 어찌나 큰지, 그 큰 모자를 쓰고도 어떻게 머리를 똑바로 들고 다닐 수 있는지 물어보고 싶을 정도였다. 승마복을 입은 어떤 여자가 말을 타고 승마 전용 도로를 지나갔다. 갈매기들은 시끄러운 소리로 울면서 날아다녔다. 오귀스트는 눈을 크게 떴다. 그는 여기서 무엇을 하고 있는가? 그는 자신이 세상에 어떤 존재이며 앞으로 어떤 자리에 있게 될 것인지에 대해 자문했다. 한 가지 사실은 분명했다. 심부름꾼, 그는 결코 심부름꾼으로만 머물지는 않을 것이다. 그가 생각하는 미래는 너무나 광대했다. 오귀스트의 가장 큰 장점은 넘쳐흐르는 낙관주의였다.

프랑세 레스토랑에서의 일은 별로 마음에 들지 않았다. 그러나 이곳에서 그는 고향인 작은 마을, 자기 집에 있을 때와는 달리 무엇이라고 딱히 형용하기 어려운 기쁨을 맛볼 수 있었다. 그를 입양한 도시, 니스는 그 근처에 있을 수많은 항구 도시 중 하나였다. 오귀스트는 파도가 곶에 부딪칠 때마다 은색 장식처럼 반짝이는 에메랄드 빛 바다를 바라보며 '나는 이제 고향을 떠나온 거야' 하며 자꾸자꾸 속으로 되뇌곤 했다.

오귀스트는 산책하는 영국인들을 유심히 지켜보았다. '저 사람들은 왜 저렇게 우스운 억양으로 말을 하고 아무짝에도 쓸모없는 외눈박이 안경을 쓰고 있는 것일까?', '저 사람들은 도대체 어떤 마을, 어느 지방에서 온 것일까?', '자기 나라에서 저들은 어떻게 살아갈까?'

'저들의 섬나라를 언젠가 한번 구경 가야겠다' 라고 오귀스트는 속으로 생각했다.

그는 그날을 기다리며 니스 요리의 섬세함을 배웠고, 조금씩 새 직업에 손이 익어갔다. 이 직업은 수많은 직업들 가운데 하나였지만, 그가 처음에 생각했던 것보다 훨씬 더 세심함을 요구했고, 비밀스런 구석도 많았다. 오귀스트는 머리를 굴려 이런저런 연구를 하며 반복적이고 동일한 작업이 주는 지루함을 탈피해보고자 했다. 부엌의 동료들은 간단한 요리를 스스로 만들 수 있는 권한을 얻게 되면 그것으로 대만족이었다. 그러나 오귀스트는 이들과 달리 요리를 만들기 전에 머릿속으로 요리의 전 과정을 세세히 그려보곤 했다.

마늘은 두 가지 요리 중 한 요리에는 반드시 들어갔다. 그러므로 마늘 재료를 잊지 않고 늘 명심해야 했다. 그러나 전형적인 니스 요리인 '토르타 디 블레아(torta di bléa)' [4]에 들어가는 열한 가지 재료를 한 가지도 빠짐없이 기억하는 것은 쉬운 일이 아니었다. 명아주(blette)[5] 400그램, 레네트 사과 12개, 포도 100그램(반은 코린테 포도, 반은 말라가 포도), 황갈색 럼주 큰 두 스푼, 다른 두 종류의 브랜디[6]와 올리브유, 잣 100그램, 흑설탕 100그램, 계란 3개, 잘게 썬 파르메산(parmesan) 치즈[7] 75그램.

오귀스트는 자신의 기억력을 향상시키려 꾸준히 노력했다.

---

4) 과일이 들어간 케이크.
5) 명아주과의 일년초. 어린 잎은 식용으로 쓰이며 씨는 강장제나 건위제로 쓰이기도 한다.
6) 과실을 발효, 증류시킨 술로 대부분의 브랜디는 포도주를 증류시켜 만든다.
7) 소젖을 이용해 만든 딱딱한 이탈리아산 치즈. 달콤하고 파인애플 같은 과일 향이 나며 고소하고 짭짤한 맛이 특징.

그는 언젠가 신문에서 고등사범학교 학생들에 대한 기사를 읽은 적이 있었다. 그 기사는 학생들이 단어를 하나도 빠뜨리지 않고 몽땅 외워버린다는 내용이었다. 그는 하루 일과를 끝내고 집으로 돌아가는 길이면 그 학생들처럼 머릿속으로 그날 배운 요리법을 되새기며 외우곤 하였다. 오귀스트는 점차 매 시간, 매 분, 매 초, 매 순간마다 일을 어떻게 진행시켜야 할지 머릿속으로 그려보는 일이 수월해졌다.

'우선 비교적 간단해 보이는 "프로방스식 쇠고기 스튜"를 만들어보자.' 오귀스트가 속으로 생각했다.

'완벽하게 성공하려면, 하루 전날 고기를 양념에 재워놓아야 한다고 삼촌이 말씀했었지. 그 다음엔 고기를 비계 부분과 함께 냄비에서 꺼내놓는 거야. 그리고 냄비 바닥에 기름기가 붙어 있는 돼지껍질을 깔고, 그 위에다 야채들을 올리는 거지. 작은 당근들은 통째로, 샐러리는 둥글게 썰고, 양파는 껍질을 벗겨서, 토마토는 씨를 빼고 큼직하게 깍둑 썰어서 그 위에 올리브를 올리고, 오렌지 껍질은 될 수 있는 한 끊어지지 않게 리본처럼 길게 깎아서 냄비에 전부 넣고는 약한 불에서 뭉근하게 익히는 거야. 이 야채들 위에, 네모나게 썬 고기를 얹고… 그 위에 화이트 와인을 뿌리고, 그 다음에 소스를 뿌려서, 뚜껑을 닫은 후 다섯 시간 동안 익히면 돼.'

'토르타 디 블레아', '프로방스식 쇠고기 스튜', 그리고 고기 재료를 속에 넣어 찐 그라스[8]식 배추 요리인 '수 파숨(sou fassum)' 은 잘 알려진 요리였다. 오귀스트의 어머니 역시 이 요리들을 맛있게 만들 수 있었다. 오귀스트는 누구나 할 수 있는 평범한 요리보다는 특별한 요리에 더욱 마음이 끌렸다. 잔치 요리라든가, 영국인이나 러시아인의 저녁 만찬 때 그들 방식대로 만들어 접대하는 요리들, 또는 이름만 들어봤거나 언젠가는 꼭 가보고 싶은 먼 나라를 연상시키는 이국적인 요리들에…….

어느 날 오귀스트가 삼촌에게 물었다.

"그런데 '궁중 산토끼 요리' 가 뭐지요?"

"모르겠다. 왕들이 우리 손님으로 올 것도 아닌데 그건 알아서 뭐 하게?"

그날 밤, 잠을 못 이루는 오귀스트의 눈앞에 어릴 때 읽고 또 읽었던 오래된 독일 동화의 이미지들이 줄지어 나타났다. 헨젤과 그레텔은 어두컴컴한 숲 속에서 길을 잃는다. 그들은 겁에 질린데다가 춥고 배고팠다. 나뭇잎들 사이로 어슴푸레한 군청색 새벽 하늘이 분홍빛으로 열어지면서, 갑자기 그들의 눈앞에 숲 속 빈터가 나타났다. 그곳에는 온갖 달콤한 과자로 만든 오두막집이 한 채 있었다. '머렝(meringue)'[9], '주머니 모양의 크레프(crêpe)[10]', '카트르-카르(quatre-quarts)'[11], '티라미수

---

8) 프랑스 니스 부근, 알프-마리팀므 지역의 군청 소재지. 향수 제조로 유명한 도시. 이곳의 요리는 니스와 지중해식 요리를 혼합한 방식이다.

9) 설탕과 계란 흰자로 만든 크림 과자의 일종.

10) 종이처럼 얇게 부친 밀전병의 일종으로 그 위에 잼이나 설탕, 초콜릿 등을 발라 먹는다.

(tiramisu)[12]', '슈크림(chou à la crème)', '커피맛 에클레르(éclair)[13]'와 '초콜릿 에클레르', '퓌다무르(puit-d'amour)'[14], '뷔슈 드 노엘(bûche de Noël)'[15], '토페(tôt-fait)'[16], '피스타치오 샤를로트(charlotte)[17]', '바슈랭 글라세(vacherin glacé)'[18], '사부아 비스킷'[19]… 헨젤과 그레텔은 그 집으로 뛰어가 창피한 줄도 모르고 벽을 핥아먹고, 이에 닿는 것은 전부 먹어치웠다.

새벽 다섯 시 조금 못 미쳐, 오귀스트는 자신의 야전용 침대에서 뒤척였다. 그는 자기 앞에 크고 거대한 아버지의 실루엣이 아른거렸다고 생각했다. '버터 바른 빵'이란 뜻의 타르틴 여신의 궁전 현관문은 알록달록한 누가(nougat) 사탕으로 만들어져 있었는데, 아버지는 오귀스트가 그쪽으로 가지 못하게 길을 막고 있었다. "여기는 아무나 들어오는 곳이 아니다. 선택된 사람만이 들어올 수 있어!" 아버지가 말했다.

목이 잠긴 채 잠에서 깬 오귀스트는 문득 자기 앞에 어떤 미래가 펼쳐져 있을지 불안해졌다. 그는 문 옆에 걸린 타원형

---

11) 밀가루, 버터, 계란, 설탕을 같은 분량으로 섞어 만든 케이크.
12) 진한 커피와 크림 치즈로 만든 이탈리아 전통 디저트용 케이크.
13) 크림을 채운 과자.
14) 슈크림 과자의 일종.
15) 프랑스 사람들이 크리스마스 때 먹는 케이크나 아이스크림을 일컫는 말로, 통나무(bûche) 모양으로 만든다.
16) 즉석 푸딩.
17) 샤를로트란 과일과 비스킷, 크림으로 만든 푸딩을 말한다.
18) 머렝과 아이스크림을 이용해 만든 차가운 디저트.
19) 사부아 지방의 특산 비스킷. 밀가루, 설탕, 바닐라, 달걀이 들어가며 둥근 모양이 특징.

거울 속에 비친 자신의 모습을 응시했다. 그 속에는 당돌한 눈빛, 툭 튀어나온 넓은 이마, 다소 가지런한 이를 가졌지만 절망스럽기 그지없는 평범한 어린 소년의 얼굴이 있었다. 고독에 휩싸인 그의 마음은 혼란스러웠다. 울고만 싶었다. 그는 자기가 있는 곳에서 참된 자신을 느낄 수가 없었다. 개수대 앞에서도, 부엌에서도, 다른 그 어떤 곳에서도.

어디로 갈 것인가? 확신할 수 있는 것이 아무것도 없을 때, 하늘이 그대 어깨에 천근 만근의 무게로 내려앉을 때.

다행스럽게도, 오귀스트에게는 뛰어난 상상력이 있었다. 그는 우리를 둘러싼 수많은 세계들을 상상해냈고, 그중에서 자기가 선택한 세계로 훌쩍 뛰어오를 수 있었다.

열여섯 혹은 열일곱 살 때 오귀스트는 영국인 산책로의 벤치에 앉아 머릿속으로는 더할 나위 없이 다양한 메뉴들을 만들어내며 시(詩)의 세계에 발을 푹 담갔다. 그는 매우 독특한 요리 이름을 창조했다. 그는 자신이 만든 요리에 역사적 사건이나 지명, 웅장하면서도 새로운 정보를 담았다. 그리하여 요리 이름 자체가 뭇사람들의 귓가에 부드럽고 감미롭게 울리는 시구처럼 느껴지게 만들었다.

그가 만든 메뉴들은 한 편의 동화와도 같았다. 그는 멋지고 우아한 표현들을 웅얼거렸고 끊임없이 되뇌었다. '마리 스튜어트 황후의 콩소메(consommé)[20]', '해군 제독 새끼 가자미 요리', '비엔나식 닭가슴살 요리', '붉은 학꽁치 요리', '제독의 젖먹이양[21] 갈비 요리', '신선한 완두콩 수프', '포화 속의 프라하 햄'. 그는 자신이 만든 이 요리 이름들을 하나하나 큰 목소리로 반복했다.

오귀스트는 이국적이고 풍미 가득한 음식들을 머릿속에 그려보는 일이 즐거웠다. 예를 들면, 니스의 파브롱 성(城)에 살았던 삭스-코버그-고타[22] 왕자의 식사에 나온 '백조 파테(pâté)[23]' 같은 것. 사실 이 요리는 마을 주민들에게 큰 뉴스거리가 되기도 했다. 이 왕자에게는 전속 요리사가 다섯 명 있었는데, 이 요리사들은 전통적인 궁중요리에 필적하는 새로운 요리를 만들어야 했다.

어느 날 오귀스트는 스스로 메뉴를 정해 요리할 수 있는 기회를 갖게 되었다. 빌뇌브-루베를 조망할 수 있는 장대한 성의 소유자였던 파니스-파시 후작의 요리사가 병에 걸렸는데, 이 요리사가 오귀스트의 아버지에게 아들을 성으로 보내달라고 부탁했던 것이다. 오귀스트는 프랑세 레스토랑의 일을 잠시 접어두고, 후작의 거대한 부엌 안에서 일주일 동안 일하게 되었다. 현대식으로 개조되지 않은 이 부엌은 중세의 분위기를 그대로 지니고 있었다.

---

20) 콩소메는 '맑은 수프'라는 뜻이다.

21) 어미의 젖을 떼기 전에 도살한 새끼양을 가리킨다.

22) 영국 하노버 왕가의 마지막 군주였던 빅토리아 여왕의 부군 앨버트 공의 독일 가문 이름. 독일식으로는 '작센-코부르크-고타'라고 발음한다.

23) 고기나 생선을 다져 양념해서 뭉친 것. 파이 껍질로 싸서 굽거나 둥글게 빚어서 먹는다.

그는 불을 지피는 일부터 시작했다. 부싯돌이 딱딱거리는 소리가 누르스름한 원형 천장으로 크게 울려퍼졌다. 불꽃들이 잔가지 위로 곧게 피어올랐고 곧이어 나무는 숯으로 바뀌며 내려앉았다. 태양빛이 십자형의 천창을 가로질러 떨어졌다. 부엌 구석구석은 햇빛으로 반짝거렸다. 태양빛이 워낙 강렬해서 잉걸불의 불그스름한 빛깔을 식별해낼 수 없을 정도였다.

뭐라 형용하기 어려운 책임감이 오귀스트의 가슴으로 스멀스멀 피어오르기 시작했다. 후작과 부인, 그들의 두 아들과 후작의 질녀가 오귀스트의 재능을 심판하기 위해 기다리고 있다. 이윽고 오귀스트는 완전한 무아지경에 이르렀고, 심하게 동요하는 들뜬 영혼이 그의 육체를 사로잡았다. 그는 생각에 잠겨 군데군데 녹청이 낀, 커다란 낡은 타일 바닥 위를 구덩이에 빠진 곰처럼 빙빙 돌았다.

마침내 그의 입에서 단어들이 튀어나왔다. 그것은 흡사 오색찬란한 빛에 둘러싸인 천사들이 보내준 마법의 주문과도 같았다.

"아녜스 소렐 크림 수프!"[24)]

---

24) 아녜스 소렐(1422-1450)은 샤를 7세의 애첩으로, 우유부단한 왕에게 간언해 백년 전쟁을 종식하게 했다. 샤를 7세는 그녀에게 보테-쉬르-마른에 있는 성을 한 채 하사했고, 이 성의 이름 때문에 소렐은 '보테(아름다움) 부인'이란 별명을 얻었다. 에스코피에는 그녀의 이름을 따서 '아녜스 소렐 크림 수프'를 만들었는데, 닭고기와 버섯을 주재료로 한 수프였다.

그가 높고 분명한 소리로 외치자, 그의 입에서 나온 고귀한 그 이름이 높은 원형 천장 위로 울려퍼졌다. 그리고 신이 그에게 응답했다. 이때부터 모든 것은 바흐 악보의 템포처럼 거침없이 흘러나갔다.

오귀스트는 500그램의 양송이 버섯을 채 치고, 거기에 베샤멜 소스[25] 2분의 1리터를 부은 후, 7분간 아주 약한 불에서 익혔다. 그리고 닭 육수 4분의 3리터를 첨가했다(다행히도 오귀스트는 프랑세 레스토랑에서 이 재료를 챙겨 왔다). 그는 부엌 중앙으로 몸을 돌려, 곧고 힘찬 목소리로 자신에게 말했다.

"자, 이제는 '제독의 홍돔'!"

요리에 쓸 홍돔들은 그날 아침 어부들이 잡아다 놓은 것이었다. 홍돔의 눈은 비웃는 것 같기도 하고 애원하는 것 같기도 했다. 그는 포를 떠서 양념한 후, 잘게 다진 송이버섯을 첨가한 빵가루에 그 양념한 포를 굴렸다. 그리고 버터를 녹인 팬에 넣고 익혔다.

종소리가 울렸다. 오귀스트는 손수 '아네스 소렐 크림 수프'를 들고 거실로 향했다. 그는 가파른 나선형 계단을 지나, 고딕 장식의 흑색 참나무 문을 밀고 들어섰다. 거실에서는 파니스-파시 가족들이, 기다랗고 둥근 빵 모양의 호화로운 식탁에 둘러앉아 있었다. 이들과 예의바르게 눈인사를 교환한 오

25) 서양 요리에서 가장 기본이 되는 화이트 소스이다.

귀스트가 각자의 그릇에 이 진귀한 수프를 담았다.

부엌으로 돌아온 후, 오귀스트는 계속해서 홍돔 요리를 준비하며 원형 천장의 중앙을 바라보았다. 그리고 마치 연극 무대에 서 있는 양 큰소리로 외쳤다.

"알렉시스 황제의 새끼자고 요리!"[26]

이 요리는 아주 단순했다. 자고새 새끼를 프라이팬에 구운 후, 씨를 빼고 껍질을 벗긴 사향 포도를 자고새 주위로 빙 둘러놓은 다음 즉시 내가기만 하면 되는 것이다.

이제는 자고 요리에 곁들일 야채 요리만 준비하면 된다.

"후작 부인의 감자 요리." 오귀스트는 단번에 중얼거렸다.

이 요리에 쓰이는 감자는 '마르키즈(marquise)'[27]라는 품종인데 아삭아삭하고 알이 작다. 이 품종을 이용한 감자 요리를 만들기 위해서는 바짝 졸여서 만든 붉은 토마토 농축액을 첨가해야 한다. 오귀스트는 오븐에서 구워낸 감자를 거실로 가져갔다.

파니스-파시 가족은 엄청난 식욕을 과시했다. 그렇지만 이들은 지금 자기들 뱃속으로 들어간 음식이 고상한 이름을 가지고 있다는 사실은 전혀 알지 못했다.

후식은 '생크림 무화과' 였다. 파니스-파시 가족이 식사를 하는 동안, 오귀스트는 부엌에서 신선한 무화과를 '샹티이

---

26) '알렉시스' 는 비잔틴 제국의 황제들에게 붙여진 이름이고, '자고' 는 메추리와 비슷한 꿩과의 새를 말한다.

27) '후작 부인' 이라는 뜻.

크림'[28]으로 장식했다.

시간이 흘렀다. 영국인들은 고광나무의 향기를 들이마시고, 깜박이는 등대 불빛을 바라보면서 여전히 산책길을 지나다녔다. 그 즈음 오귀스트는 호주로 가는 범선의 견습 선원 자리를 제의받았으나, 그 제안을 일언지하에 거절했다. 불의 과학, 냄새의 과학, 그리고 다소간의 의학 지식이 뒤섞인 요리의 세계가 결국 그의 마음을 사로잡았던 것이다. 오귀스트에게 요리는 경멸할 수 없는 어떤 특별한 세계처럼 보였다. 그 세계를 세밀하게 탐색해보기 전에는 그 세계에서 나오지 않는 게 좋을 것 같았다. 그래도 희망과 근심은 번갈아가며 끊임없이 그의 마음에 들어앉았다.

3년간의 조리사 견습이 끝나고, 그는 '마세나 클럽' 이라는 레스토랑에서 부주방장으로 일하게 되었다. 그리고 이후에는 곧바로 '프레르 프로방소'[29] 레스토랑에서 여름 동안 주방장으로 근무했다. 또한 그는 과일 보존 방법을 개발한 사람이 운영하는 '필리프' 레스토랑에서 주방장으로 일하기도 했다.

그가 열아홉 살이 되었을 때, 행운의 여신이 그에게 미소를 보냈다. '벨뷔 호텔' 에 주방장으로 취직하게 된 것이다. 이

28) 파리 근교 샹티이(chantilly) 지방의 전통 크림으로 생크림을 여러 번 치대어 부풀어오르게 만든 것.
29) '프로방스의 형제들' 이란 뜻.

호텔은 영국인의 산책로 동쪽 언저리에서 자라고 있는 커다란 네 그루의 야자수 사이에 위치해 있었다.

에블린 바르두와의 첫만남

벨뷔 호텔에서 근무한 지 6개월째 되었을 때의 일이다. 석양의 마지막 광선들이 솔잎 사이에 거미줄처럼 촘촘히 드리워져 있을 때, 호텔의 작은 정원으로 난 오솔길 중앙에서 오귀스트는 한 소녀를 만난다. 그 소녀는 호텔의 손님이었다. 그때 그녀는 호텔에 막 도착한 참이었고, 위아래 전부 새하얀 옷을 입고 있었다.

환영을 보았다고 말할 수도 있으리라. 그녀는 예상보다 늦게 도착한 모양인지, 몸을 앞으로 잔뜩 숙이고 균형을 잡기 위해 손과 팔을 힘껏 몸 쪽으로 끌어당긴 채 서둘러 걸어가고 있었다. 오귀스트는 그녀가 넘어질 것만 같아 불안했다. 그때 소녀가 고개를 돌려 오귀스트를 쳐다보았다. 그녀의 검은 눈동자는 목동자리나 황소자리의 별처럼 반짝였다. 오귀스트는 그렇게 강렬하게 반짝이는 눈을 한번도 본 적이 없었다.

마침내 그녀가 현관으로 사라졌다. 오귀스트는 주방으로 내려가기 위해 쪽문으로 들어섰다. 그때부터 소녀에 대한 생각이 그의 머릿속에 꽉 차기 시작했다. 그들은 모든 점에서 차이가 있었다. 그녀는 파리 출신이고 부유했으나, 오귀스트는 불꽃 같은 열정만을 지닌 비천한 요리사에 불과했다.

감미로운 연약함을 지닌 그녀를 생각하자, 오귀스트의 마음속에 그녀를 보호해주고 싶은 충동이 밀려들었다. '그녀는 틀림없이 이곳에서 길을 잃은 요정일 거야.' 그가 혼잣말로 중얼거렸다. 그는 호박과 가지, 그리고 예루살렘산(産) 아티초크(artichaut)[30]를 준비하라고 조수들에게 지시를 내릴 때도, 와인 창고와 치즈 창고 사이에 네 개의 와인 보관대로 만든 캠프용 침대 위에 누웠을 때도, 빛나는 그녀의 환영과 그녀가 휘저어놓은 자신의 감정을 되새겼다. 우연의 베일이 찢기고, 그 사이로 그의 이상형인 듯한 여인이, 다시 말해 이상형에 아주 근접한 여인이 나타난 것이다. 그러나 그것은 환영에 지나지 않으리라. 다음날이면 그녀는 이곳에 머물지 않을 터이고, 점차 멀어지는 거울 속 모습처럼 그의 시야에서 벗어나고 말 것이다.

정원의 가장 구석진 곳, 정성 들여 자른 노간주나무 울타리 그늘 아래에는 허브 향이 사방으로 흩어지는 아담한 채소밭이 하나 있었다. 오귀스트는 이 작은 뜰을 다시 찾았다. 얼마 후 그의 바구니는 박하(menthe)와 백리향(thym), 파슬리(persil), 실파(ciboulette), 샐비어(sauge) 같은 허브로 가득 찼다. 그날의

---

30) 아티초크는 국화과 식물로 식용 및 약용으로 쓰이며 단단한 꽃받침이나 꽃심을 삶아서 먹는다.

메뉴를 위해서는 얇게 저민 송아지 고기가 필요했는데, 송아지 고기에는 샐비어가 기막히게 잘 어울렸던 것이다. 그는 나지막이 휘파람을 불었다. 약초 채취는 마녀와 마법사들을 상징하는 행위가 아니던가. 그는 허브를 따면서 기분이 한결 좋아졌다. 최상의 담뱃잎을 알아차리던 어린 오귀스트의 예민한 후각은 좋은 허브에 대한 열정으로 이어졌다. 불과 마찬가지로, 허브 또한 그에게는 영원히 변하지 않는 친구였다. 연약함, 날씬한 줄기, 섬세함과 우아함, 그들만의 독특한 향으로 여성성을 구현한 허브는 오귀스트에게 살아 있는 존재로 다가왔다. 바구니 손잡이를 흔들던 오귀스트의 손이 갑자기 멈췄다. 구불구불한 오솔길 옆에는 미치 공룡 비늘 같은 목피로 뒤덮힌 커다란 해송 한 그루가 있었다. 그 뒤에는 흰색으로 칠한 벤치가 하나 있었는데, 오귀스트는 왠지 그곳을 똑바로 쳐다볼 수가 없었다. 누군가 그곳에 앉아 있다는 것을 직감했기 때문이다. 나무 뒤로 하얀색 신발의 앞코가 삐죽 나와 있는 게 보였다.

'저건 반짝이는 눈을 지닌 소녀의 신발이 아닐까' 라고 생각하면서 오귀스트는 숨을 크게 들이마셨다. 마치 시간이 멈춘 듯한 착각 속에서 그는 투명한 대기를 가르며 천천히 앞으로 나아갔다. 분명 그녀였다. 그는 그녀에게 정중히 인사했다. 떨리는 마음에 바구니를 쥐고 있던 손가락이 느슨해지면서 그만 바구니가 땅으로 떨어지고 말았다. 바구니를 줍기 위해 무릎을 굽힌 오귀스트의 귀에 그녀의 목소리가 들려왔다.

"아, 정말 아름다운 허브군요! 저는 허브를 좋아해요." 다이아몬드 눈을 가진 여자가 말했다.

"백리향과 실파가 아주 많답니다……."

"바질(basilic)[31]은 없나요? 저는 늘 '바질'을 한번 봤으면 했거든요. 이름이 너무 예쁘잖아요. 꼭 어린 왕을 말하는 것 같아요."

"요새 유행하는 이름은 아니지요."

"바질은 눈길만 마주쳐도 죽는다던 용의 이름 아닌가요? 보름달이 뜬 밤 수탉이 난 알을 두꺼비가 품어서 부화한 그 유명한 괴물 말이에요. 그 용의 피가 사람 몸에 그렇게 좋다면서요?"[32]

그녀는 눈을 감았다(오귀스트는 그녀의 속눈썹이 놀랍게도 새까만 눈동자와는 달리 황금색이라는 것을 알아차렸다). 그리고 걱정스런 목소리로 나지막하게 덧붙였다.

"저는 그게 정말로 필요해요."

"무슨 말씀이세요?"

그는 그녀 옆에 앉고 싶었지만 감히 그럴 수가 없었다.

"저는 별로 먹는 게 없는데도, 배가 고프지 않아요. 아버지

31) 박하와 비슷한 차조기과의 일년초. '나륵풀'이라고도 부른다.

32) 향이 강한 바질에는 마음을 어지럽히는 성분이 들어 있어서 바질의 냄새를 맡으면 머릿속에 전설 속의 전갈 바실리스크가 자라지만 바질을 딸 때 욕을 하면서 따면 바실리스크의 기운이 힘을 못 쓴다고 로마인들은 생각했다.

가 저를 이곳으로 데리고 왔어요. 기후와 음식이 달라지면 좀 나아질 것이라고 생각하셨거든요." 그녀의 손이 벤치 위로 힘없이 툭 떨어졌다.

"제가 도와드릴게요!" 오귀스트가 말했다.

"당신이요? 어떻게 말이죠? 아, 저기 아버지가 오시네요!"

그녀는 힘겨운 듯 천천히 일어섰다. 그러나 장난기 어린 뾰로통한 얼굴은 어린 염소처럼 팔짝팔짝 뛰어오르고 싶어하는 그녀의 마음을 고스란히 보여주는 것 같았다. 그녀의 아버지는 키가 작은 대머리 신사로 높은 깃이 인상적인 정장에, 초록색과 노란색의 대각선 줄무늬가 들어간 넥타이를 매고 있었다. 오귀스트는 밤나무로 만든 바구니 손잡이를 다시 고쳐매고, 부모님이 예전에 가르쳐준 대로 몸을 깊이 숙여 인사했다.

병약한 소녀를 위한 허브 요리

"프랑세 레스토랑에서 처음 일할 때, 식사 준비를 끝내놓고 짬이 나면 전 영국인의 산책길을 걷곤 했지요."

그 다음 주에 오귀스트는 흰옷을 입고 있던 그 소녀, 에블린 바르두에게 다시 이야기를 건네고 있었다.

"내 맘대로 엉뚱한 상상을 할 수 있었던 때는 바로 그때뿐이었어요. 견습 시절, 깨어 있을 때 딴 생각을 한다는 것은 여간 힘든 일이 아니었거든요. 조금만 부주의하면 엄청난 결과를 가져올 수 있으니까요. 그리고 밤이면 머리가 베개에 닿자마자 납덩이처럼 깊은 잠에 빠져버렸기 때문에 다른 생각을 할 겨를이 없었답니다."

"무엇을 상상했는데요?"

"견습생이 무엇을 상상할 수 있었겠어요? 유명한 요리사가 되어 세상에서 가장 아름다운 여자와 결혼하는 것? 물론 그런 상상도 하긴 했죠. 그렇지만 전 그것 말고도, 시처럼 아름다운 요리 이름을 짓는 것을 좋아했어요. '알칸타라[33]식(式) 꿩 요리', '드미도프 꿩 요리'[34], '파인애플 즙을 친 꿩 요리', '스트로가노프 봉브 글라세(bombe glacé)'[35], '진홍색 가재 요리', '로마노프[36] 노루요리', '젱가라식[37] 송아지 수프', '오를로프[38] 송아지 안심 스테이크'… 특히 '오를로프 송아지 안심 스테이크' 한 접시는 제게 모든 세계였고, 둥근 지구나 마찬가지였어요. 시상(詩想)을 찾아낼 수 있는 바로 그곳에 시가 존재하는 것 아니겠어요?"

---

33) 에스파냐 중서부 엑스트레마두라 지방의 카세레스 주에 있는 도시 이름.

34) 이 요리는 나폴레옹의 조카딸인 마틸드 공주의 남편, 아나톨 드미도프에게 바쳐진 것으로, 닭 등 가금류의 튀김 요리에 주로 이 이름이 붙여진다.

35) '스트로가노프'는 상업과 금융 쪽에 종사했던 러시아 가문이고, '봉브 글라세'는 '폭탄 아이스크림'이라는 뜻이다.

36) '로마노프'는 1613년부터 1917년까지 러시아를 지배한 왕가 이름. 이 이름이 붙은 요리는 주로 새우, 코냑, 토마토 소스를 사용한다.

37) 젱가라(집시)식은 햄, 트뤼프, 소혀, 타라곤, 토마토 소스를 넣어 끓이는 방식이다.

38) '오를로프'라는 요리명은 러시아 사람의 이름에서 따온 것이며, 이 요리에는 대개 샐러리, 토마토, 상추, 감자 등으로 만든 야채 요리가 곁들여진다.

"음… 당신 이야기를 들으니 배가 고파지는데요. 당신은 요리사라기보다는 시인이군요."

"저는 책 읽는 것을 좋아해요. 어떤 책이든 일단 제 손에 들어오면 끝까지 읽어야 직성이 풀리거든요. 제 고향 빌뇌브-루베에서 책 한 권을 여섯 번이나 반복해서 읽은 적이 있어요. 《호프 동화집》 아니면 《보르도의 위옹》이었을 거예요. 이 책들을 그렇게 많이 읽은 건 사실 그것 말고는 다른 책이 없었기 때문이지요."

"당신의 시 메뉴를 다시 생각해봤는데요. '오를로프 송아지 안심 스테이크' 에 대해 설명해주시겠어요?"

"아까 제가 얘기할 때 '오를로프' 라는 러시아 사람 이름의 요리 대신 '포자르스키[39] 닭갈비 요리' 이나 '쿨르비앙카' 혹은 '네게스코 아이스크림' 같은 다른 요리 이름을 말할 수도 있었어요. 매년 사르데냐 정부의 승인 아래 러시아 함대 한 척이 빌프랑슈 해변에서 겨울을 보내지요. 이 함대의 장교들은 제가 일하던 프랑세 레스토랑의 단골 고객들이었어요. 그리고 제 삼촌은 겨울이 되면, 모스크바 출신 주방장인 이반을 고용했지요. 이 사람은 무례하게도 아주 큰 소리로 '황제 폐하여, 아! 우리의 위대한 황제 폐하시여! 둘도 없는 용맹한 군인이시여!' 라는 노래를 쉬지 않고 불러대서 귀가 다 먹먹할

---

39) 1612년, 미닌과 함께 폴란드 침공에 맞서 의용군을 조직하여 모스크바를 해방시켰다. 모스크바의 붉은 광장에는 미닌과 포자르스키의 동상이 서 있다.

정도였어요. 그렇지만 그 사람 덕분에 파프리카(paprika)[40]나 주니퍼(genievre)[41] 등을 주요리에 넣어서 사용하는 방법을 많이 알게 되었지요. 작년에 러시아 황제 알렉산드르 2세와 황후께서 니스에서 열린 새 기차역 개통식에 참석했어요. 저는 그때 기차역 근처 필리프 레스토랑에서 일하고 있었지요. 전 개통식 이후 보름 동안 러시아 음식만 만들었어요. 그리고 다양한 재료들을 섞어 만든 '모스크바 샐러드' 로 큰 호응을 얻었답니다."

"어떤 재료들을 넣었나요? 재료 이름만 들어도 꿈속을 거니는 느낌일 것 같군요."

"당근, 순무, 감자, 녹색 콩, 완두콩, 트뤼프(truffe)[42], 식초에 절인 양송이, 오이 피클, 마늘 넣은 소시지, 마요네즈 소스로 버무린 멸치살, 이런 재료들이 거의 동일한 양으로 들어가지요."

"제게 모스크바 샐러드를 조금만 만들어줄 수 있어요? 저를 위해서요. 오로지 저만을 위해서 말이에요."

'바질' 에 대한 이야기로 그녀와의 대화를 시작한 이래로, 오귀스트는 바르두 씨와 그의 딸의 식탁을 위해 많은 공을 들

---

40) 헝가리와 에스파냐가 주산지인 맵지 않은 고추. 익으면 주황색이나 붉은색을 띠는데 이를 말려서 가루로 만들어 착색 향신료로 판매한다.

41) 노간주나무 열매.

42) 프랑스나 이탈리아에서 나는 버섯으로, 자극적인 맛을 내는 둥글고 검은 송로버섯을 말한다. 철갑상어의 알을 소금에 절인 요리인 캐비아(caviar), 기름진 거위 간으로 만든 요리인 푸아그라(foie gras)와 함께 세계 3대 진미로 꼽힌다.

였다. 에블린은 칼로리는 낮지만 비타민이 풍부한 수프, 여러 야채들을 섞은 샐러드, 향이 짙고 보송보송한 잔솜털이 나 있는 신선한 가지 요리, 신에게 바치는 희생 제물 같은 질 좋은 고기구이와 니스식 스토카피카(stocafica)[43]를 먹을 수 있었다.

에블린은 먹는 양이 조금씩 늘어났다. 처음에는 젊은 요리사를 기쁘게 해주려고 먹는 시늉만 하던 그녀가 곧 오귀스트의 게임에 말려들어갔다. 오귀스트가 그녀를 위해 특별히 고안한 음식이나 그녀의 입맛에 맞는 음식을 내놓자 먹는 양이 조금씩 많아진 것이었다. 그녀의 검은 눈은 더욱 초롱초롱해졌고, 얼굴에도 빛이 나기 시작했다. 기침도 그 전보다 덜했다. 그녀의 기침은 오귀스트의 마음을 아프게 했다. 기침은 오귀스트에게 그녀의 연약함을 드러내주는 신호였고, 그의 마음에 큰 염려가 되었다.

그는 삶을 사랑했고, 니스를 사랑했다. 이 도시의 다양하고 뛰어난 건축물과, 다양 인종이 섞여 있는 시민들도 사랑했다. 또한 광대한 '천사만(灣)'의 그윽한 투명함과 감미로운 에메랄드 빛깔을 사랑했다(이 바다는 예전에 '바다의 천사'라고 불리던 상어들의 은신처였기 때문에 '천사만'이란 이름을 얻게 되었다). 그리고 '훔친 모자'라는 뜻에서 '로바 카푸(Rauba Capeu)'라고 불리는 영국인의 산책길과 맞닿아 있던, 그리스풍의 성채가 세워진

43) 토마토 소스에 프로방스 허브를 넣어 익힌 건대구 요리. 모나코의 대표적인 음식으로 유명하며 요즘은 보통 '스토카피'라고 부른다.

언덕 아래로 부는 바람도 사랑했다. 오귀스트에게 세계는 드넓고 아름다웠다. 그리고 그는 열여섯 살의 아름다운 소녀가 고통스럽게 기침을 한다는 사실을 받아들일 수가 없었다. 그녀의 독한 기침은 오귀스트가 확신하던 여성의 신성한 본성을 포함해서 모든 것을 혼란케 하는 자그마한 씨앗이었다.

호텔 지배인은 젊은 주방장 오귀스트가 8번 테이블 손님들에게 특별한 관심을 갖고 있다는 것을 알아차렸다. 그는 심지어 오귀스트에게 '사랑에 빠진 주방장' 이란 별명을 지어주기까지 했다.

오귀스트는 어깨를 으쓱하며 능숙한 솜씨로 송아지 고깃덩어리를 묶은 실을 풀었다. 평상시에는 샐비어 잎사귀 하나만 올려 장식하는 요리였지만, 이번에는 여러 장으로 고기를 장식했다. 그리고 고운 색깔을 내기 위해 월귤나무 잎들로 함께 꾸몄다.

에블린은 때때로 오귀스트의 마음속에서 또 다른 이상형의 여인과 혼동되곤 했다. 그의 생각 속에 가장 큰 비중을 차지하고 있던 여인은 외제니 황후[44]였다. 오귀스트는 1860년 9월 18일 프랑스로 합병된 니스[45]의 시민들을 축하하기 위해 내려온 황제 폐하 부부의 방문 때, 외제니 황후를 난생 처음 보

---

44) 1853년 나폴레옹 3세와 결혼하여 프랑스 제2제정 때 외교 정책에 큰 영향을 끼친 프랑스의 황후(1826-1920).

45) 1792년과 1814년 사이에 니스를 합병한 프랑스는, 1860년 북쪽 철도 방향으로 뻗어 있는 니스 백작령 도시까지 합병하여 합병 범위를 확장했다.

았다. 동이 트기 전에 일어난 그는 다섯 척의 배가 도착하는 것을 보기 위해 모나코 도로로 갔다. 독수리호, 오르탕스[46]호, 보방[47]호, 엘로[48]호, 영광호, 이 다섯 척의 배가 빌프랑슈 해안에 정박했다. 아침 여덟 시부터 대형 함대들이 황제 부부가 탄 배를 호위하기 위해 물 위를 어슬렁거렸다. 아홉 시경, 소형 보트 한 척이 황제와 황후를 맞이하였다. 황후는 검은색 벨벳으로 된 네모 장식과 레이스가 달린 연보라색 드레스를 입고 있었다. 챙이 넓은 짚 모자를 쓴 황후는 커다란 안달루시아 숄을 어깨에 걸쳤는데, 그 패션은 당대에 곧 유행이 되었다.

사람들은 황후가 차갑다고 말했지만, 서른일곱 살의 황후가 내뿜는 관능적인 아름다움은 사람들의 마음을 흔들어놓았다. 오귀스트에게 외제니는 숭고한 대상이었다.

투명하게 빛나는 계란형 얼굴, 반짝이는 붉은 머리(이것은 아일랜드인인 외할아버지에게서 물려받은 것이다), 맑은 하늘색의 눈동자, 고대 메달에서나 볼 수 있는 그 옆모습, 앵그르[49]의 오달리스크[50]처럼 보통 사람보다 더 많은 목뼈를 지닌 듯 보이는 긴 목의 우아한 곡선, 가냘픈 손목과 발목에도 불구하고 생명력이 넘치는 민첩한 몸, 가는 허리, 허리를 흔들면서 걷

---

46) 네덜란드 여왕(1783-1837)의 이름.
47) 프랑스의 원수(1633-1707).
48) 쾨니히스베르크 근처의 고대 동방 프로이센. 오늘날 러시아의 바그라티오노프스크를 가리킨다.
49) 프랑스의 화가(1780-1867).
50) 터키 궁정에서 시중드는 여자 노예 또는 총희(寵姬). 화가들의 그림에 많이 등장한다.

는 특유의 세련된 걸음걸이… 오귀스트는 한눈에 이 모든 것을 파악했고, 새로운 통치자의 범접할 수 없는 아름다움은 영원토록 그의 뇌리에 깊이 박히게 되었다.

그후부터 그는 황후에 대한 환상을 갖게 되었다. 물론 오귀스트가 자신의 품에 황후를 끌어안을 기회는 단 한번도 없었다. 그러나 누가 알겠는가? 어느 날, 그가 황후에게 자신이 만든 요리를 바칠 날이 오게 될지, 아니면 그가 특별한 요리를 만들어 황후에게 헌정하게 될지……. 그는 황후, 대사 부인, 공작 부인, 여배우와 같은 귀부인을 위한 요리를 막연하게나마 머릿속으로 구상했다. 오귀스트는 이러한 요리를 만들고자 하는 자신의 열정을 에블린에게 털어놓았다.

"만일 내가 후식에 바닐라를 많이 넣는다면, 그 이유는 외제니 황후가 오로지 바닐라 향만을 좋아하기 때문이에요. 더군다나 난 황후께서 좋아하시는 메뉴를 내 방식대로 개발해 놓았어요."

"어떤 메뉴인데요? 저도 그 메뉴로 하고 싶어요!"

"곧 보오~오게 되겠죠!"

오귀스트는 '본다'는 말을 강조하면서 대답했다.

"곧 보오~오게 되겠죠! 언젠가 나도 힘이 넘치게 될 거구요."

에블린은 로즈마리 차를 한 방울도 남김없이 마셨다. 순간적인 희망의 빛이 그녀의 피곤한 얼굴을 스쳐지나갔다.

요리는 위대한 예술

오귀스트는 빌뇌브-루베에 있는 파니스-파시 후작의 성으로 갔다. 승개교(昇開橋)와 네 개의 망루, 기다란 성벽, 오각형의 장식창이 달린 소탑(小塔)들이 중세 때부터 거의 훼손되지 않고 기적적으로 보존되어 있었다. 돌로 된 대문 앞에는 혁명가들의 손에 의해 팔다리가 잘린 사자 두 마리가 마주 서 있었다. 그는 대문을 뒤로하고, 흡사 잠자는 숲 속의 공주가 살았던 듯한 성내로 들어섰다. 성 안의 두 마당 사이에 제멋대로 자라난 풀들은 물이 말라버린 해자 바닥까지 무성했다. 그의 눈앞에선 하늘로 높이 솟은 나무들이 성을 가리고 서 있었다. 노간주나무, 여기저기 흩어져 자라는 고광나무, 거대한 가시나무, 푸른 떡갈나무, 코르크 떡갈나무들이 커다란 갈퀴 손 가지들을 오귀스트 주위로 늘어뜨리고 있었다. 초목들 사이로 들어가기 전에, 그는 뒤로 돌아 바람이 부는 언덕을 쳐다보았다. 땅에서 올라오는 황금빛 아지랑이들로 언덕이 흐릿하게 보였다.

마을 사람들이 "어떤 말도 살아서 올라가지 못한다"고 말하는 언덕의 급경사면 끝에 성의 두 번째 마당으로 가는 샛길이 나타났다.

빌뇌브-루베의 세례식에 초대받은 오귀스트는 벨뷔 호텔 주방의 조수에게 에블린의 식탁을 각별히 유념해줄 것을 부탁하고 가족들이 있는 고향으로 잠시 돌아왔다.

그리고 교회에서 파니스-파시 후작을 만났다. "떠나기 전에 날 꼭 보러 오시게." 후작이 오귀스트에게 요청했다. "내가 새롭게 자리잡은 곳을 자네에게 보여주고 싶네."

50대 정도로 보이는 앙리-샤를-가스통 드 파니스-파시는 깨끗이 면도한 얼굴에, 구불구불한 흰 수염을 기르고 있었고, 탐색하는 듯한 시선으로 사람을 바라보곤 했다. 그는 30미터 높이의 소탑 아래서 오귀스트를 기다리고 있었다. 그 소탑을, 야만족 함대의 출현을 감시하기 위해 본토인들이 세운 것인지, 아니면 자신들의 영역임을 나타내기 위해 사라센인들이 직접 세운 것인지는 아무도 몰랐다.

"모든 것은 움직이게 마련이지." 후작이 철학적인 말투로 이야기했다. "그러나 이 탑은 여전히 이곳에 서 있네."

"모든 것이 변하지요."

"자네는 이제 프로방스의 요리들은 만들지 않나?"

"저는 러시아 요리들을 많이 만들었습니다. 지금은 식이요법 음식들에 관심을 가지고 있지요."

후작은 여름 내내 성을 보수하고 있었다. 그는 옛날 마구간 자리에 새 부엌을 만들었다. 부엌 안에는 배기관이 돌출된 벽난로가 있었고, 벽난로 안에는 시계추처럼 움직이는 꼬치 회전기가 달려 있었다. 요리용 화덕은 그 옆에 설치되어 있었다. 화덕은 17세기 프랑스의 전통적인 부엌 양식을 본떠 만든 것으로, 벽돌을 쌓아올린 후 파란색과 금색 타일을 바둑판 무늬처럼 붙여 장식하였다. 화덕 위에선 진한 냄새를 풍기며 '포토푀(Pot-au-feu)'[51]가 부글부글 끓고 있었다.

후작은 과장된 태도로 벽난로와 화덕을 차례로 가리키며 말했다.

"벽난로는 고대를, 화덕은 현대를 의미하지. 만일 '타유방'이 다시 땅에 내려와 여기로 들어온다면, 이곳 풍경이 아주 낯설지만은 않을 거야. 왜냐하면 그는 벽난로에선 꼬치에 고기를 끼워 구울 수 있고, 화덕 위에선 그 유명한 소스들을 준비할 수 있을 테니까."

"타유방이 누구입니까?"

"그의 본명은 기욤 티렐이네. 그의 이름 타유방은 '바람을 썬다'는 뜻이지. 왜 이런 별명이 붙여진 걸까? 그가 정말로 바람이라도 썬 것일까? 어쨌거나 그는 고기를 썰었다네! 그는 프랑스의 위대한 요리사였지. 14세기 초에 그는 최초의 요리책을 출간했어. 향신료와 허브에 관한 한 아주 뛰어난 전문가였지."

"그렇군요!"

"…그는 갖가지 소스들을 종류와 특성별로 체계화했고, 그 일에 아주 큰 중요성을 부여했다네. 그는 구운 고기 요리를

51) 여러 가지 야채와 고기를 넣어 오래 고아서 만드는 수프.

좋아했던 대부분의 군주들에게 미각을 일깨워주었네. 그에게 있어 모든 요리는 마지막 순간에 완성되는 것이지. 때때로 그는 요리를 내가기 직전에 푸른 야채즙을 첨가하곤 했어. 고객에게 균형 잡힌 식사를 제공하려고 노력했던 거지."

오귀스트는 성내 마당을 천천히 다시 거닐면서, 타유방의 푸른 야채 소스들이 에블린의 건강에 도움이 될 것인지 자문했고, 요리는 위대한 예술이라는 생각도 했다. 왜냐하면 성주인 후작조차, 죽은 지 5세기나 지난 유명한 소스 전문가에 대해 경외심을 품고 이야기할 정도니까 말이다. 자정이 안 되었는데도 올빼미가 울었다. 오귀스트는 그것을 좋은 징조로 여겼다.

새로운 길

"당신은 여성들을 위한 요리 전문가가 되어야 해요." 에블린이 부드럽게 말했다. "이 분야에는 개척할 수 있는 여지가 아주 많아요."

"여성들을 위한 요리라구요?"

"주방장들은 대체로 남성 고객만을 생각하는 경향이 있어요. 물론 남자들이 주로 돈을 내기 때문에 그렇겠지요. 어쨌든 요리사들은 남성 고객들에게 영양가가 풍부하고, 칼로리도 높고, 때로는 양념이 진하고 간이 너무 강한 음식들을 푸짐하게 내놓지요. 저는 엑스레벵에 있는 궁전에서 그러한 사실을 알게 되었죠. 남자들의 기준은 우리들의 기준과 너무나 달라요. 여자들은 가볍게 먹을 수 있는, 질 좋고 담백한 음식들을 좋아하거든요. 우리네 여자들은 허리가 굵어지고, 몸매가 망가질까 봐 두려워하지요. 그렇지만 여자들도 배가 고프거든요. 우리가 더는 그 옛날의 뚱뚱한 칠면조들이 아니더라도 말이에요. 여자들은 합리적으로 영양을 공급받아야 하는 영악한 요정들이 되었죠."

"당신은 두 가지 메뉴를 제시해야만 한다고 생각하는 건가요? 하나는 남자들을 위한 메뉴, 또 하나는 부인들을 위한 메뉴로요?"

"그러면 안 되나요? 여성들의 위치는 변하는 중이에요. 여성은 우리 사회 속에서, 특히 공적인 분야에서 점점 더 확고한 자리를 차지하게 될 거예요."

그날 저녁 오귀스트는 에블린에게 가벼운 후식을 제공했다. 그것은 '사바용(sabayon)'[52]이었는데, 오귀스트는 체리주(酒)로 향을 내는 대신, 매우 은은한 레몬 설탕을 첨가했다. 그 다음날, 오귀스트는 머지않아 에블린이 다시 파리로 떠날 것이라는 사실을 알게 되었다.

다행히 그는 이 소식을 듣고도 금세 마음을 수습했다. 다른

52) 설탕, 계란 흰자, 샴페인으로 만든 무스(mousse).

사람들 앞에서, 심지어 자기 자신에게도 감정을 과도하게 드러내지 말라는 아버지와 할아버지의 가르침 덕분이었다. 자신의 감정을 억제할 줄 아는 통제력 덕분에 오귀스트는 잡념에 사로잡히지 않고 저녁식사 준비에 전념할 수 있었다. 조수가 마요네즈 소스를 휘젓는 동안 그는 잠깐 바람을 쐬러 나갔다. 그리고 천사만 앞의 야자수들이 싸움꾼들처럼 소란하게 흔들리는 것을 바라보았다.

"잠깐 해야 할 일이 좀 있어!" 그가 들어오면서 조수에게 말했다.

그는 호텔을 한 바퀴 돌아 채소밭 쪽으로 달려갔다. 그곳에서는 물마루처럼 창백한 초록 잎사귀들이 바람에 하늘거리고 있었다. 오귀스트는 박하 몇 뭉치를 따서는 박하 잎들을 엄지와 검지 사이에 넣고 만져본 다음 아삭거리는 잎들만 골라냈다.

그러고는 이렇게 선별한 박하 잎들을 식초와 꿀에 재워서 '영국식 민트 소스[53]'를 만들었다. 이전에 오귀스트는 '젖먹이 양등심 소금구이'에 이 소스를 끼얹은 다음, 바르두 부녀의 식탁에 직접 내간 적이 있었다. 이보다 더 담백한 요리를 상상할 수 있을까?

그런데 오늘은 늘 별처럼 반짝이던 에블린의 큰 눈이 빛을 잃은 것처럼 보였다. 무슨 일일까? 오귀스트는 그 이유를 에블

---

53) 육수에 박하, 식초, 흑설탕 등을 넣어 끓여서 만드는 소스.

린에게 물어보았다.

"나는 여행이 정말 싫어요." 에블린이 고백했다. "나만의 단단한 조개껍질 속에 있는 게 훨씬 편해요."

"아가씨가 느끼는 감정을 저는 잘 모르겠어요. 저는 여행을 한번도 해본 적이 없거든요."

"자네 여행하고 싶은가?" 바르두 씨가 물었다.

"왜 아니겠습니까? 첫째가 되려면 다른 사람의 머리와 부딪쳐야 된다고 사람들이 늘 말했습니다. 저는 여기가 마치 새장 같아서, 그 속에 갇힌 느낌이랍니다."

"그렇게도 성공하고 싶으세요?" 에블린이 물었다. "당신은 소나무 파라솔과 허브 밭, 가족과 친구들, 고객들 속에서 행복한 나날들을 보낼 수 있을 거예요. 당신은 현자이고 시인이니까 말이에요."

오귀스트는 허리를 숙여 인사했다. 다시 부엌으로 돌아갈 시간이 된 것이다.

"시간이 나면 티 타임 때 나를 보러 오게." 바르두 씨가 말했다. "자네에게 제안하고 싶은 게 한 가지 있네."

"아내가 죽기 전에, 그리고 딸이 아프기 전에, 나는 파리에 있는 '프티 물랭 루주'[54]라는 레스토랑을 가지고 있었네." 그

54) 물랭 루주(Moulin Rouge)는 '빨간 풍차' 라는 뜻, '프티(petit)' 는 '작다' 라는 뜻이다.

는 잠시 뜸을 들인 후 다시 얘기했다.

“나는 에블린에게 더 신경을 쓰고 싶어서 그 레스토랑을 팔았다네. 그러나 그 레스토랑을 새로 맡은 경영자와는 아직까지도 친분을 유지하고 있지. 자네 혹시 거기서 자리잡고 싶은 생각은 없나? 자네는 야망이 있는 젊은이야. 파리는 세계로 향해 열린 문이라네. 그리고 니스처럼 바캉스 시즌이 3개월 만에 끝나지도 않는다네.”

그때 갑자기 에블린이 발작적인 기침을 해댔다. 바르두 씨가 에블린을 팔로 감싸며 말했다.

“저런저런… 가엾은 것…….”

자주색과 붉은색으로 물든 어둠의 휘장이 사방을 뒤덮으며 내려왔다. 잠깐 동안 시간이 멈춘 것 같았다.

“제가 떠나지 않을 거라고 생각하십니까?” 오귀스트가 눈위로 흘러내리는 머리카락을 걷어내기 위해 머리를 흔들며 물었다.

2부

요리는 예술이다(1865-1870)

요리사가 여럿 있으면 국이 짜진다.

— 이탈리아 속담

프티 물랭 루주

오귀스트는 가방이 기차의 출입 계단에 부딪히지 않도록 조심했다. 그의 행동에는 한치의 망설임도 없어 보였다. 그는 자신이 새로운 시대를 여는 새벽의 문턱에 선 현대인이라고 생각했다. 그 무엇도 그를 막을 수 없을 것 같았다.

니스 역은 불과 몇 주 전에 기차 운행을 시작하였다. 그가 탄 기차는 지중해 연안의 리비에라와 파리를 잇는 열여덟 번째 기차였다.

작은 숲 위로 살짝 솟아 있는 오각형의 소탑 한쪽 벽면은 담쟁이 넝쿨에 뒤덮여 있었다. 오귀스트는 차창 밖으로 약간 몸을 내밀어 성벽 아래로 늘어선 집들을 내려다보았다. 그중 초록색 덧문을 단 집이 오귀스트 부모님의 집이었다.

지난 부활절 주일, 그의 집에서 준비한 부활절 특별 메뉴는 지방을 뺀 돼지고기와 실파를 넣은 오믈렛이었다. 오믈렛은 얇은 밀전병보다 약간 더 두꺼울 뿐이었다. 빌뇌브-루베의 주임 신부님은 이 특별한 음식이 고대 제사에서 유래된 것이라고 말해주었다. 이 제사 음식은 보름달을 상징하는데, 제사 날짜가 부활절이었던 것이다.

고대 제사의 제물이었던 오믈렛을 보면서 오귀스트의 머리에는 '프티 물랭 루주' 에서 팔 만한 기상천외한 요리들의 이미지가 줄지어 떠올랐다. 누가 알겠는가? 깃털로 장식한 차가운 꿩 요리, 물결 모양으로 장식한 구즈베리(groseile)[1] 열매 속에 감춰놓은 새끼 멧돼지 스튜, 계란 흰자를 휘저어서 하얀 피라미드처럼 장식한 멧새 요리…….

기차 안에서 설핏 잠이 든 그는 프티 물랭 루주에 대한 꿈을 꾸었다. 꿈속의 프티 물랭 루주는 물이나 바람을 이용한 물레방아나 풍차가 아니라 올리브유가 흐르는 늑대 계곡에 설치되어, 그 올리브유로 돌아가는 희한한 물레방아였다. 꿈에 나온 사람들은 그 방아를 시뻘건 피로 돌아가는 피방아라고 불렀다. 말 한 마리와 당나귀 한 마리, 사람 한 명이 압착기의 나사를 돌리고 있었다. 꿈속의 그 사람은 바로 오귀스트 자신이었다. 그는 진땀을 흘리며 돌리고 또 돌렸다. 오귀스트는 갑자기 퍼뜩 잠에서 깨어났다. 기차가 이미 시오타 역에 당도한 것이다.

프티 물랭 루주는 샹젤리제 공원 위쪽, 그 시대 유행을 따라 지어진 건물에 위치한 레스토랑이다. 정치가, 예술가, 사교계 인물, 높은 지위의 외국인들이 이곳을 드나들었다. 이 레스토랑

1) 까마귀밥여름나무의 열매. 앵두처럼 생겼고 빨갛다. 좀 씁쓸한 맛이 나는데 여러 가공 음식이나 차나 술 등의 향료로 쓰인다.

의 주방장은 파리에서 실력 있는 요리사라고 정평이 난, 율리시스 로오였다. 오귀스트는 보주 지방의 한 도시인 에피날의 박물관에서 본 호메로스의 율리시스[2]처럼, 그가 붉은 머리에 수염을 짧게 깎은 근육질의 사내일 것이라고 생각했다.

젊은 요리사는 다시 잠들었다. 율리시스 로오가 나타났다. 그는 키가 컸고, 판사처럼 붉은 가운을 걸쳤다가, 곧이어 변호사처럼 검은 가운을 걸친 모습으로 나타났다. 원고와 피고의 모습으로 동시에 나타난 그는 점점 커지기 시작하더니, 니스의 살레야 광장 예배당의 뒤쪽 벽에 새겨진 거대한 전능의 지배자 모습과 흡사해졌다. 그는 전능의 지배자처럼 비웃는 눈초리로 사람을 꿰뚫어보는 것 같았지만, 한편으로는 더할 나위 없이 선량해 보였다.

열정적인 요리사 율리시스 로오와의 만남

1865년, 실제로 만난 율리시스 로오는 그리스 영웅이나 전능의 지배자와는 닮은 구석이 하나도 없었다. 딸기코에, 뚱뚱한 몸집의 율리시스는 화를 내면 칠면조처럼 얼굴이 보라색으로 변했고 목이 부풀어올랐다. 오귀스트는 부엌으로 내려가는 계단에 발을 딛자마자, 차마 입에 담을 수 없는 폭언과 추잡한

---

2) 《오딧세이》의 주인공 '오디세우스'의 라틴어 이름.

말을 퍼붓는 고함소리를 들을 수 있었다. 로오는 지금, 키 작은 심부름꾼의 따귀를 인정사정없이 두 대나 갈기고 난 참이었다. 고개를 든 그는, 오귀스트가 두꺼운 종이 가방을 들고 사무실 입구에 서 있는 것을 보았다. 그는 심부름꾼의 다리를 걸어 넘어뜨리고 나서야 분풀이를 멈추고 진정했다.

"아, 니스 녀석 맞지? 자네 가방에 손잡이가 있어서 다행이군. 손잡이가 없는 가방은 훨씬 초라해 보이니 말이야. 아, 아!"

로오는 오귀스트를 좁은 복도로 데리고 갔다. 복도 끝에는 채광창이 달린 작은 방이 하나 있었다. 방 안에는 니스 칠을 한 나무 책상이 두 개 붙어 있었고, 그중 한 책상 앞에서 비서가 메뉴를 쓰고 있었다. 비서는 따분한 표정으로 오귀스트를 쳐다보았다. 로오는 오귀스트와 비서에게 서로를 소개해줄 필요가 없다고 생각한 것 같았다. 로오는 털이 북슬북슬 난 커다란 손을 책상 위에 얹었다. 책상 위에는 반쯤 찬 와인 병이 굴러다녔다.

"걱정하지 말게! 자네는 부엌의 속사정[3]을 구경한 것뿐이니까. 아아, 이 말은 내가 한 게 아니라 비에브르 후작이 했지. 말장난을 창안한 사람 말일세." 그가 권투 연습을 하는 두 견습생을 보면서 말했다.

'이 돼지가 문학을 한다는 게 가능할까?' 오귀스트는 속으로 생각했다.

---

3) 이것은 '부엌세간(batterie de cuisine)'을 의미하는 말이기도 하다.

"바르두 씨가 자네 칭찬을 얼마나 많이 했는지 아나?" 똑똑한 돼지가 다시 말을 이었다. "앞으로 두고 보지. 난 조금씩 자네의 모든 것을 테스트해볼 생각이네. 우선 자네는 식료품 창고 관리부터 시작하게나. 일하는 시간은 아침 여덟 시부터 오후 두 시 삼십 분까지, 그리고 저녁 여섯 시 삼십 분부터 자정 넘어서까지일세."

그는 와인을 잔에 따르더니 단숨에 비웠다.

"한 잔 할 텐가?"

"아니, 괜찮습니다."

"어쨌든 자네는 앞으로 술을 마셔서는 안 될 걸세. 이것도 자네를 테스트하는 방법이지." 로오는 긴 턱수염을 훔쳤다. "좀 전에는 별로 기분이 안 좋았나? 혼란을 느낄지도 모르지만 말이야, 니스의 호텔 주방과 파리의 대형 레스토랑 주방 사이에는 공통점이 하나도 없다는 사실을 알아두게. 야망이 자네 속에서 꿈틀거리나?"

"그것보다는 오히려 위대한 요리에 대한 사랑과, 배우고자 하는 욕구가 더 큽니다."

"위대한 요리라. 내 발명품인 '흰 식초에 담근 어린 토끼 요리' 같은 것 말이지? 위대한 요리란 끊임없이 변한다네. 아주 재미있지! 어느 날 자네가 넛멕(nutmeg)[4]을 듬뿍 친 요리를 내

---

4) 프랑스어로는 '뮈스카드(muscade)'로, 주름진 갈색 견과의 일종. 갈아서 사용하며 우유나 크림 등이 들어가는 음식에 향신료로 많이 쓴다. '육두구'라고도 한다.

간다면, 손님들은 장내가 떠나갈 듯 박수를 쳐댈 걸세. 다음날이 되면, 그들은 붉은 파프리카를 열렬히 원하지. 그리고 그 다음날에는 설탕에 절인 두릅을 원한다네. 그들이 뭘 좋아하는지 알아내는 것은 우리의 몫이지! 인생을 위대한 요리에 바친다는 것은 댄스 파트너를 거느리는 것과 같아. 파트너는 춤을 추면 출수록 더욱더 많은 것을 요구하거든."

순간적으로 윌리시스 로오의 싸늘한 눈에 빛이 반짝였다. 마치 연인에게 자신의 열정을 들켜버린 것처럼.

"소스의 일인자"

프티 물랭 루주는 〈조안 가이드〉[5]에서 2등급 레스토랑으로 소개되었다. 이 가이드북이 소개한 곳 가운데 1등급에 속하는 레스토랑은 14개 정도였고, 그들 대부분이 그랑 애버뉴와 팔레 루아얄[6] 근처에 위치해 있었다. 프티 물랭 루주는 여름 시즌을 위한 레스토랑이었다. 겨울을 나기 위해서는 샹젤리제 공원의 다른 두 대형 레스토랑인 '로랑' 레스토랑과 '르 도양' 레스토랑처럼 불륜의 연인들이나, 정염(情炎)을 못 이

5) 아돌프 조안이 아쉐트 출판사에서 발간한 지역별 가이드 총서. 각 지역의 지리, 역사, 통계자료, 고고학 등을 기술하였다.

6) 파리에 있는 궁으로 몇 개의 건물과 정원으로 이루어져 있다. 리슐리외 재상을 위해 1633년 착공했으며, 리슐리외가 죽은 후 국왕에게 양도되었다. 안 도트리슈가 그곳에 살았을 때(1643년)부터 팔레 루아얄, 즉 '왕실 궁전'이라 불리게 되었다.

겨 비밀스럽고 덧없는 사랑에 빠진 사람들을 끌어들여야 했다. 높은 나무 울타리에 은밀히 감춰진 장-구종 거리의 출입구는 이러한 목적으로 쓰였다.

샹젤리제 입구 쪽으로는 야외 음악실이 있었고, 여름이면 '뮈자르 연주단' 이 저녁식사를 하는 고객들에게 음악을 선사했다. 필리프 뮈자르[7]는 은쟁반에 담겨 전달된, 다이아몬드로 세공한 상아 지휘봉을 들고는 거의 80여 명이나 되는 오케스트라 단원들을지휘했다. 그는 4인조 춤인 '카드리유' 나 '갤럽' 같은 무도곡과, 모차르트나 베토벤, 로시니 등의 음악을 계속해서 들려주었다. 오귀스트는 이런 연주들을 들으며 귀를 훈련시켰고, 덕분에 그럭저럭 괜찮은 음악광이 되었다.

프티 물랭 루주에는 나무들이 우거진 정원과 함께, 2층에는 두 개의 커다란 살롱이, 3층과 4층에는 30여 개의 작은 개인실(個人室, salon)들이 있었다.

날씨가 좋으면 정원에서 식사를 할 수 있었다. 정원에서 식사하는 사람들은 눈요기도 할 수 있었다. 후식시간쯤 개인실 쪽으로 살짝 얼굴을 들기만 하면 대개 활짝 열린 창턱에 팔꿈치를 괸 아름다운 젊은 여인들을 볼 수 있었던 것이다. 저녁이 되어 어둠 때문에 여인들의 얼굴이 흐릿해지면, 식탁 위의 촛불이나 일부러 켠 담뱃불로 그녀들의 얼굴을 비춰 보면서

7) '산책용 콘서트(promnade concert: 청중이 걷거나 산책하는 동안 콘서트를 하는 것)' 를 처음 시작한 음악인(1793-1859).

여인의 이름을 알아맞추곤 했다.

메야크와 알레비[8]는 프티 물랭 루주에서 영감을 얻어 쓴 시를 '라 비 파리지엔'[9] 안에 싣기도 했다.

어머니들이 근심하는 장소는 여기
아버지가 애써 번 돈을 피도 안 마른 아들들이
갖다가 날리게 하고 자매들에게 약속된 지참금을
갉아먹는 무시무시한 장소

여성들은 여행 도중 기차를 갈아타기 위해 기다리는 동안에만, 그것도 레스토랑의 주요 홀에서만 모습을 보일 수 있었다. 원칙적으로 여성들은 여행중이거나 이동중일 때에만 레스토랑을 이용할 수 있었다. 그렇기 때문에 밀폐된 개인실들은 웨이터들이 눈을 감고 까치발로 들어가는 장소였다.

프티 물랭 루주의 주방 분위기는 벨뷔 호텔과 완전히 달랐다. 이곳은 후끈거리는데다 창문이 꼭꼭 닫혀 있어 숨이 막힐 것만 같았다. 3층의 개인실에 적당한 온도의 음식을 가져다 주려면 주방에서는 불타듯 뜨거운 상태로 음식을 내가야 했다. 환기를 위해 주방 창문을 열면 음식이 미리 식어버릴 위

8) 동업 관계인 메야크(1831-1897. 프랑스의 극작가)와 알레비(1834-1908. 프랑스의 작가)는 오펜바흐가 작곡한 수많은 오페라극을 함께 썼다.
9) '파리의 생활' 이라는 뜻으로, 1866년에 지어진 오펜바흐의 오페라 중 하나이다.

험이 있었던 것이다.

"그게 뭐가 중요하냐고…" 하며 급사들은 툴툴거렸다. "두 번 중 한 번은 빗장이 잠겨 있고, 문 뒤로 헐떡대는 소리와 그 짓 할 때 나는 갖가지 소리들이 들린다니까. 예를 들자면 말이야……."

"입 닥쳐!" 로오가 따귀를 갈기고 발목을 걷어차면서 소리 질렀다. "뜨거운 음식은 뜨겁게 내놔야 하는 법이야!"

로오가 내리는 모든 명령은 군소리 없이 즉각 시행되어야 했고 위반시에는 가차없는 폭력이 뒤따랐다. 얼굴에 주먹 날리기, 발로 짓밟기, 국자로 손톱이나 아랫도리 갈기기……. 연기가 꽉 차 있고, 환기조차 제대로 되지 않는 길쭉한 타원형의 공간 속에서, 각 파트의 주방장들이 끊임없이 고함을 질러대는 동안 열댓 명의 조리사들은 포병대의 포수처럼 정확하고 재빠르게 돌아다녔다. 열기와 소음은 지옥의 그것과 같았고, 위계 질서는 마치 종교 단체 같았다.

회전 꼬치구이기의 오른쪽에서는, 날개가 달리고 채색이 된 천사 모형이 숨 돌릴 시간을 정기적으로 알려주었다. 천사는 종을 때리면서 태엽을 다시 감아야 한다는 사실을 상기시켰다. 편안한 미소를 띤 이 기계 천사는 꼬치가 돌아가고 있음을 잊지 말라고 각성시키는 역할을 했다. 꼬치에 녹이 낀 자국이라도 발견하면 로오는 담당 견습생의 귀를 잡아당기고는, 꼬치를 여러 번 돌려보게 했다. 그리고는 그에게 발길질을 하며 고함을 질러댔다. "이 자식아, 녹 때문에 고기 맛이 변한다는 걸 몰라서 그래?"

지배인과 웨이터들이 식사를 마치고 나서야, 조리사들은 화덕과 짚으로 만든 매트 사이에 서서 두 시 반경에 다 함께 밥을 먹었다. 남은 재료를 몽땅 뒤섞은 음식들은 때로 맛이 아주 그만이었다. 아티초크 속대나 푸아그라 소스에서 헤엄치는 마카로니로 식사를 하지 않을 때면, 로오는 시간을 벌고 수고를 덜기 위해 자주 샐러드를 만들게 했다. 가재 몇 점과 상추, 삶은 계란, 토마토, 파프리카 위에 마요네즈를 한 국자 떠서 얹은 다음 커다란 은제 식기에 넣고 섞는 것이다. 식사가 끝나면 오귀스트는 식료품 창고의 밀가루 포대 위에서 짧지만 달콤한 낮잠을 즐겼다. 견습생들은 좁은 다락방에서 예닐곱 명이 겹쳐 새우잠을 잤다.

키가 작은 오귀스트는 냄비 속 내용물을 확인하려면 까치발을 들어야 했는데, 동료들은 그의 남프랑스 억양을 과장되게 말하면서 그를 흉내냈다. 놀림받기 싫었던 오귀스트는 뒷축이 굉장히 높은 신발을 사서 신은 후, 촌티 나지 않게 행동하려고 무던히 애를 썼다.

"마음은 깨지든지 돌처럼 굳어지든지 둘 중 하날세." 로오가 확신에 찬 말투로 얘기했다. "모럴리스트인 니콜라 드 샹포르[10)]가 이렇게 말했었지."

여러 모로 고된 주방 환경과 분위기 때문에 오귀스트의 마음은 차츰 돌처럼 단단해져갔다. 오귀스트에게서 위대한 요리사로서의 재능을 발견한 율리시스 로오는 그에게 '소스의 일인자' 라는 애칭을 붙이고는 자신의 오른팔로 삼았다.

'에스코피에가 품은 거대한 칼에는 분명한 색깔이 있어.' 로오는 생각했다. '이 녀석은 훌륭한 오딜롱 바로(1847년 선거 개혁을 위한 '연회 캠페인'[11] 주동자) 변호사 선생께서 말씀하신 닭가슴살이 쓸개 쪽 살인지, 아닌지를 구분할 줄 알았던 니베르네 공작[12]과 비슷한 점이 있단 말씀이야.'

로오로부터 받은 최고의 찬사는 오귀스트의 마음에 깊이 새겨졌다. '미각의 과학' 은 그를 점점 더 사로잡았고, 몽테뉴가 《수상록》에서 언급한 프랑스 요리사는 오귀스트 자신의 모습을 투영해보게 해주었다. 몽테뉴는 이렇게 쓰고 있다. "그 요리사는 내게 마치 위대한 이론을 강론하듯이 진중하고

---

10) 프랑스의 극작가 · 좌담가 · 도덕론자(1741-1794)로서 혁명에 적극 참여했으나 공포정치 당시 '온화파' 라는 혐의로 여러 번 수감되었고, 결국 자살했다. 사후 그의 친구들이 그의 유작 《잠언과 단상》, 《성격과 일화》를 간행했다.

11) 7월 혁명을 일으킨 기조 내각의 부패와 실정에 책임을 물어 정당들이 내각 사퇴를 요구하자, 루이 필리프 1세는 1847년부터 1848년까지 정기 국회 개시 전에 자유민주적인 반대 의견을 개진하는 모든 집회를 금지시킨다. 그러나 정부 반대 인사들은 1847년 7월 9일 '개혁 연회' 를 개최한다. 이를 계기로 정부에 대한 좌파의 반대가 조직적으로 대두되었고, 그들은 투표권 확대를 통한 납세자 선거법 개혁을 위해 투쟁하였다. 그래서 이 반대파들을 '개혁주의자' 들이라고 불렀다. 이 연회는 1847년 12월 25일 정기 국회가 시작되기 3일 전 공식적으로 모든 일정을 마쳤다. 그러나 1847년 12월 28일 개회한 국회에서 이들의 개혁적인 주장을 거부하자 다시 '개혁 연회' 를 시작했고, 이를 기점으로 노동자 계급, 산업 부르주아지, 공화주의자들이 연합하여 1848년 2월 혁명을 일으키게 된다.

12) 프랑스의 외교관 · 작가 · 프랑스 학술원 회원.

도 결연한, 그리고 침착한 언어로 말했다. 그는 맛의 차이, 즉 공복시의 맛과 두 번째, 세 번째 나온 음식을 먹고 난 후의 맛, 먹는 방법, 혹은 입맛을 돋우거나 자극을 주는 법들을 해독할 수 있게 해주었다. 소스의 원칙, 즉 제일 중요한 원칙들과 일반적인 원칙들, 그리고 재료의 특별한 질과 효과에 관한 것. 그는 이 모든 것을, 왕이 하나의 제국을 지배할 때 사용하는 언어들처럼 풍부하고 매혹적인 말들로 부풀리는 것이었다."

마치 한 제국을 지배하듯이 주방을 지배할 수 있다는 글을 읽으면서 오귀스트의 마음에는 뿌듯함이 넘쳐흘렀다. 어떤 중국 현자는 이렇게 말하지 않았던가. "국가를 다스리는 것은 작은 생선 한 마리를 굽는 것과 같다."

일류 주장방 모데스트 마그니의 요리 비법

오귀스트는 이에나 거리의 작은 호텔에 머물고 있는 에블린을 보러 갔다. 그녀의 건강은 많이 회복된 것 같았다. 에블린은 눈을 불꽃처럼 빛내며 오귀스트와 다시 만난 것을 즐거워했다. 오귀스트가 그녀에게 가져간 것은 꽃 부케가 아니라 진한 향들을 풍기는 허브 부케였다. 매력적인 이 부케는 군침 도는 오귀스트의 환상적인 메뉴들을 적은 종이에 싸여 있었다. 오귀스트의 선물에 매료된 에블린과 그녀의 아버지는 오귀스트에게 여러 가지 질문을 동시에 퍼부었다. 그들은 특히 레스토랑 경영에 대해 얘기했는데, 소녀는 잠시도 지루해하지 않고 이야기 속으로 빠져들었다.

"어떤 얘기를 하든 말예요……." 에블린이 지적했다. "오귀스트 에스코피에 씨는 시인처럼 말해요."

"정말 얼마나 웃기는 세상인지!" 바르두 씨가 말했다. "나는 자네가 지하 부엌에서 알게 된 사실들을 몰랐네. 그렇지만 1866년 요즘 세상에는 말이야, 레스토랑도 차츰 변하고 있다네. 팔레 루아얄의 개선문 아래에 도박장 설치를 금지한 이후로 '베푸' 레스토랑과 '프레르 프로방소' 레스토랑에는 손님이 점점 뜸해지고 있지. 아주 유명한 다른 레스토랑들, 그러니까 몽토르고이 거리의 '필리프' 라든가, 뇌브-생-외스타슈 거리에 있는 '브레방', 생 토노레 거리의 '카페 부아젱' 같은 레스토랑들도 영향력이 줄어들었지. 이처럼 아주 유명한 레스토랑들에서 괜찮은 저녁식사를 하려면 그 전날 주문해야 하거든! 그러니까 성공을 하려면 단순화시켜야 해. 요새 가장 잘 나가는 집들은 '카페 앙글레' 와 '메종 도레', '비뇽', 이 세 레스토랑이거든. 이 레스토랑들은 다양한 메뉴들을 정해진 가격에 내놓고 있어. 여기서는 음식을 빨리 선택할 수 있고, 덕분에 연극 공연도 놓치지 않게 된다네."

"서둘러서 음식을 고르는 것은 식도락에 어긋나는 것 아닌가요?"

"음식을 정성 들여 준비한다면 그렇지도 않지. 하지만 이런 방식이 파리에 매일매일 새로 생기는, 새로운 형식의 비스트로[13]들의 경쟁력을 약화시키지는 못하거든. 이 가운데 어떤 집들은 요리를 잘하는 주방장을 고용한 단순한 '선술집' 들이지. 이들은 자신들의 작은 카페를 완전히 쓸어버리고 고급 레스토랑으로 탈바꿈시켰다네. 투르농 거리의 '포요' 레스토랑이 그 중 최고지……. 나는 다시 사업을 시작할 이유가 있다고 생각하네! 젊은이들을 겨냥하는 것이지! 파리에서의 레스토랑 운영은 위험 부담이 큰 사업이 되고 말았네. 어느 날은 대박을 터뜨릴 수도 있지만, 점점 수입이 감소하다가 파산하고, 결국은 사라지는 일들이 왕왕 있다네! 〈조안 가이드〉를 비롯해서 〈식탁의 즐거움〉과 〈파리-가이드〉는 단지 시대의 흐름을 따를 뿐이지. 이건 모든 것이 변한다는 의미일세. 어떤 기차가 운행중인지 잘 보고 골라 타는 것은 자네한테 달렸네."

"저는 역 안에 머물 생각은 없습니다! 저는 높은 흰 모자를 쓰기로 결심했어요. 아가씨도 아시겠지만, 이 모자는 고급 레스토랑의 주방장을 뜻하죠. 그러나 비스트로의 새로운 요리는 저를 꿈꾸게 합니다. 그리고 전 사실 라탱 지역[14]의 마제 거리에 있는 작은 레스토랑의 주인이며, 주방장이자 지배인인 모데스트 마그니의 성공담을 듣고 벌어진 입을 다물 수가 없었어요. 모든 파리 사람들이 그곳으로 달려간다죠. '감자 퓌레(purée)[15]'

---

13) 술집 겸 음식점.

14) 소르본 대학 등 대학들이 밀집해 있는 대학가.

를 맛보기 위해서요. 지극히 간단한 방법으로 만들어낸 감자 퓌레를 말이죠. 감자 퓌레의 절반은 작은 숟가락으로 감자 속을 판 다음 그것을 가루로 만들어서 오븐에 구운 것이고, 나머지 절반은 최상품의 버터라고 하더군요."

"그저께 우리도 그곳에서 저녁을 먹었어요!" 에블린이 탄성을 질렀다. "조르주 상드[16], 귀스타브 플로베르[17], 이반 투르게네프[18], 어네스트 르낭[19] 같은 유명한 작가들이 중앙 홀에서부터 줄지어 개인실로 올라가더군요. 이 사람들은 격주로 월요일마다 그곳에 모인대요. 기자들은 작가들의 이 모임을 '마그니의 만찬' 이라고 명명했다지요."

"언젠가 '에스코피에의 만찬' 도 없으란 법 없지!"

오귀스트는 얼른 손사래를 쳤다.

"제가 놀란 것은, 바르두 씨, 발전의 속도가 변화를 따라가지 못한다는 것이지요. 저는 프티 물랭 루주에서 율리시스 로오가 준비한 요리의 질을 말하는 게 아니라 주방의 운영체계를 말하는 것이랍니다. 잡부의 수가 쓸데없이 너무 많고, 어떤 조리대는 너무 높고, 또 어떤 조리대는 너무 낮아요. 조명도 너무 어둡고, 냄비들은 요리에 별로 적당하지 않지요. 이

---

15) 야채를 으깨 만든 걸쭉한 죽의 일종.
16) 19세기 프랑스의 대표적인 여류 문인으로서 낭만파 소설가(1804-1876).
17) 프랑스의 소설가(1821-1880)로서 대표작으로 《보바리 부인》이 있다.
18) 러시아의 시인 · 소설가 · 극작가(1818-1883).
19) 프랑스의 철학자 · 역사가 · 종교학자(1823-1892).

냄비들은 일반 가정집에서 쓰는 도구들이라 삼백 명분을 준비할 때는 정말 쓰기가 불편하거든요. 편리한 구석이라곤 전혀 없어요. 모두 바꾸어야 해요. 이런 문제들 때문에 주방 안은 엉망진창이 되고 있어요. 아쉬운 점이죠. 견습생과 조수들, 웨이터나 지배인들 사이의 알력은 말할 필요도 없고요."

"아, 그렇지, 지배인들! 내가 굉장히 탁월한 지배인을 몇 명 알지. '비뇽' 레스토랑에는 몸집이 뚱뚱한 앙리가 있는데, 이 사람은 소화불량 환자들의 식욕까지 돋워줄 수가 있다네. 이 사람이 느릿하고 유연한 몸짓으로 레드 와인으로 졸인 가자미 위에 소스를 뿌리면 식욕이 마구 생기게 되거든! '카페 앙글레' 에서 일하는 지배인 어네스트는 사뭇 교황과 같은 분위기를 풍긴다네. 식탁에서 부스러기를 쓸어담는 순간에도 말이야. 이 사람들은 레스토랑의 이미지를 유지하느라 주방에서 매우 분주한 시간을 보내는 주방장들에게는 아주 위협적인 존재들이야. 레스토랑의 성공은 지배인의 명성에 달려 있다고도 볼 수 있거든. 그에 비하면 주방장의 재능은 두 번째지."

바르두 씨는 에블린의 무릎에서 갑자기 자신의 무릎 위로 뛰어올라온 다갈색 고양이의 털을 쓰다듬으면서 생각에 잠겼다.

"내가 알기로는 최근 성공을 거둔 주방장들에게 비결이 있다면 그건 특별한 요리를 개발한 거라네. 그 대표적인 주방장들로는 '테르미도르[20] 바닷가재 요리' 를 개발한 시청 주방장이나 지극히 평범한 소스에 토마토를 섞는 천재성을 발휘한 그 유명한 아돌프 뒤글레레[21]가 있지. 뒤글레레는 전 유럽은 물론, 심지어 대서양 너머에서도 사용되는 요리법에 자신의 이름을 붙일 수 있게 되었다고! 뒤글레레는 좀 특이한 사람이었는데, 로스차일드[22] 저택에서 주방장 노릇을 하기도 했지만 투자를 잘못해서 결국은 자신이 소장하고 있던 거장들의 명화들도 몇 점 팔아버려야 했다네……. 나는 이 사람을 잘 알고 있지. 마른데다 면도도 말끔히 해서 아주 깔끔한 외모를 지닌 호감 가는 사람이야."

프티 물랭 루주의 주방으로 돌아와 다시 일을 시작한 오귀스트는 휴가를 내서 생각할 여유를 갖고 싶었다. 그는 회전 꼬치구이 천사 앞에서 일이 끝날 시간이 되기만을 기다렸다. 조금 전 에블린은 오귀스트에게 자신이 묵고 있는 호텔 주방에 가서 자기에게 가져다준 허브들의 올바른 사용법을 직접 요리사에게 일러주라고 당부했다.

그는 에블린과의 약속을 지키기 위해 샹젤리제 방향으로 뛰어 이에나 거리로 다시 올라갔다. 바르두 씨와의 대화는 그를 흥분시켰다. 그는 새로운 모험을 향해, 미지의 것들을 향

---

20) '더운 달(熱月)' 이라는 뜻. 프랑스 혁명력으로는 11월을 가리키며, 실제로는 7월 20일~8월 18일에 해당한다.

21) '프레르 프로방소' 레스토랑 주방일을 관할했고, 1886년에는 당시 요리 분야에서 최신 유행의 기수가 되었던 '카페 앙글레' 레스토랑의 주방장을 지냈다. 재료의 질을 철저히 따지는 등 엄격한 기준으로 요리를 하며 수많은 유명 요리법들을 개발했다.

22) 독일에서는 '로트실트' 로, 프랑스에서는 '로칠드' 로 발음한다. 250여 년간 유럽 금융계의 주축이 된 유대계 독일 가문.

해 달려가는 듯한 느낌이 들었다.

다음날 프티 물랭 루주는 내부 수리 때문에 문을 닫았다. 오귀스트는 카르티에 라탱에 있는 마그니의 레스토랑에 저녁을 먹으러 갔다. 그는 율리시스 로오에게 같이 가자고 설득했다.

"우리는 다른 사람들이 어떻게 하는지 알아야 해요." 오귀스트가 강조하며 말했다. "안 그러면 우리는 곧 뒤처지게 되고, 사람들로부터 비난받게 될 거예요. 모든 사람들이 말하는 그 레스토랑의 별식, 그러니까 그 유명한 '감자 퓌레'와 '투른느도 로시니'[23], '샤토브리앙 스테이크'[24], '냄비 요리', '샤를(지배인 마그니의 이름이다) 멧도요 요리', '독일 소스를 친 양족발 요리', '보르도식 가재 요리'[25] 들을 맛봐야만 한다고요."

구불구불하고 좁은 콩트르스카르프-도핀 거리는 도핀 거리와 생-앙드레-데-자르 거리를 연결한다. 이 거리의 한쪽에는 옛날에 파발마(擺撥馬) 역참이었던 백마 여인숙이 있었다. 맞은편인 3번지에, 모데스트 마그니는 이전에 와인 바였던 가게를 두 개의 중앙 홀과 일곱 개의 개인실이 있는 2층짜리 레스토랑으로 바꿔놓았다.

---

23) 쇠고기 스테이크의 경우 부위별로 이름이 달라진다. '투른느도(tournedos)'란 쇠고기의 갈비뼈 바깥쪽, 즉 '등심'을 말하는데 특히 중간 뒷부분을 말한다. 이탈리아의 오페라 작곡가 이름에서 따온 '로시니' 방식의 스테이크란 버터에 튀긴 푸아그라와 트뤼프를 곁들인 것을 말한다.

24) 이 스테이크는 소머리 바로 밑부분을 두툼하게 잘라 구워 먹는 방식을 말한다.

25) 보르도식은 염교(작고 길쭉한 양파)와 올리브 잎사귀, 타임 잎사귀를 다져서 보르도산 레드 와인에 적신 후 갈색으로 익혀 재료에 바르는 방식이다.

후식이 나오자 율리시스와 오귀스트는 자신들을 소개했다. 주방장이자 사장인 마그니는 그들의 식탁에 앉아, 율리시스와 오귀스트의 찬사를 당연하다는 듯 듣고 있었다. 그러고는 그들에게 샴페인을 한 잔씩 권했다(라 마른 지방의 샴페인이었다).

"두 분은 제가 초대한 것이나 다름없습니다." 마그니가 말했다. "어쨌든 저는 제 손님들을 소비자라고 생각해본 적이 한번도 없습니다. 모든 분을 주빈으로 여기거든요. 테오도르 드 방빌[26]이 이 사실을 잘 써주었지요. '파리의 한복판에서 마그니 같은 사람이 당신에게 먹을 것과 마실 것을 잘 대접했다면, 과연 돈만으로 그의 은혜를 갚을 수 있을 것인가?' 라고요."

'이 사람은 이름이 모데스트[27]라면서 겸손한 구석이라곤 한 군데도 없군.' 오귀스트가 생각했다.

모데스트 마그니는 쉰네 살이었다. 그는 바이런[28]이나 라발리에르[29]처럼 약간 다리를 절었다. 그는 돈을 벌기 위해 파리로 왔고, 접시닦기부터 시작했다. 다행히도 그는 아무 데서나 일한 것은 아니었다. 그가 일하던 곳은 이름난 주방장이 일하는, 파리에서 한창 이름을 떨치던 '필리프' 레스토랑이었다. 그는 요리사들이 일하는 것을 끊임없이 관찰했고, 그들에게 무급으로 일을 도와주겠다고 했다. 요리사들은 그의 제안을

26) 프랑스의 낭만파 시인(1823-1891).
27) '모데스트'는 '겸손'이란 뜻이다.
28) 영국의 시인(1788-1824).
29) 보주르 공작의 부인이자 루이 14세의 정부(1644-1710).

거절하지 않았다. 그후 그는 승승장구하여 바늘에 꿴 실처럼 주인인 필리프의 수족이 되었다. 1842년, 그는 콩트르스카르프-도핀 거리에 있는 작은 주점 하나를 사들였다. 위층은 가파른 계단으로 올라가야 했지만, 레스토랑 자체는 대학가의 한복판에 자리잡고 있어서 목이 아주 좋았다. 그러나 그는 한 층 더 높은 목표를 겨냥했다. 처음에 그의 원칙은 음식을 제공할 때 학생이건 부자이건 간에 누구에게나 동일한 노력을 들인다는 것이었다. 그러나 부자를 대상으로 할 경우, 더 많은 돈을 무한대로 벌어들일 수가 있었다. 그는 실내장식을 개선하고, 더 희귀하고 더 값비싼 요리들을 제공했다.

이것이 그가 일부러 겸손한 척하는 대신, 아주 담담하게 로오와 오귀스트에게 설명한 것들이다. 로오와 오귀스트는 마그니가 첫인상과는 달리 아주 예의바르며, 젠체하거나 쓸데없이 친한 척하지도 않는 사람이라는 것을 알았다.

"내가 진정한 의미에서 일을 착수한 것은 1855년, 파리에서 만국 박람회가 열릴 때였어요." 마그니가 말했다. "나는 가격을 두 배로 올렸어요. 물론 서비스를 대폭 개선하고, 메뉴판에 메뉴들을 늘린 것은 기본이었죠. 내 생각은 틀리지 않았어요. 아무 생각 없이 무조건 소비하고자 하는 욕구들이 팽배한, 놀랄 만한 번영의 시기가 시작된 거죠. 파리는 세계의 중심이 되었고, 소비의 중심이 되었어요. 나는 이 기회를 그냥 지나치지 않으려고 노력했지요. 부자들과 함께 유명 인사들도 우리 레스토랑에 찾아왔어요. 그들 중 로시니가 있었지요. 머리가 약간 벗겨지긴 했지만 금발에 아주 잘생긴 미남이었고, 항상 재치가 번뜩이는 사람이었죠. 전 그 사람의 이름을 딴 요리법을 만들어냈고, 그 다음엔 작가와 귀족의 이름을 딴 또 다른 요리를 개발했답니다. 로시니는 '파리 카페'에서 피가 뚝뚝 떨어지는 스테이크를 주문한 최초의 프랑스 사람이었어요. 이 일로 아주 대대적인 스캔들이 일어났지요. 사람들은 그가 좋아하던 이 스테이크 이름을 혼동했어요. 다시 말하자면 샤브리앙 출신의 음악가인 로시니가 즐겨 먹던 이 요리를 시인인 '샤토브리앙(chateaubriand)'의 이름을 따서 부르거나, 루아르-아틀랑티크의 마을 이름인 '샤토브리앙(châteaubriant)'이라고 불렀거든요."

"그 요리는 어떻게 만드는 거죠?" 로오가 물었다. "그것을 만드는 데도 여러 가지 요리법이 있잖아요?"

"저는 한 가지 방법만 씁니다. 콜베르 소스를 사용하는 거지요. 이 소스는 버터에 다진 파슬리, 소금, 후추, 레몬즙을 넣고 섞습니다. 참, 겨자를 넣을 때도 있지요. 준비된 쇠고기와 타라곤(estragon)[30]에 이 소스를 첨가합니다. 그리고 버터를 발라 구운 감자를 접시 주위에 빙 둘러서 내지요."

"손님들은 어떤 음식을 가장 많이 찾던가요?" 로오는 마그

30) 쑥의 일종으로 향신료로 쓰인다. 향은 달콤하지만 맛은 매콤 쌉쌀하다. 잎은 후추와 비슷한 향을 낸다.

니의 레스토랑에 숨겨진 모든 비밀을 알아내려는지 계속 탐문하듯 질문을 던졌다.

“단연 ‘보르도식 가재 요리’ 지요. 그것은 어떤 신문기자가 이 요리에 대해서 쓴 글 때문이에요. ‘이 음식을 먹기 시작하면 중간에 그만둘 수가 없다. 혁명이나 지진이 일어나지 않는 한, 어쩌고 저쩌고…’ 하는 기사를 썼거든요. 그것 말고도 ‘쇠꼬리를 고아 만든 냄비 요리’ 와 ‘새고기 냄비 요리’ 도 있어요. 일주일에 두 번 정도 나오는 메뉴죠. 이 요리를 만들 때면 밤을 새곤 한답니다. 그리고 우리 레스토랑에는 주방장과 조수 두 명, 견습생들이 있지요.”

“선생님께서는 부인들을 위한 요리도 따로 만드시나요?”

“부인들이라고요? 지금으로서는 조르주 상드가 한 달에 두 번 정도 우리 레스토랑에 오지요. 그녀는 엄청나게 먹어대요. 언젠가 한번은 ‘독일 소스를 친 양족발 요리’ 를 한 접시 추가로 주문한 적도 있어요.”

세계적인 요리와 레스토랑 만들기

한 달 후, 오귀스트는 프랑스령이 된 빌프랑슈-쉬르-메르에서 에블린에게 편지를 썼다. 제국은 더 많은 군인들을 모집했고, 오귀스트 역시 징병으로 소집되었다. 참혹한 멕시코에서의 전투, 나폴레옹 3세의 불안한 건강 상태, 국내외 정세에 대한 외제니 황후의 간섭은 최악의 사태를 걱정하게 만들었다. 오귀스트는 운 좋게도 좋은 번호를 뽑았다. 자신의 고향에 주둔중인 28보병 연대에서 다섯 달 동안만 복무하면 됐기 때문이다.

1866년 4월 초 프로이센이 오스트리아와의 전쟁에서 승리를 앞두고 있을 때의 일이다. 비스마르크는 압제받는 룩셈부르크인들을 구한다는 명분을 내밀며 룩셈부르크와 합병하라고 프랑스에 제안했다. 비스마르크의 속셈은 오스트리아와의 전쟁에 강대국인 프랑스가 끼어들지 못하도록 하는 것이었다. 이를 위해 그는 룩셈부르크를 미끼로 던져 프로이센과 오스트리아 간의 전쟁에 프랑스가 참전하지 못하도록 했다. 프로이센과의 이런 밀약에 따라 프랑스는 전쟁의 소용돌이를 간신히 비켜 갈 수 있었다.[31)]

오귀스트는 파리로 돌아올 수 있었다. 그리고 프티 물랭 루주에서 소스 주방장으로 다시 일하게 되었다.

이때는 다른 어느 때보다도 일이 많아서 꼼짝달싹 할 수가 없었다. 레스토랑 내에 더 놓을 자리가 없을 때까지 식탁과 의자를 잔뜩 갖다놓아야 할 정도였다. 나폴레옹 3세가 전시 행정의 일환으로 아주 성대한 네 번째 만국 박람회를 열었기 때문이다.

---

31) 신생 독일의 출현으로 국가 안전에 위협을 느낀 프랑스는 동맹조약과 라인강 왼쪽 독일령의 할양을 대가로 요구했으나 비스마르크는 이 요구를 교묘히 회피했다. 마지막 해결책은 옛 독일 연방의 일원으로 네덜란드 왕의 통치를 받고 있던 룩셈부르크였다. 그러나 나폴레옹 3세가 추진한 룩셈부르크 매수 교섭은 실패로 끝났고, 런던조약에 따라 룩셈부르크는 영세 중립국이 되었다.

오펜바흐의 오페라 '라 비 파리지엔' 은 이때의 광기 어린 분위기를 잘 묘사한 작품이다. 이 오페라의 주인공인 공드레마크 남작의 유일한 목적은 극에 달할 때까지 끝없이 웃고 즐기는 것이었다. '왜 파리에서는 싸구려 와인을 큰 잔에 마시고, 좋은 와인은 작은 잔에 마시는 걸까?' 주인공은 이러한 문제 때문에 고민했다.

오귀스트는 파리에 불어닥친 쾌락과 축제와 기상천외한 행동의 광풍 앞에서 회의적인 생각이 들었다. '촌스럽게 흥청거리는 이 사람들은 도대체 무엇을 찾고 있는 것일까? 전쟁의 소문을 거짓이라고 부인하는 것일까? 산업이 성큼성큼 발전하고 진보하는 만큼, 빈곤 상태와 노동 조건은 점점 더 절망적이라는 사실을 잊어버리려는 것일까?'

북적대는 손님들 때문에, 율리시스 로오는 자신의 주방에 다섯 명의 조리사들을 추가로 뽑았고 덕분에 부엌은 아수라장이 되었다. 이러한 상황에서 집중하거나 요리에 필요한 조치를 취하기란 너무나 어려웠다.

"다행히도 뜨내기 손님들은 별로 까다롭지가 않단 말씀이야." 율리시스 로오가 말했다.

자유시간이 되면 오귀스트는 만국 박람회를 보러 샹-드-막스까지 걸어가곤 했다. 거대한 궁전에는 타원형 갤러리가 '원료를 전시하는 갤러리' , '기계를 전시하는 갤러리' 등 일곱 개로 나뉘어 있었다. 각각 다른 분위기로 꾸며진 복도들이 직각으로 이들 갤러리를 구분했다. 타원형 갤러리의 전시 진행 방향을 따라가면서, 관람객은 전세계에서 모여든, 비슷비슷한 종류의 제품들을 감상했고, 복도를 오르내리면서 각국이 이뤄낸 산업체의 근간을 발견하였다.

1860년 런던에서 열렸던 만국 박람회는 무질서하다는 평을 받았었다. 반면 파리 박람회에는 질서와 명확함이 숨쉬고 있었다. 언론은 박람회 진행 방식이 효과적이라고 긍정적인 평가를 내렸다.

오귀스트는 이러한 합리주의를 높이 샀다. "생각해봐." 그가 혼잣말을 했다. "프티 물랭 루주의 주방도 조금만 더 생각해보면 바꿀 수 있는 여지가 많아! 그렇게만 된다면, 쓸데없는 동선들이 얼마나 절약될까."

오귀스트의 야망은 이탈리아, 터키, 독일, 헝가리 등 모든 나라의 요리사들이 내놓는 각각의 메뉴판과 거기 쓰인 메뉴의 종류들을 읽는 것이었다. 그는 실제 경험을 통해 외국 음식마다 고유한 맛이 있고, 빌프랑슈 해안에 러시아 함대가 도착했을 때처럼 레스토랑에서도 그 외국 음식들이 환영받을 것임을 알고 있었다. 게다가 아주 프랑스적인 요리를 만들 때조차 이국적인 음식 재료를 첨가하면 미묘한 맛을 냈다. 실제로 오귀스트는 붉은 파프리카로 소스의 향을 돋우었는데, 율리시스 로오는 이 사실을 미처 알아차리지 못했다.

오귀스트는 인도 식당 테라스의 유리 차양 밑에서 차를 마시고 있는 바르두 씨와 에블린을 만났다. 그들은 오귀스트를 그들의 식탁에 앉으라고 권했다.

"언젠가 사람들은 제게 일본 요리를 만들거나 아니면 개발하라고 요구할 것입니다!"

"그리고 당신은 그 요리를 해내겠지요!"

"못할 것도 없지요. 생각만 해도 정말 신나는걸요!"

에블린은 양손의 검지 끝에 힘을 주어 양쪽 눈꺼풀을 잡아당겼다. 찢어진 눈으로 오귀스트를 장난스럽게 바라보며 에블린이 단언했다.

"일본 음식을 먹는다… 난 일본 음식이 어떤 맛일지 전혀 상상이 안 가요."

"제가 연구해보죠. 아가씨에게 일본식 저녁식사를 대접할 수 있도록 노력해볼게요."

에블린은 생각에 잠긴 게이샤처럼 미소 지었다. 오귀스트는 앙토넹 카렘[32]의 말을 인용했다.

"저는 요리가 '진정한 세계' 라고 말한 카렘의 유명한 문구에 정말 감동받았어요. '나는 내 화덕 뒤에서 인도와 중국, 이집트, 그리스, 터키, 이탈리아, 독일, 스위스의 요리들을 생각하고 내 주먹 아래서 평범하고도 천박한 음식들이 산산조각

32) 프랑스의 궁중 요리를 창시한 요리사이자 왕실 과자 전문가(1784-1833).

나는 모습을 상상한다'."

오귀스트는 이 문구를 그가 정기 구독하는 요리 잡지인 〈르 포토푀〉에서 읽었다.

"이제 외국 요리들이 파리에서 인용되는 것은 당연하네." 바르두 씨가 말했다. "물론 그 요리들이 훌륭하다는 전제에서 말이지. 이 사실은 자네에게 자극이 될걸세. 그건 그렇고, 말고기 애호가들에 대한 자네 생각은 어떤가?"

"최악의 상상이지요."

퇴역 군인인 드크루아는 새로운 것이면 무엇에든 흥미를 보이는 나폴레옹 3세의 축복과 함께 '말고기애호협회'를 구성했고 자연주의 지식인인 아르망 드 카트르파쥬[33]가 이 협회 회장을 맡았다. 그는 트뤼프나 푸아그라, 멧새 등과 섞어 복잡하게 만든 요리를 포함해 별의별 방식으로 만들어낸 말고기 요리 축제를 조직했다.

"이러한 열광은 말들을 행복하게 만드는 것처럼 보이게 하네." 바르두 씨가 말했다. "그러나 결국 말들은 근으로 재어져 팔릴 뿐이지. 이들보다는 마부들이 말들을 훨씬 잘 돌볼걸세."

"그만 좀 해요!" 에블린이 끼어들었다. "그만 좀 하시라구요!"

---

33) 프랑스의 박물학자이자 인류학자(1810-1892).

'외제니 샐러드'의 탄생

다음날 오귀스트는 박람회가 열리는, 풍경화 같은 공원에서 잠깐의 휴식시간을 가졌다. 소사나무들과 인도의 탑, 이집트 사원, 그리고 다른 광기들이 어우러진 한복판에서 오귀스트는 황후가 극진한 애정을 보이는 '수에즈 운하 전시관'을 응시했다. 갑자기 웅성대는 소리와 함께 '만세' 소리가 들려왔다. 외제니 황후가 개인적으로 이곳을 찾은 것이었다. 가문 장식이 그려진 사륜마차의 문이 열리자, 오귀스트는 다시 한 번 황후를 볼 수 있었다. 비록 마흔을 넘긴 나이였지만 황후는 몇 년 전 특유의 술 장식이 달린 안달루시아 숄을 걸치고 함대에서 내렸을 때처럼 여전히 우아한 자태를 지니고 있었다. 황후의 모습은 오귀스트가 갤러리에서 오랫동안 감상했던 앵그르의 그림 '샘' 속에 나온 여인의 모습과 겹쳐졌다. 저 멀리 보이는 여군주의 접근 불가능한 아름다움이 그의 마음을 깊이 감동시켰다. 오귀스트는 황후에 대한 시를 써서 익명으로 보내고 싶은 마음이 간절했다. '시라고? 요리를 하나 만들어서 헌정하는 게 낫지 않을까?'

그날 저녁, 아브드 엘-케이더[34]는 다른 일곱 사람과 함께 저녁식사를 하러 오겠다는 의사를 밝혔다. 이 알제리의 수장은

34) 알제리 군인이자 정치가(1808-1883). 이슬람교의 수장으로서 "동방의 기사", "알제리 민족의 아버지", "통찰력 있는 정치가", "신에게 선택받은 자", "영적 지도자" 등으로 불리며 신화적인 인물로 추앙받았다.

결국 프랑스에 무릎을 꿇었다. 그후 그는 명상을 하면서 수피교도의 위대한 경전을 편찬하기 위해 머물던 다마스커스를 떠나 이곳으로 와서 박람회를 관람한 것이다.

로오와 오귀스트는 사무실에 틀어박혀 열네 가지 요리로 구성된 메뉴를 짰다. 프롱티냥 화이트 와인[35]을 뿌린 캉탈루멜론[36], 가재 비스크(bisque)[37], 투렌 와인[38]에 넣어 조린 분홍송어 요리…….

"베아그 새끼양 엉덩이살 요리와 가지 그라탱(augerg ines au gratin)[39]을 내기 전에 소화가 잘되는 샐러드를 내놓도록 하지." 로오가 제안했다. "예컨대 라셸 샐러드[40] 같은 건 어떤가?"

"샐러드는 제가 맡을게요." 오귀스트가 말했다. "샐러드를 더 맛있게 만드는 방법이 있거든요. 괜찮으시다면, 이 샐러드를 '외제니 샐러드'라고 부르고 싶습니다."

"음료수는?"

"아주 좋은 샤토 디켐 와인[41]이 있지요. 후식용 술은 독특

---

35) 프랑스의 랑그도크-루시용 지역의 프롱티냥에서 생산되는 화이트 와인으로 진하고 달콤한 과일향이 난다.

36) 속은 오렌지색, 겉은 거칠고 진초록색인 멜론.

37) '비스크'란 가재를 주재료로 하는 걸쭉한 수프를 말한다.

38) 프랑스의 대표적인 와인 산지인 루아르 지역의 한 도시 투렌에서 생산되는 와인.

39) 가지와 치즈 등의 재료에 토마토 소스를 섞어 오븐에 구워내는 요리.

40) 라셸(1821-1858)은 프랑스 여배우 '엘리자베스 펠릭스'의 예명. 유명한 미식가였던 베롱 의사의 정부이기도 하다. 라셸의 이름을 딴 고전적인 요리들이 다수 있다.

41) 1847년 프랑스의 소테른 지방의 한 성주(城主)가 수확 시기를 놓쳐서, 말라 쪼그라들고 곰팡이 핀 포도를 이용해 만든 것이 이 화이트 와인의 유래이다. 당도가 높고 진하며 황금빛을 띤다. 지난 400년간 "와인의 황제"라 불렸다. 보관 기간은 50~100년 이상.

한 게 어떨까요? 산딸기향이 나는 샴페인 같은 거요."

10년 전에 사라진 위대한 비극 여배우를 기리는 라셸 샐러드는 아스파라거스와 둥글게 썬 트뤼프, 그리고 마요네즈를 뿌린 길고 가늘게 썬 감자로 만든다. 오귀스트는 이 샐러드에 샐러리의 하얀 부분을 첨가했다. 미미한 요소이지만 라셸 샐러드와는 전혀 다른 맛을 주었다.

영국 대사관에서의 행복한 생활

1868년의 여름 시즌이 끝났다. 샹젤리제의 마로니에 잎들이 노란색이나 붉은색, 또는 보라색으로 물들어갔다. 프티 물랭 루주의 테라스를 장식하는 커다란 나뭇가지들은 반들반들한 성냥개비처럼 벌거벗은 채 길게 늘어져 있었다. 테라스는 비어 있었다. 등나무로 만든 의자들은 베란다 밑에 차곡차곡 쌓인 채 덮개로 씌워졌다. 하늘은 샹젤리제 위를 분홍색으로 물들이다가, 비를 뿌리곤 했다.

그해 가을은 좀 변덕스러웠다. 오귀스트는 비가 그치고 바람이 부는 날 바르두 씨에게 인사를 하러 갔다. 에블린은 학업을 마저 끝내기 위해 영국에서 1년을 보냈다. 그 사이 키가 더 커지고 건강해진 그녀는 승마를 배우는 데도 성공했다.

"오귀스트, 자네에게 제안을 한 가지 하고 싶네만… 뭐 결국, 자네가 선택할 문제일세. 자네, 프티 물랭 루주에서의 일에 만족하나?" 바르두 씨가 물었다.

"이곳에서는 제가 정말 하고 싶은 요리를 만들어볼 수가 없어요. 로오의 생각에는 약간의 한계가 있거든요."

"자네의 의지에 달린 일이지. 언젠가 자네는 로오의 자리를 차지할걸세! 그렇지만 내 제안은 다른 것일세. 조지 4세[42]의 서자(庶子)인 N경이 포부르 생 토노레 거리에 있는 영국 대사관을 맡을 예정이네. 나는 그에게 주방장을 찾아주겠다고 약속했네."

"하겠습니다!"

바르두 씨의 입가에 부처 같은 미소가 떠올랐다.

"성격도 정말 급하군! 그러면 프티 물랭 루주의 주방장이 된다는 자네의 꿈은 어떻게 되는 건가?"

"'나는 내 주먹 아래에서 평범하고도 천박한 음식들이 산산조각 나는 모습을 상상한다'라고 카렘이 말했었지요. 제가 잃을 건 아무것도 없습니다. 단지 제가 주먹을 옳게 날리기만 바랄 뿐입니다."

"자네는 정말 대단한 사람일세. 사실 자네가 어떤 대답을 할지 예상은 했었네. 내일 아침 아홉 시, 포부르 생 토노레 거리 39번지에서 N경의 집사인 존슨 씨가 자네를 기다릴걸세."

---

42) 영국과 아일랜드의 국왕(1762-1830)으로, 1820년부터는 하노버의 왕도 겸했다. 정략 결혼한 캐롤라인 브라운슈바이크와 이혼한 후 1785년 피츠허버트 부인과 비밀리에 결혼했다. 이후 그의 왕권은 급속히 실추되었다. 그는 정부만 무려 열 명을 거느렸다.

옛날, 섹시한 미녀 폴린느 보르게스가 오래된 샤로스트 호텔에 머문 적이 있었다. 그때 그녀의 정열적인 웃음과 한숨이 호텔 실내에 울려퍼지곤 했다. 그러나 이 호텔이 영국 대사관 부지가 된 이후로는 영국 왕실처럼 침묵만이 흘렀다. 사람들은 말하는 대신 속삭였고, 라 사본느리[43]에서 만든 두터운 양탄자는 발자국 소리를 빨아들였다. 존슨 씨는 프랑스어를 유창하게 구사했다. 코트 다쥐르에서 여러 해 동안 겨울을 보낸 적이 있었기 때문이었다. 존슨 씨가 오귀스트에게 자신의 나라, 영국에 대해 말하기 시작하자 두 사람은 금세 공통된 화제를 찾아냈다.

황금 단추 무늬가 흐릿하게 새겨진 커다란 우유빛 대리석 벽난로 위에는 두 개의 금 촛대가 걸려 있었다. 고용계약서에 사인을 한 오귀스트는 금 촛대 사이에 걸어놓은 타원형 초상화 앞에 멈춰 섰다.

"조지 4세입니다." 존슨 씨가 설명했다. "뤼르 지방의 봉건 지주였고, 브뤼멜[44]의 옛 동지이자 피츠허버트 부인[45]의 은밀한 정부(情夫)였고 레이디 저지[46]의 연인이기도 했죠. 왕은 정식으로 결혼해서 가정을 꾸미라는 가족들의 성화에 못 이겨,

---

43) 프랑스 최초로 왕실 전용 양탄자를 제조하던 공장.

44) 영국의 멋쟁이 신사인 브뤼멜(1778-1840)은 조지 4세의 절친한 친구로도 유명했다.

45) 1785년에 조지 4세와 비밀 결혼을 한 여인. 이때 이미 두 번의 결혼 경력이 있었고, 두 남편을 모두 여읜 과부였다. 조지 4세가 1794년 캐롤라인 공주와 약혼하기 직전에 그녀와의 관계를 청산했으나, 1799년부터 1807년까지 다시 만났다.

캐롤라인 브라운슈바이크-뤼네부르크[47]를 결혼 상대로 선택했죠. 그런데 그녀는 결혼 후보였던 공주들 가운데 가장 못생긴 공주라는 소문이 자자했답니다. 하여튼 조지 4세는 이 공주의 얼굴을 보고 큰 충격을 받아서 '빨리 브랜디를 한잔 가져오너라!' 하고 소리쳤답니다. 곤드레만드레 술에 취한 그는 방문 앞에서 죽은 듯 뻗은 채 초야를 보냈다고 해요. 그런데 내가 지금 무슨 얘기를 하고 있지? 어쨌든 제가 말씀드리고 싶은 것은 조지 4세는 존경할 만한 사람이라는 것이지요. 왜냐하면 그는 위대한 요리사 카렘을 고용하여 영국에서 몇 년 동안 지내게 하셨거든요."

옆방에서 영국풍의 향수 냄새와, 오귀스트가 이제까지 맡아본 적 없는 향신료 냄새가 풍겨왔다. '궁중 산토끼 요리' 에서 풍기는 향처럼, 약간 현기증을 일으키기는 했지만 마음을 진정시키는 냄새였다.

오귀스트는 영국 대사관에서 20개월 동안 주방장으로 있었다. 황금빛 석재로 쌓은 건물 정면과 창문들 위로 튀어나온 우아한 괴인면(怪人面) 장식, 벵갈에서 수입한 두터운 붉은색

---

46) 41세의 적지 않은 나이에도 불구하고 여전히 매력적이었던 그녀는 1794년부터 1798년까지 미래의 조지 4세인 영국 황태자(웨일스 왕자)의 정부로 지냈다. 조지 4세가 피츠허버트 부인과 관계를 청산하고 캐롤라인 공주와 결혼하게 된 데는 그녀의 입김이 결정적으로 작용했다.

47) 조지 4세의 고모인 오거스타의 딸이며 독일의 공주였다. 조지 4세와는 32세에 정략결혼을 했으며 둘 사이에 딸 샤를로트가 있었으나 일찍 사망했다. 캐롤라인 왕비는 정략 결혼 생활의 실패로 조지 4세와 이혼했다.

양탄자, 산양 머리뼈로 만든 금테 두른 시가 케이스, 자물쇠로 마개를 잠가둘 정도로 오래되고 진귀한 포트 와인[48]이 담긴 유리병들… 이 모든 것이 오귀스트의 마음에 쏙 들었다.

존슨 씨는 농담을 잘했고, 재미있는 일화도 많이 알고 있었다.

"에스코피에 씨, 당신은 요리할 때 둥근 호박들을 자주 사용합니까?"

"둥근 호박이요?"

"그것은 피하는 게 좋을 겁니다. 백작께서는 둥근 호박 요리를 보면 자신을 놀린다고 생각할지도 모르거든요. 백작의 의붓어머니가 될 뻔했던 캐롤라인 브라운슈바이크 왕비가 호박만큼이나 못생겼다는 것을 생각해보세요. 그녀는 자기 생각을 신선한 상태로 유지시켜야 한다면서, 반으로 자른 호박을 머리에 쓰고는 반쯤 벗은 채 산책을 하곤 했답니다."

N경은 이야기하기를 좋아하는 열정적인 사람이었는데 말할 때마다 얼굴을 실룩거렸다. 고상한 취미를 가진 그는 빨간 머리의 여자를 좋아했고, 정치적인 유토피아, 말, 조상들의 초상화와 풀을 반쯤만 먹인 와이셔츠, 그리고 요리 예술에 관한 풍부한 상식을 자랑했다.

오귀스트의 왕국(그의 주방은 건물의 중간인 2층에 있었고 스파르타

---

48) 약간 달콤한 아페리티프용 포르투갈산 술. '아페리티프'란 식욕을 높이기 위해 식사 전에 마시는 술을 말한다.

식의 편리한 설비를 갖추고 있었다)으로 이어지는 복도 입구에는 말을 탄 조지 4세의 두 번째 초상화가 걸려 있었다. 화가는 비만인 왕의 거대한 체구를 작아 보이게 하려고 왕보다 훨씬 큰 검은 말 위에 그가 탄 모습을 그렸으나 오히려 더 흉물스럽게 보였다.

언젠가 N경은, 이 그림을 당혹스런 표정으로 바라보고 있던 오귀스트를 깜짝 놀라게 한 적이 있었다. 그는 등을 꼿꼿이 세우고 이야기했다.

"할아버지는 왕위에 계실 때, 비만 해소를 위해 브라이턴 바다[49]에서 목욕을 하곤 하셨다네. 건축가인 존 내시[50]가 아주 독특한 양식의 왕실 별장을 할아버지께 지어드렸지. 돔과 첨탑들로 지붕을 장식한 건물이었는데, 오리엔트 분위기가 물씬 풍겼다네. 할아버지는 그곳에서 아주 호화로운 파티를 열곤 하셨는데, 항상 식탁에 뭔가 부족하다고 생각하셨어. 나폴레옹이 대패한 직후, 당대의 가장 위대한 요리사인 앙토넹 카렘을 고용하기 전까지는 말일세."

오귀스트는 걱정이 되었다. '카탈로니아식 새끼칠면조 요리'의 기름기를 지금 제거해야 하지 않을까? 그러나 오귀스트가 무슨 생각을 하는지는 아랑곳없이 N경은 계속해서 말을 이었다.

---

49) 영국 해협에 면해 있는 해안 휴양지.

50) 교각에 강철 사용을 권고했던 영국 건축가(1752-1835). 중국과 인도 건축에 영향을 받은 브라이턴 왕궁 등 영국 황태자들이 선호한 건축물들을 다수 지었다.

"할아버지께서는 탈레랑[51]과의 결별을 축하하기 위한 연회를 열 때 카렘을 고용했네. 이 위대한 요리사는 브라이턴에서 550가지의 부엌살림과 거대한 주방을 맡는 주인이 되었지. 이 부엌살림들은 나폴레옹에게 최후의 패배를 안긴 워털루 전투의 승리자인 웰링턴 공작의 저택, 앱슬리 하우스에서 온 것이었지. 우리 조상들은 카렘에게, '자네 날 죽일 셈이로군! 자네가 만든 요리 중에 맛없는 게 단 하나도 없으니 말이야!' 라고 말했지. 그런데 카렘은 프랑스식[52]으로 음식을 차리기도 했다네."

"다시 말해 요즘처럼 코스별로 음식을 내놓지 않고 모든 요리를 한꺼번에 식탁에 차려놓아서, 연회에 초대된 손님들은 그 다음 서빙을 기다릴 필요도 없이 차려진 요리들을 처음부터 모두 시식하면서 먹어치울 수 있었다는 거야."

"116가지나 되는 요리들을 말이죠!"

하녀가 그들 뒤에서 하얀 깃털로 만든 손부채를 흔들어 부쳐주었다. 그 옛날, 후작 부인들에게 했듯이.

"카렘에게는 요리를 세련되게 바꾸는 천재적인 재치가 있

---

51) 프랑스의 고위 정치인이자 외교관(1754-1838). 그는 외교 연회마다 멋진 요리를 선보인 요리사들에게 "여러분! 여러분이 프랑스를 구했소!"라고 외치며 극찬했다고 한다. 유명한 앙토넹 카렘이 탈레랑의 조리장이었다.

52) 17세기 중기인 루이 14세 시대까지는 포크와 나이프로 먹는 습관이 없었고, 호화롭고 아름답게 꾸민 요리들을 전부 한꺼번에 차려놓았다. 이런 상차림이 '프랑스식' 서비스라고 불리며, 당시 프랑스 및 유럽에서 유행했다.

었네!" 상의의 단춧구멍을 매만지며 N경이 다시 말을 이었다. "카렘 이전에 근무했던 영국의 주방장들은 생선이나 가금류, 고기들이 뒤죽박죽 섞인 음식 더미를 접시에 피라미드형으로 쌓아놓으라고 지시했었네. 카렘은 비슷한 맛을 가진 음식끼리 모아서 한 접시에 담고, 레장스[53]식으로 야채를 곁들이도록 했지. 그러니까 생선 요리에는 갑각류나 굴을 곁들여서 내놓고, 오리고기에는 트뤼프를 넣은 영계 고기완자를 곁들이는 식이지. 그런데 내가 자네를 너무 오래 붙잡고 있었던 것 같군. 내 수다 때문에 자네가 일하는 데 방해가 되었겠어."

오귀스트는 몸을 숙여 인사했다. 그리고 프리니(조지 4세의 별칭)의 승마 초상화를 의혹이 가득한 눈초리로 힐끗 쳐다본 후 주방 쪽으로 달려갔다.

그런데 N경이 다시 그를 불렀다.

"자네 읽는 거 좋아하나?"

"쓰는 것만큼이나 좋아합니다."

"뭘 쓰지?"

"메뉴들을 씁니다."

오귀스트의 상념 속으로 열네 살적 자신의 모습이 떠올랐다. 그는 극히 드문 자유시간 동안 프랑세 레스토랑 옆 광장의 타마린드 나무 아래, 파란색과 흰색으로 칠해진 먼지 낀 벤치

---

53) 루이 15세가 성인이 되기 전, 오를레앙 공 필리프가 섭정하던 시대(1715~1723년)를 가리킨다.

에 앉아 한 편의 시와도 같은 메뉴들을 지었고, 언젠가 이 메뉴들을 현실에서 만들어볼 수 있기를 꿈꾸었다.

대사관의 도서관 내부는 밝은 참나무 목재로 마감되어 있었다. 여기에는 건물 정면에 장식해놓은 것과 동일한 루이 15세 시대의 괴인면 장식들도 있었다. 두 개의 체스터필드산 소파 앞, 안락해 보이는 긴 의자 모양의 이중 방화망 뒤로 바싹 마른 통나무들이 활활 타오르고 있었다. 선반 위의 책들은 대부분 붉은 가죽 장정에다, 밀랍으로 반질반질하게 닦여 있었고, 제멋대로 솟아오르는 불길에 따라 간헐적으로 빛을 뿜고 있었다.

"카렘은 요리만 하지는 않았어." N경이 말했다. "그는 글을 쓰고, 그림도 그렸지. 정말 대단한 사람이었어!"

그는 오귀스트 앞에서, 저자가 직접 그린 41개의 삽화로 장식된 두 권짜리 《파리 왕실 과자 전문가》와 128개의 삽화가 들어 있는 《특이한 과자 전문가》를 꺼내 책장을 연달아 넘겨보았다. 책갈피에서는 매미가 바스락거리는 듯한 소리가 났다.

N경은 곧이어 《파리의 요리사》와 기념비적인 다섯 권짜리 저작 《19세기 요리 예술》을 찾아냈다.

N경은 이 책들을 오귀스트에게 한 권씩 빌려주었고, 오귀스트는 밤을 새워가며 이 책들을 읽었다.

"이름 없는 요리는 역사에 남지 못한다"

앙토넹 카렘(음식을 너무 많이 먹게 만든다며 투덜대던 프리니의 전속 요리사로서는 좀 안 어울리는 이름이다)은 매우 가난한 신문 기자의 아들이었다. 그의 아버지는 스물다섯 명의 아이들을 낳았는데, 그중 열다섯 명만 살아남았다. 그는 어찌나 가난했던지 열두 살이 채 안 된 카렘을 파리의 어느 담벼락 아래에 버리고 말았다. 그러고는 "가거라, 아들아. 지금은 아주 윤택한 시기란다. 돈을 벌기 위해선 머리만 있으면 된다. 넌 그 머리가 있다. 가거라. 오늘 저녁이나 내일쯤이면 마음이 선한 누군가가 너를 위해 대문을 열어줄 것이다. 신이 네게 허락한 것을 잊지 말거라. 행운을 빈다!"라고 말하며 떠났다.

동정심 많은 어느 허름한 식당 주인이 어린 앙토넹을 소스 담당 견습생으로 채용했다. 그후 앙토넹은 당시 맛있는 과자와 케이크로 명성이 높았던 제과점 '바일리 가게'에 들어가게 되었고, 그곳에서 이름을 떨쳐 귀족 가문이나 금융업 쪽에서 소문난 부자들이 그를 서로 데려가려고 경쟁을 벌였다.

오귀스트는 이 거장의 수많은 아이디어 중에서 자신이 다시 취해야 할 것들은 무엇인지, 유행에 뒤떨어지는 것처럼 보이는 것들은 무엇인지를 분류하는 데 많은 시간을 보냈다. 예컨대, 유행에 뒤떨어지는 것들은 중국이나 이집트, 혹은 로마의 건축물에서 영감을 받아 만든 과자 모양이었는데, 카렘은 가히 '과자건축' 분야에서는 '프랑스의 팔라디오[54]' 라는 별칭을 얻을 만했다. 반면, 카렘이 요리에 이름을 붙이는 방식은 아주 마음에 들었다. 카렘은 이전의 요리사들이 쓰던 천박한 명칭들(예를 들어 '꿩의 구두', '젤리 장화를 신은 족발' 등)을 거부하고, 화가나 철학자 혹은 위대한 인물의 이름을 요리명에 사용하였다. "이름 없는 요리는 역사에 남지 못한다"라고 카렘은 자신의 책에 밝혀놓았다.

그리고 오귀스트는 천재 요리사가 가져야 할 기본 원칙 세 가지를 다음과 같이 정리해두었다.

첫째, 요리의 맛과 향을 중첩시켜서는 안 되며 그 맛과 향을 개별화해야 한다.

둘째, 차가운 음식은 뜨거운 주요리의 훌륭한 동반자이다. 즉 아스픽(aspic)[55], 젤리(gelée)[56], 파테, 살미(salmis)[57]는 주요리인 뜨거운 음식을 강조한다.

셋째, 마지막 손길, 즉 마무리 단계에서 자기만의 비법을 사용함으로써 위대한 요리를 만들 수 있다.

---

54) 후기 르네상스를 대표하는 이탈리아의 건축가(1508-1580). 고대 그리스와 로마의 신전 건축 양식을 대중화한 것으로 유명하다.

55) 고기즙을 젤리처럼 투명하고 말랑말랑하게 만든 것으로 차가운 주요리에 속한다.

56) 과일에 설탕과 물을 넣고 끓이다가 젤라틴(고기의 뼈나 근육 등을 푹 고아 삶았을 때 나오는 연골 성분의 말랑말랑하게 굳은 국물을 정제한 것)을 넣어 굳힌 것.

57) 구운 새고기를 와인에 찐 스튜.

되살아난 카렘

N경은 복고주의자였다. 때때로 그는 오귀스트에게 카렘의 요리를 아주 세심하게 복원해달라고 주문했다.

N경이 오귀스트에게 카렘의 요리를 부탁한 날이면, 부엌은 강의실로 바뀌었다. 오귀스트는 작업복 바지의 솔기 위에 손가락을 얹은 채 자기 주변에 조용히 둘러 모인 견습생들 앞에서, 받아쓰기를 시키는 선생님처럼 높은 목소리로 카렘의 책에 나온 단어들을 하나하나 또박또박 끊어 읽었다.

"맛 좋은 양고기 한 토막! 그것을 꼬치에 끼워 장식한 다음 돼지기름과 진홍색 소혀, 트뤼프와 곁들인다. 세 시간 동안 약한 불에 익히면서 소스를 뿌리고, 간혹 뒤집어준다. 그리고 고기를 묶은 실을 풀고, 그 위에 소스를 윤기나게 바른다."

잠시 침묵이 흐른 후, 견습생 모두가 즉시 행동에 들어갔다.

세련됨이 존재의 이유이기도 했던 오귀스트는 영국 대사관의 호화롭고 조용한 분위기에서 말할 수 없는 편안함을 느꼈다. 봉급도 적당했다. 그는 이곳에서 영어의 기초를 배웠고, 일반적인 상식의 폭을 넓혀나갔다. 그는 어떤 경제적 제재도 받지 않고 마음껏 자신의 요리를 만들 수 있었다. 이 시절을 통해 오귀스트는 어떤 요리사에게도 만들 기회가 별로 주어지지 않던 요리들을 만들어볼 수가 있었다. 카렘의 그림자는 장방형 부엌에서 뻗어나간 기나긴 복도뿐 아니라 도서관 안에도 떠돌아다녔다. 위대한 카렘은 오귀스트의 분신이 되었다. 물이 오른 신선한 야채들은 대사관에서 두 발자국 떨어진 생-토노레 시장에서 구입했다. 오귀스트가 이 야채들로 소스를 만들 때면, 프리니의 전설적인 요리사가 그의 뒤에 서서 어떤 야채를 써야 할지 친절하게 손가락으로 가르쳐주는 것만 같았다.

요리의 연금술

N경은 오귀스트에게 재료를 자유로이 선택할 수 있도록 해주었다. 그러나 어떤 경우엔 즉흥 요리를 만들어내야 했다.

"오늘 무엇을 사셨습니까?"

"싱싱한 바닷물고기들이지. 가자미, 넙치, 뱀장어… 그리고 가재도 있네."

오귀스트는 살짝 위로 올라간 콧수염 끝을 꼬았다.

"가자미, 넙치, 뱀장어라… 좋은 생각이 났어요."

"좋은 생각이 없는 요리사는 애송이 소스 담당자에 불과하겠지."

"'레이디 모건의 영국식 생선 포타주'라는 요리에 대해 들어보셨나요?"

"레이디 모건은 우리 가족의 친구지! 여행작가였던 그녀는 카렘에 대한 기념비적인 글들을 썼다네."

"이 포타주를 준비해드리겠습니다. 그런데 오늘 저녁에 드시겠습니까? 아니면 내일 드시겠습니까?"

오귀스트는 검정색과 흰색의 바둑판 무늬로 된 부엌 바닥을 가로질러가면서 인생이란 산적한 문제들을 향해 끊임없이 일격을 가하는 것이라고 생각했다. 그는 식당으로 와서 높은 의자에 걸터앉아, 참나무로 만든 긴 테이블 위에 팔꿈치를 올려놓았다. 테이블은 밀랍으로 잘 칠해져 있어서 마치 거울처럼 반짝거렸다. 이런 자세로 그는 카렘의 요리법을 읽었다.

"중간 정도 크기의 가자미와 넙치 한 마리, 그리고 작은 뱀장어의 포를 뜨고, 살의 가시와 내장 등을 발라낸다. 중간 크기의 냄비에 준비한 포를 넣고, 거기에 샴페인 한 병과 레몬즙, 트뤼프 1파운드[58], 양파 1개, 당근 1개, 샐러리 하얀 부분, 파 2쪽을 전부 잘게 썰어 넣은 후, 월계수잎 반 장, 채친 넛멕 약간, 카옌(Cayenne) 후추[59], 정향(girofle)[60] 2개, 잘 씻은 멸치 2마리, 그리고 소금 약간을 첨가한다……."

"정말 정확하군!" 오귀스트의 입에서 감탄사가 절로 나왔다.

카렘은 자신의 책에 요리의 전 과정을 자세히 기술해놓았

58) 약 0.45킬로그램.

59) 진한 초록색이나 적색이 나는 후추.

60) 꽃망울이 질 때 따서 건조시킨 것으로, 중국 요리의 오향 중 하나이다. 생선이나 고기 등의 조림에 많이 쓰인다.

기 때문에, 잘만 따라 하면 훌륭한 요리를 만들 수 있었다. 오귀스트는 특히 만드는 사람이 신경 쓰지 않도록 꼼꼼하고 집요하게, 그리고 꾸준하게 열거법을 이용해서 글을 쓴 카렘의 배려를 높이 평가했다.

"이렇게 꼼꼼하게 한다면, 요리는 연금술이 되겠어"라고 오귀스트는 혼잣말을 했다.

그는 계속해서 책을 읽어나갔다. '레이디 모건의 영국식 생선 포타주' 요리법은 몇 페이지에 걸쳐 나와 있었다. 이 포타주를 만들기 위해서는 우윳빛이 도는 양송이 20여 개와 24마리 정도의 굴과 새우, 그리고 가재 꼬리 적당량을 준비해야 한다. 요리사에게 수많은 연습과 연구, 그리고 세심한 주의를 요하는 이 미묘한 차이들이란! 그러나 이 미묘한 차이로 인해 얼마나 놀라운 결과가 나오는가!

"이 화려하고 풍미 가득한 수프는 최고 미식가들의 미각을 만족시킨다"라고 카렘은 결론지었다. "나는 이 포타주를 불로뉴에 있는 로스차일드 남작 댁에서 처음으로 내놓았다. 그 날은 영광스럽게도 그 유명한 레이디 모건을 소개받은 날이었다."

웨스트민스터 사원의 종이 네 번 울렸다. 이 시간은 요리사들에게 축복의 시간이다. 너무나 기다리던 점심과 저녁식사 시간 사이의 짬이기 때문이다. 오귀스트는 대사관을 나와서 튈르리 공원으로 갔다. 그는 거대한 분수대 앞에 놓인 벤치에 앉았다.

무리지어 모여 있는, 이끼 낀 나체의 님프들은 어딘지 모르게 외설스런 분위기를 풍기며 분수대를 장식하고 있었다. 오귀스트는 레이디 모건의 《회상록》을 펼쳤다. 레이디 모건은 재능이 풍부한 작가로 소설이나 여행기 등 많은 성공작을 썼다.

구멍이 뚫린 플라타너스의 빨간 잎새가 간혹 책 위로 떨어졌다. 오귀스트는 잎사귀를 손끝으로 아주 천천히 쓸어냈다. 마치 요리에 향신료 한 방울을 떨어뜨리는 것처럼.

"아무런 구별 없이 한꺼번에 음식이 차려진 식탁 중간에는 감탄사가 절로 나오는 우아한 후식이 놓여 있다. 저무는 태양의 수천 개 빛살 속에서 대기는 여전히 투명해 보였다. 은제 식기들은 더할 나위 없이 반짝였고, 완벽한 작업 덕에 금이나 은보다 더 기품 있어 보이는 도자기들은 가족의 세련된 취미를 반영해주었다. 사소한 물건 하나까지도 인생의 미묘한 아름다움을 드러냈다……."

분수에서 떨어지는 물소리와 눈을 들면 보이는 이끼 낀 님프들의 은근한 눈짓은 책읽는 분위기를 한층 돋우었다. '아무런 구별 없이 한꺼번에 음식이 차려진 식탁'이란, 후식을 포함한 모든 음식을 동시에 전부 차려놓은 것을 말한다. 따라서 이 식탁에서는 왔다갔다 할 필요가 없다. '한꺼번에'라는 단어 때문에 그는 잠시 생각에 잠겼다. 오귀스트는 이런 식탁을 준비해본 적이 한번도 없었다. 왜냐하면, 레스토랑에서 이런 상차림을 하는 일은 전무후무했기 때문이다. 그는 읽던 페이지로 다시 돌아왔다. "앙트레(entrée)[61]는 아름답게 꾸민 후식 주위로 둥글게 배치한다. 요리의 배치와 만찬. 불명확한 것은 아무것도 없다. 그것은 뛰어난 변주이며, 완벽한 계산에서 나온다. 영국 향신료가 더 많이 들어갈수록 소스의 색깔은 검은색에 가까워진다. 반대로 트뤼프의 섬세한 맛과 향은 더욱 진해진다. 나는 1월에 카렘을 만날 수 있었다. 이런 상차림은 누구에게나 만족감을 준다. 기회를 보아 우리는 카렘에게 그가 만든 맛있는 요리 몇 가지에 대한 칭찬을 아끼지 않았다. 야채들은 갓 따낸 듯 여전히 신선했고, 마요네즈는 세비네 후작 부인[62]의 마음처럼 하얀 눈 속에서 졸여낸 것 같았다. 우리가 먹어오던 맛없는 영국식 수플레(soufflé)[63]는 신선한 부드러움과 과일의 향을 담뿍 지닌 과일 아이스크림으로 대체되었다."

'정말 멋진 글이군!' 오귀스트는 생각했다. '눈 속에서 졸여낸다니… 세비네 후작 부인의 글을 다시 읽어봐야겠다.' 이 글을 읽고 난 오귀스트는 '위대한 요리'란 역사, 시, 문학, 그리고 음악 속에서만 존재할 수 있다고 생각했다.

"눈 속에서 졸여낸다… 정말 멋지단 말이야!" 오귀스트는 되풀이하여 말했다. 그는 책을 자기 앞에 똑바로 놓고 계속

---

61) 서양 정찬 메뉴 중 생선 요리와 구운 고기 요리인 로스트(rôts) 사이에 나오는 육류 요리. 원래는 맨 먼저 나오는 요리를 가리켰으나, 차츰 '오르되브르(hors-d'œuvre)'가 '전채 요리'가 되고, '앙트레'는 '본식' 혹은 '코스의 주요리'라는 의미로 쓰이게 되었다.

62) 프랑스의 서간문 작가(1626-1696).

63) 거품을 낸 달걀 흰자에 다른 재료를 섞어 오븐에 구운 후식용 과자.

읽어나갔다. "나는 이 섬세하고 아름다운 저녁 식탁을 차리기 위해서는, 비극과도 같은 끔찍한 식탁을 차리는 것보다 훨씬 더 천재성이 필요하다고 확실히 믿는다. 만일 배우처럼 식탁의 거장에게도 관을 씌워주는 관습이 있다면 파스타나 존타그가 받은 화환처럼 카렘도 반드시 월계관을 쓰게 될 것이다. 카렘의 저녁 식탁은 살아 있는 예술이며, 나는 그의 식탁이 지니는 가치들을 이해한다."

주디타 파스타와 헨리에테 존타그는 19세기 전반에 유럽 전역을 무대로 활동했던 여가수로서 둘 다 아주 유명했다. 이들의 이름은 오귀스트도 잘 알고 있었다. 왜냐하면 파리에서 그는 여가시간이 생기면 곧잘 오페라 감상을 했기 때문이다.

"나는 로스차일드 씨 옆에 앉아 있었다. 수프를 먹은 후, 나는 그에게 아는 체하면서 넌지시 말했다. 카렘의 상차림이 인상적이었다고, 카렘은 양념이 너무 많이 들어가거나 탄 음식과 싸우는 최초의 인물이라고, 나는 이 걸출한 인물의 장점을 알고 있노라고."

레이디 모건의 찬사는 정원에서 손님들과 함께 차를 들자고 카렘에게 권했던 로스차일드 씨의 마음과 동일한 것이었다. 카렘의 태도와 양식에 감동을 받은 여류 작가는 그와 오래도록 이야기를 나누었다.

오귀스트는 머리를 들었다. 그는 님프들의 샘터 주위에 흩어져 있는 철제 의자들을 눈으로 따라가면서 책 속의 장면을 상상해보았다. 즐겁게 이야기 나누는 엄지 동자[64]와 레이디 모건의 이미지가 튈르리 공원의 전경과 겹쳐서 떠올랐다. 그는 상념들이 제멋대로 흘러가게 내버려두었다. '나는 과연 카렘처럼 성공할 수 있을까?' 오귀스트가 성공한다면, 그것은 아마 전적으로 여인들 덕택일 것이다. 레이디 모건의 열정은 그에게 길을 제시했다. 요리사로서 인생을 살아간 오귀스트에게 가장 기억에 남는 순간이 있다면, 에블린을 위해 정성껏 식사를 준비하던 일과 외제니 황후에게 샐러드를 헌정한 일이 아닐까.

카렘은 불과 서른여섯의 나이에 숨을 거두었다. 그는 "석탄 때문에 우리는 죽어간다. 그러나 중요한 것은 짧게 살더라도 보다 영광스럽게 사는 것이다!"라고 말했다. 그는 러시아 황제 밑에서 일하는 것, 오스트리아 궁전에서 높은 보수를 받으며 일할 수 있는 기회를 사양했다. 왜냐하면 그곳에서 무례한 동료들이나 음식에 대해 잘 모르는 사람들을 만날까 두려웠기 때문이다. 로스차일드 남작은 그에게 은퇴 후 페리에르 성을 주겠다는 제안을 했는데 그는 그 제안도 거절했다. 파리의 출판사들 옆에서 문학 작품을 완성하고 싶다는 이유에서였다.

이끼 낀 조각상들의 그림자가 길어졌다. 태양은 이제 플라타너스 밑에서 반짝였다. 돌아가서 저녁식사를 준비해야 할

64) 어릴 때 카렘이 전래 동화 속의 '엄지 동자'처럼 아버지에게서 버림받았다는 뜻에서 비유한 표현.

시간이다. 카렘이 이해했던 것처럼, 화학과 연금술 혹은 기하학의 일부인 위대한 요리는 결코 기다려주지 않는다. 이것이 바로 오귀스트가 결정적으로 깨달은 사실이었다.

3부

포화 속의 요리 혁명(1870-1873)

사람은 빵만으로 사는 것이 아니다.

— 성경(신명기)

화염 속의 요리사

다시 봄이 찾아왔다. 오귀스트는 손가방을 들고, 꽃을 피운 샹젤리제의 마로니에 아래로 걸어가고 있었다. N경이 외교 임무를 위해 러시아로 발령을 받아 떠났기 때문에 오귀스트 역시 다른 곳으로 가야 했다.

니스의 젊은이, 오귀스트는 프티 물랭 루주로 돌아와 일했으나 3개월 만에 접어야 했다. 1870년 7월 19일, 그가 알부페라 소스('알부페라' 라는 이름은 스페인 전쟁에서 승리한 쉬셰 제독[1]을 연상시키는데, 이것은 고추버터와 크림을 섞어 만든 진한 소스로 닭과 양송이를 혼합한 스프에 얹어 내놓는다)를 준비하고 있을 때, 프랑스가 독일에 선전포고를 했다는 소식이 들려왔다.[2]

프로이센군은 140만 명이었고 프랑스군은 예비병을 포함해서 55만 명에 불과했다. 오귀스트도 이 예비병에 속했다. 이틀 후 그는 소집 명령을 받았다.

---

1) 쉬셰 제독(1770-1826)은 1812년 스페인의 알부페라에서 영국인들과의 싸움을 승리로 이끌어 '알부페라 공작' 이란 칭호를 받는다.

영장은 그가 일하는 주방에 도착했다. 그는 로오를 비롯한 동료들과 짤막한 작별인사를 나누었다.

"오귀스트 에스코피에?"

"접니다."

"따라오시오."

"그렇지만……."

"어떤 이유도 불문이오!" 얼굴에 칼자국이 난, 악당같이 생긴 군인이 소리쳤다.

오귀스트가 입대한 부대의 연대장인 가스통 아르두엥 조셉 당들로 백작은 마르고 여윈 몸매이면서도 강인한 인상을 주었다. 그는 잘린 원뿔 모양의 군모에 커다란 도금 견장이 어깨에 달린 푸른 군복, 목걸이 모양의 훈장, 약간 헐렁한 바지 차림이었다. 그는 크림 전쟁[3]에서 두각을 나타냈고, 이탈리아 독립 전쟁[4]에도 참여했다. 그는 어쩌다 말을 할 때에만 여

---

2) 이 선전포고를 시작으로 프랑스-프로이센(보불 전쟁) 전쟁이 일어났다. 이 전쟁은 프로이센(독일 제국)의 지도하에 통일 독일을 이룩하려는 비스마르크의 철혈 정책과 이 정책을 저지하려는 나폴레옹 3세가 충돌한 것이다. 직접적인 계기는 스페인 국왕 선출 문제를 둘러싼 양국간의 분쟁으로, 그 과정에서 일어난 엠스 전보(電報)사건은 사건의 연출자인 비스마르크의 예견대로 프랑스와 프로이센 양 국민을 격앙케 하여 1870년 7월 19일 프랑스가 선전포고를 하였다. 그러나 전황은 프로이센-독일군이 압도적으로 우세하여 1870년 9월 2일 나폴레옹 3세는 독일군에게 항복하였다. 이후 양국은 1871년 2월 베르사유에서 평화 협정을, 5월 프랑크푸르트에서 강화조약을 체결하였다.

3) 1853~1856년 러시아가 오스만 투르크 · 영국 · 프랑스 · 프로이센 · 사르데냐(이탈리아) 연합군과 벌인 전쟁.

4) 이탈리아의 통일 과정에서 오스트리아와 사르데냐 왕국 간에 일어난 세 번의 전쟁. 프랑스는 제2차 독립 전쟁시 이탈리아를 도와 참전했다.

송연을 입에서 뗄 정도로 늘 여송연을 달고 살았다.

"나는 우리의 감독기관을 믿을 수가 없네. 그래서 내가 직접 요리사를 뽑기로 했지." 그가 오귀스트에게 설명했다. "바르두 씨가 자네를 추천했네. 바르두 씨는 나의 부친인 당들로 장군의 친구일세. 자네는 즉시 메스[5]로 가게 될 걸세. 그리고 그곳의 참모부 제2소대에 배치되어 주방장을 맡게 될걸세."

유럽에서 가장 중요한 요충지인 메스는 참호로 둘러싸인 야영 진지로 바뀌었다. 군대들이 끊임없이 지나갔다. 국경 지대에서 온 수많은 피난민들이 루아얄 광장에 텐트를 치고 머물렀다.

프랑스의 바젠 제독과 르뵈프 제독의 참모부는 '유럽 호텔'에 머물렀다. 마을의 모든 숙소는 사람들로 꽉 차 있었기 때문에 오귀스트는 코메디 광장의 황실 독수리 조각이 붙어 있는 정문 앞에 세운 텐트에 머물렀다. 눈을 들면, 모젤 강 위에 지어진 오래된 중세의 집들 너머로, 노란 벽돌로 지은 성당이 보였다. 그 성당은 보베 성당과 아미앵 성당 다음으로 프랑스에서 제일 높았다. 다행히 오귀스트에게는 성당을 바라볼 정도의 여유는 있었다. 보름 동안 그는 별 걱정 없이 지냈다. 당들로 백작은 마치 오귀스트의 존재를 잊어버린 것 같았다.

1870년 8월 6일, 독일군은 프랑스 동부 로렌 지방의 작은 마

---

5) 프랑스 북동부 로렌 지방 모젤 주의 주도(州都)로, 프랑스-프로이센 전쟁시 가장 격렬한 교전이 벌어졌던 곳 가운데 하나이다.

을인 포르바크에서 프랑스의 프로사르 장군과 싸워 승리했다. 그리고 12일, 나폴레옹 3세는 바젠에게 로렌에 주둔한 독일군의 명령을 전달했다. 14일, 그 어느 때보다 등이 굽고 어두운 표정이던 나폴레옹 황제는 열네 살의 왕자를 데리고 메스를 떠났다. 황제는 메스 근처의 물랭-레-메스 지역에서 길을 멈추었다. 그곳은 오귀스트가 절름발이 말 한 마리와 또 다른 말이 끄는 식량 마차를 안내하며 조수와 함께 지나갔던 곳이다. 길이 너무나 붐벼서 8킬로미터를 가는 데 다섯 시간이나 걸렸다. 결국 오귀스트는 밤이 되어서야 진지에 도착했다. 오귀스트는 진지에 도착하자마자 울타리의 말뚝을 이용하여 즉석에서 석쇠를 만들고 그 위에 커다란 '로스트 비프(rosbif)'를 굽기 시작했다.

병사들은 아침 아홉 시에 이 기막힌 고기 맛을 보았다. 나머지 식사는 반숙 달걀과 감자 샐러드, 커피와 고급 샴페인이었다.

멀리서 대포 소리가 들렸다. 누군가 "이건 조포(弔砲)를 쏘는 거야"라고 말했다. 참모부가 천천히 그라블로트 마을까지 이동하는 동안에도 전투는 하루 종일 계속되었다. 하루가 끝나갈 무렵, 사상자는 수천을 넘어섰고 프리드리히-카를[6] 왕자의 군대가 샬롱[7]으로 가는 길을 차단했다는 소식이 들려왔다.

---

6) 프로이센의 왕자이자 육군 원수(1828-1885). 메스 전투에서 프로이센 제2군 사령관을 맡음(1870~1871).

7) 프랑스 북동부 샹파뉴아르덴 지방 마른 주의 주도인 샬롱쉬르마른을 가리킨다.

그날 저녁, 오귀스트는 당들로 백작에게 소시지와 정어리, 토끼 고기를 대접했다.

"이 스튜, 맛이 괜찮군."

"'수비즈식 토끼 등심' 요리입니다."

"수비즈라고? 루이 15세 때의 제독 말인가?"

"양파 퓌레를 곁들인 요리를 말할 때 쓰는 특별한 명칭이지요."

다음날, 오귀스트는 메스 성당처럼 노란 벽돌로 지어진 농장의 부속 건물로 가기 위해 베르됭 시의 시가지로 들어섰다. 이 건물은 뒤집어진 배 밑바닥처럼 생긴 모젤 언덕의 발치에 있었다. 날아다니는 산탄 소리, 끊임없이 들리는 기관총 소리, 포탄 터지는 소리는 오귀스트에게 요리에 대한 생각을 할 만한 여유를 주지 못했다. 농장은 양호실로 바뀌어 있었다.

오귀스트는 코가 떨어져나간 척탄병에게 약을 가져다주었다(이 척탄병은 붕대를 감자마자 상처 입은 자신의 말을 타고 다시 전장으로 떠났다). 낙오병들은 평원에서 이리저리 도망치는 산토끼들에게 총을 쏘아대며 군수품을 낭비했다. 간혹 농땡이를 부리는 병사들도 있었다. 오귀스트는 통탄스러웠다. 구급 요원들이 다니는 길 위로 두 무리의 허브들이 자라고 있었다. 오귀스트는 그 허브들 틈에서 보석으로 장식한 초상화 목걸이를 발견했다. 목걸이에는 마른 피가 묻어 있었다. 에블린을 닮은 듯한 여인의 초상이 목걸이용 펜던트에 박혀 있었다. 부상자는 기절하기 전에 이 여인의 초상에 입술을 갖다대지 않았을까. 오귀스트는 여인의 초상을 조심스레 만져보았다.

그날, 독일군의 육군 참모총장 헬무트 폰 몰트케는 프랑스 군대를 포위하기 위해 두 사단을 집결시켰고, 다음날 메스를 포위하는 데 성공했다. 바젠 제독은 항복을 거절했다. 캉로베르 제독이 화염 속의 생 프리바에서 철수한 반면, 바젠은 당구 게임을 하듯 승부수를 던진 것이었다.

8월 19일 아침, 메스에는 계엄령이 선포되었다. 17만 5,000명의 사람들은 어디든 자리를 잡고 야영을 하였다. 그들 중 2만 2,000명이 병원, 수녀원, 학교에서 지냈다. 루아얄 광장은 구급차로 바뀐 수레들로 꽉 들어차 있었다.

프랑스군 참모부의 제2사단은 어느 라틴어 선생의 빌라에 거처를 잡았다. 오귀스트에게 주방 재량권을 맡기면서 라틴어 선생은 오귀스트에게 모젤 화이트 와인 한 잔을 건넸다.

"눈크 에스트 비벤둠(Nunc est bibendum)! 지금은 마셔야 할 때요!" 라틴어 선생은 불가능해 보이는 승리를 위해, 혹은 이미 발표된 패배의 슬픔을 달래기 위해 건배를 한다는 사실은 언급하지 않았다.

오귀스트는 '만일 적들의 봉쇄가 지속된다면 식량은 곧 바닥이 날 거야' 라고 생각했다. 군 당국이 여유를 부리며 식료품들을 낭비하고 있을 동안 오귀스트는 50여 마리의 닭, 거위, 오리, 칠면조와 여섯 마리의 토끼, 두 마리의 작은 돼지,

염소 한 마리를 가금 사육장으로 들여보냈다. 그리고 '리비히[8] 콩소메'와 정어리 통조림, 참치 통조림, 20킬로그램 정도의 소금, 미라벨(mirabelle)[9] 잼 등을 저장했다.

"자네는 나의 장고들을 분칠한 어린 숙녀쯤으로 여기는군." 잼까지 저장하는 것을 본 백작 연대장이 말했다.

"이 잼이 우리에게 설탕을 대신해줄 것입니다!"

1870년 9월 2일, 군대를 위해 젖소들을 모두 징발한다는 메스 시의 칙령이 떨어졌다. 임산부 및 어린이 보호를 담당했던 당들로 연대장은 어려움에 봉착했다. 사령관은 각 기병대에 가장 부실한 말 중 마흔 마리를 군 당국에 보내라고 지시하였다.

이런 종류의 요리는 혐오스러웠지만, 오귀스트는 말고기를 손질하기 전에 먼저 삶으면 고기의 역한 냄새를 줄일 수 있다는 사실을 알게 되었다. 곧이어 그는 말고기를 수비즈식[10], 보르들레즈식[11], 알자스식[12], 비가라드식[13], 부르주아식[14], 오를로프식으로 조리했다. 어느 일요일, 그는 잘게 다진 말고기와 달걀 요

---

8) 독일 화학자 유스투스 폰 리비히(1803-1873)를 가리킨다.

9) 매실보다 조금 작고 노란색을 띤 유럽 자두.

10) 수비즈는 프랑스 대공(1715-1787)의 이름. 양파 소스(수비즈 소스)를 친 야채를 곁들이는 방식을 말한다.

11) 와인과 후추를 사용해서 만든 보르들레즈 소스를 이용하는 보르도 지방식.

12) 독일 국경에 인접한 알자스 지방식 요리법. 햄, 소시지, 베이컨, 감자 등이 많이 들어가는 것이 특징이다.

13) '비가라드'는 라임 오렌지를 일컫는 프랑스어. 비가라드식은 라임 오렌지 껍질과 즙을 첨가한 새콤달콤한 갈색 소스를 이용한 요리법이다.

14) 갖가지 야채를 커다랗게 썰어 곁들이는 방식.

리를 치커리 위에 놓고 타라곤 소스를 뿌려서 내갔다.

평상시 주로 군복을 입었던 오귀스트는 부엌으로 돌아오면 눈처럼 하얀 작업복을 입고 앞치마를 둘렀다. 가끔 당들로 연대장이 오귀스트를 찾으러 부엌으로 오곤 했다. 그는 오귀스트가 무를 돌려가며 살피는 동안 주방을 한 바퀴 돌았다.

"바젠은 언제 독일군을 공격할까요? 언제 우리를 이 나쁜 꿈에서 해방시켜줄까요?"

"모든 악몽에는 끝이 있는 법이지. 아니면 그 악몽을 스쳐지나가거나, 그 속에서 함께 폭발하거나 날아가버리는 거지."

사람들은 악몽 밖으로 날아가지 않았다. 1870년 10월 27일, 바젠은 메스와 자신의 군대를 독일군에 넘겨주었다.

당들로는 모든 음식을 거부한 채, "아내와 정부(情婦) 둘 다 잃은 느낌이네"라는 말로 자신의 심경을 드러내며, 오귀스트를 향해 몸을 돌렸다.

"자네는 약혼녀나 아내가 있나? 요리가 자네의 유일한 동반자인가?"

"요리는 제 영혼의 자매이고, 제게는 '시(詩)의 여신' 입니다. 저를 완전히 지배하고 있지요. 저는 요리에 푹 빠져서 지냅니다."

그때 저택의 수비대 하사가 부엌으로 뛰어들어오면서 소리쳤다.

"융 대장이 미쳤어요!"

"따라오게!" 당들로가 오귀스트에게 명령했다.

대머리에 거구였던 융 대장은 눈이 심하게 충혈되어 있었고, 손을 부들부들 떨며 침까지 흘리고 있었다. 젖은 옷은 온통 진흙투성이였다. 항복 선언에 대한 절망과 분노가 한계에 달하자, 그는 말을 타고 차례로 모든 연대장을 찾아가 항복을 거부하겠다며 총살 사격대의 탄환 열두 발로 바젠을 총살하자고 주장했다. 그러나 그는 사람들을 설득하는 데 실패한 채 살기등등해져서 돌아왔다.

"그를 무장해제시켜라!" 당들로가 명령했다.

그의 명령으로 융은 권총을 빼앗겼다.

"방에 감금해라! 에스코피에, 부탁하네. 자네가 이 자를 돌봐주게. 그를 진정시키고, 돌봐주고, 음식을 주게나. 우리 중에는 자네가 이 일에 가장 적임자라고 생각하네. 훌륭한 요리사는 훌륭한 의사이기도 하지."

사흘 후 오귀스트의 정성 어린 보살핌을 받은 융 대장은 차츰 정신이 제자리로 돌아왔다. 회복중인 환자가 오귀스트에게 말을 건넸다. "내가 자네의 무엇에 가장 많이 빚을 졌는지 잘 모르겠군. 자네의 뜨거운 수프 덕인지, 자네의 친절한 미소 덕인지……."

하지만 그의 이야기는 계속되지 못했다. 독일 군인들이 그들이 머물던 장소를 비우라고 명령했기 때문이다. 오귀스트는 독일군에 의해 마인츠에 있는 포로 수용소로 끌려갔다.

막 움직이기 시작한 마차의 창문에서, 그는 훗날 자신의 《회상록》에 기록하게 될 끔찍한 장면을 목격했다. 오귀스트는 이 책에서 이렇게 쓰고 있다. "이 부대에 남아 있는 몇 마리 말들은 물웅덩이에 처박힌 채 빈사 상태에 놓여 있었고, 자신의 길을 가려고 안간힘을 쓰며 몸을 쳐들었다. 말들의 눈은 인간의 눈이라고 해도 믿을 정도로 강렬하고도 생생한 애원을 담은 눈길을 내게 보냈다."

좀더 멀리 떨어진 곳인 낭시에 이르자, 분명 독일군에게 세뇌를 당했음직한, 술에 취한 빈민들이 포로들을 '겁쟁이'로 치부하며, "바젠에게 죽음을!"이라고 큰소리로 욕을 퍼부었다. 그들은 포로들에게 돌을 던졌다. 이 이상의 심한 모욕은 없을 것이다. 그들에게서는 인간에 대한 예의라고는 전혀 찾아볼 수가 없었다. "누더기를 걸친 무리들 중에서 특히 여자들은 남자들보다 더한 광기에 사로잡혀 있었다"고 에스코피에는 언급했다.

마인츠에 도착한 오귀스트는 영혼에 상처를 입은 채 마을을 떠돌아다녔다. 다행히 그는 통행증이 있었는데, 그것은 당들로 연대장이 오귀스트에 대해 극찬을 한 덕분에 독일군 지도부 측에서 만들어준 것이었다. 그리고 그는 전쟁 발발 직후부터 함께 지냈던 루드비히 스트라세가 운영하는 제과점에서 점원으로 일할 수 있었다. 그러나 루드비히는 결국 감옥에서 생을 마쳤다.

'샤토브리앙 슈크루트'

독일 중서부의 도시 마인츠는 구텐베르크의 고향이다. 오귀스트는 구텐베르크 거리와 구텐베르크 광장을 지나다니면서 그 사실을 알게 되었다. 지금까지 그는 마인츠를 프라하와 요크에서 생산되는 햄과 경쟁하는, 질 좋은 햄 생산지로만 알고 있었다. 어쨌든 이곳에서 오귀스트는 저질 식품의 효과와 그 식품을 판단하는 방법을 충분히 연구할 수 있었다.

그가 있는 포로 캠프에서는 고기가 귀했다. 게다가 간혹 나온다 해도 그 맛이 고약했다. 음식에 소금을 넣지 않은 까닭에 이질이 퍼졌고, 감자는 썩은 물에 오래 놓아둔 탓에 못쓰게 되어버렸다. 부스러진 완두콩은 미리 물에 불리지도 않은 채 익혔다. 조금만 신경 쓰면 얼마든지 피할 수 있는 일인데도, 아무도 이런 문제에 대해서는 관심을 두지 않았다.

포로 수용소에서는 원칙적으로 24시간마다 식량을 배급하도록 되어 있었지만, 실제로는 교대시간에 맞춰 36시간 만에 나눠주었다. 이런 기다림 때문에 어떤 포로들은 말 그대로 미쳐버리기도 했다.

수용소에 온 지 27일이 지난 후, 요리사들의 신이 오귀스트에게 행운을 베풀었다. 오귀스트는 음식을 내가는 장소 앞으로 불려나갔다. 근사하게 차려입은 두 사람이 그곳에서 오귀스트를 기다리고 있었다.

"내 소개를 하겠소. 내 이름은 융이고, 이쪽은 트라우트 씨요." 그들 중 한 명이 웃으며 오귀스트에게 말했다. "우리는 비스바덴 쿠어잘 마을의 관리요. 당신을 데려와 우리 관저에서 함께 일해도 좋다는 허락을 받았소."

다음날부터 오귀스트는 비스바덴의 관저 주방에서 일하게 되었다. 그곳에서는 프랑스인 주방장 데자르댕이 주방을 지휘하고 있었다. 비스바덴은 마인츠에서 얼마 안 떨어진 곳에 있는 물의 도시로서 나무들이 무성하게 우거진 타우누스 산줄기와 라인 강 사이에 있다.

바야흐로 세계적인 요리 공동체의 팀워크가 빛을 발하기 시작했다. 이전에 오귀스트는 큰 기대 없이 알자스 출신의 두 레스토랑 경영주에게, 우연히 알게 된 주소로 편지를 쓴 적이 있었다. 바로 이때의 편지가 기회가 되어 지금 그들과 함께 일하게 된 것이다.

쿠어잘 마을에서 그는 처음으로 슈크루트(choucroute)[15]를 만들었다. 슈크루트는 샤토브리앙식으로 만드는 것이 가장 맛있다. '샤토브리앙식' 이란 샴페인과 거위 기름을 넣고 삶은 양배추를 잘게 썰어 접시에 깔고, 그 위에 0.5리터의 말부아지 와인(이 와인은 독일 포도밭에서 재배한 그리스산 세파주 포도로 만든다)에 삶은 돼지고기의 넓적다리 부위를 올려놓는다.

---

15) 양배추를 절여서 만든 발효 식품으로, '독일식 김치' 이다.

그리고 버터에 볶은, 납작하게 썬 푸아그라와 얇게 썬 붉은 자고새 소시지를 목걸이처럼 접시 주위에 빙 둘러놓는다.

그러나 오귀스트는 슈크루트를 만들 기회를 많이 갖지는 못했다.

"유감스럽소이다." 어느 날 저녁 트라우트 씨가 오귀스트에게 말했다.

"이제 같이 일할 수가 없게 됐군요. 이제부터 에스코피에 선생은 존네베르그스트라세 마을의 한 저택에서 일하게 되었습니다. 마크-마옹 제독[16]의 참모부가 그곳에 있지요. 거기서 주방장으로 일해야 합니다. 그곳 사람들이 기다리고 있습니다."

다음날 아침, 27개의 온천지가 산재한 공원과 호수가 보이는 거실에서 오귀스트는 새로운 주인들과 인사를 나누었다. 그들은 담배를 피워가며 아침식사를 했다. 어떤 사람은 파이프로 태우고, 어떤 사람은 시가를 피웠다. 마크-마옹 제독의 참모부 소속인 아브작 후작 장군, 갈리페 후작 장군, 블루아 연대장, 볼그르냥 사령관, 마레샬 대위, 아르쿠르 공작, 아르쿠르 백작, 아르쿠르 자작이 그곳에서 머물고 있었다.

"에스코피에 씨! 궁중 산토끼 요리를 만들 수 있겠소?" 갈리페 장군이 물었다.

---

16) 프랑스 제독(1808-1893) · 참모총장 · 제3공화정 2대 대통령(1875-1879)을 역임했다.

"산토끼 한 마리와 트뤼프, 푸아그라, 양파가 있으면 가능합니다. 아차! 잊은 게 있군요. 소금과 후추, 그리고 넛멕이 필요합니다."

"또 필요한 게 있소?"

"시간이 필요하지요. 장군님."

"에스코피에 씨, 당신은 먼 길을 떠나게 될 거요."

"어디로 갑니까?"

"어디든 상관없지 않겠소? 티베트의 현자 밀라레파는 '여행자의 가장 고귀한 목적은 어디로 가는지 모른 채 떠나는 것' 이라고 말했다오."

가스통 오귀스트 드 갈리페는 마흔 살을 한 달 앞두고 장군으로 승진했다. 이것은 제1제정 이래 유례가 없는 일이었다.

부인들은 갈리페 장군의 이야기를 들으며 달콤한 상상을 즐겼다. 1863년 멕시코의 푸에블라 전투에서 배가 갈린 갈리페 장군은 쏟아지는 창자를 르네 왕처럼 손으로 받는 대신, 자신의 군모에 받아들고는 구급차에 도착했다. 의료진은 그의 배를 은판으로 고정시켰다. 어쨌든 그는 이 얘기를 호기심 많은 사람들에게 넌지시 흘려놓았다. 더러 그 얘기를 사실로 믿는 사람들도 있기는 했다. 또한 그는 부부 생활의 불화만큼이나 자유분방한 성생활로 유명했다. 그는 자신의 아내를 소개할 때 "이 사람이 내 과부요!"라고 말하곤 했다. 그리고 어느 날은 장교들을 모아놓고 "신사 여러분, 당신들은 죄다 화냥년들의 남편이오! 나는 어젯밤 후작 부인과 같이 잤소!"라고 떠벌리기도 했다.

한 달 전 그는 스당 지방[17]에서, 영웅담들을 허풍스럽게 퍼뜨려 자신의 전설을 공고히 했다. 흘러내리는 금빛 콧수염은 그의 얼굴을 더욱 섬세해 보이게 했고, 그의 건방진 태도와 빈정대는 웃음, 파란만장한 과거는 그를 더할 나위 없이 매력적으로 보이게 했다.

그는 여자들과 말, 달리는 개들을 좋아했다. 그는 하녀들과 포도 재배자들, 그리고 요리사들도 좋아했다. 말하는 것을 좋아했던 그에게 오귀스트는 매번 적절한 대화 상대가 되어주곤 했다.

"자네는 프로방스어로 말할 수 있나? 나는 파리에서 태어났지만, 어릴 때 프로방스어를 배웠지! 정말 멋진 언어야! 내 조상들은 엑상프로방스[18]에서 살았다네. 할아버지는 미라보 호텔 앞에 개인 호텔을 하나 가지고 있었지. 그 호텔은 퓌제 학교에서 가져온 멋진 여자 조각상이 있는, 녹색과 황금색의 돌로 만들어진 건물이었어. 그 호텔은 한 편의 시처럼 아름다웠다네. 할아버지는 아주 정열적인 분이셨어! 어느 날 새벽에……."

"장군님, 말씀중에 죄송합니다만, '프로방스식 배추 요리'가

---

17) 갈리페 장군은 프랑스-프로이센 전쟁시 '스당 전투(1870. 9)'에서 프로이센군에 패해 포로가 되었다.

18) '예술의 도시'로 알려진 프랑스 남부의 프로방스 지방.

어떻게 됐는지 한번 보고 오겠습니다. 마늘, 양파, 토마토, 완두콩, 쌀, 그리고 독일 전통 소시지를 넣은 배추 요리입니다."

오귀스트는 완성하는 데 세 시간이 걸리는 배추 요리를 확인하고 돌아왔다.

"내가 어디까지 얘기했더라?" 갈리페 장군이 말을 이었다.

"새벽녘 미라보 호텔의 뜰에서 선잠을 자다 깬 새들이 정신을 차리려고 프랑스에서 가장 이끼가 많이 끼는 샘 주변의 돌 위에 내려앉았다는 이야기까지 하셨지요"라고 오귀스트가 대답했다.

"아, 그렇지! 그래서 할아버지가 미라보 백작 부인 침실의 바스락대는 레이스 이불 속에서 나오는데, 백작 부인의 남편하고 맞닥뜨리게 된 거야. 그런데 이 백작이 어디서 나왔는지 아나? 자, 셋 셀 동안 알아맞혀보게. 음, 자네에게 10초를 주겠네. 그래도 모르면 100초를 주지. 정말 모르겠나? 그는 우리 할머니의 침대에서 나왔다네!"

"정말 대단하군요. 그래서요?"

"그들은 결투를 해야만 했지. 그리고 결국에는 엄청난 양의 식사를 하면서 화해했다네. 두 사람은 각자 프로방스식 파르시(farci)[19] 50개와 피살라디에르(pissaladière)[20] 6개, 순은(純銀) 숟가락이 꽂혀 있던 스튜 한 냄비를 다 먹어치웠지."

---

19) 잘게 다진 고기나 야채로 속을 채운 요리.
20) 빵 반죽에 멸치, 올리브, 양파 등을 얹어 만든 니스식 요리.

"두 분 다 비만이었나요?"

"전혀! 그들은 단지 식욕이 왕성했을 뿐이지. 나도 마찬가지라네. 가리는 것 없이 다 잘 먹지. 젊었을 때 나는 '크리스털 컵 먹기' 내기를 한 적이 있었어. 컵받침까지 포함해서 말이지. 물론 시간은 좀 걸렸지. 세 시간인가 네 시간인가 걸린 것 같군. 이 끔찍한 식사를 마치고 나니, 내 입은 완전히 피투성이가 되더군. 그렇지만 위장은 아무렇지도 않았어. 하지만 나는 뚱뚱해지는 건 참을 수가 없네. 나는 또 이런 내기를 하기도 했지. 자네도 알게 되겠지만, 나는 도박사거든. 가능한 한 오랫동안 내 실루엣을 칼날처럼 날씬하게 보전하겠다는 내기였어. 그런데 자네 때문에 내 날카로운 실루엣이 무뎌지고 이가 나가는 중일세. 젠장!"

1871년 3월 1일, 수많은 비둘기들이 존네베르그스트라세 마을의 요란하게 장식된 주택 지붕 주위를 빙빙 날아다녔다. 갈리페는 안락의자에 자신의 거대한 몸집을 맡긴 채 앉아 있었다. 프랑스 의회가 제국의 패망을 발표하고, 독일과의 치욕스런 평화조약의 예비 교섭에 비준했다는 사실을 들은 직후였다.

창문으로 역겨운 곰팡내와 탄 냄새가 뒤섞여들어왔다. 존네베르그스트라세 시(市)는 중앙 광장에서 모닥불 축제를 개최했다. 땔감을 가져오라는 지시에 따라, 시민들은 각자 보관하고 있던 눅눅하고 썩은 나무들을 불에 던져 없앨 수 있었다. 검은 장막이 비스바덴을 뒤덮었다. 사람들은 계속 석유를 뿌려댔고, 장작더미는 연기로 변해 날아가버렸다.

"자네의 요리가 잠시나마 우리를 즐겁게 해주려는 것 같군." 갈리페는 식사시간이 다 되었음을 알리러 온 오귀스트에게 말했다. "이 지독한 냄새 때문에 식사를 망칠 것 같기도 하지만 말이야. 아, 이 냄새들! 아버지는 옛 프로방스에 대한 내용의 책을 쓰셨지. 아버지는 그 책의 제목을《향수를 뿌린 창녀》라고 붙이셨다네. 참 예쁜 제목이야! 하지만 나는 그 책을 읽지 않아서 그 냄새가 라벤더 향인지, 마늘 냄새인지는 모르겠네."

"둘 다 나름대로 장점이 있죠, 장군님. 그렇지만 전 마늘 냄새는 별로 좋아하지 않아요. 요리할 때 마늘을 많이 쓰지만, 그 냄새는 피하고 싶을 따름입니다. 어떨 땐 포크에 마늘 맛이 배는 것만으로도 충분하다고 생각합니다."

"노력을 해봐야지. 친구! 싫다고만 생각해서는 안 되지. 해보면 반드시 보상이 있을걸세. 자, 두 달 전에 나는 가슴과 등이 깊게 패인 옷을 입은 아름다운 여인이 주최한 무도회에 간 적이 있네. 그녀의 드러난 목덜미와 어깨선은 너무나 황홀했네. '저기에 키스를 퍼부을 수 있다면 얼마나 좋을까!' 라고 생각했지. 거리낌없이 나는 곧장 행동에 들어갔어. 화가 난 부인은 부채로 내 얼굴을 갈겼지. 그리고 난 내 자신에게 말했어. '이 입맞춤의 대가를 알게 되었지만, 또 이렇게 하고야 말겠어!' 라고 말이지."

완전한 평화조약이 체결되자, 갈리페는 오귀스트가 파리로 돌아갈 수 있도록 해주었다. "조건은 자네가 귀국 비용을 부담하는 것일세"라고 그는 말했다.

"문제없습니다. 장군님."

"솔직히 말해서, 자네가 떠나게 되어 정말 다행이네. 자네는 나를 검은 페리고르[21] 거위처럼 살찌게 하지 않았나? 메리메[22]가 스탕달[23]에 대해 뭐라고 한 줄 아나? '오늘날 사람들은 끊임없이 탐식하고, 탐식을 찬양한다. 스탕달 시대에 사람들은 음식이 아닌, 정력과 용기를 열망했다. 만일 사람들이 미식가였다면, 스탕달이 과연 성공할 수 있었겠는가!' 만일 기회가 온다면 난 자네에게 기꺼이 투자하겠네."

"좋습니다. 그게 언제가 될까요?"

"자네 가톨릭 교도인가?"

"예, 그렇습니다."

"그렇다면, 우리 앞엔 무한한 시간이 있지!"

오귀스트는 신을 믿었다. 주일마다 그는 자신이 하는 예술과, 신부들이 행하는 예술 간에 얼마나 많은 공통점이 있는지 생각하면서 미사에 참석했다. 제단 위의 식탁보, 빵과 포도

---

21) 푸아그라 요리로 유명한 프랑스 남부 마을.

22) 프랑스의 작가(1803-1870).

23) 19세기 프랑스의 대표적인 소설가(1783-1842).

주, 성배와 성반 같은 가톨릭 의식은 식사 의식에 속하는 것이 아닐까? 의례적이고 장엄하며 정형화된 성당의 의식은 고급 레스토랑의 의식을 연상시키지 않는가? 크리스마스나 부활절 같은 종교 축제는 고급 레스토랑의 세련됨이나 값비싼 식기와 공통점이 있지 않은가?

마크-마옹 제독 저택에서의 만찬

마리-에듬-파트리스-모리스 마크-마옹 제독은 말을 시작하면 끝을 내는 법이 절대 없는, 수수께끼 같은 인물이다. 그는 대화 상대를 아예 무시해버리거나, 마치 무슨 희한한 벌레를 보는 것처럼 자신의 작고 파란 눈으로 뚫어지게 쳐다보았다.

"우리는 그가 짠맛을 좋아하는지 단맛을 좋아하는지 모른다네." 주방장 쥘 세르비가 오귀스트에게 귀띔해주었다.

제임스 2세[24]의 유배길을 따라나섰다가 17세기에 프랑스에 정착한 아일랜드인을 조상으로 둔 마크-마옹 제독의 냉정함은 전설적이었다. 크림 반도[25]에서 그는 "나는 이곳에 있다.

---

24) 영국 스튜어트 왕조의 국왕(1633-1701). 통치 기간 동안 가톨릭 편중 정책을 펴자, 영국 국회는 왕위가 구교로 넘어가지 않도록 제임스 2세의 전처 딸인 메리 2세와 그의 남편 윌리엄 3세를 내세워 명예혁명을 일으켰다. 그 결과 제임스 2세는 프랑스로 망명을 떠났다.

25) 우크라이나 남단부에서 흑해로 돌출되어 있는 반도. 1853~1856년에 걸쳐 이 지역에서 러시아와 오스만 투르크 · 영국 · 프랑스 · 프로이센 · 사르데냐의 연합군 사이에 전쟁(크림 전쟁)이 일어났다.

나는 이곳에서 나가지 않겠다!"라고 말하며 말라코프 탑을 비우라는 명령에 불복했다. 그를 시기하는 사람들은 그의 공격이 천재성이라고는 전혀 없는 평범한 전술에 불과했다고 비방했지만, 마크-마옹 제독은 이탈리아의 마젠타 전투[26]에서 자신이 반드시 승리할 것이라고 확신했다. 그는 나폴레옹 3세가 그에게 군대 통수권을 맡겼을 때 알제리를 지배했다. 바스 알자스 지방에서 그는 4만의 군인들을 데리고 한치의 망설임도 없이 13만의 독일군과 맞붙어 싸웠다. 그의 무모함은 계속된 실패의 발단이 되었고, 결국은 스당 지방에 재앙을 불러일으켰다.

1871년 파리는 파리 코뮌[27]의 국민군이 저지른 삭소 거리의 만행과 그에 대한 보복으로 베르사유 군이 5월 29일 페데레 벽[28]에서 자행한 2만 명의 즉결 처형 등 쌍방이 저지른 만행으로 극도의 혼란에 빠져 있었다. 임시 공화국의 대통령 아돌

---

26) 1859년 이탈리아 통일전쟁시 밀라노 서쪽 마젠타에서 사르데냐 · 프랑스 동맹군과 오스트리아 군대 사이에 벌어진 전투.

27) 1871년 1월 프랑스-프로이센 전쟁에서 패한 프랑스 정부가 프로이센에 항복하고 베르사유로 도망치자, 파리의 시민 · 노동자들이 봉기하여 혁명적 노동자 정권(1871년 3월 18일~5월 28일)을 세운다. 이 정권을 '파리 코뮌' 이라고 한다. 같은 해 4월 17일 정부군의 공격이 시작되어 파리의 가장 동쪽 끝인 페르-라셰즈까지 밀린 코뮌주의자들은 무덤 돌비석을 방패삼아 마지막까지 결사 항전을 벌였으나 실탄이 떨어져 모두 붙잡히고 말았다. 생포당한 147명은 페르-라셰즈의 동남쪽 벽 앞에서 전원 총살당했고 그 주검은 벽 밑에 판 구덩이에 묻혔다(5월 28일). 코뮌 붕괴 이후 파리 시민들에 대한 무차별 학살이 감행되어 3만 명이 피살되고 4만 명이 징역형을 받고 7,500명이 알제리 사막에 버려졌다.

28) 파리의 페르-라셰즈 묘지에 있는 벽.

프 티에르[29]는 마크-마옹 제독의 도움으로 파리 시내의 질서를 잡을 수 있었다. 마크-마옹 제독은 '젠틀맨' 이라고는 말할 수 있었다. 그는 부상당한 수형자들에 대해서는 총살을 금지했다.

제독의 부인은 엘리자베스 드 카스트리였다. 그녀는 남편보다 스물여섯 살이나 아래였다. 1854년, 마크-마옹 제독은 엘리자베스에 대한 정열을 불태웠다. 그녀가 떠나는 마지막 순간에 마음을 정한 그는 몽펠리에 역까지 말을 타고 한달음에 달려갔다. 하지만 그가 말의 안장 위에 앉아 열심히 박차를 가하고 있을 때, 그녀는 이미 파리행 기차에 몸을 싣고 있었다. 그후, 결국 그녀는 나이 차에도 불구하고 그의 청혼을 받아들였다. 감탄이 절로 나오는 마크-마옹 제독의 당당한 풍채와 화려한 경력을 쌓기 시작한 그의 빛나는 미래가 엘리자베스의 마음을 사로잡았던 것이다.

강풍이 버드나무와 플라타너스의 연약한 가지를 심하게 흔들어대면서 프티-제퀴리 거리를 휩쓸었다. 오귀스트는 외투의 깃을 세우고, 쏟아지는 우박을 맞으며 사단 사령부에 이르렀다.

---

29) 보수적인 부르주아 공화파 정치가이자 역사가(1797-1897). 프랑스-프로이센 전쟁에서 프랑스가 패하자 1871년 2월 행정장관으로 복귀하여 파리 코뮌 사태를 수습하였다. 그해 8월 대통령에 취임하여 독일과의 배상 문제를 해결했으며 제3공화정의 기초를 다졌다. 1873년 급진파인 L. 강베타와 왕당파 쌍방으로부터 공격받아 퇴진하였다.

1871년 4월 6일 파리는 파리 코뮌 국민군들의 손에 떨어졌다. 파리에서 며칠을 보낸 오귀스트는 18세에서 40세까지 파리의 모든 장정들은 파리 수호에 참여해야 한다는 사실을 알게 되었다. 그는 코뮌 치하의 파리를 자유롭게 빠져나갈 수 있는 마지막 기차에 올라타기 위해 서둘러 북역(北驛)[30]으로 향했다. 정부군에 속해 있던 그는 어쩔 수 없이 요리에 있어서만 혁명적일 수밖에 없었다. 파리를 잠정적으로 포기한 정부군은 베르사유로 퇴각했고, 여전히 군인 신분이었던 오귀스트 에스코피에도 베르사유로 갔다.

"전쟁에는 좋은 면도 있지. 왜냐하면 우리가 더는 헤어지지 않아도 되니까 말이야." 마크-마옹 제독의 서글서글한 주방장 쥘 세르비가 말했다.

오귀스트가 쥘 세르비를 알게 된 것은, 비스바덴에서 일할 때였다. 당시 그들은 이웃에서 근무하고 있었다.

"여기서 일하고 싶다고? 나야, 당연히 자네를 우리 사단[31]으로 받아들이고 말고…." 세르비가 말을 이었다. "자네는 우리의 일을 상상하지도 못할걸세. 우리의 염려에도 불구하고, 혹은 그 염려 때문에 제독은 자신의 식탁이 탈레랑의 식탁만큼이나 훌륭하다는 것을 알고 있지."

---

30) 파리에는 기차의 출발 및 도착 방향에 따른 총 6개의 기차역이 있다. 이 가운데 북역에서는 영국으로 향하는 유로스타, 벨기에 방면의 열차가 출발한다.

31) 여기서 '사단' 이란 한 주방장의 지시에 따르는 요리사들의 집단을 의미한다.

이러한 자부심은 특히 제독의 부인인 엘리자베스에게서 눈에 띄게 나타났다. 그날 부인은 주방장을 불러, 다음날 가까운 친구들을 만찬에 초대하고 싶다고 말했다. 그녀는 가장 세련되고 유행하고 있는 요리들을 준비해달라고 부탁했다. 세르비를 삐딱하게 쳐다보면서, 그녀는 두 번이나 되풀이해서 말했다.

"제가 뭘 말하고 싶어하는지 알겠어요?"

자못 과장된 호의를 내비치며, 제독 부인은 자신의 요구사항을 전달했다. 그러고는 눈을 깜빡이면서 거북한 미소를 짓고, 어깨를 살짝 들어올리고는 코맹맹이 소리를 내면서 문 뒤로 사라졌다.

만찬에 초대받은 사람들은 갈리페 장군 외에도, 아돌프 티에르와 그의 아내가 있었는데, 이들은 검소한 생활과 소박한 입맛으로 잘 알려진 사람들이었다. 제독 부인은 그들을 깜짝 놀라게 해주기로 했다. 그녀에게 새끼손가락 하나 감히 쳐들지 못하는 마크-마옹이 그녀의 의견에 동의했다.

오귀스트는 '멧새 접시 요리'를 맡았다. 이 요리는 약간의 푸아그라를 뱃속에 채워넣은 멧새를 작은 정사각형 옥양목 천에 싸서 두꺼운 냄비에서 5분간 익힌 후, 푸아그라와 트뤼프 스튜를 담은 작은 접시 위에 올려놓고, 마지막으로 아주 약한 향을 첨가한 것이다.

오귀스트는 이 요리를 마지못해 준비했다. '멧새 요리는 멧새 하나만으로도 충분한 법인데…' 라고 생각했기 때문이다. '멧새는 구운 요리가 제일이야. 푸아그라와 트뤼프는 멧새 요리를 오히려 망쳐버린다구. 멧새 향을 없애버리니까 말이야.'

"사람들은 가격이 비싸다는 이유로 멧새 요리를 최고급 요리로 분류합니다." 그가 세르비에게 말했다. "그렇지만 멧새 요리는 진정한 의미에서의 식도락 음식은 아니지요. 그리모 드 라 레니에르[32]가 그 사실을 확신하게 해줬어요. 그에 따르면 '멧새 요리는 그것을 실제로 맛본 사람보다는 그 이름만 아는 사람들에 의해 그 가치가 높아졌다' 고 합니다."

"그건 철학적인 문제지." 세르비가 말했다. "그가 말한 것은 단지 멧새와 같은 작은 가금류에만 해당하는 게 아닐걸세."

'아마추어들은 날개 달린 꿈만을 좇는 걸까?' 오귀스트가 자문했다.

파리는 평온했다. 마크-마옹 제독의 거처는 파리 센 강 왼쪽의 강둑 지역인 께도르세 내의 외무성 건물로 옮겨졌다.

성(城)의 요리사에서 더 많은 사람을 위한 요리사로!

발드네-프로인트스타인 백작은 오래 전부터 무관에 종사해 온 유서 깊은 알자스 가문 출신이다. 그의 아버지는 장군이자

---

32) 프랑스의 작가 · 유머 작가 · 미식가(1758-1838). 저서 《미식연감》으로 유명하다.

상원의원이었고, 조상 가운데 여러 명이 당대 장성이었거나 연대장이었다. 발드네 스위스 연대, 부이옹 연대, 그리고 이름만으로는 지역을 알 수 없는 독일 사단인 로열 스웨덴 연대가 이들 가문에 소속된 연대였다. 이 군인 가문에는 우아한 여류 문필가인 오베르키르시 남작 부인도 있었다. 러시아 황후의 죽마고우이기도 했던 이 남작 부인의 아들 몽브리종 백작은 1853년에 《회상록》을 출간했다.

봄이 되자, 제17보병대의 연대장이었던 발드네-프로인트스타인 백작은 빌뇌브-에탕으로 진지를 옮겼고 이에 따라 파리 근교의 빌-다브레 마을에 있는 거대한 저택으로 이사했다.

8월 15일, 오귀스트는 백작의 식사 시중을 들었다. 백작은 오귀스트의 요리가 '성의 요리'라며 칭찬을 아끼지 않았다.

"그렇지만 제가 요리를 배운 곳은 고급 레스토랑이었습니다." 오귀스트가 대답했다. "저의 역할은 자주 싫증을 내는 고객들의 입맛을 만족시키고, 그들이 감명을 받도록 하는 것이었지요. 백작님께서 '성의 요리'라고 부르시는 것은 훨씬 섬세하고 비밀스러운 요리에 어울린다고 생각합니다. 백작님께서 그렇게 칭찬을 해주시니 몸둘 바를 모르겠습니다."

발드네-프로인트스타인 백작 부인은 오귀스트에게는 가장 아름다운 여인이었다. 오귀스트는 감히 그녀를 쳐다볼 수조차 없었다. 그녀는 에블린과 외제니 황후에 대한 추억을 잊게 할 정도로 아름다웠다. 백작 부인이 일주일치 식단을 짜러 올

때면, 오귀스트는 특유의 예의를 잃지 않으면서, 이따금 주의 깊게 정원을 향해 눈을 고정시켰다. 자기의 시선이 흠모하는 대상을 배반할까 두려웠기 때문이다.

"당신은 재능이 아주 많아요. 이 꽃들은 정말 우아하군요." 어느 날 그녀는 오귀스트가 만든 꽃다발을 손가락으로 가리키며 말했다.

당시 밀랍으로 만든 꽃들은 높이 평가되었다. 조화(造花)는 조각의 한 종류로서, 다시 말해 어느 정도 예술로서 인정받고 있었다. 시골에서와 마찬가지로 파리에서도 조화 전시회가 성행하고 있었고, 수많은 살롱과 호텔, 레스토랑에서 조화들이 생화를 대신해서 쓰이고 있었다.

조화를 유행시킨 사람은 외제니 황후였다. 튈르리 공원에 있는 레스토랑들은 식탁 위를 금, 은, 합금으로 만든 귀금속 장식이나 큰 잔, 손잡이 달린 물병 혹은 큰 대접 대신 조화로 장식했다. 왜냐하면 종전의 것들은 상대방의 얼굴을 가려서 대화를 나눌 때 방해가 되었기 때문이다.

오귀스트는 밀랍 꽃을 만드는 데 취미가 있었다. 사실 그가 요리에 헌신하기 전의 꿈이 금속공예가, 화가, 조각가가 아니었던가? 무나 사과를 파서 밀랍을 부을 주조 틀을 만들며, 그는 꽃잎 한겹 한겹, 꽃받침, 수술, 잎사귀를 만들었다. 그리고 날렵한 솜씨로 색을 입혔다. 진홍색, 황토색, 은백색, 메탈 노란색, 줄기와 잎사귀를 위한 베니스의 테레빈유(油).

꽃의 세계에서 그는 황홀감에 도취되었고 감동을 받았다. 꽃들은 그에게 마법을 걸었다. 그는 꽃들의 비밀을 꿰뚫기 위해 노력했다. 그는 '꽃들은 왜 아름다울까? 꽃들은 누구를 위해 아름다울까? 꽃들은 자신의 아름다움을 알고 있을까? 아니면 꽃들도 자신의 아름다움이 낯선 것일까?' 라고 자문하곤 했다. 꽃의 존재가 그에게 가져다준 즉각적인 자극은 곧바로 정신의 훈련으로 바뀌었다. 그는 꽃에 매료되어 수많은 향기, 완전한 형태, 수수께끼처럼 알 수 없는 끝없는 변화, 금방 시들어버리는 덧없음, 다양한 종류 등을 통해 꽃의 본질에 대한 깊은 성찰을 하게 되었다. 오귀스트는 '꽃'과 '위대한 요리'의 공통점을 찾아보았고, 발음할 때마다 미세한 떨림이 교차하는 요리 이름을 만들며 느끼는 즐거움으로 꽃들의 이름을 프랑스어와 라틴어로 말해보곤 했다. 그는 이름 모를 꽃들을 꿈꾸었다.

몇 주 후, 그는 백작 부인에게 커다란 꽃장식을 건네며 말했다. "꽃들은 자신들의 언어를 가지고 있습니다. 활짝 폈을 때의 꽃들은 현재를 상징하고, 봉오리 상태는 미래를 상징하지요. 붉은색은 정열을, 파란색은 신의를, 초록색은 희망을, 노란색은 부유함을, 백합의 흰색은 욕망을 상징합니다." 그가 건넨 꽃장식은 거실의 피아노 위에 올려놓기에 안성맞춤이었다. 백작부인은 종종 그 피아노 앞에 앉아 피렌체 태생의 프랑스 음악가인 륄리의 곡을 연주하곤 했다.

"당신, 이거 알고 있어요?" 백작 부인이 그에게 말했다. "몽팡시에 부인 집의 부엌데기에 불과했던 열세 살의 륄리가, 냄비들을 가지고 멋진 화음을 만들어내면서 음악적인 두각을 나타냈다는 사실 말이에요. 5년 후 그는 루이 14세 재위 시절, 당대 최고의 음악가가 되었지요."

오귀스트는 '요리는 무엇이든 해낼 수 있다' 고 생각했다. 그러나 시간이 지나면서 빌-다브레에서 지내는 것에 싫증이 나기 시작했다. 휴식시간 동안 그는 야생적인 분위기가 그대로 살아 있는 오래된 호수 주위를 거닐었다. 그곳은 코로[33]가 그의 작품 가운데 가장 유명한 풍경화를 그린 곳이다. 요리사는 화가의 오두막집 옆, 세심하게 칠이 되어 있는 벤치 위에 앉아서 포스-르포즈[34](제2제정 말까지 그곳에서 사냥꾼의 총에 맞은 사슴들이 절룩거리며 다녔기 때문에 이런 이름이 붙여졌다) 숲의 나뭇잎들을 바라보면서 꿈을 꾸었다.

'성의 요리' 는 이제 그를 진력나게 했다. 오귀스트 에스코피에는 '자기만의 요리 사단' 을 이끌고 싶었고, 명성을 날리는 요리들을 만들고 싶었으며, 아르슈스트라트[35], 아피시우스[36], 타유방, 카렘과 같은 위대한 요리사들이 그랬듯이 자신의 이름을 남기고 싶었다. 그는 백작을 찾아가, 더 넓은 세상

33) 인상파의 선구자로 꼽히는 프랑스의 풍경화가(1796-1875).
34) 포스-르포즈(Fausse-Repose)란 '거짓된 휴식' 이라는 뜻이다.
35) 기원전 4세기. 그리스 시인이자 미식 저술가.
36) 로마의 미식 저술가(BC 25-37).

을 발견하고 싶다는 소망을 말했다. 발드네-프로인트스타인은 그의 청을 받아들여, 6개월간의 휴가를 주어 그가 떠날 수 있도록 해주었다. 오귀스트는 겨울 동안 니스에 있는 뤽상부르 호텔에서 일하다가 파리로 돌아와 프티 물랭 루주에서 다시 일했다. 이번에는 주방장이었다. 주방장! 고독한 주방장.

프티 물랭 루주는 점점 기울어가고 있었다. 주주들은 오귀스트에게 싸움에서 승리하라고 요구했다. 어떻게 하면 그들의 말대로 '승리' 할 수 있을까?

사실 빌뇌브-루베의 대장장이 아들은 이미 계획을 다 짜두었고, 만반의 준비를 갖추고 있었다. 돈 많은 세속적인 귀족들을 유혹할 것, 그들보다 더한 속물이 되어 그들을 유혹할 것, 사람들을 놀라게 하는 새로운 요리들을 끊임없이 만들어낼 것, 이 세상의 위인들에게 그 요리들을 멋지게 헌정할 것(왜냐하면 지금까지 시인과 작가들에게 헌정했던 요리들은 자동적으로 홍보되었고, 또 길이길이 보존되고 있으므로)! 또한 아직 개발된 적 없는, 고객들의 숨겨진 입맛을 알아맞힐 것, 그리고 주방과 홀에 계속 얼굴을 비출 것!

4부

사람들은 더 이상 예전처럼 요리하지 않을 것이다(1873-1884)

번민하는 것은 가장 아름다운 사랑의 행위이다.
섬광이 우리를 불태운다. — 생-테브르몽(프랑스 작가)

역사가 새겨진 메뉴판 만들기

1799년 튈르리 공원에서, 카렘은 기발하고 멋진 생각을 하게 되었고, 사람들은 그의 생각에 대해 경이로운 착상이라며 찬사를 보냈다. 카렘은 가슴이 훤히 비쳐 보일 정도로 도발적인 옷차림을 한 어느 여인이 오솔길을 걷고 있는 것을 보았다. 그녀는 보라색 반장화를 신고 있었고, 맑은 물처럼 투명하고 부드러운 모슬린 원피스를 입고 있었다. 그녀가 쓰고 있는, 빳빳하게 풀을 먹인 모자는 주교들이 쓰는 것처럼 높았고, 모자의 윗부분은 나팔처럼 벌어져 있는데다 주름도 잡혀 있었다.

눈에 확 띄는, 가볍고 독특한 이 여인의 모자 모양은, 미래 주방장들의 왕이자 또한 왕들의 주방장이었던 카렘의 마음을 사로잡았다. 이 모자는 유명 레스토랑의 요리사들이 쓰는 제분업자용 모자들과 비교해볼 때 훨씬 큰 장점이 있었다. 제분업자용 모자는 요리할 때 쓰기에는 너무 더웠기 때문이다. 카렘은 튈르리 공원에서 본 여인의 모자를 본떠 '요리사 전용 모자' 를 만들어 썼다.

그러자 파리의 내노라 하는 주방장들이 그를 흉내내 이 모자를 만들어 썼고, 그 모자는 일명 '높은 모자' 라 불리게 되었다.

프티 물랭 루주의 주방장이 되기 전, 오귀스트는 전문 모자 매장에서 가장 높은 모자를 하나 샀다. 오귀스트 에스코피에의 키는 160센티미터였는데, 이 모자를 쓰면 190센티미터가 되었다. 또한 그는 자신의 직업과 고객에 대한 배려 측면에서 직원들에게 자신을 '에스코피에 선생' 이란 호칭으로 부르도록 했다.

지극히 상냥하고 겸손한 태도로 에스코피에 선생은 신뢰를 쌓아나갔다. 그는 자신이 '철학적' 이라고 생각했다. 그는 열렬한 마음으로 사물을 이해하려 했고, '장미꽃은 왜 아름다운지', '어떤 요리는 왜 그 맛이 훌륭한지' 알고 싶어했다. 언젠가는 이런 문제들에 대한 답을 찾을 수 있으리라고도 생각했다.

바젠 제독에게 내려진 사형 판결을 집행하라고 강경하게 요구했던 당들로 백작이 그의 첫 단골 고객이 되었다. 에스코피에는 그에게 경의를 표하기 위해 개인실에 머물고 있는 백작에게 갔다. 백작은 초대 손님들을 기다리느라 따분해하던 참이었다.

"나는 언제나 '수비즈식 토끼 등심' 요리를 기억할 것이오." 당들로 백작이 말했다. "수비즈가 양파 소스를 친 야채를 말한다고 했소?"

"예, 그렇습니다. 훌륭한 소스들은 유명한 가문의 이름을 지니고 있지요. 수비즈 제독의 이름을 딴 그 소스도 마찬가지입니다. 양송이 버섯으로 만든 뒥셀 소스와, 밀가루를 기본으로 해서 버터와 파슬리, 양파와 우유로 만든 베샤멜 소스는 뒥셀 후작과 베샤멜 후작을 기념하는 이름이지요."

"자자, 여기 앉아서 좀더 설명을 해보구려!"

에스코피에는 자신의 고객들을 만날 때면 모자와 앞치마를 벗고 신사처럼 차이나 칼라의 검은 상의를 입고 고객 앞에 나타났다. 그는 소파 가장자리에 앉아 잠시 눈을 감았다. 그리고 먼 곳에서 들리는 듯한, 설득력 있는 침착한 목소리로 천천히 이야기를 시작했다. 마치 요리사라는 직업이 박식한 사람이 되는 데 아무런 문제가 되지 않는다는 것을 증명이라도 하듯이.

"니콜라 드 블레라는 이름을 가지고 있던 뒥셀 후작은 세비네 후작의 친구였는데, 잘 차려진 식탁과 한량(閑良)의 삶을 사랑했습니다. 그는 생-루이[1]를 통치하라는 제안을 받았는데, 그는 그렇게 되면 카바레에 갈 수 없다고 응수하며 생 루이의 군주가 되는 것을 원치 않았어요. 그는 판단력이 부족한 사람이 아니었지요. '모범적인 아버지를 본 적이 한번도 없다' 는 핑계를 대며 결혼을 거부하기도 했답니다. 뒥셀 가문은 지난 세기 중반에 사라졌어요. 그렇지만 잘게 썬 양송이 버섯

---

1) 서아프리카 세네갈 북서부 생-루이 섬에 있는 항구 도시.

이 액체 상태로 졸여진 덕분에 그의 이름이 남아 있게 된 것이죠. 저는 이 후작을 좋아합니다. 뒤셀 소스를 저을 때마다 그를 생각하게 됩니다."

"나는 요리사들이 화덕 앞에 있을 때는 집중하기 위해 아무 생각도 하지 않는다고 생각했소."

"누가 백작님께 그렇게 말하던가요? 요리 하나를 완벽하게 성공하려면, 자신을 완전히 비우거나 무언가 다른 것을 골똘히 생각해야 합니다. 그래서 자신의 손과 코와 눈과 청각이 완전히 독립적으로 움직이도록 놔두어야 하지요. 왜냐하면 수프가 끓을 때 나는 소리들은 각기 다른 음색을 지니고 있거든요. 그래서 요리사는 마치 웃음의 신이자 요리의 신인 코무스를 대신하여 열정적으로 일하는 것처럼 행동하지요."

깨끗한 소매 끝에 비어져 나와 있던 에스코피에의 손이 꼭두각시 인형처럼 살짝 떨렸다. N경이 그에게 카렘의 문학을 발견하게 해준 이후로, 그는 요리에 관련된 작품들을 읽고 또 읽어 어느덧 요리 역사의 전문가가 되어 있었다.

"베샤멜 후작(1630-1703)은 루이 14세의 형의 비서였지요." 오귀스트가 다시 말을 이었다. "그는 보석과 그림, 정원과 공작새를 거래하던 비전문 경제인이었습니다. 그의 자만심은 굉장했어요. 그가 튈르리 공원을 산책하고 있던 어느 날, 그라몽 백작[2)]

---

2) 프랑슈-콩테와 네덜란드에서 전투를 이끌었고, 연애 정사 사건으로 유명했던 인물(1621-1707).

이 베샤멜 후작의 엉덩이를 걷어찬 적이 있었어요. 그라몽 백작은 후작의 뒷모습을 보고, 그 당시 미남으로 평판이 자자하던 자기 조카인 줄 알았다며 사과했지요. 베샤멜 후작은 기분 좋게 그 사과를 받아들였고요. 그런데 만약 베샤멜 후작의 요리사가 유행을 타지 않는 화이트 브라운 소스를 개발하여 그 소스에 후작의 이름을 붙이지 않았다면, 후작은 역사에 자신의 흔적을 남길 수 없었을 겁니다. 제가 지금 궤변을 늘어놓는 것은 결코 아닙니다. 영원에 이르는 길은 예측하기 힘드니까요."

"다른 명칭 때문에 문제가 생기기도 하지요. 그뤼에르 치즈와 파르메산 치즈를 반반씩 잘게 썰어 섞어넣은 베샤멜 소스는 그 유명한 '모르네 소스' 라는 명칭으로도 불리죠. 모르네 소스요? 역사는 단 한 가지 사실만을 기록하지요. 즉, '필리프 뒤플레시 드 모르네(1549-1623). 앙리 4세의 개종 이전에 앙리 4세 밑에서 대사와 수상직을 맡았음' 이라고 말이죠. 그런데 왜 이 소스가 똑똑하고 엄격한 칼뱅주의자와 관련이 있을까요? 그가 여행을 많이 했고, 이탈리아를 자주 방문한 것은 사실입니다. 이탈리아는 분명 파르메산 치즈의 원산지이지요. 그러나 의아한 부분도 있어요. 왜냐하면 베샤멜 후작이 어린 아이였을 때, 모르네 수상은 이미 이 세상 사람이 아니었거든요……. 어떻게 생각하세요? 언젠가 저는 《요리의 불가사의한 수수께끼》라는 제목의 책을 쓰고 싶답니다!"

당들로는 메뉴판을 읽었다. 그 메뉴판은 자신의 요리 사단의 비서에게 모범을 보여주기 위해 에스코피에가 직접 쓴 것이었다.

"당신의 메뉴는 정말이지, 상상의 세계로 열린 문들이군." 그가 메뉴들을 읽으면서 말했다. "라발리에르 메추라기, 몽모랑시 수플레… 라발리에르 공작 부인은 루이 14세가 총애하던 애첩이고, 몽모랑시는 참수당한 제독을 떠올리게 하오."

"저는 이미 청년 시절부터 요리 이름들은 '시'라고 생각했습니다. 그 생각은 아직도 변하지 않았고요. 저는 제 명예를 걸고 이와 같은 요리명들을 내놓습니다. 그리고 각각의 요리에 이름을 붙이기 위해 최초로 고심했던 카렘을 존경합니다. 제 사명은 음식을 맛보는 사람의 정신 속에서 은은한 연가를 부르는 것이지요."

'꽃 파는 이자벨의 굴을 곁들인 닭 요리'

1867년, 파리에 도착한 지 얼마 안 되었을 때부터 에스코피에는 뮈자르가 공연하는 콘서트장 입구에서 꽃을 파는 젊은 여인을 알고 지냈다. 사람들은 그녀를 '꽃 파는 이자벨'이라고 불렀다. 그녀는 그의 마음을 설레게 했다. 심지어 꿈속에서도 그녀가 나왔다. 그러나 요리사들은 자유로운 시간이 아주 적다. 더군다나 에스코피에는 어릴 때부터 엄격한 교육을 받은 탓에, 급속히 진행되는 사랑을 별로 좋게 생각하지 않았다.

어느 날 그라몽 거리를 지나던 그녀가 자키 클럽(경마 클럽) 앞에서 마차에 부딪혔다. 나이 든 신사가 마차 안에서 내리더니, 사고에 대한 보상으로 10프랑짜리 금화를 하나 주었다. 그녀는 자키 클럽 입구가 뮈자르의 콘서트장 입구보다 장사가 더 잘되리라 판단하고, 그곳에서 꽃을 팔기 시작했다. 아주 평범한 외모임에도 불구하고 그녀는 성공을 거두어 자키 클럽의 매력적인 꽃 파는 처녀로 알려지게 되었다. 사람들은 살롱이나 응접실에서 받을 수 있는 사내들의 총애를 거절하는 그녀를 현명하다고 말했다. 그러나 그녀가 걸친, 레스토랑 여종업원을 본뜬 말괄량이 복장은 여러 사람들의 마음을 자극했다. 어느 날 저녁, 그녀를 무척 좋아하는 한 사람이 그녀에게 정장용 모자를 씌우고, 호화스럽게 차려입혀서는 프티 물랭 루주로 데리고 왔다. 에스코피에는 그녀를 한눈에 알아볼 수 있었다. 교양 있는 신사였던 에스코피에는 이자벨이 자신을 보고 놀랄까 봐 걱정이 되어 얼른 등을 돌렸다. 그런데 그녀가 에스코피에를 소리쳐 불렀다.

"오귀스트! 저, 기억하시겠죠?"

그는 웃으며 돌아섰다.

"물론이죠. 이자벨! 당신은 꽃 중의 꽃 아닙니까!"

"당신은 이제 위대한 요리사가 되었더군요. 어디에서든, 사람들은 당신이 만드는 요리가 얼마나 독창적인지 얘기하더라고요. 당신에게 부탁할 게 하나 있어요. 저를 위해 특별한 요리를 만들어주지 않겠어요? 세상에 둘도 없는 요리! 이전엔 본 적도 없고, 맛본 적도 없는 그런 요리 말이에요!"

그녀는 한 아름 들고 있던 커다란 연보라빛 제비꽃을 흔들어댔다.

"전혀 상상할 수 없는 멋진 결합을 만들어주세요! 광기에 사로잡힌 음식 말이에요!"

에스코피에는 부엌으로 갔다. 그는 신사복 상의를 벗고, 흰 작업복을 걸쳤다. 그리고 요리를 만드는 데 열중했다. 그는 버터를 녹이고 최상품 영계 네 마리를 익혔다. 그리고 네모난 그릇에 요리한 닭을 놓은 다음, 쉬프렘 소스[3]를 끼얹고, 각각의 영계 위에 얇게 썬 트뤼프를 세 장씩 얹었다. 순간, 기막힌 요리 장식 아이디어가 머릿속에 번뜩였다. 그는 접시 중앙에 껍질을 제거한 얼린 굴 12개를 올려놓았다.

"13호실로 갈 요리이다." 에스코피에가 웨이터에게 말했다. "손님들에게, '꽃 파는 이자벨의 굴을 곁들인 닭 요리'[4]라고 말씀드려라!"

그는 무언가에 마음을 찔린 듯한 느낌과 함께, '나는 다른 사람이 내게 요구한 것을 했다. 그 요리가 환상적인지 아닌지는 확신할 수 없다. 그리고 이자벨, 그녀의 운명이 아주 멋질

---

3) 쉬프렘(suprême), 즉 닭의 육수로 만드는 화이트 소스.

4) 주요리인 굴과 닭 옆에 아티초크, 무, 당근, 꽃배추, 완두콩 등의 야채를 색깔별로 돌려가며 배치한 다음 올랑데즈 소스(일명 '네덜란드 소스'라고도 하며, 계란 노른자와 버터로 만드는 소스)를 뿌려 주요리에 곁들인다.

것이라고 장담할 수는 없지만, 그 이름은 영원히 남을 것이다' 라는 생각이 들었다. 여자의 환심을 사는 일은 그의 취향이 아니었다.

"화덕 앞에서는 요리사도 사제가 되어야 한다"

호사가들에 따르면, 여배우 블랑슈 당티니의 치골에 난 구불구불한 털은 수확기의 밀이나 샴페인처럼 황금빛이라고 한다. 그녀는 흑옥과 같은 눈썹을 지녔고, 사파이어처럼 파란 눈에는 장난기가 어려 있었다.

마음씨 좋은 어느 부인이 베리 지방 목수의 딸이었던 그녀를 수녀원으로 보내주었다. 그녀를 눈여겨본 러시아 왕자 므장토프가 수녀원에서 그녀를 데리고 나와 함께 러시아로 갔다. 블랑슈는 곧이어 러시아 황후의 것과 똑같은 보석들로 치장하고 파리의 오페라 무대에 서기 위해 러시아를 떠나게 된다. 파리로 돌아온 그녀는 핑크빛 비단옷을 입은 농부가 끄는 사륜마차를 타고 파리의 거리들을 쏘다녔다.

그녀는 오펜바흐의 '토토의 성' 으로 무대 데뷔를 했다. 그리고 백 번째 공연 기념작인 '실페릭' 을 프리드랑 대로에 있는 호텔에서 막을 올려 큰 성공을 거두게 된다. 제복을 입은 웨이터들이 늑대, 말, 사슴, 멧돼지, 여우 등 동물의 머리를 새겨놓은 은잔에 샴페인을 따랐다. 사람들은 상트페테르부르크의 리골로 클럽이 선물한, 항아리에 담긴 펀치 음료를 마셨고 '트뤼프 퓌레 위에 얹은, 샴페인에 익힌 멧새 요리'를 먹었다.

블랑슈는 자신을 '라파엘의 처녀'라고 불렀던 그 유명한 쾌락주의자 라파엘 비쇼프셰임[5]의 무릎 위에 허벅지를 벌리고 앉았다. 그녀는 정말 욕정을 자극하는 몸매를 지닌 것일까? 엽서 속의 그녀는 투구를 쓰고 아랫배를 간신히 가린 치마를 입고 프레데군트 왕비 역으로 분장하고 있었는데, 놀랍게도 그녀의 다리는 원추형이었다. 그리고 테오도르 드 방빌은 그녀를 다음과 같은 이행시로 묘사했다.

살아 있는 장미이자 백합인 그녀는
마그니의 '트뤼프 넣은 새끼자고'보다 더 뚱뚱하다네.

블랑슈가 프티 물랭 루주에 이틀 연속으로 머문 일이 있었다. 그녀는 페르시아 국왕이 자신을 초대하지 않아서 속상해진 마음을 풀려고 술을 마셨다. 에스코피에는 그녀를 위해 특별히 몸에 좋은 아침식사를 대접했다. 그들은 마음이 통했다.

며칠 뒤, 러시아의 갈리친 왕자가 블랑슈를 동반하여 프티 물랭 루주에 들를 것이라는 통보를 해왔다. 에스코피에는

5) 프랑스의 정치가 · 재계 인사(1823-1906). 프랑스 니스에 세계에서 가장 큰 천문대를 설치한 인물로 아마추어 천문학자이기도 했다.

'신들의 요리'를 준비하고 기다렸다. 불룩한 뺨 때문에 '풍선 왕자'라고 불리던 갈리친은 아랫사람들의 신망을 거의 얻지 못했다. 사람들에 따르면, 그는 식사할 때마다 대동하는 나리스킨이라는 친구와 함께 헬더 레스토랑에 가서는 그곳의 웨이터들을 촌무지렁이쯤으로 취급했다고 한다. 여기에 원한을 품은 웨이터들은 갈리친이 그 레스토랑에 다시 찾아오자, 어두운 복도에서 그에게 내갈 수프에다 침을 뱉는 것으로 복수했다고 한다.

어쨌든 왕자는 쾌락주의자였고, 섬세한 미각을 가지고 있었다. 에스코피에는 그를 싫어하지 않았다. 사실 에스코피에는 아무도 미워하지 않았다. 고객이 누구든, 그를 미워한다면 어떻게 좋은 요리를 만들 수 있겠는가? 그는 적어도 화덕 앞에서만큼은, 모든 독실한 신자들에게 미사를 집전하는 신성한 사제처럼 되고자 했다.

그는 갈리친과 블랑슈를 위해 자신의 독창적인 요리들을 준비하기로 했다. 이 요리들은 왕자의 고향 음식과 그의 미묘하고 여성스러운 미각을 위해 고안한 것들로서, 천상의 창조물과 위대한 전통 요리의 결합이었다. 음식이 차려진 거실에는 난초 조화들로 가득했다. 그 요리들의 구성은 러시아식 오르되브르(캐비아, 블리니[6], 로솔니크 콩소메[7], 모스크바산 작은 고기 파테),

6) 러시아식 전병.

7) 닭 육수, 오이, 샐러리 등으로 만든 맑은 수프.

분홍 새우를 곁들인 빙어 무슬린[8], 완두콩과 브레하그 새끼양 엉덩이살 찜 요리, 버터에 구운 감자와 아르장퇴유산 아스파라거스[9], 프롱티냥 화이트 와인 젤리를 곁들인 루앙식 새끼 오리 고기[10]와 오렌지 소스를 친 상추 샐러드, 블랑슈 당티니 아이스크림(바닐라 시럽에 익힌 배 반쪽과 설탕을 뿌린 알프스 딸기 아이스크림), 슈타인베르크 아우스레제[11] 1859년산 와인, 무통-로칠드[12] 와인, 뵈브 클리코 샴페인[13]이었다.

'코라 펄 새끼양 누아제트'

파리 사람들은 최신 유행의 다갈색 머리를 한 코라 펄(그녀의 본명은 엠마 크러치이다)에 대해 이러쿵저러쿵 얘기하며 그녀를 헐뜯었다. 그녀는 나폴레옹 3세의 정부였지만 그에게 그다지 성실하지는 않았다(그녀는 자신의 잠옷 속에 들어오는 대가로, 초대받은 손님들에게 돈을 지불하라고 요구하기도 했다). 코라는

---

8) 커스터드 크림과 버터를 섞어 만든 크림.
9) 원래 아르장퇴유는 포도원과 아스파라거스 재배지로 둘러싸여 있던 도시이다. 그래서 이 도시명이 붙은 '아르장퇴유' 요리에는 흔히 아스파라거스가 곁들여진다.
10) 소스에 들어가는 오리 피를 흘리지 않기 위해 목을 비틀어 죽인 오리를 꼬챙이에 꿰 익힌 후 얇게 저미고 에샬롯 마늘을 곁들여 보르도산 와인을 고기에 적신다.
11) 독일 와인. '아우스레제'는 추울 때 수확한 포도로 만든 와인 종류로 단맛이 강하다.
12) 로스차일드 가에서 생산하는 최고급 보르도 와인. 중후하며 깊은 질감이 느껴진다. 와인 라벨에 피카소 등 유명 화가의 그림을 넣는 것으로도 유명하다.
13) 1772년 세워진 유서 깊은 샴페인 회사에서 만드는 최고급 샴페인. 이 회사의 창립자인 클리코 부인은 샴페인 공정 과정 발전에 지대한 기여를 했다.

자신을 프티 물랭 루주에 초대하곤 했던 얼간이 신사들을 등쳐먹는 일을 즐겼다. 그녀의 신랄한 언사와 폭발하는 성질은 가히 하늘을 찌를 듯했다.

어느 날 저녁, 듣기 거북한 억양의 목쉰 소리가 16호실에서 들려왔다. 코라 펄의 목소리였다.

"이 멍청한 놈! 돼지 같은 자식! 여기서 네 더러운 발을 치워! 이 돼지새끼! 돼지……."

손에 쟁반을 든 웨이터가 그 방에 들어가기 전에 노크를 하려던 참이었다. 위대한 요리사는 그에게 음식을 들리면서 구체적인 지침을 내렸다. 요리를 덮고 있는 종 모양의 은제 뚜껑을 열기 전에, 허리를 숙여 인사하고 이렇게 말하라는 것이었다. "부인, 오귀스트 에스코피에 선생께서 부인에게 어린 양 요리를 헌정하셨습니다. 이제부터 이 요리는 메뉴판에 '코라 펄 새끼양 누아제트(noisettes)[14]' 라고 적히게 될 것입니다."

웨이터가 망설였다. 안에서 따귀를 갈기는 소리와 소파 엎어지는 소리가 연속적으로 들려왔다. 그러더니 갑자기 속삭이는 소리가 들렸다. 그리고 이어지는 긴 신음 소리……. 웨이터는 주방으로 되돌아오기로 했다.

"에스코피에 선생님! 이 요리는 나중에 가져가야겠습니다."

'코라 펄 새끼양 누아제트' 는 삶은 아티초크 속대 위에 네

14) '누아제트' 란 양고기를 둥글게 썰어서 요리하는 방식을 말한다.

모지게 잘라 조리한 양고기를 얹고, 버터에 살짝 구운 양의 콩팥과, 얇게 썬 트뤼프를 곁들인 요리였다.

에스코피에는 턱수염을 쓰다듬었다. 자정이 되었는데도, 16호실 문에는 여전히 빗장이 걸려 있었다. 웨이터들과 종업원들은 팁을 받기 위해 기다렸다. 위대한 요리사는 샹젤리제 거리를 지나 자신의 집을 향해 걸어갔다.

에스코피에가 만든 요리에 자신의 이름이 붙는 것을 보는 건, 모든 사람들이 원하는 특권이 되었다. 항상 최상의 요리를 고안해낼 수는 없지만, 요리에 그들의 이름을 붙임으로써 그 명예를 배가시킬 수는 있는 법이다.

'요리'와 '연극'의 공통점

사라 베르나르[15]는 프티 물랭 루주에서 두 발자국 정도 떨어진 곳에 사는 귀스타브 도레[16]와 함께 자주 레스토랑에 들렀다. 캐리커처 화가이기도 한 귀스타브 도레는 비극에 단골 출연하는 여배우인 사라 베르나르에게 조각을 가르치고 있었다. 예전에도 조형 예술을 배운 적이 있는 그녀는 가을의 살롱 전시회에 대리석으로 만든 소녀의 흉상을 전시했고, 매일 아침

15) 프랑스 출신의 연극 배우(1844-1923). 연극사에서 가장 유명한 인물 가운데 한 명으로 1914년 레지옹 도뇌르 훈장을 받았다.

16) 19세기 프랑스의 대표적인 삽화가(1832-1883). 서양 만화의 선구자로 세르반테스의 《돈키호테》, 라블레의 《가르강튀아》 등에 삽화를 그렸다.

레이스로 소매를 장식한 블라우스와 흰 바지를 입고 얇은 명주 망사로 만든 긴 넥타이를 맨 채, 클리시 거리 2번지에 있는 작업실을 방문하는 친구와 추종자들을 맞았다.

어느 날 저녁, 얇게 썬 트뤼프를 가미하여 푸아그라 퓌레에 버무린 신선한 국수를 곁들인 송아지 가슴살 파테를 맛있게 먹고 난 그녀는 즐거운 목소리로 요리의 거장, 에스코피에에게 치하의 말을 전했다. 그러자 에스코피에도 응수했다.

"'에르나니'[17]에서 부인이 '도냐 솔' 역을 맡았을 때, 부인을 뵌 적이 있습니다. 저는 빅토르 위고가 망명에서 돌아온 후, 객석에 서서 부인에게 갈채를 보내던 일을 늘 기억하고 있지요."

"연극을 좋아하세요?"

"제 마음을 빼앗아간 것 중의 하나이지요. 어떻게 연극을 좋아하지 않을 수 있겠습니까? '연극'과 '위대한 요리' 사이에는 공통점이 아주 많습니다! 메뉴는 5막으로 이루어져 있어요. 즉 오르되브르(hors-d'œuvre: 전식), 앙트레(antrée: 본식), 로스트(rôt: 구운 고기 요리), 앙트르메(entremet: 가볍고 단 음식), 디저트(dessert: 후식)가 그것입니다. 요리법은 극작가이고, 요리사는 연출가이지요. 요리와 와인은 배우들이고, 레스토랑의 고객은 연극 공연의 관객과도 같지요. 레스토랑의 룸은 무대 장식이고, 연극과 마찬가지로 요리에 대한 사람들의 마지막 평

---

17) 1830년에 연극으로 초연된 작품. 원작은 빅토르 위고의 희곡. 귀족의 딸이지만 고아가 된 여주인공 '도냐 솔'과 귀족 출신이지만 산적이 된 '에르나니'와의 사랑 이야기.

가는 움직일 수 없는 진리가 되어버리지요."

사라는 서른 살이었다. 이마 위로 내려오는 머리는 가볍게 흩날렸으며, 코카서스 지방의 연탄처럼 새까만 눈동자에, 입은 타원형이었다. 에스코피에는 그녀보다 두 살 아래였다. 비록 키는 작았지만 그 역시 어디에도 빠지지 않는 미남이었다. 곱슬곱슬한 머리카락은 더할 나위 없이 멋있었다. 위엄을 풍기는 냉랭한 분위기가 그에게서 잠시 사라지면, 그는 라틴 아메리카의 연인처럼 무척 매력적으로 보였다. 그는 사생활에 대해 말하는 법이 없었지만, 서른 살이 되기 전에 단 한 명이라도 자신의 이상형을 발견하고 싶어했던 스탕달의 교훈을 즐겨 인용했다. 에스코피에가 스탕달의 교훈을 시도했는지는 아무도 모르지만, 그는 곧잘 이렇게 말하곤 했다. "《파르마 경전》의 저자 스탕달은 '열 번 중에서 한 번은 성공한다. 그런데 열 번 중 한 번 성공한다면, 그것은 나머지 아홉 번의 매정한 거절을 족히 씻고도 남음이 있다' 라고 썼다."

에스코피에는 여러 가지 요리를, 사라 베르나르에게 헌정했다. 이러한 사실은 그가 그녀에게 자신을 어필하기 위해 노력했다는 증거가 아닐까? 그가 사라에게 바친 요리 중에 '사라 베르나르 딸기' 가 있다. 이 디저트는 퀴라소 리큐어[18]와 고급 샴페인에 딸기를 담갔다가 꺼내서, 파인애플 아이스크림 위에

---

18) 오렌지 추출물로 만든 리큐어(양조주나 증류주에 과실, 약초, 감미료, 향료 등을 첨가하여 가공한 혼성주)로, 카리브해 쿠라사우 섬에서 나는 오렌지를 사용한 데서 유래한 이름이다.

둥글게 올려놓고, 퀴라소 크림으로 장식한 것이다(에스코피에는 기본적인 맛을 강하게 해주는 재료를 마지막 순간에 넣어, 요리를 준비하는 동안 이 재료가 무미건조한 맛으로 변하는 걸 방지했다).

후식시간이 되면, 그는 자주 사라의 식탁을 찾아갔다. 사라는 화려한 디저트를 즐겼다. 신문들은 하나같이 미남 배우인 무네-쉴리와의 사랑, 그리고 사라의 건강 문제에 대해 떠들어댔다. 그녀가 곧잘 피를 토하고 현기증을 일으켰기 때문이다. 사라는 '죽음'과 친숙해져야 한다면서 하루에 몇 시간이고 하얀 비단 천이 박음질된 관 속에 들어가 있기도 했다. 그녀는 양손에 부케를 들고 눈을 감은 채, 기자들에게 흔쾌히 사진 촬영을 허락했다.

여동생인 레지나가 죽었을 때, 장의사가 한 방에 두 개의 관이 놓인 것을 보고 두 번째 영구차를 부르도록 사람을 보냈을 정도였다.

"나는 동생을 너무나 사랑했어요!" 사라가 에스코피에에게 설명했다. "동생 때문에 국립예술학교에서 잘린 지 벌써 10년이나 됐어요! 레지나는 땅에 끌릴 정도로 긴 치마를 입은 나탈리 부인의 옷자락을 그만 실수로 밟았답니다. 학교 직원이었던 나탈리 부인은 엉덩이가 아주 뚱뚱했는데, 한쪽은 거위 엉덩이를 닮고, 한쪽은 낙타 엉덩이를 닮았었죠. 그녀가 비틀거리는 레지나를 밀어버렸어요. 레지나는 머리를 기둥에 부딪혔지요. 난 그 나쁜 년에게 '미친년!'이라고 소리지르면서 따귀를 두 대 갈겼어요."

사라의 목소리가 높아졌다. 에스코피에는 자신이 감히 그녀의 손을 잡아줄 수 있을까 자문해보았다.

"오귀스트, 사람들이 나에게 코메디-프랑세즈[19]에서 페드라 역을 하라고 했다는 걸 생각해보세요. 페드라는 모든 역 중에서 가장 멋진 배역이에요. 하지만 라셸이 그 역할을 그렇게 멋지게 소화해내고 난 후론, 그 역할을 한다는 게 부담이 되는 거예요. 생각해보세요. 누가 그만큼 혼신의 힘을 기울여 페드라를 연기할 수 있겠어요?"

그는 잠시 사라 옆으로 바짝 다가서려는 생각을 포기하고 신중하게 처신하려고 노력했다.

"겸손하게 연기를 하면 되는 거 아닐까요. 저는 때때로 위대한 요리사 카렘의 요리법을 사용하곤 합니다. 어떤 요리들은 제가 적절하게 응용해서 만들면 큰 성공을 거두지요. 단순화시키는 것은 이득을 남기는 장사예요."

"좋은 생각이에요! 분노를 연기하는 대신, 단순히 내 자신의 고통을 연기해야겠어요!"

서로 잘 통한다는 신호로 먼저 손을 내민 쪽은 그녀였다.

에스코피에는 '소박한 포타주(potage)[20]', 즉 버터를 넣은 가재 완자, 둥글게 썬 도가니와 아스파라거스, 트뤼프를 넣고

---

19) 세계 최초로 프랑스에 설립된 극장.
20) 콩소메(맑은 수프)와 달리 진하고 걸쭉한 수프를 말한다.

전분을 약간 푼 묽은 닭고기 수프를 그녀에게 헌정했다. 에스코피에는 쪽지와 함께 수프를 사라에게 전달했다. 쪽지에는 이렇게 써 있었다. "그리모 드 라 레니에르는, '저녁식사 때 나오는 수프는 건물의 안뜰과도 같다. 수프는 건물에 들어서자마자 발견하는 첫 번째 공간에 비유할 수 있으며, 작품의 주제를 알리는 오페라의 서막처럼 그 향연의 전체적인 분위기를 느낄 수 있게 해주어야 한다' 라고 썼습니다. 제가 헌정하는 이 수프는, 바라건대, 시작에 불과하지만, 가능한 영원히 지속되길 바라는 우리의 관계를 상징하는 것입니다……."

사라는 대답하지 않았다. 에스코피에는 자신이 애매한 말들을 너무 많이 써서 상황을 더 복잡하게 만든 것은 아닌가 하고 생각했다.

"요리를 하듯 내 사랑도 그렇게 만들어가겠어." 그가 중얼거렸다.

에블린, 사랑에 빠지다

에스코피에는 "저의 예술에서 가장 중요한 것은 현학적인 것들에 단순함을 부여하는 것입니다" 라고 에블린 바르두에게 설명했다.

"당신은 사랑의 관계도 이와 마찬가지라는 걸 아세요?"

평상시 아주 신중하던 에블린이 이렇게 말하는 것을 듣고 오귀스트는 입을 다물 수밖에 없었다. '사랑' 이라는 단어가 에블린의 입에서 나온 건 이번이 처음이었다.

에블린은 눈 하나 깜짝하지 않고 오귀스트를 쳐다보았다.

"그래요." 에블린이 말을 이었다. "모든 예술은 단순함에 이르게 되죠. 그리고 사랑은 예술 그 자체 아닌가요? 그렇지만 장식이 없는 사랑을 어떻게 상상할 수 있겠어요? 그러면 너무 지루하지 않을까요?"

에블린은 레이스 커튼 앞에서 햇빛을 등지고 서 있었다. 작고 둥근 탁자 위에는 이 젊은 주방장이 선물한 밀랍 꽃다발이 놓여 있었다. 오귀스트는 눈길을 돌려 에블린을 보았다. 그녀의 얼굴 표정에 그 마음이 고스란히 나타나 있었다. 하지만 그는 그녀의 목소리를 통해, 문제의 그 사랑이 자신을 향한 것은 아님을 짐작할 수 있었다.

그렇다고 해서 그는 놀랍지도, 불쾌하지도 않았다. 왜냐하면 그는 늘 에블린 역시 외제니 황후처럼 다가갈 수 없는 존재라고 느꼈기 때문이다. 정말 그랬다. 그녀는 꿈이었고, 오귀스트는 꿈 없이는 살 수 없었다.

곧이어 그녀는 오귀스트도 알고 있는 한 남자의 이름을 말했고, 그에 대해 이야기했다. 행복한 간택을 당한 사람은 분명 에블린이 지금 말하고 있는 그 남자임에 틀림없었다.

에블린이 오귀스트에게 속내를 이야기한 것은 그다지 놀라운 일이 아니었다. 오귀스트는 자신의 생각이 여성들을 즐겁게 한다는 것을 알고 있었다. 화덕 앞에 설 때마다, 오귀스트는 어떻게 하면 여성들의 미각과 상상을 즐겁게 할 수 있을지 끊임없이 생각했다. 그 덕분에 오귀스트는 여성에 대해 잘 알게 되었다.

브랜디를 더 맛있게 즐기는 방법

윈저 가문[21] 사람들은 대부분 괴짜들이었다. 재산이 많았던 조지 1세는 두 명의 정부를 동시에 데리고 있었다. 한 명은 뚱뚱했고(그녀는 '멜루지나[22] 폰 슐렌베르크'라는 낭만적인 이름이 썩 잘 어울리는 여자였다), 다른 한 명은 '소피아 샤를로테 키엘만스게'로 꼬챙이처럼 비쩍 마른 여자였다. 그의 아들 조지 2세는 정실 부인에게 정부들과의 가장 은밀한 행위까지 세세하게 얘기하는 괴벽이 있었다. '미친 왕'으로 불렸던 조지 3세는 윈저 공원의 나무들과 대화를 했고, 궁의 복도에서 말을 타고 달렸다. 조지 3세의 막내인 글로스터 공작은 건강을 위해 스위스 산골 처녀들의 젖가슴을 빨았다. 그 유명한 조지 4세 역시 형제들만큼이나

---

21) 조지 1세로 시작하는 하노버 왕조는 삭스 코버그 집안의 앨버트와 혼인한 빅토리아 여왕 시대 때부터 모계 혈통으로 계승되었다. 빅토리아 여왕의 아들인 에드워드 7세는 왕가의 명칭을 부계인 '삭스 코버그'로 바꾸었고, 에드워드 7세의 뒤를 이어 영국 국왕이 된 조지 5세는 당시 제1차 세계대전으로 인한 반독일 분위기 속에서 그 명칭을 '윈저'로 바꾸었다.

22) '멜루지나'는 유럽 중세의 전설에 나오는 '아름다운 바다의 요정'을 가리킨다.

바람둥이였다. 그의 형제인 클라렌스 공작은 여배우인 도로시 저던과 관계를 맺었으며, 식인귀였던 컴버랜드 공작은 수많은 여자들을 삼키고 남자들을 죽였다고 전해진다.

빅토리아 여왕[23]의 맏아들로서 추후 영국의 왕으로 즉위한 '웨일스 왕자'[24]는 전설처럼 전해내려오는 조상들의 경박한 행동을 보이지 않았다. 그는 '유럽 제일의 신사'로 알려졌다. 서른세 살에 신사의 모범이요, 여성들의 우상이 되었던 그는 뛰어난 미각을 지니고 있었다.

1874년 7월 15일, 프랑스의 전 내무부 및 국방부 장관이었던 레옹 강베타가 웨일스 왕자를 프티 물랭 루주에서 대접했다. 코스 메뉴에는 '베아그 새끼양 엉덩이살 요리'와 '타라곤 소스의 영계 요리'가 들어가야만 했다. 같이 식사하는 손님들은 다른 요리와 와인을 택할 것이다. 에스코피에는 이런 고답적인 방법을 싫어했다. 그는 사람들이 모든 것을 자신에게 맡겨주기를 바랐다. 그는 2층에 올라가서 눈썹을 찌푸리며 나머지 주문을 받았다.

"에스코피에! 자네를 다시 만나게 될 줄 알았네!"

"장군님, 어인 일이십니까?"

유행중인 고상한 옷을 입고 있는 왕자와, 단정치 못한 더러운

---

23) 하노버 왕조 제6대 영국 여왕(1839-1901).

24) 1301년부터 영국 국왕의 맏아들에게 주어지는 공식 직함. 여기서는 '에드워드 7세'를 말한다.

옷으로 유명한 강베타 사이에, 가스통 오귀스트 드 갈리페 장군이 백마를 타고 행진하듯 바른 자세로 의자에 앉아 있었다.

"자네 정말 잘 왔네! 메뉴는 전적으로 자네의 의견을 따르기로 하지."

네 사람은 '이리를 곁들인 가자미 필레' 와 '가재 수플레', 샤블리 화이트 와인, 생-테밀리옹 그랑 크뤼 레드 와인, 뵈브 클리코 1864년산 샴페인 메뉴에 합의했다.

손님들이 커피를 마신 후 에스코피에는 식사평을 들어보기 위해 그 방을 다시 찾았다. 에스코피에는 나폴레옹의 영광을 아직도 노래하고 있는, 70년 묵은 오래된 브랜디를 내놓았다. 웨일스 왕자는 자신의 잔을 단숨에 비웠다.

"맙소사, 그건 죄를 짓는 겁니다!" 갈리페가 웨이터에게 두 번째 잔을 따르라는 신호를 보내면서 소리쳤다.

"뭐가 말이오?"

"잔을 조심스럽게 드는 것으로 시작하셔야 합니다. 흔들지 말고, 오랫동안 냄새를 맡으십시오!"

"그리고?"

"잔을 탁자 위에 내려놓고 생각을 하는 겁니다."

"무슨 생각 말이오?"

"우주가 우리에게 선사한 기쁨에 대해서지요."

"신들의 연습이군!"

"지금, 왕자님의 잔을 다시 드십시오. 그리고 눈까지 잔을 들어올리고 조심스럽게 잔 속의 투명함을 응시하십시오.”

“오래도록 말이오?”

“여신들이 춤추는 것을 볼 때까지 말입니다. 그리고 여신들이 놀라지 않도록 조심스럽게, 조금씩 마시는 겁니다.”

“그 다음에는?”

“그러고는 저녁식사 동안, 혹은 만일 이 브랜디가 정말로 굉장하다면 일주일 내내 이 브랜디에 대해 말하는 겁니다. 푸에블라에서 전투가 두세 달이나 계속되는 동안, 전 제 맘을 사로잡았던 훌륭한 샴페인을 끊임없이 생각했어요.”[25]

다음날 에스코피에는 바르두 씨의 집에서 차를 마셨다. 볼이 발그스름한 에블린은 이제 건강한 처녀가 되어 있었다. 그녀는 자신이 좋아하는 승마에 대해 즐겁게 얘기하면서, 두 사람의 대화에 끼어들었다. 그러나 그녀는 자신이 누군가와 사랑에 빠져 있다는 사실은 전혀 암시하지 않았다. 오귀스트가 에블린과 로제 드 에르의 약혼식을 알게 된 것은 그로부터 3주 후였다. 그날 저녁, 그는 주방을 다른 사람에게 맡기고는 ‘로엔그린’[26]을 보기 위해 오페라 극장으로 갔다.

---

25) 1862년 갈리페는 나폴레옹 3세의 전속 부관으로 멕시코 전쟁에 참가했다가 1863년 멕시코 남부의 푸에블라에서 심한 부상을 입었다.

26) 3막으로 이루어진 바그너(1813-1883)의 오페라.

평생의 반려자, 델핀

엘제비르 가문의 루이, 마티아, 보나벤투레, 아브라함은 16세기부터 17세기까지 4대에 걸쳐 걸작들을 활자로 인쇄하여 출간한 네덜란드 출판계의 대표적인 인물들이었다. 회사 창립자인 루이는 세부적인 사항들에까지 관심을 쏟았다. 그는 최초로 'u'와 'v, j'와 'i' 사이의 차이점을 규명했다. 그의 후손들은 비록 남성우월주의자들이었으나 작은 것을 사소하게 생각지 않는 선조의 원칙을 버리지 않았다. 그들은 대개 여성들에게 원고 교정을 보게 했다. 여자란 본능적으로 두려움을 타는 존재라서, 텍스트를 마음대로 고치지 않을 것이라고 생각했기 때문이었다. 그들의 출판물은 책 크기가 작은 것(in-12)[27]으로도 유명했다.

오귀스트 에스코피에가 새로운 사랑의 모험에 빠져든 것은 엘제비르 가문 덕택이었다.

1860년 말, 파리에 사는 출판업자 폴 다피는 장서가들을 겨냥하여 '엘제비르 총서'라는 컬렉션을 출간했다. 이 총서는 어느 정도 성공을 거두었고, 그 덕분에 폴 다피는 샹젤리제 근처의 대학에서 당구 게임을 즐기는 여유를 누릴 수 있었다. 당구는 에스코피에가 심심풀이로 즐기던 게임이기도 했다.

---

27) 인쇄 용지를 12번 접은 것으로 인쇄 용지 1장당 24쪽이 나온다.

어느 날, 에스코피에는 그곳에서 폴 다피와 함께 게임을 하게 되었다.

당구를 더 잘 치기 위해서는 요리처럼 많은 기술들을 알아야 하고, 머리를 써서 그 가운데 제일 좋은 방법을 골라야만 한다. 솜씨가 좋아야 함은 물론이고 잘못 판단하는 일도 없어야 한다. 이러한 많은 이유들 때문에, 오귀스트는 자신의 직업적인 원칙들을 연상케 하면서 정신적 피로를 풀어주는 이 소일거리를 좋아했다.

폴 다피와 오귀스트는 서로의 직업에 대해 자주 이야기하면서 책 편집의 예술과 요리 예술을 비교하곤 했다. 그들은 이내 친밀한 사이가 되었다. 어느 날 출판업자가 요리사를 집으로 초청했다. 그는 요리사에게 아내와 어린 두 딸, 그리고 첫 번째 아내에게서 난 맏딸을 소개해주었다.

폴 다피의 맏딸 델핀은 계란형 얼굴에 갈색 머리였고, 눈은 까만 다이아몬드 같았다. 풍부한 내면을 보여주는 베르메르 드 델프트[28] 그림의 모델처럼, 그녀의 미소에도 수수께끼 같은 신비로움이 살짝 배어 있었다. 그녀는 마르셀린 데보르드-발모르[29]의 '가련한 꽃들'과 비슷한 문체로 비련의 시가를 썼다. 오귀스트는 그녀와 자신의 시 메뉴와 밀랍 꽃다발에 대한 이야기를 나누었다.

---

28) 여성을 주제로 한 실내화(室內畵)를 많이 그린 네덜란드 화가(1632-1675).

29) 프랑스의 여류 시인이자 배우(1786-1859).

"꽃들에겐 신비한 구석이 있어요." 오귀스트가 그녀에게 말했다. "꽃들은 그들을 응시하는 당신을 향해 있는 것일까요? 아니면 스스로에게 열려 있는 것일까요? 어떤 꽃들은 졸고 있는 것처럼 보이지요. 자고 있는 것처럼 보일 때도 물론 있고요. 장미들이 그래요. 그런데 카네이션은 가능한 크게 도약해서 튀어오르려는 듯이 보이거든요."

델핀은 에블린이나 사라 베르나르와 마찬가지로, 유창한 언변에 시적인 마음을 지닌 요리사를 만났다는 사실에 놀라지 않을 수 없었다. 오귀스트는 요리사 직업을 가진 사람들에게서 쉽게 기대할 수 없는 '깊이' 를 보여주면서 그녀의 마음을 흔들었다. 델핀은 오귀스트가 '매력적인 왕자' 는 아니지만, '매력적인 요리사' 인 것은 분명하다고 인정했다.

사실 오귀스트는 또 다른 인생 계획을 구상중이라 무척 바빴다. 그 때문에 위대한 사랑은 꿈도 꿀 수가 없었다. '만일 직장을 옮긴다면?' 오귀스트는 자문했다. '만일 내 사업을 한다면? 아마도 더 많은 일을 해야 할지 모른다. 하지만 스스로 시간을 조절할 수 있게 될 거야.'

문제 될 것은 별로 없었다. 그동안 저축한 돈으로 그는 이미 몇 가지 사업에 투자를 해놓은 상태였다. 그러나 파리에 자리를 잡으려면 돈이 너무 많이 들어가기 때문에 아직은 역부족이었다. 8,000명에서 2만 5,000명의 관광객이 모여드는 니스 지역의 시장성에 주목한 오귀스트는 니스 남서쪽의 휴양 도시인 칸에서 '프장 도레'[30]라는 식료품 가게를 하나 샀다. 그리고 그 가게 한쪽 편에 레스토랑을 만들어 겨울 시즌 동안만 문을 열었다. 파리의 프티 물랭 루주는 겨울이면 손님이 거의 없기 때문에 그가 자리를 비워도 큰 상관이 없었다. 그는 이렇게 해서 계절에 따라 파리와 칸을 오가며 일했다.

그러는 한편, 오귀스트는 정기적으로 폴 다피의 집을 방문했다. 그때마다 델핀에게 밀랍으로 만든 섬세한 꽃을 가져다주었고, 델핀은 점점 더 오귀스트에게 호감을 갖게 되었다.

다피와의 당구 게임도 더욱 잦아졌다. 이 두 사람을 보고 다른 사람들이 "당구를 정말 좋아한다"고 말할 정도였다. 게임을 좋아했던 샌드위치경처럼 그들은 그의 이름이 붙은, 고기 끼운 빵을 주문해 먹었다.[31] 다피는 그동안 델핀이 새어머니와 잘 어울리지 못한다고 느꼈는데, 누군가가 그녀의 마음을 움직였다는 사실에 내심 기뻤다.

"진정한 슬픔은 아무것도 기다리지 않을 때지"라며 아버지는 델핀에게 이르곤 했고, 아버지의 말처럼 델핀은 언제나 기대 속에 살면서 어떤 행복을 발견했다. 그녀는 천성적으로 스트레스를 별로 받지 않는 낙천적인 사람이었다. 헛되이 흘러가는 듯 보이는 시간을 델핀은 자기 나름의 방식으로 채워나

---

30) 이 가게 명칭은 '노릇노릇하게 구운 꿩고기(Faisan Doré)'라는 의미를 갖고 있다.

31) 샌드위치는 18세기 샌드위치 가문의 4대 백작인 존 몬터규(존 샌드위치)가 게임을 오래 지속하기 위해 도박 테이블 위로 고기와 빵을 얇게 썰어서 가져오게 한 데서 그 이름이 유래되었다.

갔다. 오귀스트는 점점 더 시인이 되어갔다. 그는 장미 그림자가 붉은색이 되는 순간을 떠올렸고, 장미들이 절친한 친구라도 되는 양 그들에게 자신의 비밀을 속삭였다. 그러면 이루 말할 수 없이 아름다운 장미 향기가 그에게 어떤 충고를 들려주는 것만 같았다.

델핀은 오귀스트의 말을 다 듣지 않고도 그 속에 숨겨진 질문을 이해했고, 그에 대한 대답을 부정적으로 하는 법이 없었다. 긍정적으로 대답할 수 있는 상황이 아니더라도, 그 상황을 매우 교묘하게 빠져나가곤 했다. 그녀는 잔잔한 마음으로 일이 어떻게 진행되어갈지 기다렸다. 델핀은 마르셀린 데보르드-발모르의 '처녀와 산비둘기' 라는 다음과 같은 시구에 드러난 철학을 자신의 마음속 깊이 새겼다.

스쳐가는 천둥 아래, 수많은 것들이 다시 태어난다네.
비가 없다면 태양이 장미들을 꽃피울 수 있는가?
연인들이여, 인내하라! 그대들은 무엇을 불평하는가?

두 젊은이는 말하는 시간이 점점 줄어들었다. 이윽고 그들 사이에는 단어보다는 침묵이 훨씬 더 많아졌다. 그러나 그 침묵은 문장이 갖지 못하는 무게와 부드러움을 지니고 있었다.

어느 날 오후, 다피 가족은 차를 마시러 오라고 오귀스트를 초청했다. 델핀이 오귀스트에게 찻잔을 내밀었을 때, 델핀의 새끼손가락이 오귀스트의 손을 살짝 건드렸다. 마치 말벌이 쏘는 듯했다. 만일 그에게 통제력이 없었다면, 그는 컵받침을 떨어뜨렸을지도 모른다.

그는 종종 델핀의 눈에서 놀란 표정을 볼까 두려웠다. 그러나 그녀의 눈은 언제나 에스코피에에 대한 신뢰를 담고 있었고, 만개한 장미처럼 열려 있었다. 델핀의 두 눈은 에스코피에 자신을 향해 있는 것일까? 아니면 델핀 스스로를 향한 것일까? 그는 그것에 대해서는 말할 수 없었다.

프티 물랭 루주에서 그는 지극히 단순한 요리들이 빛을 발할 수 있도록 더욱더 많은 시간을 요리에만 쏟아부었다. 그러다 보니 점점 미녀 고객들 앞에 얼굴을 내밀지 않게 되었다. 그는 '연인들이여, 인내하라! 그대들은 무엇을 불평하는가?'라는 시구를 반복해서 외우며 기다렸다.

요리사의 청혼

"구름 속에서—어떤 의자의 인상." 이것은 사라 베르나르가 1878년 파리에서 열린 만국 박람회 때 특별히 손수 장식한 강렬한 오렌지 색깔의 공을 타고 올라가는 공연을 본 기자가 쓴 기사 제목이었다. 공 위에는 의자가 놓인 방이 하나 있었다. 그녀는 공 위의 의자에 앉아서 다소 외설스런 분위기로 대사를 읊었다. "순간 나는 레이스의 물결에 눈이 멀었노라.

도냐 솔이 내 위에 앉았었노라……."

사라는 점점 더 야위어갔다. 사람들은 그녀를 '해골' 같다고 했다. 이를 두고 작가 오렐리엥 숄은 "빈 자동차가 멈추자, 사라 베르나르가 거기서 내렸다"고 표현했다. 점점 더 비정상이 되어가는 듯 보이는 사라는 영국에서 비글종 애견 네 마리와 벙어리 앵무새, 큰 소리로 웃는 치타 한 마리를 데리고 돌아왔다.

그리고 그녀는 귀스타브 도레와 함께 프티 물랭 루주를 찾았다. 마흔다섯 살인 도레는 잘생긴 얼굴에 구불구불한 머리가 사자 갈기처럼 치렁거려서 굉장히 젊어 보였다. 곧게 가르마를 탄 숱 많은 긴 머리를 살짝 염색해서 뒤로 넘긴 에스코피에의 외모도 결코 그에 뒤지진 않았다. 사라는 에스코피에에게 얼굴이 좋아 보인다고 말했다.

"저기… 전 결혼할까 생각중입니다……."

여배우는 큰 눈을 더 크게 떴다. 그녀의 입술이 동그랗게 벌어졌다.

그 얼마 후, 초록 융단 위에서는 상아로 만든 공들이 원무를 추는 이슬람 수도승들처럼 빙빙 돌아다니고 있었다. 그리고 오귀스트는 그 공들이 어디로 갈지 알아맞히기 위해 고심중이었다.

"잘 쳤어!" 이윽고 다피가 박수를 쳤다.

"다피 선생님, 제게 델핀의 손을 넘겨주십시오."

오귀스트는 "음식에 넛멕을 더 첨가해야지" 하고 견습생에게 말할 때와 동일한 억양으로 말했다.

"이번 게임에서 정하지. 만일 자네가 이기면, 델핀은 자네의 것이네, 어쨌든 결정할 사람은 델핀이겠지만 말일세."

게임을 하는 사람은 우연과 친해지려고 애쓰면서 시간을 다스린다. 사실, 게임에 빠져 시간을 잊어버리는 것은, 옳든 그르든 시간이 우리에게 속해 있다고 상상하게 만드는 특별한 방법이다. 그리고 이러한 두뇌 활동은 집중력을 요한다. 오귀스트가 아주 뛰어난 게이머였던 것은 아니다. 그는 한 번에 두 구를 쳤다. 그러나 이번엔 다피가 일부러 점수를 잃어주지 않았는데도 오귀스트가 이겼다.

"브라보! 정말 잘 쳤네!" 출판업자가 패배를 인정했다.

오귀스트는 허리를 숙여 인사했다. 그의 머릿속에는 알쏭달쏭한 미소의 에블린, 도발적인 매력을 지닌 꽃 파는 이자벨, 당당한 사라 베르나르의 이미지가 겹쳐 떠돌아다녔다. 그러나 머리를 흔들어 상념을 쫓아버린 그의 마음속에는 델핀의 찬란한 이미지, 그녀의 봉긋한 가슴과 둥근 엉덩이, 지혜와 부드러움이 가득 담긴 속삭임들이 충만하게 차오르기 시작했다.

1878년 8월 15일에 그는 프티 물랭 루주를 완전히 떠났다.

그리고 8월 18일에 델핀과 결혼하여 칸으로 신혼여행을 떠났다. 그러나 그들의 신혼여행지는 큰 호텔이 아니라, 그해 겨울 시즌을 위해 9월에 문을 열어야 하는 '프장 도레' 레스토랑 위층이었다. 그곳에 그들의 아파트가 마련되어 있었다.

폴 다피의 죽음

델핀은 '프장 도레' 라는 제목으로 시를 썼다. '꿩(faisan; 프장)' 을 요리하는 방법은 48가지나 되었는데, 오귀스트는 이 모든 방법을 기꺼이 사용해보았다. 고대 그리스의 콜쉬드 강에 사는 새들이 바로 꿩이었다. 콜쉬드 강은 그리스 신화에서 황금 양털을 찾아 떠난 아르고나우타이[32]가 발견한 파시스 강을 말한다. 어쨌든 수많은 꿩 요리법 가운데 가장 뛰어난 것은 '수바로프 꿩 요리' [33]였다. 이 요리는 1807년 포르투갈과의 전쟁 때 한 군인이 알칸타라 수도원 사제들의 요리책에서 베껴 온 요리 방법을 개선한 것이다.

에스코피에는 포트 와인에 익힌 트뤼프를 항아리에 4분의 1 가량 채우고 푸아그라를 넣은 꿩고기를 그 위에 올려놓은

---

32) 그리스 전설에서 이아손과 함께 아르고 선을 타고 황금 양털을 구하러 간 헤라클레스, 오르페우스 등 50인의 영웅을 가리킨다.

33) '수바로프' 는 파벨 1세 때 활약한 러시아의 장군(1729-1800) 이름. 수바로프식은 솥에 꿩 등의 가금류를 넣어 익힌 후, 코냑과 닭 육수를 첨가하여 오븐에서 구워내는 것이다.

다음 항아리를 밀봉하면서, '프랑스인들이 이 전쟁에서 유일하게 잘한 일은 이 요리 비법을 가져온 거야!' 라고 생각했다. 항아리를 밀봉한 것은 오귀스트가 '개선' 한 사항으로, 이렇게 하면 맛이 하나도 빠져나가지 않기 때문이다.

늦가을이 되면 니스는 이국적인 향으로 가득 찼다. 새롭게 진열해놓은 동양 비단의 향기, 영국인들과 북유럽인들이 지나다니면서 남겨놓은 이상야릇한 향수 냄새들이 사방에 퍼져 있었다. 천사만은 짙은 파란색이었다. 델핀은 행복감에 젖어, 예전에 오귀스트의 사색과 기쁨과 행복의 원천이었던 영국인의 산책길을 성큼성큼 걸어갔다. 그녀의 동반자였던 '시간' 은 델핀과 에스코피에를 갈라놓지 않고, 오히려 서로를 엮어주었다. 그녀의 두 눈은 고요한 바다 위를 떠돌았다. 그녀는 레티지아 보나파르트[34)]의 유명한 말, '이것이 지속되는 이유는 당신 때문입니다!' 를 암송했다.

그러나 이러한 순간은 오래 지속되지 못했다. 폴 다피가 어린 두 딸을 남겨놓고 갑자기 사망한 것이다. 델핀이 결혼식을 치른 지 겨우 두 달이 지났을 때였다. 그녀는 장례식 등의 일을 처리하기 위해 파리로 돌아갔다. 오귀스트도 뒤따라 그녀와 합류했고, 파리에서 새 일자리를 얻었다. 그리고 이때부터 '슈베 가게' 에서 일하기 시작했다.

---

34) 나폴레옹 1세의 모친(1750-1836).

'슈베 가게'에서 터득한 식품 보존법

파리 북동쪽의 바뇰레 지역에서 정원사로 일하던 슈베는 자기가 만들어낸 장미 한 송이를 마리-앙투아네트의 절친한 친구인 랑발 공주에게 바치는 실수를 저질렀다. 랑발 공주의 머리가 1792년 창끝에 매달리게 된 것이다. 혁명 정부는 랑발 공주에게 친절을 베풀었다는 죄목으로 슈베를 감방에 가두었다.

감옥에서 풀려난 후, 그는 파리 시민의 중심 생활가인 팔레 루아얄에 식료품 가게를 열었다. 시작은 쉽지 않았다. 그리모 드 라 레니에르는 이 가게를 '어두컴컴한 작은 구멍'이라고 말했다. 그러나 얼마간 시간이 지나자, 이 지하 창고는 늘 사람들로 대만원을 이루게 되었다. 문 양쪽에 전시되어 있는 박제된 사슴, 말, 멧돼지와 너새들이 손님들의 눈길을 끌어당겼다. 이국적인 향기들이 사다리로 연결된 지하 창고에서 풍겨나왔다. 슈베 부인은 거기서 시골 파이를 만들었다. 그러던 어느 날, 슈베 부인은 사다리에서 떨어져 목숨을 잃고 말았다. 사다리가 그녀의 몸무게를 이기지 못하고 그만 부러졌던 것이다. 얼마 후 남편 역시 콜레라에 걸려 그녀의 뒤를 따랐다.

슈베 부부의 열일곱 번째 아들이 타계한 부모의 가업을 이어받았다. 가업을 이어받은 그는 '슈베 가게'를 세계 제일의 고급 식료품상 및 별식 전문점[35]으로 끌어올렸다.

캉바세레스[36]와 탈레랑의 주방장들은 이곳에서 식료품을 주문해서 사용하였다. 문학 작품은 이 가게에 신화를 부여했다. 브리야-사바랭[37]은 저서 《미식 예찬》에서 이 가게를 열렬히 찬양했고, 발자크는 자신이 쓴 소설의 주인공들을 통해 이 가게를 추켜세웠다. 뤼시앙 드 뤼방프레[38]가 코랄리의 집에서 맛본 그 유명한 식사는 이 가게에서 모티브를 따온 것이었다. 세자르 비로토[39] 역시 이 가게에 대한 무조건적인 지지자였다.

슈베의 특별 식품 가운데 하나는 아름다운 그릇에 보기 좋게 담아 진열한 진미 요리였다. 여덟 개의 팔이 뻗어 있는 큰 촛대가 이 요리를 환히 밝히고 있었다. 이 요리는 아주 비싼 가격으로 유럽 전역에 배달되었다. 유럽 곳곳에서 일류 주방장들이 이 요리를 주문하면, 잘생긴 슈베 가게의 직원이 급행열차를 타고 신속히 그곳으로 가서 이 요리를 팔았다. 또한 살아 생전에 슈베는 엘리제궁과 장관들, 파리와 지방의 고위직 인사들의 대연회를 주관했다.

이 고급 가게 주인이 에스코피에에게 함께 일하지 않겠느냐고 제안해왔다. 그는 자신에게 온 기회를 놓치지 않았다. 이것은 에스코피에에게 최고급 식재료를 사용해볼 수 있는

---

35) 여기서 '가게(traiteur)'는 주문받은 요리를 만들어 파는 음식점의 일종으로, 음식을 미리 만들어 진열해놓고 뷔페처럼 팔기도 한다. 슈베 가게는 고급 식재료를 팔면서, 주문받은 요리를 만들어 파는 곳이었던 듯하다.

36) 프랑스의 법률가이자 정치인(1753-1824).

37) 프랑스의 미식가이자 작가(1755-1826).

38) 발자크의 작품 전집 《인간 희극》의 대표작 〈잃어버린 환상〉 등에 나오는 주인공.

39) 발자크의 1837년작 《세자르 비로토》의 주인공.

기회였으며, 그동안 제한적일 수밖에 없었던 상상력의 고삐를 당길 수 있는 유일한 기회였다.

"그 가게 사람들은 미쳤어." 그가 델핀에게 말했다. "그렇지만 나도 약간은 미친 거 아닐까?"

"나에게 미쳤다고요?"

"모든 것에 미쳤지!"

에스코피에가 슈베 가게에 와서 처음으로 만든 음식은 샹젤리제에 있는 호텔에 투숙중이던 오를로프 왕자의 주문에 따른 것이었다. 그 메뉴는 다음과 같았다. 말루크 섬의 제비집 , 다뉴브 강에서 낚은 메기 간, 레만 호의 송어, 슬라스크[40]식 산토끼 등심, 마다가스카르 악어알과 인도의 콰 수플레, 로칠드식 멧새 냉육, 그리고 거세한 수탉 구이.

요리사로서 수많은 이력을 가진 에스코피에는 이런 요리 경험을 통해 무한한 가능성을 가진 이국적인 음식들에 대한 지식을 얻게 되었다. 이전에는 이런 류의 지식을 동료들과 거의 나누지 못했었다.

또한 슈베 가게에서 일하면서 에스코피에는 식품 보존법에 대해서도 알게 되었다. 가게 주인이 가장 큰 관심을 쏟는 분야는 밀봉법과 말린 식품, 그리고 식품 보관이 가능한 모든

40) '슬라스크'는 폴란드의 한 지방명.

종류의 항아리들이었다. 1870년에 슈베 가게는 자르댕 데 플랑트[41] 옆에 있는 동물원에서 구입한 신선한 코끼리를 이용한 '코끼리 코 스테이크' 외에도, 귀족적인 입맛을 충족시켜 주기에 안성맞춤인 닭 통조림 메뉴를 내놓았다.

슈베의 원칙 가운데 하나는 어떤 상황이 벌어지든 예정된 날짜에 훌륭한 식사를 배달하는 것이었다. 예를 들어, 도버 해협 통과시 행정당국이나 관리당국과 통관 절차상 어떤 문제가 발생하더라도, 그 문제를 신속히 해결하여 영국의 손님에게 정시에 식사를 배달하였다. 이처럼 빠르고 정확한 배달 덕분에 슈베 가게의 명성은 더욱더 높아졌다. 또한 에스코피에 역시 슈베 가게에서 8개월 동안 주방장으로 일하면서, 썩기 쉬운 음식물들을 빠르게 운송하는 법에 대한 노하우를 쌓을 수 있었다.

더 가볍고 더 다양한 메뉴를!

슈베와의 계약 기간이 끝난 후, 에스코피에는 프랑스 북쪽 지방의 항구 도시인 불로뉴-쉬르-메르의 카지노에 딸린 레스토랑에서 여름을 보냈다.

1880년 여름, 이곳 불로뉴 지방은 선택받은 지역이었다. 수

41) 파리 국립 식물원.

많은 사람들이 꽃 축제와 그랑프리 시상식이 끝난 6월 말이 되면 자신이 소유한 성이나 별장으로 가기 위해 너도나도 도시를 빠져나갔다. 파리의 '오페라 레스토랑' 주인들이 불로뉴의 카지노 옆 건물에 레스토랑을 열었다. 에스코피에는 초록 바다 너머 영국 해안까지 전경이 펼쳐지는, 이탈리아 거리의 레스토랑에서나 맛볼 수 있는 고급스럽고 섬세하며 우아하고 완벽한 요리를 준비해야 했다.

개업식 만찬을 준비하면서 그는 스스로에 대해 그리고 아래 직원들과 자신이 만든 메뉴에 더할 나위 없는 자신감을 가졌다. 그는 화덕에서 요리를 하는 것은 물론, 언론이라는 식탁에서도 요리했다. 그가 슈베 가게에서 얻은 교훈 가운데 하나는 '주방장이 유행에 민감해지려면 기자들과 친해져야 한다' 는 것이었다.

델핀이 그를 따라왔다. 그녀는 임신중이었기 때문에 수영을 삼갔다. 당시 부인들은 수영을 하려면, 물속에 들어가는 모습을 다른 사람들이 보지 못하게 해야 했기 때문에 말이 끄는 마차를 빌려야 했다. 말이 바다에 들어가 말의 가슴까지 물이 차면, 그제야 부인들이 마차에서 내려 물속으로 들어가는 것이다.

그러나 물에 들어가기 위해 감히 마차를 빌리는 부인들은 거의 없었다. 델핀은 가는 모래알로 가득한 백사장을 따라 천천히 걸으면서 해안가의 정취에 흠뻑 빠져들었다. 활기찬 항구, 성채를 둘러싼 옛 도시의 얼어붙은 침묵, 도버와 포크스턴에서 오는 우편선들의 입항에 맞추어 선창 위를 오고가는 사람들……. 꿈꾸는 사람들이었던 델핀과 그의 남편은 손을 잡고 그 광경을 지켜보았다. 오귀스트는 종종 샤넬 해의 회색 바다 저 멀리 영국이 있는 북서쪽 수평선을 응시하곤 했다. 영국은 지중해 사람들에게 환상을 심어주었다. 마치 '미지의 섬' 이 오디세우스의 영혼을 강렬히 사로잡았던 것처럼.

여름철이 끝나고, 부부는 다시 파리로 돌아왔다. 에스코피에는 이제 '메르' 레스토랑의 주방을 지휘하게 되었다. 그는 서른다섯 살이 되었고, 이 레스토랑은 그의 열다섯 번째 직장이었다.

오래된 '선술집' 이었던 이곳은 함석 바를 없앤 다음, 실내를 고급스럽게 개조한 레스토랑이었다. '테르미도르 바닷가재 요리' 를 만든 사람이 바로 이 레스토랑의 창립자였다. 이 가재 요리는 영국식 머스터드 크림 소스를 바른 것으로, 요리의 이름은 레스토랑 옆 극장에 올려진 빅토리앙 사르두[42]의 역사 공연물의 제목에서 따온 것이었다.

메르 레스토랑은 특히 와인으로 유명했고, 그중에서도 메르퀴레 와인은 누구나 알아주는 것이었다. 이 외에도 살짝 구운 오리 고기, 페리괴[43] 마카로니, 신선한 느타리버섯과 트뤼

42) 프랑스의 극작가(1831-1908). 푸치니의 오페라 '토스카' 의 원작자.
43) 프랑스 남서부 아키텐 지방의 한 도시.

프로 향을 낸 새끼자고 스튜, 크림 감자 퓌레도 유명했다. 특히 크림 감자 퓌레는 오귀스트와 율리시스 로오가 17년 전에 맛을 보러 갔었고, 그 당시 문인들이 선호하던 요리사 마그니의 퓌레와 필적할 만했다. 메르 레스토랑의 주인인 파이야르는 앞으로 경쟁은 더욱 심해질 것이고, 이 모든 요리들은 유행에 뒤떨어질 것이라고 예상했다.

"우리는 요리들을 현대화시켜야 합니다." 그가 말했다. "메뉴를 더 가볍게, 더 다양하게 만들어야 합니다."

에스코피에는 이 말이 무척 기뻤다. 평범함에서 벗어나야 한다는 생각이 항상 그의 머릿속을 떠다녔기 때문이었다. 그러나 불행히도 파이야르는 언행이 일치하지 않는 사람이었다. 그는 관습적인 요리를 쉽사리 포기하지 못했다. 때문에 위대한 젊은 요리사는 심기가 불편해졌다. 파이야르는 에스코피에가 개발한 음식들과 그의 전위적인 숨결에 트집을 잡았다. 에스코피에는 외로웠고, 방향을 잃은 것 같았다. 먹여 살려야 할 처자식이 없었다면 과감하게 새로운 모험의 길을 떠났을 것이다.

그는 동료인 토마 주넹에게서 위로를 얻었다. 토마 주넹은 "프랑스 요리의 혁명가"로 불리며, 요리 기술의 발전을 위한 국제 협회를 창설한 사람이었다. 또한 그는 프랑스 전역에서 활동중인 요리사들의 권익을 보호하기 위해 여러 회합을 조직했고, 격월간지인 〈요리의 기술〉을 창간하여 요리 현대화에 대한 권리를 옹호했다. 이 잡지는 창간호에서 “우리는 더 이상 예전처럼 요리하지 않을 것이다……. 새로운 요리가 태어났다……. 신인간과 현대 요리 문법이 요청되는 때이다!” 라고 주창했다.

이 잡지는 살아 있는 매체가 되기를 원했다. 이 잡지에는 요리법과 메뉴, 사설, 혹평, 요리계 소식, 역사적 일화, 시들이 실렸다. 여기에 자신의 이름을 내걸고 글을 실은 요리사들은 모두 교양과 학식이 풍부했다. 그들은 페트로니우스[44]와 그의 작품 《트리말키오의 향연》[45]을 알고 있었고, 타유방의 《르 비앙디에》[46]를 분석했으며, 그리모 드 라 레니에르와 브리야-사바랭의 장점을 비교해서 논하였다. 그들과 합류한 에스코피에는 자신의 재능을 새롭게 발견했다. 그것은 바로 작가로서의 재능이었다.

〈요리의 기술〉은 8쪽 내지 12쪽 정도의 분량이었는데, 당시 요리책에 삽화를 그렸던 펠릭스-위르뱅 뒤부아의 요리책 여섯 권, 카렘의 제자였던 구페의 요리책 네 권, 카렘의 요리책들, 그리고 40권 정도의 가이드북과 요리책을 잡지와 함께

---

44) 네로 황제의 총애를 받았던 고대 로마의 문인이자 미식가(20-66).

45) 노예 신분에서 벼락부자가 된 ‘트리말키오’가 베푼 화려한 연회를 주제로 한 풍자 소설.

46) 프랑스 요리를 문자로 체계화한 최초의 요리서. 타유방 이전의 요리사들은 아피시우스의 얼마 안 되는 요리책 사본에서 영감을 받았다. 그러다가 타유방이 죽은 지 1세기 후인 1486년에 《르 비앙디에》가 프랑스 최초로 인쇄, 출간되었다.

통신판매로 끼워 팔았다. 1883년은 미각에 대한 문학이 차고 넘쳐나던 시기였다.

에스코피에가 유용한 식물이나 '메추라기의 왕' 이라고 불리는 땅뜸부기, 커피의 기원과 밀랍꽃 제작법 등에 관한 기사를 쓰는 동안, 주넹은 미국에서 8개 지사(뉴욕, 시카고, 캘리포니아, 보스턴, 워싱턴, 생 루이, 신시내티, 필라델피아)를 모집하여 '제너럴 섹션' 을 만들었다. 새로 생긴 8개 지사의 지사장들은 모두 프랑스 주방장들이었다. 그들은 〈마 퀴진〉[47]이라는 뉴욕 신문에 글을 썼다.

미래는 활짝 열려 있는 것처럼 보였다. 토마 주넹은 "20세기의 요리사들은 우리들보다 훨씬 유리할 것이다. 왜냐하면 그들은 그저 우리가 이미 만들어놓은 것을 완벽하게 다듬기만 하면 될 것이기 때문이다. 그들은 우리가 해놓은 일에 감사할 것이며 우리의 꿈속에 강함과 약함이 공존했음을 알게 될 것이다…"라고 말하면서 너무나도 침착하게, 이러한 요리 붐이 프랑스뿐만 아니라 전세계를 강타할 것이라고 확신했다.

하지만 에스코피에는 이러한 원칙들을 메르 레스토랑에서는 실행할 수 없다는 점이 너무나 실망스러웠다. 글을 쓰는 것은 그의 마음을 일시적으로 달래줄 뿐이었다. 그는 자신의 생각들을 말뿐만 아니라 행동으로 표현하고 싶었다.

---

47) '나의 요리' 라는 뜻이다.

무한함과 미지의 것, 필설로 표현할 수 없는 것과 실현되지 않은 가능성, 빛나지만 너무 멀기만 한 수평선들을 노래하는 아내 델핀의 시는 그 시대의 취향을 반영했다. 에스코피에는 이러한 아내의 시에서조차 자신을 찾을 수가 없었다.

그는 제자리걸음을 원치 않았다. 그는 변화를 갈구했으며, 똑같은 일상에 분노했다. '다른 곳으로 가야만 해!' 라고 그는 생각했다.

모나코 그랜드 호텔

옛 모나코는 유럽에서 가장 가난한 나라였으나 철도 덕분에 놀라운 발전을 이루게 되었다. 소시에테 데 뱅 드 메르(SBM)[48]의 회장인 프랑수아 블랑은 카지노 운영과 부동산 확충에 놀라운 수완을 발휘하였고, 그로 인해 도시 하나가 새로 태어났다. 모나코의 군주인 샤를 3세는 도시 이름을 샤를빌과 알베르빌, 엘리제-알베르토 가운데 어떤 것으로 할지 오래 고심한 끝에(알베르는 샤를 3세 아들의 이름이었다), 결국은 '몬테 카를로' 라고 명명했다.

SBM 그룹이 거둔 수익이 워낙 엄청나다 보니, 이 조그만 도시국가의 재정은 세금을 거두지 않아도 아주 탄탄했다.

---

48) 흔히 'SBM(Société des Bains de mer)' 이라고 알려진 모나코의 왕실 기업. 모나코 대부분의 호텔, 카지노, 리조트 시설 등을 소유하고 있다.

샤를 가르니에[49]가 설계한 호화로운 오페라 하우스[50]가 1879년에 완공되었다. 이전에는 더럽기 짝이 없는 여인숙 한 채만이 있었던 그곳에, 현대식 호텔이 무려 40개 정도가 들어섰고 500여 가구가 살 수 있는 아파트와 함께 200여 채의 빌라도 건축되었다.

모나코의 건물 가운데 가장 나중에 세워진 것은 '그랜드 호텔' 이었다. 호텔의 주인은 융블르트 부인이었는데, 그녀의 가족은 프랑스-프로이센 전쟁 이후 이민 온 알자스 출신이었고, 모나코와 망통 사이에 고급 호텔을 세워 기반을 잡았다. 그랜드 호텔은 무척 인기 있는 호텔이었지만, 당시에는 호텔 간의 경쟁이 매우 치열했다. 그랜드 호텔의 주요 경쟁 상대는 '파리 호텔' 이었다. 지하 복도가 곧바로 도박장과 연결된 파리 호텔은 추진력이 뛰어난 활동파 사업가들인 카틀렝 형제가 좌지우지하고 있었다.

이 형제는 그들의 호텔 주방장이 경쟁사인 그랜드 호텔의 주방장보다 실력이 뒤진다고 판단, 적합한 주방장을 찾기로 했다.

"주방장을 바꾸도록 하자." 형제 가운데 한 명이 말했다.

"그랜드 호텔의 주방장을 스카우트하는 게 좋겠어." 다른

49) 파리 오페라 하우스, 몬테 카를로의 카지노와 마리니 극장을 지은 프랑스 건축가.
50) 이 오페라 하우스는 현재 '그랑 카지노' 로 쓰인다. 1920년대 러시아의 세르게이 디아길레프가 파리에서 창단한 발레단인 '발레 뤼스' 가 이곳에서 많은 작품을 초연했으며 그 밖에 몬테 카를로 국립 관현악단이 연주회를 가졌다.

형제가 제안했다.

당시 그랜드 호텔의 주방장이었던 장 지루아는 떡 벌어진 어깨에, 갈고리 모양의 콧수염, 깊은 시선을 가진 미남이었다. 그의 명성은 호텔 업계에 널리 퍼져 있었다. 융블르트 부인은 투르빌의 '로슈 누아르 호텔'에서 일하고 있던 그를 데려다가 주방장으로 삼아놓은 상태였다. 그런데 카틀렝 형제가 장 지루아에게 적지 않은 액수를 제안했다. 장 지루아는 스카우트 제안을 받은 사실을 놓고 그랜드 호텔의 지배인과 상담했다. 지배인은 "우리는 당신에게 그만큼의 액수를 지불할 수 없습니다. 당신이 파리 호텔로 가는 대신 우리에게는 누구를 소개해줄 건가요?" 하고 물었다.

"에스코피에를 소개하겠습니다. 저는 그와 10여 년간 프티 물랭 루주 레스토랑에서 함께 일했습니다. 그리고 우리들은 〈요리의 기술〉이란 잡지도 함께 발간했지요. 그는 현재 메르 레스토랑에 있습니다. 하지만 지금쯤 슬슬 떠나고 싶어할 겁니다. 지금 보니 정오군요. 에스코피에는 태양을 그리워하고 있을 겁니다."

5부
'호텔 왕' 세자르 리츠와의 만남
(1884-1890)

사치품은 매우 필요한 물건.

— 볼테르의 풍자시

첫만남

모나코 그랜드 호텔의 총지배인인 세자르 리츠[1]는 스위스인이었고, 중키에 약간 대머리였다. 쉰 목소리였던 그는 말할 때마다 다양한 제스처를 사용하여 자신의 고향 사투리를 숨기려고 애썼다. 또한 머리를 뒤로 바짝 붙여넘겨서 대머리를 감추려고 했는데, 이러한 스타일은 그를 신뢰할 만한 인상으로 만들어주었고, 흡사 베토벤처럼 보이게 했다. 그의 눈은 유난히 평온해 보였다. 그가 사람을 쳐다볼 때는 마치 새벽에 융프라우의 꼭대기를 응시하거나, 루체른 호수에 스치는 석양의 마지막 햇살을 응시하는 것 같았다. 그의 콧수염은 두꺼운 입술을 강조했으며, 세심하게 신경 쓴 옷차림은 아주 우아했다. 반짝반짝 빛나는 회색 진주가 야생 견(繭)으로 만든 보라색과 파란색이 날염된 넥타이에 박혀 있었다.

---

1) '리츠' 라는 이름을 우아함과 사치의 대명사로 만든 파리 리츠 호텔의 설립자(1850-1918). 실제로 '매우 사치스러운, 호사스러운' 이라는 뜻의 영어 'ritzy' 가 그의 이름에서 유래했다.

"이건 진짜 전쟁이지요. 에스코피에 선생." 리츠가 메르 레스토랑에 인접한 '토르토니' 레스토랑에서 '투른느도 로시니' 를 앞에 두고 말했다. "모나코가 발전한 덕분에 그랜드 호텔과 파리 호텔은 공존할 수가 있습니다. 그렇지만 우리가 만일 세력 다툼에서 밀리게 되면, 일은 아주 곤란한 방향으로 흐르게 되겠지요……."

주저하는 듯한 태도로 허공에 희미하게 어떤 그림을 그리는 듯한 그의 손가락에선 정성껏 다듬은 손톱이 빛나고 있었다. 그는 그 손가락으로 때로는 솜털이 보송보송한 구름들을, 때로는 가시들을 그렸다.

"지루아보다 더 잘해야 합니다!"

"어려운 일입니다. 지루아는 타고난 요리사거든요. 그는 최상의 재료들만 쓰고, 가장 널리 검증된 요리법만을 사용하지요."

"어쨌거나 그보다는 훨씬 더 잘해야만 합니다. 사실 이 세상에 '이길 수 없는 사람' 이란 존재하지 않으니까요."

에스코피에는 끊임없이 아리송한 기호들을 그려내는 상대방의 손을 계속 바라보면서 자신의 두 손만은 그저 얌전히 식탁보 위에 올려놓았다.

"단 한 가지 방법만이 있습니다. 바로 혁신하는 것이죠. 전 지루아와 동일한 영역에서 싸우지 않겠습니다. 그는 요리에 관한 한 어떤 고전적인 감각을 타고났어요. 저는 요리를 개발하고 새로운 요리를 만들어내겠습니다. 고객이 감탄하고 놀랄 만한 요리들을 만들어서 그들의 관심을 끌도록 하겠습니다. 새로운 요리 안에는 항상 금지된 과일의 맛이 머물게 마련이지요. 제가 감히 말씀드리건대, 우리는 속물들보다 더 속물이 되어야 합니다. 새커리[2]의 《속물독본》을 읽어보셨습니까? 그 책에 보면 '속물(snob)' 이란 단어는 캠브리지에서 처음 만들어졌는데 '주저하는 학생들', 즉 '시네 노빌리타테(sine nobilitate)'[3]를 지칭하는 말이었지요. 그 이후 '속물' 이란 단어는 '졸지에 출세한 상스런 벼락부자' 란 의미를 갖게 되었습니다. 오늘날 그 의미는 더욱 확장되었어요. '맹목적으로 유행을 좇는 사람' 이란 의미로 말이지요. 따라서 만일 그런 의미에 동의한다면, 속물들이란 뽐내기 좋아하는 사람을 말하는 것이겠지요." 그의 이야기를 듣던 스위스 지배인은 움직이던 하얀 손을 멈췄다. 처음으로 에스코피에의 눈을 똑바로 쳐다보면서 그는 넥타이의 회색 진주알 장식에 붙은 먼지를 신경질적으로 털어냈다.

"융블르트 부인이 호텔에서 아주 가까운, 초록 덧문이 달린 아름다운 빌라에 거처하시라고 하더군요. 부인과 아드님이 있으시다고 들었는데요?"

리츠는 눈을 반쯤 감고, 무늬를 넣어 짠 무명 식탁보 위에

---

2) 찰스 디킨스와 함께 영국 문학을 대표하는 소설가(1811-1863).
3) '고상함이 없는 자' 라는 뜻.

두 손을 올려놓았다.

'영악한 사람이군.' 에스코피에가 생각했다.

그는 걱정 반 기대 반의 마음으로 집에 돌아왔다.

최고의 호텔을 창조한 마술사, 세자르 리츠

30여 년 전인 1850년에만 해도 발레 계곡을 낀 몇몇 산들에는 멋진 야생림이 우거져 있었다. 사람들은 그곳에서 마치 문명기의 새벽처럼 살았다.

세자르 리츠의 집은 200여 명의 주민들이 사는 작은 부락인 니더발트에 있었고, 집 앞에 펼쳐진 초원은 깊은 협곡에서 포효하는 론 강의 얼어붙은 급류가 펼쳐져 있었다. 겨울에는 눈보라가 맹위를 떨쳤다. 여름이면 리츠는 숲 주변에서 가축들을 지켰다. 그곳은 완벽한 고독의 장소였다.

그의 아버지는 그 지역의 시장이었다. 그의 가문은 대대로 여러 명의 조각가를 냈을 뿐만 아니라, 최근에는 유명한 풍경화가까지 나왔다.

열두 살이 된 리츠는 그 지역의 행정 중심지인 시옹에 있는 학교에 다녔다. 학창 시절에는 그곳의 대장장이 집에 거주했다. 모루를 치는 망치 소리는 에스코피에만큼이나 그에게도 친숙했다. 그가 열다섯 살이 되었을 때, 그의 아버지는 아들의 견습을 위해 생 플롱 고개에 인접해 있는 브리그 마을에서

트루아 쿠론[4] 호텔과 우체국을 경영하는 사람에게 3,000프랑을 건네주었다. 세자르 리츠는 그곳에서 소믈리에[5] 견습생이 되었다. 그후 그는 수도원에서 보조 수사로 일했고, 이어서 예수회 신학교의 성당 책임자가 되었다.

1867년의 만국 박람회는 그의 마음을 뒤흔들었다. 그는 파리의 호텔들에 인재가 부족하다는 사실을 깨달았다. 열일곱 살의 그는 저축한 돈을 모아서 프랑스행 기차표를 샀다. 리츠는 야망뿐만 아니라 모험심도 충분했다.

파리에 도착한 그는 평판이 그다지 좋지 않은 한 호텔에서 벨보이와 구두닦이, 도어맨으로 일했고 노동자들의 카페와 동일한 가격의 음식을 파는 레스토랑에서 웨이터를 하기도 했다. 그러다가 루아얄 가와 생 토노레 가의 골목 건물에 자리잡은 '고트' 레스토랑에서 웨이터로 일하다가 결국 그 레스토랑의 지배인이 되었다. 그는 자신의 역할을 정말 잘해냈다. 그래서 고트 씨는 그에게 자신의 사업 파트너가 되자는 제안을 하기에 이르렀다.

'더 멀리 보아야만 한다.' 리츠는 생각했다. '나는 아직도 배워야 할 게 많아. 고트는 독일어로 신이라는 뜻이지만, 내겐 너무 미약한 신이야.'

---

4) '3개의 왕관' 이란 뜻이다.
5) 중세 유럽에서 식품 보관을 담당하던 '솜(somme)' 이라는 직책에서 시작하여, 영주의 식사 전에 식품을 검사하는 역할을 맡았으나, 현재는 '와인 전문가' 의 형태로 발전되었다.

그는 캉봉 가에 있는 '카페 부아젱'에 보조 사환으로 취직했다. 그는 자신이 무슨 일을 했는지 잘 알고 있었다. 카페 부아젱은 매우 유명한 레스토랑이었고 그곳의 주인인 벨랑제 씨는 파리의 유명 인사였다. 리츠는 이 전설적인 인물이, 자신이 그토록 갈망하던 세련된 세계의 열쇠를 자신에게 줄 것이라고 기대했다.

벨랑제는 다리를 저는 신체적 결함에도 불구하고 아주 대단한 사람이었다. 그가 지닌 활력은 고위직 손님 가운데 가장 냉소적인 사람들에게까지 영향을 미쳤다. 그는 직원들에게 구운 고기를 자르는 기술과 즙을 짜기 위해 포크로 고깃덩어리를 누르는 기술을 직접 가르쳐 직원들의 찬사를 받았다.

그는 부르고뉴 와인과 보르도 와인을 벨기에에서 사왔다. 왜냐하면 수출용 와인이 프랑스 내에서 사는 와인보다 값도 더 싸고 품질도 더 좋았기 때문이다. 고객들은 벨랑제의 의견에 동의했다. 어떤 사람들은 벨랑제의 와인 저장 창고의 술들을 시음해보기도 했다. 그리고 주저 없이 단순한 갈비 요리에 비싼 와인을 곁들여 먹었다. "우리 카운터는 저런 주문들을 아주아주 사랑하지!" 벨랑제가 장난스럽게 한쪽 눈을 찡긋거리며 말했다. 리츠는 여기서 교훈을 얻었다. 그는 이 교훈을 위해 이곳에 온 것이다. 양보다 질로 승부하는 법을 배우기 위해.

리츠는 국제적인 상류층 인사들의 생활방식을 연구했다.

그들은 니더발트나 브리그에 있는 레스토랑들 혹은 고트 레스토랑에는 출입하지 않았다. 웨일스 왕자, 니그라 백작, 러시아 왕가의 갈리친 왕자, 공쿠르 형제[6], 레옹 강베타, 그리고 수많은 고위 공직자들이 카페 부아젱에 드나들었다. 손님 중에는 괴짜도 있었다.

그 가운데 매일 리츠에게 메뉴를 전부 다 읽어보라고 시켜놓고는 결국 언제나 감자 튀김과 스테이크를 주문하던 영국 신사가 있었다. 더군다나 이 영국인은 리츠가 메뉴를 읽는 동안 딴청만 피웠다. 그는 또한 리츠에게 무엇이든 암송해서 들려주는 버릇이 있었다. 에스코피에처럼, 이 영국인도 메뉴를 시로 바꾸는 재주가 있었다. 그러나 그 영국인이 만든 시는 가히 엽기적이라고 할 수 있었다. 악어 꼬리 수프, 바람 부는 대로 날아가는 종달새 혓바닥, 일본 천황의 국화 수프, 웨일스 왕자의 상어 지느러미, 수에즈 미라 머리로 만든 아이스크림……. 영국인은 장광설을 마친 다음에는 언제나 이렇게 중얼거렸다. "감자튀김과 스테이크!"

리츠는 그의 행동에서 무언가 교훈을 끌어내고자 했다. 그가 내린 결론은 손님들은 단지 영양을 섭취하기 위해서만 레스토랑을 오는 것이 아니라, 비현실적인 다른 세계에 얼마 동

---

6) 에드몽 위오 드 공쿠르(1822-1896), 쥘 위오 드 공쿠르(1830-1870). 프랑스의 역사가이자 형제 작가. 이들이 죽은 후 아카데미 공쿠르가 생겨 프랑스에서 제일 권위 있는 '공쿠르 문학상'을 주관하게 되었다.

안 머무르기 위해 레스토랑에 온다는 것이었다.

1870년 파리는 독일인들에게 포위당했고, 시민들은 기아로 허덕여야 했다. '카페 부아젱' 은 정부의 사령탑이 되었다. 아돌프 티에르, 파브르[7], 트로쉬[8]는 방돔 광장에서 회합이 열리는 도중에 이곳에 들러 식사를 하곤 했다. 온 도시에 전운이 감돌았고, 세상의 종말이 온 듯한 분위기였다. 사람들의 눈은 흐릿했고, 서로 시선을 피했다. 그러나 카페 부아젱은 축제 분위기였고, 은밀한 삶의 기쁨이 흘렀다. 이곳에서 사람들은 삶이 존속한다고 믿었다.

어느 날 웨이터 한 명이 레스토랑의 밀실 문에 뚫어놓은 작은 구멍에 눈을 대고 안을 들여다보고 있었다. 이 광경을 본 벨랑제가 깜짝 놀라 그 웨이터에게 화를 내자, 그는 쑥스러운 표정으로 웃으면서 말했다.

"왕자들은 어떻게 사랑을 나누는지 궁금해서요!"

"그래서?"

"왕자들이 노는 것도 저희가 노는 거랑 비슷하던걸요!"

전쟁은 리츠에겐 호의적이지 않았다. 벨랑제는 리츠를 미워하기 시작했다. 왜냐하면 리츠가 외국인이었기 때문이다. 사람들은 리츠를 피하기 시작했고, 그가 중립국 출신이라는 것을 견딜 수 없어했다.

---

7) 프랑스의 정치가(1809-1880).

8) 프랑스의 장군(1815-1896).

결국 그는 샹젤리제에 있는 어느 브라스리[9]에서 일하게 되었다. 그 다음에는 샤토도에 있는 한 카페에서 일했는데, 리츠는 그곳의 손님인 창녀와 포주들에게 술을 제공했다. 그에게 이러한 일은 마치 사막을 횡단하는 것과 같았다. 그럼에도 불구하고 그에게 호화스러운 장소에 대한 동경은 조금도 사그라지지 않았다.

1872년 그는 한 호텔에 벨보이라는 보잘것없는 조건으로 취직했다. 그러나 그가 취직한 호텔은 유럽에서 가장 호사스러운 호텔로 손꼽히는 곳이었다. 그곳에서 그는 호텔 총지배인의 눈에 띄어 매니저로 승진하였다.

그는 낙천적인 성격을 시의적절하게 활용해가며 일했다. 그는 손님들에게 샤토 라피트 1848년산 와인[10]을 권하면서 "오염된 센 강에 효과가 있는 강력한 해독제는 이것밖에 없습니다!"라고 말하곤 했다.

1872년의 만국 박람회는 오스트리아 빈에서 열렸다. 어떤 막연한 향수와 삶에 대한 근본적인 성찰이 그를 그곳으로 이끌었다. 4년 전 이와 비슷한 박람회가 열릴 때 그가 파리로 온 것은 옳은 결정이었을까? '트루아 프레르 프로방소'[11]라는 유명한

---

9) 주류와 식사를 함께 파는 레스토랑.

10) 보르도산 최고급 레드 와인. 감미로운 과일 향과 탄닌이 잘 조화되어 있다. 루이 15세가 애용했던 와인. 1868년 제임스 로스차일드 남작이 샤토를 인수하면서 와인 이름이 샤토 라피트-로칠드로 바뀌었다.

11) '프로방스의 세 형제' 라는 뜻.

프랑스 레스토랑이 박람회장 근처에 있는 큰 저택을 임대했다. 리츠는 그곳에서 일하게 되었고 귀공자들의 식탁에 특별한 음식을 차려냈다.

집시 악사들이 '당신의 검은 눈' 을 연주했다. 사람들은 사케르타르트(Sachertarte)[12)]를 수없이 먹어치우고는 왈츠를 추었다. 그들은 빛나는 미래를 믿었다. 마음이 통한 웨일스 왕자와 루돌프 왕자[13)]는 이내 친한 사이가 되었다. 그들은 둘 다 이집트 향이 나는 로렌스 담배를 피웠다. 리츠는 그들에게 요리를 소개하고 허리를 숙여 인사하고는, 다시 몸을 바로 세워 고객이 무엇을 좋아하는지 관찰한 다음, 그 내용을 수첩에 적어두었다. 그러면서 그는 영국 대사 더들리경이 소고기는 완전히 익힌 것을 좋아하지만, 양고기는 적당히 익힌 것을 좋아한다는 것을 알게 되었다. 또한 코넬리어스 밴더빌트[14)]는 신선한 맛을 즐기고, J. P. 모건[15)]은 후식을 좋아하며, 제이 굴드[16)]는 소스 뿌린 음식을 싫어하고, 존 워너메이커[17)]는 샴페인의 기포를 싫어한다는 사실을 알아냈다.

---

12) 잼을 넣어 만든 오스트리아 케이크로, 겉에 초콜릿을 입힌다.

13) 합스부르크 왕가의 왕자(1858-1889). 프란츠 요제프 황제와 엘리자베트 황후의 외아들. 친프랑스적이고 자유주의적인 사고방식 때문에 부친의 국내외 정책에 반대했다. 벨기에의 스테파니 공주와 결혼했지만 후사가 없었던 그는 메이어링의 사냥용 별장에서 정부인 마리 벳세라와 동반 자살했다.

14) 기선과 철도 사업으로 돈을 번 미국의 대부호 '밴더빌트' 가의 3대 자손(1843-1899).

15) 미국의 금융인(1837-1913).

16) 미국의 철도업자 · 금융업자 · 주식 투자가(1836-1892).

17) 미국의 실업가이자 백화점업계의 선구자(1838-1922).

리츠에게 이 사람들은 고객 이상이었다. 그는 이들을 "거의 친구와 진배없다"고 말하곤 했다. 그러나 '거의'라는 표현은 그의 우려와 근심을 나타내주는 것이었다. 그들은 과연 훗날 리츠의 '진짜 친구'가 될 수 있을까? 확실한 것은 아무것도 없었다.

박람회가 끝났다. 그는 다시 방황을 시작했다. 빈을 떠난 그는 니스 그랜드 호텔에 도착했다. 그곳에서 그는 '리기-쿨름'이라는 스위스 호텔의 소유주인 베버 씨를 만나게 되었다. 베버 씨는 리츠에게 여름 시즌 동안 자신의 호텔 레스토랑에서 지배인으로 일해달라고 요청했다.

추크 시(市)의 호수 위로 삐죽 나온 리기-쿨름 호텔의 테라스에는 영국, 독일, 이탈리아, 프랑스 관광객들이 모여, 화려하게 펼쳐지는 일몰과 일출 광경을 지켜보았다. 리츠도 이들 무리에 섞여 황금 원반이 하늘로 솟아오르거나, 붉게 타오르는 삐죽삐죽한 산봉우리들 아래로 잠기는 것을 지켜보았다. 이러한 광경은 그의 마음에 잠시나마 평온을 가져다주었다. 그러나 그의 마음은 평온한 겉모습과는 달리, 자신의 능력을 보여주고 싶은, 그리고 그 능력을 넘어서려는 벅찬 기대감으로 걷잡을 수 없이 소용돌이쳤다.

9월 말이 되자 기온이 뚝 떨어졌다. 거칠어진 바람은 길 가던 어느 영국인의 긴 숄을 낚아챌 정도였다. 내복 바람이었던 그는 숄이 날아가자 황급히 뛰어가버렸다. 그라블로트 전투에서 두 부대를 희생시키는 값비싼 전략을 세웠던 헬무트 폰 몰트케 장군도 감기에 걸렸다. 리츠는 그에게 오렌지 주스를 탄 펀치를 매 시간마다 가져다주었다. 영하 8도의 날씨로 인해 난방관이 터져버렸다. 그 상황에서 런던의 여행사인 '토마스 쿡 트래블 에이전시'는 지친 미국인 마흔 명 가량이 점심을 먹으러 갈 것이라는 메시지를 보내왔다.

"이 정도는 아무것도 아닙니다." 리츠가 베버 씨에게 말했다. "메뉴를 바꾸도록 하지요. 원기를 회복시켜주는 요리들을 제공하면 됩니다. 뜨거운 콩소메와 큰 냄비에 끓인 소내장 전골, 따뜻한 밀전병… 그리고 40개의 벽돌을 데워서, 양모로 그 벽돌을 감싼 다음 손님들의 발밑에 놓는 것입니다……."

식사는 대성공이었다. 이 성공담이 취리히 알프스의 좁은 호텔업계에 회자되었다. 멋진 수훈을 쌓은 리츠는 산 레모로 떠나 몇 달 동안 빅토리아 호텔에서 일했다.

그곳에서 일하는 동안 리츠의 머릿속에는 호텔업에 대한 새로운 전망이 움트기 시작했다. 이 호텔에는 러시아 황제의 총애를 받은 돌고루키 공주[18]가 쫓아낸 러시아 황후를 비롯하여 결핵에 걸린 수많은 독일인들이 머물고 있었다. 따라서 호텔은 실내 위생 관리를 엄격하게 지키고 있었다. 리츠는 까만 비누와 뜨거운 물로 손을 소독하고, 침대보를 잿물로 두

---

18) 유명 정치가와 군인을 배출한 러시아의 귀족 가문인 '유리 돌고루키'의 후손.

번 세탁하고, 각 방의 청소에 완벽을 기하라고 호텔 종업원들에게 지시를 내렸다. 리츠에게 무거운 이불과 술 장식, 그리고 깃 장식은 호텔의 청결 유지에 하등 도움이 안 되는 거추장스런 물건들일 뿐이었다.

이러한 이유로 그는 현대적이고, 기능적이며, 구석진 데가 없고, 먼지 구덩이가 없는, 그리고 벽을 포함해서 모든 곳을 깨끗이 닦을 수 있는 호텔을 꿈꾸기 시작했다. 그는 '언젠가 내 건물을 갖게 된다면 그런 건물을 짓겠어' 라고 생각했다. 왜냐하면 자신이 언젠가 호텔 주인이 되리라는 것을 단 한번도 의심해본 적이 없었기 때문이다.

그는 파이퍼 달티쇼펜 대령을 만나기 위해 루체른으로 돌아왔다. 대령은 탐색하는 듯한 눈에 나폴레옹 3세처럼 가늘고 긴 흰 수염을 가진 사람으로 강인한 인상을 풍겼다. 그의 가문은 유명했다. 그의 선조들은 대대로 바티칸에 스위스 친위병들을 보냈다. 16세기에 파이퍼 가의 한 사람은 '스위스의 왕' 이라는 애칭을 지니기도 했다.

이탈리아가 독립 전쟁의 결과 명실공히 완전한 통일을 이루게 되자 파이퍼 대령은 나폴리에 있는 왕의 안뜰에서 수행했던 위풍당당한 근위대 직업을 잃게 되었다. 유럽이 번영과 여행의 시기에 들어섰다고 확신한 그는 호텔업으로 전향하기로 결심하고, 루체른에 세계에서 가장 아름답고 가장 현대적인 대규모의 국립 그랜드 호텔을 건설하였다.

대령은 직접 설계도를 그렸고, 건물의 아주 사소한 부분에까지 세심한 정성을 기울였다. 그러나 그의 작품인 건물 천장을 장식하는 수준 높은 천장화는 기대만큼 관광객들의 관심을 끄는 데 성공하지 못했다. 그에게는 경험 많은 매니저가 필요했다.

대령의 아들인 알퐁스와 한스는 말을 타고 산책하면서 가끔 리기-쿨름 호텔에 들러 목을 축이곤 했다. 그곳에서 그들은 리츠를 알게 되어 아버지에게 추천했다. 대령은 리츠를 불러들였다.

"고객을 유치하기 위해서는 그들이 깜짝 놀라 매혹당할 정도의 서비스를 베풀어야 합니다." 리츠가 확신에 차서 이야기했다.

이곳에서 일하게 된 리츠는 사람들에게 깊은 인상을 심어주기 위해 최선을 다하겠다고 결심했다. 그는 '나는 비슷비슷한 것에 싫증이 난 사람들을 대상으로 하겠다. 그들에게 강한 인상을 심어주고, 그들의 약점을 파악해야 한다. 스스로를 '호텔 지배인' 처럼 생각해서는 안 된다. 스스로를 '마술사' 라고 생각해야만 한다' 라고 다짐했다.

그랜드 호텔로 옮긴 리츠는 훨씬 다양한 방식으로 아름답게 장식한 요리들로 식탁을 꾸몄다. 매주 열리는 저녁 댄스 파티는 가능한 모든 수단을 동원해서 최대한 호화로운 파티로 꾸몄다. 호텔의 각 창문은 은은한 조명으로 밝혀놓았고, 마을사람들도 리기, 리스톡, 스탄세르호른과 같은 인접한 산들의 비탈길에서 함께 축제의 폭죽을 터뜨렸다.

오랜 경험에 의해, 리츠는 자기 직업에서 중요한 원칙을 하나 발견하였다. 그것은 바로 '현실을 빛나게 하는 것' 이었다. 카롤린 드 부르봉[19]의 결혼식에 뒤이은 저녁 피로연을 위해 1,000개의 초로 밝힌 요트가 호수 위를 지나갔다.

상류층 인사들이 이 결혼식에 참석하기 위해 찾아왔다. 라로슈푸코 공작 부인, 마이에 공작 부인, 리드 공작 부인, 드 드 봉시르 공작 부인, 그레퓔르 백작 부인 등 레스토랑에는 잘 오지 않던 상류계 인사들이 리츠가 주관한 저녁 피로연과 무도회에 기꺼이 참석했다. 밴더빌트 부부, 모건 부부, 프로이센의 게오르그 왕자, 장차 스웨덴의 국왕이 될 구스타프 5세가 호텔에서 숙박했다.

이 일은 〈골루아〉, 〈르 피가로〉 지의 기자들에 의해 연달아 기사화되는 바람에 전 유럽의 가십거리가 되었다.

그때부터 거의 10년 동안, 리츠는 국립 그랜드 호텔에서 여름 시즌 동안 일을 했고, 겨울철에는 망통에 있는 '호텔 데 질

19) 부르봉 왕가는 프랑스를 지배한 카페 왕조의 한 갈래로, 유럽에서 가장 큰 지배 왕조 가운데 하나이다. 카페 왕조의 직계인 루이 9세의 여섯째 아들이 부르봉 영지의 상속녀와 결혼함으로써 부르봉 왕가라 불리기 시작했다.

브리타니크' 에서 일을 했다. 그후 융블르트 부인은 자신이 소유한 그랜드 호텔이 해풍과 조수에 맞서 모나코 공국 최고의 호텔이 될 수 있도록 리츠를 불렀고, 이때부터 그는 이곳에서 일하기 시작하였다.

여성 해방을 위한 요리

근무 전날 몬테-카를로에 도착한 에스코피에는 델핀과 아이들에게 키스한 후 빌라의 대문을 살짝 닫고 집을 나섰다. 그는 바다에서 불어오는 신선한 공기를 맡으면서 몇 분간 공원의 야자수들 사이를 걸었다. 그렇게 그는 그랜드 호텔을 향한 힘찬 발걸음을 내디뎠다.

1882년에 문을 열어, 이제 모나코에서 2주기를 맞은 그랜드 호텔은 250개의 객실을 갖춘 큰 규모에, 건물 모서리를 둥글게 하고, 양쪽 끝에 고전적인 둥근 지붕을 올린 아름다운 5층짜리 건축물이었다. 내부는 더욱 놀라웠다. 중앙에는 야외 정원이 있었고, 수력을 이용한 엘리베이터, 전기 조명용 발전기에 연결된 증기 기관차가 호텔 내부에 설치되어 있었다. 그리고 레스토랑 내부는 깜짝 놀랄 정도로 화려한 무어 양식으로 꾸며져 있었다.

리츠는 "이 양식은 1881년 프랑스가 완강히 버티던 튀니지를 정벌하러 나갔을 때 도입된 것입니다. 모나코의 상속자였던 알베르 왕자[20]가 이 전쟁에 참여했었지요. 왕자의 용맹을 칭송하기 위해 몬테-카를로는 무어 양식을 사용하기 시작했어요. 이 아라베스크 무늬들을 좀 보세요. 해독할 수 없는 이 단어들은 교향곡의 음표만큼이나 관현악적인 이미지를 가지고 있지요. 고객들은 이 장식을 좋아합니다. 언젠가 더비[21]경은 '이 단어들은 선을 추상적으로 표현하고 있군요' 라고 제게 말했지요" 하고 레스토랑의 실내장식에 대해 설명해주었다.

에스코피에는 자신에게 말하고 있는 사람을 미심쩍은 눈길로 바라보았다. 그는 리츠가 허세를 많이 부리고 아는 척하기 좋아하며 겉만 번드르르한 사람이 아닐까 생각했다.

겨울 시즌은 10월에 시작되었다. 카지노의 정원에는 장미로 가득했다. 하늘에 떠 있는 구름은 세 개의 돛대 모양에서 사냥개 모양으로 바뀌었다. 영국과 러시아의 왕자들은 더위 때문에 불평을 늘어놓았다. 에스코피에는 음식이 식는 것에 개의치 않고 창문을 활짝 열어놓았다.

리츠에게 품었던 불신감은 차츰 사라졌다. 그들에겐 너무나 많은 공통점이 있었기에 서로를 경계할 필요가 없었다. 두 사람 모두 오랜 경력을 가지고 있었다. 25년의 경력을 가진

---

20) 모나코 군주 샤를 3세의 아들인 알베르 1세를 가리킨다.

21) 영국의 15대 더비 백작(1826-1893). 부친인 더비 수상의 내각과 디즈레일리의 내각에서 외무부 장관을 역임했다.

에스코피에는 열아홉 곳에서 일했었고, 그보다 나이가 적은 리츠는 열세 곳에서 일했다. 그들은 자신들이 원하는 '높은 품질에 대한 기준'을 이상이 아닌 원칙으로 만들었다. 그들은 카틀렝 형제의 방해 공작을 끝장내자는 데 의견을 모았다. 둘 다 조금의 가능성만 있어도 끝까지 밀어붙이는 단호한 성격이었던 것이다.

리츠는 새벽 5시부터 사무실에 나와 있었다. 그는 빈, 루체른, 산 레모, 망통에서 친분을 쌓은 고객들에게 직접 손으로 쓴 편지 수천 통을 보냈다. 모나코에서 그들을 접대할 수 있다면 대단한 영광이 될 것이라는 내용의 편지였다. 또한 그는 식탁과 식당 홀, 각 방의 장식을 손수 꼼꼼히 점검하면서, 기마 장교처럼 직원들의 복장을 검사했다. 지배인은 검은 넥타이를 매야 했고, 웨이터는 흰 넥타이에 흰 앞치마를 둘러야 했다. 이러한 복장은 리츠가 체계화시킨 것으로, 세계의 유명 레스토랑들은 전부 이 복장을 따라 했다.

에스코피에는 좀더 기능적으로 주방을 재정비했다. 그는 손님에게 내가는 동안 식을 염려가 있는 요리들은 메뉴에서 빼버렸다. 그리고 지나치게 기교를 부린 요리 장식은 사용하지 않았다. 새로운 여성 고객의 마음에 흡족함을 주기 위해 그는 메르 레스토랑에서의, 강건함과 무거움을 상징했던 요리들과는 반대로 가볍고 산뜻하며, 별처럼 빛나는 요리를 만들어냈다. 이 요리는 섬세한 미각과 하얀 이, 분홍빛 입술과 벨벳처럼 부드러운 혀, 그리고 암사슴 눈을 가진 이들을 위해 특별히 만든 것이었다. 에스코피에에게 접시에 담긴 음식들의 조합과 색깔은 하나의 작은 그림, 세심하게 정성을 기울여 칠한 수채화와 같았다.

리츠는 그의 생각에 동의했다. 그는 여성들이 고급 레스토랑의 미래에 결정적인 역할을 하게 될 것이라고 생각했다. 영국의 엄격한 경제학자 존 스튜어트 밀은 디즈레일리[22]가 그랬던 것처럼 여성이 투표권을 행사하는 데, 여성이 변호사로서 의회나 광고계에서 활동하는 데 지지를 표명했다.

"우리는 여성 해방을 위해 우리의 삶을 바친다! 우리는 '해방' 이라고 불리는 새로운 종교의 신도들이다!"라고 맨체스터의 여성 지도자인 엘리자베스 울스턴홈이 선언했다. 그리고 승마복을 입은 여성들과 반아카데미파 여류 예술가들이 신문의 가십란을 장식하는 동안, 더할 나위 없이 정숙한 사교계의 여성들도 극장을 제외하고는 대체로 여성에게 폐쇄적이었던 공공장소들을 드나들기 시작했다.

리츠는 "한 세기가 끝나가는 지금 이 시대부터 모든 여성은 누구나 자신이 원할 때 레스토랑을 갈 수 있는 권리를 갖게 될 것입니다"라고 확신하며 말했다. "우리는 그 기회를 놓치지 말고 귀히 여겨야 합니다. 그리고 망설이지 말고 그녀들이

22) 이스라엘 문학 비평가의 아들로 태어나 영국의 수상을 두 차례 지낸 정치가이자 소설가(1804-1881). 장갑 위에 반지를 끼는 멋쟁이 신사였다.

'두 시간 동안 이 식탁은 나의 왕국이다!' 라고 말할 수 있도록 격려해야 합니다."

그들에게 호감을 느낀 부유한 여성 피서객들은 리츠와 에스코피에의 광고를 보증해주는 사람들이었다. 이 여성들은 레스토랑에서 식사를 하고 있는 모든 남성과 여성 고객의 호기심 어린 시선을 한몸에 받으며 푹신한 안락의자에 앉았고, 머리와 가슴에서 동시에 즐거움을 느꼈다.

간혹 호텔 레스토랑 측은 특별히 여성 고객을 위해 에스코피에가 직접 보라색 잉크로 쓴 메뉴를 제시했다. 그 메뉴에 실린 요리 중 4분의 1은 유명한 여성들에게 바쳐진 것이었다. 이자벨(프랑스의 기즈[23] 공주) 콩소메, 엘렌(아오스트[24] 공주) 콩소메, 도리아(로스필리오시[25] 공주) 콩소메, 아델리나 파티[26] 영계 요리, 라셸 메추라기 미뇨네트(mignonette)[27], 레잔 샐러드[28], 이베트 아이스크림, 사라 베르나르 딸기, 루이즈 오를레앙[29] 복숭아…….

이후 에스코피에의 요리에 대한 수많은 찬미자가 생겨났다.

---

23) 로렌 가의 일족으로 로렌 가의 클로드(1496-1550)가 프랑수아 1세를 위하여 세운 전공으로 1527년 '기즈 공' 으로 봉해진 것이 이 가문의 시작이다.

24) 이탈리아의 사보이 왕가 혈통.

25) 로마 롬바르디 지역의 가문.

26) 스페인 출신의 이탈리아 성악가(1843-1919). 19세기 최고의 콜로라투라 가수.

27) 후춧가루를 뿌려 구운 고기 요리.

28) '레잔' 은 프랑스의 여배우(1856-1920)의 이름이며, 이 샐러드는 지중해식 샐러드로 뜨거운 모차렐라 치즈 등을 얹어 내놓는다.

29) 루이 13세의 형제인 가스통 오를레앙의 딸(1627-1693). '그랑드 마드무아젤', '몽팡시에 공작 부인' 등 여러 이름으로 불렸다.

당시 스웨덴의 베스트셀러 작가였던 스트린드베리는 여성의 입맛은 남성의 경쟁 상대가 될 수 없다고 빈정거렸는데, 에스코피에의 찬미자들은 그의 말을 보기 좋게 뒤집어버렸다.

'델핀의 딸기' 가 가져다준 행복

창마다 초록색 덧문이 달린 빌라에서 살고 있는 델핀은 남편을 놀라게 해주려고, 그랜드 호텔의 여성 고객들이 원하는, 트뤼프와 푸아그라의 은은한 향과 다양한 맛을 지닌 단순한 요리들을 만들었다. 오후가 되면 에스코피에는 간단한 요깃거리를 찾았다. 그럴 때면 델핀은 마늘과 올리브유를 바른 잡곡빵 같은 간단한 음식을 포도와 함께 내왔다. 일요일 아침마다 델핀은 반숙 달걀을 그냥 내놓지 않고 파이 위에 얹어서 내놓았다. 에스코피에는 그 음식을 먹으면서 말했다.

"누군가가 '신문기사는 이야기에 속하고, 달걀은 요리에 속한다' 고 말했지. 이 말이 정확한지는 모르겠지만, 재미있는 말이야."

델핀은 에스코피에에게 세상의 어떤 레스토랑에서도 내놓지 않는 음식들을 선보였다. 예를 들어 '델핀의 딸기' 는 새벽의 어스레한 분홍빛 흔적이 완전히 사라지고 태양이 중천에 떴을 때, 즉 점심 식탁에 올리기 바로 직전에 밭에서 딴 딸기를 말했다. 델핀은 오렌지를 사탕수수빵에 비벼 즙을 낸 다음 그 즙을 뿌린 딸기와 함께 코트-로티 와인 한 잔을 남편에게 주었다.

밤에는 정원에 설치한 식탁 한가운데에 배 4분의 1쪽을 얹은, 얼린 구즈베리를 놓고, 그 위에 칼바도스(Calvados; 사과주)를 뿌려 불을 붙였다. 남편은 춤추는 불꽃을 보면서 예전에 아버지의 대장간에서 타오르던 불길을 보며 까닭없이 헤매던 자신의 영혼을 떠올렸다.

반짝이는 불꽃에 비친 델핀의 눈은 얼마나 아름다운가! 에스코피에는 올바른 삶을 살 수 있게 해주는 유일한 방법은 '사랑' 속에서 사는 것이라고 생각했다.

로맨틱한 가재 요리 '카틴카의 꿈'

헝가리인 투숙객 카틴카는 에스코피에의 재능을 높이 평가했고, 그와 요리 비법을 즐겁게 나누곤 했다. 그랜드 호텔에서 방 몇 개를 빌려 숙박하던 러시아 왕자 코추베이가 그녀와 동행하고 있었다. 어떤 사람들은 그녀가 발랄할 뿐이라고 말했고, 또 다른 사람들은 재능이 풍부한 독보적인 발레리나라고 말했다.

그녀가 "우리나라 사람들은 푸아그라를 뜨겁게 요리해서 낼 때는 양파와 파프리카 소스를 넣고, 차갑게 낼 때에는 푸아그라 위에 이 향료들을 뿌려서 잘게 썬 스페인산 멜론과 함께 상에 올리지요"라고 에스코피에에게 말했다.

"괜찮을 것 같군요. 요리를 시작하던 때부터 저는 파프리카에 푹 빠져 있었거든요."

"저는 가재 요리도 좋아해요. 하지만 껍질을 벗긴 건 싫어해요. 가재 껍질을 완전히 벗겨서 요리하면 맛이 덜하거든요. 가재 요리는 제가 굉장히 좋아하면서도 싫어하는 요리랍니다."

카틴카는 과장되게 얼굴을 두 손으로 감싸면서 덧붙였다.

"좋아하기도 하고 싫어하기도 하는 가재 요리라니! 오귀스트, 생각해봐요. 어떻게 사랑하면서 동시에 증오할 수 있는 걸까요?"

"아시다시피, 저는 학문이 미천합니다. 하지만 그걸 보충하기 위해 문법과 수사학에 관한 책들을 꾸준히 읽었습니다. 제가 아는 척하는 것처럼 보일 수도 있겠지만 수사학에서는 '날카로움과 둔함', '부드러움과 신랄함'을 동시에 나타내는 이런 방식의 문체를 모순 어법이라고 부르지요."

"당신은 정말 박식하군요!"

"요리에서는 이런 모순어법이 자주 사용된답니다."

다음날 카틴카와 코추베이가 다투었다. 그리고 그 다음날, 둘은 다시 화해하고 전처럼 다정한 사이가 되었다. 왕자는 화해 기념 저녁식사를 주문했다. 그 기회를 이용하여 에스코피에는 날아갈 듯 가볍고, 입에서 살살 녹는 요리들을 연이어 내놓았다. 이 요리들은 동쪽에서 온 발랄한 무용수의 섬세하고 아름다운 실루엣을 연상시키는, 어떤 요리로도 대치할 수 없을 듯한, 젊음과 기쁨이 어우러진 우아한 찬가였다. 회색 캐비아, 모스크바 블리니, 보드카, 담백한 닭고기 수프, 구운 아몬드 파이에트(paillette), '카틴카의 꿈' 이라 이름 붙인 '가재와 대구 무스', 포이약산 새끼양 엉덩이살 찜 요리, 영국식 아리코 베르(haricot vert)[30], 로제트 감자, 카틴카가 알려준 요리법대로 준비한, 푸아그라를 곁들인 헝가리식 메추라기 젤리 냉육, 녹인 버터에 볶은 하우스 아스파라거스, 페리괴식 파르메산 치즈 수플레, 퀴라소 리큐어로 향을 낸 딸기, 샹티이 크림, 비엔나 사블레 과자, 오래된 고급 샴페인.

"가재와 대구 무스에 '카틴카의 꿈' 이라고 이름을 붙일 수 있는 거요?" 코추베이가 물었다.

"만약 대구가 불가사리[31]처럼 화려한 이름을 가지고 있었더라면, 이 생선은 '바다의 왕' 이 되었을 것입니다. 대구만큼 육질이 단단한 생선은 없지요. 그리고 아주 섬세한 맛을 지니고 있거든요!" 에스코피에가 확신에 찬 어조로 말했다.

에스코피에가 좋아하는 또 다른 여성 고객 중에는 아델리나 파티가 있었다. 그녀는 니스나 모나코의 오페라 무대에서 노래를 한 다음에는 그랜드 호텔에서 점심을 먹곤 했다. 엄청난 명성과 뜨거운 야망을 가진 이 스페인 여인은 당대 가장 특색 있는 목소리를 지닌 위대한 소프라노 가수였다. 여가수

---

30) 완두콩이 들어 있는 콩깍지째로 요리하는 것을 말한다.
31) 프랑스어로 불가사리는 '바다의 별' 이란 뜻을 가지고 있다.

아델리나 파티! 사람을 집어삼킬 듯한 까만 눈동자와 잿빛 머리, 어린 소녀풍의 몸짓…….

그녀는 호기심 많은 미식가였다. "부인은 가족끼리 무엇을 드시나요?" 그녀가 융블르트 부인에게 물었다. "레스토랑 음식과 똑같은 메뉴로 드시나요?"

"꼭 그렇지는 않아요. 일요일에 저희 집에 식사하러 오세요. 우리는 오귀스트 에스코피에와 그의 부인과 함께 식사할 거예요. 그가 알자스식 포토푀를 하겠다고 했어요."

알자스식 포토푀는 야채를 4분의 3 정도 담은 솥에 소금을 친 돼지비계 조각과 아롱사태를 세 시간 동안 익힌 후 고추냉이 소스를 곁들인 것이다. 그 다음에는 꼬치에 끼워 구운 브레스[32]산 영계 요리와 함께, 상추와 치커리를 섞은 샐러드가 나왔고, 알자스의 푸아그라와 페리고르의 트뤼프를 넣은 '생트-알리앙스[33] 파테'가 이어졌다. 그리고 보주 지방의 포도밭에서 수확한 포도로 만든 최고급 와인이 나왔다.

"특별히 오늘 저녁을 기리는 노래를 해야겠다는 생각이

---

32) 부르고뉴 지방에 있는, 닭고기에 원산지 품질관리(A.O.C.) 표시를 붙일 수 있는 세계 유일의 도시이다.

33) '신성 동맹'이라는 뜻. 1815년 9월 26일 나폴레옹이 패배한 워털루 전쟁 후, 러시아와 오스트리아, 프로이센이 파리에서 맺은 조약. 이 동맹의 골자는 '성서의 가르침에 따라 전 유럽이 형제처럼 사이좋게 지내자'는, 지극히 관념적이고 비현실적인 것이었으나 이 동맹을 제안한 러시아의 알렉산드르 1세의 비위를 거스리지 않기 위해 터키, 영국, 로마를 제외한 전 유럽의 군주가 이 동맹에 가입했다. 이 동맹은 각국의 이해 관계에 얽혀 1825년 와해되었다.

드네요." 파티가 오귀스트에게 자극적인 눈짓을 보내면서 말했다.

얼마 후, 주방에서 요리를 준비중인 에스코피에의 등 뒤에서 꿈에도 잊지 못하던 목소리가 들려왔다. "안녕하세요? 예술가 선생!"

사라 베르나르가 에스코피에의 주방으로 들어온 것이다.

"예술가 선생, 저를 다시 만나서 반가운가요?"

그녀는 수많은 화류계 여자들이 즐겨 모방할 정도로 유명한, 특유의 무대 발성법으로 과장되게 말했다.

1879년부터 그녀는 세계를 돌아다녔다. 코메디-프랑세즈 극장과 완전히 결별하고 난 후, 그의 매니저는 그녀에게 미국 일주를 권했다. 그후 그녀는 멜버른, 리마, 아테네 등지에서 공연했다. 그리고 젊은 청년 다말라와 결혼하기 위해 질풍처럼 프랑스로 돌아왔다.

"예술가 선생이 여사님께 인사드립니다." 에스코피에가 말을 받았다.

어떤 요리사들은 예술가였다. 그것은 분명한 사실이었다. 발자크는 《화류계 여인의 영화와 몰락》이라는 자신의 작품에서 주인공을 통해 천재에 대한 장광설을 늘어놓으며 이탈리아 화가 라파엘로와 앙토넹 카렘을 동일선상에 놓지 않았던가!

"서~언생님, 어떤 야참을 추천해주실 건가요?"

"제가 최근에 개발한 요리인 '토마토를 곁들인 메추라기 필레(filet)[34]'를 만들어드리면 좋겠군요. 이 요리는 포트 와인 젤리로 속을 채운 오렌지 위에 감자와 메추라기를 얹어 내갑니다. 그리고 오렌지 향을 내는 로쉐 초콜릿으로 그 위를 덮는 것이지요."

에스코피에의 위대함 가운데 하나는 고객이 원하는 것이 감추어져 있든 드러나 있든 정확히 알아맞히는 능력이다. 개인적으로 고객과 친분을 쌓아 그 취향을 알게 된 경우도 있었고, 세심히 모은 정보에 따라 고객의 취향을 상상하여 맞추는 경우도 있었다. 그에게 '진정한 요리'란 누구에게나 똑같이 내놓는 요리가 아니었다.

그는 자신의 이러한 능력을 리츠와 함께 나누었다. 리츠에게도 '고객에 대한 상세한 정보'는 직업적인 의무나 마찬가지였다. 이 두 사람은 누군가를 더 많이 알면 알수록, 그를 만족시켜 훨씬 쉽게 자신의 고객으로 삼을 수 있다는 생각을 늘 품고 있었다.

그랜드 호텔에는 세계에서 가장 아름다운 미녀들이 많이 찾아왔다. 이루 말할 수 없는 무지개 향기가 언제나 홀 안에 떠다녔다. 식탁보 위에는 미세한 분가루들이 떨어져 있었다.

---

34) '필레'란 고기의 경우 허리 윗 부위 살, 가금류는 가슴살, 생선의 경우에는 가시를 발라낸 살을 가리키는 명칭이다.

다음 시즌 초, 갓 결혼한 커플이 딱히 기한을 정하지 않고 호텔에서 가장 아름다운 방을 예약했다. 그들은 나르트노 백작과 그의 아내 조안나 백작 부인이었다. 리츠는 사교계 인맥을 통해 이 커플에 대한 정보를 알아보았으나, 아무에게서도 이 커플에 대해 듣지 못했다. 그는 눈썹을 찌푸렸다.

"나는 우리 고객이 누구인지 알고 싶습니다!" 그가 에스코피에에게 말했다. "우리는 미지 속에서 헤엄을 치고 있어요!"

"곧 아~알게 되겠죠!" 에스코피에가 대답했다. 에스코피에는 먼 옛날, 자신의 첫 번째 플라토닉 사랑의 대상이었던 외제니의 말을 여전히 흉내내고 있었다.

수많은 사람들이 베일에 쌓인 이 커플을 따라왔다. 마부들, 옷 시중을 드는 시녀들, 사환들… 백작을 포함한 모든 남자는 비정상적으로 긴 턱수염과 콧수염을 기르고 있었다. 조안나 백작 부인은 매우 아름다웠다. 그녀의 걸음걸이와 행동에는 낯설면서도 편안한 경쾌함이 흘렀다. 사람들은 곧 그녀가 배우였다는 것을 알게 되었다. 그녀는 얼마 전까지만 해도, 나르트노 백작이 그녀를 처음 보게 된 다름슈타트 극장에서 공연을 했었다. 알고 보니 나르트노 백작은 러시아에 의해 폐위당한 불가리아의 전 국왕, 알렉산드르 드 바텐베르크였다.

에스코피에는 백작 부인을 위해 '조안나 봉브 글라세'를 만들었다. 아이스크림 겉에 크게 썬 헤이즐넛을 뿌리고, 속에는 샤르트뢰즈 크림[35]을 넣은 것이다.

그날 저녁, 백작은 일주일 더 머물겠다고 말했다. 리츠는 에스코피에에게 치하의 말을 전했다.

"이제 내가 속한 세계를 알기 시작한 것이지요." 에스코피에가 대답했다. "사실 카틴카 양이 굉장히 좋아할 것 같아서 이 폭탄 아이스크림을 구상했었지요. 리츠 지배인님, 카틴카 양과 조안나 백작 부인이 어떤 면에서 닮은 것 같습니까?"

"요리사는 사냥감을 뒤쫓는 사냥꾼과 같다"

〈르 시에클〉 지는 루체른의 국립 그랜드 호텔에 특파원을 급파했다. 그곳에서 리츠는 에스코피에와 함께 여름 시즌을 보내고 있었다. 이 호텔에는 미국의 부호들과 이집트의 푸아드 왕자, 프로이센의 게오르그 왕자, 그리고 에스코피에에게 벅찬 감동을 안겨준 외제니 전 황후도 와 있었다.

인도의 보로다 왕자는 마흔다섯 명의 보좌관과 함께 왔는데, 그 가운데 키가 아주 작고 애꾸눈이며 손가락 두 개가 없고, 숯보다 훨씬 까만 머리카락으로 얼굴의 일부를 덮고 있는 남자가 한 명 있었다.

"선생에게 아미아 딜립 쿠마르 선생을 소개해드리겠습니다." 리츠가 에스코피에에게 사교계 말투로 이야기했다. "이

35) '샤르트뢰즈' 라는 최고급 리큐어로 만든 크림.

분은 보로다 왕자님의 전속 요리사십니다. 마하라자[36]께서는 인도 음식만을 드십니다. 아미아 딜립 쿠마르 선생과 주방에서 함께 일하셔야 합니다. 마하라니[37]께서는 별로 음식을 가리는 편이 아니시지요. 마하라니께선 생선 튀김을 기꺼이 맛보겠노라고 이미 말씀하셨습니다."

"그분께 생선의 머리와 꼬리를 잘라내고, 계란을 입힌 빵 위에 얹은 생선 요리를 제 식대로 만들어 올리겠습니다. 반갑습니다, 쿠마르 선생. 댁에 계신 것처럼 편하게 주방을 이용하십시오."

에스코피에는 애꾸눈의 작은 사내에게서 많은 것을 배울 수 있으리라 생각했다. 그는 프랑세 레스토랑에서 러시아 요리사 이반이 자신에게 열어준 지평을 잊지 않고 있었다.

아미아 딜립 쿠마르는 주저하는 듯이 보였다. 그는 세 갈래로 나누어진 수염을 기르고 있었다. 중앙으로 난 수염 갈래는 하얗게 세어 있었고, 양쪽의 수염은 검은색이었다. 그는 발자국 소리를 내지 않고 걸었지만 숨은 마치 호랑이처럼 내쉬었다. 그는 요리 비법을 많이 알려주지 않았다. 사실 코끼리도 그보다는 더 많이 알려주었을 것이다.

---

36) '위대한 왕' 이라는 뜻의 산스크리트어. 일반적으로 인도, 인도네시아, 말레이시아 등의 나라에서 '왕' 의 위치에 있는 사람에게 붙이는 칭호이다.
37) '마하라자' 의 여성형 표현. 즉 보로다 왕자비를 가리킨다.

에스코피에는 그의 카레 덩어리를 신기하게 쳐다보았다. 쿠마르는 계피, 생강, 후추, 정향, 고추, 마늘, 아니스(anis)[38] 등 매일 다른 허브와 향신료들을 카레에 넣었다. 인도인들이 닭, 양고기, 오리고기, 생선, 갑각류 상관없이 모든 음식에 사용하는 그 유명한 카레였다. 쿠마르가 카레에 넣는 사프란(safran)[39]과 소금의 양은 항상 달랐다. 이 인도인은 어떻게 분량을 정하는 것일까? 하늘에서 빛나는 별자리가 변하는 위치에 따라서? 순간순간 기분 내키는 대로? 뜻밖의 것을 원하는 욕구에 의존해서? 정도를 거부하는 것으로? 에스코피에가 보기에 쿠마르가 갈색 손바닥을 움푹하게 만들어서 향신료의 분량을 정하는 순간, 쿠마르는 자신을 비워 한 명 혹은 여러 명의 신이 그를 이끌도록 하는 것만 같았다.

인도인이 말했다. "일본인들은 프레젠테이션(présentation)[40]과 오리가미(折紙)[41]에 관심이 많아요. 우리에게 양념은 본질적인 것입니다. 다시 말해 양념은 '그물로 새를 잡는 기술' 이지요. 요리란 무엇일까요? 신들에게 바치는 끝없는 희생 제물입니다. 인드라[42]와 브라만[43]의 불의 신 아그니에게 영광을

---

38) 산형과(傘形科)의 1년생 풀로 감초맛이 난다.
39) 붓꽃과에 속하는 다년생 식물로서 암술대를 말려서 향신료 및 약용으로 쓴다. 가장 비싼 요리 재료 중 하나.
40) 접시에 음식을 아름다운 모양으로 내놓는 것.
41) 요리 프레젠테이션을 위한 종이 접기.
42) 고대 인도의 베다 신화에 나오는 신 가운데 최고 신으로 비와 전쟁을 관장한다.
43) 인도 브라만교에서 '우주 작용의 근본 원리' 이자 모든 현상계의 기초.

올리는 일이지요." 말을 거는 일이 거의 없는 쿠마르의 설명이었다.

쿠마르는 에스코피에의 마음을 사로잡았다. 그러나 에스코피에는 그의 행동과 습관을 파악할 수가 없었다.

에스코피에에게 인도 요리는 낯설고 어리둥절할 뿐이었다. 만일 프랑스 주방장이 기(ghee)[44]의 사용과 인도 요리의 우수성을 인정했다면, 쿠마르는 마하라자가 요구한 '프랑스식 코스별 상차림'에 유감을 표했을지 모른다. 인도식 상차림은 모든 요리가 한꺼번에 식탁에 올려지기 때문에 사트라프[45]는 순서에 구애받지 않고 마음대로 음식을 골라 먹을 수가 있다. 또한 에스코피에는 쌀이 야채처럼 요리에 곁들여지는 게 아니라,[46] 다른 그릇에 따로 담겨 나온다는 사실에 놀라움을 금치 못했다.

그는 아미아 딜립 쿠마르에게서 단 한 가지 사실을 배우는 것으로 만족해야 했다. 그것은 '영감의 중요성'이었다. 왜냐하면 이 동양 동료가 아그니, 인드라, 프라자파티[47], 시바[48], 브라마[49], 미트라[50] 혹은 바루나[51] 등 어떤 신에게든 그를 도

---

44) 익혀도 갈색으로 변하지 않는, 불순물을 제거하여 정제시킨 버터.

45) 고대 페르시아 제국의 지방 총독.

46) 프랑스 요리는 고기나 생선으로 만든 주요리와 찌거나 삶은 야채, 국수, 쌀 등을 한 접시 위에 함께 담는다.

47) 고대 인도 베다 시대의 창조주 가운데 하나로서 '모든 피조물의 신'이라는 뜻이다.

48) '상서로운 존재'라는 뜻으로, 힌두교에서 '파괴자'인 동시에 '생식의 신'이다.

49) 힌두교의 최고 신.

50) 인도 · 이란 신화에 등장하는 빛의 신.

51) 베다 신화에 나오는 최고 신으로 전지전능한 우주의 옹호자로 추앙받고 있다.

와달라고 요청하는 듯 보일 때면("무슨 상관이겠어요! 어쨌든, 새와 태양 그리고 새와 영혼의 주인은 동일한걸요" 라고 이 인도인은 말했었다), 그는 심호흡을 하다가 갑자기 손을 빨리 움직여서 거의 최면 상태에 빠진 것처럼 일을 하곤 했기 때문이다. 에스코피에는 생각해보았다. 이 사람은 아주 세심하게 측량을 하는 덕분에 멋진 요리를 만들어내는 것일까? 아니면 강한 영감에 의해 요리를 완성하는 것일까?

"당신의 빠른 손놀림과 정확성은 정말로 놀랍군요." 어느 날 에스코피에는 인도인의 손놀림을 흉내내면서 쿠마르에게 말했다.

그는 붉게 충혈된 커다란 두 눈을 번쩍 떴다.

"때로는 빨리 가는 게 옳고, 때로는 천천히 가는 게 옳지요. 요리사는 사냥감을 뒤쫓는 사냥꾼처럼 되어야만 합니다. 좋은 카레는 호랑이나 마찬가지예요."

에스코피에는 호수로 가서 경건한 백조들과 오만한 오리들 사이를 지나며 30분 동안 배를 탔다. 힘껏 노를 저으면서, 그는 자기 방식대로 카레 요리법을 정리해보았다. 한 시간 반 동안 코코넛 밀크 속에 양고기를 익힌다. 그리고 상에 내기 10분 전에 깍둑 썬 감자를 넣고, 준비된 카레 가루를 뿌린다(그는 카레 가루를 직접 제조하는 것은 포기했다).

어둠이 내려앉고, 불사조 성좌가 하늘 위로 떠올랐다.

“나의 직업은 지상의 음식을 꿈의 음식으로 바꾸는 것”

시월이 되면 모나코의 풍광은 더욱 아름다워진다. 초록빛 바다는 세상에서 가장 큰 에메랄드처럼 보였다. 구름들은 아이들의 풍선과 흡사했고, 먹기 좋게 부푼 계절의 마지막 과일들은 사방에 향을 뿌리면서 익어갔다. 그랜드 호텔의 데스크에는 예약을 알리는 전보들이 길가에 쌓인 플라타너스의 갈색 낙엽들처럼 겹겹이 쌓여 있었다. 이 전보들 가운데 하나는 웨일스 왕자와 왕자비가 곧 도착할 것이라고 알려주었다.

욕실이 딸린 층들은 모두 예약이 되어 있는 상태였다. 리츠는 즉시 해결책을 찾아냈다. 수십 명의 장인들이 복도를 드나들면서 수도 배관통, 백조의 목 모양처럼 만들어진 은제 수도꼭지, 금으로 테를 두른 커다란 거울들을 분주히 날랐다. 곧 이어 망치 소리와 쉭쉭대는 용접 소리가 들렸다. 그러더니 계단 끝에서 여종업원 한 명이 팔에 분홍색과 흰색의 수건들과 욕실 타월을 잔뜩 안고 나타났다.

몇 시간 만에 커다란 화장대와 작은 코끼리나 하마도 들어갈 수 있을 법한 구리 욕조가 갖추어진 욕실이 거실에 설치되었다.

“자, 이제 손님만 모시면 되는군.”

“당신만큼 자신의 생각을 빨리 행동으로 옮기는 사람은 본 적이 없어요. 당신은 행동은 안 하고 꿈만 꾸는 사람들과는 정말 다르군요.” 에스코피에가 말했다.

"사실 나는 꿈을 꾸지 않소. 꿈을 제공할 뿐이지요."

리츠는 넥타이의 회색 진주 장식을 만지작거리면서 덧붙였다. "당신처럼 말이오……."

에스코피에는 사환이 그에게 가져온 그랑 브뇌르 소스[52)]에 미량의 고운 소금을 뿌렸다. 그리고 자신의 요리 사단이 움직이는 모습을 지켜보며 은밀히 자신의 생각을 이어갔다.

'내가 제안하는 꿈에서 가장 중요한 순간은 메뉴를 읽는 시간이다. 이상적인 여성 고객이라면 메뉴를 손으로 짚어가면서 상세히 읽겠지. 그녀는 기다린다. 정확하게 말하자면, 그녀는 망설이는 것이다. 보석상의 수많은 보석들 앞에서처럼, 장갑 가게의 수많은 장갑들 앞에서처럼, 란제리 가게의 수많은 란제리들 앞에서처럼……. 만일 이 메뉴들이 내 야망의 수준에 걸맞은 것이라면, 메뉴를 읽는 과정을 통해 그녀의 모든 감각이 깨어나야 한다. 때로 그녀는 갈색의 이중 고급 용지 속으로 빠져들고, 때로 그녀는 마주 앉은 사람의 시선을 구하면서 그에게 다가가 아마도 그의 손을 잡으며 물어볼 것이다. "이 이름들 속에는 무슨 뜻이 숨어 있는 건가요?" 그녀가 자기를 선생님처럼 여기는 데 만족해서, 그녀와 같이 온

---

52) '그랑 브뇌르(Grand Veneur)'는 왕가의 수렵 담당 책임자를 일컫는 칭호. 그랑 브뇌르 소스는 '사냥꾼 혹은 산짐승용 소스'라고도 한다. 사냥한 야생고기에 곁들이는 소스이기 때문이다. 보르도 레드 와인, 생크림, 양파 등으로 만든다.

그 손님은 이름에 대한 설명을 시작할 테고, 그들에게 다가온 지배인이 사려 깊게 그의 이야기에 무게를 실어줄 것이다. 이 순간은 완전한 행복의 순간이 되어야 마땅하다. 예정되어 있는 식사시간 외에 주어지는, 꿈처럼 순수한 이 잠깐의 시간은 즐거운 기대에서 비롯되는 것이기에……'

타이머가 울렸다. 멧도요를 해동할 시간이다. 에스코피에가 자신의 지시를 기다리는 사환에게 눈짓을 한번 보내자 일이 일사천리로 진행되었다. "나의 사단 멤버들은 음악가들이지. 내 눈이 지휘봉이라네." 에스코피에는 자신을 종종 관현악 지휘자와 비유해서 말하곤 했다. 그는 다시 자신의 꿈을 이어나갔다.

'요리들이 식탁에 도착한다. 음식을 담는 방법에서도 손님을 깜짝 놀라게 해야 한다. 사람들의 기대치만 채워서는 안 된다. 요리의 맛은 이례적이며 예기치 못한 것, 다시 말해 비현실적인 최상의 것이어야 한다. 나의 직업은 지상의 음식들을 꿈의 음식들로 바꾸는 것이다.'

에스코피에는 완벽한 손놀림을 필요로 하는 투른느도 로시니를 요리하기 위해, 이어지는 생각들을 멈추어야 했다.

호텔에서 지내는 동안, 웨일스 왕자는 매우 즐거워했다. 자신의 경주마가 더비경의 경주마를 막 이긴 참이었다. 그는 에스코피에를 불렀다.

"이 승리를 축하하고 싶소. 뭔가 흥미로운 음식을 만들어주시오."

'흥미로운 음식이라고?' 에스코피에는 이런 표현을 좋아했다. 하지만 늘 달랑달랑하게 시간에 쫓기는 그로서는 이러한 추상적인 표현에 해당하는 요리를 더 깊이 고심할 수가 없었기에, 웨일스 왕자에게 '더비 영계 요리'를 제시하는 것에서 그쳤다. 이 요리는 닭 속에 쌀과 트뤼프, 푸아그라를 채우고, 익힌 푸아그라를 바른 토스트와 함께, 육수와 마디라[53]산 와인에 담근 트뤼프로 닭 주위를 둘러 내는 것이다.

"굉장하군!" 왕자가 그 맛을 인정했다. 아름다운 왕자비는 새처럼 긴 목을 숙여 인사했다.

다음날 에스코피에는 알렉산드라 왕자비에게 바닐라 아이스크림을 마라스키노[54]로 향을 낸 딸기 퓌레로 덮고, 딱딱하게 굳힌 장미 꽃잎을 뿌린 후 바닐라 시럽에 살짝 데친 배를 얹은 후식을 헌정했다.

배는 그가 선호하는 과일이었다. '왜 그럴까?' 그가 생각했다. '배와 배끼리 맞닿는 감미롭고 은밀한 죄악을 생각나게 해서일까?' 물론 말도 안 되는 생각이었다. 그와 델핀은 아주 금실 좋은 부부였고, 그러한 죄악이란 그들 사이에선 상상조차 할 수 없는 일이었기 때문이다.

---

53) 포르투갈령의 섬 이름.
54) 증류주나 브랜디에 마라스카 종의 블랙체리와 당분을 섞어서 만든 무색 투명한 리큐어.

바덴바덴으로 떠나는 리츠

리츠는 왕자들의 우아함을 본받으려고 노력했다. 그의 옷장에는 넥타이 백여 개, 환상적인 조끼 마흔두 벌, 신발 여덟 켤레, 비단 모자 여덟 개, 비단 안감을 댄 프록코트 여덟 벌이 들어 있었다. 리츠는 그의 전속 사환인 영국인 존이 고른, 완전무결하게 희고 싱싱한 카네이션을 매일 단춧구멍에 끼어 장식했다.

에스코피에는 그런 면에서는 그를 따라하지 않았다. 그는 한창 바쁜 순간에만 챙이 없는 모자를 썼고 앞치마를 둘렀다. 특히 그는 깃이 없고 목이 올라온 차이나 칼라에, 소매 끝을 커다란 금단추로 비스듬하게 장식한 검은 재킷을 즐겨 입고, 매듭이 넓은 흰색 혹은 회색 넥타이를 매곤 했다.

우아한 복장 때문에 '호텔업계의 브뤼멜' 이란 이름이 붙은 리츠의 뒤로는 그를 신처럼 받들어 모시면서, 그의 친절하고 예의바른 태도를 따라 하려는 사람들이 줄을 섰다. 레스토랑 책임자인 빌스와 카운터 담당인 아고스티니는 리츠가 입는 대로 옷을 입었다. 리츠가 구레나룻을 기르자 그들도 리츠를 따라서 그렇게 했다.

에스코피에의 지시 아래서 일하는 주방의 각 부분 책임자들과 그 조수들은 깨끗한 복장을 해야 했고, 예의바르게 행동해야 했다. 에스코피에의 주방에서는 세귀르 백작 부인[55]의 작품들이나, 후에 알퐁스 도데의 아내가 된 작가 쥘리아 알라르의 시에서 험한 말을 찾아볼 수 없는 것처럼 상스러운 욕지거리는 전혀 통용되지 않았다. 에스코피에는 어떤 경우에도 고래고래 소리지르지 않았다. 다만 분명하게 지시사항을 말할 뿐이었다. 주방에서는 와인도 금지되었고, 술은 알콜 도수가 아주 낮은 맥아 음료로 대치되었다.

리츠는 모나코의 그랜드 호텔에서 일하기 3년 전, 망통의 호텔 데 질 브리타니크에서 일했다. 이 호텔의 주인은 로스노블레 부인으로 윰블르트 부인의 친언니였다. 로스노블레 부인의 딸인 마리는 리츠의 마음을 흔들어놓았다. 그는 마리의 조용한 아름다움, 풍만한 여성미, 부드러운 목덜미를 사랑했다. 그녀가 지니고 있는 외유내강의 덕목은 상인의 딸들에게서 더러 볼 수 있는 것이었다. 오랫동안 리츠의 마음속에는 그녀가 자리잡고 있었다.

"꽃을 좋아하세요?"

"진짜 꽃을 말씀하시는 건가요? 아니면 대화의 꽃을 말하는 건가요? 수사학의 꽃들 말씀이신가요? 저는 진짜 꽃들을 더 좋아합니다. 그렇지만 다른 꽃들도 싫지는 않습니다."

"동감이에요."

---

55) 본명이 '소피 로스톱친' 인 동화 작가. 생생한 현실과 아이들의 심리를 세밀하게 묘사한 주옥 같은 작품들을 발표했다. 프랑스에서 '동화의 할머니' 로 통한다.

"우리에겐 공통점이 많다고 생각하지 않으세요?"

마리는 고개를 돌렸다. 그리고 태양 때문에 주홍빛으로 빛나는 숟가락의 뒷면처럼 장엄하게 반짝이는 바다를 바라보았다.

"저는 바다를 좋아해요."

"저는 산이 더 좋은걸요."

긴 침묵이 흘렀다. 파헬벨[56]과 북스테후데[57]의 음악 작품에 강조된 침묵처럼, 이들의 침묵은 서로를 매력적으로 보이게 하는 한 요소였다.

"우리가 서로 사랑한다면 그것보다 더 중요한 게 뭐가 있을까요?" 세자르 리츠가 용기를 내어 중얼거렸다.

마리는 귀가 아주 밝았다.

이들은 그후 1888년 1월 17일, 칸의 라플라주 거리에 완공을 막 끝낸 노트르담 뒤 봉부아야주 성당에서 결혼식을 올렸다. 피로연 식사에는 특별히 알자스 요리들이 포함되었다. 사람들은 귀하기로 정평이 난 샴페인을 마셨다. 그 샴페인의 이름은 '클로 데 구와스' 였는데, 이 샴페인이 생산되는 포도밭은 너무나 경사져서, 일꾼들이 로프로 몸을 묶고 일을 해야 했다.

리츠의 결혼은 자신의 직장을 옮기는 것과 우연하게도 때

---

56) 독일의 작곡가이자 오르간 연주자(1653-1706).

57) 헨델과 바흐 등에게 영향을 끼친 독일 · 덴마크계의 작곡가이자 오르간의 거장(1637?-1707).

를 같이했다. 리츠가 결혼식을 올리기 직전, 융블르트 부인은 그랜드 호텔을 좀 별난 사람들에게 팔았는데, 이들이 리츠와는 잘 안 맞았던 것이다.

서른여덟 살의 새 신랑 세자르 리츠는 한 해의 모든 시즌을 놓치지 않기 위해 친구 오토 칸의 금전적 도움을 받아 칸의 프로방스 호텔과 바덴바덴의 콘베르자치온[58] 레스토랑을 사들였다. 에스코피에는 굉장히 섭섭한 마음으로 리츠와 헤어졌다. 두 사람은 침묵 속에서 생각에 잠겨, 약간 불안한 마음으로 서로를 보냈다. 그들은 이제 각자의 인생이 그 한 페이지를 넘기고 있는 것이라고 느꼈고, 앞으로 서로 보지 못할 것이라는 생각도 들었다. 그럼에도 불구하고 리츠가 말했다. "다시 만나겠지요."

"우리에겐 영원이 있어요. 언젠가 꼭 만날 겁니다." 가스통 오귀스트 드 갈리페 장군의 말을 기억하며 에스코피에가 대답했다.

1887년의 나쁜 소식들

1887년 초, 사람들은 태양에서 이상한 징후를 느꼈다. 모나코에는 여러 가지 기상이변이 일어났다. 대기는 축축했고, 하늘은 심상치 않은 희끄무레한 색으로 물들었다. 처음 보는,

---

58) 독일어로 '대화(convesation)' 라는 뜻이다.

구역질나게 생긴 회색 날벌레들이 제라늄과 진달래 화분들을 망쳐놓았다. 그리고 콜레라가 퍼져, 관광객들은 모나코 대신 다른 곳으로 갔다.

니스의 카니발 축제 때는 지진이 일어나 그랜드 호텔 벽의 일부가 무너졌다. 로스차일드 남작 부인은 슬리퍼와 실내복 차림으로 부리나케 역으로 뛰어가, 단 한 석밖에 남아 있지 않았던 파리행 기차의 3등석에 올라탔다. "이상할 건 하나도 없어요. 모나코에는 높은 사람과 낮은 사람밖엔 없으니까요." 후에 로스차일드 부인이 다소 철학적인 말투로 그 상황을 설명했다. 그동안 다른 부인들은 반쯤 비치는 잠옷 바람으로, 머리는 헝클어진 채 보석상자를 팔에 끼고 실성한 사람처럼 복도를 이리저리 헤매고 다녔다.

모든 게 잘못되어가고 있었다. 뉴욕에서 온 어떤 사람이 가격은 상관없이, 지금까지 한번도 만들어지지 않은 요리들로만 구성된 지극히 호사스런 식사를 준비해달라고 주문했다. 에스코피에는 가장 독창적인 요리 십여 가지 정도를 직접 개발해서 식단을 짰다. 요리 장식 또한 더할 나위 없이 호화스럽게 꾸몄다. 분수처럼 솟구치는 샴페인, 생선의 눈을 대신한 다이아몬드들……. 그런데 마지막 순간에 이 미국인은 식사를 취소했다. 그는 사실 유럽 사람들이 일상적으로 무엇을 먹는지 친구들에게 알려주기 위해 그 메뉴를 복사해서 뉴욕으로 보냈던 것이다. 에스코피에는 자신의 볼을 톡톡 두드리는 것으로 만족해야 했다.

한때 에스코피에가 요리사로 일했던 당들로 백작에 반대하는 캠페인이 전국적으로 거세게 일어났다. 백작을 반대하는 사람들은 그를 쥘 그레비[59] 대통령의 사위인 다니엘 빌송[60]과 함께 '훈장 거래 스캔들'[61]의 주역으로 고발했다. 그런데 당들로가 평균 2만 5,000프랑으로 거래된 레지옹 도뇌르 훈장을 받기 위해 로비를 펼쳤던 리무젱 부인을 도운 것이다. 다음과 같은 노래가 그랜드 호텔의 주방에까지 흘러들어왔다. 이 노래는 '곤경에 빠진 장군님이 말했다네. 젠장, 빌어먹을. 난 이제 한 푼도 없지…' 로 시작되어 '당텡 가에 사는 리무젱 부인을 알고 있다니 그야말로 다행일세. 밥 얻어 먹으러 서둘러 가세…' 로 끝났다. 이전까지만 해도 에스코피에에게 당들로는 도덕적인 성실성을 대표하는 인물이었다.

바쁜 시간이 되기 전에, 카지노의 남쪽 테라스로 바람을 쐬러 나간 에스코피에는 인간의 가치에 대해 자문해보았다. 사라 베르나르의 작품인 '무희' 와 귀스타브 도레의 작품인 '음악하는 여인' 의 두 조각상 사이에 앉은 그의 머릿속으로 수

---

59) 프랑스의 공화파 정치인(1807-1891). 대통령 재임시 제3공화국 체제를 굳건히 세웠다. 사위의 뇌물 수수 사건이 일어나자, 이것과 아무 관련이 없음에도 불구하고 대통령직에서 물러났다.

60) 프랑스 정치가(1840-1919).

61) 1887년 언론은 다니엘 빌송이 엘리제궁에서 수천 개의 훈장들을 팔아넘긴 사실을 밝혀냈다. 그중 레지옹 도뇌르 훈장과 관련해서 당시 2만 5,000프랑의 뇌물을 수수한 사건으로 국민들의 분노를 유발시켰다.

많은 추억들이 스며들었다. 그는 오랫동안 에메랄드 빛 바다를 쳐다보았다. 그리고 그 비열한 미국인을 위해 손수 글씨를 써가며 만들었던 메뉴를 읊어보았다. '어쨌든 적어도 시는 남아 있군.' 그는 수평선 너머로 쏜살같이 사라지는 태양을 바라보면서 생각했다.

1887년 12월 3일, 마리-프랑수아-사디 카르노[62]가 쥘 그레비 후임으로 선출되었다. 항상 검은 옷을 입는데다 별명이 '강철 인간' 이었을 정도로 그는 매우 엄격한 사람이었다.

사보이 호텔의 개업

리츠는 여전히 단순한 '지배인' 이 아니라, '마술사' 로서 다른 이들에게 본보기가 되고 있었다. 바덴바덴에서 콘베르자치온 레스토랑을 열기 전 리츠는 레스토랑의 홀을 숲으로 바꿔놓았다. 바닥에는 잔디를 심었다. 금붕어들이 노니는 연못과 수족관 옆에 높이 자라난 고사리들이 테이블들을 둘러싸고 있었다.

이 레스토랑과 바로 면해 있던 옆 건물에서는, 늙은 황제 빌헬름 1세[63]가 창문 너머로 반짝이는 빛들과 들쭉날쭉한 긴

62) 프랑스의 공학도 출신 정치가(1837-1894). 제3공화국의 제4대 대통령을 지냈으며 이탈리아 무정부주의자에게 암살당했다.

63) 프로이센의 왕 빌헬름 1세(1797-1888, 재위 1861년~)는 프랑스-프로이센 전쟁 승리 후 베르사유에서 초대 독일 황제(재위 1871~1888년)로 즉위하였다.

잎사귀들이 바스락대는 소리, 깊이 파인 옷을 입고 드나드는 아름다운 여성들을 보고 있었다. 그는 자신의 스케줄을 바꿔서 리츠의 레스토랑으로 저녁식사를 하러 갔다.

그때 눈부시게 우아한 세 명의 부인을 동반하고 식탁에 앉은, 운율감 있는 이름을 지닌 마흔네 살의 아일랜드인이 눈으로 계속 리츠를 좇고 있었다.

그는 바로 극단 흥행주인 리처드 도일리 카트[64]였다. 몇 년 전 그가 런던의 스트랜드에 전기 조명장치를 설치한 공연장을 열었다. '세상에서 가장 아름다운 공연장' 이라는 칭송을 받았던 이 공연장은 음향 효과가 아주 좋았다. 말굽 모양으로 돌출된 위층 좌석에서는 한숨 소리나, 손수건 바스락대는 소리가 거의 들리지 않았다. 도일리 카트는 엄청난 성공을 거두었다. W. S. 길버트와 A. 설리번[65]의 소가극인 '파티엔티아' 가 공연되었을 때에는 창구 앞에 사람들이 얼마나 늘어서 있는지 그 끝이 안 보일 정도였다.

도일리 카트는 이 '미래의 관객들' 에게 차와 케이크 한 조각씩을 무료로 제공했다. 그리고 그 순간, 그에게 성공 가능성이 엿보이는 생각이 하나 떠올랐다. 왜 지방에서 올라오는

---

64) 리처드 도일리 카트(1844-1901)는 원래 작곡가였으나 프랑스 작곡가 구노 등의 매니저로 일하면서 영국의 대표적인 흥행사가 되었다. 길버트와 설리번의 오페라 초연을 기획하고 당시 음악문화의 진흥과 극장의 무대장치 개발에 기여했다.

65) 유머 작가인 길버트(1836-1911)는 생활양식을 풍자하는 예술적인 문체를 발전시켰다. 작곡가 설리번(1842-1900)은 그와 함께 독자적인 영국 오페레타 형식을 확립하였다.

관객들에게 숙박을 제공하지 않고 있는가? 극장 근처에 호텔이 하나 있다면 사람들은 공연일을 전후하여 런던에서 하룻밤을 보낼 수 있을 것이다.

런던의 호텔업은 다른 유럽 자본의 호텔업과 비교해볼 때, 한참 뒤처져 있었다. 이는 나폴레옹의 전쟁 이후에 탄생한 클럽의 유행에서 어느 정도 기인한 현상이다. 성당에서 미사 드리던 습관을 간직한 옛날 장교들은 클럽을 매우 사교적인 장소로 만들었지만, 클럽에 관광객들을 받아들이지는 않았다.

도일리 카트는 대륙의 호텔보다 더 뛰어난 호텔을 건설해야겠다고 마음먹었다. 리츠와 카트가 가진 공통점이라면 그 어떤 아름다운 호텔도 그들의 눈에 차지 않았다는 것이다.

이윽고 시내 한복판인 템스 강둑 위에 넓은 공터가 생겨났다. 그곳은 750여 년 전에, 피에르 드 사보이(잉글랜드의 왕 헨리 3세의 부인인 엘레오노르의 삼촌)가 유럽에서 가장 훌륭한 저택을 세웠던 곳이기도 하다('사보이' 라는 이름의 그 저택은 불행히도 1381년에 전소되었다). 도일리 카트는 그곳에 현대식 궁전을 건축하기로 했다. 이 현대식 궁전인 사보이 호텔은 영국과 프랑스를 통틀어 화재에 잘 견디는 철근 골조와 시멘트를 이용해서 만든 첫 번째 건물이며, 휘슬러[66]의 설계도에 따라 지어진

66) 유럽에서 활약한 미국 태생의 화가(1834-1903).

불후의 명작이었다.

사보이 호텔이 꼭 필요로 하는 두 사람

1889년 8월 6일에 문을 연 사보이 호텔의 창립 손님은 사라 베르나르였다. 그녀는 욕실, 전기 조명, 템스 강으로 난 발코니의 완벽한 전경(배터시 지역에서 런던 다리까지 한눈에 들어오는)에 감탄을 연발했다. 그러나 호텔의 음식만은 별로 마음에 들어하지 않았다.

"그곳 음식은 간단히 말하면, 단순히 중세 시대를 생각나게 할 뿐이에요. 억지로 먹었답니다." 그녀는 〈타임스〉와의 인터뷰에서 이렇게 말했다.

"어머니가 살던 윈저 성의 음식은 최악이었소. 그것 때문에 이 핑계 저 핑계 대가며 어머니를 찾아뵈러 가지 않았지. 그런데 사보이 호텔의 음식이 바로 윈저 성의 음식과 비슷했소." 빅토리아 여왕의 주방장, 찰스 엘름 프란카텔리를 드러내놓고 경멸하면서 웨일스 왕자는 한술 더 떠서 말했다. 이 주방장은 특히 용과 문장이 새겨진 방패로 둘러싼 성 모양의 빵을 만드는 것으로 유명했는데, 멋을 과도하게 부린 나머지 문화 예술을 파괴하는 것처럼 보일 정도였다. 또한 그는 '트뤼프나 무에게 무슨 갚을 빚이라도 있는 듯' 너무나도 호화롭게 야채들을 요리하는 것으로도 유명했다. 왕자는 이렇게 결론을 내렸다. "그가 개발한 단 하나의 '요리'는 산짐승 요리에 젤리로 만든 구즈베리를 곁들여 내는 것뿐이었소."

사실 왕자는 영국식 요리 전반에 대해 유감을 갖고 있었다. 웨일스 왕자처럼, 유럽 대륙을 다녀본 외국인들과 영국인들은 영국 본토의 터무니없는 맛에 한탄을 금치 못했다. 즉, 영국에는 '익힌 고기'와 '배추 요리', '전지전능한 케첩(원래 케첩에는 버섯, 너트, 굴과 브랜디가 들어간다)'와 우스터 시(市)의 화학자인 레아와 페린스가 마르쿠스경이 데리고 있던 인도 주방장의 요리법에 따라 개발한, '영원히 변치 않는 우스터 소스[67]'가 전부였다.

어떤 복고주의자들은 향수에 젖어서는 알렉시스 브누아 수아예[68]가 런던 리폼 클럽[69]의 주방을 잡고 있던 축복된 시간을 회상했다. 소설가 새커리에 따르면, "세계 최고의 커틀릿을 만드는" 이 요리사는 1851년 만국 박람회 때, 크리스털 궁전에서 '미식 심포지엄'을 조직하여 툴루즈의 특산 흰 콩 절임 요리인 카술레(cassoulet)와 상어 지느러미 요리를 선보였는데, 불행히도 파산해버렸다. 사람들이 이 심포지엄을 외면해

---

67) 19세기 중엽, 영국 우스터 주(Worcestershire)의 우스터에서 만들어져 발매된 식탁용 소스. 양파 · 당근 · 샐러리 · 토마토 등을 삶아 익힌 국물에다 후추 · 육계(肉桂) · 샐비어 등 향신료와 식초 · 소금 · 캐러멜 등을 첨가하여 6~12개월 동안 숙성시킨 소스.

68) 요리사이자 작가(1810-1858). 영국이 전쟁으로 황폐하던 시기에 음식을 기존의 절반 가격으로 파는 식당을 열었고, 크림 전쟁 당시 영국군의 식량 자문 역할을 했다.

69) 리폼 클럽(Reform Club)은 단순한 식당이 아니라, 정치적 견해나 취미 등을 같이하는 사람들(동호인)의 모임 장소였다.

버렸기 때문이었다. 그러나 수아예는 상징적인 인물이 되었다. 디즈레일리는 "여성이 음식을 먹을 때, 그녀의 매력은 망가진다. 그러나 만일 그녀가 먹지 않으면, 우리는 저녁을 망치게 된다!"고 말하면서 이렇게 덧붙였다. "영국의 부호여, 허락하시게! 내가 보기에, 여성 없는 미식 모임은 꽃 없는 정원이요, 파도 없는 대양이며, 돛 없는 함대와도 같다네……."

'우리에겐 새로운 수아예가 필요해!' 도일리 카트는 생각했다. '여성들을 기쁘게 해주는 남자가…….'

리츠와 에스코피에처럼 카트 역시 새로운 여성 고객의 중요성을 인식하고 있었던 것이다.

도일리 카트는 루체른의 국립 그랜드 호텔과 모나코 그랜드 호텔에 머물던 시절부터 알고 지낸 리츠를 스카우트하기 위해 콘베르자치온 레스토랑이 처음 문을 열던 그날, 그곳으로 찾아갔다.

"당신은 그 누구와도 견줄 수 없는 완벽한 파티 플래너입니다. 당신은 세련된 서비스와 놀랄 만한 식탁을 제공하지요. 나는 구세계와 신세계의 교차로가 되고 있는 도시에서 가장 크고, 가장 현대적이고, 가장 아름다운 호텔을 갖고 있소이다. 사보이 호텔이 출범할 수 있도록 나를 좀 도와주시오!"

"저는 이제 막 두 가지 사업을 시작했습니다. 런던은 너무나 멀게 느껴집니다……."

"런던은 미래의 도시입니다."

"저는 영어를 잘 못합니다."

"프랑스어를 쓰는 사람들을 당신이 직접 선택해서 같이 일하시면 됩니다."

"제가 런던에 대해 들은 바로는, 아무래도 일하기가 힘들 것 같습니다. 클럽과 레스토랑 사이의 알력이 엄청나고, 레스토랑에서의 일요일 점심과 자정 이후의 식사는 금지되어 있다는 점도 그렇고… 캐시미어 카디건과 네이비 커트 블론드 담배, 바이런경과 키츠 시인이 노래한 시구들… 이러한 영국인들의 취향도 저와는 맞지 않습니다."

그때, 저쪽 테이블에 앉아 있던 빌헬름 1세가 떠날 채비를 했다. 리츠는 왕을 보필하기 위해 도일리 카트의 테이블에서 일어섰다. 그리고 아일랜드인의 식탁으로는 다시 오지 않았다.

리츠가 있는 바덴바덴으로 편지와 전보들이 계속 도착했다. 도일리 카트는 자신의 생각을 포기하지 않았다. 그는 무슨 수를 써서라도 리츠를 데려오고 싶었다. 그는 리츠가 얻게 될 경제적인 이점을 부각시키고, 아일랜드인 특유의 집요함을 이용하여 지속적으로 설득해나갔다. 한번은 그가 리츠와 리츠 부인에게 견문도 넓히고 휴식도 취하기 위해 영국으로 여행하러 오라고 초대했다.

리츠는 그 제안을 받아들여 홀로 영국의 수도를 방문했다.

아내 마리는 임신중이었기 때문이다. 부드럽고 값비싼 옷들도 마리의 배를 감추어주지는 못했다. 여행을 끝내고 독일로 돌아온 리츠는 마음이 혼란스러웠다.

리츠는 마리에게 "런던에는 왕자와 부호가 엄청 많소"라고 말해주었다. "그곳은 인도, 페르시아, 아프리카, 미국에서 온 황금이 끊임없이 무더기로 쏟아지는 곳이오. 템스 강변에는 좀더 좋은 것을 위해서라면 어떤 가격을 불러도 지불할 준비가 되어 있는 고객들이 즐비하다오. 나는 런던의 오페라 극장에서 파리의 제2제정 때보다 더 화려한 군중들과, 훨씬 더 빛나는 다이아몬드들과, 훨씬 더 호화롭게 차려입은 여인들을 보았소!"

도일리 카트는 리츠를 설득하기 위해 다이아몬드 업계의 전설적인 존재들인 알프레드 베이트[70], 세실 로즈[71], 바니 버나토[72] 등 수많은 거물들을 리츠에게 소개해주었다. 그런데도 그는 여전히 망설였다.

리츠는 '사보이 호텔은 곧 망하게 될 거야. 호텔의 조직과 음식이 정말 형편없으니!' 하고 결론을 짓듯 생각했다. 6개월 후, 그의 예언은 실제로 들어맞았다. 사보이 호텔은 1만 3,000파운드의 적자를 냈다. 소가극 '곤돌라의 뱃사공'이 그나마

70) 남아프리카에서 다이아몬드 및 금 광으로 재산을 축적한 자산가(1853-1906).

71) 영국의 아프리카 식민지 정치가(1853-1902). 다이아몬드 및 금 광으로 엄청난 재산을 모았다. 세계 다이아몬드 거래의 95%를 장악하고 있는 드비어스 사를 창설했다.

72) 상인의 아들로 태어난 교육받지 못한 유대인 자산가(1852-1897). 돈 한푼 없이 아프리카에 건너갔으나 다이아몬드 채굴 사업에 뛰어들어 20대에 억만장자가 되었다.

성공해서 도일리 카트는 간신히 파산을 면할 수가 있었다.

집요한 억만장자이자 사보이 호텔의 주인인 도일리 카트가 리츠를 공략하기 위해 세 번째로 찾아왔다. 그는 리츠에게 사보이에 대한 자랑을 끊임없이 늘어놓았다. 70개의 욕실[〈타임스〉 지는 사보이가 '수륙양용(水陸兩用)의 고객들' 을 기다린다고 쓸 정도였다], 내부를 붉은색으로 옻칠한 6개의 엘리베이터, 현대적인 설비를 갖춘 주방, '세계에서 가장 지위가 높은 사람들만 유치하겠노라' 는 호텔의 의지… 마침내 도일리 카트에게 설복당한 리츠는 사보이 호텔로 가기로 결심하였다.

그렇지만 리츠의 마음은 좀처럼 홀가분해지지 않았다. 승낙하는 편지에 서명을 하고 난 후에도, 리츠는 마음을 진정시키기 위해 아내에게 구노[73]의 '아베 마리아' 를 불러달라고 부탁했다.

그는 에스코피에에게 엄청나게 긴 편지를 써서 보냈다. 리츠는 이 편지에 런던 생활이 주는 이점, 이 도시에서 다시 시작하는 호텔업, 런던의 수많은 기회들에 대해 설명했다.

모나코에서 행복한 나날을 영위하고 있던 에스코피에는 리츠에 제안에 대해 망설이지 않았다. 그가 거쳐온 수많은 자리들은 에스코피에가 요리사인 동시에 모험가라는 것을 알려주었다. 하지만 델핀은 그가 떠나는 것을 슬픈 마음으로 지켜보

73) 프랑스의 작곡가(1818-1893).

아야 했다. 아이들의 교육 문제로 인해, 잠정적으로 델핀은 그를 따라 영국으로 가지 않을 생각이었기 때문이다. 델핀에게 영국은 몹시 위험한 고르고네스[74]처럼 보였다.

74) '메두사' 라고도 불린다. 그리스 신화에 나오는 머리카락이 뱀으로 이루어진 괴물. 그녀의 머리를 보면 누구든 돌로 변하게 된다.

6부

'페슈 멜바', 위대한 요리들의 시대 (1890-1910)

사물을 더 잘 알기 위해서는 세부적인 면을 잘 알아야 한다.

— 라 로슈푸코(프랑스의 잠언 작가)

세자르 리츠와의 재회

휘몰아치는 바람에 드세게 일렁이는 파도들이 기선의 거대한 선체에 끊임없이 부딪혔다. 하늘에는 폴로니우스와 햄릿의 유명한 대화처럼, 고래와 코끼리와 코뿔소 사이에서 선택해야 하는 것처럼 보이는 커다랗게 부풀어오른 구름들이 떠 있었다. 에스코피에는 영국에 오기 직전에 카지노에서 500미터 떨어진 모나코의 라 코스타 거리에 있는 '페르낭 빌라' 를 사서 이사를 했다. 안개가 뒤덮인 다리 위에서, 그는 새로 이사한 집의 구석구석을 머릿속으로 더듬으며 회상했다. 도리아식 기둥과 모자라브[1] 스타일의 큰 창문으로 장식된 커다란 저택과 아름다운 정원. 안락한 실내에는 천으로 씌운 쿠션에 군데군데 못을 박아 장식한 소파가 있고, 선반에는 중국 도자기들이 놓여 있으며 풍경과 꽃들을 그린 작은 액자들이 벽에 걸려 있었다. 델핀은 그곳에서 세 살에서 열 살 사이의 아이

---

1) 이슬람 교도 지배하에 있던 스페인의 기독교인 집단을 일컫는 말. 이들은 이슬람교는 받아들이지 않았으나 아랍의 문화와 언어는 받아들였다.

들 셋을 키웠다. 아이들의 이름은 폴, 다니엘, 그리고 제르멘이었다. 델핀은 파리의 한 패션 신문사에서 근무하며, 최근에 이혼한 여동생의 두 아들을 같이 키우기로 마음먹었다.

델핀… 그런데 에스코피에는 왜 델핀을 떠나 그렇게 멀리 가버린 것일까?

도버 해협의 장대한 백색 절벽이 나타났다. 절벽은 재판장으로 끌려가는 창백한 죄수의 얼굴처럼 천천히 다가왔다.

리츠는 선착장의 다리 끝에서 에스코피에와 조우했다. 도일리 카트가 리츠에게 직접 선발을 맡긴 결과 선발된 팀원들이 에스코피에를 둘러쌌다. 바덴바덴의 '미네르바' 레스토랑의 전 매니저였던 윌리엄 앤터, 와인 전문가인 L. 에슈나르, 레스토랑 디렉터로 내정된 영국계 프랑스인인 앙리 엘르가 그들이었다.

1890년 4월 1일 일요일, 런던은 아직 춥고 찌푸린 날씨였다. 에스코피에는 골목마다 풍겨나는 타 버린 재 냄새에 익숙해지기가 힘들었다. 파리의 합승마차와 비교해볼 때, 그들이 탄 런던의 이륜마차는 지옥으로 가는 기차처럼 느껴졌다. 트라팔가 광장 중앙에 서 있는 넬슨 제독의 동상은 마치 심통난 것처럼 보였다. 동상의 어깨는 서리로 뒤덮여 있었다.

'사보이' 호텔이 나타났다. 그 호텔은 눈에 확 띄었다. 높이가 4미터에 이르는 간판을 호텔 지붕 위에 세워놓았기 때문이다. 엄청난 건물이었다. 건물의 8층은 세라믹으로 장식한 멋진 난간이 있는 발코니로 띠를 두른 듯했다. 그 아래층들은 2개의 쌍둥이 코린트식 기둥 뒤로 널찍한 테라스를 갖추고 있었다.

이륜마차는 거대한 현관을 지나 네모 반듯한 안뜰로 들어섰다. 그곳엔 연못과 분수가 있었다. 분수에서 물이 높이 뿜어져나왔다. 분수대는 15세기 피렌체의 조각가 루카 델라 로비아의 작품들을 모방하여 도자기로 만든 것으로, 영국인들은 곧 그 작가의 열렬한 팬이 되었다.

아담한 체구의 남자가 층계 위에 나타났다. 번쩍이는 모자, 차이나 칼라, 검은색의 좁은 넥타이, 새까만 정장, 털소매가 달린 커다란 외투, 하얀 각반, 녹색 구두, 가죽장갑, 턱수염과 구레나룻, 들창코, 족제비처럼 작은 눈… 한마디로 다람쥐 같은 인상이었다.

"리츠 선생, 에스코피에 선생!"

리처드 도일리 카트는 두 사람의 팔에 자신의 양쪽 팔을 낀 채 그들을 이끌었다.

사보이 호텔의 홀들은 궁전의 홀과 흡사했다. 천장은 우물 '정(井)' 자 형태의 깊은 격자 무늬가 바둑판처럼 연속적으로 장식되어 있었고, 벽은 라파엘 전파(前派) 운동[2]과 고딕양식 부흥운동을 시작한 윌리엄 모리스[3]가 창안한 무늬들을 인쇄한 종이

---

2) 19세기 중엽 영국에서 일어난 예술 운동. 헌트, 로세티 등이 1848년에 모임을 결성하여 라파엘 이전의 르네상스 예술에서 겸허하게 배우는 사실적이고 소박한 화풍을 지향하였으나 10년이 채 못 되어 활동을 중지하였다.

3) 영국의 미술 공예가이자 시인(1834-1896).

로 도배되어 있었다. 석관을 연상시키는 거대한 벽난로 위에는 마욜리카[4]와 일본 꽃병들이 놓여 있었다. 첨탑 모양의 벽난로 철망 뒤로 삼나무 땔감들이 불꽃을 튀기며 피어올랐다. 손님들이 벽난로 앞의 안락의자에 몸을 푹 기대고 앉아 반쯤은 졸면서 〈타임스〉 지를 보고 있는 그곳엔 넓은 칸막이가 쳐져 있었다. 페르시아산 양탄자는 아주 푹신푹신해서 마치 쌓인 눈 속을 걷는 느낌이었다. 꼭 페로[5]의 동화에 삽화를 그린 귀스타브 도레의 그림 속에 들어와 있는 것만 같았다.

레스토랑은 오백 명이 동시에 식사를 할 수 있을 정도로 넓었다. 벽을 둘러싼 거울, 홀의 천장보다 더 깊이 새긴 격자 모양의 천장, 진열대로 둘러싸인 기둥들은 왕의 홀에서나 볼 수 있는 전경이었다.

주방은 에스코피에가 한번도 경험해본 적이 없는 아주 넓고, 밝고, 환기가 잘되는 곳이었다. 그런데 주방은 텅 비어 있었고, 기묘한 무질서가 그곳에 떠돌았다.

"우리는 좀 힘든 시간들을 보냈습니다." 도일리 카트가 주저하며 이야기했다. "이전에 주방에서 일하던 조리사들은 해고에 대해 엄청난 불만을 가졌어요. 우리에게 엄청난 액수의

---

4) 15세기경 이탈리아에서 발달한 도자기. 보통 흰 바탕에 여러 가지 그림물감으로 무늬를 그린 것이 특징이다.

5) 프랑스의 시인 · 산문 작가 · 소설가(1628-1703). 아카데미 프랑세즈의 주요 회원으로서 당시 '신구(新舊) 논쟁'에서 주도적인 역할을 하였다. 동화집 〈어미 거위 이야기〉로 유명하다.

보상금을 요구했고요. 조만간 소송에 휘말릴 것 같습니다……."

"그들이 떠나기 전에 사보타지를 일으켜서 저장되어 있던 식품을 모두 가져가버린 것 같군요. 남아 있는 식품이라곤 하나도 없으니 말입니다." 에스코피에가 야채 저장고와 냉장 저장실의 문을 열어보면서 말했다.

"다행히, 오늘은 일요일이지요. 런던에선 아무도 일을 하지 않습니다. 모든 레스토랑이 문을 닫아요. 우리에겐 아주 적은 인원만이 남아 있습니다. 그들이 아침식사를 준비할 것입니다. 그리고 손님들에게는 미리 준비해놓은 차가운 요리들을 내갈 수 있을 것입니다. 하지만 내일은 어떻게 할지 정말 걱정입니다. 저는 한 가지 결정을 내리려고 여러분을 기다렸습니다."

"제 요리 팀원들은 다음주 초나 되어야 이곳에 도착할 테고, 주방에서 일할 사람들은 런던에서 더 뽑아야 합니다. 사실 이런 상황이라고는 전혀 생각지 못했습니다. 레스토랑은 당분간 문을 닫아야겠어요."

"내일 저녁에 열다섯 명의 예약 손님이 있소이다!"

"이전 주방장이 사용하던 메뉴판을 보여주십시오. 이 메뉴판에서 앙트레는 그대로 하고, 쉽게 준비할 수 있는 요리들을 몇 가지 추가하면 가능할지도… 그렇지만 이것은 당연히 부엌 장비 문제가 해결되고, 채링크로스 호텔에서 일하는 제 오랜 친구인 루이 페르가 필요한 것들을 빌려준다는 전제하에

서입니다. 그 친구에게 제가 여기 도착한다고 편지를 썼고, 그에게서 뭐든 도와주겠다는 답장을 받았거든요."

다음날 저녁, 사보이 호텔의 주주 가운데 호텔의 현 상태에 대해 매우 우려하는 사람들이 상황을 파악하기 위해 저녁을 먹으러 왔다. 그들은 저녁식사를 하고 난 후 놀라움을 감추지 못했다. 에스코피에가 자신과의 내기에서 성공한 것이다. 카렘을 치하했던 로스차일드 남작과 레이디 모건처럼, 그들은 같이 차를 들자며 에스코피에를 불렀다. 대화는 프랑스어로 이루어졌다. 에스코피에는 '알비옹[6] 아들들'의 언어를 거의 사용하지 않았다. '내가 그들처럼 말한다면, 그들처럼 요리했을 것이다'라고 핑계를 대면서.

에스코피에의 요리 팀원들은 프랑스인, 스위스인, 이탈리아인들로 구성되었다. 사보이의 주방에서는 단지 몰리에르[7]의 우스꽝스런 언어만이 통용되었다. "송아지 가슴살에 햄을 끼워넣어라! 그릇을 장식해라! 빵틀에 기름을 둘러라! 고기말이에 소스를 끼얹어라! 버섯을 얇게 저며라!"

"신은 세세한 곳에서 활동하시고, 프랑스어로 말씀하시지." 에스코피에는 조리사들의 부주의함을 눈으로 좇으면서 반복해서 말하곤 했다.

도일리 카트는 자기 나름대로 에스코피에를 재보았다. 당

---

6) 영국을 일컫는 켈트식 옛 이름. 주로 영국을 비꼬아 부를 때 사용하는 명칭.
7) 프랑스의 위대한 희극 작가이자 배우(1622-1673).

시는 러시아식이 유행이었다. 도일리 카트는 모스크바의 주방장과 세계에서 가장 아름다운 초록 눈을 지닌 시르카시아[8] 지방 출신의 웨이트리스들을 데려오는 것이 더 낫지 않았을까 생각했다.

영국의 식탁을 바꾼 프랑스 요리사

"사보이는 국제적인 특권 계급의 신성한 만남의 장소로, 예술가들에게는 오아시스로, 미식가들의 메카로, 세계 오대양의 순례 종착지로 탈바꿈했다……. 사보이는 국경의 한계를 초월하여, 프랑스의 자유특구가 되었다. 아, 그 옛날의 사보이 백작은 얼마나 행복할까!" 〈트루스〉[9] 지의 사장이자 정치평론가로도 활약했던 헨리 라 부셰어가 이렇게 썼다.

라 부셰어[지인들은 그를 '래비(Labby)'라는 별명으로 불렀다]는 비가 오게도 하고 해가 뜨게도 하는 인물이었다. 무신경한 겉모습과는 달리(그는 턱수염이 늘 지저분했고, 옷도 노숙자처럼 입었다), 래비는 런던의 유명 인사였다. 곧 사보이 호텔에도 그의 고정 식탁이 생겨났다. 에스코피에는 그의 부인이자 유명한 여배우인 헨리에타에게 '쇠고기와 닭고기로 만든 콩소메'를 헌정했고,

8) 이탈리아 북부 피에몬테 지방의 옛 이름.

9) '진실(Truth)'이라는 의미의 정기 간행물로 라 부셰어가 1877년부터 발행하였다. 당시의 조직화된 부정을 폭로하는 역할을 하였다.

이 수프와 함께 이탈리아 파스타, 식초에 익힌 계란 요리, 파르메산 치즈를 뿌리고 골수를 얹은 작은 토스트를 내놓았다.

라 부셰어 부부와의 우정 덕분에 에스코피에는 일약 런던의 유명 인사 대열에 끼게 되었다. 그는 이를 위해 모나코에 가족만 남기고 떠나왔던 것일까? 충분히 가능한 일이다. 그는 그 옛날 니스의 산책길에서 수없이 마주쳤던 거드름 피우는 영국인들의 코를 눌러주고 싶었는지도 모른다.

그는 대부분의 식료품들을 프랑스에서 수입해 왔다. 영국 식품은 스코틀랜드산 연어, 굴, 산짐승 고기 등 명성이 높은 식품들만 사용했다. 에스코피에의 아주 까다로운 고객들은 '아무 때나 식사하지 않는다' 는 영국인 나름의 교양을 갖추고 있었지만, 이제는 자신들이 원하는 시간이라면 때를 가리지 않고 저녁식사를 하는 데 익숙해졌다. 에스코피에는 웨이터들에게 각각의 요리법이 가진 내력을 자세히 설명하면서 관습 차이로 인한 어려움을 피하고자 했다. 그는 또한 고객들이 맛보게 될 음식들이 잘 보이도록 바퀴 달린 서빙 테이블을 사용하게 했다.

런던의 고객들 역시 모나코나 루체른 고객들과 성향이 비슷했다. 모나코와 루체른의 호텔들을 자주 이용했던 레이디 드 그레이가 사보이의 첫 단골손님이 되었다. 이 여인은 수완이 대단한 사람으로, 연극 극단을 비롯해 가수와 배우에게도 투자했고, 법조계 사람들과 기자들, 그리고 국제인명록(Who' s Who

International) 관계자들과도 친하게 지냈다. '뜻대로 하세요' 라는 셰익스피어의 희극 공연에서 로잘린드 역할을 가장 훌륭하게 해냈다고 라 부셰어의 격찬을 받았던 배우 릴리 랭트리[10]가 레이디 드 그레이와 함께 사보이 호텔을 자주 찾았다.

릴리 랭트리는 발랄하면서도 장난기 많고, 사교적인 사람이었다. 어느 날 그녀는 웨일스 왕자의 목덜미에 얼음을 집어넣었다. 당시 가십 신문들이 떠들어댄 것에 따르면 랭트리의 이 장난으로 보수적인 영국인들은 성적 환상에 젖어들기도 했다고 한다. 웨일스 왕자의 애첩이었던 레이디 워릭, 그리고 보티첼리[11]의 그림처럼 아름다운 앨리스 케펠[12]도 사보이에 자주 왔다. 그리고 레이디 랜돌프 처칠[13]도 단골 고객 중 한 명이었는데, 그녀의 남편[14]은 '구즈베리 페이스' 라는 별명을 가진 사람이었다. 또한 말버러 공작[15] 부인인 콘수엘로 밴더

---

10) 웨일스 왕자, 즉 에드워드 7세의 정부 중 한 사람.

11) 피렌체의 초기 르네상스 화가(1445-1510). 현대인에게 르네상스의 정신을 가장 잘 요약해 보여준다는 작품, '비너스의 탄생' 과 '봄' 이 그의 대표작이다.

12) 앨리스 케펠은 영국의 찰스 왕세자와 2005년 4월 8일에 결혼한 카밀라 파커볼스의 증조모이자, 찰스 왕세자의 고조부인 에드워드 7세의 마지막 정부이다. 29세의 유부녀였던 케펠은 57세의 유부남이었던 에드워드 7세와 만나 에드워드 7세가 죽을 때까지 관계를 지속했다.

13) 윈스턴 처칠의 어머니. 아메리칸 자키 클럽을 창립한 경마 애호가이자 미국인 대부호 실업가 레너드 월터 제롬의 딸, 철도왕 밴더빌트의 친척, 〈뉴욕 타임스〉의 대주주이기도 했다.

14) 윈스턴 처칠의 아버지이자 뛰어난 보수당 정치가였던 랜돌프 처칠(1849-1895). 재무장관 및 하원의 보수당 당수를 역임하였다.

15) 윈스턴 처칠의 사촌 형인 찰스 스펜서 처칠.

빌트[16], 수상[17] 부인인 마고 애스퀴스가 사보이의 단골손님이 되었다.

그 외의 수많은 사람들… 하얀 깃털로 머리를 장식한 부인들, 검은 진주를 목에 감은 부인들의 실루엣이 금색 테를 두른 커다란 거울 속에 끝없이 반사되었다.

이 부인들 가운데 가장 눈길을 끄는 사람은 웨일스 왕자비인 알렉산드라였다. 그녀는 남편의 바람기 때문에 마음고생을 많이 했지만, 굉장히 아름다웠다. 에스코피에는 그녀에게 여러 가지 요리를 헌정했다. 그 요리 가운데 '기막힌 수플레'가 있는데, 이 수플레는 일반적인 수플레의 특징인 담백한 가벼움을 포기한 것처럼 보였다. 이 수플레는 휘저어 흰 눈처럼 부풀린 달걀 흰자 7개와 노른자 5개에, 버터에 볶은 아스파라거스, 잘게 다진 햄과 트뤼프를 넣어 섞은 후 파르메산 치즈를 뿌리고, 베샤멜 소스를 얹은 다음 얇게 썬 트뤼프를 궁형 모양으로 둥글게 덮은 것이었다.

영국 내의 레스토랑들에게, 밤 열한 시면 문을 닫으라는 왕실 지침이 내려졌다. 리츠는 이 제한을 철회시키기 위해 하늘과 땅을 흔들어댔다. 드 그레이 부부, 처칠 부부, 더들리 부부,

---

16) 밴더빌트 가문의 2대 자손인 윌리엄 밴더빌트의 딸. 당시 미국인과 사랑에 빠져 있었으나 어머니의 협박에 할 수 없이 말버러 공작과 결혼했다.

17) 영국 자유당 출신 총리인 허버트 헨리 애스퀴스(1852-1928)를 가리킨다.

〈뉴욕 헤럴드 트리뷴〉 지의 소유주인 미국의 백만장자 제임스 고든 베넷 등과 절친했던 리츠는 정계에 영향력 있는 사람들을 움직이는 데 성공했다. 결국 법이 개정되어 사보이처럼 중요한 호텔의 레스토랑은 일요일을 포함해서, 밤 12시 30분까지 열 수 있게 되었다.

런던의 사회생활에 변화가 왔다. 공연이 끝난 후 밤참을 먹는 것이 유행이 되었다. 그리고 일요일에 레스토랑에서 저녁을 먹는 사람도 많아졌다. 그러나 일요일의 저녁식사는 곧 어려움에 봉착했다. 일요일 저녁이 되면 빵이 굳어지기 시작했기 때문이다. 리츠와 에스코피에는 주방 내에 빵 제조용 특별 오븐을 설치했고, 빈에서 빵 굽는 사람을 불러왔다.

영국인들은 아무 말도 하지 않고 과묵하게 식사를 하는 습관이 있었다. 리츠는 레스토랑 분위기를 짓누르는 이러한 침묵에 종지부를 찍기로 결심했다. 마침 휴퍼 윌리엄스 부인이 요한 스트라우스[18]를 런던에 초청하여 일반 음악회와 개인 음악회에서 연주할 수 있도록 후원하고 있었다. 리츠는 '아름답고 푸른 도나우' 와 '집시 남작' 을 지은 이 음악가를 고용했다. 빈 작곡가가 요구한 대가는 레스토랑 운영에 별로 큰 지장을 주지 않았다. 왜냐하면 저녁 손님들은 오케스트라의 음악 때문에 좀더 오래 자리에 앉아 있게 되었고, 소믈리에는

18) 오스트리아의 작곡가이자 지휘자. '왈츠의 왕' 이라고 불린다(1825-1899).

와인을 좀더 권할 수 있게 되었기 때문이다.

한편 델핀은 새로 이사한 모나코의 자택 페르낭 빌라의 실내장식을 마쳤다. 그녀는 황금빛 레몬에 대한 시가를 썼고, 비단옷에 수놓아진 산비둘기들의 비행을 묘사했다. 그녀는 세 명의 자녀와 두 명의 조카에게 니스식 고기 파테와 오렌지 맛이 나는 축제용 도넛을 만들어주었다. 그녀는 남편이 그리웠다. 그래서 영국에 대해 공부하고, 찰스 디킨스와 제인 오스틴의 작품을 통해 런던을 상상했다.

'고객'에 대한 치밀한 연구

웨일스 왕자의 몸은 나날이 불어갔다. 조끼의 맨 밑 단추를 잠글 수가 없게 되자, 그는 마지막 두 단추를 끄르고 다녔다. 사람들은 처음엔 그런 옷차림을 무례하다고 생각했지만 곧바로 그러한 방식이 건강을 위해 더 적당하다고 보았다. 그 이후로 패션 감각이 아주 뒤떨어진 사람 말고는 조끼의 단추를 완전히 잠그고 다니는 사람이 없었다. 왕자는 영국에서 유행의 선도자가 되곤 했다. 그 전에도 진흙탕을 내달리기 위해 그가 바지를 걷어올렸던 덕분에, 단을 접어 올린 바지가 유행하기도 했다.

웨일스 왕자는 친구들에게 에스코피에가 만든 뷔페를 먹자고 제안했다. 그날 나온 음식 중에는 '오로라 속의 님프'라는 요리가 있었다. 그것은 잘게 다진 닭고기를 젤리로 만들어 타라곤 이파리로 장식하고, 붉은 파프리카를 뿌린 것이었다. 이것은 헝가리 출신의 발레리나, 카틴카에 대한 추억이 고스란히 살아 있는 요리였다. 요리의 신선도가 완벽하게 유지되도록, 아름다운 무늬가 새겨진 네모 접시에 얼음 벽돌을 쌓아 내놓은 근사한 이름의 이 요리는 멋진 성공을 거두었다.

다음날, 헨리 라 부셰어는 〈트루스〉 지에 끔찍하고, 혐오스러우며, 생각하기도 싫은 진실을 밝혔다. 닭고기 젤리에 끼얹은 소스에 개구리 뒷다리가 들어 있었다는 것이다. 국제적인 미각을 갖춘 웨일스 왕자는 그 기사에 대해, 자신은 개구리 뒷다리뿐만 아니라 여자들의 다리에도 일가견이 있다고 밝히면서 개구리 뒷다리는 특히 가을에 더 통통해진다고 말했다. 웨일스 왕자는 개구리 요리를 비밀리에 즐기는 몇 안 되는 사람 중 하나였다. 사실 그 말고도 300여 명의 영국계 사람들이 개구리 요리를 즐겨 먹었다. 그러다 보니 사람들은 이 양서류 요리를 드러내놓고 경멸하지 못하게 되었고, 프랑스인에게만 '개구리 먹는 사람' 이란 별명을 붙이지도 못하게 되었다.

성공에 이르는, 재능 있는 화가는 구매자들의 심리를 잘 이해하는 사람이다. 이와 마찬가지로, 에스코피에는 만일 자신이 완벽한 성공을 원한다면 고객들의 의중을 파악해야만 한다는 사실을 깨달았다.

에스코피에는 고객을 크게 세 가지 부류로 나누었다. 한 부류는 '수집가'들이다. 그들의 목표는 어떤 기록에 도달하는 것이다. 그 기록은 고급 레스토랑에서 얼마나 자주 식사를 했는지에 대한 것이다. 이 부류의 사람들은 고급 레스토랑에서 수천 번의 식사를 했을 것이다. 그들은 무엇을 찾고 있는 것일까? 항상 정확하게 동일한 것을 찾고 있지는 않을까? 세상의 변화무쌍함, 아주 다양한 것이 천지에 널려 있다는 사실을 모른 체하는 것일까? 마치 시간이 존재하지 않았던 것처럼 행동하는 것은 아닐까? 그들은 식탁 밑에 숨는 고양이나 어린아이처럼 고급 레스토랑 안에 숨는 것은 아닐까?

사실, 이런 부류 중 특히 고지식한 사람들 대부분은 '성인이 된 어린이'일 뿐이다. 그들 중 어떤 사람이 에스코피에에게 이런 이야기를 해주었다. 지금껏 살면서 그는 송아지 가슴살로 45가지 요리를 만들어봤는데, 가장 맛있는 요리는 '빌루아[19]식 아테로(attereaux: 송아지 가슴살을 작게 썬 조각과 양송이, 트뤼프를 꼬치에 끼운 다음 거기에 페리괴[20] 소스를 바른 요리)'였다고 한다. 또한 그는 꿩고기로 40가지 요리를 시도하였는데 그중에서 제일 괜찮았던 것은 '신선한 파인애플 즙으로 만든 꿩가슴살 요리'와 '보주식 뜨거운 고기 파테(신선한 국수를 두껍게 깔고, 그 위에 바삭바삭

---

19) 부르고뉴 지방의 마을 이름.

20) 페리괴 지방식 소스. 쇠고기 육수, 물, 포트 와인, 트뤼프 즙, 다진 트뤼프를 넣고 끓인 후 녹인 버터를 넣어 뜨거울 때 내는 소스이다.

한 고기 파테를 얹은 것)' 였다. 어느 날 그는 쇠고기 등심을 가지고, 여러 가지 요리책에서 나온 86가지 방법으로 하루 종일 요리했다고 한다('안달루시아식 투른느도' 에서 '투른느도 빅토리아' 까지).

오귀스트는 '이런 사람에게 숨 쉴 여유조차 주지 않을 방법이 있지. 그건 바로 87번째, 88번째 요리를 개발하는 것이야…' 라고 생각했다.

그는 이런 부류의 고객들을 신뢰할 수 없었다. 이 사람들을 매혹시키는 건 위대한 요리가 아니었다. 이들은 단지 수집을 할 뿐이었다. 그저 자기 스스로를 위해 그 일을 중요하게 여기는 것뿐이었다. 이러한 집착은 그들에게 위안을 준다. 세브르[21] 산 도자기 수집가들처럼, 그들에게는 자신들이 파리의 유물을 좋아하지 않는다는 안도감만이 있을 뿐이다.

에스코피에는 '내가 그들을 위해 무엇을 할 수 있을까?' 하고 자문했다. '내가 할 수 있는 게 없다면, 위대한 요리의 영속성을 확신케 하는 작업만을 해야 하는가? 그들을 안심시켜야 하는가? 그들이 이곳에 오는 이유가 스스로 안심하기 위해서이니까?'

'호기심쟁이' 는 또 다른 부류의 고객이었다. 그들은 무엇보다 당대의 유명한 요리와 예기치 않은 맛들의 결합, 쳇바퀴 같은 일상을 변화시킬 수 있는 모든 것을 추구했다. 지금까지

---

21) 도자기로 유명한 프랑스의 도시.

단 한번도 만들어지지 않았고, 평상시에는 맛보기 힘든 요리가 그들을 열광시켰다. 자두와 멧새 요리, 카이사르의 버섯 파테, 오리엔탈식[22] 필레, 터키식 잉어 요리… 그뿐만 아니라 한물간 시골풍의 단순한 '현모양처 가자미 요리' 라든가, '할머니의 수프' 같은 것도 그들이 열광하는 메뉴였다. 이들은 오귀스트가 좋아하는 고객들이었다. 왜냐하면 이들은 오귀스트의 새로운 제안을 언제나 귀기울여 들었기 때문이다. 정말 환상적이었다! 이들은 때로 자신에게 쏟는 관심만큼이나 음식에도 지대한 관심을 가지고 있다는 느낌을 주었다.

마지막으로 '아마추어' 부류가 있다. 이들 앞에서는 오귀스트의 의견이 대폭 줄어든다. 그들은 에스코피에를 라이벌이라고 생각하는 것은 아닐까? 그들은 닭고기와 같은 가금류의 흰 살이 쓸개 옆에 있던 살인지 정확히 밝혀내지는 못하지만, 양념이 잘못되었다든지, 불필요한 야채로 맛이 반감된다든지, 적당한 비율이 어느 정도인지는 알았다.

그들이 요리에 만족하고 칭찬해주면, 그것이 마치 오귀스트에게는 그가 존재하는 이유에 대한 달콤한 판단 기준처럼 느껴졌다. 그래서 그는 델핀에게 다음과 같은 내용으로 편지를 썼다. "누구든 한 조각의 영광이라도 찾지 못한다면 살 수 없을 것 같소."

---

22) 그리스식으로 쌀을 요리하여 토마토 속에 채워넣은 후 주요리에 곁들이는 방식을 말한다.

센세이션을 일으킨 요리, '블라우스를 입은 새끼오리'

카지노 게임을 한 차례 끝내고 나면 으레 모나코 그랜드 호텔에서 점심을 먹는 습관이 있었던 알퐁스 드 로스차일드 남작(로스차일드 가문의 3세대인 그는 1870년 비스마르크에게 독일어로 말하는 것을 거부했었다)은 웨일스 왕자처럼 심각한 비만 증세를 보였고, 맛있는 음식 앞에서는 사족을 못 썼다. 특히 그가 가장 즐기던 것은 초록색 아스파라거스였다. 에스코피에는 아르장퇴유의 퐁텐 농장에 편지를 써서, 땅에서 솟아난 여린 순만을 선별해서 보내달라고 요청했다.

얼마 후 에스코피에는 보클뤼즈 지방을 지나가다가 아스파라거스 산지로 유명한 로리 지역에서 발길을 멈추었다. 그는 직접 생산자를 만나 초록색 아스파라거스를 재배해줄 것을 요청했다. 늙은 농부들은 고개를 저었으나 한 젊은 농부는 그의 제안을 받아들였다. 그러자 다른 사람들도 이에 동의하였다.

영국인들은 대부분 로스차일드 남작의 입맛과 비슷했다. 그들은 흰색 아스파라거스보다 희망의 색깔인 초록색을 더 선호했다. 에스코피에는 보클뤼즈 지방에서 난 아스파라거스를 일반 가격보다 두 배나 비싼 값을 주고 제공받았는데, 주문량이 생산량을 초과할 정도로 많았다. 로리 지역은 이제 영국의 미식가라면 모두 아는 유명한 지역이 되었다.

아무리 영국 땅에 와 있더라도, 자신의 주방 안에 있는 한 에스코피에는 늘 프랑스에 있는 것 같은 느낌이 들었다. 영국의 매력, 때로 마술적인 영국의 분위기는 그에게 많은 감흥을 불러일으켰다. 그는 영국의 이륜마차를 베네치아의 곤돌라에 비유했고, 올드 본드 스트리트[23]에 자리한 차 상점과 시가 상점들을 "특별한 향이 집약된 곳" 이라고 평했다. 그러나 그는 프랑스가 그리웠다. 런던의 안개는 진절머리가 났다. 폴 베를렌[24]의 다음 시구는 그의 마음을 정확하게 표현해주는 것이었다.

파리의 안개는 안개도 아니지.
차라리 투명하다 말할 수 있네.
레스터 광장이라 이름붙은
이 산책길 옆에서는.

프랑스! 값비싼 프랑스 식재료들을 영국에 최초로 수입한 에스코피에는 프랑스에서 도착한 물품들 덕택에 매일 프랑스를 가까이 접하고 있는 셈이었다. 소낙비처럼 쏟아지는 트뤼프, 부르타뉴 지방의 신선한 버터, 알자스와 페리고르의 푸아그라, 그리고 프랑스보다 영국에서 더 많이 소비되기에 이른 루앙의 새끼오리.

---

23) 최고급 브랜드 가게들이 위치해 있는 런던의 쇼핑 거리.
24) 프랑스의 서정시인(1844-1896).

"어제 사보이에서 맛을 보셨습니까?"

" '블라우스를 입은 새끼오리' 말씀이시죠? 흠… 아주 일품이더군요!"

에스코피에가 새끼오리를 내놓는 방식은 아주 쇼킹했지만 대성공을 거두었다. 이 요리는 식탁에서 화제가 되었고, 영국인들은 이 요리를 점점 더 많이 주문하게 되었다. 이 요리는 뼈를 발라내고, 잘게 다진 오리고기 가슴살을 무명천으로 감싸서 아주 진한 '퐁 브룅(fond brun)'[25]에 넣어 45분간 익힌다. 그리고 식탁에 내가기 직전에 4분의 1조각 크기의 오렌지로 고기를 둘러싸고, '루아네즈 소스(와인과 에샬로트 양파, 오리 생간으로 만드는 루앙 지방식 소스)'를 곁들인다. 오리고기를 쌌던 무명천은 술 장식이 달린 냅킨으로 바꾸었는데, 이 냅킨 장식은 작은 사이즈의 블라우스같이 보였다.

"정말 대단한 성공이군요!" 리츠가 말했다. "이건 미리 계획했던 겁니까? 전 지금 작은 블라우스의 관능적인 면을 얘기하고 있는 겁니다. 이 블라우스의 이중적인 면이 점잔 빼는 영국인들을 뒤흔들어놓을 것이라는 사실을 예상하신 겁니까?"

"요리와 사랑 간에 어떤 삼투 현상이 있는지는 잘 아시겠지요? 그것을 약간 더 다듬은 것입니다……."

---

25) 쇠고기, 쇠뼈, 닭고기뼈 등을 야채와 함께 갈색이 우러날 때까지 잘 볶은 후 물을 붓고 끓여 만든 육수로, 소스의 기본이 된다.

중요한 말을 할 때마다 으레 그러했듯이, 에스코피에는 살짝 고개를 돌렸다.

"이른바 요리의 행위와 사랑의 행위 사이의 관계를 말이에요. 위대한 요리는 부드러움과 가혹함 같은 상반된 원칙이 서로 파고들 때 성공한다는 걸 모르시지는 않겠지요?"

리츠가 웃었다.

"두 가지 접근 방식 사이에는 수많은 공통점들이 있지요. 최음 효과가 있는 특별한 요리법들을 제외하더라도 말입니다." 에스코피에가 말을 이었다. "요리의 상징적인 면을 무시할 수는 없어요. 냄비는 여성성을 가진 물건이지요. 불은 남성성을 지니고 있고요. 그리고 사랑의 행위나 요리의 행위를 표현할 때 쓰는 말들이 같지 않나요? 주무른다든지, 달아오르게 한다든지, 휘젓는다든지 하는 말들 말이에요."

"그런 비교는 무한할 것 같군요. 특히 연금술을 통해 표현을 완곡하게 만들어서 말이지요." 리츠가 말을 받았다. "'블라우스를 입은 새끼오리' 얘기를 하다가 삼천포로 빠져버렸군요. 어쨌든 이 요리는 정말 독특합니다. 이 요리의 기발함이 관능적으로 느껴질 정도예요. 사실 새끼오리는 외설적인 생각을 불러일으키지는 않잖아요? 하지만 여기에 블라우스를 입혀놓음으로써 생각지도 못한 당혹스러운 쾌감을 슬그머니 집어넣은 것이죠. 최근 빅토리아 여왕은 그랜드 피아노의 다리가 페티시스트들의 추잡한 행위로 더러워지는 것을 우려해 얇은 천을 둘러놓으라고 권고했다고 합니다. 그러니 이런 요리에 대한 반응이야 오죽하겠어요?"

통조림 보관 기술의 발견

시간이 흘러갔다. 리츠는 보수가 점점 쌓여가는 만큼 불만도 늘어났다. 리츠의 가장 큰 골칫덩어리는 '세니아'라는 여자였다. 세니아는 리츠를 증오했고, 복도에서도 그를 마주치지 않으려고 했다. 리츠를 경멸한 그녀는 "나약한 악마"라며 리츠의 흉을 보고 다녔다. 어쩌다 그들이 마주치게 될 때면, 그녀는 증오가 잔뜩 서린 투명한 파란 눈으로 그를 쏘아보았다. 그건 눈이 아니라 송곳이었다.

세니아는 도일리 카트의 정부였다. 도일리 카트는 사보이 호텔 창립 때 그녀에게 호텔 지배권을 주고, 호화스럽기 그지없는 규방을 하나 꾸며주었다. 그 호텔의 지배인이 된 리츠는 그녀를 규방에서 쫓아내고, 그곳을 자신의 사무실로 만들어 버렸다. 그러고는 방안 벽에다 커다란 장애물 경마 그림을 걸어놓았다.

세월도 그들 사이의 팽팽한 긴장을 완화시키지는 못했다. 그녀가 리츠에게 퍼붓는 무례한 언행과 비난, 불만과 시비는 점점 강도가 심해졌다. 아주 뛰어난 사교술을 갖춘 리츠였지만, 그녀에게만은 속수무책이었다.

어느 날인가는 리츠가 "세니아는 내 눈엣가시 같은 존재요"라고 고백할 정도였다. 그녀는 에스코피에에게도 호의적이지 않았다. 그녀는 에스코피에를 별것 아닌, 그저 그런 부류의 인간이라고 생각했다. 그녀는 자기 말에 귀를 기울이는 누군가에게 "언젠가 저 두 사람을 짓밟고야 말겠어"라는 말까지 했다.

에스코피에는 그녀를 피하는 게 상책이라 생각했다. 그는 새로운 취미가 된 식료품 보존 기술을 연구하는 데 열중했으며, 프랑수아 아페르의 명예를 회복시키기 위해 노력했다. 프랑수아 아페르는 파리에서 과자점을 운영하면서 식품 보존 연구에 지대한 공을 쌓은 사람으로 '인류의 은인'으로 알려진 사람이다. 그는 나폴레옹 1세가 수여하는 상을 받았지만, 1841년에 프랑스인들의 외면 속에서 쓸쓸한 죽음을 맞이했다. 그의 보존 기술을 높이 평가한 영국인들은 그의 기술을 받아들여 통조림과 병조림 산업 부문에서 혁혁한 발전을 이루었다.

요리업계로 입문한 초기에 필리프 레스토랑에서 과일 보존 기술을 배웠던 에스코피에는 모나코에서 일할 때 알프스 마리팀므 지역의 야채 공급자들에게 자신을 위해 토마토 농축액을 준비해달라고 요청했었다. 그러나 이들은 만들기가 어렵다는 이유로 에스코피에의 청을 거절했다. 에스코피에의 조수들은 토마토 농축액을 오래 보관하고자 나름의 노력을 기울였고, 결국 샴페인병에 담아 보관했다. 에스코피에는 사보이에서 자신이 가진 지위를 이용하여 론 강 유역의 삭송 레벵 지역에서 2,000킬로그램의 토마토 농축 소스를 2,000개의 깡통으로 제작하도록 했다. 이렇게 제작하여 보관된 소스들은 신속히 소비되었다.

〈요리의 기술〉 지에서 에스코피에는, 프랑스 · 프로이센 전쟁 당시인 1870년에 메스가 함락된 원인을 군사 당국에 돌리면서 "전쟁시에는 군인을 위해 합당한 식량을 제공해야 한다"는 내용의 글을 게재했다. 군에 배급되던 기존의 쌀 포대는 비가 오면 못 쓰게 되기 일쑤였기 때문에 농축 수프나 쇠고기 스튜 통조림, 비스킷, 콜라나 초콜릿 사탕 등을 배급해야 한다는 것이었다. 그는 정부 산하의 쇠고기 스튜 통조림 및 농축 수프 통조림 생산 공장 5개를 속히 지어줄 것을 요청했다. 에스코피에는 이론가가 되었다. 프랑스어의 미래에 대해서도 관심을 쏟은 에스코피에는 리츠에게 다음과 같이 주장했다.

"우리의 메뉴는 반드시 프랑스어로 쓰여져야 합니다. 우리 요리의 명성에 걸맞기 위해서는 꼭 그렇게 해야 합니다! 프랑스 요리는 점점 더 널리 알려지고 있어요. 세계의 가장 큰 레스토랑에서는 대부분 프랑스인을 주방장으로 쓰지요. 10년 후에는 거의 모든 레스토랑들이 그렇게 할 것입니다!"

연휴를 맞으면 에스코피에는 모나코로 돌아갔다. 아내와의 감미로운 추억을 떠올리면 기운이 넘쳐흘렀다. 그러나 세니아가 리츠와 에스코피에에 대한 복수전을 결심하고 안티 프랑스 캠페인을 펼치기 시작했고 여기에 그녀의 애인 도일리 카트도 가담했다. 이 사실에 에스코피에는 격분하지 않을 수 없었다.

"도일리 카트의 압력에 굴복하고, 영어로 된 메뉴판을 내놓으라고요? 결단코 안 됩니다! 그것은 우리를 부정하고, 우리를 종복의 신분으로 강등시키려는 처사에 불과합니다! 런던, 뉴욕, 도쿄, 멜버른, 세계 그 어디를 가든, 고급 레스토랑의 메뉴판은 프랑스어로 쓰여져야 합니다!"

그는 줄무늬 바지의 무릎 위에 손을 얹었다. 소매에 달린 커다란 단추들이 반짝거렸다. 한 시대의 역사 속에 자신의 흔적을 남긴 에스코피에가 생각했다. '유행을 만들어내고, 그 유행이 자리잡으면, 그와 관련된 단어들도 같이 따라와주어야만 하는 법이다!'

그후 1894년, 에스코피에는 드디어 어떤 언어로도 발음할 수 있는 요리를 하나 개발했다. 그는 네 개의 음소로 이루어진 이 이름을 매우 짧은 시처럼 읊어보았다.

페슈 멜바(pêche Melba).[26]

페-슈-멜-바.

---

26) '페슈'는 복숭아라는 뜻의 프랑스어이다. 우리나라에서 이 디저트는 '피치 멜바'라는 영어 이름으로 더 알려져 있다.

세기의 프리마돈나 넬리 멜바를 위한 요리

오스트레일리아 멜버른에서 얼마 떨어지지 않은 리치먼드는 포도나무, 유칼립투스, 메뚜기들로 둘러싸인 목조 주택들이 옹기종기 모여 있는 작은 마을이다. 1861년 5월 19일 이 마을에서 헬렌 미첼이 태어났다. 스코틀랜드에서 이민 온 그녀의 아버지 데이비드는 8개의 돛대가 달린 범선을 타고 이곳에 도착했는데, 선상에서 노자를 몽땅 도둑맞았다. 그는 조끼의 비밀 주머니에 들어 있던 금화 한 닢만을 달랑 지니고 배에서 내렸다. 그러나 그는 건축으로 돈을 벌어, 죽을 때 그 밑천을 50만 프랑으로 늘려놓았다. 그가 남긴 작품 중에는 멜버른의 구 도시에 남아 있는 아름다운 스코틀랜드식 성당이 있다.

"넬리"라고 불렸던 헬렌은 사춘기 때 어머니를 잃었다. 그후 헬렌은 유령이 동생의 죽음을 예고하는 꿈을 꾸게 되는데, 그 꿈이 정말로 현실이 되어 누이동생을 잃었다. 아버지 데이비드는 낙담한 소녀를 퀸즐랜드로 보냈다. 정글 지역인 그곳은 비가 장대처럼 쏟아졌고, 뱀과 악어 들이 득실거렸다. 그녀는 거기서 젊은 아일랜드인인 찰스 네스빗 암스트롱과 결혼하여 아들을 하나 낳았다. 그러나 정글 속에서 살고 싶지 않았던 넬리는 아이를 데리고 아버지가 살고 있는 멜버른으로 돌아왔다.

오스트레일리아에서 넬리는 이탈리아 태생의 늙은 오페라 가수인 세씨와 함께 노래를 불렀다. 테너 가수였던 그는 그다지 성공하지는 못했지만 넬리에게 예술에 대한 자신의 지식을 전수해주었다. 그리고 그 대가로 80기니를 요구했다. 넬리는 그를 떠나 런던으로 가기로 마음먹는다. 유럽으로의 도피는 넬리에게 모든 것을 의미했다. 넬리는 자기가 꿈꿔왔던 사람이 되기 위해선 고향을 떠나야 한다고 느꼈다. 아버지에게는 차마 돈을 달라는 말을 못했던 넬리는 여기저기서 돈을 꾸어 노래선생에게 줄 돈을 마련했다. "자, 여기 당신이 요구한 돈이에요!" 넬리는 그에게 돈을 던지며 말했다. "그렇지만 명심하세요. 내가 성공하는 날, 난 당신과는 결코 말도 하지 않을 테니까요!" 세씨는 멜버른의 한 허름한 바에서 비참한 최후를 맞았다.

런던에서 넬리는 여러 번 오디션을 보았으나 돌아온 결과는 참담함 그 자체였다. 그녀는 추천장을 한 장 들고, 성악 학교를 경영하는 독일 태생의 성악 교사 마르케시 부인을 만나기 위해 파리로 건너갔다. 그리고 그녀 앞에서 베르디[27]의 오페라 '라 트라비아타'의 아리아를 불렀다. 넬리의 노래를 들은 부인은 자신의 성악 학교가 위치한 주프루아 거리의 아파트로 한달음에 뛰어가서는 남편에게 말했다. "살바토레, 방금 굉장한 샛별을 발견했어요!"

누추한 방에서 어린 아들을 기르며 비참하게 살던 넬리는 입을 만한 옷이 하나밖에 없었다. 파란색 사아지[28]로 만든 오

27) 이탈리아의 오페라 작곡가(1813-1901).
28) 긴 양모를 사용해서 짠 부드럽고 광택이 나는 고급 직물.

스트레일리아산 옷이었는데, 유행과는 거리가 먼 구식 옷이었다. 이러한 생활을 전전했던 그녀가 일 년 동안 마틸드 마르케시의 레슨을 받게 되었다.

1887년, '스트라코시' 라는 이름의 공연 기획자가 넬리에게 10년간의 고용 계약서에 서명을 하게 했다. 순진하게도 넬리는 멋진 계약을 했다고 생각했다. 며칠 뒤, 벨기에 브뤼셀의 라모네 국립 극단이 스트라코시를 거치지 않고 넬리를 고용했다. 여기서 넬리는 베르디의 오페라 '리골레토' 를 부르게 되어 있었다. 스트라코시와의 계약을 별로 중요하게 여기지 않았던 마르케시 부인은, 넬리가 국립 극단에 고용될 수 있도록 해주었다. 공연 전날, 파란색 종이가 날아왔다. 공연을 금지한다는 내용이었다. 그러나 그녀가 공연을 중단해야만 한다는 사실을 확인하고 절망에 빠진 순간, 그야말로 절묘한 우연의 일치로 흥행주인 스트라코시가 뇌출혈을 일으켜, 파리의 한 서커스 극장 안에서 쓰러져버렸다. 그리고 넬리는 예정된 날짜에 노래를 부를 수 있었다. 3막이 끝난 후, 벨기에 여왕이 왕실의 거처로 그녀를 초청했다.

런던의 코벤트 가든에서, 그녀는 열렬한 환영을 받았다. 비평가들은 그녀가 갖춘 배우 자질에 대한 찬사를 늘어놓았다. 그러나 그녀가 노래에서 보여준 음역의 정수에 대해서는 아무도 주목하지 않았다. 실망한 그녀는 영국을 떠났고, 다시는 이곳에 돌아오지 않으리라 결심했다.

이제 그녀는 스스로를 '넬리 멜바'라는 이름으로 불렀다. 고향인 멜버른을 기념하는 이름이었다. 그녀는 자신의 목소리와 연기력을 이용하여 일을 계속했다. 위대한 사라 베르나르조차, 넬리의 멋들어진 무대 연출법을 따라할 정도였다. 예를 들어, 두 손을 등 뒤로 감추면서 절망을 표현한다든지, VIP석에 앉은 관중들조차 분을 칠했는지 모를 정도의 교묘한 화장술 등이 그것이다.

1889년, 런던 예술계의 대모인 글래디 드 그레이가 넬리의 런던 재입성을 추진했다. 지난해 넬리가 런던에서 실패했다는 것을 이해할 수 없었던 그녀는 그 사실을 지워버리고자 노력했고, 구노가 작곡한 '로미오와 줄리엣'에서 주연을 맡은 넬리는 드 그레이 부인의 기대에 어긋나지 않게 큰 성공을 거두었다. 드 그레이 부인의 후원하에 넬리는 이 공연에서 수려한 외모를 자랑하는 당대 최고의 테너 가수 얀 데 레츠케와 짝을 이루어 줄리엣 역을 멋지게 해냈다.

하늘이 내린 프리마돈나, 넬리의 인생이 바뀌었다. 사람들은 그녀에게 보석과 꽃을 바쳤다. '샤를 드 모르네'라는 남자는 러시아어에서 중국어까지 20개나 되는 외국어로 넬리에게 스무 번의 청혼을 했다. 그녀의 발밑에 꿇어 엎드린 수백 명의 추종자들은 그녀에 대한 애정을 기발하고도 이국적으로, 혹은 사치스럽기 그지없는 방식으로 표현했다. 어떤 사람은 그녀에게 살아 있는 칠면조를 모자 상자에 넣어서 보내기도 했다. 그녀가 상트페테르부르크에서 공연된 오페라에 출연했을 때, 러시아 황제는 그녀에게 바로크식 진주와 주사위 모양으로 깎은 다이아몬드들이 장식된, 백금과 황금 줄이 어우러진 팔찌를 하사했다. 넬리는 이 팔찌를 자신의 부적으로 삼았다. 러시아 대공의 '작은 기념품' 은 다이아몬드와 황홀한 색깔의 사파이어가 세공된 사슬 팔찌였다.

뉴욕, 워싱턴, 보스턴, 필라델피아가 그녀에게 열광했다. 밴더빌트 가문, 모건 가문, 크레스 가문 등 엄청난 부호 가문들이 그녀를 독차지했다. 베르디는 밀라노에서 그녀에게 찬사를 보냈다. 오페라 작곡가 마세네는 파리에서 그녀에게 '마담 스트라디바리우스' 라는 별칭을 지어주었다. 왜냐하면 스트라디바리우스는 작은 공간에서는 조심스러운 선율이 흘러나오지만, 큰 공간에서는 그 소리가 장엄하게 확대되어 울려퍼지기 때문이다.

이러한 여러 가지 명예들을 위해 그녀가 사적인 감정을 뒤로 한 것은 아니었다. 그녀는 자신이 바라던 최상의 낭만적인 사랑을 했다. 그녀의 마음이 선택한 사람은 프랑스 왕가 오를레앙 가문의 후손 중 한 사람인 루이 필리프 공작이었다. 그는 프랑스가 왕정 시대였다면 당당히 왕위를 요구할 수 있는 왕위 계승 후보자였다. 그녀는 그가 머물고 있는 영국 땅으로 갈 기회를 놓치지 않았다. 그는 처음에는 브리스톨 호텔에 머물다가, 사보이 호텔의 특별실로 옮겼다. 그의 곁에 있기 위하여, 넬리는 젊은 프랑스 예술 애호가이자, 어느 정도 성공을 거둔 헤르만 밤베르크의 작품 '엘레인'을 런던에서 공연하는 것에 동의했다. 또한 그녀의 애인은 프랑스 땅에서의 추방 선고에도 불구하고, 변장을 하고 파리로 찾아와 그녀와 해후하기도 했다. 1894년 봄, 그녀는 애인의 품에서 행복한 시간을 보냈다. 그후 그녀는 코벤트 가든에서 막을 올린 바그너의 오페라 '로엔그린' 공연에서 엘자 드 브라반트 역할을 했다. 세계에서 가장 유명한 패션 디자이너였던 장 워르트는 그녀를 위해 보석으로 수놓은 황금 드레스를 만들어 선물했다. 좌석은 티켓 창구를 여는 순간 표가 매진될 정도로 대만원이었다. '로엔그린'을 작곡한 바그너는 위대한 음악의 신이었고, 그의 음악과 오페라 희곡은 사람들의 열렬한 사랑을 받았다.

템스 강변에서 작게 울부짖는 소리가 들려왔다. 방에서 창문 밖으로 고개를 내밀어 쳐다본 에스코피에가 미소를 지었다. 비스듬히 붉은 동이 터오는 강변에서 오를레앙 공작이 두 마리의 새끼 사자를 데리고 산책하는 중이었다. 왕실의 핏줄을 이어받은 루이 필리프 오를레앙 공은 멋쟁이 신사들의 왕이기도 했다. 고향을 떠나왔지만 그는 그것 역시 별로 중요하게 생각하지 않았다.

사보이 호텔에서 루이 필리프는 황금빛 테두리에 백합꽃으로 장식된 도자기 그릇만을 사용했다. 이 그릇은 리츠가 그를 위해 특별히 주문한 것이었다. 그리고 에스코피에는 오를레앙 공을 위해, 루이 필리프의 이니셜 L과 P가 새겨진 메뉴판을 고급 판지로 특별 제작해 그 위에 손수 메뉴를 썼다. 때때로 그가 시골 음식이나 농부들의 음식을 요구할 때면, 그 음식들을 발로리스[29]에서 만든 도자기 그릇에 담아냈다.

넬리는 샴페인으로 향을 낸 대하 요리를 몹시 좋아했다. 그러나 에스코피에가 만든 '진수성찬 대구 요리' 라든가, '천연 굴과 캐비아' , 아니면 원기를 돋우면서도 가볍고 담백한 음식도 그녀의 마음을 흡족하게 만들었다.

어느 날 그녀는 얼굴을 약간 붉히면서, 에스코피에의 요리는 자신이 무대에 오르기 전에, 그리고 오를레앙 공이 거처에서 자신을 아낌없이 포옹할 때, 또한 자신의 목소리에 큰 효험이 있다고 고백했다. 그녀는 여가수들이 무대에 오르기 전에 사랑을 나눈다는 것을 인정했다.

5월 1일, 오를레앙 공이 잔칫상을 주문했다. '로엔그린' 에 나온 배우들과 오케스트라 지휘자, 그리고 디자이너 장 워르트를 초대하기 위해서였다. 후식은 요리의 거장에게 위임되었다.

"도대체 이 환상적인 요리의 이름이 뭐죠?"

"몽트뢰유 지방의 복숭아는 정말 최고야!" 에스코피에가

---

29) 도자기 산지로 유명한 프랑스의 지방.

혼잣말로 중얼거렸다. 그는 자신이 제일 좋아하는 과일을 손에 들었다. 과일의 촉감은 에로틱했다. "이 과일을 어떻게 준비하면 좋을까?"

그는 복숭아를 이용한 25가지 정도의 요리법을 떠올렸다. 그 가운데 가장 많이 사용되는 것은 '페슈 부르달루' 였다. 부르달루는 18세기의 유명한 설교자의 이름이다. 자제심이 없는 여신도들이 그의 설교집을 치맛속 비밀 주머니에 넣고 다녔다는 이야기가 있을 정도로, 이 설교집은 오랫동안 전해져 내려왔다. 한참 후에 '부르달루' 라는 이름이 붙은 이 설교집들은 골동품 상인들이 즐겨 찾는 물품이 되었다. '왜, 이 말 많은 사람이 디저트에 이름을 남기게 되었을까?' 에스코피에는 문득문득 궁금했지만, 그 답을 찾지는 못했다.

'페슈 부르달루' 는 바닐라 시럽에 담근 복숭아를 크림 과자와 잘게 부순 마카롱(macaron)[30]을 섞은 것 사이에 넣고, 녹인 버터를 그 위에 발라 얼린 후식이다.

이것만큼 자주 애용되는 디저트는 '퀴시식 페슈' 이다. '퀴시' 는 요리에 대한 글쓰기를 소홀히 하지 않았던 미식가 후작의 이름이었다. 이 후식은 부드럽고 커다란 마카롱과 이탈리아 머렝 사이에 반으로 자른 복숭아를 넣어 샌드위치처럼 만든 것인데 그 위에 버찌 술로 만든 소스를 끼얹는다.

---

30) 아몬드, 밀가루, 달걀 흰자, 설탕 등을 넣어 만든 소형의 고급 과자.

에스코피에는 손에 힘을 빼고, 몽트뢰유에서 온 과일이 식탁 위에 굴러다니도록 놔두었다. '페슈 부르달루' 로 할까? 아니면 '퀴시식 페슈' 로 하는 게 좋을까?'

완전한 조화를 이루는 메뉴를 만들기 위한 고민이 잠시 그의 머릿속을 꽉 채웠다. 그는 웨일스 왕자의 아름다운 배우자, 알렉산드라 비에게 헌정했던 것으로 하기로 결심했다. 그 후식은 바닐라 시럽에 담가 살짝 익힌 반쪽짜리 복숭아에 바닐라 아이스크림을 얹고 그 위에 딸기 퓌레와 붉고 흰 장미 꽃잎들을 놓은 다음 설탕을 뿌린 '페슈 알렉산드라' 였다.

에스코피에는 화덕을 부주방장에게 맡기고, '로엔그린' 을 관람하러 코벤트 가든에 갔다. 멜바의 추종자들이 자리잡은 관람석에서 에스코피에는 우아함 가운데 최고의 우아함을 지닌 멜바에게서 천상의 아름다움을 느꼈다. 바그너 마니아들의 바이러스가 그의 마음속에 침투했다. 세상을 떠난 지 11년이 되는 작곡가의 '니벨룽겐의 반지' 나 '파르지팔' 같은 유작들은 '방황하는 네덜란드인' 이나 '로엔그린' 과 같은 초기 작품들과 마찬가지로 에스코피에의 마음에 깊은 감동을 주었다.

특히 에스코피에는 볼프람 폰 에센바흐[31)]의 시와 전래동화에서 영감을 받아 쓴 오페라 '로엔그린' 의 희곡이 마음에 와 닿았다. 말 탄 기사와 백조의 얘기는 그를 어린 시절로 이끌

---

31) 독일 중세의 궁정 서사 시인(1170?-1220?).

었다. 어린 시절, 그는 집의 벤치에 등을 기대고 앉아 천천히 책을 읽다가, 책에서 눈을 떼고 거대한 첨탑 너머로 태양이 하늘을 분홍색으로 물들이면서 사라지는 것을 지켜보거나, 바다에서 너무 멀리 떨어져 있는데 밤이 다가오는 것을 알고 깜짝 놀란 갈매기들의 불안스런 비행을 눈으로 좇곤 했다.

멜바는 극중 오빠인 고드프루아의 암살범으로 잡히고 나서, 자기에게 어서 구원자를 보내달라고 애원하는 엘자 드 브라반트의 역할을 기가 막히게 소화해냈다.

번쩍이는 갑옷을 입고, 백조가 끄는 배 위에 우뚝 선 로엔그린이 도착하는 장면은 매우 인상적이었다. 색깔을 바꾸는 조명 효과로, 새는 우아한 자태를 유지하면서 점점 화려하게 변해갔다. 조명은 빨갛게, 파랗게, 하얗게, 그리고 유리처럼 투명하게 바뀌었다. 문득 에스코피에의 머리에 '얼음 백조라니… 디저트를 올릴 수 있는 완벽한 받침대 아닌가! 만찬의 멋진 피날레가 될 수 있겠어!' 라는 생각이 떠올랐다. 음악광은 다시 요리사가 되었다. 엘자의 기도를 반주하는 구슬픈 목관악기 소리와 로엔그린의 도착을 알리는 맑은 바이올린 소리는 그의 정신을 한껏 고양시켰고, 덕분에 에스코피에에게는 아주 멋진 생각이 떠올랐던 것이다. 카렘이 권장한 기념물 모형 받침대를 자신의 요리에 사용하지 않았던 에스코피에는 독창적인 요리 코디네이션을 항상 생각해냈고, 얼음 조각을 즐겨 애용했다. 리츠도 얼음 조각이 화려한 이미지와 잘 맞는

다며 에스코피에의 생각을 지지했다.

오를레앙 공작이 주관하는 만찬은 그 다음날 열렸다. 디저트에 얼음으로 조각한 백조가 나타났다. 백조의 날개는 작은 초들의 불빛으로 영롱하게 반짝이는 크리스털 그릇을 껴안고 있었고, 그 그릇 안에는 실처럼 만든 설탕이 나선 모양으로 반쯤 덮은 '페슈 알렉산드라' 가 담겨 있었다. 사람들이 박수를 치면서 찬사를 보내기 위해 거장을 불렀다. 왕위를 꿈꾸는 공작과 세계적인 디자이너 워르트가 에스코피에를 위해 건배를 했다.

웨스터민스터 사원의 종소리가 자정을 알렸다. 에스코피에는 자신의 거처로 돌아가기 위해 엘리베이터를 타고 올라갔다. 검지 손가락으로 그는 자신의 뺨을 토닥거렸다. 뭔가 미진한 게 남아 있을 때 하는 버릇이었다. '뭔가 더 개선시킬 만한 여지가 있을 텐데…….' 그는 잠자리에 들면서 생각했다. '딸기 퓌레는 약간 신맛이 난단 말야. 다른 것으로 대치할 수 없을까?'

그는 꿈을 꾸었다. 검은 개가 그의 주위를 빙빙 돌면서 짖어댔다. 그 개는 세니아였다. 에스코피에는 자신이 아주 훌륭한 보존 기술을 개발할 것이라고 말했다.

다시 꿈을 꾸었다. 그는 베르무트[32]를 얹은 페슈 알렉산드

---

32) 와인, 설탕, 알코올을 기본으로 한 아페리티프용 술.

라, 닭벼슬 모양의 페슈 알렉산드라, 개 혓바닥 모양의 페슈 알렉산드라 등을 상상해냈다. 그는 아무런 영감도 얻지 못하고 자리에서 일어났다.

주방으로 내려간 그는 곧바로 여러 가지 시도를 해보았다. 구즈베리 젤리, 살구 마멀레이드, 체리 잼… 마침내 가장 완벽해 보이는 조화를 찾아냈다. 바로 복숭아, 바닐라 아이스크림, 그리고 산딸기 시럽이었다.

정오에 그는 멜바가 공연에 들어가기 전 방에서 먹을 간단한 요깃거리가 서빙 테이블에 놓여 있는 것을 보았다. 거기에는 구운 고기와 샐러드, 그리고 간단한 디저트가 놓여 있었다.

저녁 7시, 에스코피에는 조심스럽게 준비해놓은 두 개의 반쪽짜리 복숭아 위에 신선한 아몬드를 몇 개 뿌려 여가수에게 보낼 쟁반 위에 올려놓았다. 그리고 그 옆에 메모지를 하나 덧붙였다. "무언가 달라진 걸 아시겠습니까?"

비서가 에스코피에를 불렀다. 세니아가 서빙 테이블에서 뭔가 중대한 이상(異狀)을 발견했다는 것이다. 에스코피에는 넬리의 답장이 들어 있는 봉투를 뜯으며 어깨를 으쓱했다.

"정말 훌륭하군요! 복숭아, 산딸기, 바닐라는 완벽한 삼위일체예요! 도대체 이 환상적인 요리의 이름이 뭐죠?"

에스코피에는 미소를 지었다. 그는 천상의 여인에게 급사를 다시 보냈다. 넬리는 메모지에 적힌 내용을 읽었다. "비밀입니다! 엘자가 로엔그린에게 누구인지 밝히라고 애원했을 때 로엔그린이 어떻게 했던가요? 그는 가버렸습니다. 비밀을 깨려고 할 때 터질 수 있는 위험이 무엇인지 생각해보십시오!" 오스트레일리아 출신의 프리마돈나는 프랑스인들이란 참 알다가도 모를 사람들이라고 생각했다.

다음날 에스코피에는 레스토랑 홀을 몇 바퀴 돌고 나서 한 테이블로 다가갔다. 그리고 몸을 깊이 숙인 다음, 한 음절, 한 음절 똑똑히 발음했다.

"그 디저트는 바로 페-슈-멜-바입니다!"

웨일스 왕자의 찬사를 받은 연회

6월, 이륜마차들이 세상에서 가장 고귀한 신분을 지닌 고객들을 '더 몰'[33]을 지나 사보이 호텔로 모시는 동안, 세인트 제임스 공원의 풀들은 진한 자스민 향을 뿜어내고 있었다.

리츠와 에스코피에는 환상적인 콤비를 이루었다. 도일리 카트가 기획하여 성공을 거둔 소가극 '군함 피나포어', '미카도', '이오란드' 등 오페라[34] 제목을 딴 개인실을 사용하기 위해서는 미리 예약을 해야만 했다. 단지 세니아만이 이 두 사람의 가치에 대해 여전히 의구심을 품었다.

---

33) 런던의 세인트 제임스 공원에 있는 가로수 산책길 이름.

34) 극작가 길버트와 작곡가 설리번이 합작해서 만든 '오페레타' 들로 1881년 사보이 호텔 개관 이후 주로 이 호텔에서 공연되었다.

1895년 6월, 루이 필리프 오를레앙 공은 아오스트 공작과 결혼하는 누이동생 엘렌의 결혼식 피로연을 리츠와 에스코피에가 주관하도록 했다.

"1층 연회장은 이미 웨일스 왕자가 주재하는 군사연합회인 코르니쉬 클럽의 연회로 예약이 되어 있습니다."

"그렇다면 우리는 브리스톨 호텔로 갈 것이오!" 오를레앙 공이 무뚝뚝하게 응수했다.

그 자리에 있던 세니아가 미소를 지었다. 그녀의 눈이 반짝였다.

"제게 맡겨두십시오!" 검지 손가락을 똑바로 세워 자신의 입술에 갖다대면서 리츠가 확신 어린 어조로 말했다.

지하에는 당구대와 여분의 식탁을 쌓아놓은 커다란 빈 공간이 있었다. 영국식 정원으로 난 높고 좁은 창문에서 어슴푸레한 빛이 스며나왔다. 그곳에서는 케케묵은 먼지 냄새가 났고, 바닥과 벽은 시멘트 상태 그대로였다.

리츠가 만족한 웃음을 지었다. 리츠의 시찰에 따라온 도일리 카트와 에스코피에는 놀라서 불안한 시선을 교환했다.

"호프만의 소설을 읽어본 적이 없으신가요?" 리츠가 물었다. "두 분은 모든 장소는 마술처럼 변할 수 있다는 것을 알게 될 것입니다. 이 창문을 넓히고 저 문을 열면, 이 지하 감옥을 알리바바의 동굴로 바꿀 수가 있지요."

식탁 위에는 빈 겨자병이 굴러다녔다. 리츠는 자기 옷의 단춧구멍을 장식하고 있는 순백색 카네이션을 빼서 이 겨자병 속에 꽂았다.

"보십시오! 이 작은 행동 하나가 세상을 바꾸지 않았습니까!"

희미한 빛 속에서 카네이션은 도깨비불처럼 반짝였다.

"이 사람은 정신나간, 위험한 작자에요! 우리 손님들을 지하 창고에 모신다니?" 파리의 공작 부인이 소리질렀고 세니아가 맞장구를 쳤다.

그러나 리츠는 음침한 지하실을 환상적인 장소로 탈바꿈시켰다. 벽은 방습 처리를 한 다음, 붉은색과 황금색 무늬 비단, 거울, 은제 램프로 꾸몄다. 내부 공기를 시원하게 하기 위해 얼음 덩어리가 동원되었고, 이 얼음을 감춘, 잎이 무성한 고사리와 야자수 들이 신선한 화초들과 어우러졌다. 백합들은 보헤미안 크리스털 꽃병 속의 장미들과 함께 꽂혀 청초한 자태를 뽐냈다. 바닥에는 터키산 고급 양탄자가 깔렸다.

초대받은 손님들(그들은 유럽을 지배하는 각 가문의 대표자들이었다)은 신비한 동굴 속에 서 있었다. 루이 필리프 오를레앙 공은 무릎 골절상 때문에 웨일스 왕자비가 미는 휠체어를 타고 나타났다. 그녀의 남편은 그들의 머리 바로 위에서 코르니쉬 클럽 연회를 벌이고 있었다.

이날의 저녁 파티를 위해, 에스코피에는 여러 가지 메뉴를 구성했다. 결혼 피로연의 식탁(서른일곱 명의 왕자와 공주, 공작과 공작 부인)은 이탈리아식, 프랑스식, 영국식을 적절히 섞어 구성했다. 캉탈루 멜론, 젤리 콩소메, 이탈리아식 양송이 수프, 가자미 허브 포피에트(paupiette)[35]를 곁들인 아스티[36] 와인에 익힌 송어, 미리 소금에 절여둔 피에몬테산 양갈비, 프랑스식 완두콩, 영국식 무슬린 소스[37], 왕실 결혼을 위한 새고기 가슴살 요리, 클리코 로제 샴페인[38] 향의 샤베트(sorbet), 포도잎으로 찐 메추라기, 멧새 꼬치구이, 알렉산드라 샐러드, 피렌체식[39] 가재 수플레, 아티초크 속대와 골수 소스[40], 딸기 무스 위에 얹은 루이즈 도를레앙 복숭아, 사보이 비스퀴 글라세(biscuit glacé)[41], 미냐르디즈(mignardise)[42], 포도, 살구, 복숭아 등의 과일…….

코르니쉬 클럽 회원들에게 제공되는 식사는 이것과는 완전히 달랐다. 에스코피에는 이들의 메뉴에 소란스러운 군대의 소음을 투영시켰다. 멜론, 터틀 수프[43], 생-제르맹 포타주[44], 분홍 송어, 작은 흰살 생선과 디아블 소스[45], 햄을 넣은 무스,

---

35) '포피에트'란 속에 채소를 넣어 둥글게 만 요리를 말한다.
36) 이탈리아 북서부 피에몬테 자치주 아스티 현의 현도(縣都). 발포성 와인인 스푸만테 와인 생산으로 유명한 지역.
37) 올랑데즈 소스에 생크림을 섞어 만든 소스.
38) 클리코 부인이 만든 샴페인 회사에서 생산하는, 분홍빛 샴페인.
39) 피렌체식으로 만드는 요리에는 시금치와 생크림이 들어간다.
40) 소의 골수를 이용해 만든 소스.
41) 머랭에 생크림 등을 섞어 틀에 넣어 얼린 것.
42) 작은 크기의 축제용 과자나 사탕 등을 일컫는 말.
43) 바다거북을 주재료로 한 수프. 현재는 바다거북을 보호하기 위해 거북을 음식 재료로 사용하는 것이 금지되었다.
44) 말린 완두콩으로 만든 진한 수프.
45) '악마의(diable) 소스'라는 뜻으로, 화이트 와인, 양파, 식초, 토마토 농축액, 카옌 후추, 볶은 후추로 만든 매운 소스이다.

꼬치에 끼워 구운 새끼양 엉덩이살 요리, 영국식 아리코 베르, 크림 감자, 알자스식 새고기 가슴살 요리, 수바로프 메추라기, 상추 속대 샐러드, 아르장퇴유 아스파라거스, 파인애플 비스퀴 글라세, 마라스키노를 가미한 딸기, 이리(laitances)[46]를 얹은 토스트, 터키 커피[47]…….

이 뒤죽박죽된 음식들은 요란한 술들과 함께 차려졌다. 술에는 아몬틸라도(이 술을 주제로 한 에드가 앨런 포의 유명한 단편인 〈아몬틸라도 술통〉도 있다)[48], 밀크-펀치, 번캐스터 닥터, 브라운 캉트냑[49], 포머리[50], 모에[51], 레오빌-푸아페레[52], 그랑드 핀느[53], 그로프트스 올드 포트, 퀴라소 마르니에 엑스트라-섹[54]과 같은 것들이 있었다.

아내로부터 결혼식 피로연 식탁의 메뉴를 받아든 웨일스 왕자는 탄식을 쏟아냈다. "거기 참석 못해서 정말 안타깝군!

---

46) 물고기 수컷의 정액 덩어리를 일컫는 속어로 '곤(鯤)'이 정식 명칭이며 '어백(魚白)' 또는 '백자(白子)'라고도 불린다.

47) 볶은 원두를 즉석에서 갈아, 질그릇에 넣고 물과 설탕과 함께 끓여내는 진한 커피. '아르메니안 커피'라고도 한다.

48) 스페인의 전통적인 셰리주(스페인 남부 지방에서 생산되는, 브랜디가 첨가된 화이트 와인으로 식사 전에 식욕을 돋우기 위해 마시는 술 가운데 최고로 꼽힌다)의 일종. 단맛이 강하다.

49) 프랑스의 캉트냑 브라운 샤토(城)에서 생산되는 레드 와인.

50) 1836년에 설립된 프랑스의 유명 샴페인 회사에서 생산되는 샴페인.

51) 유럽 왕실의 공식 샴페인 공급 업체인 '모에 샹동' 사에서 생산하는 최고급 샴페인.

52) 프랑스의 생-쥘리엥 지역에서 가장 유명한 레오빌 포도원에서 생산되는 레드 와인.

53) 프랑스의 그랑드 샹파뉴 지방과 프티 샹파뉴 지방의 브랜디를 섞어 만든 제품.

54) 녹색 오렌지의 껍질과 브랜디를 섞어 만든 오렌지 리큐어. '엑스트라-섹'은 당분 첨가율이 1~3%라는 뜻.

오래오래 상복(喪服)을 입고 통곡할 일이야…….” 라 부셰어가 퍼뜨린 웨일스 왕자의 유감이 모든 신문에 실리게 되었다.

이 기사를 읽고 나서 에스코피에가 제일 처음 느낀 기분은 우쭐함이었다. 자신이 만든 저녁식사에 참석하지 않았다는 이유로 상복을 입는다는 것은 에스코피에의 재능이 얼마나 중요한가를 증명해주는 것이었다. 하지만 그는 왕자의 표현이 과장된 것임을 알았다. 이 사람은 자기가 원하는 식사를 원하는 레스토랑에서 얼마든지 주문할 수 있었다. 에스코피에는 '사실, 그 기사는 왕자의 변덕스런 마음만 표현했을 뿐인 거야' 라고 생각하며 이내 씁쓸해했다.

"나는 사보이의 요리가 왕자를 이곳으로 오게 한 것이라고는 생각지 않습니다." 리츠가 에스코피에의 생각을 뒷받침했다. "오히려 왕자 스스로 만든 생각들이 그렇게 한 것이지요. 쾌락의 세계 속에 살면서, 왕자는 쾌락의 순위를 아주 주관적으로, 게다가 아무런 근거 없이 매기는 것입니다. 그는 자신이 이 피로연에 참석할 수 없었기 때문에, 단지 그 이유로 당신의 연회를 격찬한 것이지요."

에스코피에는 짬이 날 때마다 여가생활을 즐겼다. 그는 아서 코난 도일이 쓴 셜록 홈즈의 두 번째 이야기인 《주홍색 연구》에 푹 빠져들었다. 그는 그 영향으로 모나코 카지노의 붉은 카펫 위에서 엄청난 돈을 벌고 돌아온 몇몇 신사들을 위해

'주홍색' 저녁을 준비했다.

이 신사들이 예약한 개인실의 네 군데 구석에는 짙은 주홍색 구슬로 장식한 종려나무가 놓여 있었고, 식탁에는 빨간 장미 꽃잎들이 뿌려져 있었다. 석류색 벨벳 천을 씌운 의자들에는 운명을 예고하는 숫자 9가 새겨져 있었다. 메뉴는 음식의 향과 이름에서 나오는 운율이 서로 스며들어 한 편의 시를 이루었다. 맨드라미가 그려진 작은 냅킨 위에 훈제 연어를 둥글게 배치하고 그 한가운데에 놓은 캐비아, 붉은 자고새 콩소메, 샹베르탱 와인[55]을 뿌린 홍돔 쉬프렘, 토마토와 주홍색 강낭콩 퓌레를 곁들인 새끼양 엉덩이살 요리, 아름다운 여름 석양 빛의 소스와 햇아스파라거스, 붉은 파프리카를 뿌린 헝가리식 푸아그라 젤리 파르페, 순무와 붉은 상추 샐러드가 그 주인공들이었다. 후식시간이 되자 모나코의 얼음 바위 조각상이 은은한 붉은 조명을 받으며 등장했고, 그 조각상 위에는 자홍색 카네이션과 붉은 단풍잎으로 둘러싼 크리스털 그릇이 올려져 있었다. 그릇 안에는 퀴라소 무스 위에 얹은, 설탕과 리큐어에 담갔던 하우스 딸기가 들어 있었다.

그 신사들은 에스코피에에게 다시 한 번 도박을 하고 싶은 생각이 든다고 말하면서(그들은 식사 내내 주홍색의 특별한 통에 담긴 뭄 코르동 루즈 샴페인[56]만 마셨다), 다음에 다시 올 때에도

---

55) 부드럽고 그윽한 과일 향이 특징인 피노 누아르 품종의 포도로 만든 부르고뉴 지방의 특급 레드 와인. 담백한 육류 요리와 잘 어울린다. 나폴레옹이 즐겨 마셨다고 한다.

이와 비슷한 식사를 준비해줄 것을 부탁했다. 에스코피에는 고개를 끄덕였다. 그는 기회란 언제든 찾아온다는 걸 확신하기 위해 모나코에서 그렇게 오랫동안 살지 않았던가.

세니아가 리츠와 에스코피에에게 던진 몹쓸 저주는 그것으로 충분했다.

"그들에게 가장 호화로운 호텔을 가져다줍시다!"

로마의 바람은 휘파람 소리를 냈고, 수천의 미세한 돌먼지들이 소용돌이치며 날아다녔다. 세니아에게서 2,000여 킬로미터나 떨어진 곳에서 서로를 만난 에스코피에와 리츠, 마리, 그리고 델핀은 재회의 기쁨에 행복해하면서도 돌바람 때문에 조심스레 눈을 반쯤 감았다.

그들은 산피에트로 광장 중앙에 있는 헬리오폴리스의 거대한 오벨리스크 앞에 서 있었다. 그러다 성 베드로 성당으로 들어가 미카엘 대천사장이 함께 그려진 피에타[57] 앞에 무릎을 꿇은 후, 둥근 지붕 꼭대기로 올라갔다. 그곳에서 그들은 바티칸의 정원들과 로마 시내를 바라보았다. 몬테 마리오[58]

---

56) 19세기부터 명성을 얻은 '뭄' 회사의 샴페인으로 병에 빨간 리본을 둘렀다. '코르동(Cordon)'은 리본, '루즈(rouge)'는 빨간색이란 뜻이다.

57) 십자가에서 내린 그리스도의 시체를 무릎 위에 놓고 애도하는 마리아를 표현한 기독교 미술.

58) 로마의 테베레 강 우안에 있는 높은 구릉.

까지 이어진 붉은 빛의 도시에는 분홍색 기와지붕들 위로 언덕과 종루, 그리고 둥근 지붕들이 펼쳐져 있었다. 저 멀리 푸르스름한 선이 보였다. 그것은 지치지도 않고 늘 다시 시작하는 파도들이 철썩대는 바다였다.

그들은 그곳을 내려왔다. 마리 리츠는 교회의 중앙 홀에 있는, 13세기에 만들어진 성 베드로 상의 엄지 발가락에 입술을 갖다댔다. 그런 다음, 그들은 아라그노 카페에 가서 '타마린고(tamaringo)'라는 이름이 붙은, 대추야자 시럽이 뿌려진 아이스크림을 먹었다.

1891년, 헨리에타 라 부셰어가 올드 팰리스 야드에 있는 자신의 저택에서 연회를 베풀 때, 루디니 후작[59]은 로마의 명성에 어울리는 호텔을 세워야 할 필요성에 대해 역설한 바 있다.

"로마인들은 게으르고 뻔뻔하기 짝이 없소. 그들은 유례없는 호화로운 호텔을 원하지만, 그걸 손에 넣기 위해 아무런 일도 하지 않소."

"그 호텔을 그들에게 가져다줍시다!"

이 일에는 사보이 호텔의 행정자문위원 가운데 몇 명이 참여했다. 그들은 이탈리아 반도에서 가장 화려하고 모든 객실에 개인 욕실이 딸려 있으며 유럽에서 가장 최신식으로 만들어질

59) 이탈리아 내각의 수상(1891-1892).

그랜드 호텔의 필요성을 인정했고, 그 건축물을 구상했다.

건물은 완성 단계에 있었다. 사보이 그룹은 그랜드 호텔의 출범에 도움을 주고자 리츠와 에스코피에를 보냈다.

"베르닌[60]의 건축은 환상적입니다." 리츠가 말했다. "이 사람은 모든 것을 만들어내지요. 그랜드 호텔은 그의 전작과 비교하면 별것 아닌 것처럼 보일 정도입니다."

"그랜드 호텔은 현대적입니다." 에스코피에가 자기 잔을 내려놓으며 말했다.

"아아, 현대적이라고요. 그야 그렇지요! 전 허니문 전용 객실 천장을 가로지르는 서까래 뒤에 전등을 달아놨지요. 호텔 방에 간접 조명을 쓴 것은 저희가 최초라고 생각합니다."

"당신은 제 남편의 신념을 알고 계시는지요?" 마리 리츠가 끼어들었다. "'모든 장식은 고객들에 대한 사소한 배려까지 증명해주는 것이어야 한다.' 이것이 바로 제가 숫거위털로 만든 그 유명한 아일랜드 베개를 주문한 이유랍니다……."

"만일 우리가 타마린고를 메뉴로 내놓는다면 어떨까요?"

새 호텔에서도 에스코피에는 요리를 주관했는데, 각각 스물다섯 명씩 있는 이탈리아 요리사들, 프랑스 요리사들과의 동거는 쉽지 않았다. 그는 델핀과 함께 '하드리아누스 빌라'[61]를 방

60) 이탈리아의 조각가 · 건축가 · 화가 · 극작가 · 시인(1598-1680).

61) 로마 근처의 티볼리 시내에 있는 하드리아누스 황제의 거대한 별장으로 신전, 박물관, 목욕탕, 경마장 등 많은 시설들이 모여 있는 건축 단지. 15세기부터 발굴이 시작되었으며, 2001년 유네스코에서 '세계 문화 유산'으로 지정하였다.

문했다. 그들은 그곳에서 하드리아누스 황제[62]가 모든 요리 가운데 꿩고기살과 암퇘지 젖통, 햄과 바삭바삭한 파이로 구성된 요리인 '테트라파르마크(tétrapharmaque)' [63]를 가장 좋아했었다는 것을 알아냈다. 에스코피에는 이 요리를 오벨리스크 형태로 꾸며서 만들어보았지만 메뉴판에 올리는 것은 포기했다. 왜냐하면 이상한 이름을 가진, 알 수 없는 허브들이 들어가는 이 요리에 양념을 어떻게 해야 할지 도통 알 수가 없었기 때문이다.

에밀 졸라가 전해준 '풍자 요리'

로마 그랜드 호텔의 첫 손님 중 한 명은 넓은 이마에 수염을 길렀고 굵은 허리에 투실투실 살이 찐 쉰다섯 살의 소설가였다. 그는 통통하게 살이 오른 새끼손가락을 쉴새없이 만지작거렸고 약간 앞으로 기울여 앉는 버릇이 있었으며 반짝이는 멋진 장화를 신은 발을 흔들어댔다. 또한 그는 말할 때 혀 짧은 소리를 내며 부정확하게 발음하곤 했다. 에스코피에는 그를 오래전부터 알고 있었다. 작년에 그는 런던 생활을 조사할 목적으로 사보이 호텔에 머문 적이 있었다. 유명한 대식가인 그를 두고 모파상[64]은 "보통 소설가 세 명이 먹는 양을 먹는다"고 말했

62) 뛰어난 군인이자 정치가로 예술에 조예가 깊었던 로마 황제(76-138).

63) 4가지 재료로 만들어진 이 요리 명칭은 네 가지(테트라) 약재(파르마크)란 뜻을 지닌 단어에서 나왔다.

64) 프랑스의 사실주의 작가(1850-1893).

다. '그'는 바로 《나나》의 작가인 에밀 졸라[65]였다. 그는 자기 부인이 수치스럽게도 이탈리아어 교사와 시시덕거리고 있는 동안, 이탈리아인들의 미각에 혁명을 일으키기 위해 이곳에 온 프랑스 요리의 대가와 현학적인 대화를 나누고 있었다.

졸라는 어린 시절을 엑상프로방스에서 보냈다. 프랑스 남부 미디 지방의 요리는 그에게 큰 관심사였다. 그는 '그라스식 배추 요리'를 성공하려면 배춧속을 파내어 그 속에 고기를 채우는 것이 아니라, 배춧잎 사이에 다진 쇠고기를 넣어야 한다는 것을 알고 있었다. 그는 또한 갓 잡은 정어리는 포도덩굴을 태워 만든 숯 위에서 가장 맛있게 구워지며, 상에 낼 때는 마늘로 문지른 사기 그릇 위에 얹어서 엑상프로방스 지방의 페르시야드 소스[66]로 덮어야 한다는 것을 알고 있었다. 졸라는 나폴레옹 1세가 몹시 좋아했던 '피에몬테산 흰 트뤼프 폴렌타(polenta)'[67]에 대해 논하기도 했다.

어느 날 졸라는 '젖먹이양 에피그람(épigramme)[68] 요리'를 준비해달라고 에스코피에에게 요청했다. 이 요리는 다음과 같이 만든다. 우선 영국식으로 빵가루와 계란 노른자를 섞은 후 그 튀김옷을 양등심살에 묻힌다. 그리고 이 양등심살을 튀긴 다음, 거기에 아스파라거스 새순과 야채 샐러드를 곁들이

---

65) 자연주의 문학을 확립한 프랑스의 소설가이자 비평가(1840-1902).
66) 파슬리, 식용유, 식초를 바탕으로 한 소스.
67) 송로버섯을 넣은 옥수수죽.
68) 프랑스어 에피그람은 '풍자'라는 뜻이다.

고, 길쭉한 하트 모양의 가슴살로 만든 갈비 장식을 함께 담아낸다.

"이 요리의 이름은 정말 재미있지 않소?" 졸라가 말했다. "나는 로마의 시인 마르티알리스가 쓴 신랄한 풍자 산문집인 《에피그람》이라는 책제목이, 기가 막히게 맛있고 세련되면서 동시에 기만적인 요리 이름으로 선택되었다는 게 참 재치 있어 보인다오. 친구, 당신은 왜 이런 이름이 붙었는지 아시오?"

에스코피에는 자신의 뺨을 톡톡 두드렸다. 요리 역사에 대한 그의 지식에 약간의 틈이 생긴 것이다.

"18세기에 높은 신분을 지닌 어떤 어리석은 여자가 보드뢰유[69] 백작 집에서 정말 감미로운 풍자를 맛보았다고 말하는 것을 들었지요. 다음날 그녀는 주방장에게 풍자 요리를 올리라고 하지 않았겠소. 그녀의 무지몽매한 소치에 대해 감히 뭐라 말할 수 없었던 이 주방장은, 아마도 '미슐레' 라는 이름을 가진 사람이었던 모양인데, 그녀의 체면을 손상시키지 않으려고 자기 나름대로 젖먹이양 고기로 요리를 개발했지요. 이 요리에 반한 손님들이 요리사를 불러 이 요리 이름이 무엇이냐고 물어보지 않았겠소. 이 요리사는 '미슐레 에피그람 요리' 라고 대답했지요. 어떻게 생각하시오?"

"그 요리사 미슐레는 현실 감각이 있는 사람이군요. 뭘 해

---

69) 프랑스의 행정관(1698-1778).

야 할지 모를 때는 창조해야만 하지요."

경영에 관한 리츠의 법칙 역시, '아무도 기대하지 않는 곳에서 이벤트를 창조해내는 것' 이었다. 그는 로마 사교계의 높은 사람들을 매혹시킨 '겨울 시즌' 을 만들어내면서, 로마 사교계의 삶을 변화시키는 데 열중했다. 12월부터 3월까지 로마 그랜드 호텔에서는 무도회, 축제, 코티용(cotillon)[70] 파티 등이 연달아 기획되었다. 그랜드 호텔 호가 순풍에 돛 단 듯이 나아가자, 에스코피에는 다시 런던으로 돌아왔고 델핀은 모나코로 돌아갔다. 이 두 사람은 대부분의 시간을 떨어져 살았지만 변함없이 서로를 사랑했다. 델핀은 자신을, 긴 항해를 떠난 선장의 평범한 아내로만 여긴 것은 아니었다. 그 선장은 보통 선장이 아니라 '엄청난 거함(巨艦)을 지휘하는 선장' 이었기 때문이다.

마리 리츠 또한 혜성이 된 남편을 거의 보지 못하고 살았다. 왜냐하면 세자르 리츠는 뉴욕, 베를린, 팔레르모 등지를 방문하느라 바빴기 때문이다.

그동안 세니아는 사보이 호텔의 거래 장부를 샅샅이 조사하고 있었다.

---

70) 18세기 초 프랑스에서 시작된 사교 댄스. 왈츠, 폴카, 마주르카 등의 음악에 맞춰 네 쌍의 커플이 함께 춤을 춘다.

'호텔의 제국' 리츠 개발회사의 출범

유대인 태생의 바니 버나토(콘서트 홀의 이름이기도 하며, 그의 아버지는 그를 '아이작 아이작스'라고 불렀다)는 "사느냐, 죽느냐…"를 말한 햄릿의 긴 독백을 전부 읊으면서 돈을 벌기 시작했고, 권투하는 피에로 흉내를 내며 먹고살다가, 남아프리카의 다이아몬드로 재간을 부려 엄청난 부를 축적한 사람이었다.

그러나 이스라엘 백성을 먹여 살린 하늘의 양식 '만나'도 그의 과도한 음주를 막진 못했다. 그는 바지 단추가 풀린 채, 엄청나게 살찐 앵무새 한 마리를 어깨에 앉히고는 자신이 속한 행정자문위원회에 참석하곤 했다. 그는 모나코, 루체른, 런던에서 정기적으로 만나온 리츠와 친밀한 관계를 유지했다.

1897년 6월 18일 13시 13분(이것은 항해 일지가 증명해주는 것이다), 술에 잔뜩 취한 바니 버나토는 영국으로 가는 여객선의 뱃전에서 몸을 던졌다. 그는 아무런 흔적도 남기지 않고, 짜디짠 잿빛 바다 속으로 사라졌다.

리츠는 그의 자살 소식을 듣고 큰 충격에 휩싸여 자신의 몸을 혹사시켰다. 과도한 흥분 상태가 우울증과 번갈아가며 나타났다. 예민한 그의 감각들이 절정으로 치솟고, 예기치 못한 어떤 요소들이 그를 혼란 속으로 내동댕이쳤다. 그는 '13'이란 숫자가 불길하다고 생각했다. '13시 13분, 13시 13분…….' 버나토의 실종과 겹쳐진, 운명을 예고하는 이 숫자는 리츠의 꿈속을 떠돌아다녔다.

그러나 그는 '전진' 을 멈추지 않았다. 어떤 이들은 그런 그를 보고 '맹목적' 이라고 했고, 또 다른 이들은 '천재적' 이라고 생각했다. 그는 바덴바덴과 니스에 있는 자산을 팔아서, 금융계 종사자들인 알프레드 베이트, 루트비히 노이만과 시몬 노이만, 그리고 사보이 호텔의 몇몇 주주들과 함께, 세계에 수많은 호텔들을 건설할 '리츠 개발회사' 를 창립했다.

첫 번째 호텔은 엑스레뱅[71]의 르바르 산 위에 세운 '샬레' 였다. 이곳은 아담하고 예쁜 호텔로 그곳에서 멀리 떨어져 일하던 에스코피에가 레스토랑 감독을 맡았다. 샬레는 때마침 엑스와 르바르 산의 중턱을 연결하는 철도가 개통되는 시기에 문을 열었다. 르바르 산 중턱에서 사람들이 아래를 내려다보면 부르제 호수 전체를 조망할 수 있고, '고양이 이빨' 이라고 불리는 송곳니 모양의 바위들을 감상할 수 있다. 그러나 샬레 호텔은 관광객들에게는 너무 높은 곳에 있었다. 관광객들이 스위스에서 찾는 것은 프랑스에서도 찾을 수 있었다.

리츠는 샬레 호텔을 포기하고, 프랑크푸르트에서 '프랑크푸르트 호프' 를 전세 내어 이곳을 유럽 명문가 사람들이 반드시 들르는 곳으로 만들고자 했다. 웨일스 왕자가 주관하고 아폴리나리스 회사[72]가 비용을 대어, 캐비아를 국자로 떠서 각자의 접

71) 프랑스 남동부 론알프 지방 사부아 주에 있는 알프스 산맥의 온천지이자 도시로서 여름 · 겨울 휴양지로 유명하다.

시에 담아줄 정도로 호화스런 점심 회식을 열었지만, 기대만큼 손님들이 참석하지 않아 생수병들은 새것 그대로 남아 있었다.

"중요한 것은 사람들이 그것에 대해 말한다는 것이지요." 리츠가 신문기자들에게 말했다.

자신의 이름을 단 건물, 황소처럼 건장한 수위와 고급 바의 웨이터들, 그리고 벨보이들이 지나다니며 그 이름을 확인시켜 줄 리츠 자신의 개선문… 이 모든 기대와 생각을 구현시킬 호텔을 세상에서 가장 아름다운 장소에 여는 것. 이러한 꿈을 이루는 데 스위스나 독일은 더 이상 이상적인 장소가 아니었다.

그 무렵 파리 방돔 광장에 있는 로죙 공작[73]의 저택이 매물로 나왔다. 리츠는 자신이 이 저택을 구입할 의향이 있음을 적극 알렸고, 저택 구입 비용을 마련하기 위해 미식 여행을 기획했다. 이 소식을 처음으로 전해들은 사람은 세니아였다.

화가 모네가 맛본 에스코피에의 요리 예술

몇 주 전부터 클로드 모네[74]가 사보이 호텔의 6층 객실에

---

72) 독일의 미네랄 워터 제조 회사.

73) 루이 14세가 총애하던 왕실 경비대 소속 장교로 몽팡시에 공작 부인과 결혼하려다 9년간 감옥 생활을 했다. 몽팡시에 부인의 노력으로 석방된 후 그녀와 결혼했으나 결혼 생활은 불행했다. 끝내 이혼하고 생 시몽의 이복 자매와 재혼한다. 전형적인 돈 후안형 인간이다.

74) 프랑스의 인상파 화가(1840-1926).

머물고 있었다. 그는 자기 작품을 보러 오라며 에스코피에를 초청했다.

화가는 템스 강이 보이는 창문 앞에 이젤을 세워놓았다. 그는 20여 점의 화폭 위에서 동시 다발적으로 작업하는 습관이 있었다. 그는 빛이 미묘하게 떨리는 다양한 순간을 담아내고자 고심하면서, 하루의 매시간 매순간마다 달라지는 채링크로스 다리와 워털루 다리를 표현하기 위해 이 그림 저 그림으로 꾸준히 옮겨갔다. 그는 런던 체류 기간 동안, 이 두 다리와 함께 땅거미가 질 무렵 성 토마스 병원의 창문에서 비치는 빛의 파장을 잡아내기 위해 자주 다니던 의사당을 배경으로 100여 점의 그림을 완성했다. 모네는 이들을 둘러싼 분위기를 그 형태보다 더 중요하게 여기면서, 이 분위기를 상상하여 전체적으로 구성하려고 노력했다. 오스카 와일드는 자연이 사람을 모방한다고 말했다. 왜냐하면, 모네의 그림을 보기 전에는 안개가 런던 다리들 주위에서 어떻게 무지개 빛을 발하는지 깨닫지 못했기 때문이다.

"제가 선생님의 그림에서 가장 좋아하는 것은……." 에스코피에가 말했다. "이 그림들이 예기치 못한 사실들을 상당히 많이 밝혀준다는 데 있습니다……."

"맛들이 마술처럼 결합하여 모든 것을 바꿔놓는 당신 요리처럼 말이지요. 당신의 요리를 먹을 때, 두 번째 숟가락을 들 때에는 처음 먹을 때와는 전혀 다른 맛을 주지요. 나 역시 당신의 그런 요리를 좋아합니다. 아, 나는 당신의 메뉴가 간직한 수많은 감정들을 내 화폭에서 창조해내길 바라지요!"

모네의 작품들 속에서, 템스 강은 불타는 붉은 보라와 아침노을 빛으로, 혹은 초록과 자주, 보라의 물결로 넘실대며 흘러갔다. 에스코피에는 이 물결들을 보면서 어떤 생각들을 떠올렸던가? 그는 헝클어진 머릿속을 가다듬고 잠시 생각의 가닥을 잡아보았다. 갑자기 그의 뇌리엔 끊임없이 색깔이 바뀌며 악보의 음표처럼 연달아 타오르던 대장간의 불길과 그 불길을 바라보던 빌뇌브-루베에서의 어린 시절이 스쳐지나갔다.

지하로 돌아오자 인터폰이 울렸다. 수화기에서는 리츠의 걱정스런 목소리가 들려왔다.

"아, 정말 세니아 때문에 못 살겠어!"

1897년 초, 세니아는 지금이야말로 달콤하게 얼려둔 복수심을 맛볼 적기라고 판단했다.

세니아는 붉은 머리에, 엄밀한 의미에서 청록색 눈(다시 말해, 초록 바다 색깔)과 촉촉한 입술, 그리고 작은 가슴과 엉덩이, 비단결 같은 피부, 어디로든 슬그머니 들어가기 적당한 뱀같이 유연한 허리를 지니고 있었다. 파리 공략을 위해 나서자고 주장했던 리츠의 의견이 사보이 행정자문위원회에 별다른 반향을 일으키지 않자, 세니아는 모든 것을 걸고 마지막 승부를 내기로 결심했다.

"제가 판단하건대, 당신들은 누구와 사업을 하는지 정확히 모르고 있는 것 같군요." 세니아가 행정자문위원들에게 선포했다. "당신들이 철석같이 믿는 사람은 양의 탈을 쓴 늑대예요."

"리츠가? 그 사람은 정말 믿을 만한 사람이오!"

"그런 말에는 지나가던 개도 웃겠어요. 리츠는 고도의 지능 사기범이라구요."

자문위원들은 난처한 표정으로 서로의 시선을 교환했다.

"에스코피에도 같은 부류예요!"

"도대체 그런 말을 하는 근거가 뭐요?"

"1년 전부터 두 사람을 감시해왔어요. 회계 장부를 잘 훑어 보세요. 깜짝 놀라실 겁니다."

이 회의가 열린 후, 다음과 같은 사실이 세상에 드러났다. 1897년 한 해 동안 감쪽같이 사라진 와인과 양주의 가격이 무려 3,400리브르[75]에 달했고, 리츠의 판공비는 들쭉날쭉했으며, 에스코피에는 뇌물로 엄청난 커미션을 챙겼음은 물론 정원 외의 견습생을 고용한 것으로 드러났다.

사기 혐의로 몰린 리츠와 에스코피에

에스코피에는 생각을 한데 모을 수가 없었다. 자기 자신이 처한 현실보다, 창턱에 앉아 쉬러 온 빨간 울새에 더 많은 신

75) 당시의 프랑스 화폐 단위.

경을 쓰고 있는 자신에게 깜짝 놀랄 뿐이었다. 당황하고 어이없는 상황 속에서 완전히 속고 있는 듯한 고통스러움에 시달리며, 에스코피에는 델핀에게 편지를 써서 자신의 당혹감을 표현하는 것 말고는 달리 할 수 있는 일이 없었다.

"당신을 다시 볼 수 있도록 모나코로 가는 첫 배에 내 몸을 맡길까 망설이고 있다오. 그렇지만 나의 품위와 양심은 이 끔찍하고 얼토당토않은 음모를 고발하라고 강요하고 있소……. 나는 도망간다는 인상을 남들에게 보여주고 싶지 않아 런던에 남았소. 나는 중상가들을 업신여길 것이오. 비위에 거슬리는 중상모략의 대상이 되는 것도 내가 얻은 성과 때문일 것이오. 그러나 이 성과는 가시 없는 장미가 아니기 때문에, 필요하다면 이 가시들로 왕관을 짜야 할 것이오."

그는 펜을 내려놓고, 자신의 마음을 제대로 표현했는지 확신하지 못한 채 다시 그 편지를 읽어내려갔다. 그리고 침대에 누워 잠을 청했다. 아주 고통스러운 잠이었다. 에블린 바르두가 숨막히는 침묵 속에서 그의 곁으로 다가왔다.

"이봐요! 이봐요!" 그녀가 말했다. "저 말인가요? 제가 누구지요? 요리사인가요? 사기꾼? 오페라 가수?" 에스코피에가 물었다. 그는 바닥이 아주 미끄러운 무대에서 중세 여인의 복장을 하고, '로엔그린' 의 프리마돈나 역할을 하고 있는 자신을 보았다. 오케스트라는 장내가 떠나갈 듯 큰 소리로 연주했다. 그는 소리를 낼 수가 없었다. 그는 다시 빌뇌브-루베의 학교 앞에서 짧은 반바지를 입고 있었다. 반 친구들이 그에게 상한 복숭아, 무, 오이를 마구 던져댔다.

세니아의 주장에 조금이라도 진실의 여지가 있는가? 에스코피에는 직업상 관례적으로 행해지던 커미션을 팀원과 똑같이 나누었다. 하지만 만약 커미션 자체를 문제삼고자 하는 사람이 있다면, 그에게는 이 모든 경리 상태가 거짓으로 보일 것이었다. 사라진 와인에 관해서는 사보이 호텔의 광대한 지하 술 창고를 자세히 조사해볼 필요가 있었다.

누가 그를 믿을 것인가? 세니아의 고발이 가져온 파장과 논쟁이 그의 마음을 갉아먹고 우울하게 만들었다. 에스코피에는 트뤼프를 썰다가 손을 베었다.

절망 속에서 '사보이 이후'를 준비하다

세니아가 흥분해서 소리쳤다. "그들을 감옥에 처넣어야 해요!"

그녀의 어깨는 둥그스름했지만 가냘펐다. 그녀는 자신의 주장을 어떻게 증명해야 할지 알지 못했다. 사보이 호텔의 이사들은 그들을 고소하는 것을 망설였다. 만일 세니아가 소송에서 지게 되면, 리츠와 에스코피에는 엄청난 보상금을 요구할 게 뻔했다.

리츠가 사표를 제출한 데 이어 에스코피에, 에슈나르, 아고스티니, 레스토랑 지배인인 앙리 엘르도 사표를 냈다. 리츠 개발회사는 계획 단계에 있는 리츠 호텔들이 문을 열 때까지 그들의 월급을 대기로 했다.

채링크로스 호텔의 지배인은 세자르 리츠에게 가장 쾌적한 객실을 숙소와 사무실로 사용할 수 있게끔 내어주었다. 리츠는 '사보이 이후'를 준비하기 시작했다. 이 스위스인은 수많은 고급 숙박시설 건설에 참여했다. 프랑크푸르트의 프랑크푸르트 호프, 이탈리아 북부 도시 살소마지오레의 그랜드 온천 호텔, 이탈리아 팔레르모의 그랜드 호텔, 비아리츠[76]의 리츠 레스토랑, 런던의 클라리지 호텔과 하이드파크 호텔, 비스바덴의 오귀스타-빅토리아 온천장… 그러나 리츠는 파리와 떨어져 있다는 생각에 마음이 아팠다. 그곳은 그가 자주 찾아가려고 노력했던 곳이며, 제시간에 아미앵에 도착하려고 겨드랑이에 여행 가방을 끼고 미친 듯이 달려서 기차를 갈아타고 열아홉 시간 만에 도착한 장소였다.

에스코피에는 이를 꽉 깨물고 분노를 참았다. 그는 템스 강가를 거닐었다. 누구나 그러고 싶을 때가 있듯, 에스코피에도 목놓아 울고 싶었다.

그는 누구였던가? 아무것도 아니라는 자책이 들었다. 그는 동료들 사이에 이름이 알려진, 몇몇 한심한 부호들로부터 인정

76) 프랑스 남부 아키텐 지방의 한 도시. 유럽의 왕족이나 귀족들이 즐겨 찾는 휴양지로 유명하다.

받는 요리사에 불과했다. 멀리서 가족을 부양하는 외로운 사내, 키를 커 보이게 하려고 키높이 신발을 신은 작은 사내.

때때로 그의 머리 위로 갈매기가 급강하했다. 그는 화가 나서 손을 휘젓고, 갈매기에게 거친 욕설을 퍼부었다. 그는 혼잣말로 "완벽함을 추구하고자 스스로에게 확신을 주고, 완벽에 이르고자 매일매일 노력해왔던 30년의 세월!" 이라고 중얼거렸다.

그는 인생을 비관한 수많은 사람들이 몸을 내던진 템스 강의 울부짖는 물살을 잠잠히 바라보았다. 그는 템스 강 위로 몸을 숙여보았다. 그리고 물 위에 비친 자신의 일그러진 얼굴이 잔뜩 인상을 쓰고 있는 모습을 보았다. 의사당 종각인 빅 벤의 종소리가 울려퍼졌다. 그는 눈을 감고, 세니아의 매끄러운 어깨와 촉촉한 입술, 청록색의 눈, 움직이는 가슴을 상상했다. 그렇게라도 하지 않으면 그녀가 너무 미워질 것 같았다.

쥘 아르두엥-망사르[77]의 걸작품인 로죙 공작의 저택은 방돔 광장에서 여전히 구매자를 찾고 있었다. 전 지구상에서 이처럼 멋진 장소는 없을 것이다. 하지만 리츠 개발회사는 하나의 사업이나마 실현시킬 충분한 자금이 없었다. 그래서 리츠는 가능한 모든 금융계 인사들을 접촉했지만, 이들은 모두 리

77) 베르사유 궁전의 여러 건축물을 개조, 증축한 프랑스의 건축가(1646-1706).

츠의 사업에 관심을 갖지 않았고 로스차일드 부부조차 반대 의견을 개진하였다. "파리의 호텔업은 현재 얼어붙어 있는 상태입니다. 그것을 바꿀 방법은 없지요."

리츠는 차근차근 자신의 인맥을 전부 활용하였다. 그러나 단 하나의 예외도 없었다.

언젠가 에스코피에보다 훨씬 더 키가 작은 사람이 자기가 만든 리큐어를 보여주려고 사보이 호텔에 나타난 적이 있었다. 이 리큐어는 가망성이 아주 많아 보였다. 리츠는 이 리큐어를 계속 생산해보라고 격려하면서 이 술에 멋진 이름을 붙일 것을 제안했다.

"좋은 생각이 있습니까?" '마르니에-라포스텔' 이라는 이름을 지닌 그 단신의 사내가 물었다.

"그랑 마르니에[78]는 어떻습니까?"

리츠의 판단은 옳았다. 이 리큐어는 엄청난 성공을 거두었다. 에스코피에는 이 리큐어를 다른 디저트들과 함께 내놓았다. 코르니쉬 클럽 회원들은 이 술을 연회가 끝날 때까지 마시곤 했다. 세계적으로 알려진 '그랑 마르니에' 리큐어는 곧 바로 세련됨의 상징이 되었다. 호텔업계의 리츠와 요식업계의 에스코피에가 그러하듯…….

마르니에 라포스텔은 리츠에 대한 고마움의 표시로, 자크

78) 코냑에 비터 오렌지를 넣어 오크통에서 숙성시켜 단맛이 나게 한 프랑스산 리큐어.

드 퀸즈부르와 그레이경의 금융 지원을 기다릴 시간을 벌 수 있도록 그에게 필요한 금액을 빌려주었다. 로젱 공작의 저택에 붙어 있던 '팔 집' 이라는 안내판이 파리의 가장 아름다운 호텔에 의해 내려졌다.

파리 리츠 호텔 – 미식 예술의 시작

에스코피에는 방돔 광장의 원형탑 위에 있는, 사각형의 작은 발코니로 이어진 220개 계단을 오르는 중이었다. 그는 자신의 건강을 증명해보이기라도 하려는 듯 아주 빠른 속도로 올라갔다. 기둥 위에 서 있는, 월계관을 쓴 나폴레옹 황제 동상의 두 눈은 하늘로 고정되어 있었고, 정제한 얇은 쇠로 만든 난간은 전혀 안전해 보이지 않았다. 에스코피에는 나폴레옹이 전쟁 승리 기념으로 오스테를리츠에서 1,200개의 대포를 가져와 만든 청동 나선 계단이 발밑에 펼쳐져 있는 것을 내려다보며 가벼운 현기증을 느꼈다.

그는 그날 저녁 리츠와 만나기로 약속하였다. 리츠 개발회사가 로젱 저택을 구입하자, 에스코피에는 도버 해협을 건너 파리로 가기로 결심하였다. 새로운 호텔에서도 요리는 에스코피에가 책임지게 될 것이다.

리츠와 에스코피에는 토르토니 레스토랑에서 함께 저녁식사를 했다. 그들은 건축 도면과 위치 설정 등에 대한 논의를 하다가 상호간의 신경전을 감추기 위해 좀더 가벼운 주제로 이야기의 방향을 틀었다.

"이 로좡 공작은 참 대단한 사람이에요!" 리츠가 말했다.

"그의 자택이었던 곳에 들어간다는 사실이 참 마음에 듭니다. 그의 위대한 그림자가 내 머릿속을 떠돌고 있고, 그의 자리에 앉기 위해 노력하고 있다는 사실을 당신에게 말하지 않을 수 없어요. '그의 삶은 소설이었다. 아무도 그가 살아온 것처럼 꿈꾸지 않는다.' 라 브뤼에르[79]가 그에 대해 쓴 글이지요. 이 사람이 왕의 사촌이자 프랑스에서 가장 부유한 여인과 결혼했다는 걸 아세요? 세비네 부인은 이에 대해 유명한 글을 남겼지요……."

"저는 갑니다. 당신에게 가져다주기 위해서. 가장 놀라운 것을, 가장 뜻밖의 것을, 가장 멋진 것을, 가장 기적적인 것을, 가장 당당한 것을, 가장 예기치 않은 것을, 가장 잊을 수 없는 것을, 가장 독특한 것을, 가장 뛰어난 것을, 가장 믿을 수 없는 것을, 가장 의외의 것을, 가장 큰 것을, 가장 작은 것을, 가장 희귀한 것을, 가장……." 에스코피에가 세비네 부인의 글을 읊었다. 결혼식에 대한 것이라고 추정되는 이 긴 문장은 리츠 호텔의 창립을 위한 멋진 광고 문구가 아니었을까?

"정말 굉장한 기억력이군요! 어디서 이것을 배웠지요?"

---

79) 프랑스의 풍자적 모럴리스트이자 수필가(1645-1696).

"어릴 때 받아쓰기 시간 때였죠. 빌뇌브-루베에서요. 좋은 기억력은 좋은 요리사가 되기 위한 필수 조건이지요. 저의 기억력은 제가 숨겨두고 있는 마지막 조커랍니다."

"로죙 공작 얘기를 다시 해드리죠. 루이 14세가 몽테스팡 후작 부인[80]과 유희를 즐기던 침대 밑에 로죙 공작이 숨어 있었다는 얘기 아세요? 후에 이 공작은 몽테스팡 부인의 귀에 대고 '한낱 개하고나 붙어먹는 못된 년' 이라고 중얼거렸지요. 예순두 살 때, 그는 열다섯 살의 처녀와 결혼했고, 아흔 살에는 겨우 일어서는 망아지를 타고 회교 승려처럼 빙빙 돌다가, 급회전하여 불로뉴 숲을 행진하기도 했지요……. 우리의 새로운 모험은 그의 저택에서 시작되는 거지요. '놀랍고, 기적적이며, 뜻밖이고, 잊을 수 없으며, 독특한…….'"

리츠는 넥타이의 회색 진주 장식을 만지작거리다가 마치 그 진주가 아주 더러워진 것처럼 문질러대기 시작했다. 에스코피에는 리츠가 점점 더 이상해지고 있고 그가 신경쇠약에 걸렸음을 알아차렸다. 에스코피에는 리츠가 밤마다 불안한 꿈에 시달린다고 생각했다.

파리 리츠 호텔을 정비하는 일에는 일 년이란 시간이 소요됐다. 큰 공사는 건축가 샤를 메웨스가 맡았다. 리츠와 그의

---

80) 몽테스팡 후작과 결혼 후 26세 되던 해에 루이 14세의 애첩이 되어 여덟 자녀를 낳았다.

부인은 세부 장식과 소품의 배치를 전담했다. 조명은 로마의 그랜드 호텔보다 더 많은 공을 들여 만들었다. 먼지가 잘 달라붙는 벨벳이나 플러시[81]는 사용하지 않는 대신 대부분의 벽에 페인트칠을 했다. 리츠는 산 레모에서 터득한 위생 철칙을 십분 적용했다. 객실에는 벽장과 옷걸이를 감추기 위해 정교한 작품들을 진열해놓았다.

그러나 사람들은 리츠가 '지독할 정도로 세련된 취향'을 가지고 있다고 말했다. 그리고 그가 순결함과 금욕적인 단순성을 실내장식에 적용한 미국 태생 화가 제임스 휘슬러의 영향을 너무나 많이 받았다고 지적했다. 유럽에서 활약한 휘슬러는 자신의 법칙을 널리 퍼뜨린 사람이지만, 반면 그를 헐뜯는 사람들도 많았다. 런던의 아주 민감한 어떤 지식인들은 휘슬러가 너무 부자연스럽게 겉치레에 치중한 나머지 가벼움조차 무거움으로 바꾸어버렸다고 비난했다. 그들은 휘슬러가 그린 '흰옷 입은 소녀들('하얀 교향곡'이라고도 불린다)'이란 제목의 유명한 그림이, "그렇지만 이 미세한 분홍색과 회색의 조화를 보게나. 정말 아름답지 않은가?"라는 말을 바보처럼 똑같이 되풀이하는 듯한 느낌을 준다고 했다.

이러한 비판으로 리츠는 신경이 더욱 날카로워졌다. 그는 "나는 내 고객들을 최대한 즐겁게 해주려는 것뿐이오. 그 이

---

81) 벨벳보다 털이 길고 광택이 있는 천.

상도 그 이하도 아니오"라고 항변했다.

메웨스는 안뜰을 3개의 정원으로 바꾸었고, 마리는 생-앙토넹 성문 밖의 가구 제조인에게 루이 16세 시대와 프랑스 제1제정 시대의 가구들을 본떠 만들게 했다. 또한 수건, 냅킨, 침대보 등 호텔에서 사용할 천들을 고급 상점에서 주문했다. 그리고 침대 매트리스를 여러 개 갖고 오게 해서 며칠 동안 직접 취침을 해보면서 테스트를 했다. 이로 인해 한동안 호텔에는 수많은 음담패설이 나돌 정도였다.

마리와 남편 리츠는 여종업원들에게 그들 앞에서 계속 시트를 정리해보게 하였다. 그들은 침대 시트를 가장 이상적인 방법으로 깔고, 베개를 가장 멋지게 배치하는 방법을 발견하는, 인류 역사상 최초의 인간이 되고 싶은 것 같았다.

에스코피에는 주방을 정비했다. 조리대와 선반의 높이를 조절하고, 요리사의 임무에 따라 장소를 구분하여 배치하기 위해 주방 내에서의 이동거리를 발자국의 수로 측정했다. 그리고 손수 고안한, 포개기 쉬운 네모난 접시를 제작하도록 크리스토플 상점[82]에 요청하였다. 이 접시의 뚜껑 손잡이는 중앙에 달려 있지 않고, 양옆에 달려 있어 찬 음식류를 앙트레

82) 프랑스의 대표적인 식기 브랜드. 200년 전 보석 세공업자인 찰스 크리스토플에 의해 당시로선 혁명적인 전기분해 금 · 은 도금 공정을 도입하여 제품을 생산했다. 순은보다 저렴하면서도 장중한 분위기를 연출했던 그의 은식기 제품은 프랑스 혁명 이후 중산층으로부터 열렬한 호응을 얻었다.

로 들여갈 때 그릇으로도 사용할 수 있었다. 그는 기능적인 현대성과 보존해야 할 전통을 한데 결합하려 노력했다.

"뭐라고요? 불을 켤 때 가스등을 사용하지 않는다고요?" 어떤 신문기자가 깜짝 놀라며 물었다.

"예, 가스는 음식을 뜨겁게 유지하기 위해 커다란 솥에 담은 물을 계속 끓여야 할 경우에만 사용하지요. 그 대신, 각 화덕 위에는 전구가 달려 있습니다.[83] 이곳에서는 다들 어떻게 해야 하는지 알고 있습니다."

"이곳에는 놋쇠 제품들이 왜 이렇게 많습니까? 알루미늄과 법랑은 잊으신 게 아닙니까?"

"우리는 수제품들에 결함이 있을 때에만 그런 제품들을 사용하지요. 그런데 우리가 선택한 이 수제품들에는 결함이 없거든요. 우리의 단 한 가지 목표가 있다면 그건 완벽하게 요리를 익히는 것이지요……."

레스토랑 홀에 놓일, 비단 씌운 의자들이 호텔 문을 열기 일주일 전에 도착했다. 리츠는 의자 위에 앉아보았다. '만일 팔걸이가 있다면, 손님들이 더 오래 머물 텐데!' 리츠가 생각했다.

고객의 관심을 끌기 위해 사보이 호텔에서 빈의 음악가 요

83) 19세기의 건물들은 대개 가스등을 사용했는데, 리츠는 사보이 시절부터 '전등'을 사용했다. 당시 사보이 호텔은 "모든 곳에 가스등이 아닌 전등 설치, 매끄럽게 움직이는 호화 엘리베이터, 복도까지 24시간 난방. 총 욕실 수 70개"라는 광고를 하기도 했다.

한 스트라우스까지 고용했던 그였다. 그는 의자들을 전부 가구 제조인에게 돌려보내, 팔걸이를 부착하도록 했다.

식탁들은 개업식 날 아침에 도착했다. 리츠는 이 식탁들 앞에 서보고는, 접시에 숟가락을 담가 떠먹는 시늉을 해보였다.

"내가 주문한 것보다 2센티미터나 높다니!" 그는 이렇게 불평하면서 식탁들을 생-앙토넹 가구 제조인에게 되돌려보냈고, 몇 시간 만에 키를 낮춘 식탁들이 다시 도착했다.

마르셀 프루스트[84], 보니 드 카스텔란[85], 레비-미르푸아 공작 부인[86], 레이디 드 그레이, 미셸 대공, 토비 백작 부인, 칼루스트 굴벤키안[87], 제임스 고든 베넷 2세[88], 아가 칸[89], 파리 싱어, 말버러 공작 부부, 포틀랜드 공작[90] 부부, 서덜랜드 공작[91] 부부, 노어포크 공작[92] 부부, 굴드 부부, 밴더빌트 부부, 드렉셀 부부, 그리고 로스차일드가 사람들이 1898년 6월 5일, 파리 리

---

84) 프랑스의 소설가(1871-1922). '19세기 유럽 소설의 결정체'로 인정받는 작품 《잃어버린 시간을 찾아서》를 썼다.

85) 문학가 · 정치가(1867-1932). 푸루스트의 친구이며, 미국 철도왕의 딸 안나 굴드와 결혼.

86) 그녀의 남편인 레비 미르푸아(1884-1981) 공작은 프랑스의 역사가이다.

87) 1869년 출생. 포르투갈의 실업가이자 예술 애호가.

88) 미국의 언론인. 〈뉴욕 헤럴드〉 지의 창업주인 제임스 고든 베넷의 아들로 1887년에 〈파리 헤럴드〉 지를 창간했다.

89) 파키스탄의 부호이자 정치가(1877-1957). '아가 칸'은 이슬람교의 수장에게 부여하는 명칭이기도 하다.

90) 영국 수상을 역임(1807-1809)한 포틀랜드 공작 3세를 배출한 네덜란드 출신의 영국 가문 이름.

91) 스코틀랜드의 가문 이름. '서덜랜드'는 1833년부터 공작령이 된 땅으로 스코틀랜드 북서쪽에 있는 지방 명칭이기도 하다.

92) 영국의 가문 이름. '노어포크'는 영국 남동쪽 지방으로 1483년부터 공작령이 되었다.

츠 호텔 창립 기념 저녁 파티에 초대를 받았다. 웨일스 왕자는 그 자리에 참석하지 못했다. 빅토리아 여왕이 보어 전쟁[93]으로 야기된 영국과 프랑스 간 냉전 기류 때문에 영국을 떠나지 말라는 엄명을 내린 까닭이었다.

하루하루가 지나면서 사람들은 차츰 희망을 버렸다. 1898년 6월 하순, 날씨가 엉망이었다. 호텔의 유명한 실내 정원은 잿빛으로 변했고, 물방울이 뚝뚝 떨어지는데다 해면처럼 푹신푹신해졌다. 한마디로 침통한 광경이었다. 파리 사람들은 집 안에 머물러 있었다. 레스토랑의 분위기는 교수대를 연상시킬 정도였다. 단지 로스차일드 남작만이 자신의 애마 '태양왕'이 롱샹 경주에서 이긴 기념으로 호텔에서 파티를 열었을 뿐이다. 이때 식탁들을 로스차일드경의 마굿간 색깔인 노란색과 흰색의 꽃다발로 장식했는데, 이 화사한 색깔 덕분에 호텔은 이 쓰디쓴 기간 동안에도 잠시나마 빛이 났다.

몇 달이 지난 어느 날, 카이로의 대부호이자 파리의 유명 인사 이제트 베이가 호텔에 나타났다. 이 까다로운 부호는 한 치

93) 19세기 말, 영국이 남아프리카의 보어인이 세운 트란스발 공화국을 합병하기 위해 일으킨 전쟁으로 '남아(南阿) 전쟁'이라 불리기도 한다. 이 전쟁은 1·2차로 나뉜다. 1880년 보어인이 봉기하여 영국인들에게 승리를 거두었고 프리토리아 협정으로 주권을 획득했다(1881년의 제1차 전쟁). 이어 1886년 트란스발에서 금광이 발견되자 영국은 다시 합병을 시도하고 1895년 침략했으나 또다시 패배한다. 영국의 노골적인 내정간섭에 트란스발은 1899년 오렌지 자유 공화국과 동맹을 맺어 영국에 선전포고를 한다(제2차 전쟁). 그러나 1902년 보어인은 결국 영국에 항복하고 베레니깅 평화조약으로 트란스발과 오렌지국은 영국의 직할 식민지가 되었다. 보어 전쟁은 전형적인 제국주의 침략 전쟁이다.

의 실수도 없는 저녁 파티를 열고자, 에스코피에와 레스토랑 지배인 자크 크라메르와 함께 몇 시간 동안 파티에 대한 논의를 했다. 그들은 이 부호에게 각 음식의 요리법을 제시해야 했고, 대체할 만한 요리까지 열댓 가지를 제안해야 했다. 이에 그치지 않고 개별 요리에 대한 세부 사항을 다시 끊임없이 논의했다. 이 일은 결코 헛수고가 아니었다. 호텔 레스토랑에서 처음으로 식사를 해본 위제 공작 부인과 브리삭 공작 부인을 포함한 수많은 명사들이 저녁식사를 '걸작' 이라고 표현했다.

신문의 가십 담당 기자들이 발걸음을 재촉했다. 〈르 피가로〉 지의 기자는 "에스코피에가 요리사들의 생계를 위협했다" 고 썼다. 귀족 가문 요리사들로부터 "주인의 정부들이 방돔 광장을 드나들면서부터 할 일이 없어져 삯바느질로 연명하게 생겼다" 는 불평이 나왔기 때문이다.

"나는 주방장을 해고시킬 생각입니다. 에스코피에와 경쟁을 벌이라고 하는 건 너무 바보 같은 짓일 테니까요." 보니 드 카스텔란이 한술 더 떠 얘기했다.

리츠 호텔에는 단골 고객들이 생겼다. 그중에 '오테로' 라는 미녀가 있었다. 그녀는 유명한 스페인 무용가인데, 어린 시절 집시 생활로 굶주리며 자란 탓에 항상 탐식을 했다. 그녀는 디즈레일리와 함께 로죙 공작의 저택이었던 이 호텔에서 식사를 한 적이 있었다. 그녀의 탐식은 디즈레일리에게는 참을 수 없는 일이었지만 그녀에게는 품위를 잃지 않고도 게걸스럽게 먹는 기술이 있었다. 반짝이는 눈과 이, 윤기 나는 입술을 가진 그녀의 얼굴은 부드럽고 순진한 표정을 띠었다(비록 그녀가 열한 살에 낙태를 하고, 파산한 이탈리아 공작과 열두 살에 첫 결혼을 했다지만). 늙은 올스트르더 남작은 그녀를 자신의 정부로 삼고, 외제니 전 황후가 갖고 있던 다이아몬드 목걸이를 선물로 주었다. 이 남작은 올바른 선택을 했다. 리츠의 식탁이 남작의 정부를 사랑에 빠지게 만들었던 것이다. 남작은 주방으로 내려와서 진귀한 진주들을 에스코피에에게 전해주면서, 장미꽃잎으로 덮은 수플레에 이 진주들을 숨겨놓아 달라고 부탁했다.

알베르토 산토스-뒤몽[94]이 불로뉴 숲 근처의 아클리마타시옹 공원에서 열기구로 첫 비행을 시도한다고 하여, 요리의 거장은 벨기에 레오폴 왕의 애첩인 에밀리엔 달랑송, 포르투갈 마누엘 왕의 정부인 게비 데슬리를 위해 직접 도시락을 준비했다. 즉 로스트비프, 파프리카를 뿌린 다진 닭고기, 봉브 글라세와 작은 케이크로 인해 에스코피에는 갈채를 받았다. 에스코피에는 진보의 부정적인 측면을 걱정하는 졸렬한 사람들을 마음껏 비웃을 줄 아는 재능의 소유자였다. 이들은 '미식예술'이 사람들의 기억 속에서 금세 잊혀질 것이라는 생각을 하고 있었다.

"아주 젊은 사람이 최근에 절 보러 왔습니다. 우리는 그가

94) 브라질 출신의 엔지니어이자 비행사(1873-1932).

원하는 메뉴에 대해 거의 한 시간 반이나 얘기를 나누었죠. 그것은 결혼식용 식사도 아니었고, 애인과 단둘이 하려는 식사도 아니었어요. 그 식사는 아버지와 어머니, 그리고 그 사람, 그렇게 단 세 식구만 참여하는, 엄밀한 의미에서의 가족 식사였지요. 전 눈물이 날 뻔했습니다. 훌륭한 식사를 숭고하고 진지한 예술로 생각하는 젊은이들이 존재하는 한, 문명은 위험한 상태에 빠진 것이 아니기 때문이지요!"

그즈음 에스코피에는 거의 집에서 저녁을 먹었다. 델핀이 그를 보기 위해 파리로 올라왔던 것이다. 그러나 그것은 눈 깜짝할 순간이었다. 에스코피에는 바람구두를 신은 사내였기 때문이었다.

런던 칼튼 호텔–"요리사는 중요한 사람이다!"

북해의 물결이 거세게 일렁였다. 거친 날씨 때문에 갑판에 나가는 것은 금지되었다. 유령처럼 기괴한 도버의 하얀 절벽을 보기 위해서는 흐려진 현창(舷窓)을 닦아야만 했다. 에스코피에는 가슴이 마구 설레었다. 다시금 새로운 모험이 시작된 것이다!

번개가 작렬했고 천둥소리는 삐걱거리는 체인 소리와 뒤섞였다. 최상의 조건에서 살던 에스코피에는 파리 리츠 호텔의 주방을 제자 르네 기몽에게 맡기고 런던을 재정복하기 위해 길을 떠났다.

바의 한구석에 앉아서, 그는 평상시와는 달리 셰리주를 마셨다. 에스코피에는 자신이 앙심을 품지 않은 것에 대해서는 스스로 대견해했지만, 그럼에도 불구하고 도일리 카트에게 복수해야겠다는 생각으로 온몸이 떨려오는 것을 느꼈다.

리츠가 그의 옆에 풀썩 앉아서는 샴페인을 주문했다.

"이런 적이 별로 없는데, 진정제가 필요할 것 같군."

리츠는 동 페리뇽[95]이 신선하지 않다는 이유로 돌려보냈다.

"저는 마음의 평정을 찾기 위해 무진 애를 써야 할 것 같습니다."

"평정을 찾게 되겠지요. 너무 집착하실 필요는 없습니다. 모든 게 잘될 겁니다."

2년 전인 1895년, 런던에 새로운 호텔 건설 사업을 벌이던 칼튼 회사가 리츠의 마음을 떠본 적이 있었다. 리츠 개발회사의 많은 주주들이 칼튼 회사에 출자했고 리츠와 에스코피에는 새로운 기업의 이사가 되었다.

칼튼은 런던에서 가장 크고 가장 호화로운 호텔을 원했으며, 실제로 그런 호텔이 세워졌다. 특히 욕실의 수는 절정에 달했는데, 각 층마다 하나씩 있는 게 아니라 각 객실마다 하나씩 설치한 것이다. 버킹엄 궁전 근처인데다가, 폴 몰과 헤이마켓

95) 탄산가스가 찬 와인을 발견하여 샴페인 공법을 알아낸 수도사 '동 페리뇽(1639-1715)'의 이름이 붙여진 고급 샴페인.

을 옆에 끼고 있는 호텔의 위치는 최상이었다. 정면은 길가로 난 600여 개의 창문과 아케이드, 비 오듯 촘촘히 늘어선 코린트식[96] 기둥들, 원형 지붕으로 통하는 7개의 계단, 횃불 모양으로 장식한 멋진 지붕들로 화려한 위용을 자랑했다. 굳은 돼지기름이나 얼음 사탕 위에 조각한 듯 보이는, 이 부르주아적인 판타지는 대규모 저택이었고 어마어마한 기념비였으며, 단 하나의 세계, 움직이지 않는 거대한 범선이었다.

리츠는 루이 16세 스타일[97]을 열렬히 신봉했다. 그는 칼튼 호텔의 장식을 방돔 광장의 호텔 장식에 큰 영감을 준 메웨스에게 맡겼다. 비용을 지불한 칼튼 회사의 주주들은 호텔에 몇 가지 변화를 주자는 리츠의 제안을 수용하기 힘들었다. 그러나 리츠는 이들의 반대에도 불구하고 어렵사리 '정원 없는 호텔'을 구상했다.

"제 말은 레스토랑으로 가는 현관의 층계를 없애자는 겁니다. 그런 다음 그곳을 종려나무들이 무성한 거대한 온실로 바꿀 생각입니다. 이 온실 끝에 위치한 넓은 계단을 오르면 말편자 모양의 호텔 내부 테라스가 나오고, 곧이어 레스토랑 홀로 이어지게 됩니다"라고 리츠가 설명했다.

---

96) 고대 그리스 건축 양식으로 잎사귀를 묶은 듯 화려한 기둥머리가 특징이다.

97) '신고전주의'를 의미한다. 건축 표현 기법에서는 비례에 있어서 균형을 유지하고 직선을 선호한다. 그리스 · 로마 고전 양식의 부활이라 할 수 있다. 실내장식 및 가구 부분에서는 단순 · 소박한 장식이 주를 이루었다. 특히 앞부분이 반달 모양인 가구 형태가 '루이 16세 스타일'의 대명사였다.

"나는 외부에 설치된 계단이 보기 흉하다고 생각해본 적이 한번도 없소!" 한 주주가 얘기했다. "버킹엄 궁전이나 파르테논 신전의 경우를 생각해보시오!"

리츠는 넥타이 위치를 바로잡으면서 뜸을 들였다.

"그 두 건물 모두 제가 찾는 호텔이 아닙니다!" 그가 내뱉었다. "제가 찾는 호텔은 국가의 상징도 아니고 제례 장소도 아닙니다. 이곳은 도박장이나 동화 속 이야기처럼 무엇이든 이루어질 수 있는, 어느 정도 비현실적인 장소입니다."

그는 타원형 식탁에 앉은 주주들을 한 바퀴 빙 둘러보면서, 자신의 냉정한 시선을 각 주주들의 눈과 찬찬히 맞추었다.

"한 여인이 호텔의 레스토랑에 들어올 때, 아주 특별한 무언가가 생겨나게 됩니다. 그녀에게 레스토랑으로 가는 길은 은총이 내리는 장소일 수도 있고, 지옥으로 내려가는 길목이 될 수도 있습니다. 그녀는 자만심과 함께 두려움을 느끼게 됩니다. 수많은 눈들이 그녀를 쳐다볼 것입니다. 그녀는 이 모든 것이 그녀를 위해, 혹은 그녀를 거슬러 행해지고 있다는 느낌을 받게 되지요. 바로 지금, 들어보십시오!"

리츠는 목소리를 높였다. 그의 말은 한층 더 노래하는 것처럼 들렸다.

"어머니의 뱃속과도 같은 이 온실을 지나면 그녀의 마음은 평안해지고 깊은 바닷속처럼 고요해집니다. 그리고 아무런 의심 없이 계단을 올라가도록 해주지요. 그런데 올라가면 생각지도 못한 테라스가 나타나는 겁니다. 그녀는 연극 무대의 주인공이 된 것처럼 그곳을 지나서 빛나는 모습으로 레스토랑 홀로 들어가게 되는 것이죠. 실내장식은 그녀를 스타로 바꾸어놓습니다. 시간이 지나면 그녀는 마치 하늘에 둥둥 떠 있다고 느꼈던 순간을 기억해내겠지요. 순수한 행복이 모든 걱정을 잠재웠던 순간을 말이지요. 그녀는 칼튼에 다시 가야 한다고 말할 것입니다. 이런 결과가 비용을 더 들일 만한 가치가 없는 일일까요?"

마침내 리츠가 승리했다. 야자수 온실이 들어서는 동안, 에스코피에는 주방을 정비하고 60여 명으로 이루어진 요리 사단을 구성했다. 누군가가 호텔 문을 열기 며칠 전, 광고에 나갈 단체 사진을 찍자고 제안했다. 그들은 과연 어디에서 포즈를 취했을까? 지붕의 테라스는 아니었을까? 사진 윗부분에 빨랫줄과 함석 연통이 보인다.

빗물받이 홈통 옆에 아슬아슬하게 자리잡은 사진사는 60여 명의 요리사들이 앉거나 서서, 혹은 무릎을 굽힌 채로 포즈를 잡게 했다. 짧게 깎은 머리에 수염을 밑으로 드리운 에스코피에는 그들 가운데에 자리를 잡고는 조끼 안쪽에 왼손을 걸고, 왼쪽 허벅지에 오른 다리를 얹은 채 사진을 찍었다. 그의 눈은 지평선에 고정되어 있었다. 마치 카렘처럼 저 너머에 있는 세계의 모든 요리를 보고자 갈망하듯이……. 그는 요리사 복장을 한 로마 황제처럼 보였다.

그의 옆에 어깨와 어깨를 걸고 있는 사람들은 서신 책임을 맡은 젊은 비서와 각 파트별 주방장들이다. 즉 소스 책임자, 그릴 책임자, 앙트르메 담당자, 고기 책임자, 생선 책임자, 수프 책임자, 식료품 보관 창고 책임자, 부주방장, 야간 주방장이다. 뒷줄에는 하얀 상의에 깨끗한 손수건을 매듭지어 목에 둘러맨, 매우 진지한 표정의 조리사들이 자리를 잡았다. 대부분 프랑스인이었던 이들을 제외하고 나면 10여 명의 스위스인과 이탈리아인, 그리고 한 명의 아일랜드인이 있었다. 이 가운데 영국인은 단 한 명도 없었다.

사진사가 셔터를 눌렀다. 포즈를 취한 각자가 느꼈겠지만 이 사진은 그들의 협동성, 그들의 고독, 그들의 야망, 그들의 향수, 그들의 결단력, 옥상 위라는 그들의 위치가 강조해주듯 그들의 불안정성을 보여준다.

이 사람들은 모두 '용기' 라는 덕목을 공통적으로 가지고 있었다. 비록 이들이 카렘의 시대에 살고 있지는 않았지만, '요리사' 라는 직업은 육체와 정신을 쉽게 지치게 만들었다. 최근 발표된 한 보고서에 따르면, 광부보다 요리사들이 직업병으로 더 고생한다는 통계가 나왔다.

에스코피에는 이러한 사실을 잘 알고 있었기 때문에, 이 문제에 대해 걱정하면서 되도록 긴장을 피하고, 불필요한 동선을 줄이려고 노력했다. 그는 프레더릭 윈슬로 테일러[98]의 이론

---

98) '과학적 관리법' 을 주창한 미국의 공학자이자 조직 관리자(1856-1915).

을 공부했고, 주방 일들을 세심하게 기록했다. 그의 머릿속에는 동선을 최소화하여 요리시간을 최대한 단축하는 대신에 그 시간을 휴식시간으로 바꾸고자 하는 열망이 가득 차 있었다. 예전에 그는 '메이어비르[99] 달걀 요리' 2개를 준비하는 데 15분이나 걸렸다. 그러나 에스코피에는 깊은 연구 끝에 주방에서 일어나는 모든 일을 효율적으로 시스템화한 결과, 단 몇 분만에 조리를 끝낼 수 있게 되었다. 즉, 앙트르메 담당자가 달걀을 익히고, 스토어 키퍼(식료품 창고 관리인)는 고기 담당자가 구운 콩팥을 소스 담당자에게 넘긴다. 소스 담당자는 거기에 트뤼프 소스를 끼얹는다. 일은 완전히 분업화되었고 덕분에 칼튼 호텔 주방의 요리사들은 허둥대지 않고도 500명의 손님들에게 메뉴판에 있는 식사를 제공할 수가 있게 되었다.

에스코피에는 주방의 팀원들에게 셀프 컨트롤을 권했다. 그는 러시아워라고 해서 급하게 서둘러서는 안 된다고 말하곤 했다. 그는 스스로 타의 모범이 되었다. 예를 들어 그는 화가 나기 시작하면 귀를 꼬집으면서 주방을 떠나곤 했다. "전 감정대로 행동하는 건 참을 수가 없어요."

그는 이런 말을 남기기도 했다. "요리사는 중요한 사람이다. 그 사실을 알아야만 한다!" 그는 주방의 팀원들에게 결코 흰 작업복 상의와 작은 바둑무늬 바지 차림으로 밖에 나가지 말

---

99) 바그너에게 영향을 끼친 독일의 작곡가(1791-1864).

라고 명했다. 그 대신 항상 모자를 쓰고, 넥타이를 착용하라고 권했다. 그는 자신의 사단을 믿었고 그들을 보호해주었다.

어느 날, 지배인 자크 크라메르가 스파게티를 주문하기 위해 주방으로 내려왔다. 그리고 꾸물대는 조리사에게 폭언을 퍼부으며 야단을 쳤다. 그러자 이 조리사는 화가 나서 파스타 접시를 크라메르의 머리에 던져버렸다. 그런데 요리의 거장은 성난 목소리로 이 견습생을 두둔하는 것이었다.

"그는 벌을 받아 마땅하지만, 그렇다고 그런 식으로 말을 해서는 안 되는 겁니다!" 에스코피에는 크라메르와 발길질을 해대는 소스 견습생 사이에 서서 이렇게 말했다.

1899년 7월 1일, 칼튼 호텔 레스토랑의 개업식 날 '레이디 피그말리온' 이란 애칭을 지닌 레이디 드 그레이와 데번셔 공작 부인, 릴리 랭트리, 넬리 멜바, 라 뒤즈 부인[100](넬리 멜바와 라 뒤즈 부인은 암살의 위험 때문에 보통 같은 장소에서 식사하는 것을 피했지만, 이날만큼은 특별히 함께 참석했다), 그리고 웨일스 왕자가 참석했다. 특히 웨일스 왕자는 사보이에서의 식사 예약을 취소하며 이렇게 말했다. "리츠가 가는 곳이면, 우리도 따라 갈 것이오!"

왕자는 다음날 다시 찾아왔다. 그는 일곱 계단을 밟아 야자수 온실을 굽어볼 수 있는 작은 테라스로 올라갔다. 이후부터 그는

100) 이탈리아의 여배우(1858-1924).

이곳을 단골 좌석으로 삼고 식사를 했다. 이 좌석은 병풍과 높은 나무로 가려져 있기 때문에, 웨일스 왕자는 레스토랑에 들어오는 여성 고객들을 마음놓고 즐겁게 훔쳐볼 수가 있었다.

의심 많은 사람들이 혹시나 이 호텔에서 불법 행위가 자행되고 있지는 않은지 탐탁치 않은 눈길을 보내는 동안, 칼튼 호텔의 고위 간부들에게 하늘과 같은 대접을 받은 고객들과 신문기자들은 목에 잔뜩 힘을 주고는 이 호텔을 다시 찾아왔다.

에스코피에는 반복적인 임무를 거부했다. 또한 트뤼프와 두 가지 종류(스트라스부르산 · 페리그산)의 푸아그라 요리, 그리고 반짝거리는 설탕으로 장식한 후식들을 기계적으로 만들어내는 단순한 전문가가 되기를 거부하면서, 10만 번째 통닭구이를 만든다는 즐거움만을 머릿속에 담았다. 닭에게는 안된 일이지만, 에스코피에가 닭을 10만 마리나 구웠다는 것은 사실이다. 한정된 식재료만을 사용하여 요리를 혁신하는 일은 그에게 남다른 행복감을 맛보게 해주었다. 그는 단 한 달도 빼놓지 않고 새로운 요리를 개발했고, 이렇게 개발한 요리들을 예술가나 우아한 부인에게 헌정하였다.

엔리코 카루소[101]는 송이버섯을 듬뿍 넣고 날짐승의 간으로 만든 소스를 끼얹은 '마리나라(marinara)[102] 스파게티'로 유명해졌다. 아델리나 파티는 '뇨키(gnocchi)[103] 위에 얹은 네모

101) 이탈리아의 테너 가수(1873-1921).
102) '토마토 소스'를 말한다.

나게 자른 닭가슴살' 요리로, 베르디는 '모르네 소스를 얹은 마카로니와 둥글게 자른 대하 위에 올린 가자미 필레' 로, 레이디 드 그레이는, 찬 건포도 피라미드 밑에 숨겨놓은 '베로니크 가자미 필레' 로 유명해졌다. 당연한 얘기겠지만 이런 요리들 중에서 '세니아 꿩 요리' 따위는 찾아볼 수 없었다.

'요리' 와 '주방' 은 단순해야 한다

영국에서는 트란스발과 오렌지 자유공화국에 대한 반감이 다시 치솟아올랐다. 대부분의 사람들은 처음에는 '별것 아닌 전쟁' 이라고 생각했다. 그러나 영국은 패배했다. 그리고 1900년, 영국군은 냉혈한인 호라티오 허버트 키치너[104]의 지휘하에 굉장히 고단한 전투를 지속하면서 무자비한 게릴라들과 맞서 싸워야 했다.

세계에서 가장 강대한 제국을 실패로 이끈, 농부들로 이루어진 소수 의용군 부대들[보어(Boer)[105]는 이 부대의 이름이었다]의 혁혁한 승리로 망연자실해진 영국은 군대의 취약성과 전쟁 사령부의 형편없는 조직 구성을 여실히 보여주었다. 그 결과 런던 사회에는 암울한 그림자가 드리워졌다.

---

103) 밀가루에 달걀, 우유, 치즈 등을 섞어 구운 음식.
104) 보어 전쟁 때 총사령관을 지낸 영국 제독(1850-1916).
105) 네덜란드어로 '농민' 이라는 뜻이다.

그러나 칼튼 호텔은 큰 영향을 받지 않았다. 전쟁이 한창일 때, 요하네스버그로 출정을 나가면 으레 엄청난 파티가 벌어졌다. 참전한 인도 군대의 나이 든 장교들과 젊은 장교들은 그들 나름의 법칙을 만들었다. 최상의 유럽 음식은 그들의 입을 즐겁게 해주었다. 그러나 그뿐이었다. 그들은 카레와 그 밖에 이국적인 요리들을 요구했다. 이전에 아미아 딜립 쿠마르와 함께 일했던 경험 때문에 에스코피에는 인도 음식을 만들기가 얼마나 어려운지 알고 있었다. 그래서 에스코피에는, 항상 환하게 웃고 다녀 사람들이 일명 '스마일 씨' 라고 이름붙인 인도인을 고용했다. 그는 '양고기 벵달루(vindaloo: 가장 강한 맛이 나는 카레 가운데 하나)' 와 소스를 끼얹은 바비큐 닭고기 요리인 '탄두리 무르그(tandoori murgh)' 를 손수 이 테이블 저 테이블로 날랐다.

여기저기에서 모습을 보이는, 부지런한 '스마일 씨' 덕분에 에스코피에는 글 쓸 시간을 가질 수가 있었다.

"델핀, 내 생활에 대해 하나도 남김없이 자세하게 알려달라고 했지? 모든 일들을 말이야. 나의 하루는 칼튼 호텔 5층에 있는 아파트에서 6시 반에 일어나서 세수를 하는 것으로 시작해. 그리고 나처럼 몸집이 자그마한, 런던 주재 프랑스 대사인 폴 캉봉이 입는 옷처럼 전통적인 정장을 입어(당신도 보아서 알겠지만 난 아주 바쁠 때만 요리사 모자와 흰 상의를 입거든). 7시가 되면 조용하고 평화로운 분위기에서 아침을 준비하고 있는 주방으로 내려가지. 그리고 아침에 구매한 식품들을 검사하고 사무실로 가서 아침을 먹으면서 그날의 메뉴를 써내려가는 거야. 9시에 나는 주방으로 다시 내려가서, 조용하고 평온한 분위기를 만들고 요리사들이 주방에서 담배를 피우거나 술을 마시지 못하게 감독을 해. 11시가 되면 레스토랑 홀로 가서 예약 손님의 리스트와 그들의 국적, 성별, 혹은 그들이 돈을 쓸 준비가 되어 있는지 등을 알아보기도 해. 그러고 나서는 웨이터들에게 선택한 메뉴와 함께 고객의 이름을 알려줄 것을 부탁해놓지. 그 다음에는 소믈리에와 토의를 한 후, 손님과 함께 식사를 하거나, 아니면 리츠나 호텔의 다른 임원과 마주 앉아 간단한 점심을 해. 12시가 되면 주방과 홀을 번갈아 다니면서 일을 보지. 주방에서는 요리 장식을, 홀에 올라가서는 손님들의 취향과 반응을 살펴보는 일을 주로 해. 2시 45분이 되면, 식재료 공급업자들을 만나기 전까지 책을 읽고 글을 쓰고 명상을 하곤 해.

나는 거의 걸어다녀. 당신도 알다시피, 나는 지치지 않는 보행자잖아. 대부분의 경찰들이 나를 알고 있어서 내가 나타나면 차를 세우고 길을 건너갈 수 있게 편의를 봐주곤 해. 그러면 나는 감사의 표시로 그들에게 6펜스를 건네주지. 저녁 6시가 되면, 나는 다시 주방으로 내려가야 해. 그곳엔 아침보다 더 많은 사람들이 일하고 있어. 왜냐하면 식사가 저녁 7시부터 새벽 1시까지 계속되기 때문이지. 9시가 될 때까지 손님 식탁에 같이 앉아서 식사를 하지 않는 날이면, 쌀과 과일을 갈아넣은 가벼운 수프를 혼자서 먹곤 해. 밥을 먹고 나면 다시 사무실로 가서 새로운 메뉴들과 잡지에 기고할 글들, 미래의 책(이 책에 대해선 나중에 다시 말하겠지만)을 위한 작업을 해. 빅 벤에서 자정을 알리는 종이 울리면, 피곤에 지친 종업원 10여 명이 일하고 있는 주방으로 다시 내려가. 나는 남은 음식들을 확인하고 그것을 가난한 사람들에게 전해주라고 지시를 내려……."

델핀은 꿈을 꾸듯이 남편의 편지를 다시 접었다. 그리고 자수를 놓은 식탁보가 씌워진 둥근 식탁 위에 편지를 올려놓았다. 식탁 위에는 루체른에서 가져온 청초한 에델바이스 부케가 놓여 있었다. 신비한 침묵이 방안을 감싸안았다. 블라인드는 반쯤 올려져 있었다. 창문 밖 정원에는 사철 피는 미모사가 아직도 꽃을 피우고 있었다. 델핀은 마음이 무거웠지만 한편으론 행복했다. 남편의 오랜 부재는 그녀의 마음을 짓눌렀다. 그러나 델핀은 남편이 자신을 사랑하고 있으며, 자신 또한 남편을 사랑하고 있음을 알았다. 그들에겐 얼마나 많은 공통점이 있는가! 글을 쓰고 묵상하고 침묵을 사랑하며 자신의 한계를 초월해서 최선을 다하는 것, 그리고 그 무엇보다도 자신이 한 말에 책임을 지는 것. 자신이 한 말! 델핀은 이 말을 세 번 읊조리고 뜨개질감을 다시 잡았다. 그리고 이 말을 다시 한 번 중얼거리고 나서, 펜을 잡고는 '자신이 한 말' 이란 제목으로 시를 한 편 썼다. 그녀는 이 글을 쓰면서 위안을 얻었다. 영국으로 가서 그와 다시 합치는 것을 포기한 지는 이미 오래 전 일이었다.

런던의 겨울은 가혹할 정도로 추웠다. 창틀 위에 잔뜩 쌓인 눈은, 들어가게 해달라고 애원하는 거대한 흰 고양이처럼 보였다. 거리에 몰아치는 바람 때문에 부러진 고드름들이 가로등과 빨간 우체통으로 떨어지곤 했다. 길고 가벼운 흰 깃털처럼 날리는 눈이 묶여 있는 말들의 콧구멍을 간지럽혔다. 칼튼 호텔 앞에는 자동차들이 주차되어 있었고 차들의 지붕은 얇은 얼음으로 뒤덮여 있었다.

한 사내가 망설이는 표정으로 그곳에 서 있었다. 구멍 뚫린 신발은 눈 녹은 물속을 첨벙거리고 있었고, 군데군데 실이 풀린 붉고 작은 양모 목도리는 불안한 시선을 한 사내의 빨개진 코까지 덮고 있었다. 이 사내는 수레에 싣고 온 물품들을 나르는 직원들의 길목에 서 있어서 일하는 데 방해가 되었다. 항상 맵시 있는 옷차림을 하는, 에스코피에의 우아한 비서 알프레드 알미니가 입구의 계단을 내려왔다.

"누구를 기다리고 계십니까?"

"에스코피에 씨를 만날 수 있을까요? 전 25년 전에 파리의 프티 물랭 루주에서 주방장으로 있었고 그때 에스코피에 씨를 알게 되었지요."

잠시 후 에스코피에가 나타났다. 에스코피에는 모자를 벗을 틈도 없이 서둘러 달려왔다.

"율리시스 로오!"

"이 개 같은 인생……."

"어서 들어오세요! 시장해 보이는군요."

율리시스 로오의 화려한 시절은 프티 물랭 루주를 떠나면서 사라져버렸다. 지나친 음주로 그는 점점 쓸모없는 사람이 되어갔고, 별 볼일 없는 식당 주방을 전전하는 신세로 전락하고 말았다. 사람들은 그에게 "영국은 프랑스 요리사들에게 천국이며, 적어도 연옥 정도는 된다"는 말을 했다. 로오는 자신의 운을 시험하기 위해 도버 해협을 건너온 것이다. 그러나 헛된 꿈일 뿐이었다. 누가 다 늙은 비렁뱅이를 원할 것인가?

에스코피에는 불꽃이 파닥이는 화덕에서 꼬치구이가 완성되었다고 종을 울려 시간을 알려주던 작은 양철 천사와 그 천사가 자신에게 위안을 주던 때를 상기했다. 그는 옛 주방장에게 칼튼의 주방에서 만든 음식들을 가져다주었다. 그리고 수녀회에서 운영하는 구빈원(救貧院)에 그의 보금자리를 마련해 주었다.

유령 같은 몰골로 나타난 율리시스 로오 때문에 에스코피에는 마음이 심란해졌다. 로오의 모습이 좀처럼 그의 머릿속에서 떠나지 않았고 그는 점점 우울한 기분에 사로잡혔다. 인생의 슬픔이 화두가 되어, 그는 조용한 사무실에서 애절한 느낌을 주는 짧은 글들을 쓰기 시작했다. 예전에 에스코피에는 철길에 몸을 던지려던 꽃 파는 젊은 처녀를 말린 적이 있었다. 그가 쓴 글들 중 하나는 이 처녀에 관한 글이었다. 이 글의 제목은 '돈도 친구도 없이, 거대한 도시 런던에서 방황하는 가난하고 어린 프랑스 소녀의 이야기' 였다. 에스코피에는 자신이 쓴 글들을 출판할까 하다가, 그냥 델핀에게 보내는 것으로 만족했다. 그는 가난하고 비참한 상태에 놓인, 뿌리 없는 자들의 세계와 자신이 몸담고 있는 쾌락의 사회, 믿을 수 없을 만큼 사치스럽고 경박한 세계를 마주 대하는 것이 고통스러웠다.

곧 리퐁 후작 부인이 될 레이더 드 그레이가 생각하기에 에스코피에는 '고귀한 취향을 가진 사람' 이었다. 칼튼 호텔의 호화스러운, 엷은 분홍색 커튼이 이중으로 드리워진 창문 앞 식탁에 앉아서, 레이디 드 그레이는 헨리 라 부셰어에게 에스코피에에 대한 자신의 견해를 말했다.

"그게 무슨 뜻입니까?" 라 부셰어가 물었다. "옛날에는 '먹을 것' 에 한정해서만 '취향' 을 얘기했다는 사실을 알고 계신가요? '취향' 이라는 단어가 어떤 세련됨을 뜻하기 시작한 것은 수많은 용어들이 구체적인 뜻에서 추상적인 뜻으로 바뀐 18세기 후반에 이르러서지요……."

"당신 생각에 '훌륭한 취향' 이란 어떤 것인가요?"

"화가에게 있어선 조화로운 색깔에 각각의 색조들을 보충하는 정도지요. 베르메르와 와토[106]는 좋은 취향을 가지고 있었습니다. 코로와 샤르댕[107]도 마찬가지입니다. 왜냐하면 그

---

106) 로코코 회화를 창시한 프랑스의 화가(1684-1721).

107) 프랑스의 파스텔 화가(1699-1779).

들의 작품은 조용하며 수수하기 때문이지요. 그들에게 '좋은 취향'이란 복잡함과 흥분이 없는 상태, 고요함과 성찰에 대한 선택입니다. 또한 그들의 취향엔 섬세함도 들어가지요."

"요리사에게 좋은 취향이란 무엇일까요?"

"좋은 취향은 공자나 체스터필드경이 말한 것처럼 기교가 과하지 않도록 조심하면서, 목적과 수단 사이에서 완벽한 조화를 이루는 것이지요."

"어떻게 고귀한 취향을 가진 사람이 될 수 있지요?"

"그렇게 될 수는 없어요. 좋은 취향은 선천적인 것입니다. 샤르댕, 코로, 에스코피에와 같은 사람들이 그 모델이지요. 이 세 사람은 장인의 환경에서 태어나 올바른 교육을 받았어요. 더도 덜도 아닙니다."

라 부셰어는 더 이상 말을 잇지 않았다. 그때 에스코피에가 레스토랑 홀을 돌고 있었다. 레이디 드 그레이가 그에게 손짓을 했다.

"당신에 대해 얘기하고 있던 참이에요. 주방에서 당신이 가장 신경 쓰는 건 무엇인가요?"

"'어떻게 하면 더 단순하게 만들 수 있을까' 하는 것이지요."

다음날, 알프레드 베이트는 리츠와 공모하여 깜짝 파티를 열었다. 야자수 온실엔 물이 넘쳐흘렀고, 카루소가 위대한 이탈리아의 서정 가곡을 노래하는 동안 초대받은 손님들은 호수로 변한 온실에서 곤돌라를 타고 노닐었다. 에스코피에가 구상한 식단의 각 요리는 베니스를 연상시켰다. 그중 한 요리는 고급 닭 생산지인 브레스 지방에서 직접 공수해 온 닭으로 만들었는데, 여기에 쉬프렘 소스와 라비고트(ravigote) 버터[108]를 끼얹고, 양송이와 닭의 볏, 그리고 송아지 편육으로 접시 주위를 빙 둘러 장식한, 이름만 이탈리아식인 '베니스 영계 요리'였다. 이름이야 어떻든, 에스코피에가 생각하는 '위대한 요리'는 그 내용상 분명 '프랑스식'이어야 했기 때문이다.

에드워드 7세의 취임식 연회

리츠의 열정적인 삶은 계속되었다. 프랑스 남서부 비아리츠에 레스토랑 하나를 전세 내고, 마드리드와 뉴욕, 카이로에 리츠 호텔을 건설할 계획을 세웠다. 그리고 살소마지오레에 이미 그랜드 온천 호텔을 오픈한 상태였다. 카루소, 아델리나 파티, 리나 카발리에리[109] 같은 유명한 성악가들은 각 음악 시즌을 전후로 해서 살소마지오레를 방문하곤 했다. 또한 류머티즘에 걸린, 영국과 이탈리아의 상류층 인사들이 그들의 뒤를 따랐다. 리츠는 이곳에서 오를레앙 공의 요청에 따라, 길이길이 남을 두 번의 만찬을 주관했다. 첫 번째 만찬 때 그는

---

108) 여러 가지 허브를 다져서 버터와 섞은 후 그 버터를 체에서 내린 것.
109) 이탈리아의 오페라 소프라노 가수. 뉴욕의 메트로폴리탄 오페라단과 맨해튼 오페라단과 협연하였고, 손꼽히는 미모와 화려하고 고혹적인 무대 연기로 명성이 높았다.

식탁 중앙에 포도 넝쿨이 칭칭 감긴 막대를 세웠다. 디저트 시간이 되었을 때, 귀부인들은 호텔에서 선물로 마련한 황금 가위로 직접 포도를 잘랐다. 두 번째 만찬 때 리츠는 식탁 중앙에 작은 새 한 마리가 앉아 있는, 잎이 무성한 나무 한 그루를 올려놓았다. 이를 위해 리츠는 눈에 안 보이는 실로 새를 나무에 묶어놓았다.

1901년 1월 22일, 빅토리아 여왕이 64년간의 통치를 마치고 임종했다. 리츠는 서둘러 런던으로 돌아갔다. 여왕은 "정숙하다"는 평판을 남기고 죽었지만 그 평판은 날조되었을 확률이 높다. 여왕은 생전에 자신이 위로할 길 없는 과부라고 말하곤 했지만, 가십성 신문들이 여왕을 '미세스 브라운 전하'라고 부를 정도로 유명한 존 브라운[110)]의 팔에서 그녀는 위안을 얻지 않았던가? 또한 이러한 말은 많이 전해지지는 않았지만, 여왕은 술기운으로 스스로를 위안하며 산 것은 아니었을까?

빅토리아 여왕의 남편이었던 앨버트는 그 시대에 알아주는 미남자였다. 반면 여왕은 몸집의 가로와 세로가 거의 비슷할 정

---

110) 빅토리아 여왕이 남편 앨버트가 죽은 후 비탄에 젖어 국사에 나서지 않자, 신하들이 앨버트의 충직한 신하였던 스코틀랜드인 존 브라운을 여왕의 마부로 기용한다. 이후 존 브라운은 여왕에게 직언도 서슴지 않으며 아주 충실한 친구의 역할을 수행했고, 결국 여왕과 존 브라운은 최대의 스캔들에 시달리게 되었다. 여왕은 82세의 나이로 죽으면서, 남편인 앨버트와 자식들의 사진 외에, 존 브라운의 사진과 머리카락을 함께 관에 넣어줄 것을 요청했다. 이 스캔들은 '미세스 브라운'이라는 영화로도 만들어졌다.

도여서 꼭 버섯처럼 보였다. 여왕은 남편과의 사이에서 아홉 명의 자녀를 낳았는데, 그중 딸 한 명이 독일의 황후가 되었다.

여왕의 외모를 꼭 닮은 맏아들, 즉 웨일스 왕자인 앨버트 에드워드는 40년 동안 방탕아로 흥청망청 살았고, 여러 나라의 궁전을 제집 드나들듯 한 사람이다. 그는 프랑스와 사랑에 빠진 적도 있었다. 청소년 시절, 처음으로 프랑스에 간 앨버트 에드워드가 외제니 황후에게 이렇게 선언했다. "황후 전하의 나라는 참으로 아름답습니다! 전하의 아들이 되어, 이곳에서 살고 싶습니다!"

빅토리아 여왕이 장남인 앨버트 에드워드의 국정 참여를 허락하지 않았기 때문에 그는 그저 쾌락의 장소에만 끊임없이 드나들며 청년 시절을 보냈다.

그는 버킹엄을 피해다녔다. 그는 왕실의 별궁 '말버러 하우스'에 거주했는데, 이 저택은 공장들이 늘어서 있고 미국인들, 유행을 좇는 속물들, 사업가들 그리고 굉장히 아름다운 여인들이 활보하는 동네에 있었다.

그는 왜 이 모든 것에 갈증을 느끼며 살았던 것일까? 어떤 사람들은 그가 젊은 시절 사랑에 굶주렸으며, 자신을 이해해 주는 사람이 없다는 데서 무척 고통을 느꼈을 것이라고 짐작한다. 또 어떤 사람들은 만일 그가 좋아하던 여우 사냥을 금지하지 않고 원하는 만큼 하도록 놔뒀더라면, 그가 그러한 갈증을 덜 느꼈을지도 모른다고 추측한다. 주치의들은 앨버트 에드워드에게 식이요법을 하라고 권고하다 결국 포기하고 바덴 바덴이나 마리엔바트와 같은 유명한 독일 온천 지역에서 치료를 하라고 충고했다. 그는 여기서 사워크라우트(sauerkraut)[111]를 실컷 먹으며 지냈다.

사람들이 그에게 붙인 별명은 '배불뚝이 왕(Tum-Tum)'[112]이었다. 그는 끝도 없이 나오는 아침식사를 게걸스럽게 집어삼켰다. 그의 점심은 적어도 다섯 가지의 코스 요리로 구성되었다. 오후의 티 타임은 결혼식 피로연의 뷔페와도 같았다. 그는 야참을 위해 샴페인을 마시고, 잠들기 전에는 대하 살미와 스틸턴(stilton) 치즈[113]를 가져오라고 시켰다. 혈색 좋은 영국인들은 어느 정도 그에게 호감을 가졌다. 빅토리아 여왕의 오랜 통치 기간 동안 산업혁명이 일어났고, 영국은 대영제국이 되었다. 사람들은 에드워드 7세(빅토리아 여왕의 장남 앨버트 에드워드의 새 이름)가 왕실의 위엄을 더럽혔던 정신 나간 하노버 조상들의 전통을 부활시킬까 두려워했다.

진보한 사회 속에서, 그리고 외국에서(특히 프랑스에서) '배불뚝이 왕'은 매우 유명했다. 그의 가장 큰 적수는 조카인 독일 황제 빌헬름 2세[114]였다. 빅토리아 여왕은 그의 품안에서 죽음을 맞이했다. 독일 황제 빌헬름 2세는 에드워드 7세에 대해 깊은 증

---

111) 양배추 절임인 '슈크루트'의 독일식 명칭.

112) 에드워드 7세의 허리는 48인치나 되었다. 다섯 가지 코스로 된 정식을 하루에 열 번씩 먹어서 엄청나게 살이 불었기 때문에 이런 별명이 붙었다.

113) 우유로 만든 영국의 전통 블루 치즈.

오심을 느꼈으며 그를 '잘난 척하는 늙은 공작새' 로 취급했다.

1901년 6월 28일에 열릴 축제는 영국인들에게는 특별한 행사였다. 64년간 즉위식은 단 한번도 거행되지 않았고 빅토리아 여왕은 통치 기간 내내 호사스러운 축제나 행사를 열지 않았다. 심지어 여왕은 웨스트민스터 사원에서 하려던 웨일스 왕자의 결혼식마저 취소하고 윈저 궁에서 친지만을 참석시킨 가운데 조촐한 결혼식을 올리게 했다. 항상 웃는 얼굴의 호인형인 에드워드 7세의 취임식은 가라앉은 사회 분위기를 쇄신하고, 사회에 새로운 활력을 주리라는 희망을 가져다주었다.

예정된 즉위식 행사 중에서 칼튼 호텔은 대규모 연회를 맡게 되었다. 버킹엄 궁전의 연락을 받고 간 리츠와 에스코피에는 새로운 왕과 개인적으로 식단에 대해 의논했다. 이 연회에는 국제적인 명사들, 금융계 인사들, 인도 왕자들, 그리고 지구상에서 가장 고귀한 부인들이 참석할 예정이었다. 모든 준비는 특별해야만 했다.

에스코피에는 이 연회에 맞춰 왕비인 알렉산드라에게 바치는 두 가지 새로운 요리를 준비했다. 하나는 '알렉산드라 메추라기 파이(푸아그라와 트뤼프로 속을 채운 메추라기를 마디라 와인에 담가 익힌 요리)' 였고, 또 하나는 '알렉산드라 연어 무슬린

---

114) 빅토리아 여왕의 외손자(1859-1941). 그의 어머니는 빅토리아 여왕의 장녀 빅토리아 공주로 열일곱 살 때 프로이센 왕자인 프리드리히 빌헬름(프리드리히 3세)과 결혼한다. 그런데 그가 독일 황제가 된 후 99일 만에 후두암으로 사망하게 된다. 그래서 그 둘 사이에서 난 일곱 명의 자녀 가운데 장남이 그 뒤를 이어받아 빌헬름 2세가 된다.

(얇게 포를 뜬 연어와 얇게 썬 트뤼프 위에 무슬린 크림을 얹은 다음, 모르네 소스를 뿌린 것)' 이었다.

칼튼 호텔에 닥친 위기

1901년 6월 24일, 전화벨 소리에 리츠는 사무실에서 벌떡 일어섰다. 그는 매우 피곤한 상태였고, 신경은 아주 날카로웠다. 왕실의 관례가 몸에 익숙한 초대 손님들의 자리 배치 문제나 손님 접대와 장식에 대해 내려야 할 지시사항들, 수행원들이나 방 배치 문제 등이 리츠 앞에 산적해 있었다. "너무 걱정할 필요는 없소." 그날 아침 리츠는 아내를 안심시켰었다. "나는 아픈 게 아니라 단지 피곤할 뿐이라오. 모든 게 잘되면, 긴 휴식시간을 가질 생각이오. 약속하지."

"여기는 버킹엄 궁전입니다. 연회를 전부 취소해야겠습니다. 전하께서 급성 맹장염에 걸리셨습니다."

"맹장염이라고요?"

"맹장 근처에 염증이 생겼습니다."

리츠는 수화기를 내려놓았다. 수화기를 잡은 채 굳어버린 손에서 정성들여 다듬은 손톱이 거울처럼 빛났다. 그의 뇌리엔 이전에 겪었던 불쾌한 순간들이 주마등처럼 스쳐갔다. 창녀바에서의 생맥주, 메뉴판을 다 읽어보라고 시켜놓고는 결국 스테이크를 주문한 영국인, 리기-쿨름 호텔에서 일어난 보일러 폭발 사고, 사보이 호텔에서 축출당한 일, 파리 리츠 호텔 창립 이후 연일 내리던 비… 이런 생각을 하는 그의 손이 미세하게 떨리기 시작했다. 그는 문득 자신의 나이가 쉰둘밖에 안 되었는데, 손에는 주름이 무척이나 많다는 것을 깨달았다.

숨이 막힐 듯 가슴이 답답해진 그는 목에 있는 단추들을 풀어헤쳤다. 리츠는 순간 스위스 발레 지방의 언덕배기에서 풀을 뜯는 짐승들이 보이는 듯했고, 그들의 목에 달린 청아한 방울 소리를 들은 것만 같았다.

잠시 후, 그는 정신을 차리고 에스코피에를 불러 상황을 설명했다. 리츠는 근육이 경직되는 것을 느끼면서, 커다란 레스토랑의 홀로 천천히 내려왔다. 홀에는 덧없는 6월의 태양빛이 환하게 쏟아지고 있었다. 은 그릇과 세브르산 도자기로 만든 소스 용기들을 든 채 리츠를 바라보며 홀을 향하는 호텔 종업원들도 경직된 분위기였다. 리츠는 화초나 나무가 시야를 가리지 않는 레스토랑 중앙으로 갔다.

"신사 숙녀 여러분, 취임식은 예정된 날짜에 거행되지 않을 것입니다. 에드워드 7세는 수술을 해야 합니다."

그는 고객에게 등을 돌리고, 무겁게 내려앉은 침묵 속에서 입구로 걸어갔다. 그는 엘리베이터로 다가갔다. 호텔 안에 빠른 속도로 소문이 퍼져나갔다.

책상 앞에 앉은 리츠는 황급한 어투로 오케스트라를 취소한다는 전보를 썼다. 그리고 창문을 열고 템스 강의 황금빛

물에서 위안을 찾으려 했으나 아무 소용이 없었다. 그는 혼잣말을 했다. "쯧쯧, 템스 강의 전경은 융프라우의 전경과는 사뭇 다르군. 희망이라곤 전혀 없어."

누군가 문을 두드렸다. 어리둥절한 표정의 엘리베이터 보이가 여러 개의 편지봉투가 담긴 은쟁반을 리츠에게 내밀었다. 리츠는 그중 하나를 뜯었다. 그것은 예약 취소를 알리는 편지였다. 그는 나머지 편지들을 손등으로 밀어놓고 '읽어봤자야. 100개, 200개, 300개… 전부 예약 취소 편지겠지' 라고 생각했다. 리츠는 약간 휘청거리며 주방으로 내려갔다. 그곳에선 에스코피에가 2,000여 마리의 메추라기, 100여 마리의 닭고기와 양고기, 그리고 셀 수 없을 정도로 많은 식품들을 보관하기 위해 지시를 내리는 중이었다. 주방을 둘러싼 영국식 안뜰에 화살처럼 내리꽂힌 햇살이 창유리에 반사되면서 동화 속 세계 같은 분위기를 만들어냈다. 잔뜩 쌓인 식량들은 전설 속의 거대한 식탁에서 볼 수 있는 루쿨루스[115]와 사르다나팔루스[116]의 향연을 연상시켰다. 주방의 광경은 마치 황금색을 칠해 도드라져 보이는 동화 삽화 같았다.

---

115) 로마의 장군(BC 106?-56). 수많은 전투에서 획득한 부로 여생을 지극히 호화롭고 사치스럽게 보냈다.

116) 그리스 작가들이 '유약한 전제 군주' 라고 묘사한 아시리아의 전설상의 인물이다. 역대 어느 왕보다도 사치스러운 생활을 한 것으로 되어 있으나, 실제로는 세 명의 역사적 인물상(人物像)이 혼합된 것으로 보인다. 즉, BC 669~BC 630년과 BC 626년의 치적이 알려져 있는 '아슈르바니팔' 과 그의 아우이며 바빌론 왕인 '사마시 슘 우킨' , 아시리아의 마지막 왕인 '신 샤르 이슈쿤' 의 인물상이 뒤섞여 전해진 것으로 짐작된다.

주방에 비치는 것과 동일한 빛이 비스듬하게 내려와서 리츠의 커다란 사무실을 환하게 밝혔다. 리츠는 그곳에 모든 책임 간부들을 다 불러모았다. 고객을 불러들일 새로운 방법을 찾아야만 했다. 그렇지만 어떻게 해야 할 것인가? 에드워드 7세의 수술 다음날, 수술 성공을 축하하기 위한 만찬을 마련할 것인가? 이달에 계획된 연회들을 앞당길 것인가? 시장의 소상인들과 흥정을 다시 할 것인가? 이 식품들 가운데 일부를 장기 보존용으로 바꿀 것인가, 아니면 이 식품들을 칼튼 회사가 건설에 관여한, 다른 호텔들에 보낼 것인가?

에스코피에가 "어쨌거나 가난한 자들을 위한 수녀회에 이 식품들을 보내서 선행을 할 수는 있지요"라고 말했다.

리츠는 어깨를 으쓱했다. 그는 이 상황을 떠맡아야 한다는 것이 못내 부담스러웠다. 간부들의 제안은 저 멀리서 춤을 추고 있는 안개와도 같았다. 리츠는 간신히 정신을 집중했다. 그러고는 "다들 더 생각해보십시오! 30분 후에 다시 모입시다" 하고 제안하면서 일단 회의를 마쳤다.

홀로 남은 그는 손을 이마에 갖다댔다. 그리고 고운 한랭사(寒冷紗)로 만든 손수건으로 이마를 닦았다. "나는 아프지 않아, 여보." 그는 높은 목소리로 반복했다. "단지 피곤할 따름이야. 긴 휴식을 취해야겠어……."

오후 세 시, 그는 사무실 양탄자 위에 쓰러졌다. 기절하면서도 알 수 없는 말을 중얼거렸다. 깨어났을 때도 여전히 환각 상태였다. 사람들은 이륜마차를 소리쳐 불러 그를 집으로 데려가도록 했다. 집 앞에 도착하자 마부는 그를 업고 집 안으로 들어갔다.

에스코피에는 억장이 무너지는 것 같았다. 그는 '만일 리츠가 죽는다면, 다시는 요리를 하지 않겠어. 여생은 장미나 가꾸며 보내야지' 하고 생각했다.

'에드워드 7세 새끼양 엉덩이살 요리'

원래 켄싱턴 궁전의 정원이었던 '켄싱턴 가든' 에서는 잔뜩 부풀어오른 흰 장미 봉오리들이 금방이라도 터질 듯 사방으로 진한 향기를 뿜어내고 있었다. 에드워드 7세의 수술은 성공적으로 끝났다. 감상적인 런던 시민들은 그를 친근하게 생각했다. 대부분의 사람들이 그러했던 것처럼, 소설가 헨리 제임스가 '저속하고 끔찍한 뚱보 앨버트 에드워드' 라고 부른 이 사람은 이내 '늙고 선량한 테디[117]' 가 되었으며, 그의 치세는 수많은 후원을 통해 뒷받침되었다.

대관식이 몇 주 연기된 까닭에 에스코피에는 그동안 '에드워드 7세 새끼양 엉덩이살 요리' 를 고안해냈다. 이 요리는 마디라

117) 에드워드 7세의 애칭 중 하나.

와인에 담근 트뤼프와 푸아그라를, 뼈를 발라낸 양갈비와 함께 단지에 채워넣은 후 차게 두었다가 먹는 것이었다. 리츠는 대관식을 멀리서 바라보았다. 그의 건강은 조금씩 회복되어가고 있었지만 여전히 중환자였던 탓에 대부분의 시간을 그저 하릴없이 보내고 있었다. 그의 부인은 한 가닥 희망을 가지고 그를 루체른으로 데려갔다. 고향의 공기가 기적을 가져다주기를 바라면서…….

파이퍼 남작은 리츠가 여전히 스위스의 국립 그랜드 호텔의 수장임을 믿도록 하기 위해 노력했지만 리츠에게는 부질없는 짓이었다.

그후 리츠 부부는 이집트로 여행을 떠났다. 방돔 광장에 리츠 호텔을 출범시키는 데 일익을 담당했던 이제트 베이와, 셰퍼즈 호텔[118]의 전설적인 주인이었던 빌허드가 카이로에서 성대히 그들을 맞았다. 그들은 배를 타고 나일강을 거슬러올라갔다. 리츠는 늪지에서 올라오는 다채로운 물줄기의 움직임에 시선을 고정시키고 있었다. 그는 룩소르 신전의 폐허를 돌아다녔고, 태양의 표면이 영원한 강물의 초록색 물결 속에 잠겼다가 다시 솟아오르는 것을 바라보았다. 그의 건강은 조금씩 회복되었고, 그들은 다시 런던으로 돌아왔다.

비록 리츠가 지병으로 인해 리츠 개발회사의 자문단 활동

---

118) 19세기에서 20세기 초까지 겨울 관광 시즌 동안 부유한 유럽인들이 머무르던 이집트 카이로의 유명한 호텔.

을 삼가고 있긴 했지만, 그는 또다시 새로운 사업계획을 구상했다. 그중 하나가 런던에 리츠 호텔을 세우는 것이었다.

에스코피에는 정기적으로 그를 보러 왔다.

"언제 저를 위한 요리를 하나 만들어주십시오."

세자르 리츠가 제안했다.

노쇠하고 희미한 리츠의 목소리가 에스코피에에게 낯설게 들려왔다. 그것은 그의 친구가 어느 정도까지 변했는지를 가르쳐주고 있었다. 리츠는 점점 비만이 되어가는데다, 엉뚱한 짓을 자꾸 해댔다. 어느 날 그는 리전트 스트리트의 한 보석상에 들어가서 이렇게 말했다.

"에드워드 7세가 조만간 우리 호텔에서 대규모 만찬을 열 겁니다. 그러자면 금으로 된 접시, 숟가락, 포크, 잔 들이 필요해요. 물론 화병, 재떨이, 커튼, 양탄자, 소변기 등 실내장식도 금으로 되어야겠지요. 그걸 좀 협찬해주시면 좋겠는데요."

또 한번은 아무런 상황 판단도 없이, 펄펄 끓는 뜨거운 물이 담긴 욕조에 들어갔다가 3도 화상을 입고 고생한 적도 있었다. 두터운 어둠이 그의 정신을 덮어버린 것 같았다. 그는 기억을 잃어버렸고 인생의 일부를 통째로 망각해버렸다.

어쩌다 정신이 총총해지면 극도로 예민한 감수성이 드러났다. 이런 까닭에 그를 혼란스럽게 하는 소식들을 모조리 숨기지 않으면 안 되었다. 한번은 사환이 아무 생각 없이 신문을 가져다주었는데, 교황 레오 13세(1878-1903년 재위)의 서거 소식을 접한 리츠는 이내 고열에 시달리다 기절해버렸다.

5,000종의 요리법을 소개한 《요리의 길잡이》

금박 무늬로 장식된 마호가니 탁자에 기대어 에스코피에는 글을 써내려갔다. 그는 저술 활동을 통해 옛 동료의 질병이 가져다준 걱정과 슬픔을 이겨내고자 했다. 지난 세기의 요리사들에게 카렘의 저서가 매우 유용했듯이 에스코피에의 저서도 20세기의 요리사들에게 그러할 것임이 분명했다. 그는 기념비적인 책들을 썼다. 그 책은 런던의 고서적상들이 정성들여 정리해놓은 전설적인 작가들의 필사본들과 마찬가지로 취급될 것이고, 출간 연도별로 정리해놓은 우리의 서재에 한자리를 차지하고 꽂혀 있게 될 것이다.

미식 관련 문학의 기원에는 페리클레스[119)]의 친구인 아르슈스트라트 드 젤라가 있었다. 그는 아폴리네르[120)]의 시에 나오는 돈 페드로 달파루베이라[121)]처럼 전세계를 여행했고, 그 여행을 찬미했던 사람이다. 그는 '미식학' 이라는 제목의 시에서 다양한 지역의 요리들에 대해 기술했다. 800년 후 아테네에서 고대 이집트어로 편집된 《현자들의 만찬》에는 불행히

---

119) 고대 그리스 아테네의 정치가이자 군인(BC 495-429). 민주주의 정치를 직접 실현한 사람으로 그가 통치한 시기는 고대 그리스의 황금기였다.

120) 20세기 초 아방가르드 운동에 적극 참여한 프랑스의 시인(1880-1918).

121) 아폴리네르의 시 '네 마리의 낙타' 에 언급된 인물. '포르투갈의 왕자' 라는 설이 있다.

도 70여 구절만이 보존되어 있다.

아르슈스트라트는 다음과 같이 적었다. "만약 함께 식사하는 사람이 서너 명을 초과한다면 그것은 용병들이나 전리품을 모으는 군인들의 회식에 불과하다."

'이 구절은 동시에 수백 명의 건강을 관리한다고 주장하는 나를 비꼬는 말이군! 하지만 문자 그대로 받아들이지는 말아야지. 오늘날 연회에서 대화는 소그룹별로 진행되니까… 한 명이 되었든 백 명이 되었든 동일한 요리를 하는 것에서 행복의 기준을 찾아야지.' 에스코피에가 생각했다.

책꽂이의 같은 칸에는 아르슈스트라트의 얇은 문집과, 마찬가지로 위대한 여행가였던 가비우스 아피시우스의 작품이 꽂혀 있었다. '홍학(紅鶴)의 혀' 요리와 '낙타 발뒤꿈치' 요리를 유난히 좋아했던 그는 배고픔에 대한 두려움 때문이라고 말하면서, 자신의 막대한 재산을 단 한끼를 위해 소비한 후 자살했다. 에스코피에는 이 작가의 《데 레 코키나리아》를 흰 송아지 가죽으로 제본하여 보관해놓았다. 이 책의 제목은 '요리의 모든 것' 이라는 의미를 갖고 있었다.

아르슈스트라트와 아피시우스 이후 요리 문학은 거의 천 년 동안이나 암흑기에 빠져 있었다. 중세 말이 되어서야 샤를 7세의 전담 요리장이었던 타유방의 《르 비앙디에(원래 '고기' 를 뜻하는 프랑스어 '비앙드(viande)' 는 당시에는 '모든 종류의 음식' 을 가리키는 말이었다)》와 피에르 피둘의 《모든 요리의 위대한 요리사》[122]의 필사본이 유통되었다. 에스코피에는 《르 비앙디에》의 현대식 번역본을 갖고 있었는데, 그 책은 소스 제조법으로 유명했고 사용된 단어들도 매우 재미있었다. 그 책에서 저자는 달걀 노른자를 '바퀴의 축' 이라고 불렀고, 다진 날짐승고기나 계피 향이 강하게 들어간 소스를 얹은 양고기는 '잡탕' 이라고 말했다. 《르 비앙디에》는 한 요리사가 자신과 자신의 동료들을 위해 쓴, 요리 비법에 관한 책이었다. 그것은 무척 권위 있는 책이어서 프랑수아 비용[123]이 자신의 시에서 다음과 같이 언급할 정도였다.

타유방의 관점으로 보자면
프리카세(fricassure)[124] 제조법에 대한 장에서는…….

에스코피에는 과거 빌뇌브-루베 성에서 파니스-파시 후작이 얼마나 그 책에 대한 칭찬을 늘어놓았던가를 회상했다.

인쇄물로 출간된 최초의 중요한 요리서는 1473년 발행된 《데 오네스타 볼룹타테 에 발레튜디네》, 즉 《건강을 유지하는 진정한 향락과 예술에 대하여》[125]라는 책이다. 이 책의 16세기

---

122) 1560년에 초판이 발행되었다.

123) 프랑스의 위대한 서정시인(1431-1463).

124) 닭고기나 토끼고기를 화이트 와인으로 찐 요리.

125) 프랑스에서는 《Le Platine en Françoys》라는 제목으로 1505년에 출간되었다. '미식의 즐거움이 육체를 건강하게 유지하는 것과 조화를 이룰 수 있는가?' 라는 질문을 던진 책으로 요리의 의학적 · 실용적 측면을 다루었고, 발간 후 곧 유럽 음식 문화의 바이블이 되었다.

판본은 에스코피에가 자신의 장서들 중에서 가장 아끼는 것 중 하나였다. '일 플라티나' 라는 이름으로도 불리는 바르톨로메오 사키[126] 덕분에 그 책은 '썰기의 예술' 로 유명한《트린시안테》[127]보다 50년이나 먼저 세상에 나올 수 있었다.

《트린시안테》의 저자는 빈센조 세르비오였는데, 그는 요리사이자 알레산드로 파르네스 추기경을 모시던 실내장식가였다. 그는 썰기의 중요성을 강조했으며, 고기를 포크 위로 높이 세우라고 권고했다. 그것은 고기를 우아하면서도 아슬아슬한 상태로 놓아둠으로써 음식 맛을 돋우기 위한 것이었다. 그의 저서는 순수한 요리책의 성격과 훌륭한 매너에 대한 개설서의 성격을 동시에 갖고 있었다.

《트린시안테》 바로 옆에는 양피지로 싸인《훌륭한 요리법을 알고자 하는 모든 이들을 위한 탁월한 개설서》라는 제목의 두꺼운 책이 꽂혀 있었다. 그것은 향신료와 당분 제조법에 대한 잡문에 불과하지만, 저자는 예언집으로 유명한 미셸 드 노스트라다무스로서 모든 미래의 꿈으로 향한 대문을 활짝 열어놓은 사람이었다.

위대한 요리사들에 대한 조사를 잠시 멈추고 에스코피에는 다가올 은퇴의 시기를 상상했다. 그는 델핀과 함께, 귀스타브

---

126) 15세기 이탈리아 르네상스 시기의 역사가이자 작가(1421-1481).

127) '고기 써는 사람' 이라는 뜻. 당시 로마에서는 고기 써는 직업을 '트린시안테' 라고 불렀다. 1581년에 발간된 이 책은 테이블 웨어 사용법에 대한 매뉴얼을 담고 있다.

도레와 사라 베르나르가 조각한 입상들의 발밑에서 모나코 카지노의 테라스로 쏟아져내리는 석양을 바라볼 것이다. 어쩌면 그들에게는 함께 향유하며 살아갈 날들이 아직 많이 남아 있을지도 모른다.

잠시 후 그의 시선은 다시 장서들의 제목을 훑어나가기 시작했다. 에르퀼 드 로앙[128] 공작의 시종 요리사였던 피에르 드 륀(정말 멋진 이름이다!)[129]의 《요리사》와 뒥셀 후작의 음식 담당관이었던 피에르 드 라 바렌의 《요리사 프랑수아》[130]가 보였다. 뱅상 라 샤펠이 쓴 《현대의 요리사》도 있었는데, 그것은 프랑스에서 발행되기 2년 전인 1733년에 이미 영문 번역판으로 출간된 책이었다.

"영국인들은 항상 앞서간다니까. 어째서 내가 이 습기 많은 알비옹의 땅으로 망명했을까?" 에스코피에가 중얼거렸다.

《현대의 요리사》는 비록 '당나귀 똥 모양의 쇠고기 필레와 나무토막 포타주'와 같은 다소 기괴한 이름이 붙은 요리를 더러 소개하기는 했지만 꽤나 성공을 거둔 책이었다. 수비즈 제독 저택의 수석 주방장이었던 마랭이 이 책을 바탕으로 프랑스 요리의 방법론에 대해 편집하고 나서, 그 책제목을 《코무스의 선물》[131]이라고 붙였다. '코무스는 요리를 주관하는

---

128) 수렵 담당 책임자(1568-1654). 로슈포르 백작이었다가 몽바종 공작이 되었다.

129) 피에르는 '돌', 륀은 '달'이란 뜻, '피에르 드 륀'이란 '월석(月石)'을 의미한다.

130) 1651년에 출간된 이 책은 오늘날 프랑스 요리에 기초가 된 요리법들을 기술하고 있으며, 당시에 미각 혁명을 일으켰다.

신이고 모무스는 야유와 빈정거림의 신으로, 쇠퇴기의 고전주의 시대를 지배했던 신들의 후예들이다. 무슨 까닭으로 인간들은 미네르바 여신 이전에 코무스를 섬기지 않았을까? 요리가 전쟁보다 유용하지 않았단 말인가?' 에스코피에는 자문해보았다. 《코무스의 선물》의 서문에는 예수회 교부인 피에르 브뤼누아와 이야생트 부르조의 서명이 들어가 있었다. 이 책은 18세기에는 요리가 매우 진지한 대상으로 여겨졌음을 말해주고 있었다.

다음에 눈에 들어온 책은 금박을 둘러 모로코식으로 제본한, 18세기 출간본인 《가스코뉴의 요리사》[132]였다. 위대한 군주였던 동브 왕자[133]가 이 책을 제작했는데, 그는 파스타를 익혀 먹으라고 권했던 최초의 인물이었다. 이전에도 국수를 가끔씩 삶아 먹기는 했지만 보편적이지는 않았다.

책꽂이 끝에는 팔레 루아얄의 저명한 요리사였으며 검을 찬 기사 고객들에 대해 자부심을 느꼈던 보빌리에의 《요리사의 예술》[134]이 꽂혀 있었다. 바로 옆에는 비야르가 쓴 《황제의

---

131) 1,664쪽 분량의 이 책은 1742년에 출간되었으며, 요리란 '다른 재료들과의 조화'라는 것을 최초로 규명하였다.

132) '가스코뉴'는 프랑스 남서부에 있는 지역으로 역사 · 문화적으로 유서가 깊다. 이 요리책은 1740년에 출간되었다.

133) 루이 14세와 몽테스팡 부인 사이에서 태어난 멘 공작이 동브 왕자의 부친이다. 동브는 프랑스의 론알프 주에 있는 연못이 많은 지역 이름이기도 하다. 이곳은 보주, 부르봉, 오를레앙 가의 영지였다가 1762년 프랑스 왕권하에서 통합되었다.

134) 1811년 메스에서 초판이 출간되었고 1816년 파리에서 다시 두 권으로 나눠 출간되었다.

요리사》[135]와 카렘의 작품들이 전부 꽂혀 있었다.

바로 아래 칸에는 최근에 발간된 요리 가이드북들이 있었다. 독일 궁정의 옛 수석 요리사 펠릭스 위르뱅 뒤부아의 《고전 요리》[136], 《전세계의 요리》[137], 《예술적인 요리》[138]가 그것이었다. 조금 떨어진 곳에는 에스코피에에겐 눈엣가시와도 같은 《다구레 사전》[139]도 있었다. 15년 전 몬테 카를로에 머물렀을 때, 에스코피에는 젊은 요리사들, 호텔 지배인들, 종업원들을 위한 지침서를 쓰고자 했었다. 그래서 그는 집무실의 책상 서랍에 수백 장의 메모를 쌓아두었다. 집필을 끝내지 못하고 그 일을 까맣게 잊어버린 몇 년 후, 런던 크레센트 호텔의 지배인이었던 다구레는 에스코피에의 계획을 어그러뜨렸다. 다구레가 먼저 에스코피에의 구상을 책으로 옮기는 데 성공해버렸고, 그것은 곧 호텔 웨이터들과 종업원들의 교과서가 되었다.

"너무 오래 기다리면 이렇게 되는군! 책 한 권을 출간한다는 것은 마치 요리 하나를 만드는 것과 같은 일이야. 모든 건 시기가 있고, 그 시기를 놓쳐서는 안 되는 법이지!" 에스코피

135) 1807년에 초판이 발행된 요리 백과로 1852년에 22판을 찍을 정도로 성공하였다. 19세기 요리사들에게는 필수적인 참고 서적이었다.

136) 프랑스 요리의 실용적 · 이성적 · 과시적인 측면들에 대한 연구. 당시 가장 중요한 현대 요리 개론서 가운데 하나로 꼽혔다. 77개의 판화가 삽입되어 있다.

137) 세계 요리에 대한 책으로 400개의 판화가 삽입되어 있다. 이 책의 공저자는 에밀 베르나르(뒤부아와 함께 독일 황제의 요리사였다)이다.

138) 현대 요리에 대한 연구서. 요리 예술에 있어서 '가장 아름다운 그림' 으로 손꼽히는 166개의 판화가 삽입되어 있다.

139) 요식업계에 종사하는 사람들을 위한 작은 백과사전.

에가 한탄조로 읊조렸다. 결국 그는 젊은 요리사들만을 위한 책 집필을 다시 시작하면서 낭패감을 극복할 수 있었다.

문 두드리는 소리가 들렸다. 그는 잠시 펜을 멈추었다.

"들어오십시오."

런던으로 이민 온 두 프랑스 주방장이 모습을 나타냈다. 그들은 에스코피에의 조력자였다.

랭햄 호텔의 거물인 에밀 페튀는 건장한 체격을 가졌고 항상 진지함을 잃지 않았으며 '프랑스 요리 협회'의 기반을 세우느라 분주한 사람이었다. 훤칠한 체격을 지닌 젊은 필레아스 질베르는 달타냥처럼 콧수염을 기른, 활동적이면서 생동감 넘치는 사람이었다. 에스코피에는 질베르와 함께 5,000여 가지의 요리 제조법을 특유의 흘려 쓰는 필체로 정리하여 엄청난 분량의 책을 완성하였다.

"목적지에 이르기 위해서는 자기만 사용하는 단어를 고집할 필요가 있어요. 불필요한 단어는 피하는 것이 좋지요. 예를 들어 비야르의 《황제의 요리사》에서 볼 수 있는 것처럼 '양고기를 준비하시오. 토끼고기를 준비하시오' 같은 문장이나, 알렉상드르 뒤마[140]가 저서 《요리 대사전》[141]에서 습관적

---

140) 19세기 프랑스의 인기 작가(1802-1870)로 《몽테크리스토 백작》, 《삼총사》 등을 썼다.

141) 뒤마 사후인 1873년에 출간된 '미식의 성전'이라 불리는 위대한 요리서. 자세한 요리법보다는 문학과 여행 이야기 등을 담고 있다.

으로 사용하는 '아귀 열 마리나 열두 마리를 준비하시오. 아주 연한 완두콩을 준비하시오…' 와 같은 문장들 말이에요. 토끼고기를 잘 요리하려면 그렇게 해야 하지 않겠어요?" 에스코피에가 그에게 말했다.

"그렇게 하려면 아주 간단한 정의로 시작하는 게 나을 겁니다. 예를 들면 '피렌체식 오믈렛은 티스푼 두 개 분량의 시금치를 짓찧어 계란에 섞어 만든다' 처럼 말이죠." 질베르가 말했다.

"독자들의 흥미를 이끌어내려면 글 쓰는 방식을 바꾸어 행동으로 옮기게 하는 것도 좋겠죠. 예를 들어, '오믈렛 위에 베샤멜 소스를 띠처럼 두르기' 같은 것 말이에요." 항상 선각자의 위치에 서고 싶었던 에스코피에가 말했다.

필레아스 질베르는 언어의 효율성에 매료되었다. "우리는 요리사이면서 문필가이기도 하군요!" 질베르가 확신에 찬 목소리로 이야기했다. "우리가 참고해야 할 사람이 있어요. B.C. 4세기경의 신화학자 에베메르에 따르면 그리스에 문자를 전파했던 유명한 카드무스는 플루트의 여신인 하모니가 도피를 허락했던 티르 왕의 요리사였대요."

에밀 페튀는 잠자코 그들의 얘기를 듣고 있었다. 그의 역할은 이 책에서 수많은 양념의 조합에 들어가는 재료의 양이 정확하고 균형 있게 분배되는지를 검토하는 것이었다.

그들의 책 《요리의 길잡이》는 1901년에 완성되었다. 세 명의 저자가 원고를 세 부분으로 나누어 검토한 후 각각 편집자에게 넘겼을 정도로 그 분량이 방대했다.

"한 권으로는 안 되겠는데… 몇 권으로 나눠야겠어요."

"말도 안 돼요! 이건 책이 아니라 항상 곁에 두고 참고해야 할 조리 도구예요. 제본을 잘하면 괜찮을 거예요."

"5,000종의 요리라… 너무 많아요! 다섯 번째 장을 삭제하면 어떨까요?"

"서문을 읽어봐요. '5,000종이나 되는 메뉴에도 불구하고 나는 이 책이 완전하다고 할 수 없다' 고 쓰지 않았습니까?"

편집자는 고개를 설레설레 저었다.

"또 다른 요구사항이 있어요. 나는 이 책을 젊은 요리사를 위해 썼어요. 지금 막 요리를 시작했지만 20년 안에 최고가 될 사람들을 위해서 말이에요. 이 책은 그들의 주머니 사정을 고려해서 팔아야 해요." 에스코피에가 말했다.

"수천 페이지에 달하는 두꺼운 책을 20프랑 이하로 팔 수는 없어요."

"저는 책의 정가를 8프랑으로 했으면 합니다……. 볼테르[142]도 '만약 복음서가 1,200시클로[143]였다면, 기독교는 결코 정착될 수 없었을 것이다' 라고 쓰지 않았던가요?"

---

142) 프랑스의 작가이자 사상가(1694-1778). 계몽주의 시대를 대표하는 인물이다.
143) 옛날 화폐 단위.

'일본식 과일 샐러드'

이탈리아어로 '그릴로(grillo)'는 '메뚜기' 혹은 '변덕'을 뜻한다. 자코모 푸치니[144]의 오페라 '나비 부인'이 코벤트 가든에서 처음 공연되었을 당시 에스코피에는 1막에서 '아모레 오 그릴로'[145]라는 대사를 들으면서, 이 오페라의 주제는 '샹포르'라는 이름으로 불렸던 세바스티앙-로시 니콜라 드 샹포르가 말한 '두 판타지의 교류와 두 육체의 접촉', 그리고 심오한 사랑에 대한 논쟁일 것이라 생각했다. 그는 델핀을 생각했고, 그녀에 대한 자신의 사랑은 '그릴로'와 아무 관계가 없다고 단정했다.

한 일본 여인과 미국 해군 장교 간의 장엄한 사랑 이야기를 다룬 '나비 부인'은 일본과 또 다른 산업 국가 사이에 맺어진 새로운 외교 관계에서 영감을 얻은 것이다. 금세기 초에 떠오른 이 태양의 나라는 하나의 트렌드로 자리잡았다. 우타마로[146], 히로시게[147], 호쿠사이[148] 같은 일본 작가들의 에로틱한 판화들은 규방에 급속히 퍼져나갔고, 아침식사용 접시들에는 진달래가

144) 이탈리아의 사실주의 오페라 작곡가 가운데 '가장 위대한 인물'이라고 평가받고 있는 사람(1858-1924).

145) '변덕스런 사랑'이라는 뜻.

146) 일본의 에도 시대에 유행한 서민적 회화인 '우키요에(浮世繪)'를 그린 화가이자 판화가(1753-1806).

147) 일본의 화가(1797-1858). 우키요에 유파에 속하는 채색 목판화의 마지막 대가 가운데 한 사람.

148) 일본의 우키요에 유파에 속한 화가이자 판화가(1760-1849). 특히 그의 연작 판화 '후가쿠 36경(富嶽三十六景)'은 일본 풍경 판화의 역사에서 정점을 이룬 훌륭한 작품으로 평가받고 있다.

그려져 있었다. 눈송이가 떨어지는 모습이나 모래 위에 빗방울이 떨어지는 모습을 표현하는, 17음절 3구절에 불과한 단가(短歌) 하이쿠(俳句)는 시인들에게 영감을 주었다. 화류계 여인들뿐만 아니라, 지극히 정상적인 가정에 속한 수많은 여인들도 아침저녁 이상야릇한 기모노로 자신의 몸을 둘렀다. 다시 말하면, 미국은 극동 아시아에 대한 러시아의 야욕에 제동을 걸기 위해 일본과 동맹을 체결했고, 이 결과 일본의 이국적인 문화는 서양에서 하나의 유행처럼 자리잡게 된 것이다.

주영 일본 대사인 마추카타는 모든 런던 시민을 유혹하는데 필요한 비용을 무제한으로 쓸 수 있는 권한을 갖게 되었다. 그는 칼튼 호텔에서 기념비적인 만찬을 계획했고, 그 때문에 에스코피에를 대사관으로 불렀다.

마추카타의 집무실에는 엄숙한 분위기의 밤색 벨벳 커튼이 창문을 반쯤 가리고 있었고, 벽 전체는 막 소독을 끝낸 듯한 밝은 노란색으로 칠해져 있었다. 에스코피에는 '리츠가 좋아할 만한 분위기' 라고 생각했다. 한쪽 구석에는 국화 한 송이가 꽂힌 화병과 두루마리 하나가 펼쳐져 있었다. 두루마리에는 바람에 일렁이는 연못 위에 드리운 대나무 싹의 그림자가 날아갈 듯 경쾌한 필치로 그려져 있었다.

"저는 당신 레스토랑의 단골입니다." 마추카타가 말문을 열었다.

그것은 사실이었다. 에스코피에는 일본 대사가 '레니에르식(멸치와 이리를 넣는 방식) 새끼가자미 수플레'와 '생강을 넣은 인도식 푸딩 수플레'를 게눈 감추듯 먹어치운다는 사실을 잘 알고 있었다.

"당신은 순수주의자예요. 당신은 우리 서화가들이 심혈을 기울여 글자를 써내려가는 것처럼 음식을 만들 때 세밀한 정성을 쏟지요. 당신은 창작자이기도 합니다. 이번 저녁 연회에 전형적인 유럽식 요리 중 한두 가지를 일본식으로 살짝 변형하는 것도 괜찮을 듯하군요."

그는 비단 두루마리 위에 그려진 대나무 그림자들 사이로 흘러가는 섬세한 잔물결을 응시했다.

"살짝이라……." 에스코피에가 그의 말을 반복했다.

그날 밤 그는 페슈 멜바만큼이나 그의 국제적 명성을 높여줄 일본식 과일 샐러드를 고안해냈다. 그 샐러드는 칼튼 호텔 레스토랑의 고정 메뉴가 되었고, 손님 열 명 중 적어도 세 명이 한 번은 주문하는 메뉴가 되었다. 이 샐러드는 오렌지 4분의 1쪽, 레몬즙에 띄운 파인애플 조각, 설탕과 소금을 뿌린 토마토 조각으로 구성되었다. 레몬즙과 소금을 뿌리고 신선한 생크림을 바른 과일들을 파릇파릇한 상추와 함께 제공하는 샐러드였다.

일본식으로 변형한 또 다른 요리는 '미카도 샐러드'라고 불렸다. 좀더 든든하게 먹을 수 있도록 고안한 이 샐러드는 살짝 데운 굴과 쌀, 깍둑 썰어 기름에 살짝 볶은 붉은 파프리카와 초록 피망을 겨자 식초 소스로 버무린 것이었다.

그즈음 런던은 가장 영화로운 시절을 맞고 있었다. 세계에서 가장 부유한 도시가 된 런던이 전세계의 갑부들을 매혹했다. 이 도시에서 프랑스 요리사들은 결코 만족할 줄 모르는 식욕의 소유자들을 잇달아 맞이했다. 벨기에 국왕인 레오폴 2세도 은밀하게 칼튼을 찾았다. 그는 에스코피에의 그 유명한 요리들을 직접 맛보고 싶어했다.

영국과 프랑스 사이에 화친조약이 체결된 이후, 1905년 1월에 에밀 루베[149] 대통령이 에드워드 7세를 방문했다. 프랑스 함대는 포츠머스에 닻을 내리고 정박했다. 500여 명을 위한 선상 연회가 웨스트민스터 홀의 높고 웅장한 궁륭 밑에서 열렸다. 연회를 책임진 에스코피에는 '가이야르 제독의 송어(송어에 샹베르탱 와인을 뿌려 차가운 젤리로 만든 것)'와 '에밀 루베 메추라기 냉육(이 역시 차갑게 젤리화한 메추라기 요리에 산짐승 고기와 푸아그라, 트뤼프로 만든 그라탱을 곁들인 것)'를 주 메뉴로 선택했다.

'500마리 송어와 500마리 메추라기라! 어디까지 갈 것인가?' 에스코피에가 자문했다.

그는 이 거대한 연회의 음식을 장만했다는 사실에 대해 무척 만족스러웠다. 그는 더 나아가 지상의 모든 사람을 위해 잔치를 베푸는 자신의 모습을 꿈꾸었다.

---

149) 프랑스의 정치인(1838-1929). 1896년에 대통령으로 선출되었다.

"나는 독일의 황제지만 당신은 요리의 황제요!"

턱수염이 희어질수록 에드워드 7세의 몸집도 비대해져만 갔다. 칼튼 호텔에 행차하여 식사하는 것을 금지하는 궁정의 관례 때문에, 그는 에스코피에의 유일한 맞수이자 친구인 에두아르 니농[150]의 요리를 버킹엄 궁전에 배달하게 했다. 프랑스 요리에 관한 한 진정한 천재인 그는 상트페테르부르크의 에르미타쥬 궁전[151]의 전 수석 요리사였고, 현재는 클라리지 호텔 레스토랑의 주방을 맡고 있었다.

니농은 수많은 요리를 에드워드 7세에게 바쳤는데 그중에는 포트 와인에 볶은 버섯으로 속을 채워, 그 위에 치즈를 넣은 베샤멜 소스를 끼얹고, 파르메산 치즈를 뿌린 후 녹인 치즈로 향을 낸 '리치먼드 오믈렛' 이 있었다. 페슈 멜바처럼 이 요리도 여러 가지 다양한 이름으로 불리면서 세계 각지에 전파되었다. 니농은 또한 '에드워드 7세 닭고기 콩소메' 를 고안하기도 했다. 그것은 쌀을 넣고 카레로 향을 낸 수프로, 작은 고기 파테와 함께 상에 내는 요리였다.

에드워드 7세는 만족스럽게 식사를 마쳤다. 알렉산드라 왕비는 나이가 예순한 살임에도 불구하고 여전히 소녀 같은 아름다움을 간직하고 있었다. 그녀는 "잘 먹는 것이 정신 건강에

---

150) 1865년 출생. 저서로 1933년에 출간된 600여 개의 진귀한 요리법을 모아놓은 걸작 《프랑스 요리에 대한 찬양》이 있다.

151) 러시아 황제들의 거처였던 겨울 궁전. 지금은 에르미타쥬 미술관으로 사용되고 있다.

좋아요. 충분히 먹고 지혜로워지세요"라고 남편에게 속삭였다. 하지만 그렇다고 해서 그녀의 남편이 테이블에서 잠드는 버릇이 줄어든 것은 아니었다. 에드워드는 스포츠를 무척 즐겼는데, 그로 인해 피곤해하는 기색은 없었다. 그는 주로 요트 항해나 랜드 요트[152]를 즐겼다. 그의 요트는 '빅토리아와 앨버트' 라는 이름을 갖고 있었고, 몇 명의 프랑스 요리사와 주홍색 제복을 입은 서른 명의 선원이 탑승하는 거대한 선박이었다. '랜드 요트' 라는 말은 모터 달린 소형차들의 모래 위 경주를 지칭하기 위해 1902년에 노스클리프경[153]이 만들어낸 것이다.

에드워드 7세는 증오스러운 조카의 이미지가 떠오를 때마다 소스라치게 놀라 잠에서 깨어나곤 했다. 빅토리아 여왕이 사랑했던 손자이면서, 훌륭한 남편이자 훌륭한 아버지이기도 했던 빌헬름 2세는 변덕스런 성격의 소유자였다. 그의 엉뚱하면서도 허풍스러운 측면은 잘 알려져 있었고, 사람들은 그를 표현할 때 바덴 공작[154]의 다음과 같은 말을 인용하곤 했다. "그는 방귀로 초롱불을 끈다지!" 키로 따지자면 거인이면

152) 윈드 서핑과 스케이트 보드를 접목시킨 레저 스포츠. '윈드 크루저' 라고도 부른다. 미국과 유럽에서 인기있는 스포츠이다.

153) 영국 언론 역사상 가장 성공한 신문 발행인, 대중적인 근대 신문 · 잡지업의 창시자(1865-1922).

154) 바덴 공국의 대공인 프리드리히 1세의 동생 빌헬름 1세의 아들(1867-1929). 의회 다수파에 입각한 독일 정부의 제국 총리가 되어 독일의 의회주의를 실현시켰다.

서 가끔은 턱수염을, 때로는 갈고리 같은 콧수염을 기르는 빌헬름 2세는 극단적인 허영심을 갖고 있었다. 그는 언젠가 유럽의 지배자가 될 생각으로, 독일의 막대한 해운력을 휘두르고자 했다. 빌헬름 2세가 준비하는 선박들은 군사적 성격(그는 영국 해군의 패권 장악에 종지부를 찍으려는 의도를 가지고 있었다)과 민간적 성격을 같이 갖고 있었다.

1906년, 영국 및 프랑스 선박회사와 경쟁하는 함부르크-아메리카 선박회사가 '아메리카' 호를 출범시켰다. '아메리카' 호는 아메리카 대륙과 연결하기 위해 만들어진 독일의 호화 여객선이었다. 이전에는 '노르트 도이체 리오드' 사(社) 소속 선박 250여 척(이 선박들은 19세기에 300만 명이 넘는 독일의 이민자들을 미국으로 실어날랐다)이 소수의 일등 객실을 제공할 따름이었다. 사실 일등 객실이라고 해도 커튼, 양탄자, 캔버스 등이 함께 선적되어 있기 일쑤였다. 게다가 일등 객실을 제외한 다른 객실들이 얼마나 끔찍하게 불편한지는 이미 소문이 파다했다. '아메리카' 호는 북아일랜드 벨파스트의 조선소에서 만들어졌는데, 독일인들은 이 선박을 조업하는 데 있어서 결코 인색하게 굴지 않았다. 실내장식 분야에서 최고의 권위를 자랑하는 프랑스 기업인 '소르마니'가 선박의 식당을 호화롭게 장식했고, 칼튼 회사는 레스토랑에 대한 책임을 맡았다. 에스코피에에게는 주방의 설비와 요리사들을 선별하는 책임이 주어졌다.

1906년 6월 18일, 따분해하면서도 걱정스런 심정으로 에스코피에는, 독일 해군의 교두보와 같은 도시 쿡스하펜에서 빌헬름 2세를 기다렸다. 그의 심기는 극도로 불편했다. 당시 정세는 독일과 프랑스 사이의 긴장이 매우 고조된 상태였고, 프랑스의 외무장관인 델카세가 막 사임한 직후였다. 빌헬름 2세는 '아메리카' 호의 선상에서 저녁을 들어야 했다. 에스코피에는 독일 황제에게, 우주의 중심에 있다는 환상을 심어줄 만한 절충적인 메뉴를 고안했다. '내가 옳은 것일까? 너무나 비굴한 짓이 아닐까?' 그가 자문했다.

라인 강 유역과 보르도 지방에서 생산한 와인, 그리고 각기 다른 세 종류의 샴페인이 국적이 각기 다른 요리와 함께 나왔다. 스웨덴식 오르되브르[155], 마드리드식 젤리 콩소메, 라인강 유역에서 산출된 와인으로 향을 낸 가자미 쉬프렘, 상추를 곁들인 그리스식 양고기, 부르주아식 완두콩, 샴페인으로 맛을 낸 붉은 파프리카 향의 영계 냉육, 루쿨루스 메추라기, 계란을 곁들인 상추 샐러드, 밀라노식 아스파라거스[156], 모스크바식[157] 바닷가재 무스, 수플레 쉬르프리즈[158] 등 메뉴는 시식이 아주 간편한 요리들로만 이루어져 있었다. 빌헬름 2세는 선

---

155) '스웨덴식 오르되브르'란 마요네즈, 서양 고추냉이, 사과 잼 등으로 만든 차가운 소스(흔히 말하는 드레싱)를 곁들이는 방식을 말한다.

156) 아스파라거스를 영국식으로 익혀(미리 소금을 친 물이나 와인, 맥주, 우유 등에 식재료를 담가서 익히는 방식), 거기에 체친 그뤼에르 치즈와 녹인 버터를 첨가해 차갑게 내는 방식.

157) 디저트로 크림이나 과일을 젤리처럼 만드는 방식.

158) 메뉴 가운데 주방장이 맨 나중에 선보이는 깜짝 요리라는 의미에서 '놀라움(surprise)'이란 뜻의 '쉬르프리즈'가 붙었다.

천적으로 왼쪽 팔꿈치에 관절염이 있었기 때문에 두 팔을 사용해야 하는 음식을 피했다.

에스코피에는 계란을 곁들인 상추 샐러드를 준비하는 데 신경을 썼다. 독일어로 메뉴를 번역해야 하는 임무를 띤 장교가 그에게 '바닷가재 무스'를 어떻게 불러야 하느냐면서 이렇게 말했다.

"여기서 무스는 뭐지요? 아하, 알겠어요! '캐니벌리즘(식인풍습)' 이로군요!"[159)]

에스코피에는 바보가 아니었다. 독일 병사들은 그의 요리를 폄하하기 위해 이러한 말들을 갖다붙이는 것이다. 그들은 황제의 독살을 경계하여, 식전에 자기들이 먼저 먹어보아야 하지 않을까 상의하였다.

독일 황제 빌헬름 2세는 프랑스 요리사들에 대해 큰 신뢰를 가지고 있었다. 《예술적인 요리》의 저자이기도 한 펠릭스 위르뱅 뒤부아는 오랫동안 빌헬름 2세의 부친을 위해 일해왔다. 그러다가 1870년 프랑스-프로이센 전쟁이 일어나자 왕은 그를 해고하였다가 평화조약이 체결된 후에 보다 많은 월급을 주며 복직시켰다. 《훌륭한 요리사 개론》의 저자이자 또 다른 수석 요리사인 베르나르 역시 황제가 어렸을 적부터 이미

---

159) '무스'는 여성형으로 쓰면 디저트 등에 쓰이는 '크림'을 뜻하지만, 남성형으로 쓰면 '어린 견습 선원'을 가리킨다. 본문에서 독일 병사는 무스를 남성형으로 사용하여, '프랑스인이 사람을 먹는다'는 뜻으로 이야기한 것이다.

신임을 얻었던 사람이었다. 두 요리사 모두 프랑스인이었던 것이다. 무스 이야기를 무척 재미있게 들은 황제는 에스코피에를 신뢰하기 시작했다. 저녁식사가 끝난 후 황제는 주방으로 에스코피에를 보러 왔다.

"당신이 저술한 《요리의 길잡이》 두 권을 사라고 말해놓았소. 하나는 내가 볼 거고, 또 하나는 내 전속 요리사를 위한 것이오." 황제가 더할 나위 없이 유창한 프랑스어로 말했다.

황제는 외국어에 타고난 감각이 있어서 지인들을 만나면 영어나 이탈리아어로 대화를 나누었다. 또한 그는 사람들의 마음을 기쁘게 하고, 다른 사람들의 환심을 사기 위해 꾸준히 노력했다. 선원과는 바다에 대하여, 군인과는 전쟁에 대하여, 화가와는 그림에 대하여, 여성과는 장신구에 대하여 이야기하면서 상대방을 이해하려고 모든 노력을 기울였다.

"당신은 나의 조부 시절에 포로로 있었던 것 같더군요. 그곳에서는 대우가 괜찮았소?"

"제가 마인츠 수용소에 있을 때는 별로 좋지 않았습니다."

빌헬름 2세는 에스코피에에게 전혀 권위적으로 굴지 않았다.

"만약 내가 거기 있었다면 당신에게 자유를 주었을 거요."

에스코피에는 그 말에 놀라지 않을 수 없었다. 1870년은 요리사로서 그의 명성이 아직 대양을 건너지 못한 상태였고, 더군다나 당시 열 몇 살에 불과했을 황제가 마인츠에 있을 하등의 이유가 없었다. 에스코피에는 빌헬름 2세의 말에서 그가 비현실적인 가상 세계 속에 살고 있다는 것을 알았다. 그것은 런던 사람들이 '바보들의 천국'이라고 부르는, 시인에게는 행복하지만 군주에게는 위험한 상상의 세계였다.

"나는 영국식으로 아침식사를 한다오. 커피와 홍차, 크림과 달걀, 구운 베이컨과 콩팥, 가지각색의 갈비, 구운 생선과 과일을 먹지요. 점심은 풍부하게 먹는 대신 저녁은 가볍게 하지요. 생각을 맑게 하기 위해서라오. 소화가 잘되지 않으면 재치있는 말들이 떠오르지 않기 때문이오." 황제가 말했다.

'재치있는 말이라니 무엇을 말하는 걸까?' 에스코피에가 생각했다. 빌헬름의 유머는 그리 뛰어난 편이 아니었다. 그 전날 빌헬름은 면전에 있던 한 대머리 노인에게 "그 낡은 모자를 다시 쓰지 그래요? 두 가닥 남은 머리카락이 감기 들겠소"라고 말했었다.

황제는 "잘 가시오. 친구! 또 봅시다. 어쩌면 언젠가 당신은 런던 칼튼을 떠나 국립 오페라 하우스와 운터 덴 린덴[160]사이의 베를린의 궁정으로 오게 될지도 모르오"라고 말하며 에스코피에의 손이 으스러질 정도로 꽉 쥐었다.

"나는 독일의 황제지만 당신은 요리의 황제요!"

다음날 독일 일간지들은 '아메리카' 호의 제막식에 대해

---

160) 옛 동 베를린의 가장 유명한 거리. 보리수가 심어져 있었기 때문에 '보리수 아래'라는 뜻의 이 이름이 붙었다. 이 거리에는 국립 도서관, 국립 오페라 하우스, 훔볼트 대학교 등이 있다.

상세히 보도하면서 에스코피에에 대한 황제의 말도 함께 인용했다. 신문을 접은 후 당황한 에스코피에는 습관대로 왼쪽 뺨을 두들겨댔다. 이런 찬사는 그가 한번도 받아보지 못한 것이었다.

미국식 합리주의를 적용한 요리 혁신

1907년 3월, 떠오르는 태양 속에서 자유의 여신상이 반짝이고 있었다. 그 뒤에는 맨해튼의 거대한 건물들이 모습을 드러내고 있었고 창백한 하늘 위로 갈매기떼가 날아올랐다. '아메리카' 호의 자매선인 '도이칠란트' 호를 마중 나온 예인선의 기적 소리가 갈매기들의 끽끽대는 소리와 뒤섞여 들려왔다.

에스코피에는 뱃전에 팔꿈치를 기대고 맨해튼의 마천루들이 가까이 다가오는 것을 지켜보았다. 그는 자기가 여기 있다는 사실이 전혀 놀랍지 않았다. 그는 이미 수많은 외국의 왕과 왕자들을 만났고, 여러 나라의 요리 덕분에 상상 속에서 온갖 종류의 여행을 경험했기 때문이다.

칼튼 회사는 '도이칠란트' 호에 레스토랑을 만들 수 있을지 여부를 알아보기 위해 에스코피에를 파견했다. 이러한 조사를 진지하게 실행하기 위해서는 우선 이 배를 타고 항해를 해봐야 했다. 그래서 에스코피에는 레스토랑의 설치 여부를 제안하기 전에 대서양을 횡단하기로 한 것이다.

'도이칠란트' 호는 뉴욕에 8일간 정박했다. 뉴욕에 있는 동안 에스코피에는 과거 자신이 특별히 아꼈던 제자들이 파견되어 있는 '크닉커보커 호텔' 소유주들의 자택에서 머물렀다. 뉴욕에 거주하는 요식업계 사람들뿐만 아니라 단골손님들과도 많은 친분 관계를 가졌던 그가 이곳에 상륙하는 것은 아주 자연스러웠다. 또한 모든 것이 효율성을 중심으로 이루어지는 미국식 생활방식은 그를 놀라게 했으며, 또한 즐겁게 했다.

영국인들은 종종 그를 당혹스럽게 만들곤 했다. 그는 영국인들의 돌발적인 열광도, 그들의 오만함과 비이성적인 혐오감도 전혀 이해할 수 없었다. 거기에 비하면 대부분의 미국인들은 훨씬 합리적이었다. 그는 새로운 계획을 가지고 런던으로 귀환했다.

칼튼으로 돌아온 그는 기획부서에 새로운 메뉴를 고정 가격으로 내놓자고 제안했다. 메뉴의 구성과 사람에 따른 추가 구성은 회식자가 4인, 6인, 8인, 20인으로 늘어날 때마다 다양해질 터였다.

"그게 훨씬 합리적이에요. 미국인들은 주어진 상황에 따라 가격이 달라진다는 것에 대해 이의를 제기하지 않아요."

그는 리츠 쪽으로 고개를 돌려 열정적으로 얘기를 계속했다.

"나는 거기에서 차가운 요리들이 얼마나 큰 이점이 있는지를 보았어요. 당신에게 그걸 보여줄 수 있어요. 종업원들의 능숙한 접대 솜씨가 얼마나 중요한지도 보았지요. 성인이지만 어린이 같은 미국인들은 어떤 서비스에도 만족하지 않더군요. 16세기에 《트린시안테》의 저자 빈센조 세르비오는 요리 자체만큼이나 서비스의 중요성을 강조했는데 그는 결코 틀리지 않았어요."

그는 그 다음주에 서비스를 혁신하여 자신의 확신을 증명해 보였다. 에스코피에의 영원한 고객인 오를레앙 공이 자신의 요트 '마루시아 호' 선상에서 노르웨이의 군도인 스피츠버그 탐험 귀환을 자축하기 위한 연회 음식을 주문했다. 코스에 나오는 모든 요리들이 놀랄 만큼 훌륭했다. 검은 통밀로 만든 크레프 위에 얹은 캐비아, 헝가리산 붉은 파프리카를 넣은 양송이 크림 수프, 살짝 구운 다음 베샤멜 소스를 뿌려 조개껍질에 담은 바닷가재 꼬리를 곁들인, 투렌 와인에 익힌 분홍 송어, 자네트 닭가슴살 요리가 생트-알리앙스 영계 요리 앞에 이어서 나왔다.

생트-알리앙스 영계 요리는 껍질을 살짝 벗긴 영계에 소금과 후추를 뿌리고 오래된 마디라 와인에 담근 트뤼프 여덟 조각을 뱃속에 채운 후 고기가 적당히 익으면, 고기 담당 요리사들이 회식자 수만큼의 멧새와 납작하게 썬 푸아그라를 버터에 살짝 볶아낸다. 요리가 완성되면, 프라이팬 속의 음식을 바닥이 평평한 작은 야채 그릇에 옮기고 이 그릇을 접시 데우는 기구 위에 올려놓은 후, 이 모두를 군주의 식탁에 내놓는다. 에스코피에는 요리란 적당한 온도를 유지해야 한다고 늘 생각하고 있었다.

빈센조 세르비오도 다음과 같이 시작하는 무도극이 자신의 '고기써는 예술'에 걸맞는다고 인정하지 않을 수 없을 것이다. 지배인이 일어서서, 닭가슴살을 얇고 비스듬히 썰었다. 그의 첫 번째 조수는 따뜻하게 데운 접시 위에 트뤼프와 함께 놓여 있는 푸아그라 조각 위에 얇게 썬 닭고기를 하나씩 얹었다. 두 번째 조수는 접시에 구운 멧새를 하나씩 놓고 소스를 끼얹었다. 세 번째 조수는 각 접시를 즉시 회식자들의 식탁 앞에 놓았다. "이쯤 되면 이건 더 이상 요리가 아니라 안무의 경지로군요." 오를레앙 공의 찬사가 튀어나왔다.

에스코피에는 더운 것과 찬 것이라는 대립항에 정통했다. 헨리 라 부셰어는 에스코피에의 '자네트 닭가슴살 요리'를 "닭고기를 차게 먹기 위한 최고의 요리법"이라며 칭찬을 아끼지 않았고 그 덕분에 이 요리는 유명세를 타게 되었다. 그것은 타라곤 이파리로 장식한 영계의 흰 가슴살을 차디찬 푸아그라 위에 올려놓은 것이었다. 이 요리는 얼음 벽돌 속에 넣어져 액체처럼 보이는 날짐승의 얇은 젤라틴으로 그 위를 덮고 있었다.

이름에 얽힌 요리 이야기

10세기경의 에티오피아와 이집트 왕조 복장을 한 군사들이 칼튼 호텔의 야자수 온실에 침입했다. 그들은 큰 소리로 웃어 대며 노래했고 목청껏 소리질렀다. 7개의 계단을 단숨에 뛰어오른 그들은 테라스를 지나 식당으로 들어온 후 삽시간에 식당의 거대한 원탁 주위로 둘러앉았다. 의상이 수수하고 장신구를 거의 하지 않은 어느 에티오피아 여인은 그러한 차림새에도 불구하고 이 축제의 여왕인 듯 보였다. 에스코피에는 그녀 곁에 놓인 빈 의자에 앉았다.

멜바는 베르디의 오페라 '아이다' 의 주연을 맡아 열연하고 동료들과 함께 첫 공연의 성공을 축하했다. 박수 갈채가 오래 지속되었기 때문에, 허기에 지칠 대로 지친 그들은 모두 무대복장 그대로 칼튼 호텔로 몰려온 것이다. 넬리의 손은 호도 염료가 칠해진 상태였다. "주의해요. 관객은 대용품을 싫어하니까" 라고 말한 사라 베르나르의 조언에 따라 멜바는 이집트 왕녀의 연적인 에티오피아 포로 역을 맡기 위해 장갑 끼는 것을 거부했다.

에스코피에가 그녀를 위해 페슈 멜바를 고안해낸 이후, 이 여가수는 계속해서 화려한 경력을 쌓아나갔다. 그녀의 성악 담당 선생은 그녀에게 다음과 같은 주의를 주곤 했었다. "당신의 목소리는 드레스덴[161]산 자기 같으니 깨뜨리지 말아요." 이러한 주의에도 불구하고 그녀는 뉴욕 메트로폴리탄 오페라

---

161) 독일 남동부 작센 주의 주도. '독일의 피렌체' 라 불릴 만큼 아름다운 도시로 도기(陶器)가 유명하다.

단이 공연한 '지크프리트' 에서 브룬힐트 역을 독일어로 열연하는 호기를 부렸다.

하지만 그의 선생이 옳았다. 배역이 너무 과중하여 넬리는 석 달 동안 노래를 쉬어야 했다. 그런 일이 있은 후, 그녀는 다시 자신의 명성이 식지 않은 오스트레일리아, 베를린, 빈, 몬테 카를로, 파리, 런던 등지를 돌아다니며 공연을 계속했다.

어느 날 그녀가 뉴욕에서 돌아왔다. 미국의 출판업자이자 공연 기획자인 오스카 해머스타인은 그녀에게 엄청난 액수의 돈을 제공하며 메트로폴리탄 오페라단과 경쟁하는 맨해튼 오페라단의 새 공연장에서 공연해줄 것을 제의했다.

"뉴욕! 그곳은 광고가 눈사태처럼 쏟아지는 곳이에요. 사람들의 명성을 상업적으로 이용하려는 괴상한 편집증이 있는 곳이죠. 미켈란젤로가 길가의 구두약통 위에 자신의 이름이 새겨진 것을 보고 과연 만족해할까요? 셰익스피어나 바이런이 담뱃갑이나 구두끈 위에서 자기들의 이름을 발견하고 뭐라고 말하겠어요?" 비단결 같은 목소리로 그녀가 에스코피에에게 이야기했다.

"명예에 따라붙는 대가가 아닐까요?"

"브로드웨이의 어느 가게 진열장에서 나는 '멜바 향수' 광고를 봤어요. 한번 생각해보세요. 사라 베르나르라면 '오염덩어리야!' 라고 말했을 거예요. 그래서 난 그 가게 점원에게 '저 가수의 허락을 받은 광고인가요?' 하고 물었어요. 그런데

도리어 그쪽에서 무슨 그런 이상한 질문을 하느냐고 말하더군요. 그들의 얘기인즉슨, 누구나 '멜바' 라고 불릴 자격이 있다는 것이었어요. 그런데 이 광고에 나오는 가수의 진짜 이름은 '암스트롱' 이었어요. 착각을 불러일으키기 십상이죠. 난 즉시 변호사를 만났고, 그 이후 '멜바' 라는 향수 상표는 사라졌어요. 전 사실 페슈 멜바를 메뉴로 내건 레스토랑이 그렇게 많다는 사실에 무척 놀랐답니다. 여행하는 동안, 전 당신의 요리가 모든 유명 호텔에서 필수 메뉴가 되었다는 사실을 알게 되었어요. 흥미로운 변종들도 가끔 보았지요. 예를 들면, '푸아르(배) 멜바', '프레즈(딸기) 멜바', '아나나(파인애플) 멜바' 가 있었고, 심지어 오스트레일리아에선 '키위 멜바' 도 봤어요. 게다가 어느 날 정체 불명의 요리사가 저한테 편지를 보냈는데, 자기가 멜바 요리의 '발명자' 라면서 저에게 순회공연으로 들를 일이 있으면 한번 만나자는 거예요. 말 다했죠……."

에스코피에는 고개를 설레설레 저었다. 여가수는 부드러운 검은 손을 그의 손에 포갰다.

"불면의 밤이면 저는 세상 사람들이 맛보는 페슈 멜바로 당신이 얼마나 벌어들일지 계산하며 시간을 보냈어요. 하지만 이내 숫자가 너무 커져서 포기했죠."

"그건 다른 메뉴들처럼 하나의 요리에 지나지 않아요. 모든 건 메뉴판 속에 있지요. 얼음으로 조각된 이 백조처럼……."

"그럼 당신은 왜 그렇게 메뉴 만들기와 이름 짓기에 심취해 있는 건가요?"

"사람들은 사실 하나의 요리가 왜 성공하는지 진정으로 알지 못합니다. 성공은 기다림에 달려 있고, 시간의 흐름에 의지해요. 무의식이 분명히 어떤 역할을 하고 있는 거죠. 그러나 구체적으로 살펴보면 몇 가지 이유를 찾을 수 있습니다. 예컨대 당신을 찬미하고 추종하는 사람들을 들 수 있지요. 그들이 당신의 이름을 딴 디저트를 선택하는 것은 당신의 눈, 가슴, 엉덩이, 외모를 꿈꿀 수 있고, 당신의 노래를 들었던 잊지 못할 순간을 환기할 수 있기 때문입니다. 또한 그들은 '멜-바-'라는 부드럽고 감각적인 단어를 발음하면서 행복감에 사로잡히는 거죠."

"이름이 요리를 만드는 걸까요?"

"사실, 이 복숭아 덕에 당신은 굉장한 홍보 효과를 누리고 있다고 말할 수 있어요. 당신이 가는 전세계 어느 곳이든 주방장들은 당신에 대한 찬사의 표시로 메뉴판에 당신의 이름을 올려놓지요. 물론 과일 통조림의 상업화에도 한몫했고요. 오늘날 사람들은 일 년 내내 복숭아를 먹을 수 있답니다. 이러한 현상은 세계 유명 레스토랑의 메뉴판에 올라가는 세 가지 메뉴 가운데 당신의 이름을 딴 디저트가 고정적으로 올라가게 된 데 분명히 기여한 바가 있어요."

"다른 것들은 뭐가 있죠?"

약간 무시하는 듯한 투로 넬리가 물었다.

"두 가지 정도를 생각할 수 있는데, '쉬제트 크레프' 와 '투른느도 로시니' 도 무시할 수 없지요."

"그 요리들이 성공한 이유는 뭐라고 생각하세요?"

"먹기 바로 직전에 불꽃을 피워 구워내는 '쉬제트 크레프' 는 금방 이해가 가시겠죠. 그건 쉽게 지겨워하는 어린이 고객에게 즐거움을 선사해요. 불꽃은 높고 화려하게 피어오르고 서비스하는 종업원의 동작은 느리면서도 제의적이지요. 사람들은 크리스마스와 정월 초하루가 갖는 제의적 성격에 대한 믿음이 있어요. 크레프 자체가 태양과 달의 매혹적인 상징이지요. 다른 한편으로 보면, '쉬제트 크레프' 는 차별화하기 쉬운 간단한 요리이기도 하죠. 요리사마다 자기 식으로 만들 수 있거든요. 어떤 사람들은 크레프에 오렌지 향의 버터를 바르고, 또 다른 사람들은 귤 향의 버터를 바르기도 하지요. 또한 크레프는 어떤 술과도 잘 어울립니다. 코냑[162], 아르마냑[163], 쿠엥트로[164], 브랜디 등과 말이죠. 내 친구 니농은 부드러운 샴페인과 '그랑 마르니에 코르동 루즈' 를 뿌린 오렌지 향의 버터를 사용하여 불을 붙이죠."

"이 요리들의 이름은 어디서 온 거죠? 쉬제트가 누군가요?"

---

162) 프랑스의 코냑 지방에서 생산되는 와인으로 만드는 브랜디.
163) 프랑스의 보르도 아르마냑 지역에서 생산되는 와인으로 만드는 브랜디.
164) 오렌지 향이 나는 리큐어.

"사람들은 웨일스 왕자의 애인 이름이라고 알고 있어요. 모나코에서 그녀는 술이 많이 들어간 크레프를 주문했는데, 웨이터가 이 음식을 데운다는 것이 그만 불꽃이 붙었어요. 솜씨는 서툴렀지만 그 웨이터는 잔머리를 굴려, 새로운 요리법이라고 둘러댔답니다. 이 이야기는 에드워드 7세가 들려준 실화예요. 하지만 사실 그의 애인 이름은 '릴리' 였죠. 전 에드워드 7세가 들려준 얘기 말고 이 크레프에 관한 신빙성 있는 얘기를 알고 있어요. 1897년에 프랑스 배우들이 연극 한 편을 공연했다고 합니다. 그 가운데 '쉬제트' 라는 여배우가 공연장 근처의 '마리보' 레스토랑에서 크레프를 배달시켜 동료들에게 대접했다는군요. 지금은 사보이에 가 있는, 당시 그 레스토랑 주인이었던 조제프 선생이 배우들에게 따뜻한 음식을 제공하면서 멋진 연극적 효과를 보여주기 위해 음식에 불을 붙일 생각을 했다는 겁니다."

"투른느도 로시니는요? 나의 경쟁자에 대해 모든 걸 알아야겠어요." 넬리가 웃으며 말했다.

"좀 의심스럽긴 하지만 떠도는 이야기에 따르면, 로시니는 원래 돼지고기 가공 식품점 점원이었다는군요. 언제 한번 요리사들과 음악가들 사이의 공통점에 대해 자세히 얘기해줄게요. 하여간 그는 병을 얻어 죽을 때까지, 거의 40년 동안 작곡을 못하고 식도락에 빠져 있었다고 합니다. 그가 좋아했던 음식에는 대부분 트뤼프, 푸아그라, 마디라 와인이 들어갔다고 해요. 그는 이러한 식재료들이 들어간 요리들을 모아놓고, '로시니표 요리' 라고 불렀다는군요. 그렇게 이름을 붙이는 것은 전혀 놀랄 일이 아닙니다. 하지만 제가 걱정하는 것은 이 요리의 세계적인 성공이 좋은 평판에서 나온 게 아니라는 점입니다. 사실 로시니가 레스토랑 주인인 마그니와 고심하며 고안한 원래 요리법은 쉽지가 않아요. 아주 세심한 손재주를 요구하죠. 쇠고기의 등심 부위인 투른느도는 갓 튀긴 빵조각과 버터에 살짝 볶은 푸아그라가 완성되는 것과 동시에 알맞게 구워져야 합니다. 그리고 고기를 프라이팬에 구울 때 나온 즙에 마디라 와인을 치고, 여기에 트뤼프 즙을 섞어 끓여서 소스를 만듭니다. 대부분 사람들은 접시에 튀긴 빵조각들을 얹은 후 투른느도 고기를 얹고, 그 고기에 푸아그라를 바른 후 그 위에 트뤼프를 둥글게 썰어 올려놓지요. 그런 다음 준비해두었던 소스를 뿌립니다. 이 요리는 사람들이 자주 찾는 요리긴 하지만, 사실 빈약하기 짝이 없어요. 그러나 눈코 뜰 새 없이 바쁜 요리사의 입장에서는 어쩔 수 없는 노릇이긴 합니다. 이 요리는 정식으로 만들지 않는 한 준비하기가 아주 쉽답니다."

"'투른느도('등을 돌린다' 라는 뜻도 있다)' 라는 낯선 이름은 어디에서 온 거죠?"

"로시니는 파리 카페에서 먹었던 '샤토브리앙 비프 스테이크' 가 별로 마음에 안 들었던 모양이에요. 그래서 소스를 쳐달라고 주문했죠. 웨이터는 경멸하는 투로 '그렇게 하시면 안 되는데요!' 라고 말했어요. 그러자 이 위대한 작곡가는 '그러면 내가 등을 돌린 채로 있을 테니 음식을 가져다주게나!' 라고 응수했답니다. 사실 투른느도는 정육점 주인들이 붙인 이름이기도 합니다. 왜냐하면 소의 등허리 쪽 끝부분에서 투른느도를 발라냈기 때문이지요. 어떤 요리의 경우, 그 이름에는 비밀스러운 구석이 있답니다. 예를 들면, 화이트 와인과 양파로 만든 소스에 제 이름을 붙여서 상업화한다고 생각해보세요. 광고를 위해 그 소스 이름을 '에스코피에 디아블 소스' 라고 부를 수도 있지요. 그러나 이 오래된 소스의 이름은 사실 '로베르 소스' 랍니다. 어째서 '로베르(Robert)' 냐구요? 그 이름이 '노루 수컷' 을 가리키는 영어 단어 '로벅(roebuck)' 에서 왔는지(사실 이 소스는 구운 고기와 잘 어울리죠), 아니면 라블레[165]가 찬탄해 마지않던 신비스런 요리사 '로베르' 를 기억하자는 의미에서 붙여진 것인지는 아무도 몰라요. 로베르는 월계수 잎사귀를 넣은 맛있는 소스를 발명했다고 알려져 있죠."

"요리사들에게도 월계수가 육상 경기의 승리자에게 씌워주는 그 월계수 같은 의미가 있나요?"

"그럼요. 로베르가 발명한 그 소스에 들어간 월계수는 '아폴로의 월계수' 이고, 그래서 이 소스를 좀더 평범하게는 '월계수(로리에) 소스' 라고 부릅니다. 이 월계수의 변종인 '장미

165) 프랑스의 작가(1494-1553). 당대 사람들에게는 의사, 인문주의자로도 유명했다.

월계수' 와 '받침목 월계수' 로는 결코 관이나 모자를 만들지 않죠. 그리스어로 월계수의 이름은 '다프네' 예요. 그리스 신화에서 태양과 음악과 시를 관장하는 신인 아폴로의 지나친 사랑에서 벗어나기 위해 작은 나무로 모습을 바꿨던 젊은 처녀의 이름이 바로 다프네지요. 옛날 사람들은 월계수에 엄청난 중요성을 부여했어요. 그래서 나뭇가지를 문앞에 걸어두면 병을 치유할 수 있고 뱃머리에 매달아두면 태풍을 피할 수 있으며 그것이 불에 타는 소리를 들으면 미래를 예견할 수 있다고 믿었던 것이지요. 또한 침대 머리맡에 놓아두면 좋은 꿈을 꾼다는 믿음도 있었답니다."

"당신도 월계수를 자주 사용하나요?"

"월계수는 고기 맛을 돋우고 소화를 촉진해줘요. 게다가 난 단어가 주는 시적인 어감을 좋아하는 편이에요. '로-리에' 라는 말은 '멜-바' 처럼 느낌이 좋아요. 내가 만약 페트라르카[166]였다고 해도 그처럼 했을 거예요."

"무슨 말이지요?"

"페트라르카는 보클뤼즈에 있는 자기 정원에 로리에만을 심었답니다. '로리에' 라는 단어가 사랑했던 여인 '로르 드 사드' 의 이름을 떠올려주었기 때문이지요."

---

166) 이탈리아의 시인(1304-1374). 페스트로 죽은 연인 '라우라(프랑스어 발음은 '로르' 이다)' 에 대한 사랑을 시로 남긴 것으로 유명하다.

“식탁에서 사람들은 늙지 않는다”

루체른 호수 옆에 펼쳐진 리츠의 참나무 숲에도 단풍이 들고 있었다. 낙엽으로 덮인 공원의 산책로에는 사과나무꽃이 만발해 있었다. 다시 새로운 모습으로 인생을 살게 하는 이 축복의 가을, 그리 건강이 좋지 않았던 리츠도 가끔씩 판단력을 되찾곤 했다. 그는 루아얄 가의 보석상들에게 리츠 호텔과 호텔 부속 건물이 있는 캉봉 가 사이의 긴 골목에 쇼윈도를 대여해주자는 기발한 착상을 해냈다. 한정되고 협소한 공간을 벗어나 좀더 넓은 공간에서 보석들을 보여줄 수 있는 방법을 찾고 있던 대규모 보석상들은 그의 제안에 반색했고, 이런 방식은 점차 전세계로 급속히 퍼져나갔다.

세자르 리츠는 의식이 명료해질 때면, 아침에는 젊은 교수와 역사 공부를 했고 오후에는 국립 미술학교 교수에게서 조각과 주물을 배웠다. 그는 가끔씩 기억의 편린들을 써내려가기도 했다.

나이 마흔에, 병든 세자르 리츠를 대신해서 호텔 사업을 계속한 마리는 조금씩 빛을 보기 시작했다. 그해, ‘리츠칼튼 호텔 회사’ 는 피카디리 광장의 그린파크에 새로운 건물을 지었다. ‘리츠’ 라는 이름 하나만으로도 대중들은 강한 인상을 받았다. ‘리치(Ritzy)’ 라는 말은 시각적으로나 그 방식에서나 우아함의 대명사가 되었다.

메웨스가 설계했지만, 애초 리츠에게서 영감을 받아 지은 런던 리츠 호텔은 철근 구조를 제외하면 파리 리츠 호텔을 연상시켰다. 흰 대리석 기둥, 크리스털로 장식된 촛대, 루이 16세식 가구, 조각한 참나무 내장재로 마감한 실내… 리츠 호텔이 성공을 거두자, 리츠칼튼 호텔 회사의 유력 인사인 해리 히긴스는 리츠 호텔에 부속 건물을 추가할 생각으로, 윈드번경에게 리츠 호텔 옆에 붙은 윈드번경의 사저(私邸)를 구입하겠다고 제안했다. 그러나 자기 정원을 넓힐 계획을 가지고 있던 윈드번경은, 리츠 호텔을 허물고 그 자리를 자신의 정원으로 넓히기 위해 리츠 호텔을 구매할 의사가 있다고 응수했다. 사람들은 무례한 그의 언행을 리츠에게는 말하지 않았다.

불행이 다시 덮쳐왔다. 1908년에 리츠와 그의 아내는 파리 근교의 생-클루에 있는 저택으로 이사했다. 조금씩 침몰해가던 리츠의 정신은 결국 그가 쉰여덟이 되던 해에 의식불명 상태에 빠졌다. 에스코피에는 몹시 낙담했다. 얼마나 오랫동안 그와 함께 시간을 보냈으며, 얼마나 많은 근심과 행복을 나누었던가! 그들은 항상 함께였으며 굳이 모든 것을 말하지 않아도 서로를 이해할 수 있었다. 에스코피에는 '다 말하지 않는 것이 때론 다 말하는 것보다 더 중요하다' 라는 생각이 들었다.

1909년 갈리페 장군이 79세의 나이로 서거했다는 소식 역시 에스코피에에게 충격으로 다가왔다. 한 시대가 사라져버린 것이다. 한 달 전, 저녁식사를 하기 위해 칼튼에 왔던 갈리페는 에스코피에에게 자신이 “대파처럼 머리는 희어도 엉덩이는 여전히 푸르다”고 자랑을 늘어놓았고, “식탁에서 사람들은 늙지 않는다”는 그리모 드 라 레니에르의 말을 인용했다. 그가 죽었다는 소식을 들은 부관은 백조 목 모양의 불로뉴 숲 산책로에서 귀부인들에게 인사하는 법을 훈련시킨 갈리페의 말 세 마리를 총으로 쏘아 죽였다. 그의 부관이 장엄하게 내뱉은 말은 “갈리페 장군의 말은 어떤 사람의 소유도 될 수 없다”였다. 이 말은 에스코피에를 혼란스럽게 했다. 누가 누구에 대한 권리를 가질 수 있단 말인가? 현실적으로 누가 그 무언가의 소유주가 될 수 있겠는가? 에스코피에 역시 자신이 그 모든 요리법을 창안했다고 말할 수 있을 것인가? 그 모든 요리법도 결국 시대의 흐름 속에서 빌려온 것은 아닌가?

칼튼 호텔에서는 연회가 이어졌다. 1909년 7월 25일, 도버 해협을 최초로 횡단한 비행사 루이 블레리오의 공적을 축하하기 위한 연회가 열렸다. 그는 이 횡단으로 〈데일리 메일〉지가 내건 2만 5,000프랑의 상금을 받게 되었다. 그의 비행은 산토스-뒤몽이 바가텔 평원을 7미터 좀 넘게 비행하는 데 성공한 후 3년 만에 이루어진 것이었다. ‘항상 추락하는 사람’이라고 불렸던 루이 블레리오는 동이 트는 시각에 프랑스를 떠나 31분 후에 영국에 도착했다. 그보다 앞서 비행을 시도했던 열한 명의 비행사들은 모두 불행한 운명을 맞았다. 도버의 절벽들 때문에 착륙이 불가능해 보였지만, 다행히도 저널리스트인 샤를 퐁텐이 그에게 프랑스 국기를 흔들어서 착륙이 가능한 장소를 지시해주었고, 그 덕분에 블레리오는 무사히 착륙할 수 있었다. 비행기가 착륙하려고 땅에 닿는 순간, 바퀴 한쪽이 파손되어 위험했으나 블레리오는 무사했다. 그는 한쪽 발을 절뚝거렸는데 그것은 이전의 비행에서 공교롭게도 조종석 아래 위치한 배기관으로 인해 한쪽 발에 화상을 입었기 때문이다. 세관이 그에게 신고할 것이 있느냐고 묻자, 그는 "환희!"라고 대답했다.

런던 시민들이 외국인을 그토록 환호 속에서 맞아들였던 적은 일찍이 없었다. 〈데일리 메일〉 지가 베푼 칼튼 호텔 연회에는 푸아그라와 트뤼프를 넣은 참새고기를 물냉이 위에 얹어 향료로 장식한 요리가 준비되었다. 에스코피에는 그 요리에 공기의 요정 이름을 따서 '실피드 드 루아틀레 루이 블레리오(sylphides de roitelet Louis Bleriot)' 라는 이름을 붙였다.

"'실피드' 는 공기의 요정이에요. '루아틀레' 는 가장 높게 날기 위해 독수리 날개 위에 앉는 굴뚝새를 가리키지요. 샘물[167]에서 자라는 물냉이는 프랑스 국기를 흔들어 착륙을 도운 샤를 퐁텐을 기리기 위한 거랍니다." 에스코피에가 설명했다.

---

167) '샘' 은 프랑스어로 '퐁텐(fontaine)' 이다.

그는 공상적인 이름을 요리에 점점 더 즐겨 사용하게 되었다. ‘‘멜리나이트(강력한 폭약의 일종) 소스 연어’라고 하면 사람들이 기겁할까? 아니, 그렇지 않을 거야. ‘포탄의 섬광에 비친 쇠고기 필레’, ‘단결 아스파라거스’, ‘라인 강 혹은 그 고지 너머’, ‘탄환 과일’, ‘지롱드[168]산 와인 분대’, ‘저격병 볼네 와인’[169], ‘따발총 샴페인’은 어떨까……?’ 재향군인들의 회식에 제공되었던 이 메뉴는 그가 소년 시절에 가졌던 애잔한 정서들과는 거리가 먼 것이었다.

‘가끔은 휴식을 취해야 돼. 지난 50년 동안 나는 요리에 대해서만, 요리하는 것에 대해서만 생각했어.’ 그는 휴식의 필요성을 인정했다.

에스코피에의 런던 친구들이 그의 요리 인생 50주년을 축하해주기 위해 위원회를 결성했다. 1859년 10월, 열세 살 나이에 프랑세 레스토랑에서 일하기 시작한 에스코피에는 그 이후로 줄곧 요리의 길만을 걸어왔다. 그에게 예술 걸작품을 하나 선물하기 위한 기부금으로 6,000프랑이 모아졌다. 그러나 정작 에스코피에는 이 막대한 돈을, 나이 들어 은퇴했으나 재정 지원을 받지 못하고 있는 요리사들을 위해 쓰기로 결정했다. 고집 센 낙천주의자인 그는 그 돈에다 파나마 운하 채권[170]을 얹어주었다. 거기에는 은퇴한 요리사들의 여생이 보

---

168) 프랑스 남서부 아키텐 지방의 주. 대서양에 면해 있으며, 프랑스에서 가장 큰 주이다.
169) 부르고뉴 지방의 레드 와인.

다 윤택하길 바라는 그의 마음이 담겨 있었다.

1909년 10월 23일 모니코 레스토랑에서 축하연이 열렸다. 답례인사를 하면서 에스코피에는 두 마디 말을 남겼고 우렁찬 박수 갈채를 받았다. 그 두 마디는 "인생에서 좋은 기억만을 가슴에 간직하려면 모든 일에 올바른 가치를 부여해야만 합니다"와 "모든 사람들은 다른 사람들의 필요에 따라 결점이나 장점이라고 판단할 수 있는 측면들을 가지고 있습니다"였다. 그는 다음과 같이 말하면서 답례인사를 마쳤다.

"저는 가끔 요리가 쇠퇴의 길로 접어들었다는 말을 듣습니다. 하지만 그것은 아주 잘못된 인식입니다."

런던에 거주하는 프랑스인들에게 에스코피에는 상징적인 인물이자 호기심의 대상이었다. 그는 오를레앙 공만큼이나 유명했다. 사람들은 그와 만나 인사하기를 원했다.

맥 스타인하일의 엉뚱한 제안

"여보세요, 저는 맥 스타인하일입니다."

---

170) 레셉스(1805-1894)가 주도하던 파나마 운하 건설공사가 실패하고, 1888년 파나마 운하 회사가 파산하였다. 회사는 도산하기 직전에 복권부 사채(福券付 社債)를 모집하였으나, 이 사채를 입법화할 때 유대인 금융 자본가를 통해 의원이 매수되었던 사실이 1892년 가을에 반유대계의 한 신문에 의해 폭로되어 그 파문이 확산되었다. 이 사건으로 인해 국민이 의회의 숙청을 부르짖었고, 공화파의 많은 의원들이 퇴진했다. 결국 1904년 미국이 프랑스로부터 운하 건설 공사를 정식으로 인계받아 공사한 끝에 1914년 파나마 운하가 완성되었다.

"누구라고요?"

"홀로 된 사람이에요. 외로운 여자라고요!"

"뭘 도와드리면 되지요?"

에스코피에가 되물었다.

맥 스타인하일은 신문에 여러 가지 가십 기사를 제공하는 장본인이었다. 1899년 최음제 남용으로 야기된 듯한 급성 심장마비로 펠릭스 포르[171] 대통령이 맥의 품안에서 숨을 거두었다.

"대통령은 아직 의식이 있습니까?" 지원팀으로 불려나온 경찰이 물었다.

"아니오. 없습니다. 스타인하일 부인은 층계에 있습니다." 사환이 대답했다.

9년 후, 그녀의 남편인 스타인하일 화백이 롱생 거리 막다른 골목의 자택에서 살해되었다. 맥은 옆방에서 전라의 상태로 침대에 묶인 채 발견되었는데, 그녀의 손가락은 하나하나 침대 가로대에 끈으로 묶여 있었다. 맥은 갈색 머리의 여자와 긴 웃옷을 입은 남자에 대한 얘기를 횡설수설 늘어놓았다. 그녀의 진술은 완전히 거짓인 것으로 판명이 나서 결국 그녀는 위증죄로 구금형 1년을 선고받아 생 라자르 감옥에 갇히게 되었다. 다행히 그녀는 뒤이어 열린 항소심에서 무죄로 풀려

---

171) 프랑스의 제3공화국 여섯 번째 대통령(1841-1899). 재임 기간중 영국과의 외교적 갈등, 러시아와의 화해, 드레퓌스 사건 등이 벌어졌다.

났으나, 그 사건의 전말은 완전히 밝혀지지 않은 상태였다. 소문에 따르면, 맥의 남편은 영국 왕자인지, 아니면 또 다른 고위 귀족인지 알 수 없는 그녀의 연인을 만천하에 공개하려다가 프랑스 비밀경찰에 의해 제거됐다는 것이다.

서른아홉 살임에도 불구하고 맥은 스물다섯의 한창 나이로 보였다. 완벽한 몸매, 슬픔이 서린 목소리, 감정이 풍부한 눈매, 안드레아 델 사르토[172]의 성모상 같은 달걀형의 얼굴, 도톰한 입술, 높이 솟은 야성적인 가슴……. 맥의 신체 조건은 '뭇남성의 가슴에 불을 지피는 자', '차가운 횃불' 이라는 별칭을 지닌 사라 베르나르와 필적했다. 재판이 끝나고, 수많은 의혹으로 유명해진 그녀는 결국 영국 망명을 택했다.

그리고 1910년 초, 그녀가 대뜸 에스코피에에게 전화를 걸어온 것이다.

"제가 정원에서 딴 과일로 직접 만든 잼을 칼튼에 공급하겠어요. 칼튼 호텔에 얼마나 훌륭한 광고가 되겠어요."

다음 일요일, 에스코피에는 알 수 없는 어떤 악마의 꾐에 빠져, 결국 브릭스톤에 있는 맥 스타인하일의 집을 방문했다.

"친애하는 부인, 당신이 만든 잼은 참으로 훌륭하군요. 하지만 양이 너무 적습니다. 칼튼에 오는 손님은 하루에만 오백

172) 이탈리아의 화가이자 도안가(1486-1530).

명이 넘는데, 그 정도로는 어림도 없을 것 같군요."

수많은 사건의 여주인공은 번민의 눈길과 달콤한 목소리로 에스코피에를 사로잡았다. 그는 그 다음 일요일에도 다시 브릭스톤을 찾았다.

"콘서트를 열면 400리브르를 주겠다는군요. 제 목소리가 들어줄 만한가요? 솔직히 말해주세요."

그녀는 에스코피에를 음악실로 데려가서 피아노를 치며 노래를 불러주었다. 노래가 끝나자, 그녀는 피아노 뚜껑을 요란스레 닫으면서 그를 향해 야릇한 포즈로 돌아섰다. 당황한 에스코피에는 침묵을 지켰다.

맥은 에스코피에 옆으로 지나가기 전에, 조각가 위그의 작품 '목욕하는 여인' 의 사진을 그에게 보여주었다. 그 작품은 뤽상부르 궁의 정문에 있는 동상으로 다리를 벌린 나체의 여인을 재현한 작품이었다.

"어떤 상원의원들은 내 왼쪽 가슴을 살짝 스치듯 만지는 걸 좋아하죠. 그러한 애무는 절 행복하게 해준답니다."

"권리도 당신을 행복하게 해주나요?"

"권리는 의사당 안에나 있죠!"

그녀는 에스코피에게 의미심장한 눈빛을 보냈다. 그는 오래 전에 경험했던, 이루어질 수 없었던 사랑의 시절로 돌아가는 것을 느꼈다. 외제니 황후, 그리고 지금은 백작 부인이자 네 아이의 엄마가 된 에블린 바르두가 생각났다.

에드워드 7세의 죽음

버킹엄 궁에서 알렉산드라 왕비는 국왕 에드워드 7세의 정부이자 '비공식적인 여왕'인 앨리스 케펠에게 대담하게 손을 내밀었다. 고개를 숙인 궁정 인사들 앞을 지나 두 여인은 손을 맞잡고 에드워드 7세의 침실로 향하는 나선형의 폭넓은 계단을 올라갔다. 국왕은 파리에서 얻게 된 늑막염으로 죽어가고 있었다.

1910년 5월 6일 국왕이 죽자, 식도락이 인생의 큰 부분을 차지하는 사람들도 초상집 분위기에 휩쓸렸다. 그가 서거한 다음날 〈데이지 오브 프레스〉 지는 "영국의 모습은 지난 밤에 바뀌었다"는 기사를 실었다. 칼튼 호텔의 임직원들도 그의 죽음을 진심으로 애도했다.

그가 웨일스 왕자로 지내던 시절, 한 사환이 그의 휘황찬란한 와이셔츠 위에 소스를 몇 방울 떨어뜨린 일이 있었다. 하지만 그는 다음과 같이 말하면서 그를 너그러이 용서해주었다. "당신이 국물을 흘리지 않았으면 내가 그렇게 했을걸세." 그는 또한 리츠에게 그의 실수를 벌하지 말 것을 간곡히 부탁했다. 이 선량한 군주 테디의 일화는 하나의 전설이 되었다. 모든 사람이 쾌활하고 어진 턱수염 국왕의 부재를 진심으로 슬퍼했다. 그는 《이상한 나라의 앨리스》에 나오는 고양이 체셔에 비견될 만큼 다소 기묘한 미소를 지었다. 그리고 그는,

꿈을 꾸는 사람들 혹은 실제 생활과는 달리 천진무구한 눈빛을 지녔거나 사랑스럽고 통통한 뺨을 가진 여인들, 거미줄처럼 얇은 망사가 달린 거대한 모자를 쓴 여인들에게 언제나 둘러싸여 있었다.

에스코피에는 집무실에 앉아 약간 들뜨고 꿈꾸는 듯한 상태에서 메뉴를 적고 있었다. 그는 예전의 웨일스 왕자가 식탁에 앉아, 자신을 놀라게 한 이상한 대화를 떠올렸다.

"우리가 저 세상으로 가게 된다면 어떻게 될까요?"

함께 식사하던 사람들 중 누군가가 물었다.

"어서 다시 태어나고 싶어하겠죠."

"가장 뜻밖의 형태로 말이죠. 분명한 사실 하나는 죽음이 모든 종류의 진부함을 몰아낸다는 거예요."

미래의 에드워드 7세는 오래도록 생각했다. 그러고는 이렇게 말했다. "그렇다면, 나는 가재의 모습으로 다시 태어나길 희망하오. 이러한 변신은 오늘 저녁의 이 훌륭한 모임과 지금 내가 즐겁게 먹고 있는 음식의 섬세함을 상기시켜줄 테니까 말이오."

'나는 어떤 모습으로 다시 태어나길 바랄까? 아주 추상적인 요리로?' 에스코피에가 자문했다.

조지 5세가 테디, 즉 에드워드 7세의 왕위를 이어받았다. 칼튼 호텔의 에스코피에가 새로운 대관식 연회 음식을 맡았다. 마리 리츠는 남편에게 '배불뚝이 왕'의 죽음을 비밀로 했다.

7부

행복한 미식가들의 식도락 축제 (1910-1914)

식도락 이상의 행복은 없다.

— 장 자크 루소 (프랑스 철학자)

뉴욕에서의 리츠칼튼 창립 연회

뉴욕의 마리 앙투아네트 호텔 레스토랑에는 특별히 꽃으로 화사하게 장식해놓은 식탁이 하나 있었다. 식탁에 마주 앉은 두 사람이 모에 샹동 샴페인을 곁들여 스트라스부르산 푸아그라 파테를 먹고 있었다. 이곳의 분위기는 더할 나위 없이 조용하고 평화로웠다.

"미국이 마음에 드세요?"

사라 베르나르가 물었다.

"전혀요!"

"제 생각에 당신은 기능주의와 센트럴 파크의 거칠고 야생적인 아름다움을 무조건 싫어하는 것처럼 보이는군요."

"항상 그래요. 어제는 구역질이 날 것 같더군요. 어제 신문 보셨나요?"

"매니저가 항상 읽어주죠."

에스코피에는 외투 주머니에서 구겨진 〈뉴욕 헤럴드 트리뷴〉 지를 꺼내 펼쳐들었다. 거기에는 '리츠칼튼 호텔 개업식에서의 스캔들' 이라는 제목이 굵은 글씨로 적혀 있었다.

"이게 현실이에요. 어제 리츠칼튼 호텔 개업식이 열렸어요. 내가 뽑은 사람들은 완벽했고, 손님들은 음식에 아주 만족해 하는 것처럼 보였지요. 그런데 어떤 손님 한 명이 후식을 먹다가 갑자기 호주머니에서 금으로 된 담배 케이스를 꺼내는 것 아니겠어요? 그 케이스에는 루비가 박혀 있었지요. 그는 담배를 피워물었고, 하나 둘씩 그를 따라하다가 결국 이삼십 명이나 되는 사람들이 담배를 피워대는 겁니다. 마치 저승사자 라다만투스[1)]와 벨제뷔트[2)]가 내뿜는 숨결처럼 잿빛 담배 연기가 홀 안에 소용돌이치더니, 이내 '제비꽃 비스퀴 글라세' 와 '산딸기 밀푀유(mille-feuilles)[3)]' 의 향기를 덮어버렸지요……. '니코틴 속의 만찬' 이라고 표현한 〈뉴욕 헤럴드 트리뷴〉 지에 따르면, 뉴욕 대형 레스토랑의 식탁에서 담배를 피운 건 이번이 처음이라는군요. 이런 일은 훌륭한 요리를 전파하는 데는 아주 큰 장애물입니다. 만약 손님들이 요리를 앞에 두고 담배를 피운다면, 요리가 혀에 주는 세밀한 즐거움을 결코 얻을 수 없거든요……."

"앞으로 살아갈 날이 많이 남아 있으니 그런 것에 신경 쓰

---

1) 그리스 신화에서 황소로 변한 제우스와 에우로페 사이에서 태어난 아들로 사후 명계의 심판관이 되었다.

2) 성경에서는 '바알제불' 이라고 나온다. 사탄의 자리를 이어받은 최고 지배자. 벨제뷔트는 '파리 제왕' 이라는 뜻이며, 이따금 파리의 모습으로도 나타난다.

3) 종이처럼 얇은 밀가루 반죽을 여러 겹으로 만들어 그 안에 크림을 넣은 파이.

지 말고 건배나 하죠."

그녀는 모에 샹동 샴페인 잔을 쳐들었다. 그것은 그녀가 아주 좋아하는 샴페인이었고 매 끼니마다 보통 반병씩을 마셨다. 에스코피에도 그녀를 따라 했다. 두 사람은 나이에 비해 놀랄 만큼 건강했다. 그녀는 예순다섯, 그는 예순넷이었다.

"우리를 위하여! 화려한 인생을 위하여!"

에스코피에는 엷은 미소를 지으며 잔을 내려놓았다.

"나는, 지나치지만 않다면 화려한 게 좋아요. 그건 인간의 천재성이 만들어낸 거예요. 그렇지 않았다면 난 매일같이 트뤼프와 푸아그라를 요리로 내놓지 않았겠지요. 그러나 만일 호화스러움이 불평등의 도구가 된다면 그걸 피하기 위해 모든 방법을 써야 한다고 생각합니다. 그래서 난 이중의 역할을 하지요. 주방에서는 호화스러움을 만들어내고, 나머지 시간에는 성 뱅상 드 폴[4]의 역할을 해요. 내가 요즘 뭘 쓰고 있는지 아십니까? 《빈곤 퇴치를 위한 구제사업 계획서》예요."

2주 후, 에스코피에는 쿠나르 선박 회사의 루시타니아 호에 승선했다. 객실에 앉아 그는 다음과 같이 적었다. "노동자들이 관리들과 같은 자격으로 국가에 봉사한다는 사실을 오늘날 누가 감히 부정할 것인가? 대부분의 요리사들 역시 좀더 보수가 높고 덜 힘들며, 안정되고 노후 보장이 확실한 일자리

---

4) 프랑스의 사제(1581-1660). 빈민들을 위해 구제 및 복지 사업을 펼쳤다.

를 위해 제도 권력과 긴밀한 관계를 유지하고 싶어하지 않겠는가? 공무원과 마찬가지로 모든 노동자들에게 적법한 은퇴 조건을 부여하지 않을 하등의 이유가 없다……."

에스코피에는 그 어느 때보다 강렬하게 글쓰기의 유혹에 빠져들었다. 글을 쓰는 것은 그가 현실에서 도피하는 훌륭한 도구가 되었다.

요리 잡지 발행을 준비하다

에스코피에는 《시라노 드 베르주라크》[5]에서 아몬드 케이크 만드는 법을 시구로 표현한 시인 요리사 라그노와 자신을 비교해보았다. "휘저어라, 여러 개의 계란을. 촉촉한 맛을 얻고자 한다면……." 라그노는 글을 쓸 때 형식뿐 아니라 내용에도 세심한 주의를 기울였다. 라그노는 자신의 문체를 엄격하게 다듬으려고 노력했고 새로운 생각을 표현하기 위해 시의 형태를 선호했다.

에스코피에는 런던에 거주하면서 미식 관련 글을 쓰는 테오도르 그랭구아르와 함께 〈요리의 기술〉보다 더 놀랄 만한 잡지를 창간하기로 결심했다.

---

5) 1897년에 나온 에드몽 로스탕의 희곡. 내용은 용감하고 똑똑하며 재능은 많지만 유독 코가 커서 어떤 여자도 자신을 사랑하지 않을 것이라고 생각하는 주인공 '시라노'와 그가 짝사랑했던 록산에 대한 이야기이다.

"전통적 가치와 현대적 가치, 순수한 재료의 맛과 새로 만들어내는 맛을 같은 비중으로 다루기로 합시다." 그가 새로운 파트너에게 제안했다.

"요리사들이 평생 사막 한가운데 있는 탐험자일 수는 없어요. 그들은 자기 자신에 대해 알아야 하고 자신의 생각을 펼쳐보일 수 있어야 해요."

"프랑스 요리가 이렇게 명성을 구가했던 적은 없지요. 세계 각국의 유명 호텔들은 대부분 프랑스인 주방장과 프랑스 요리팀을 고용합니다. 우리의 요리 예술이 갖고 있는 특성에 대해 세계적인 관심이 집중되고 있다는 뜻이겠지요."

"파리 사람들은 편견에 사로잡혀 있고 변덕스러워요. 교리 논쟁에만 푹 빠져 있는 그들이 우리들의 얘기를 이해해주려 할까요?" 그랭구아르가 조심스럽게 물었다.

"파리 시민들이요? 이 잡지는 런던에서 발행하는 편이 낫지 않겠어요? 런던에는 스물다섯 명이나 되는, '개구리를 먹는 나라'[6] 출신의 괜찮은 주방장들이 있어요. 이들이 잡지에 자신의 생각을 표현할 수 있을 겁니다. 게다가 영국 땅에는 1만 2,000여 명의 프랑스 요리사들이 있어요. 그들은 이미 우리의 독자입니다. 잡지가 발간되면 당황한 파리 사람들이 앞다투어 몰려들 거예요."

---

6) 프랑스를 가리킨다.

"제목은 뭘로 하는 게 좋을까요?"

" '새로운 미식 연감' 어때요?"

" '새로운 앙피트리옹[7] 개론' 은요?"

이 두 개의 제목은 요리에 대한 정기 간행물을 창간했던 그리모 드 라 레니에르를 추모하는 의미에서 제안한 것이었다.

"제10의 예술"인 요리를 위하여

알렉상드르 발타자르 로랑 그리모 드 라 레니에르는 1758년 11월 20일 전갈자리 태생으로, 날 때부터 두 손이 집게 모양이었다. 오른손은 검지뿐이었고, 왼손은 자라다 만 엄지와 새끼손가락이 물갈퀴 같은 피부로 연결되어 있었다. 그는 한창 예민한 나이 때부터 스위스의 한 정형외과 의사가 만들어준 보철 기구를 달고 그 위에 벨벳 장갑을 껴서 손의 기형을 감추고 다녔다. 이름이 '기샤르' 인 레니에르의 모친은, 베르시 강변에 땅을 가지고 있었다. 성인이 된 레니에르는 어느 날 생선 스튜의 소스와 간이 너무 짜다는 이유로 모친의 빰을 때린 적이 있었다. 왜냐하면 레니에르는 생선 스튜를 항상 '서사시만큼이나 만들기 어려운, 정신의 걸작품' 으로 신봉하고 있었기 때문이다. 그녀는 벨벳 장갑 속에 감춰진 아들의 강철 손에 얻어맞고 볼 위로

---

7) 그리스 신화의 형식을 빌어 프랑스의 궁정을 은유한 몰리에르의 희극 작품(1668).

흐르는 눈물을 닦아냈다.

그는 어린 시절을 콩코르드 광장에 위치한 자기 아버지의 화려한 호텔에서 보냈다. 청소년기에 그는 부모에 대한 증오심을 공공연하게 드러냈다. 어느 날, 양친이 출타하고 없었을 때 그는 부고장을 돌리며 사람들을 초청해 저녁을 대접했다. 그 사건으로 그는 로렌 지방의 수도원으로 쫓겨가게 되었다. 입맛이 까다로운 수도사들 틈에서 그는 음식 맛에 눈을 떴고, 자신의 인생 철학을 세우게 되었다. 그것은 바로 "훌륭한 요리는 과학이자 예술이며 철학이다"라는 것이었다.

1802년에 그는 서적상을 하는 친구 마로도와 함께 '프랑스인들은 심장의 자리에 모래주머니를 가지고 있으며, 읽는 대신 먹는다' 는 결론을 내렸다. 이러한 생각으로 그는 천재적인 발상을 하게 되었다. "그들이 먹을 것을 먼저 읽게 만들자!"

프랑스 혁명에 뒤이어 미각 혁명이 일어났다. 망명 귀족들의 요리사들이 식당을 개업했고 그 수는 점점 늘어났다. 새것에 굶주린 파리 사람들은 그들을 열광적으로 환영했다. 그리모와 마로도가 1803년부터 1812년까지 매년 발행했던 잡지 〈미식 연감〉과 〈앙피트리옹 개론〉은 파리 사람에게 개론서가 되었다. 그리모는 합리적으로, 그리고 정성 들여 고안해낸 요리를 추천했다. 그는 세심하게 주의를 기울여, 사용하는 식재료의 신선도와 맛, 산지 등을 평가했다. 풍자적인 그의 글은 익살스런 경구들로 넘쳐났다. 예를 들면 "식탁에 12인분의 요리가 있다면 13이라는 숫자만 걱정하면 된다", "엎어진 소금단지는 그것이 요리를 망치는 경우에만 흉조이다", "바닷가재는 산 채로 절단되길 원한다", "이 소스와 함께라면 자기 아버지도 먹어치울 것이다!" 등 이루 다 말할 수 없다.

그리모는 몇 년 동안 대단한 성공을 거두었지만, 거친 입과 자화자찬하는 버릇 때문에 수많은 적을 만들었다. 결국 그는 파리에서 몇 킬로미터 떨어진 시골 저택에서 칩거 생활을 했다. 거기에서 그는 수프와 베이컨의 진정한 맛과 가축을 통해 얻은 기가 막힌 맛을 음미하며 보냈다. 그는 특히 가축들을 "사랑스런 내 아이들"이라고 부를 정도로 좋아해서 사람들이 가축들을 도살할 때면 집 밖으로 도망갈 정도였다. 여든이 되던 해, 그는 '신 앞에 서는 순간, 철천의 원수와 화해하기 위해' 물을 한 잔 청한 후 눈을 감았다.

'나는 무엇을 청할 것인가. 하늘에서 델핀과 다시 만날 수 있을까?' 에스코피에의 마음에 문득 이런 우려가 스며들었다.

에스코피에와 그랭구아르는 그리모를 추모하는 의미에서 '연감'과 '개론'이라는 단어를 잡지의 제목으로 염두에 두었으나 끝내 사용을 단념하였다. 그들은 자신들의 잡지가 한눈에 월간지로 인식되기를 원했다. 그래서 선택한 제목은 〈에피쿠로스 수첩〉이었다.

AD 4세기경의 아테네 철학자 에피쿠로스는 죽을 수밖에 없는 모든 인간을 최고 선으로 인도하기 위해 유한한 시간으로부터 벗어나게 하는 기술을 소유하고 있었다. 이 마법사 같은 현인은 행복이란 쾌락, 즉 미덕을 수행하는 쾌락 속에 있다고 설파하면서 영혼에 평안을 가져오는 법을 깨닫게 했다. 그는 편견과 맹목, 나쁜 습관을 혐오했으며, 감각의 확실성을 믿었다. 그는 검소함과 절제를 몸소 실천하는 인간이었으며, '딱딱한 빵'과 '물 한 잔'에 만족할 줄 알았다. 하지만 그는 어느 날 한 제자에게 이렇게 말했다. "맛 좋은 식사를 하고 싶으니 시트노스 치즈 한 조각만 갖다주게나. 그 치즈 한 조각으로 아주 환상적인 저녁식사를 할 수 있을 것 같네." 그는 또한 다음과 같이 쓰기도 했다.

"현자는 한 끼 식사에서 음식의 양을 따지지 않을 것이다. 그는 단지 요리의 맛과 우아함만 추구할 것이다."

그의 이러한 격언은 1911년 6월 11일에 창간된 잡지인 〈에피쿠로스 수첩〉 첫 호의 표제어가 되었다.

에스코피에는 에피쿠로스를 '가장 순수하고 완벽한 그리스 지성의 화신'으로 정의하면서, 에피쿠로스 학파가 최근에 와서는 단지 무절제한 쾌락주의자로서의 의미만을 갖게 된 점을 안타까워했다. 〈에피쿠로스 수첩〉은 소비의 찬가가 아니라 식도락 세계의 합리성을 주장하고자 했다. 즉, 욕망의 과도한 충족을 격찬하는 것이 아닌 욕망의 보편타당성을 증명하자는 것이었다.

그리모의 〈미식 연감〉 이후 100여 년이 지난 후에도 에스코피에는 식재료의 질과 신선도의 중요성을 줄기차게 강조했다. 그는 식도락 애호가들이 요구하는 엄격한 기준을 재발견했다. 〈에피쿠로스 수첩〉은 또한 요리사에 대해 중요한 가치를 부여했다. 유명 요리사의 사진이 매호의 앞부분에 실렸다. 맨 처음에는 에스코피에의 사진이 프로방스 요리에 대한 고찰과 더불어 게재되었다. 뒤이어 실린 기사는 '굴라쉬(goulasch)'[8]의 기원에 대한 글과 카렘에 대한 모건 부인의 유명한 텍스트, 국립 요리학교 창설을 요구하는 그랭구아르의 사설(그는 이 사설에서 콩티 강둑에 위치한 5개의 아카데미와 동일한 특권을 가지는 국립 요리학교 창설의 필요성을 역설했다), 새로운 단신들, '가족간의 한담(閑談)'이란 제목으로 쓰여진 에스코피에의 두 번째 글, 요리책을 출간하는 요리사들의 저작권을 요구하는 선언문 등이었다.

잡지의 상당 페이지는 에스코피에의 이름이 들어간 특별 소스 광고에 할애되었다. 에스코피에는 '영국은 60여 개의 지역이 있는데 소스는 오직 두 종류만 있을 뿐이다'라는 속담을 비웃기라도 하듯이 두 곳의 영국 사업체와 제휴하여 광고에 실린 소스들을 개발하였다. 이렇게 하여 그 유명한 '에스코피에 디아블 소스(매운 소스)' 외에, '에스코피에 로베르 소스', '에스코피에 더비 소스', '에스코피에 아브리코나 소스', '에스코피에

8) 헝가리식으로 양념하여 익힌 소고기 스튜.

멜바 소스'[9], 그리고 '에스코피에 피클(pickles)' 등이 탄생하게 되었다.

이러한 소스들은 그랭구아르가 '제10의 예술'[10]이라고 부른 '요리'의 동반자가 되었다.

나는 왜 요리사가 되었나?

오귀스트 에스코피에의 아들, 폴 에스코피에가 조심스레 문을 닫았다. 그는 아버지에게 붉은 천으로 귀퉁이를 장식하고 검은 마분지로 만든 서류철을 건네주었다.

"최근의 판매 실적이에요." 만족스러운 듯 엷은 미소를 띄우며 그가 말했다.

〈에피쿠로스 수첩〉에 실린 광고들은 대성공을 거두었다.

오귀스트는 서류철을 열고 꼼꼼히 읽어나갔다. 각 페이지에는 보라색 잉크로 정성들여 기록한 작은 숫자들이 빼곡이 들어차 있었다.

"지난 달의 세 배나 되는군! 하지만 좀더 노력해서 우스터 화학자들의 소스 독점 시대를 끝장내자고!"

---

9) 산딸기, 슈거 파우더, 키르슈(체리술)나 산딸기 리큐어로 만드는 소스로 아이스크림 위에 얹어낸다.

10) 제1의 예술은 '연극', 제2의 예술은 '회화', 제3의 예술은 '무용', 제4의 예술은 '건축', 제5의 예술은 '문학', 제6의 예술은 '음악', 제7의 예술은 '영화', 제8의 예술은 '사진', 제9의 예술은 '만화'이다.

아버지 앞에 앉은 폴은 그에 대한 무한한 존경심에 사로잡혔다. 그는 항상 아버지처럼 살고 싶었다. 그에게 아버지는 위대하고 웅장한 건물이나 신비스럽고 무한하며 현기증 날 정도로 아득한 우주의 이미지를 연상케 했다. 폴은 어렸을 때 델핀의 손을 잡고 모나코 그랜드 호텔 앞을 지난 적이 있었다. 폴은 웅장한 건물 정문을 쳐다보느라 잠시 걸음을 멈추었다. 델핀이 폴의 팔을 잡아끌자, 그는 "우리 아버지가 여기 주방장이야!"라고 말했다.

폴이 열세 살이 되자, 델핀은 그를 융블르트 가문에 위탁교육시켰다. 그는 몇몇 호텔에서 호텔 경영에 대한 수업을 받고 난 후 스위스, 독일, 러시아에서 일했다.

에스코피에는 영국에 정착한 폴에게 소스 사업을 위임했다.

"자, 같이 저녁이나 먹자구나."

"괜찮습니다, 아버지. 아직 도매상 세 군데나 더 들러야 하는걸요."

폴은 오귀스트로부터 철저한 직업의식을 물려받았던 것이다.

1911년 8월 9일, 저녁 여덟 시가 조금 못 되어 오귀스트 에스코피에는 휘파람을 부르며 칼튼 호텔의 주방에서 나왔다. 가장 바쁜 시간이었지만 필요한 모든 것을 충분히 확인한데다가, 그즈음은 손님들이 줄고 있을 때였다. 그는 아파트로 돌아가 〈에피쿠로스 수첩〉에 게재할 글을 쓰기 위해 엘리베이터에 올라탔다. 갑자기 벽면을 덮고 있는 연푸른 거울 속에서 이상한 붉은 섬광이 간헐적으로 깜박거렸다. 어디서 본 듯한 느낌이 휘몰아쳤다. 그렇다! 그건 바로 잉걸불이 타오르던 바로 그 광경이었다. 타닥거리는 소리가 점점 더 강하게 들려왔다.

"빨리 나갑시다!" 엘리베이터 운전수가 창살문을 열면서 외쳤다.

두 사람이 5층 난간에 겨우 발을 걸치자마자 엘리베이터 안에서 폭발음이 들렸다. 엘리베이터는 맹렬한 화염에 휩싸여 1층 바닥으로 난폭하게 떨어져내렸다. 에스코피에는 맞은편 복도를 향해 뛰었다.

지난 245년 동안 런던은 화재에 대한 불안에 시달려왔다. 1666년 9월에 발생한 화재로 도시의 3분의 1이 사흘 동안 엄청난 화염에 휩싸여 잿더미가 되었고, 사람들은 거리로 나앉을 수밖에 없었다. 이 거대한 재앙의 기억은 그들에게 여전히 생생했다. 런던교 근처에 황금빛 구리로 만든, 불꽃 모양의 원기둥들은 그저 화염에서도 살아남았음을 상징하는 '기념물' 로 불릴 따름이다. 왜냐하면 그 기원을 굳이 '환기' 할 필요도 없이 화재의 악몽은 사람들의 마음속에 생생했기 때문이다. 이러한 까닭으로 소방관의 수는 파리보다 런던이 월등히 많았다.

푸르스름한 화염이 여기저기에서 번쩍이고, 자욱한 검은 연기가 칼튼 호텔의 지붕 위로 뭉게뭉게 피어올랐다. 석양의 분홍빛 하늘이 피처럼 붉은색으로 물들었다. 이 광경은 터너[11]의 작품 가운데 가장 강렬한 그림을 연상시켰다. 트라팔가 광장을 지나던 행인들은 화염에서 나오는 지독한 냄새와 걷잡을 수 없는 기세로 타오르는 불길을 보고 공포에 사로잡혔다. 이미 출동한 소방수들은 50여 개의 소방 호스로 진화 작업에 나서고 있었다.

사나운 물줄기가 군중들을 안심시켰다. 칼튼 호텔로 이어지는 주요 간선도로들은 수많은 군중들로 매우 혼잡했다. 폴몰 거리와 헤이마켓, 트라팔가 광장이 사람들로 들끓고 있었다. 칼튼 호텔의 꼭대기층들은 이글거리는 불길로 변해 기세등등하고도 거침없이 타오르고 있었다. 그렇게 혼잡스런 와중에 갑자기 만세 소리와 함께 박수 갈채가 들려왔다. 칼튼과 나란히 서 있는 '히즈 마제스티 극장' 건물과 이어진 높은 철계단 위에 몇 명의 사람들이 나타난 것이다. 불길 때문에 건물 5층에 갇혀 있던 사람들이—그중에는 에스코피에도 끼여 있었다—탈출구를 찾은 것이다. 화재가 일어날 당시 욕조에 있었던 배우 제임스 L. 피니만 유일하게 화를 입었다. 아이러니한 일이었지만, 그는 목욕중이어서 미처 피신을 하지 못했다.

새벽 한 시경에야 기자들은 화재 피해를 거의 입지 않은 살롱에 진입하는 것을 허가받았다. 에스코피에는 그곳에서 기

---

11) 영국의 낭만파 화가(1775-1851). 19세기의 가장 위대한 풍경화가로 평가받고 있다.

자회견을 했다.

"12년 동안 나는 이 호텔에서 수십 만 마리의 닭고기를 구웠습니다. 아마 그 닭들이 이번에는 저를 구워서 복수하고 싶었던 모양입니다! 하지만 그들은 제 깃털만을 그을렸을 뿐입니다. 이제 그들에 대한 빚이 없어졌으니 새로운 앞치마를 두를 것입니다!"

그는 거짓말을 했다. 정신적인 공황 상태에 빠지지는 않았지만, 사실 그는 잠시 동안이나마 자신을 휘감았던 연기만큼이나 음침한 또 다른 세계를 예감하고 있었다. 그곳은 이전에 갈리페가 가버린 세계였으며, 어쩌면 리츠도 이미 가깝게 다가가 있는지도 모르는 바로 그 세계였다. 독실한 신자였던 에스코피에는 천국과 지옥의 존재를 믿었다. 실제로 그는 세상 저편을 격렬한 파도에 휩싸인 잿빛 바다처럼 무한하고 어두우며 소란스러운 곳이라고 느꼈다. 그리고 그 청록색 세계의 가장자리에 인간의 복잡한 영혼과 그보다는 훨씬 단순한 듯 보이는 가금류들의 영혼이 뒤섞여 있다고 믿었다.

그런 생각에 잠시 빠져 있던 그는 불현듯 불길한 예감에 사로잡혔다. 재앙을 피해 기적같이 살아남았다는 사실이 여전히 그의 뇌리에 남아 있었고, 그 뒤를 이어 직업에 대한 질문들이 스쳐지나갔다. 그의 아버지는 말했었다. "불을 장악하고 쓸 줄 아는 것보다 더 고귀한 일이 있을까?" 아버지의 말이 문득 의심쩍게 여겨졌다. 무슨 까닭으로 자신이 그토록 불에 집착했던 것일까? 차라리 선원이 되는 편이 더 낫지 않았을까? 실제로 자신은 바닷가에서 태어나지 않았던가? 그는 도무지 갈피를 잡을 수가 없었다. 일생 동안 그는 불에 너무 가까이, 너무 자주 다가가 있지 않았던가? 그의 인생은 어떠했던가? 런던에서 무엇을 했던가? 어째서 그는 이 불안한 여행을 시작했는가? 이제 안식처로 돌아갈 시간이 되지 않았는가?

내가 저녁식사를 할 때
요리사는 신성한 존재로 보인다.
요리의 본질을 통해
인간을 지배하는 자여.

그랭구아르가 〈에피쿠로스 수첩〉 2호에 소개해서 알려진 노래인데, 이것은 '우리가 죽는 것은 영원을 위함이니' 라는 유명한 노랫말을 지은 1800년대의 음유시인 마르크-앙투안 드조지에의 곡이다. 가장 고무할 만한 소식은 사람들이 파리의 잡지 가판대에서 〈에피쿠로스 수첩〉 2호가 나오기를 손꼽아 기다리고 있었다는 것과 잡지 판매점에서 밀려오는 엄청난 주문량이었다.

'미식가 연맹'과 '세계 요리 대회'

에스코피에는 알렉상드르 뒤마가 《요리 대사전》에서 언급했던 방법으로 고딕식 화덕 쪽에 다가갔다. 그 화덕에는 코끼리 다리도 구울 수 있을 정도의 거대한 불길이 이글거리고 있었다.

밖에는 비가 내리고 있었다. 비즈레는 거대한 화덕에 참나무 장작들을 집어넣고 있었다. 활활 타오르는 불길이 벽 쪽에서 너울거리며 타올랐다. 비즈레를 비롯한 세 명의 논객은 '지혜로운 사람은 엄청난 힘을 소유하고 있다'라는 생각을 똑같이 하고 있었다.

"당신은 불을 싫어하는 것 같지 않군요." 비즈레가 말했다.

"불은 나의 동업자인걸요. 설사 그것이 어느 날 내게 화를 미치더라도……."

그랭구아르의 친구인 비즈레는 런던에서 가장 유명한 프랑스 학교들 가운데 두 곳의 책임자였다. 두 학교의 재학생 수를 합하면 매년 1,800여 명에 달했다. 에스코피에는 영국에 정통 프랑스 요리를 전수(傳授)했다. 단순한 과외 선생으로 영국에 건너온 비즈레는 볼테르와 루소를 가르쳤다.

"외국에 프랑스를 알리는 일은 제게 무척 흥미로운 일입니다. 선생님의 요리가 성공한 덕분에 저의 제자도 점점 많아지고 있다는 걸 아세요? 독일 황제는 미치려고 할 거예요. 그가 최근에 한 말은 제법 그럴듯하답니다."

비즈레는 프랑크푸르트에서 열렸던 요리 전시회에서 빌헬름 2세가 한 말을 두고 이야기했다. 그 전시에서 에스코피에는 스타처럼 떠받들어졌다. "만약 에스코피에가 독일인이었다면, 이러한 국제적인 장소에 출품된 모든 요리는 독일어로 되었을 것 아닌가!" 독일 황제가 언론인들에게 한탄조로 한 말이었다.

"질문 하나 해도 될까요?" 비즈레가 튤립 모양의 잔에 코냑을 따르면서 물었다.

"이제 프랑스 요리는 대부분의 왕실에 제공될 정도로 세계화되었습니다. 프랑스 요리의 세계화를 어떻게 합리적으로 설명하실 건가요?"

"프랑스 요리는 엄격하면서도 풍미가 있죠. 마치 데카르트[12]의 《방법서설》처럼요. 물론 루이즈 라베[13]의 소네트처럼 독창적이면서 고전적이기도 합니다. 게다가 라 파예트 부인[14]의 산문처럼 우회하지 않고 마음으로 직접 통하죠. 좀 시적으로 말한 것 같은데… 쉽게 말하자면, 적응력이 좋다고 해야 할까요. 무엇보다도 그 점이 가장 큰 장점이죠. 기본 요리들은 항상 변형이 가능하거든요." 에스코피에가 대답했다.

에스코피에는 평소의 태도와는 달리 약간 흥분해서 마치

---

12) 프랑스의 수학자 · 과학자 · 철학자(1596-1650). 이원론적 체계를 세운 근대 철학의 아버지.

13) 프랑스의 여류 시인(1524-1566)으로, 재치 넘치고 매력적이며 교양이 풍부하고 자유분방한 여성이었다.

14) 프랑스의 고전주의 대표작인 《클레브 공작 부인》의 작가.

오케스트라의 지휘자처럼 손을 휘저으며 말을 이어나갔다.

"세계 어디서든 탁월한 프랑스 요리를 만들 수 있다는 것을 보여주는 것이 바람직해요." 그는 단어마다 힘을 실으며 대답을 마쳤다.

"외국의 모든 대형 레스토랑에 프랑스 요리를 알릴 수 있는 단체를 창설하는 건 어떨까요?" 과장된 제스처를 하면서 그랭구아르가 제안했다.

"흥미로운 생각이군요. 〈에피쿠로스 수첩〉이 그 발판이 될 수 있을 거예요."

"'감정가 연맹' 이라고 이름 짓죠." 에스코피에가 여기에 동의하였다.

"'미식가 연맹' 이라고 해야겠죠! 아카데미 프랑세즈 사전에 따르면 '미식가' 는 맛있는 음식을 좋아하는 사람을 가리키고, '감정가' 는 와인에 대해 잘 알고 그것을 맛보는 사람을 뜻해요." 비즈레가 말뜻을 정확히 구분해주었다.

"맞는 말이에요." 그랭구아르가 코냑 빛깔을 살핀 후 한입에 털어넣으며 만족스럽게 맞장구쳤다. "'미식가(gourmand)' 는 셀트어에서 온 말이에요. 아일랜드어로는 '지오라만(gioraman)' 이라고 쓰는데 이는 '식욕이 왕성한 사람' 이라는 뜻이지요. 프랑스에서는 18세기가 되어서야 일상어가 되었어요. '감정가' 란 단어는 그보다는 최근에 상용화된 말로, 네덜란드어로는 '그롬(grom)' 이고 '소년' 을 뜻하죠. '식당 보이' 를 뜻하는 '그룸

(groom)' 은 15세기에는 '와인을 나르는 사환' 을 가리키는 말이었어요. 16세기에 '그루메(groomet)' 가 급속도로 '그루메(gourmet)' 로 변하여 '와인통을 배달하는 사람' 과 '와인 상인' 을 가리키는 말로 사용되었지요. 라블레, 몽테뉴[15], 생-타망[16]을 비롯한 우리의 위대한 선조들은 '미식가' 라는 데 자부심을 가졌던 반면, '감정가' 처럼 취급되는 것에는 분개했어요. 왜냐하면 감정가는 언어학적으로 '시종(侍從)' 과 관련되었기 때문이지요. 18세기가 되어서야 '감정가(gourmet)' 라는 말이 고상한 의미를 갖게 되었는데, 신흥 부유층들이 감정가들에게 와인 맛을 감정하는 소믈리에의 역할을 맡기면서부터예요."

"세계화 문제를 다시 얘기해보도록 하지요." 비즈레가 말했다.

"세계는 지구촌화되고 있어요. 사람들은 5분 만에 지구의 반대편 끝자락에 있는 사람들과 의사소통을 해요. 네모 선장[17], 필리어스 포그[18], 정복자 로뷔르[19]가 우리의 모델이 될 수 있어요!"

그후 어느 날, 비즈레가 사람들을 초청했다. 그의 아파트는 레스터 광장 쪽에 있었다. 서재를 제외한 아파트 벽면은 온통

15) 《수상록》으로 유명한 프랑스의 사상가이자 문필가(1533-1592).
16) 프랑스의 시인(1594-1661).
17) 프랑스의 소설가 쥘 베른이 1870년에 발표한 공상과학소설 《해저 2만리》의 등장인물. 이 책은 잠수함 노틸러스 호를 탄 네모 선장의 항해를 그리고 있다.
18) 쥘 베른의 《80일간의 세계일주》에 나오는 주인공.
19) 쥘 베른이 1886년에 발표한 장편소설의 제목이자 그 주인공 이름. 이 소설의 내용은 비행 전함 알바트로스 호를 타고 하늘 여행을 시작하는 로뷔르의 이야기이다.

고풍스런 도자기와 사기 접시로 뒤덮여 있어 마르세유와 무스티에르산 도자기에 대한 그의 애착을 보여주었다. 그랭구아르도 비즈레와 마찬가지로, 그림보다는 도자기나 접시를 걸어놓는 것이 훨씬 낫다고 생각했다.

"쥘 베른이 쓴 80여 편의 작품은 우리에게 무엇을 가르쳐줄까요? 기술의 진보야말로 인류의 가장 야심찬 기획을 완성시킬 수 있다는 것을 보여주지요."

에스코피에가 말했다. 그는 쥘 베른을 무척 좋아했다. 그의 서가에는 붉은색과 황금색으로 아름답게 장정하여 '헤첼 컬렉션'으로 출간된 베른의 거의 모든 작품들이 꽂혀 있었다.

세 미식가는 베른의 '경이의 여행' 시리즈에 나오는 그런 모험을 상상했다.

"전세계의 미식가들이 참여하는 경이로운 축제를 조직합시다."

범세계적인 잔치를 위해 요리하는 것은 에스코피에의 오랜 염원이었다.

"전세계의 미식가들과 어떻게 접촉하지요?"

잠시 생각에 빠져 있던 에스코피에가 되물었다.

"그런 걸 위해 〈에피쿠로스 수첩〉을 발행하는 것 아니겠습니까? 한 호를 특집으로 다루면 미식가 연맹과 축제 만찬을 위한 회원들을 모집할 수 있을 겁니다."

그랭구아르의 대답이었다.

"제 생각을 말해볼까요? 〈에피쿠로스 수첩〉에 구체적인 축제 일시와 레스토랑을 정해서 통고하는 거예요. 국적을 불문하고 미식가들을 규합하는 겁니다. 그러면 동일한 날, 각자 지정된 장소에서 모두가 똑같은 프랑스 요리를 맛볼 수 있을 거예요! 각 요리사들은 그곳이 스트라스부르건, 홍콩이건 상관없이 어디에서나 똑같은 메뉴를 만드는 매력에 빠져볼 수 있는 거지요. 식재료는 각 지방에서 나는 것을 사용하되, 요리사들은 에스코피에 선생님이 상세하게 제시한 방법을 따라서 지정된 요리를 만드는 겁니다. 이 축제는 진정으로 범세계적인 연회가 될 거예요. 비록 참가자들은 전신 부호를 통해 각자의 느낌을 교환해야 하겠지만……." 비즈레의 제안이었다.

그들은 나머지 시간 동안 이 '기상천외한 축제'에서 제기될 수 있는 문제점을 해결하기 위해 의견을 나누었다. 축제 만찬에 회식자로 참가하는 비용은 똑같이 매겨져야 했기 때문에 영국과 아일랜드 화폐를 기준으로 해서 13실링 6펜스로 결정했다.

"마지막까지 비밀로 해야 합니다. 그래야만 언론의 호기심을 자극할 수 있거든요. 미지의 것으로 남겨두어야만 사람들에게 신비감과 조바심을 유발시켜 눈길을 끌 수 있지요."

비즈레가 말했다. 그는 손가락을 입술에 갖다대는 동작을 사람들에게 일일이 되풀이하며 주의를 당부했다.

미식가 연맹, 영어로는 '에피쿠로스 연맹(영어에서 '에피쿠로스' 는 '매우 섬세한 미식가' 라는 뜻으로 쓰인다)' 의 창설을 알리는 〈에피쿠로스 수첩〉은 다음과 같은 지침을 공표했다. 첫째, '에피쿠로스 만찬' 은 5월 18일 런던의 세실 호텔에서 열릴 것이다(칼튼 호텔은 지나치게 폐쇄적이라는 평판이 있었고, 거기에서 에스코피에의 역할은 모호해 보일 수가 있었다). 둘째, 그날의 메뉴는 만찬이 열리기 열흘 전에 연맹에 가입한 요리사들에게 봉인된 편지를 통해 배달될 것이다. 편지를 받은 요리사들은 메뉴에 대해 아무에게도 알리지 말아야 한다. 즉, 요리 대회에 참여하는 요리사를 제외한 이들에게는 반드시 비밀에 부쳐진다. 이 규칙을 지키지 않는 자는 제명될 것이다.

〈데일리 메일〉, 〈모닝 리더〉, 〈데일리 익스프레스〉, 〈폴 몰 가제트〉 같은 신문들은 만찬 프로그램에 대한 기사를 싣고 싶었지만 연맹의 정중한 거절을 받아들여야만 했다. 그 결과 〈르 피가로〉, 〈르 주르날〉, 〈레클레르〉, 〈우에스트-에클레르〉, 〈리옹 레퓌블리캥〉을 비롯한 75개의 영국 지방 신문들은 만찬에 대해 호기심이 담긴 기사를 앞다투어 실었다. 긴장감은 곧 대중적 지지로 발전했다.

그러나 비밀은 곧 누설되었다. 〈르 마탱〉은 메뉴에 타유방이나 피둘의 방식을 따른 '도딘(dodine)' [20]이 들어간다고 밝혔다. 〈렉셀시오르〉는 그랭구아르가 이 메뉴를 국립 도서관에

20) 버섯과 가금류의 육즙으로 만든 소스를 사용한 가금류 요리.

소장된, 양이나 소 혹은 뱀의 피의 흔적이 묻어 있는 마법서에서 찾아냈다고 폭로했다. 〈레클레르〉는 메뉴가 부알로[21]와 몰리에르, 라 퐁텐[22]의 회식 자리에 제공된 요리라고 주장했다. 이 문제의 '도딘'에 대한 질문 공세가 쏟아지자, 그랭구아르는 다음과 같은 시로 대답을 대신했다.

그것은 우리가 낙원에서나 맛볼 수 있는 요리라네.
신이 신성한 요리를 만들고자 했지.
사람들아, 그것은 요리가 아니라 신성한 예술이라네.

지구촌 축제가 된 '에피쿠로스 만찬'

'도딘'이란 말은 어감이 좋았다. 그 말은 밤낮으로 들려오는 잔잔한 음악과 식욕을 돋우는 포동포동함, 안락한 위안 등을 환기시켰다. 에스코피에는 행복을 상징하는 의성어처럼 들리는 단어들을 높이 평가했다. 그는 이전에 큰 성공을 거둔 복숭아 요리에다 '멜바'란 이름을 붙이지 않았던가.

어떤 기자는 '에피쿠로스 만찬' 참석자들을 지칭하기 위해 '도딘을 먹는 사람'이라는 표현을 사용했다. 그리스의 전문가 중 한 사람은 그리스 철학자 에피쿠로스가 자신의 정원에

21) 프랑스의 시인이자 문학평론가(1636-1711).
22) 프랑스의 시인이자 우화 작가(1621-1695).

서 매달 연회를 개최했었다는 사실을 환기시켰다. 에피쿠로스의 정원에서 열렸던 이 연회는 그의 친구인 메트로도르를 추모하기 위해 베풀어진 것이었다. 연회장에 마련된 로베르소스와 밀감나무, 애도를 표시하는 실편백은 메트로도르의 영혼을 상징하는 것이었다. 에피쿠로스는 슬픔을 지우기 위해 환락적인 분위기를 만들고 싶어했다고 전해진다.

세실 호텔에는 300여 명의 등록자가 몰려들었다. 거대한 빅토리아 홀은 사람들로 발 디딜 틈조차 없었다. 남성 참가자들은 하나같이 깨끗한 와이셔츠 차림에 나비 넥타이를 하고, 가는 난초를 단추구멍에 꽂고 있었고, 여성 참가자들(여성 요리사는 열다섯 명당 한 명 꼴로 있었다)은 모자를 쓴 채로 길고 좁다란 테이블 앞에 서 있었다. 그들은 '국왕폐하 만세'[23]와 '라 마르세예즈'[24]를 부르며 박수로 연회를 시작했다.

그날의 만찬은 에스코피에에게 일종의 탈출구였다. 그날은 손님들의 특별한 취향을 걱정할 필요도, 식탁을 한껏 호화스럽게 꾸밀 필요도 없었다. 예외적으로 그는 자신의 요리를 타고난 미각을 소유한 사람들이 아닌, 미각 자체에 바쳤던 것이다. 그는 아무 겉치레 없이 마음가는 대로 요리를 만들 수 있었다. 그것은 데카르트식 요리였다.

"이 만찬은 '오르되브르 미뇽(hors-d'œuvre mignon)'[25]과 약간의

---

23) 영국의 국가(國歌). 원제는 'God save the King(Queen)' 이다.

24) 프랑스의 국가(La Marseillaise)

물새알로 시작할 겁니다. 이 요리들은 즐거움을 갖자는 것이지, 배를 채우자는 것은 아닙니다." 그가 그랭구아르에게 설명했다. "나는 《요리의 길잡이》에 '오르되브르란 일종의 매개물처럼 이해해야 하며, 그저 조그마한 케이크 정도의 조촐한 준비를 하는 것으로 만족해야 한다' 고 적어놓았어요."

"그 다음에는 '베아른 탕 요리'[26]와 살짝 데친 새우를 곁들인 바다 송어, 그리고 샹베르탱 와인으로 맛을 낸 오리고기 '도딘' 이에요. 이 요리의 비밀은 도딘이라는 이름이 꿈을 꾸게 만든다는 데 있지요. 실상 다른 요리들에 비해 그렇게 복잡하진 않지만, 문제는 구운 오리의 가슴살이에요. 얇게 저며 썬 살코기로 만든 스튜에 오리뼈를 갈아 넣고, 오리와 닭의 간, 버섯, 닭볏, 코냑과 샹베르탱에 담근 수탉의 염통 등을 넣는 거지요."

"도딘이란 말은 어디서 유래한 걸까요? 16세기 이후 그 말은 사람들을 열광시켰어요. 그 시대에 프랑스 베르테이악 지방의 숲에서 일하던 페리고르 지역의 광부들이 늑대인간인지 뭔지, 어쨌든 사람을 닮은 늑대를 잡았다는 소문이 파다했대요. 그들은 그 괴물을 커다란 항아리에 가두고 불을 지폈는데, 그런 종

---

25) 여기서 '미농' 이란 버터에 볶은 완두콩을 곁들인, 아티초크를 접시에 깔고 트뤼프를 편으로 썰어 장식한 고기완자를 말한다.

26) '베아른' 은 프랑스 남동부의 옛 지방명으로 에스파냐와의 국경인 피레네 산맥과 접하고 있다. '베아른 탕 요리' 는 햄, 배추, 당근, 감자, 완두콩, 파, 샐러리, 후추, 타임 등을 마르미트(양쪽에 손잡이가 달려 있고 뚜껑이 있는 냄비)에 넣어 끓인 수프이다.

류의 항아리를 도딘이라고 불렀던 모양이에요. 다음날 잿더미 속에서 그 도딘 항아리를 꺼내자마자 뚜껑이 열리면서 잡아넣었던 늑대인간이 울부짖으며 달아나버렸다는군요. 이에 광부들은 엄청난 충격을 받아 세 명은 그 자리에서 죽고, 나머지 역시 몸이 마비될 정도였다고 합니다."

"페리고르의 질그릇 제조자인 피에르 루주는 도딘을 잘 만들기로 유명했는데, 아마도 자신이 만든 도딘을 홍보하기 위해 이런 얘기를 꾸며냈을 거라고 합니다. 그가 만든 도딘은 늑대인간을 가두는 것보다는 돼지머리를 누르는 데 더 적합했다는 것이지요……."

"세월이 흐르면서, 도딘은 단지와 그 안에 넣어둔 고기를 가리키는 말로 변했어요. 이런 형태의 수사법은 후에 '제유법' 이라고 불리게 되었지요. 타유방의 《르 비앙디에》에 보면 도딘은 야생의 새나 가금류로 만든 스튜나 마찬가지예요. 레드 와인이나 우유에 넣어서 끓이지요."

"어쨌든 도딘 다음에는 좀더 단순한 요리가 문제로 나올 겁니다. '버터에 볶은 신선한 국수' 와 '보르도식 포이약[27]산 새끼양 요리' 를 만드는 거지요. 포이약의 양을 잘 기억해두세요. 이 양은 포도나무 잎을 뜯어먹고 자라는데 어미가 둘이에요. 왜냐하면 사육사들이, 아직 젖이 나오는 본래 어미양 옆

---

27) 보르도 지방의 마을로 와인과 양(羊) 생산지로 유명하다.

에 새끼를 빼앗긴 다른 암컷 양을 붙여주기 때문이지요. 포이약 지방의 양고기를 공급받지 못하는 외국 요리사들은 이와 비슷한 질의 양고기를 사용하면 되겠지요."

"다음에는—아마 우리 회식자들이 군침을 흘릴 텐데—신선한 완두콩과 오를레앙 영계 냉육, 디빈 아스파라거스[28], 그리고 '사랑의 사과'인 토마토와 상추 속대로 만든 샐러드이지요. '포모도로(pomodoro)'는 토마토를 가리키는 이탈리아어인데, 이 단어는 '사랑의 사과'를 뜻하는 '포모 디 아모레(pomo di amore)'를 축약시킨 말이랍니다."

"마지막은 '사라 베르나르 딸기' 디저트에요. 고급 샴페인에 담근 다음, 샹티이 크림과 섞은 후 오래된 퀴라소 리큐어 향을 첨가한, 으깬 딸기 퓌레를 덮는 것이지요. 파인애플 아이스크림 위에 딸기와 함께 이 딸기 퓌레를 얹어 내놓으면 아름다운 석양의 노을을 보는 듯한 느낌을 줄 겁니다. 거기에다 설탕을 뿌려 엷은 베일처럼 보이게 할 생각입니다."

"난 미나르디즈, 오리엔탈 커피[29], 최고급 리큐어에 대해선 별로 관심이 없어요. 나라면 샤블리 무톤[30] 1902년산 와인과 샹베르탱 클로 드 베즈 1887년산 와인[31]을 추천하겠어요. 거

28) 아스파라거스를 마늘 버터에 볶은 후 그 위에 레드 와인과 건포도로 만든 디빈(divine) 소스를 뿌려 내가는 요리.

29) 곱게 간 진한 커피 가루, 아라비아 고무 씨앗, 계피를 물에 넣고 끓인 후, 고운 체에 걸러내고 약한 불에서 다시 끓여, 설탕이나 생크림을 올려 내는 커피.

30) 부르고뉴에 속해 있는 샤블리 지역의 그랑크뤼(와인 중 최고급으로 치는 품계) 산지 중 하나인 무톤 영지에서 산출되는 화이트 와인. 우아한 담백색 혹은 황금색을 띤다.

기에다 뵈브 클리코 샴페인을 덧붙이면 더 좋겠지요."

식사가 시작되자마자 전보가 도착하기 시작했다. 한 회식자가 자리에서 일어나 사라 베르나르의 전보를 읽어주었다. "저는 여러분과 함께 있습니다. 아주 프랑스적인 이 멋진 파티에 저도 참가하고 있지요. 제 마음은 시의 친구들이자, 현실 속의 우아한 미식가들인 당신들을 향해 있습니다."

세실 호텔에서 벌어진 요리 경연과 똑같은 대회가 지구촌의 36개 도시에서 동시에 개최되었다. 똑같은 요리의 다양한 맛을 보기 위해 전세계에서 동시에 개최된 '에피쿠로스 만찬' 에는 사천 명이 넘는 사람들이 모여들었다.

에스코피에가 자신의 중요성을 지금보다 더 절실히 느꼈던 적은 일찍이 없었다. '하지만 얼마나 갈까?' 그가 자문했다. 어떤 신이 그를 이끄는 것처럼 느껴졌다. 하지만 그는 이미 에피쿠로스를 읽었다. 에피쿠로스는 신들의 존재를 부인했다. 즉, 신들이 인간의 존재에 대해 영향력을 끼치지 못한다는 것을 인정했다.

"아무리 맛 좋은 음식이라도 먹는 순서가 중요하다"

〈에피쿠로스 수첩〉은 '미식가 연맹' 에 가입한 224개의 레

---

31) 부르고뉴 지방의 샹베르탱 마을의 클로 드 베즈 영지에서 산출되는 레드 와인.

스토랑 리스트를 발표했다. 54개가 런던에, 8개가 뉴욕에, 나머지는 봄베이, 라오스, 상하이, 부에노스아이레스, 피츠버그 등지에 산재해 있었다.

'에피쿠로스 만찬' 초대 행사의 엄청난 성공에 힘입어, 〈에피쿠로스 수첩〉은 프랑스 요리를 비방하는 자들을 향해 격렬한 독설을 쏟아냈다. 우선 공격의 대상은 '슈발리에 파타' 라는 필명으로 미식과 관련된 칼럼을 쓰는 〈렉셀시오르〉 지의 편집장 피에르 라피트였다. 그는 이 만찬에 포트 와인, 셰리주, 굴, 그리고 산짐승 요리가 빠진 것을 유감스럽게 생각했다. 에스코피에는 그에게 편지를 보내 '미식가 연맹' 의 동기와 목적을 설명했고, 자신의 편지를 〈렉셀시오르〉에 게재해주기를 요청했는데 중요한 부분들이 삭제된 채 실렸다. 그랭구아르는 〈에피쿠로스 수첩〉의 사설을 통해 파타가 구상한 요리의 어리석음을 비난했다. "때론 파타가 구상한 요리를 실행에 옮기는 용감한 주부들이 있다. 그들을 볼 때마다 나는 프랑스가 영웅주의의 나라임을 느낀다." 그리고 그는 다음과 같이 결론지었다. "〈렉셀시오르〉는 요리를 평범한 것으로 다루거나, 학대하는 잡지이다."

〈에피쿠로스 수첩〉은 〈레클레르〉와 〈프티 주르날〉을 제외한 모든 잡지들을 공격했다. 〈아날〉 지의 편집장인 아돌프 브리송도 〈에피쿠로스 수첩〉의 화살을 피해 가지는 못했다. 아돌프 브리송은 〈프랑스 요리 방명록〉의 발행을 기획했는데, 정치가들과 문인들이 기고하는 형식으로 꾸밀 생각이었다. 필진 중에는 그랭구아르가 “꿀과 비소를 뒤집어쓴 얼간이”라고 부른 소설가 마르셀 프레보가 있었는데, 그는 ‘파탄(krach)에 이른 프랑스 요리’라는 글을 기고했다. 프레보는 요리만이 400~500년 전부터 꾸준히 발전을 계속해온 프랑스의 유일한 예술이라고 한 〈에피쿠로스 수첩〉의 이론에 반대하여 다음과 같은 글을 썼다.

“오늘날 유행을 좇는 레스토랑들과 부유한 가정의 식탁에는 똑같은 요리만이 올라온다. (중략) 의심쩍은 그 요리 메뉴에는 인공적인 소스와 시카고에서 제조된 육류들이 지배하고 있다. 이 육류들이란 결핵 걸린 소, 콜레라에 감염된 양 따위이고, 심지어 기계 톱니에 절단된 노동자의 토막난 살덩어리도 포함되어 있다. 황화 혼합물과 기관차의 더러운 기름에서 걸러낸 젤라틴을 덮어 장식한 앙트르메는 또 어떤가…….”

프랑스 학술원의 회원인 프레보가 첫 문장을 ‘크라흐(krach)’라는 독일어로 시작하며 글을 썼다는 사실에 대해 일단 유감을 표명하고 난 뒤, 에스코피에와 그랭구아르는 프레보에게 다음과 같은 사죄문을 요청했다. “우리는 모두 당신에 의해 명예를 훼손당했다고 생각합니다. 우리 가운데 가장 비천한 노동자조차도 당신에게 따로 사죄를 요구할 준비가 되어 있습니다……. 웨스트민스터 존슨 가 24번지 〈에피쿠로스 수첩〉 편집장 앞으로 회신을 부탁드립니다…….”

학술원 회원은 스핑크스처럼 묵묵부답이었다.

소년 시절부터 종려나무 밑에 앉아 '시 메뉴'를 구상했던 에스코피에는 요리 예술이란 훌륭한 제조법 못지않게 각 요리들 사이의 미세한 조화가 중요하다는 생각을 멈추지 않았다. 아무리 맛 좋은 음식이라도 먹는 순서가 잘못되면 의미가 없는 것이다! 그는 젊은 직업 요리사들을 위해 새로운 요리 개론서인 《메뉴책》을 1912년에 발간했다.

갈색 · 금색 · 흰색 소스, 그리고 가금류와 산짐승 고기를 번갈아 내놓을 것, 손님이 트뤼프나 양송이 버섯처럼 어떤 한 가지 식재료만을 계속해서 원하는 경우를 제외하고는, 요리 속재료를 중복해서 사용하지 말 것, 여성 고객들이 많을 경우에는 요리의 간을 너무 강하게 하지 말 것, 요리에 최대한의 주의를 끌기 위해 상황이 허락하는 한 간단한 메뉴를 선택하는 데 신경을 쓸 것, 앙트레를 제외한 요리는 칼로리가 높은 음식에서 낮은 음식 순으로 낼 것, 디저트 바로 직전에 가금류 고기의 연한 살과 차갑게 준비한 푸아그라를 제공할 것……. 이 외에도 수많은 조언이 거기에 담겨 있었다.

칼튼 호텔의 메뉴 대부분은 에스코피에가 구상한 것이었다. 하지만 그는 손님들이 갖고 있는 배타성에 대한 불만으로, 간혹 그들에게 상냥하게 대하지 못하는 적도 있었다. 자신들이 축적한 부 덕분에 요리에 관한 모험을 할 수 있었던 이 선택받은 사람들은 자신들의 식사를 기본적인 식재료 몇 가지로만 구성하라고 요구했다. 그들은 특히 캐비아, 트뤼프, 푸아그라, 민물가재, 바닷가재를 선호했다. 에스코피에는 다음과 같이 말했다. "육류 중에 양고기, 프라하식 고급 베이컨, 노루의 갈비살은 빠진 적이 거의 없다. 생선으로는 바다송어, 새끼가자미, 가자미가 주재료였고, 가끔 홍돔이 사용되었다. 요구사항은 사람마다 달랐지만, 메뉴의 대부분은 같은 재료를 사용했다."

칼튼의 손님들은 자신의 '신분'에 따라 음식을 먹었다. 따라서 에스코피에의 《메뉴책》은 그들을 위한 것이 아니었다.

타이타닉 호 요리사 유가족 돕기 활동

거대한 선체의 뱃머리에서 무언가 긁히는 소리가 찢어질 듯 들려왔다. 레스토랑 안에는 아침식사 준비가 한창이었다. 앤 여왕 시대 스타일의 테이블 위에 놓인 도자기와 크리스털 그릇들이 서로 부딪치며 쨍그랑거렸다. 호루라기 소리와 바삐 뛰어가는 사람들의 발소리, 사색이 된 사람들의 비명 소리가 그 미세한 소리를 덮어버렸다. 두 시간 반이 지난 후 오케스트라가 태연히 래그타임[32]을 연주했다. 기적적으로 살아남은 사람들의 증언이 서로 일치하지는 않지만 하여간 그들이 연주한 것은 '영국 국가'가 아니었다. 그 사이에도 뉴욕으로 향하던 거대한 타이타닉 호는 서서히 가라앉고 있었다. 첫 항

32) 재즈를 태동시킨 하나의 요소로서 '당김음(syncopation)'의 효과를 강조한 흑인 음악 양식. 1899~1917년에 미국 대중음악을 지배했다.

해를 시작한 그 거대한 초호화 여객선은 1912년 4월 15일 밤에 거대한 빙산과 충돌했다.

구명 보트는 턱없이 부족했다. 1,500여 명의 승객과 승무원들을 모두 태울 만한 자리는 없었다. 상상할 수 있는 가장 최악의 상황이 프랑스 레스토랑 요리사들을 기다리고 있었다. 치명적인 충돌이 발생하기 불과 세 시간 전에 그들은 일등석의 승객들에게 그리비슈 소스[33]를 덮은 연어 파테와 릴리 필레 미뇽[34], 샤르트뢰즈 리큐어[35] 향의 젤리 페슈를 제공하고 있었다. 이 배에서 일했던 요리사들의 지위는 안정적이지 못했다. 승객에도, 승무원에도 속하지 못했던 요리사들은 'M. 가티'라 불리는 단 한 명에 불과한 감독관의 관할 아래에 있었다. 그럴듯한 신사복을 입은 가티는 구명 보트에 올랐지만, 구조지휘반은 가티의 고용인들을 갑작스럽게 화물칸 바닥에 있는 그들의 숙소로 몰아넣어 버렸다. 화이트 스타 선박 회사는 실종자 명단에 그 불확실한 상황에 처해 있던 요리사들의 이름을 올리는 것을 빠뜨렸다.

〈에피쿠로스 수첩〉은 이러한 망각을 범죄로 여기고, 그들

---

33) 완숙 달걀 노른자, 겨자, 식초, 올리브유로 만든 마요네즈 소스로 달걀 흰자, 피클, 허브 등을 첨가한다.

34) 버터 와인 소스를 곁들인 안심 스테이크를 푸아그라, 트뤼프와 함께 버터에 익혀 얇게 썬 감자 위에 올려놓는다.

35) 130여 종의 약초를 넣어 만드는 리큐어. 1672년에 프랑스 그르노블 근처의 '샤르트뢰즈(chartreuse)'라는 수도원의 유능한 약사였던 제롬 모바크가 이 리큐어를 만드는 데 성공했다.

이 잠든 고요한 바다 위에 붉은 꽃 한 송이를 던졌다. 에스코피에와 그랭구아르는 화이트 스타 선박 회사의 부주의를 비난하면서 실종된 주방장 피에르 루소와 열두 명의 조리사들 사진을 게재했다. 그러나 파리의 언론들 역시 〈레클레르〉 지와 〈프티 주르날〉 지를 제외하고는 모두 침묵했다.

에스코피에는 런던에 있는 노트르담 성당에서 그들을 추모하는 종교 집회를 조직했고, 타이타닉 호 요리사의 유가족 돕기 의연금 모집 활동에 나섰다. 인도주의적 활동은 그의 지대한 관심사였다. 그는 또한 수석 주방장의 강제 퇴직에 항의하며 동맹 파업에 들어간 크리테리온 레스토랑의 요리사들을 옹호했으며, 저임금 견습생들의 불이익에 항의하며 업주들의 횡포와 맞서 싸웠다.

제2회 '에피쿠로스 만찬' 이 1912년 7월 24일에 열렸다. 그것은 요코하마 그랜드 호텔을 포함한 50여 개의 레스토랑에서 동시에 개최되었다. 런던의 만찬은 프린스 레스토랑에서 열렸는데, 이 레스토랑의 주방장은 니스 출신으로 그의 이름은 천재 요리사로서의 자기 운명을 미리 예고하듯 '쥘리앙 제니'[36]였다. 메뉴는 시금치, 트뤼프, 양송이, 바닷가재, 치즈를 넣어 만든 '장 리슈팽[37] 가자미 필레 파테' 였다. "배합은

---

36) 제니(Genie)는 프랑스어로 '천재' 라는 뜻이다.

37) 프랑스의 시인 · 극작가 · 소설가(1849-1926). 대담하고 거칠며 날카로운 언어로 사회의 하층 계급의 생활을 주제로 작품을 썼다.

완벽했다. 회원인 프랑스의 어느 주방장은 독일 남동부 바이에른 지역에서 온 한 참가자가 그 필레에 소금을 뿌리는 것을 보고 눈가에 눈물이 맺혔다"고 〈스탠더드〉 지의 한 기자가 목격담을 전했다. 식사가 끝나갈 무렵 말버러 공작 부인은 음유시인처럼 요리에 대한 칭찬을 늘어놓았다.

제3회 '에피쿠로스 만찬'을 치른 후부터, 미식가 연맹은 문턱을 대폭 낮추었다. 부다페스트나 알제리 같은 곳에서는 런던과 동일한 품질의 식재료를 찾기가 어려웠기 때문이다. 요리사들 스스로, 과제로 주어진 요리와 거의 유사한 음식을 만들면 되도록 자유를 허용한 것이다. 〈에피쿠로스 수첩〉은 가장 관심을 끌었던 열두 가지 요리 목록을 게재했다.

에스코피에가 재발견한 도딘은 세계 각처로 퍼져나갔다. 페슈 멜바처럼 도딘은 라뤼 레스토랑, 파리 카페, 카페 부아젱 등 유명 레스토랑에서 무시할 수 없는 메뉴가 되었다. 도딘은 전설이 되어버렸다. 한 일본 요리사는 자신이 만든 도딘이 거장의 처방에 부합하지 않는다고 주장한 도쿄의 한 은행가를 고소하기도 했다.

새로운 요리의 수호 성인에 관하여

17세기의 시인, 마르크-앙토넹 지라드 드 생-타망은 무척이나 모험적인 인생을 살았다. 어린 시절 그는 세네갈, 스페인의 카나리 군도, 포르투갈령인 아소레스 군도와 미국을 여행했는데, 그가 인도까지 갔었다고 추정하는 사람들도 있다. 생-타망은 스페인의 레랭 군도를 탐험했던 아르쿠르 공작의 원정대에 참가했으며, 스페인과 이탈리아에서 외교 임무를 수행하기도 했다. 폴란드와 스웨덴의 궁정에 머문 적도 있었던 그는 학술원 회원으로 일생을 마감했다. 서정적이고 장렬하며 익살스럽고, 묘사에 충실하면서도 희화적인 그의 시편은 수많은 사람들에게 사랑받았다. 그의 시를 "술지게미로 잔뜩 취해 구토가 날 것 같은 시"로 단정한 부알로는 본받지 말아야 할 대상으로 그의 시를 인용하면서 "부조리로 가득 한 시"라고 비난하기도 했다.

반쯤 황홀경에 빠진 상태로
나는 어둠 속을 떠도는
침묵의 날개 소리를 듣네

하지만 세월이 좀더 지난 후, 식견 있는 지식인들은 이 삼행시가 "매우 미묘하고 신비로운 걸작"이라고 평가하였다. 테오도르 그랭구아르도 여기에 속하는 사람이었다. 그는 생-타망을 "당대의 가장 위대한 서정시인이자 어쩌면 모든 프랑스 시인들 가운데 가장 프랑스적인 시인"이라고 평가했다.

'뚱보' 생-타망은 대식가와 관련된 몇 편의 글을 남겼고, 자신이 종종 나무 더미 위에 앉아 파이프를 즐겨 피우곤 했던

술집을 찬미했다. '대향연' 이라는 제목의 시가에서 그는 친구들과 함께한, 한계를 넘은 탐식에 대해 말하고 있다. 또 다른 시는 다음과 같이 끝난다.

바쿠스 신[38]이 모든 범죄를 만들어내듯
시를 빚어내는 자는
심연이 꼬치구이 속에 있기를 바라는
선량하고 품위 있는 뚱보라네.

몇 편의 비가에서 그는 6세기 말 '라벤' 이라는 도시에서 태어난 이탈리아 시인인 성 포르튀나를 칭송한다. 라벤에는 성당이 하나 있는데, 이 성당은 짙은 푸른 색이 아침이면 은빛으로 물드는 황금빛과 조화를 이룬 아름다운 비잔틴식 모자이크로 유명했고, 성당 안에는 수많은 독실한 신자들이 지나가는 모습을 굽어보는 성 마틴 입상이 있다. 이 신자들 가운데 한 명이었던 시인의 이름은 포르튀나였다. 맹인이 될 정도로 심각한 안질로 고생하던 그는 성 마틴 입상의 발밑에 놓여 있던 램프 기름으로 두 눈을 문질렀는데, 기적적으로 완치되었다. 이후 그는 성인들의 무덤이 있는 투르의 순례길에 올랐

38) 로마 신화에서는 '바쿠스', 그리스 신화에서는 '디오니소스' 라고 한다. 그리스 · 로마 종교에서는 '풍작과 식물의 성장을 담당하는 자연의 신' 으로, 특히 '술과 황홀경의 신' 으로 알려져 있다.

다. 이를 계기로 포르튀나는 프랑스에 정착하여 '푸아티에'라는 도시의 주교로 활동했고 성녀 라데공드[39]의 전속 사제를 지내다가 생을 마감했다.

에스코피에와 그랭구아르는 성 포르튀나의 시편들을 찾아내 〈에피쿠로스 수첩〉에 게재했다. 라틴어 번역본인, 완전히 '디오니소스적이며 미식가의 견지에서 쓴' 그의 글은 사람들의 호기심을 끌어낼 만한 모든 요소를 가지고 있었다.

"풍미 가득한 요리로 채워진 접시들이 언덕처럼 쌓여 있었다. 식탁보는 그 언덕의 잔디였으며 물고기들이 헤엄치는 기름은 그 언덕을 흐르는 강이었다……. 각각의 요리는 다양한 금속 그릇에 담겨 있었다. 은 접시에는 두툼한 고기가, 대리석 그릇에는 야채가, 유리 그릇에는 날짐승 요리… 이런 식이었다. 바닥에는 수많은 꽃을 뿌려놓아 마치 초원 위를 걷는 듯했다. 훌륭하기 이를 데 없는 고기 더미가 마치 산처럼 솟아 있었고, 그 옆에는 땅과 물에서 나는 가장 감미로운 재료들로 만든 스튜가 높은 언덕처럼 군데군데 튀어나와 있었다."

또한 포르튀나는 6세기의 한 회식자가 보인 반응을 다음과 같이 기록하였다. "친애하는 친구들이여, 무척 혼란스러운 내 영혼으로 인해 자유롭게 내 생각을 표현하는 것이 어렵다네. 취기가 내 손을 불안정하게 하는군……. 식탁마저 와인

39) 프랑크의 여왕(520-587). 클로테르 1세의 부인.

속에서 춤추는 것 같군……. 그토록 많은 생선을 먹다니! 내 배는 임신한 여자처럼 부풀어 더부룩하다네……."

에스코피에와 그랭구아르는 이와 같이 엄청난 음식으로 뒤덮인 식탁을 묘사하여 후세에 그 기록을 남긴 성 포르튀나를 성 로랑[40] 대신 요리사들의 수호 성인으로 삼고 싶어 급기야 그 생각을 요리사들에게 제안할까 했다. 오래 전부터 그들은 로마의 성인인 성 로랑을 요리사들의 수호 성인으로 선택한 것이 불행의 시초였다고 생각해왔다. 사람들이 그에게 교회의 보물이 어디 있냐고 물었을 때, 그는 가난하고 불쌍한 병자가 곧 교회의 보물이라고 말했고, 결국 화형대에서 처형되었다. 그랭구아르는 다음과 같이 썼다.

"결국 자기 자신도 불에 구워진 성 로랑의 방패 뒤에 있으려 했다니, 얼마나 어리석기 짝이 없는가! 수백 년 동안 열성적인 크리스천 요리사들은 이 자칭 수호 성인에게 끊임없이 기도했지만, 저 높은 하늘에 있는 이 수호 성인은 그들을 향한 저주를 막아줄 힘이 전혀 없었다. 그들의 기도는 한번도 이루어지지 않았고 그들의 바람은 실현된 적이 없었다. 요리사 조합의 영향력은 갈수록 줄어들고야 말았다. 그러니 이제, 무릎을 꿇자. 형제들이여! 당신들이 알아보지 못했던 성인들

40) 스페인 출신의 로마 부사제. 258년 가톨릭 박해가 일어났을 때, 교회의 보물들을 팔라고 명령하고 가난하고 병든 자들을 교회로 오게 했다. 이 일로 감옥에 갇히는 벌을 받았다.

앞에! 당신들의 기도를 라데공드 성녀에게 올리라. 그녀는 프랑스의 왕녀이자 요리사들의 여왕이었다. 성 포르튀나에게도 기도하라. 그는 라데공드 성녀의 용맹스런 주교이자 지혜로운 조언자였고 매우 겸허한 선생이었다……."

제5회 '에피쿠로스 만찬'이 성 포르튀나 축일인 12월 14일에 열렸다. 메뉴는 에스코피에가 정하지 않고 각 수석 요리사들이 알아서 정하도록 맡겨두었다. 새로운 수호 성인에 대한 경외는 개인적인 문제였으므로 그들 각자가 경외를 표시할 수 있게 배려한 것이었다. 런던의 만찬은 '로열 카페'에서 열렸다. 디저트가 나오자 50여 명의 참석자들은 그랭구아르가 지은 '할렐루야' 성가를 일제히 따라 불렀다.

우리 모두 위대한 성인을 칭송하세
그는 포교하는 동안
요리사들을 축성했다네
그가 만들어낸 양배추 수프,
요리 위의 달걀, 거위 소시지는
그 얼마나 훌륭한지
성 포르튀나여!

물론 반대하는 사람들도 있었다. 그들 가운데에는 에스코피에와 함께 《요리의 길잡이》를 출간했던 엄격주의자 에밀 페튀도 있었다. 성 로랑을 수호 성인의 자리에서 밀어내는 것은 그에겐 너무 과격한 처사처럼 보였던 것이다. 결국 그들은 서로 조금씩 양보할 수밖에 없었다. 그후부터 요리사들은 두 수호 성인을 가지게 되었다. 여름과 겨울로 나누어……. "여기에 반대하는 사람은 미식가가 아니다"라고 에스코피에는 결론지었다.

제7회를 맞이한 '에피쿠로스 만찬'이 1913년 2월 18일 세계 각지의 127개 레스토랑에서 성대히 막을 올렸다. 그날은 프랑스의 새로운 대통령 레몽 푸앵카레[41]가 엘리제 궁으로 입성하는 날이기도 했다. 그랭구아르는 이날의 메뉴를 "황홀한 한 편의 시"라고 평가하면서 다음과 같이 기록했다. "그는 새로운 시대를 열 것이고, 미래의 역사가들은 이 메뉴를 분명 귀중한 사료로 받아들일 것이다. 프랑스식 포토푀, 모젤 화이트 와인에 익힌 송어, 베이컨, 상추, 오리고기와 오렌지 소스, 바리굴식[42] 아티초크, 로렌 지방식 무스, 코메르시 마들렌(madeleine)[43]… 대부분의 요리는 대통령이 로렌 지방 출신임을 상기시키는 것들이었다. 거기에는 독일의 위협에 맞서는

---

41) 프랑스의 정치가(1860-1934). 1912년 총리가 되어 제1차 세계대전에 대한 프랑스의 참전 정책을 주도적으로 이끌었고, 전쟁 동안에는 제3공화국 대통령을 역임했다.

42) 양파와 버섯을 다져넣는 방식.

43) 조가비 모양을 한 프랑스의 티 케이크. 가장 널리 알려진 마들렌의 기원은 18세기 코메르시에 살던 페스추리 요리사 마들렌 포르미에 의해 발명된 것이다.

푸앵카레의 정치력을 고양시키고자 하는 바람의 표시도 있었다. 런던의 모니코 레스토랑 르네상스 홀에서는 에스코피에가 직접 발표한 '푸앵카레 영계 요리'가 주목을 끌기도 했다. 오케스트라는 라 마르세예즈를 연주했고, 참석자들은 일어서서 "푸앵카레 만세! 프랑스 요리 만세!"를 함께 외쳤다.

〈벨기에 인디펜던스〉 지는 에스코피에에게 호감을 갖고 있는 암호 해독가 모리스 데 종비오가 바닷가재, 닭볏, 트뤼프, 제노바식 파르메산 치즈 조개 파테와 함께 베샤멜 소스로 맛을 낸 영계 요리에 대해 분석한 글을 게재하였다. "바닷가재는 강렬한 프랑스 국기 색깔을 띠며, 닭볏은 위대한 사상을 옹호하려 할 때 항상 제일 먼저 일어나는 골루아 민족의 닭을 상징한다. 또한 제노바의 조개와 파르메산 치즈는 마자랭[44]과 동향인인 푸앵카레 영부인에 대한 경의를 나타낸다."

제1차 세계대전의 위기

매서운 비바람이 에스코피에의 비통한 심정을 더욱 부추겼다. 이 침울한 1913년 4월에 그는 칼튼 회사의 중역실에서 열린 갑작스런 회의에 참석하고자 런던을 방문했다. 그는 자신을 기다리는 것이 무엇인지, 그리고 어떻게 일을 이성적으로

---

44) 이탈리아 태생의 프랑스 총리이자 추기경(1602-1661).

처리해야 할지를 알고 있었다. 예순일곱의 나이에도 그는 모든 곤란한 상황을 극복해나가려는 강인한 의지를 가지고 있었다. 그는 즐거운 마음으로 요리와 관련된 수많은 전지구적 행사를 주관했고—예를 들면 프로방스 요리 애호가 모임인 '베노 다이에트('마늘쪽' 이라는 뜻) 협회' 일 등—일주일에 하루는 완전한 휴일로 해줄 것을 요구하는 크리테리온 레스토랑, 스태퍼드 호텔, 사보이 호텔의 동맹 파업을 열정적으로 지지했다.

"내가 오늘은 정말로 무능하게 느껴지는구먼!" 비에 젖은 우산 속에서 발걸음을 재촉하며 그가 투덜거렸다.

"배는 곧 준비될 겁니다. 에스코피에 선생님, 당신은 가능한 한 빠른 시일 내에 요리 계획만 짜면 됩니다." 칼튼 회사의 한 이사가 그에게 설명했다.

칼튼 회사는 함부르크 아메리카 게젤샤프트 여객선들 가운데 막내뻘인 '임페라토르' 호의 일등선실 레스토랑을 운영하고 있었다.

"행사는 7월 6일입니다. 만찬에는 당신의 훌륭한 친구인 독일 황제가 참석할 테니 능력 이상을 보여주셔야 합니다."

에스코피에는 눈을 깜박거렸다. 독일 황제는 그의 친구였던 적이 없다. 발칸 반도에서 최근에 발생한 일련의 사태들은 유럽을 유린할 군화 발자국 소리의 전조처럼 보였다. 칼튼 회사의 주주들은 이러한 징후에 대해 별 관심을 기울이지 않았다. 그들에게 이런 사태는 그저 '사태'에 불과할 뿐이었다.

에스코피에는 델핀과 몇몇 친구들에게 자신의 문제를 설명하기 위해 편지를 썼다. "어쩌면 내일 당장 우리를 가장 위협하는 적이 될지도 모르는 사람들을 위해 요리를 만든다는 것은 적절한 짓이 아닌 것 같아. 사직해야 할까?" 그가 받은 답장들은 묘한 뉘앙스를 풍기고 있었다. "하나의 유럽 공동체가 그려지고 있으니, 전쟁은 아마 일어나지 않을 겁니다……. 사직을 하게 되면 당신과 계약을 맺고 있는 칼튼에 화살이 돌아가게 될 거예요. 오히려 수동적인 방어가 좋을 듯합니다. 피곤하다는 핑계를 대고 다른 사람을 보내세요……. 자신을 속이지 마세요! 어찌 됐든 당신은 비난받을 거예요. 만약 제안을 받아들인다면 친독파로 비난받을 것이고, 거절한다면 프랑스 요리의 대변인인 당신이 사적인 이유 때문에 프랑스 요리를 배신했다고 할 테니까요."

에스코피에는 제대로 잠을 이룰 수가 없었다. 사보이 호텔에서 나온 후 그는 이처럼 곤란한 입장에 처한 적이 거의 없었다. 그는 '헨젤과 그레텔', '타르틴 여신의 성', 그리고 '그 성의 출입을 금했던 아버지'의 꿈을 차례로 꾸었다.

아침에 일어났을 때, 그는 제안을 거절하기로 결정했다. 에스코피에가 거절하더라도 보조 요리사들 가운데 한 명이 그의 자리를 대신 맡게 될 것이기에 그는 자신의 결정이 받아들여지지 않으면 사임하기로 마음먹었다. 이런 생각을 하며 면도를 하다가 그는 그만 볼을 베었다.

그러나 에스코피에는 고뇌에 찬 마음으로 쿡스하펜을 방문할 수밖에 없었다. 베를린의 에스플라나드 호텔의 옛 주방장인 샤를 리세르가 그와 동행했다. 북해는 잿빛이었고 황량했다. 백색으로 부서지는 거센 파도가 비스듬히 누운 뱃전을 때려댔다. 독일 땅이 가까워오자 끼익끼익 우는 흰 갈매기들이 검은 하늘에 줄무늬를 만들며 날아다녔다.

"프랑스는 전쟁을 위해 100억을 풀었고, 독일은 80억만 썼지요. 우리 프랑스가 러시아에 대출한 6억으로 러시아는 서유럽을 잇는 철도를 만들 수 있기에, 그것이 완공되면 러시아 군대는 서부로 신속히 파견될 수 있을 것입니다……. 걱정할 필요 없어요." 리세르가 말했다.

쿡스하펜 선착장에서 그들은 독일군의 숫자가 62만 3,000명에서 82만 명으로 증강되었다는 내용의 신문기사를 보았다.

에스코피에가 독일 황제를 처음 만난 것은 7년 전이었다. 그 당시 '아메리카' 호는 부두에 머물러 있었고, 황제 빌헬름 2세는 그곳에서 단 한 끼의 식사를 했을 따름이다. 이번에 임페라토르 호는 헬골란트 섬으로 유람을 떠났다. 헬골란트 섬은 독일이 영국에 잔지바르[45]를 주는 조건으로 획득한 영토였다. 황제와 수행원들은 선박에서 점심, 저녁을 먹고 잠도 거기에서 잘 예정이었다. 배는 아침 열 시에 닻을 내렸고, 정오가 되면 산해진미가 가득한 점심식사가 나왔다.

그저 우연이었을까? 이번에 준비한 에스코피에의 메뉴는 균형이 잡혀 있지 않았다. 《메뉴책》의 어떤 구절들은 그것을 변명하는 듯 보이는데, "협약과 예의범절이 큰 역할을 차지할 때, 요리의 역할은 줄어든다"와 "완전무결한 메뉴는 주인과 손님의 정신 상태와 조화를 이루며, 거기에서 영감을 얻고, 또한 그것을 반영한다"라는 문장이 그것이다.

에스코피에는 황제측 연회자들의 정신 상태에서 큰 영감을 받지는 않은 것 같았다. 그는 무질서하게 정한 듯 뒤죽박죽인 메뉴를 내놓았다. 러시아식 오르되브르와 캉탈루 멜론에 이어서 묽은 포타주와 걸쭉한 포타주, 황제 바닷가재 파이, 마디라 와인과 햇시금치를 넣은 베이컨 무스, 젤리 오리 도딘과 기묘하게 결합시킨 오를로프 송아지 엉덩이살 요리, 타라곤 소스의 닭고기 테린(terrine)[46], 일본식 과일 샐러드, 산딸기 수플레 글라세[47]가 차례로 나왔다.

헬골란트의 붉은 사암으로 뒤덮인 환상적인 절벽이 나타난 덕분에 디저트 시간이 줄어들었다. 한 무리의 사람들이 화가 카스파 프리드리히에게 많은 영감을 제공했던 기괴한 바위

---

45) 이 섬나라는 1964년까지 잔지바르 공화국이라는 독립 국가였으나 후에 탄자니아로 귀속되었다. 페르시아어로 '검은 해안'이란 뜻이다.

46) '테린'이란 뚜껑 달린 도제 용기에 담아 조리한 파테를 말한다.

47) '수플레 글라세'는 수플레 재료를 굽지 않고 차게 해서 굳힌 것.

덩어리를 보기 위해 다리 위로 올라갔다.

황제는 그가 방금 시식한 요리를 만든 사람을 만나고 싶다는 의사를 전달했다. 다음날 아침 열 시, 황제를 접견한 자리에서 에스코피에는 독일과 프랑스가 좀더 우호적인 관계를 유지했으면 좋겠다는 자신의 바람을 전했다.

"그것은 내가 간절히 바라는 바일세!" 황제가 말했다.

"별로 믿을 만한 대답은 아니었다네." 프리즈랜드의 수려한 섬들이 줄지어 지나가는 귀환길에 에스코피에는 작곡가 스코토에게 그렇게 말했다.

"난 그의 말을 믿지 않아. 빌헬름 2세는 상대를 기쁘게 해주어야 한다는 강박관념 때문에 수다를 떨면서 아무 말이나 내뱉어버린 걸세. 그의 가슴 밑바닥에서는 평화에 대한 꿈을 갖는 것이 불가능했을걸세. 그는 허세의 포로더군."

1913년 7월 19일, 바르투[48] 법안이 표결에 부쳐졌다. 이 법안은 독일 군대의 증강에 맞서기 위한 것으로, 징집 대상자는 프랑스 국기 아래서 3년간 의무적으로 군 복무를 해야 한다는 내용이었다. 이 법안이 통과되자 사람들은 화산 아래서 벌어지는 무도회에 참여한 듯이 행동했다. 사람들은 애써 즐겁게 보이려

---

48) 프랑스의 보수 정치가(1862-1934). 1913년 3월부터 12월까지 총리로 있는 동안, '3년간의 병역의무 법안(바르투 법안)'을 통과시켰다. 1934년 프랑스를 방문한 유고슬라비아의 왕 알렉산다르와 함께 암살되었다.

했다. 그리모 드 라 레니에르가 〈미식 연감〉을 위해 서정시인 들에게 시편을 요구했듯이 에스코피에와 그랭구아르는 〈에피쿠로스 수첩〉의 독자들에게 '시 경연 대회'를 제안했다. 상품으로는 샴페인과 와인, 툴루즈 · 페리고르 · 스트라스부르산 항아리 저장 고기, 브레스 지역과 루아르 강 근처의 도시인 라플레쉬산 트뤼프를 넣은 영계 요리를 준비했다. 그랑프리 상품은 최고급 부르고뉴 와인 한 통이었다. 수백 편의 시들이 칼튼 호텔이 있는 존슨 가에 도착했다.

"요리는 감미로운 사랑으로 피로를 풀어준다네. 지상의 누구도 요리사만은 못하리…"라고 수상자는 노래했다. 또 다른 수상작으로는 풍부한 각운을 살린 시('북처럼 부푼 스트라스부르의 통통한 파이')나 아래의 '굴 찬가' 같은 시가 있었다.

그대 없는 겨울은 파올로 없는 프란체스카이자,
엄청난 두통으로 홀로 우는 천사라네.
입가에 침을 고이게 하는 눈부시게 황홀한 마렌[49]의 왕녀여!

1914년 6월 7일에 개최된 '에피쿠로스 만찬'에는—마치 임박한 전쟁에 대한 액막이라도 하려는 듯—기발한 명칭들의 요리가 선보였다. '가재꼬리와 연어가 들어간 콜롱빈[50] 샐러

49) 굴이 많이 나는 프랑스의 한 지방.
50) 광대인 피에르의 연인 이름.

드', '희고 통통한 뿔닭', '아스파라거스와 미디네트[51] 소스'…….

8월 1일, 독일은 결국 프랑스의 동맹인 러시아를 침략했다. 영국 정부는 모든 군사 지원을 거부했다. 에스코피에는 다시 사직을 고려했다. 8월 3일, 독일은 프랑스에 선전포고를 했다. 4일에는 영국이 참전을 결심했고, 다소 안심한 에스코피에는 주방을 순찰하러 내려갔다. 사실 그는 일요일에는 주방에 거의 들어가지 않았다.

새벽 두 시가 가까운 시각이라 주방에 남아 있는 사람은 거의 없었다. 램프 불빛 아래에서 한 견습생이 책을 읽고 있었다. 24세 청년의 누르스름한 얼굴은 몹시 야위고 메말라 보였다. 그의 눈매는 매우 날카로워 쉽게 접근하기 힘든 인상을 풍겼다. 그는 인도차이나 반도에서 건너온 청년이었다. 사람들이 그를 적극 추천했고, 그는 정말로 성실하게 일을 잘해냈다. 그의 이름은 호치민[52]이었다.

"무엇을 읽고 있지요?"

에스코피에가 물었다.

그가 보여준 책표지에는 카를 마르크스와 프리드리히 엥겔스의 이름과 《자본론》이라는 책제목이 박혀 있었다. 에스코

51) '미디네트'는 감상적인 처녀, 소녀, 파리 옷 가게의 젊은 여점원 등을 가리키는 말.
52) 인도차이나 공산당의 창설자, 베트민(Viet Minh: 베트남 독립동맹)의 동맹원, 베트남(북베트남) 민주공화국 대통령(1890-1969).

피에는 그 책을 읽어보지 않았지만, 1845년에 출간된 엥겔스의 《영국 노동 계급의 상태》는 알고 있었다. 에스코피에는 《빈곤 퇴치를 위한 구제사업 계획서》의 몇 가지 제안들을 보완하기 위해 그 책을 참고했었다.

"좋아요. 하지만 지금은 잠을 자야 해요. 그렇지 않으면 내일 아침에 피곤해서 일을 못할 테니까."

문을 나서다가 그는 다시 호치민을 되돌아보았다.

"프리드리히 엥겔스의 행복에 대한 정의를 알고 있나요?"

"샤토 마르고 1848년산 와인 한 병이지요."

에스코피에는 그의 대답이 옳다는 생각이 들었다.

엘리베이터 안에서 그는 이 심부름꾼이 앞으로 어떤 사람이 될지를 상상해보았다. 혹시 자기처럼 요리의 황제가 되는 건 아닐까?

8부

요리는 무엇이든 할 수 있다

(1914-1930)

진정한 단순함은 선과 미를 결합시킨다.

– 플라톤(《국가》)

아들 다니엘의 죽음

런던은 더위로 몸살을 앓고 있었다. 아파트 5층의 창문들은 활짝 열려 있었고, 가끔씩 택시의 폭좁은 쥐색 타이어가 끼익대며 정차하는 소리가 들려왔다. 에스코피에는 아들 폴을 두 팔로 꼭 껴안았다. 폴은 프랑스로 떠나 국민군에 입대하게 된다. 그는 서른네 살의 이상주의자였고, 아버지와 함께 재정의 일부를 투자하여 정부가 전쟁용으로 발행한 국채를 매입하였다.

폴은 영어와 프랑스어를 동시에 구사하는 사람을 필요로 하는 영국 군대에 편성되었다. 육군 대위로 진급한 그는 불로뉴-쉬르-메르 지역의 휴양시설을 감독하는 임무를 맡게 되었다. 폴의 동생 다니엘은 아르덴 지방에서 싸웠다. 스물아홉인 그는 알프스의 제363보병 연대에서 중위로 복무했는데, 이미 이탈리아 출신 성악가와 결혼하여 그 사랑의 결실로 네 명의 자녀를 둔 상태였다. 다니엘의 아내는 독창회 때문에 모나코에 왔다가 다니엘을 만나 사랑에 빠졌고, 그 당시 갓 성인이 된 다니엘은 부친의 동의를 얻어 그녀와 결혼했다.

“사랑할 기회가 왔을 때는 그 기회를 놓치지 않기 위해 모든 노력을 기울여야 한단다”라고 그의 부친은 항상 얘기하곤 했다. 1914년 11월 말, 다니엘은 정복을 갖추어 입고 돌격 작전에 투입되었다. 맞은편에서 낙타 사냥용 망원 소총을 들고 있던, 바이에른 지방의 뛰어난 사수는 금 장식과 붉은 바지를 입은 장교는 모두 겨냥하라는 명령을 받았다. 그가 발사한 총알은 정확히 다니엘을 명중했다. 모로 대위의 펜 끝에서 흘러나온 그의 죽음에 대한 이야기는 런던에서 발행되는 프랑스 일간지 11월 30일자 〈레코 드 프랑스〉 지의 제1면에 실렸고, 그의 어머니는 저 세상으로 간 아들에게 시를 헌사했다.

아들아! 나는 아직도 너의 사랑스러운 어린 시절을,
한낮의 청명함에 크게 열린 너의 아름다운 눈을 본단다.
나는 너의 강렬한 목소리와 사랑스런 입술을 듣는단다.
너는 자연과 사랑을 노래하면서 몸을 떨었지.
너는 이제 프랑스 국기로 수의를 입은 채 잠들었구나.
대포 소리마저도 더는 너를 움직일 수 없구나.

그녀는 다니엘의 아내와 두 명의 손자 그리고 두 명의 손녀를 페르낭 빌라로 맞아들였다. 거기에는 이혼한 여동생의 두 아이와 아직 미혼인 딸이 살고 있었다. 다니엘이 죽자, 에스코피에는 칼튼 호텔에서 일하며 모나코에 있는 아홉 명의 가족을 부양하게 되었다.

아들의 죽음으로 비탄에 빠진 에스코피에는 호텔 살롱과 레스토랑 홀에 나타나는 것을 삼가고 자기 사무실에 칩거했다. 사라 베르나르가 그에게 장문의 편지를 보내왔고, 그녀의 친절에 감동한 그는 며칠 동안 그 편지를 뜯을 수조차 없었다.

사람들은 그가 슬픔을 이겨내고 활기를 되찾으려고 하는 모습을 주방에서 찾아볼 수 있었다. 그는 무척 할 일이 많았다. 전쟁은 그의 메뉴와 요리법에 대한 것을 다시 한 번 생각하게 만들었다. 영국 정부는 정량 배급을 실시했고, 보급 물자의 티켓을 발행했으며, 일주일에 이틀은 고기와 감자 배급을 끊었다. 젊은 시절, 에스코피에는 장교들을 위해 그라블로트식 토끼 요리와 메스식 파테를 고안해냈고, 현재의 그는 아직까지 판매가 자유로운, 다진 산짐승 고기를 곁들인 계란으로 속물적인 고객들의 배를 채워주었다. 늙은 사슴살은 부드러움과는 도통 거리가 멀었다. 그는 그것을 쌀, 국수, 쪄서 으깬 밤을 곁들인 프로방스식 스튜로 조리했다.

"주방장의 덕목은 결코 결핍 상태로 놔두지 않는 것이다." 이 말은 그가 가장 아끼는 문장 중의 하나였다.

사람들은 "생선이 제시간에 도착하지 않았다고 해서 당신 같은 일류 요리사가 감히 칼로 자기 옆구리를 찌르겠습니까?" 하고 물었다.

"결단코 아니지요! 나는 영계의 가슴살로 가자미살을 만들었을 겁니다. 살코기를 두들긴 후 빵가루, 생크림, 달걀 흰자를 묻혀서 정제 버터로 익힌 다음, 다시 볶은 후추를 곁들인 앤쵸비(anchois)[1] 버터를 뿌려서 내는 거지요. 요리를 좀더 고급스럽게 하기 위해 녹인 버터에 살짝 익힌 얇은 트뤼프 조각을 얹어서 '가자미 필레 전하' 라고 이름붙여 내놓을 겁니다. 요리 하나마다 이름을 붙이는 것이 얼마나 중요한 일인지를 잊지 마세요."

전쟁중임에도 불구하고 칼튼 호텔 레스토랑의 손님은 줄지 않았다. 손님들이 테이블에 오래 머물지 않았음에도 말이다. 취식(取食)이 허용된 요리의 숫자는 점심 두 가지, 저녁 세 가지로 제한되어 있었다.

"어이가 없군요!" 점심을 먹으러 동행한 윈스턴 처칠[2]과 아서 네빌 체임벌린[3]에게 에스코피에는 자기 이마를 치면서 말했다. "법령은 음식의 양을 구체적으로 정할 수 없습니다. 제가 세 접시 분량의 요리를 한 접시에 담아낸다고 해도 아무도 막을 수 없으니까요!"

두 고관은 난처한 눈빛을 교환했다.

---

1) 큰 멸치의 일종으로 프랑스인들은 그것의 살만 발라 살짝 절인 상태로 신선한 식물성 기름에 담가두었다가 샐러드에 곁들여 먹는다.

2) 영국의 정치가 · 저술가 · 웅변가(1874-1965). 1940-1945년, 1951-1955년 총리 역임.

3) 영국의 총리(1869-1940). 제2차 세계대전이 일어나기 직전, 독일의 아돌프 히틀러에 대한 '유화정책' 을 추진한 인물이기도 하다.

“영국인들이 그들의 말에 좀더 무게를 싣지 않는다면 전쟁에서 승리할 수 없을 겁니다.” 긴 침묵 후에 시가 연기를 한 모금 내뿜으며 처칠이 결론 내렸다.

에스코피에는 레스토랑 홀로 다시 나와 고객들과 접촉하기 시작했다. 그는 어느 날 저녁 예약 손님 명단 속에서 로버트 브룩 캠벨 스칼렛-애빈저[4] 부인의 이름을 발견했다. 그녀는 바로 맥 스타인하일이었다. 최근 발간된 그녀의 《회상록》에는 범죄 주모자의 이름이 은폐된 채 외교 마찰에 대한 프랑스 법정의 우려 때문에 소송을 취하했다는 점만이 재확인되었을 뿐이다. 그러나 이 책은 큰 성공을 거두었다. 한 고관은 그녀에게 랑캐스터에 있는, 엘리자베스 시대의 멋진 성을 제공하고 그녀를 후원했다. 맥은 에스코피에에게 거기에 가서 주말을 보내자고 했다.

“후회하지 않을 거예요! 나는 행복을 가져오는 사람이에요!” 연속적인 두 비극의 여주인공이 단언했다.

다음날 사람들은 일명 ‘미녀 아델리나 파티’라고 불리는 코 후작 부인의 내방을 알렸다. 생기 넘치는 이 소프라노 가수는 웨일스 지방에 오페라 전용실과 개인 선착장까지 갖춘 성을 소유하고 있었는데, 이 성은 스칼렛 애빈저 부인의 성보다 훨씬 더 화려한 위용을 자랑했다.

---

4) 영국의 여섯 번째 애빈저 남작(1876-1927). 맥 스타인하일 부인과 1917년에 결혼했다.

그러나 사람들과의 재회가 에스코피에의 우울증을 막아주지는 못했다. 아들의 죽음에 대한 불행한 기억에, 설상가상으로 거의 의식불명 상태로 6년의 세월을 보낸 후 스위스의 한 병원에서 세상을 떠난 세자르 리츠의 죽음이 겹쳐 에스코피에의 마음은 슬픔으로 찢어질 것 같았다.

그에게 남아 있는 것은 창조하고, 쓰고, 읽고자 하는 반사신경뿐이었다. 그는 샹포르가 쓴 "큰 슬픔에는 어떤 위로도 찾을 수 없으며, 단지 다른 데로 마음을 돌릴 수 있을 뿐이다"라는 문장과, 몽테스키외[5]가 남긴 다음 구절을 마음 깊이 되새겼다. "나는 한 시간의 독서로 치유되는 슬픔은 한번도 겪어본 적이 없었다."

그가 미소를 되찾은 것은 프랑스-영국-러시아 연합군의 승리 덕분이었다. 휴전조약식에서 사람들은 712인분의 음식을 칼튼 호텔에서 조달했다. 갖가지 제약에도 불구하고 에스코피에는 다진 양고기, 송아지, 돼지고기, 닭고기로 만든 작은 완자에, 전쟁 전에 잘 저장해 남겨두었던 20킬로그램의 푸아그라를 섞고, 살균된 크림으로 촉촉이 적신 10킬로그램의 빵가루를 묻혀 튀긴 '생트-알리앙스 새끼양 미뇨네트'라는 이름의 요리를 제안했다. 승리의 수호자 콩소메, 미국식 바닷가재 무슬린, 영국식 완두콩, 캐나다 감자, 이탈리아식 샐러리

---

5) 프랑스의 정치철학자(1689-1755). 저서《법의 정신》은 정치 이론 확립에 크게 기여했다.

속대, 해방 도시 베르됭 설탕 아몬드 등… 이 모든 요리가 연합군에게 바쳐진 메뉴에 포함되었다.

1918년 11월 11일 파리에서 연합군과 독일군 사이에 휴전 조약이 체결되었다. 독일의 패배로 제1차 세계대전은 끝이 났다. 에스코피에는 "11월 11일은 고된 나의 인생에 있어서 가장 아름다운 날 중의 하나였소" 하고 델핀에게 보낸 편지에 적었다.

1920년, 런던 순회 여행중에 프랑스 대통령 레몽 푸앵카레는 에스코피에에게 레지옹 도뇌르 슈발리에 훈장을 수여했다. 에스코피에는 시민 자격으로 그것을 받은 최초의 요리사였다.[6)]

그의 '고된 인생'은 이렇게 완성되었다. 1920년 초반, 칼튼 호텔을 방문한 포슈 제독[7)]과 베강 장군[8)]을 극진히 접대한 지 얼마 지나지 않아, 그는 자신이 사용하던 화덕들에게 '아듀, 친구들아!' 하고 작별인사를 건네기로 결정했다. 그는 74세였다. '아듀, 친구들! 어쩌면 후에 다시 볼 수 있겠지. 갈리페 후작 장군이 말했듯이 우리에겐 다시 만날 수 있는 영원이란 시간이 있으니까!'

---

6) 나폴레옹이 제정한 것으로, 프랑스 국민이건 외국인이건 가리지 않고 수여한다. 이 훈장은 5등급으로 나뉘는데 1등 훈장이 '그랑 크루아', 2등 훈장은 '그랑 오피시에', 3등 훈장은 '코망되르', 4등 훈장은 '오피시에', 5등 훈장은 '슈발리에'이다. 탁월한 업적이 있는 사람의 경우 낮은 훈장에서 상급 훈장으로 등급이 승격될 수 있다.

7) 제1차 세계대전이 끝날 무렵 프랑스의 육군 원수이자 연합군 사령관으로서 연합군 승리에 가장 큰 공을 세운 인물(1851-1929).

8) 프랑스의 육군 장교(1867-1965). 포슈 제독 휘하에서 참모장으로 활약하였다.

74세 요리사의 은퇴와 귀향

뱃전과 기차 안에서 읽으려고 에스코피에는 공쿠르 상을 받은 마르셀 프루스트의 '잃어버린 시간을 찾아서' 시리즈 중 3권인 《꽃피는 아가씨들 그늘에》를 챙겼다. 섬세한 지식인 에두아르 니농은 에스코피에에게 이 책과 함께, 당시에는 거의 아무도 읽지 않던 1913년작 《스완네 집 쪽으로》를 선물했다.

에스코피에는 이 책에서 극도로 예민한 청춘의 불안을 발견했다. 주인공 청년의 심장은 에스코피에 자신의 심장처럼 햇볕에 그을려 단단해질 기회를 갖지 못했다. 그는 비범하고 예측 불가능한 문체로 펼쳐내는 내면세계의 매력에 흠뻑 빠져들었다. 에스코피에는 저자를 자신의 고객으로 만난 적이 있었다. 프루스트는 가끔 리츠 호텔에 들러, 홀로 저녁식사를 하곤 했기 때문이다. 샹젤리제에서 프루스트와 함께 산책할 기회를 가질 수 있었던 호텔의 지배인은 프루스트의 내방에 맞춰 예약된 개인실에 장작불을 붙여 미리 난방을 해놓곤 하였다.

목적지에 다다랐을 무렵, 에스코피에는 유행하던 모든 살롱에서 화제가 되었던 '끔찍한 일본식 샐러드'를 다룬 책 속의 구절에 도달했다. 사람들은 '조금씩 진절머리를 내기' 시작했고 그 샐러드에 대해 점점 더 트집을 잡았다. "코타르 부인이 스완에게 말했다. '내게 아주 예쁘고 사교적이며 출세한 친구가 있는데, 그녀는 자기 집 주방장에게 일본식 샐러드를 만들라고 주문했다는구나. 그런데 거기다가 알렉상드르 뒤마 2세[9]가 작품 속에서 말한 모든 것을 다 집어넣으라고 지시했단다. 그녀는 친구들을 식사에 초대했는데, 불행히도 나는 그 만찬에 초대받지 못했어. 얼마 후에 그녀가 그날 일을 우리에게 얘기해줬는데, 아마도 끔찍했던 모양이야. 그녀 때문에 우리는 눈물이 쏙 나올 정도로 웃었지 뭐니.'"

다행스럽게도, 그것은 '에스코피에의' 일본식 과일 샐러드가 아니라, 프루스트가 정확히 지적했듯이, 1887년에 만들어져 테아트르-프랑세즈[10]에서 다시 공연한 알렉상드르 뒤마 2세의 희곡 《프랑시용》에 나오는 샐러드에 관한 것이었다.

에스코피에는 자신의 책 《요리의 길잡이》에 '프랑시용 일본식 샐러드' 요리법이 들어 있다는 사실을 상기했다. '뜨거운 상태로 얇게 썰어 샤블리 와인에 절인 삶은 감자 반 개, 손질한 후 샐러리와 함께 익힌 홍합 4분의 1킬로그램, 얇게 썬 트뤼프 4분의 1조각, 식용유와 식초를 첨가한 보충 양념.'

"조금 이상한 조합 아닌가! 사람들은 왜 트뤼프가 거기에 필요한가를 물을 텐데." 그는 중얼거렸다.

에스코피에는 다시 독서를 계속했고, 성난 코타르 부인의

9) 프랑스의 극작가 · 소설가(1824-1895). 《삼총사》의 작가 뒤마의 사생아로 아버지의 문학적 재능을 이어받았다. 그의 작품 《춘희》는 베르디에 의해 오페라 '라 트라비아타'로 재탄생했다.

10) 프랑스의 국립 극장.

다음과 같은 결론에 이르러서는 미소를 지었다. "본질을 다루면서 성찰하게 만드는 주제도 있지만 테아트르 프랑세즈의 무대에서 샐러드 요리법을 제공하는 주제도 있는 거야!"

"의회에서 말다툼하며 싸우느니 그곳에서 요리법을 가르쳐주는 편이 더 나을 텐데!" 자주색 천으로 만들어진 여행가방 손잡이를 잡으면서 그가 중얼거렸다.

기차가 생-라자르 역에 도착했다.

수정 같은 행복

파리의 방돔 광장. 마리와 에스코피에는 마주 앉아 저녁을 먹었다. 내밀한 규방을 떠올리게 하는 영롱한 크리스털 다리를 지닌 램프와 주름 잡힌 연한 장밋빛 비단 갓을 씌운 스탠드가 테이블을 은은히 비추고 있었다. 안뜰에 자란 관목들의 덧없는 그림자가 가끔씩 식당 쪽으로 기울며 흔들렸다.

"어째서 우리 호텔의 주방을 맡지 않겠다고 말씀하십니까? 꼭대기층에 조그마한 아파트를 마련해드리겠습니다."

원숙한 52세의 마리 리츠는 지적인 여인이었다. 남편이 병든 후부터 그녀는 파리의 그 유명한 호텔을 직접 운영하였다. 1910년에는 부다페스트 리츠 호텔의 감독 임무를 맡았고, 1914년 호텔 개업식이 있기 8일 전에는 막내 아들이 위급하다는 전보를 받았다. 배우가 되고 싶어했던 막내 아들 르네 리츠가 엘리베이터 3층에서 떨어졌다는 것이다.

"잘 생각해보세요!"

"아니오. 마리! 난 캉디드[11]처럼 정원을 가꾸고 호쿠사이처럼 꽃들을 그리는 것밖에는 생각할 수 없어요."

"약속해줘요. 내가 니더발트에 세자르의 고향집을 복원하면 그곳으로 나를 다시 만나러 오겠다고… 그럴 거죠?"

그들이 저녁식사를 하는 이 공간에는 마술 같은 분위기가 흘렀다. 화분에 심어놓은 월계수 잎사귀들은 마음껏 뻗어 있었고, 주변에선 선택받은 어떤 사람들이 한담을 나누고 있었다. 어쩌면 그것은 사랑의 대화일지 모른다. 다이아몬드와 장밋빛 진주들이 향수에 촉촉히 젖은 가슴 부근에서 떨리고 있었다. 남자들은 굼뜬 인상을 주었다. 에스코피에는 너무 빳빳이 풀을 먹인 셔츠 칼라 때문에 다소 경직되어 보였지만, 마음은 편안한 상태였다. 그는 모든 것이 순수하고 간결하다고 느꼈다.

그 다음주에 그는 '수정 같은 행복' 이 지배하는 모나코의 페르낭 빌라에서 가족과 재회했다. 델핀은 '수정 같은 행복' 이란 표현을 니스의 문학 잡지에 정기적으로 발표하는 자신의 시에 사용했다. 그녀에게 이 잡지는 학술원의 교육 공로 훈장만큼이나 가치가 있는 것이었다.

일이 인생의 전부였던 에스코피에는 이러한 망중한이 즐겁

---

11) 볼테르의 철학소설 제목이자 주인공. 이 책에서 볼테르는 "우리의 정원을 가꾸자"라는 유명한 말로 인류에 봉사할 것을 호소했다. 여기서 정원이란, '세상' 을 은유한 말이다.

지만은 않았다. 오히려 그의 마음은 불안하기만 했다. 그래서 그는 모나코의 에르미타주 호텔과 리비에라 호텔의 주인인 옛 친구 장 지루아의 미망인에게 호텔 업무에 대한 자문을 해주었다. 이 일은 많은 시간을 할애해서 전념할 만한 정도의 일은 아니었기에 그는 주로 지난 일들을 기록하고 요리법과 단문을 썼다. 또한 그는 새로운 요리 잡지를—〈에피쿠로스 수첩〉은 전쟁의 와중에서 간행이 중지되어버렸다—창간하기로 마음먹었다.

잡지 발행은 그에게 반드시 필요한 일로 여겨졌다. 전쟁은 요리사들을 대공황 상태로 몰고 갔으며 파리식 요리법은 급속히 쇠락해가는 듯했다. 파타경, 마르셀 프레보, 아돌프 브리송의 경쟁자들이자 독설적인 저널리스트들은 그 점을 신랄하게 비판했다. 그들의 화살은 또한 에스코피에를 빗겨가지 않았다. 그에게 프랑스 요리는 항상 세상에서 가장 훌륭한 요리였고, 앞으로도 그럴 것이었다. 현재의 상황, 반감의 여파는 프랑스 요리가 나아가는 진보의 길에서 터진 하나의 사고에 불과했다.

그는 수많은 지인들에게 편지를 썼다. 프랑스 요리의 명성을 유지하는 것을 목표로 하는 단체가 창설되었지만, 몇몇 회원들은 잡지의 재정 상황을 불평했다. 에스코피에가 광고 지면을 확대하고, 거기에 향수업자들과 보석상들을 끌어들이려는 생각을 갖고 있었음에도 불구하고 말이다.

그는 실패했지만 다른 잡지들은 성공을 거두기 시작했다.

1921년, 〈식도락을 즐기는 프랑스〉라는 계간지가 창간되었다. 이 잡지는 그가 〈에피쿠로스 수첩〉을 통해 3년 동안 독자들에게 제시했던 프랑스 미식 여행을 재개한 것에 불과했다. 이 잡지의 칼럼니스트들인 마르셀 루프와 퀴르농스키는 기자였을 뿐 요리사는 아니었다. 그들은 요리와 여행을 결합할 수 있다고 믿었고, 자동차를 타고 다녔으며, 스스로를 "미식 여행자"라고 불렀다.

'퀴르농스키? 틀림없이 러시아나 폴란드 사람일거야.' 그 잡지가 한번도 자신을 다루지 않아 약간 불쾌하기도 했으나 자신의 생각이 결실을 맺었다는 사실에 에스코피에는 만족해했다. 사실 퀴르농스키의 본명은 에드몽 사이양[12]으로 그는 '앙주의 주정뱅이, 쾌남아 사이양'으로 알려져 있었다. 그는 알퐁스 알레[13]의 도움을 받아 자신의 필명을 지었다. 필명은 두 라틴어 단어 '퀴르 농(안 될 게 뭐가 있담)?'에서 따온 것이다. 어미로 붙인 '스키'는 프랑스-러시아 동맹이 이루어진 해인 1895년에 택한 것으로 이들을 합해 '퀴르농스키'라는 이름을 지었다. '폴란드 궁정의 신사로 알려진 시인 생-타망조차 자신을 생-타망스키라고 부르게 하지 않았던가?' 미각에 대한 식견을 펼치기 위해 애쓰면서 에스코피에는 생각했다. 소설가 콜레트[14]의 첫 남편 윌리의 대필 작가 중 한 사람이었

---

12) 20세기 초 프랑스의 유명한 요리 평론가(1872-1956).
13) 프랑스 풍자 작가(1855-1905).

던 퀴르농스키는 매주 월요일마다 '비벤둠' 이라는 필명으로 요리 칼럼을 발표했다. 이 칼럼에는 미슐랭[15] 사의 레스토랑 등급 제도인 '미슐랭 스타(michelin stars)' 가 들어갔다.

퀴르농스키는 빠른 속도로 유명세를 떨쳤지만, 그 때문에 에스코피에가 영향을 받은 것은 아니었다. 에스코피에는 언제나 수많은 요리 행사에 초대되었다. 전설적인 콧수염을 자랑하는 에스코피에는 이제 대규모 음식 축제들을 주관하지는 않았다. 사람들은 끊임없이 그를 마르세유, 파리, 프랑크푸르트, 스톡홀름에 초대했다. '파리 요리사 협회' 는 파리 지부의 객실에 걸기 위해 그의 초상화를 제작하였으나 불행히도 그 초상화는 흉물스럽게 그려졌다.

"이… 이게 나라고?" 풀죽은 목소리로 에스코피에가 말했다. "닭이나 오리도 날 좋아하지 않을 거야. 포이약의 양들도 마찬가지일 테고… 하물며 울어대는 메추라기는 더더군다나 그럴 테지. 르와르 강변의 팔딱이는 연어에 대해서는 더 말하지 않는 편이 낫겠군!"

---

14) 프랑스의 여성 작가(1873-1954). 1893년 작가 윌리(본명은 '앙리 고티에-빌라')와 결혼한 후, 남편의 강요로 《클로딘》이라는 네 권의 연작 소설을 썼으나 '윌리' 라는 이름으로 발표되었다. 1906년 남편과 이혼하고 분방한 상상력에 의거해 남녀의 애욕과 여성의 관능성에 천착한 심리 소설들을 썼다. 소설가에서 기자로, 배우에서 무희로, 판토마임 배우로 다양한 이력을 지니며 살았다.

15) 타이어 및 고무 제품을 생산하는 프랑스 회사. 〈미슐랭 가이드〉와 〈레드 가이드〉라는 유명한 안내 책자를 통해 도로 · 여행 · 호텔 · 식당 정보를 제공하고 있기도 하다. 이 가이드들은 레스토랑과 호텔의 등급을 별의 갯수로 표시했고, 별 3개를 받은 곳은 '특별히 여행할 만한 가치가 있는 곳' 으로 인정받았다.

'즉석 스프'의 시대

취리히의 제분업자인 쥘리우스 마지[16]가 그에게 편지를 보내왔다. 마지는 저장법과 소스 산업의 발전을 세세히 기술한 에스코피에의 글을 읽었다. 은퇴한 후에야 이런 내용을 파악한 그는 에스코피에에게 '부이용 퀴브(Bouillon Kub)'[17]와 '라 풀 오 포(La Poule au Pot)'[18] 사업에 참여할 것을 제안했고, 에스코피에는 그 제안을 받아들였다. 그는 추가 수당을 받는 것으로 만족했다. 장 지루아나 에두아르 니뇽과는 반대로 마지는 번창하는 회사의 주인이 아니었다. 대담한 투자와 지나친 신뢰가 그의 거대한 유동 자산을 앗아갔기 때문이다.

일찍이 쥘리우스 마지는 수프 제조법을 개발한 유명한 독일 화학자 유스투스 폰 리비히 남작의 농축 기술을 이어가기로 결심했다. 그후 마지는 싱싱하고 질 좋은 즉석 야채 수프를 만들 수 있는 공식을 연구했다. 수많은 실험 끝에 그는 콩가루를 미리 익혀 봉지 속에 저장하는 방법을 고안해냈다. 내용물을 물에 타서 끓이기만 하면 수프가 완성되는 것이다. 이

16) 즉석 수프와 '부이용 퀴브(인스턴트 소고기 분말 조미료)' 등을 개발한 사람(1846-1912). 그로 인해 경제적이고 신속한 식사 준비가 가능해졌다. 스위스 출신이지만 파리에 정착해 살았다. 국가 의료 보장 제도를 개발하고, 자신의 고용인들이 토요일 오후에는 일을 하지 않도록 하는 등 사회 복지에도 많은 힘을 기울인 인물이다.

17) 고기, 야채, 양념 등을 잘게 다져 주사위 모양으로 만든 조미료의 상품명.

18) 닭 통조림의 상품명.

성공으로 마지는 취리히에서 봉지용 수프와 다양한 농축 식품 제조를 활성화시킬 수 있었다.

에스코피에와 마지는 파리에 있는 라뤼 레스토랑에서 만나 꼬치에 끼워 구운 낭트산 잉어 요리로 정겨운 식사를 했다.

"유스투스 폰 리비히가 왜 수프를 발명했는지 아십니까?" 마지가 물었다. "그는 대단히 박식한 사람이었지요. 우선 그는 티타늄을 분리시켜 염소(Cl, chlorine)를 발견했어요. 그에게는 절친한 친구가 있었는데, 어찌나 가난했던지 딸이 빈혈에 걸려 죽고 말았답니다. 유스투스는 이 친구를 위해 귀중한 연구를 그만두고 아주 값싸고 영양가 높은 즉석 수프 제조법에 골몰했습니다. 글루타민산 나트륨을 추가하기만 하면 농축시킨 고기 수프를 저장할 수가 있었지요. 저는 그의 연구에서 많은 영감을 받았어요. 듣고 계십니까?"

에스코피에는 생각이 딴 데 가 있었다. 60여 년 전, 순백색 옷을 입은 식욕 부진에 걸린 한 소녀를 위해 그가 보양식을 만들던 시절, 벨뷔 호텔의 그 작은 오두막으로 에스코피에는 되돌아간 듯했다.

얼마 후 에스코피에가 향신료와 농축 야채를 세심하게 배합하여 조제 실험을 하고 있을 무렵, 사라 베르나르가 세상을 떠났다는 소식이 들려왔다. 에스코피에보다 한 살 많은 이 여배우는 일흔아홉의 나이로 숨을 거두었다. 그녀가 매일 반 병씩 마시던 모에 샹동 샴페인은 이제 그 효력을 상실한 것이다.

"쉬어야 할 것 같아. 바다를 보러 가야겠어." 그가 델핀에게 말했다.

아무리 깊은 슬픔이라도 철썩이는 파도를 바라보고 있노라면 큰 위로를 얻을 수 있었다. 그러나 그날 저녁에는 아무리 파도를 바라봐도 슬픔이 가시지 않았다. 그는 사라의 조각 작품인 '무희' 의 발끝에서 오래도록 생각에 잠긴 채 앉아 있었다.

페르낭 빌라로 돌아오는 길에, 그는 그랜드 호텔에 들러 그가 사라를 위해 만들었던 요리를 메뉴판에 올리자고 주방장에게 제안했다. '트뤼프를 곁들인 송아지 가슴살 파테' 였던가? '가재 버터에 익힌 새고기 완자 콩소메' 였던가? 제1회 에피쿠로스 만찬 때 내놓았던, '파인애플 아이스크림 위에 올린 퀴라소와 고급 샴페인 향의 딸기' 였던가?

눈가의 주름 위로 눈물 한 방울이 맺혔다.

"세 가지를 한꺼번에 낸들 어떻겠어." 에스코피에는 툭툭 끊어지는 목소리로 중얼거렸다.

덥수룩한 흰 콧수염을 쓰다듬으며 그는 집으로 돌아왔다.

여행은 그에게 원기를 회복시켜주었다. 그는 코펜하겐에서 열리는 프랑스-덴마크 교류 전시회를 방문했다. 이곳에서 덴마크 국왕 크리스티안 10세와 알렉산드리네 왕비는 그에게 단네부로그[19] 슈발리에 훈장을 수여했다. 에스코피에는 자신을 '장인 예술가'라고 지칭했는데, 장인 예술가에게 이 훈장이 수여된 것은 그가 처음이었다. 한 고관은 그를 "요리사들의 황제 폐하"라고 소개했다. 에스코피에는 그르노블에서 열린 요리 전시회의 심사위원장을 맡았다. 쿠나르 선박 회사의 초대로 그는 베렌가리아 호를 타고 세 번째 미국 여행길에 올랐다. '베렌가리아'는 에스코피에가 빌헬름 2세와 마지막으로 대화를 나누었던 임페라토르 호의 새 이름이었다. 1916년 독일 정부는 U-보트[20]에 의해 침몰된 루시타니아 호[21]를 배상하기 위해 영국 정부에 이 배를 전달했었다.

"위대한 요리사는 위대한 배우와 같습니다…"

프랑스 부르고뉴 출신의 어머니와 이탈리아 푸글리아 지방의 수의사를 아버지로 둔 루돌프 발렌티노[22]는 미국으로 이민하기 전에는 농학을 공부했다. 운명은 미국으로 온 그를 스타의 길로 이끌었다. 그는 미국에 와서 그리스 식당의 접시닦이

---

19) 덴마크 훈장의 이름인 '단네부로그(Dannebrog)'는 붉은색 바탕에 흰색의 십자가가 그려진 덴마크 국기를 일컫는 말로 '덴마크의 힘'이란 뜻이다.

20) 제1·2차 세계대전 때 독일이 사용한 대형 잠수함.

21) 제1차 세계대전에 미국을 참전시키는 데 간접적 계기를 제공한 사건이 이 정기 여객선으로 인해 일어났다. 영국 해군 본부의 권고를 무시한 루시타니아 호의 승무원들이 1915년 5월 7일 오후 독일 잠수함의 공격을 받았고, 여객선은 20분도 안 돼 침몰되었다. 승객을 포함하여 1,198명이 익사하였다.

22) 이탈리아에서 태어나 미국에서 활동한 영화배우(1895-1926).

부터 뉴욕 증권시장의 잔일, 할리우드 단역, 삼류 댄서 노릇까지 했다. 천신만고의 몇 년을 보낸 후, 그는 영화 시나리오 작가인 준 마티스를 만나는 행운을 얻게 되었다. 마티스는 영화 '묵시록의 네 기사' 에서 그에게 탱고를 추는 배역을 맡겨 그가 재능을 마음껏 발휘할 수 있도록 해주었다. 이 영화는 대단한 성공을 거두었다. 1922년 발렌티노는 여배우 진 액커와 결혼했다. 그는 신혼 첫날밤을 충실히 보내지 못했다. 일주일 후 진은 '정신적 고통' 을 이유로 이혼을 요구했다. 이혼한 지 6개월이 채 되기도 전에 발렌티노는 나타샤 람보바와 재혼하였다. 그녀는 억만장자 허드넛의 양녀였으며, 유명한 레즈비언인 앨라 나지모바[23]가 그녀의 후견인이었다. 나타샤는 진 액커와 똑같은 이유로 그와 이혼했다. 그후 발렌티노는 폴라 네그리[24]와 함께 공공장소에 얼굴을 비추곤 했으나, 주로 여장남자들이 단골로 삼는 '토치 클럽' 에 드나들었고, 공공연히 레이스 달린 남성용 팬티, 자극적인 향수, 휘황찬란한 보석에 대한 열정을 드러냈다.

에스코피에가 뉴욕에 갔을 때 묵었던 앰버서더 호텔은 사람들로 들끓었다. 영화 '족장의 아들' 첫 상영을 위해 뉴욕에 온 발렌티노는 거주하던 아파트에서 갑자기 쓰러졌다. 위궤양으로 인한 급성 맹장염에다 초기 복막염, 거기에 늑막염까

23) 미국의 연극 및 영화계에서 명성을 떨친 여배우(1879-1945).

24) 폴란드 출신의 영화배우(1894-1987).

지 겹쳤던 그는 열흘 후 서른하나의 나이로 세상을 떠났다. 수만 통의 편지가 폴리클리닉 병원에 배달되었고, 경찰은 영안실 부근에 몰려든 군중을 세 번씩이나 해산시켜야 했다. 250여 명의 여성들이 실신했고, 120여 명이 다쳤다.

'어째서 사람들이 그의 죽음에 저렇게 광적이지? 발렌티노는 나처럼 키높이 구두를 신을 정도로 키가 작고 허약한, 전형적인 라틴계 미남 배우에 지나지 않는데 말이지.' 신문을 읽으면서 에스코피에는 자문했다. 〈뉴욕 타임스〉 지에 따르면, 그의 반쯤 감긴 눈꺼풀은 대중에게 번민하는 듯한 인상을 주었지만, 아래로 처진 입술은 촬영하기 전에 늘 분장을 통해 고쳐야 했다. 그는 발음이 정확하지 않았고, 감독들은 그에게 촬영 방향을 이해시키려면 다른 배우들보다 두 배의 시간이 필요했다고 투덜거렸다.

성공의 절정기에 있던 발렌티노는 젊었고, 그의 예기치 못한 죽음은 유고작이 된 자신의 마지막 영화의 떠들썩한 개봉 시기에 맞추어 일어났다. 대중의 열광은 이러한 요소로 충분한 것일까? 아니면 그의 사망 직후 언론에 계속 대서특필되는 소문에 의한 것일까? 특히 그의 사인에 대한 추측성 소문들, "경쟁사에 의한 청부 살인이었다", "폴라 네그리의 연인이 다이아몬드 가루를 탄 칵테일을 먹였다", "무솔리니[25]에 대한

25) 지도자라는 뜻의 '일 두체(Il Duce)'라는 별칭을 가졌던 유럽 최초의 파시스트 독재자(1883-1945). 제2차 세계대전을 일으킨 장본인 중 한 사람.

충성을 맹세한 그를 안티 파시스트 비밀결사 요원이 처벌했다", "최음제의 남용" 등이 줄을 이었다.

에스코피에는 "여기저기 널려 있는 언론들, 어쩔 수 없는 대중매체들! 그것 없이 에피쿠로스 만찬이 있었겠는가?"라고 기록했다. 그리고 그 생각을 자신의 경우까지 확장시켰다. '어떻게 나는 두 대륙에서 유명해졌을까? 세자르 리츠를 만나고, 세계에서 가장 유명한 호텔들에서 일하고, 최상의 재료만을 사용할 수 있는 행운을 얻어서? 내가 키워낸 수많은 요리사들과, 그중 재능 있는 몇 사람 덕분에? 길고 오랜 경력 때문에? 최고급 호텔업계로 데뷔하고, 수많은 여성들이 레스토랑에 드나들게 된 특별한 상황들을 잘 활용한 덕에? 카렘의 교훈을 충실히 따라서? 내게 재능이 있어서? 나의 운명이 요리사여서? 아니면 나에게만 특별하게 유리했던 모든 사소한 일들이 그렇게 만들어주었기 때문에?'

그는 자신의 볼을 톡톡 쳤다. '신이시여, 이런 거만한 생각을 용서하소서! 저는 루돌프 발레티노 같은 우상이 아닙니다.' 하지만 그의 생각은 거기에서 멈추지 않았다.

며칠 후 그를 위한 연회가 대사관의 화려한 이탈리아식 정원에서 열렸다. 그는 이 연회에서 다음과 같은 연설을 했다. "위대한 요리사는 위대한 배우와 같습니다. 그들은 모두 개인의 재능을 직업적인 능숙함과 결합시킬 줄 아는 사람입니다."

그는 생각했다. 보름 전에 이 정원에 초대받았던 발렌티노 역시 전문가였다. 비록 감독들이 촬영 의도를 그에게 알려주기 위해 많은 시간을 할애했더라도 말이다. 발렌티노의 느긋한 성격 역시 그의 재능이며, 반자발적이고 예측할 수 없는 창의성이라고 말할 수 있었다. 다시 말해 그건 '덤' 이었다. 그 덤은 에스코피에가 한평생 추구해온 것이었다.

새로운 요리를 만든다는 것

브리야-사바랭 서거 100주년 기념행사의 일환으로 파리의 크리용 레스토랑에서 열릴 대규모 만찬을 에스코피에가 주관하게 되었다.

프랑스에 공포정치[26)]가 실시되는 동안 장 앙텔므 브리야-사바랭은 미국으로 이주했다. 그는 생계 유지를 위해 뉴욕 극단에서 수석 바이올린 연주자로 일했다. 프랑스로 돌아온 그는 오쥬로 장군의 식사 장교로 근무했고, 뒤이어 파기원[27)]의 판사가 되었다. 이러한 직무를 수행하면서 그는 동성 및 이성 친구들의 입맛을 유혹하는 일에 몰두했다. 그는 친구들을 위해 훌륭한 식

---

26) 프랑스 혁명 기간 동안 반혁명 분자인 귀족, 성직자, 사재기꾼을 엄벌하기 위해 정부에서 실시한 독재 법령.

27) 프랑스의 민사 및 형사상의 최고 상소 법원으로 우리나라의 '대법원' 에 해당한다. 파리에 소재한 파기원은 실질적인 심리는 하지 않으며 법률 심사만 한다. 따라서 항소원의 원판결(原判決)을 위법으로 파기하는 경우에는 다른 항소원에 되돌려 보내 새로 재판하게 한다.

탁을 준비했고, 1825년 출간한 《미식 예찬》 첫 장에 수록한 20개의 경구 가운데 2개의 경구를 십분 적용하여 친구들을 접대했다. 이 경구들의 내용은 다음과 같았다.

"18항: 자신의 친구들을 위해 마련한 음식에 아무런 개인적 배려도 하지 않는 자는 친구를 가질 자격이 없다."

"20항: 누군가를 초대한다는 것은 그들이 우리의 지붕 밑에 있는 시간 동안 그들의 행복을 책임지는 것이다."

소틀레 출판사의 출판 거부로 인해 결국 자비(自費)로 출판하게 된 《미식 예찬》은 저자가 살아 있는 동안에는 전혀 성공하지 못했다. 이 책을 재편집 · 출간하여 프랑스 지식인들에게 책의 묘미를 알린 사람은 브리야의 친구인 리슈랑 남작이었다. 프랑스 지식인들은 이 책에 흠뻑 빠져들었고, 발자크는 이 책의 제목을 따서 《결혼의 생리학》[28]이라는 책을 썼다. 이후 브리야의 유명세는 계속 상승했다.

《미식 예찬》은 에스코피에가 아끼는 책 가운데 하나였고, 그는 20개의 경구를 모두 외우고 있었다. 특히 그는 "새로운 요리의 발견은 새로운 행성 하나를 발견하는 것보다 인류의 행복에 기여하는 바가 크다"라는 아홉 번째 경구를 마음 깊이 새겼다.

그러나 그는 이 경구가 브리야-사바랭의 것이 아님을 알게

---

28) 《미식 예찬》의 원제는 '미각의 생리학' 이다.

되었다. 바이올린 연주자이기도 했던 브리야는 이 경구를 파기원의 의장이자 '그리모 드 라 레니에르 시식가 협회' 회원인 앙리옹 드 팡세의 말에서 인용했던 것이다. 팡세는 좀더 뉘앙스를 주면서 다음과 같이 썼다. "나는 우리의 식욕을 돋우고 즐거움을 선사하는 새로운 요리의 발견이 새로운 별을 발견하는 것보다 더욱 흥미로운 사건이라고 생각한다. 왜냐하면 우리는 늘 별에 대해 알 만큼은 알고 있기 때문이다."

"우리는 별에 대해 알 만큼은 안다"는 그의 말은 브리야의 관심사와는 관계없는 철학적이고 도덕적인 개념처럼 보였다. '이런 사실이 브리야의 천재성에 누가 되지는 않는다는 말로 연설을 시작해야겠어. 사정을 잘 알고 모방한다면, 모방한 것에 대해 부끄러워할 필요는 없어. 나의 가장 훌륭한 요리들도 처음에는 다른 요리들을 배합하여 만든 것 아니겠어?' 에스코피에가 생각했다.

브리야의 글을 생각하면서 그는 시 메뉴를 작성했다. 이 시 메뉴의 주제는 당연히 '페리고르의 진주'라고 명해야 할 것 같았다. 어떤 작가도 브리야-사바랭만큼 훌륭하게 트뤼프에 대해 표현하지 못했기 때문이다. 그의 표현에 따르자면, 트뤼프는 입술을 촉촉이 적셔주는 '검은 다이아몬드'였다.

크리용 레스토랑의 지배인은 작달막하고 음탕한 남자로, 늘씬한 여자들만 골라 채용하는 것으로 유명했다. 그는 특히 버섯에서 나오는 최음 효과에 관심이 많았다.

"버섯의 최음 효과에 대해 어떻게 생각하시나요?" 그가 에스코피에에게 물었다. "선생님은 로시니를 제외하고는, 트뤼프 냄새를 가장 잘 맡는 사람이에요! 선생님의 위대한 요리들 속에 트뤼프가 안 들어가는 경우는 극히 드물지 않습니까!"

"저는 브리야-사바랭의 《미식 예찬》에 나오는 유명한 일화의 결론에 동의합니다. 그것은 베르쇠이유의 유혹에 관한 건데……."

"말씀해보세요"

"브리야의 한 여자친구 얘기예요. 이 부인과 부인의 남편은 어느 날 남편의 친구와 같이 페리괴산 트뤼프를 곁들인 칠면조로 저녁식사를 했어요. 남편은 잠들고 남편의 친구는 보다 대담해졌지요. 다음날 그 부인은 양심의 가책을 받았답니다. '나는 사람들을 부르고, 소리치고, 분개하고, 내가 하지 않았던 모든 일을 해야만 했어요. 내가 당신에게 무슨 말을 할 수 있겠어요? 이 모든 건 트뤼프 때문이에요. 트뤼프를 먹고 내가 이상해졌어요' 라고 그녀는 브리야에게 고백했다고 합니다."

"음… 다음번엔 주 메뉴를 그걸로 해야겠군요……."

"아니, 잠깐만요! 브리야는 그녀의 견해에 전적으로 동의하지는 않았어요. 그는 '트뤼프는 전혀 최음 효과가 없다. 그러나 그것은 어떤 경우, 여성을 더욱 상냥하게, 남성을 더욱 다감하게 만든다' 고 신중한 판단을 내렸지요."

크리용 레스토랑의 지배인은 생각에 잠긴 채 정성스레 매니큐어를 칠한 자신의 손톱을 만지작거렸다.

요리 학교의 등장

에스코피에는 생전에 수많은 명예를 얻었다. 그러나 새로운 미식가들은 그에게 호의적이지 않았다. 그들에게 에스코피에는 과거를 대변하는 사람에 불과했다. 주로 런던에서 일하면서 프랑스 요리를 옹호하기 위해 세계를 누볐던 이 상냥한 백발 노인은 민속학적인 호기심을 불러일으키는 인물일 뿐이었다.

1927년, 미각의 일인자로 등장한 퀴르농스키는 오만하게도 그를 모른 체했다. 20세기 초반은 일간지들이 만든 분위기로 인해 바야흐로 '일인자' 들의 시대였다. 시인 폴 포르는 시의 일인자로, 작가 가브리엘 드 로트레크는 해학의 일인자로 인정받았다. 퀴르농스키는 요리사들, 비평가들, 식재료 공급업자들, 그리고 저명 인사들로 구성된 4,000여 명의 투표인단 가운데 1,823표를 얻어 미각의 일인자로 뽑혔다.

퀴르농스키는 〈에피쿠로스 수첩〉이 오래 전에 해놓은 기획에 착수했다. 그것은 요리 아카데미를 창립하는 것이었다.

최초로 요리 아카데미를 설립했던 사람은 그리모 드 라 레니에르였는데, 그가 세운 아카데미에는 특별한 규정이 없었다. 이곳엔 허약한 노인들, 인기를 끌려는 여배우들, 정체가 불확실한 사람들이 등록해서 다녔다. 팡세는 더욱 진지하고 정확하게 다음과 같이 지적했다. "나는 요리가 프랑스 학사원에 자리잡는 것을 혐오할 만큼 학문이 그렇게 영예로운 것이라고 생각하지 않는다." 브리야-사바랭은 "몇 년 되지 않아 학생들, 강의실, 교수들이 있고, 수강료가 책정된 정식 요리 수업이 생겨 날 것이다"라고 썼다. 그에 따르면, 이 모든 것은 부유한 요리 전문가가 창설한 사립 학교에서부터 시작할 터였다. "그리고 조만간 (그것은 모든 아카데미의 역사가 증명해주듯) 정부가 개입하여 학교를 설립하고 교육을 정상화, 제도화할 것이다." 그는 다음과 같이 결론지었다. "우리에게 반드시 필요한 이 학교에 자신의 이름을 붙이는 자는 행복할지니! 그의 이름은 노아와 바쿠스, 그리고 데메테르[29] 여신이 밀 씨앗을 뿌릴 임무를 주었던 트립톨레모스[30], 그 외 인류 번영에 기여한 또 다른 은인들의 이름처럼 대대로 이어질 것이다. 왕들 가운데에서 특히 앙리 4세가 그러했던 것처럼 그에 대한 찬사는 누가 강요하지 않더라도 모든 이의 입에서 입으로 퍼져 나갈 것이다."

---

29) 그리스 신화에서 농업 혹은 대지의 여신.

30) 하데스에게 납치된 딸 페르세포네를 찾아 헤매던 데메테르 여신이 '엘리시우스' 라는 나라의 왕자로 태어난 트립톨레모스('데모폰' 이라고도 불린다)의 유모가 되어 트립톨레모스에게 불사의 삶을 주고, 어디에 가서든 밀을 뿌리라는 지시를 내렸다.

그러나 이런 글을 쓴 저자들이 죽은 후 백 년이 지날 때까지 어떤 프랑스 대통령이나 장관도 자신의 이름을 요리학교에 붙이려는 노력을 하지 않았다. 퀴르농스키는 결국 자신이 학교장이 되어 아무런 정부 보조 없이 콩티 가에 있는 프랑스 학사원의 법규를 본뜬 아카데미를 창설했다. 그는 이 학교를 '아카데미 데 가스트로놈므(Académie des Gastronomes; 미식 학교)' 라고 이름지었다. 많은 언론들이 이 새로운 아카데미에 대해 기사를 작성했지만, 정작 정부는 사바랭이 예언한 것과는 반대로 이 학교에 정식 인가를 내주는 일을 서두르지 않았다.

에스코피에는 일단 이 학교를 인정했다. 그는 국립 미술학교나 국립 음악원에 비견될 수 있고, 그리모 드 라 레니에르가 창립했던 '국립 요리원' 이란 이름을 일부 따온 '국립 요리학교' 라는 이름을 붙일 것을 권고했다. 1928년 3월, 공공 교육 및 예술부 장관인 에두아르 에리오가 에스코피에의 레지옹 도뇌르 훈장 등급을 '오피시에' 로 격상시켰다. 그때 에스코피에는 장관에게 프랑스 요리의 명성을 드높이는 것과 감소하는 관광객 문제에 대한 자신의 생각을 피력했다. 에두아르 에리오 장관은 그의 말에 동의한다는 뜻으로 고개를 끄덕이는 데서 그쳤다.

지독한 실패작 '무솔리니 닭가슴살 요리'

인생의 절정에 이른 늙은 거장은 간혹 회의에 빠지곤 했다.

실수를 범할 때면 그는 이전보다 훨씬 괴로워했다.

하루는 무솔리니의 한 여성 추종자가 그에게 물었다. "만약 사람들이 당신의 요리를 무솔리니에게 바치라고 주문한다면 어떤 것을 만드실 겁니까?"

에스코피에가 동시대의 인물을 기리기 위해 요리를 만들었던 것은 이미 오래 전의 일이었다. 하지만 그 생각이 그를 기분 나쁘게 하지는 않았다. 그는 '날짐승 냉수육' 을 생각했다.

사람들은 독재에 대해서, 권력의 하수인이 된 이탈리아 언론에 대해서, 그리고 권력에 항거하는 자들을 리파리 섬으로 유배 보낸 사건에 대해 비난하기 시작했다. 하지만 무솔리니는 경제적 성공과 함께 밀 자급 운동, 고고학적 발굴 성과, 간척사업과 고속도로 건설 같은 일련의 사업들로 프랑스에서 여전히 인기를 얻고 있었다. 1915년 격전지에서 마흔두 발의 총알을 맞고 죽기 직전까지 그는 동맹군의 캠프에서 이탈리아군을 진두지휘하지 않았던가? 어떤 사람들은 히틀러에 반대하기 위해 무솔리니에게 전폭적인 신뢰를 주었다. 이들은 무솔리니의 이름인 '베니토' 가 '베네데토(Benedetto)' 라는 이름의 축약이 아니라, 그의 아버지가 멕시코 사회당 당수이자 대통령을 역임한 '베니토 후아레스' 를 기리기 위해 아들에게 붙인 이름이었다는 점을 상기했다.

에스코피에는 무솔리니의 추종자인 그 여인이 개최한 만찬 때 '무솔리니 닭가슴살 요리' 를 만들어 제공하는 것에 대해

별 생각이 없었다. 이 음식은 에스코피에가 직접 그려서 제작시켰다고 해서 '에스코피에 접시' 라고 불리는 정사각형 접시를 잘게 부순 얼음 조각들 위에 얹고, 그 위에 아주 선명한 빨간색 토마토 무스를 흘린 다음 그 중앙에 진한 초록색 아스파라거스와 흰 소스를 뿌린 닭가슴살 여덟 조각, 그리고 검은 트뤼프를 올린 것이다.

"무솔리니 당원을 상징하는 것으로 검은 셔츠가 있지요. 이 요리 색깔은 이탈리아 국기를 상징해요." 에스코피에가 설명했다.

그의 말은 불행히도 소설가 로맹 롤랑을 필두로 한 많은 지식인들이 무솔리니에 대한 찬가에 반대하여 파시즘의 진정한 모습을 백일하에 밝혀낸 시기에 언론 지상에 발표되었다. 에스코피에는 아연실색했다. 이탈리아식 프로파간다의 희생양이 되었던 간디나 타고르 같은 엘리트 지식인들이 무솔리니에게 회담을 제의했다가 곤경에 빠졌던 것이 그나마 조그마한 위안이라면 위안이 되었을까.

에스코피에는 과거에 그가 두 번이나 빌헬름 2세에게 식사를 제공했듯이, 독재자를 위해 요리를 헌정한 것을 몹시 후회했다. 어째서 위대한 요리가 정치와 연결되어야 하는가? 정치가들은 권력을 유지하고 자신의 입맛에 따라 지상의 양식들에 대한 소유권을 갖기 원하기 때문인가? 그는 빈 회의[31)]에서 외교 훈련이 아니라 요리사들을 요구했던 탈레랑의 소원을 떠올렸다.

그는 눈을 감았다. 그가 걸어왔던 인생이 눈앞에 펼쳐졌다. 그가 요리를 바친 관료들, 장군들, 사령관들, 대통령들, 미래의 영국 국왕, 러시아의 왕자들, 이 왕위의 후계자들……. '나는 어쩌면 내 인생을 자격 없는 사람들을 즐겁게 하기 위해서만 소모한 것은 아닐까? 이 가운데 자신의 시종들을 위하는 위인들은 한 명도 없었다. 자신의 요리사를 위할 줄 아는 사람들이 과연 있었던가?' 자책하듯이 그는 자문했다. 그는 마크-마옹의 인색함을, 당들로에게서 느꼈던 실망을, 인도 보로다 왕자의 자만을 떠올렸다. 그는 오른쪽 볼을 두드리면서 평정을 찾으려고 노력했다. '내 인생에 영광은 없어. 맛도 모르는 망나니들을 즐겁게 하기 위해 그 많은 노력을 했다니!'

그는 점점 더 우울한 생각에 깊이 빠져들었다. '가족의 삶을 대가로 한 이 모든 위선이라니! 수장의 삶이 고작 이런 것이라니! 타인의 쾌락에 부합한 은둔자의 삶이었다니! 아내를 위해 1년에 단지 3주의 시간만을 낼 수 있었고 아이들을 제대로 가르칠 수도 없었건만… 이 무슨 크나큰 실수란 말인가!' 그는 아버지에게 자신을 그냥 대장간에 붙잡아두라고 간청하는 편이 낫지 않았겠는가 하고 생각했다. 그렇다면 그의 삶은

---

31) 나폴레옹의 엘바 섬 추방 후 체결된 강화조약(1814년 5월)에 의해 프랑스가 포기한 영토의 처분에 관한 회의. 총 참가국은 143개국이었으나, 실질적인 의사 진행 국가는 오스트리아, 러시아, 프로이센, 영국의 4개국에 불과했고, 패전국 프랑스도 탈레랑의 책략으로 4개국과 동등한 회의 참여국이 되었다. 1815년 6월 빈 회의 최종 의정서가 조인되었고, 이에 따라 강대국들은 자신들의 실리에 따라 영토를 분할했다.

평범했을 것이다. 어쩌면 그런 삶으로도 그는 성공했을지 모른다. 어쩌면 금속 예술이 비약을 맞았을지도 모른다. 그 분야에서 활동했다면, 어쩌면 지금은 그가 우습게 보는 이 장미꽃 모양의 쇠단추를 훨씬 아름답게 만들 수도 있었을 것이다. 그는 담배 산업을 꽃피우는 데 생애를 바쳤을 수도 있었다. 그의 아버지는 그가 훌륭한 코를 지니고 있다고 누차 말하지 않았던가?

에스코피에는 문득 자신이 맹목적으로 헌신했던, 냉소적인 사회에 대한 경멸감에 사로잡혔고, 그 순간 그의 뇌리엔 지인들의 모습이 한 명 한 명 떠올랐다. 그는 청개구리 울음소리를 닮은 갈리페의 잊을 수 없는 웃음을, 블랑슈 당티니의 꺼질 듯한 한숨을, 사라 베르나르의 감히 바라볼 수 없을 만큼 새하얀 블라우스를, 해적 귀걸이를 한 아델리나 파티를, 무대에 서기 바로 직전에 섹스를 했다는 얘기를 눈 하나 깜짝하지 않고 고백했던 넬리 멜바를, 적갈색 깃털이 1미터 50센티미터나 되는 기괴한 모자를 쓴 레이디 드 그레이를, 그토록 아름답고 슬퍼 보였던 영국 왕비 알렉산드라를, 그리고 불행하게 죽었지만 인생을 즐길 줄 알았고 엘프[32]와 실피드처럼 춤추었으며 심오한 영원이 미소짓는 듯한 진한 코발트색 눈을

32) 독일 민담에 나오는 인간의 모습을 한 작은 난쟁이로서 본래 '정령'을 뜻했다. 짓궂고 쾌활한 그들은 인간과 동물에게 병을 전염시키고 악몽(독일어로 '엘프 압박(Alpdrucken)' 이라고 한다)을 꾸게 하며 아기를 훔쳐 바꿔놓는다고 한다.

지닌 꽃 파는 이자벨을 회상했다.

촉촉한 입술, 백조의 목, 현기증 날 정도로 드러난 어깨, 길들여진 양순한 뱀처럼 늘어진 머리카락의 이미지들이 계속해서 지나갔고, 이윽고 그의 마음이 편안해졌다.

'나는 여성 요리의 발명자라고 할 수 있지. 내 요리의 대부분은 여성들에게 바쳐진 것이야. 이 배불뚝이 베니토는 지나는 여정중에 불거진 실패작에 불과해.' 그가 생각했다.

지나가버린 미식가들의 시대

그는 컨디션이 별로 좋지 않았다. 왜 그런가? 일감이 밀려오는 것은 참을 수 없는 것인가, 아니면 자극을 주는 것인가? 그것은 끝없는 압박인가? 칼튼 호텔의 호화로움과 페르낭 빌라의 단순함이 상대적으로 비교되어 그런 것일까? 나이가 주는 무게 탓인가? 그는 모나코 카지노의 테라스 위를 산책하면서 생각에 잠겼다.

아직 여행이 남아 있었다. 1930년 취리히에서 요리 전시회가 열렸는데, 행사가 진행되는 주요 거리가 '에스코피에 거리'로 명명되었다. 에스코피에는 그러한 대우에 좀 난처함을 느꼈지만, 라 로슈푸코의 다음과 같은 경구를 떠올렸다. "찬사를 사절하는 것은 곱절의 찬사를 받고자 하는 욕망이다." 그의 명성이 확고해질수록 그는 더욱더 간결함을 추구했다.

"자연스러움을 찾아야 해요. 소스가 생선을 맛있게 해줄 거라고 믿지 말아요." 그는 항상 그렇게 권고했다.

취리히에 있는 바우르 오 라크 호텔 레스토랑은 스위스에서 가장 유명했다. 에스코피에는 구운 고기와 샐러드를 주문했다. 그동안 호텔 직원은 조마조마하게 음식이 나오길 기다리고 있었고, 흥분한 주방장은 주방에서 지상 낙원의 소스들을 감독하고 있었다. 에스코피에가 커피를 다 마시자 지배인이 시가를 권했다.

"고맙습니다만 전 시가를 피우는 것보다는 시가의 향을 좋아하지요. 제가 부자였더라면, 맛을 아는 식당 종업원에게 나를 대신해서 식사 후에 '하바나'를 피우라고 했을 거요."

식사를 끝낸 그는 취리히 호수 주변을 산책하러 내려갔다. 취재진 중 한 명이 그를 따라왔다. "당신이 그 위대한 프랑스 요리의 전도사시군요……."

"그것뿐만이 아니지요! 제 덕분에 월귤 소스[33], 굴 소스[34], 컴버랜드 소스[35], 민트 소스 등 27종의 영국식 소스가 전세계 곳곳에서 사용되고 있지요. 다지지 않은 송로버섯 주위에 올리브나 작은 진주로 장식한 페리괴 소스는 특히 마지막 순간에 만들면 항상 훌륭하답니다."

---

33) 귤, 식초, 흑설탕, 계피, 자메이카산 고춧가루, 생강 등을 끓여 만든 소스.

34) 녹인 버터에 밀가루를 볶은 다음 다진 굴과 굴즙, 레몬즙, 마시(넛멕 껍질로 향료의 일종)를 넣어 끓인 후에 우유를 부어 만드는 소스.

35) 양파, 오렌지, 레몬, 구즈베리, 포트 와인 등으로 만든 소스.

그는 얘기가 길어지지 않고 짧게 끝날 수 있도록 적절한 대답을 찾아냈다. 이것이 그가 자신에 대해 확신하고 있다는 의미는 아니었다. 그는 과거에 대한 집착 때문에 비난받는 노쇠한 명사들의 운명에서 자신도 비껴가지 않을 것임을 잘 알고 있었다. 비순응적이었던 이 명사들의 젊은 시절은 이미 오래 전에 잊혀진 바였다. 사실 새로운 세대는 그의 요리가 아주 부유한 사람들만을 위한 배타적인 요리의 본보기라는 점을 비판했다.

"가난한 사람들의 요리를 부자들에게 먹이는 것이 훨씬 숭고하지 않은가?" 이러한 퀴르농스키의 제안은 암묵적인 비난이나 매한가지였다.

지식인들은 점점 더 '위대한 요리'에 대해 그릇된 평가를 내리고 있었다. 그들은 위대한 요리란 요리를 복잡하게 만들거나 단지 눈속임으로 사람을 바보로 만들어 가격을 올리는데 열중해 있는 거물들의 예술이며, 때문에 그것을 기피 대상으로 삼아야 한다고 주장했다. 위대한 요리사가 예상치 못한 즐거움을 선사할 수 있다는 생각에 대해 그들은 쓸데없는 짓이며, 시대에 뒤떨어진 것으로 보았다.

어떤 좌파 인사들은 그의 요리를 "유한계급의 탈선이자 자본주의의 유해한 보루"라고 비난했다. 미각의 만족을 지나치게 중시하는 음식을 경멸하는 사람들이 생겨나기 시작했다. 채식주의자, 동양식 금욕주의의 전도사들, 엄격한 청교도들, 육신은 정신보다 열등하다고 생각하는 도덕주의자들이 그들이었다. 그들은 섬세하게 준비된 요리가 저속한 것이라고 비난했다. 이제 아나톨 프랑스[36]가 《페도크 여왕의 불고기집》에서, 에르크만과 샤트리앙[37]이 《친구 프리츠》에서 썼듯이 작가들이 열정을 가지고 호화로운 식탁을 찬양했던 그런 시대는 지나가버렸다. 단지 《수세라크[38]에서의 점심》을 쓴 피에르 브누아[39]처럼 대중적이라고 불리는 작가들만이 독자들에게 군침을 삼키게 할 뿐이었다. 앙드레 지드[40]는 젊은 시절 쾌락주의를 주창했음에도 불구하고, 이제는 유명 레스토랑에 거의 모습을 나타내지 않았고, 〈NRF〉[41]의 영향력 있는 인사들의 대부분도 마찬가지였다. 결국 정형화된 요리를 맛보는 데 만족하지 않고, 미각을 충족시킬 권리를 주장하는 개성 있는 작가들만이 고급 레스토랑에 드나들었다.

"이걸 읽어봐요." 하루는 델핀이 《율리시스》라는 책을 주면서 오귀스트에게 말했다. 그것은 아주 아름다운 소설이었다. 하지만 작가는 위대한 주방장이 어떤 존재인지에 대해서는 아무런 개념이 없었다.

---

36) 프랑스의 작가 · 비평가(1844-1924).
37) 두 사람은 19세기 프랑스 최초의 지방주의 소설가로 동업했으나, 1889년 명예훼손에 관한 소송 사건으로 그 동업 관계가 깨졌다. 그들의 작품 《친구 프리츠》는 이탈리아 오페라 작곡가 피에트로 마스카니(1863-1945)에 의해 오페라로 만들어졌다.
38) 스페인의 국경과 가까운 피레네 산맥 근처의 미디 피레네 지방에 있는 도시의 이름이다.
39) 프랑스의 작가(1886-1962). 아카데미 프랑세즈 회원이었다.
40) 심리 소설을 개척한 프랑스의 작가이자 비평가(1869-1951). 1947년 노벨 문학상 수상.
41) Nouvelle Revue Francaise: 프랑스의 대표적인 지식인들이 만든 영향력 있는 잡지로 '새로운 프랑스 잡지' 라는 뜻이다.

700쪽에 달하는 이 책 속에서 사회적인 규범과는 거리가 먼 아일랜드 작가 제임스 조이스는 도축에 일가견이 있는 '레오폴드 블룸' 이라는 이름의 광고 회사 직원이 어떻게 해서 아침 식사로 양의 염통을 준비하기로 결정했는지를 얘기하고 있었다. 그 염통은 "연하게 오줌 냄새가 나는 훌륭한 맛을 통해 그의 유아기적 입맛"을 충족시켜주었다. 블룸은 긴 독백을 하면서 거리로 나갔고, 이 염통을 사기 위해 조금 멀리 떨어져 있는 정육점에 들렀다. 그는 그것을 집에 가져와 솜씨 있게 굽고 있었다. 그런데 그가 아파서 누워 있는 아내에게 몸이 좀 어떠냐고 묻는 동안 염통은 다 타버렸다. "매운 연기가 프라이팬 한쪽에서 사납게 솟아오르고 있었다." 블룸은 염통을 조각내어 탄 부분은 고양이에게 던져주고 "나머지 먹을 만은 하지만 고무처럼 질긴 그 부분을 음미하듯이 씹을 수밖에" 없었다.

델핀이 말했다. "요즘에는 대부분의 소설가들과 시인들이 개인의 고독을 강조하지요. 현대의 영웅은 자기 자신에게 의지할 수밖에 없어요. 절망적으로 혼자인 그는 때때로 사랑할 누군가를 만나기도 하지요. 그렇지만 그건 그 사람을 돕기 위해서가 아니에요. 그는 어쩔 수 없이 자립해야만 하고 그러다 보면 훌륭한 요리사의 솜씨를 무시하게 되어버려요. 현대의 영웅은 호화로운 레스토랑에는 가지 않지요. 그가 스스로 염통을 굽다가 태우는 건 당연해요."

불쾌한 회의감이 에스코피에의 마음을 어지럽혔다. 그는 고개를 흔들며 볼을 두드리다가 차를 끓일 로즈마리를 따러 정원으로 내려갔다. 꾀꼬리조차 그의 손 위로 날아오지 않았다.

훌륭한 소스, 훌륭한 수프

여든다섯의 나이에도 그의 인생 여정은 계속되었다. 프랑스에서 그는 자택인 모나코의 페르낭 빌라와 브와시-당글라 거리에 있는 그의 파리 숙소를 오갔다. 이 숙소는 1928년에 미국 대사관에 자리를 내주면서 철거된 그리모 드 라 레니에르 호텔의 부지와 인접한 콩코드 광장 근처에 있었다.

파리에는 그가 갈 만한 훌륭한 레스토랑들이 여전히 남아 있었다. 그중 하나는 그의 손자 폴이 경영하는 레스토랑이었는데, 폴의 아내는 근처 방돔 광장에서 고급 의상실을 경영하고 있었다. 또 하나는 독일계 유태인 실러 박사의 레스토랑으로 쿠르셀 거리에 위치해 있었다. 그의 부인 이베트 길베르[42]는 《마차는 전진한다》와 《아르튀르 부인》의 번역자이기도 했다. 에스코피에는 그녀를 사보이 호텔에서 알게 되었는데, 그 당시 그녀가 원하는 대로 낭튀아 소스(가재 버터로 만든 베샤멜 소스)로 볶은 계란과 아스파라거스, 네모지게 썬 가재꼬리, 얇게 썬 트뤼프로 계란 파테를 만들어주면서 그 요리에 '이베트 계

42) 프랑스의 가수, 낭송가, 연극 · 영화 배우(1867-1944). 나중에는 소설도 썼다.

란' 이라는 이름을 붙여준 적이 있었다.

또 다른 레스토랑으로는 '파니스-파시' 가 있었다. 그곳 주방장은 항상 전진하기 위해 노력하는 사람이었고 에스코피에를 우상처럼 떠받들었다. 어쩌다 혼자서 저녁식사를 하게 되는 경우, 에스코피에는 자신의 식탁이 마련되어 있는 마들렌 광장의 라뤼 레스토랑에 들르곤 했다.

루아얄 거리를 거슬러올라가면서, 그는 못마땅한 마음을 감추지 않았다. 그 거리에 있는 고급 레스토랑 '막심' 의 요란하고 호화스러운 분위기가 눈살을 찌푸리게 만들었던 것이다. 시끌벅적한 자동차들로 뒤죽박죽 엉켜 있는 길거리는 그에게 지옥처럼 끔찍해 보였다. 그는 비록 소음을 내긴 하지만 화살과 같은 궤도로 움직이는 런던의 마차가 그리웠다. 그는 모든 것에 갑자기 싫증이 났다. 그러나 라뤼 레스토랑에 도착하니 다행스럽게도 친구 니뇽이 그를 기다리고 있었다.

에두아르 니뇽은 오스트리아 빈의 트리아농, 파리의 파이야르, 모스크바의 에르미타주, 런던의 클라리지 등 여러 나라의 호텔과 레스토랑 등에서 일한 경험을 가진 베테랑 가운데 베테랑 요리사였다. 그의 고객으로는 오스트리아 · 벨기에 · 세르비아의 국왕 부처, 러시아의 차르가 있었다. 1908년 그는 라뤼 레스토랑을 인수했고 그곳에서 계속 국왕과 왕자들을 맞이했다. 제1차 세계대전 종전 후 미국의 윌슨 대통령이 파리에서 거주할 때 그의 전담 요리사로 발탁된 적도 있었다. 니뇽은 또한 아폴리네르와 공저로 《미식가의 칠 일》이라는 탁월한 책을 출간하기도 했다. 사샤 기트리[43]가 그의 친구였으며 아나톨 프랑스와 폴 부르제[44]와도 가까운 사이였다. 에스코피에처럼 그 역시 글쓰기를 좋아했다. 프랑스 학술원의 회원인 극작가 로베르 드 플레르가 "두 분 선생님은 요리 전문 도서관을 만들어야겠어요"라고 제안할 정도였다.

니뇽과 에스코피에가 처음 만난 것은 런던에서였다. 그들에게는 품위 있는 요리에 대한 열정과 놀랄 만한 기억력, 시적 취향과 훌륭한 편집 능력을 갖추었다는 공통점이 있었다. 니뇽은 《요리의 즐거움》을 자비로 출판하기도 했다. 예술 서적이자 요리책이며, 감미로운 요리 모음집이기도 한 이 책의 표지에는 발이 다섯 개 달린 상징적인 양의 그림이 그려져 있고, 속표지에는 "좋은 풀만 뜯어라"라고 쓰인 작은 목판 도안이 찍혀 있었다.

에스코피에가 라뤼 레스토랑에서 저녁식사를 할 때면 니뇽이 그의 식탁으로 와서 담소를 나누곤 했다. 몇 명의 자작들이 아마도 어떤 자작에 대한 이야기를 나누고 있는 듯이 보였다. 두 명의 요리사 또한 요리에 관한 이야기로 꽃을 피웠다.

그날 저녁, 그들이 위대한 미식가들의 습관을 즐겁게 반추하며 앉아 있던 구석자리 창문에는 조명으로 아름답게 밝혀

---

43) 프랑스의 배우이자 극작가(1882-1957).
44) 프랑스 소설가(1852-1935).

진 마들렌 성당의 열주들이 보였다. 그들은 상아 주사기로 마카로니에 골수를 채워넣었던 로시니, 집중도를 높이기 위해 한손을 눈가에 갖다대고 같은 방법으로 만든 마카로니를 시식했던 18세기 이탈리아 음악가 니콜에 대해서 얘기했다. 그들은 또한 '샐러드 조리사'로 불렸으며 필요한 모든 재료－향신료를 첨가한 식초, 숙주나물, 캐비아, 트뤼프, 멸치, 케첩, 달걀 노른자, 고기즙, 금련화－를 담은 마호가니 함을 가지고 런던의 부호들을 방문하여 8만 프랑 이상을 벌어들인 알비냑 후작에 대해 얘기했다. 이어서 그들은 샐러드 전문가인 엄숙한 설교사 라코르데르[45] 얘기도 빼놓지 않았다. 그는 그토록 애지중지했던, 올리브 나무로 만든 포크를 버릴 수밖에 없었는데, 부러진 포크 날 하나를 삼킨 신도가 숨막혀 죽을 뻔했기 때문이다. 새롭고 훌륭한 소스를 발명한 모든 이들에게 비단옷을 선물했던 엘라가발루스[46]를 비롯해서 무명의 이탈리아 배우 카메라니도 그들의 대화 속에서 화제의 주인공으로 등장했다. 매우 훌륭한 수프를 개발해낸 이 배우에게 그리모 드 라 레니에르는 100프랑을 상금으로 수여하면서 식도락 제국의 부군주 자격을 부여했다.

---

45) 프랑스의 성직자(1802-1861). 나폴레옹 이후 프랑스에서 일어난 가톨릭 부흥 운동을 주도하였다.

46) 로마 황제이자 태양신의 사제(204-222). 자신이 섬기던 엘라가발 신에서 자신의 이름을 따왔다. 219년 로마로 들어가 태양신의 신전을 건립하였다. 음란한 축제 풍습을 옮겨와 궁정 생활을 문란하게 만들었는데 결국 어머니와 함께 근위병에게 암살당했다.

"손님들은 점점 더 수프를 먹지 않아. 난 쓸데없이 수프에 닭고기 파테, 성냥개비 모양의 페스추리, 고기 만두, 완자, 트뤼프 파테 등을 곁들인 셈이지. 사람들은 숟가락을 사용하는 것에 혐오감을 갖는 것 같아. 그들은 뭔가를 씹는 걸 더 좋아하는 거야." 니농이 지적했다.

"모든 것은 변하고 그것은 요리에서 시작하지. 나는 개인적으로 196가지의 프랑스식 수프와 103가지의 이국식 수프를 만들어냈던 카렘이 이런 현상에 대해 어떻게 생각할지 모르겠어. 그는 군주와 황제들이 수프를 아주 즐겼다고 말했지."

"볼테르도 놀랄 거야. 그는 '나는 세상의 모든 학문에서보다 한줄기 햇살과 수프에서 더 많은 진실을 본다' 고 말했거든. 어쩌면 수프를 훨씬 걸쭉하고 씹을 만한 음식으로 대체해야 할지도 모르겠어. 그렇다면 그건 기원으로 돌아가는 거겠지. 옛날에는 푸짐한 고기 요리를 '수프' 라고 불렀거든. 부알로의 풍자시를 읽어 봐. '그래도 사람들은 수프를 가져오고, 그 속에서 헤엄치는 수탉은 얼마나 화려해 보이는지' 라고 쓰고 있잖아?"

"곧 아~알게 되겠지."

에스코피에는 외제니 황후가 즐겨 쓰던 말투를 흉내냈다. 그는 니스의 벨뷔 호텔 정원에서 에블린 바르두에게 이런 과장된 말투를 사용했던 기억이 떠올랐다. 아주 오래 전의 일이었다. 그는 니농이 주는 뵈브 클리코 샴페인을 마시고 취기에 빠져들었다.

뉴욕에서 맞은 85세 생일 파티

'여행은 젊음의 묘약일 수 있는가?' 이것은 파도를 가르며 나아가는 파리 호의 거대한 선체 소리를 들으며 에스코피에가 스스로에게 던진 질문이었다.

모피 제작으로 부를 쌓은 바이에른 출신의 기업가 애스터[47]는 뉴욕 시의원 선거에서 낙선한 사람이었다. 실망감에 그는 미국 국적을 포기하고, 맨해튼에 있는 화려하고 웅장한 자택을 허물어 그 자리에 큰 호텔을 지으려고 하였다. 그 소식을 들은 이웃들은 무척 놀랐고, 그의 계획에 반대했다. 귀족풍의 거주 지역에 상업적인 관광 목적의 건물을 세운다는 생각 자체가 그들을 분노하게 만들었던 것이다. 하지만 그들은 아무것도 할 수 없었고 1893년에 월도프—후에 월도프-아스토리아로 개명된—호텔이 들어섰다. 그 호텔은 450개의 객실을 보유한 웅장한 건물이었다. 발도르프 호텔이 하나의 전례가 되어, 자신들의 사저(私邸)를 처분하고자 했던 재력가들은 호텔 협회에 개축을 의뢰하기 시작했다. 부동산 재벌이었던 로버트 W. 골렛은 1902년 뉴욕 매디슨 애비뉴의 이스트 46번가

47) 미국의 모피 왕(1763-1848). 그가 설립한 아메리카 모피 사는 미국 최초의 독점 기업으로 기록되었다.

와 47번가에 걸쳐 있던 자신의 저택을 리츠칼튼 호텔로 개축했다. 1928년 존 로버트 리빙스턴은 센트럴 파크 한 모퉁이에서 있어 아주 유리한 입지 조건을 갖춘 자신의 저택을 개축하여 뉴욕에서 첫 번째로 손꼽히고, 유행을 선도하는 최첨단 호텔로 만들기 위해 크라이슬러[48]와 합작했다.

리빙스턴이 개축한 호텔에서 멀지 않은 곳에서 피에르 사장은 지극히 세련된 프랑스 레스토랑을 경영하고 있었다. 그는 리빙스턴, 크라이슬러와 제휴했다. 고객들 사이에서 피에르 사장에 대한 명성이 워낙 높았기 때문에 호텔 이름은 그의 이름을 빌려 '피에르' 라고 하기로 했다.

1930년 10월, 피에르 사장은 호텔 창립과, 요리의 거장 에스코피에의 여든다섯 번째 생일을 축하하기 위해 에스코피에를 초청했다.

프랑스의 항구 도시 르 아브르와 뉴욕을 7일 만에 주파하는 파리 호 선상에서 에스코피에는 오디세우스를 떠올렸고, 델핀과 페넬로페[49]를 비교해보았다. 연회장에서는 오케스트라가 '파를레 무아 다무르' [50]와 최근 유행하는 댄스곡 룸바를 연주하고 있었으며, 선상의 영화관에서는 '푸른 천사' 가 상영되고 있었다. 에스코피에는 이 영화를 놓치지 않고 보았다.

---

48) 미국 기업가(1875-1940). 미국 3대 자동차 회사 중 하나인 크라이슬러 사(社)의 설립자.
49) 그리스 신화 속의 영웅 오디세우스의 아내로 모험을 떠난 남편이 돌아올 때까지 아버지의 수의를 짜며 다른 남자들의 구혼을 물리쳤다.
50) '내게 사랑에 대해 말해주세요(Parlez-moid'amour)' 라는 뜻의 샹송.

마를렌 디트리히[51]의 늘 반쯤 감긴 듯한 눈, 박쥐 날개 같은 오묘한 콧구멍, 윤곽이 뚜렷한 입술, 연약하고 위태로워 보이는 얼굴에 그는 매혹되었다. '이히 빈 폰 코프 비스 푸스 아우프 리베 아인게슈텔트(Ich bin von kopf bis Fuss auf Liebe eingestellt; 머리에서 발끝까지 나의 모든 것을 사랑을 위해 바치겠어요)…' 라는, 그녀가 부른 노래의 가사, 영화 속의 대사들, 입술과 육체에서 솟아나는 허스키하지만 기름진, 주저하는 듯하면서도 단호한 목소리에 그는 감격했다. 화면이 바뀔 때마다 에스코피에는 지극한 행복감으로, 상대 배우인 에밀 야닝스[52]가 그녀의 노래, 그녀의 높은 챙 모자, 그녀의 망사 스타킹, 부드러운 곡선을 이룬 그녀의 허벅지, 비단 속옷의 정열적인 향기에 취해 있는 장면들을 음미했다.

에스코피에는 그녀에게 자기의 요리를 바치고 싶었다. 그런데 어떤 요리를 바칠 것인가? 그가 세기 말에 블랑슈 당티니와 코라 펄을 위해 만들었던 요리들은 아주 고급 재료인 트뤼프, 푸아그라, 가재를 넣어 만든 것이었다. 이러한 요리들은 번영하던 그 시대 분위기를 보여주는 것으로, 그 당시의 물질적 풍요는 장식에서든, 유행하는 의복에서든, 혹은 육체에서든(이 부분

---

51) 독일의 여배우(1901-1992). 요제프 폰 슈테른베르크가 연출한 1930년작 '푸른 천사' 에서 세상살이에 지친 관능적인 나이트클럽 가수 '로라로라' 역을 맡아 열연, 각광을 받기 시작했다. 이 작품은 하인리히 만의 소설 《운라트 교수》를 각색한 것으로 국제적인 성공도 거두었다.

52) 독일의 세계적인 연극 · 영화 배우(1884-1950). 비극적인 인물 연극으로 정평이 나 있다.

에서 에스코피에는 사람들이 여자의 허벅지인지 암탉의 허벅지인지 의아해할 정도로 뒤룩뒤룩 살이 쪄 원추형 모양이었던 블랑슈의 허벅지를 떠올렸다) 모든 부분에서 세련됨의 정수를 보여주었다. 영화 '푸른 천사'는 완전히 다른 시대를 반영했다. 그 영화가 보여준 에로티즘—그렇게 불러야 할 터인데—은 블랑슈 당티니의 에로티즘과는 아무런 관련이 없었다. 그것은 덧셈이 아니라 뺄셈을 통해서 얻어진 것이었다. 이 신비스런 독일 여인을 위해 어떤 요리를 만들 것인가? 아주 단순하면서도 파격적인 요리가 좋을 것이다. 생선과 슈쿠르트는 어떨까? 박하와 딸기 향 나는 마카로니는? 에스코피에는 그녀가 부른 노래의 가사를 흥얼거리며 선실로 돌아갔다. "이히 빈 폰 코프 비스 푸스……."

10월 16일, 그는 피에르 호텔 개업식 요리를 주관했다. 그 다음주에는 그에게 경의를 표하기 위한 리셉션이 그 주 내내 열렸다. 하루는 전쟁에 참전했던 프랑스 노병들 주관으로, 또 하루는 독일 요리사 협회의 주관으로 행사는 계속되었다. 10월 28일에는 커다란 호텔 홀에서 그의 생일잔치가 성대히 베풀어졌다. 그의 제자 뱅상 스코토가 하나하나 마련한 요리들은 에스코피에의 과거를 한눈에 회고할 수 있도록 꾸며졌다. 파리의 판타지, 런던 선단, 프로방스식 뜨거운 파테…….

뉴욕에 체류하는 동안 그는 열세 건의 축하연을 주관했고, 스스로 매우 만족해했다. 그러나 누가 알겠는가. 마를렌 디트리히와 그녀의 매혹적이고 요염한 미소가 그를 안타깝게 했을지도……. 이러한 욕망은 그가 이 은막의 스타를 안아보고 싶었기 때문이 아니라, 마를렌이 불가항력적으로 그를 벗어나기 시작하는 새로운 세계를 상징했기 때문이다. 결국 그는 마를렌에게 요리를 바치지 못했다.

"옳지 못한 생각들과 옳지 못한 요리법들을 피할 것!"

파리 호의 일등석 갑판은 짭짤하고도 비릿한 냄새로 가득 차 있었다. 에스코피에는 발밑에서 울려오는 기계의 진동을 느꼈다. 그는 대서양을 횡단하는, 노련한 선원들이 쓰는 모직 챙 모자를 다시 고쳐 쓰고 갑판 위를 산책했다. 거울처럼 잔잔한 바다는 흰색 래커 칠이 된 뱃전에 부딪쳐 부서져내렸고, 굴뚝에서 뿜어져나오는 증기는 새의 은은한 지저귐처럼 사방으로 퍼져나갔다. 에스코피에는 휠체어를 밀고 오는 줄무늬 옷을 입은 남자를 피하기 위해 왼쪽으로 물러섰다. 휠체어에는 눈처럼 흰 곱슬머리의 노파가 앉아 있었다. 노파의 반짝이는 검은 눈빛에 그는 화들짝 놀랐다. 그는 내심 그녀와 다시 마주치기를 바라면서, 갑판을 마저 돌기 위해 멈추지 않고 발걸음을 크게 뗐다.

순간 노파가 시종에게 외쳤다.

"멈춰요!"

에스코피에는 모자를 벗고 다가가 몸을 굽혀 그녀에게 인사했다.

"여전히 정중하군요. 오귀스트!"

그의 눈앞으로 벨뷔 호텔의 정원과 초록 벤치, 흔들리던 작은 신발, 밤나무 손잡이가 달린 바구니가 지나갔다.

"저녁이나 같이 할까요? 동행도 없고 하니. 난 워싱턴에 사는 손자들을 보러 갔다 오는 길이에요."

에스코피에는 오래 전부터 알고 있던 선실 레스토랑 주방장을 불러 두 사람을 위한 특별 메뉴를 청했다. 그는 파리 리츠 호텔 시절 이후, 오랫동안 에블린을 보지 못했다. 그 당시 에블린은 저녁식사를 하러 리츠에 여러 번 들렀었다.

식당에 먼저 도착한 에스코피에는 에블린과 자신을 위해 특별히 마련된 테이블 앞에 앉았다. 풀을 먹여 빳빳한 식탁보 위로는 반짝이는 은그릇이 놓여 있었고, 선창 너머로는 보랏빛 구름이 수놓아진 여전히 창백한 푸른 하늘과 파도로 줄무늬가 그려진 청록색의 바다가 보였다. 그는 미국인들처럼 해보기 위해 칵테일을 주문했다. 칵테일이 그의 유명한 콧수염을 채 적시기 전인, 정확히 6시 29분에 에블린이 들어왔다. 그녀는 항상 약속시간보다 1분 먼저 도착하는 그런 여성이었다. 그녀는 둥근 손잡이에 금테를 두른 수수한 지팡이를 짚고 걸었다.

"휠체어는 핑계에요." 자리에 앉으면서 그녀가 말했다. "하지만 난 몸이 흔들리지 않는 상태에서 장엄한 바다 풍경을 보는 게 좋아요."

종업원들이 그들 곁으로 다가왔다. 에스코피에는 자신들을 조용히 내버려두라는 손짓을 보냈다.

에블린은 건성으로 메뉴판을 훑어보았다.

"배고프네요. 뭐가 좋을까요? 가자미는 어때요?"

"그건 관둡시다. 가자미는 여성이 혼자 레스토랑에 왔을 때 시키는 거예요! 우리를 위한 특별 메뉴가 준비되어 있습니다. 난 옛날에 당신이 뭘 좋아했는지 아직도 잘 기억하고 있어요. 입맛이 바뀌진 않았겠지요?"

"난 카멜레온 같은 사람이 아니에요. 게다가 당신이 내게 깨우쳐준 맛을 어떻게 바꿀 수 있겠어요?"

저녁식사는 아주 가벼운 요리들로 준비되었고 각 요리는 다양한 허브와 조화를 이루었다. 타라곤 소스의 메추라기 알과 회향풀을 가미한 렌즈콩(lentil), 오레가노(origan)[53]를 넣은 작은 키슈(quiche)[54], 밀라노식 피스투 카솔레트[55]가 그것이었다.

"아하! 이제야 바질 맛을 구분할 수가 있어요. 우리가 처음 만났을 때 당신은 바질이 없어 난처해했었지요……."

"벌써 63년 전 일인데……."

"세월이 강물처럼 흘렀군요! 그동안 당신이 깨달은 바가

---

53) 지중해 지방에서 많이 나는 향이 강한 허브. 분홍색의 꽃을 말려서 사용한다.

54) '키슈'는 계란, 햄, 크림, 지방 따위로 만든 파이의 일종.

55) 밀라노식은 쌀과 야채를 넣어서 끓이는 것. 피스투는 마늘과 바질을 넣은 야채 수프를 말하고, 카솔레트는 스튜라는 뜻이다.

무엇인지 물어봐도 될까요?"

사람들은 그에게 이런 질문을 자주 던졌고, 그 질문에 대한 답은 항상 똑같았다.

"깨달은 바라… 그건 '단순할 것', '옳지 못한 생각들과 옳지 못한 요리법들을 피할 것!' 이지요."

그의 시선이 레스토랑의 칸막이 벽을 떠돌았다. 두 선창 사이에 걸린, 테두리를 예쁘게 장식한 게시판에는 그날 저녁에 있을 행사를 알리는 전단이 붙어 있었다. 거기에는 "오늘 저녁, 클롭슈토크[56]의 시에 곡을 붙인 크리스토프 빌리발트 글뤼크[57]의 가곡회가 열립니다"라고 쓰여 있었다.

"모차르트인지 하이든인지 잘 기억은 안 나지만, 하여튼 그들 중 한 사람이 그랬다지요? '글뤼크는 마치 요리사처럼 곡을 쓴다' 고. 이 말이 그에게 모욕적이었을까요? 오히려 찬사가 아니었을까 싶습니다. 글뤼크의 장점은 모든 불필요한 수식과 성악가의 허영심이 낳을 수 있는 기교의 남용, 쓸데없는 장식들을 피한다는 겁니다. 그렇게 해서 성악부와 기악부 사이의 절묘한 조화가 이루어지는 거지요. 그는 항상 전체적으로 잘 구성된 그림 속에서 강렬한 색깔을 내려고 하지요. 진부함과 지루함, 반복과 쓸데없이 늘어지는 걸 싫어하거든요.

---

56) 독일의 서사 시인이자 서정 시인(1724-1803). 그의 주관주의적 시각은 18세기 초, 독일 문학을 지배했던 합리주의와의 결별에 지표가 되었다.

57) 독일의 고전 오페라 작곡가(1714-1787).

바로 제가 그렇답니다!"

"마치 오페라 안내책자를 읽어주듯이 말하는군요."

"그저께 밤에는 메트로폴리탄 오페라에서 '이피제니'[58] 공연을 보았지요."

그는 잠시 말을 멈추고 그녀를 바라보았다. 그녀의 머리카락은 때묻지 않은 순수한 백색이었고 검은 눈은 여전히 젊은 처녀의 눈빛이었다.

"당신은 아름다워요. 진정한 디안 드 푸아티에[59]라고나 할까. 그녀가 다이어트를 하면서 식이요법에 열광했던 인류 역사상 최초의 여인이라는 걸 알아요?" 그가 말했다.

디안 드 푸아티에! 그녀는 외제니 드 몬티조 황후처럼 에스코피에의 요리에 은밀한 조언자가 된 여인이었다.

"그녀는 스물한 살 연하였던 앙리 2세와의 사랑을 비밀스럽게 간직할 줄 알았던 사람이죠. 그녀의 연적이자 앙리 2세의 합법적인 부인이었던 카트린 드 메디치[60]는 피렌체 출신의 요리사들이 만들어주는 과자만 삼키면서 일생을 보냈죠. 디안은 매일 아침 우물에서 길어올린 찬물로 세수를 하고, 비타민이 풍부한 균형 잡힌 식사를 했어요. 부분적으로 보자면 채식주의자라

---

58) 라신느의 고전 비극 작품으로 3막으로 이루어진 오페라.

59) 16세기의 절세 미인이었던 푸아티에(1499-1560)는 39세의 나이에 당시 19세에 불과했던 앙리 2세의 정부가 되어 정식 왕비인 카트린 드 메디치를 '이탈리아 장사꾼 집안 딸'이라고 경멸하며 국가 정사에 사사건건 관여하였다.

60) 카트린 드 메디치(1519-1589)는 앙리 2세가 사망한 후 섭정했다.

고도 할 수 있죠. 당도가 높은 과일 대신 그녀는 중세 사람들이 싫어했던 신선한 야채를 선호했어요. 예를 들면 아스파라거스, 완두콩, 옥수수, 토마토 같은 것들이죠. 그녀는 국왕이 하사한 쉬농소 성의 테라스에서 그것들을 재배했죠. 나중에 왕이 죽고 이 성을 다시 장악한 카트린 드 메디치는 이 채소들을 다 뽑아 버리고 거기에다 베고니아를 심었다고 합니다."

"어쩌면 요리 방식의 차이를 가지고 프랑스의 역사를 쓸 수도 있겠군요. 맞아요. 당신이 적격이에요. 니스, 모나코, 스위스, 파리, 런던, 뉴욕의 군주들 식탁을 간단하게 기술하면서 지난 50년의 역사를 한번 써보세요. 날 것과 익힌 것, 찬 것과 뜨거운 것, 일상식과 특별식 등 쓸 이야기는 무궁무진하잖아요? 그건 마치 장관이 바뀌듯이 항상 변하고 또 어디서나 다 달라요."

"안 돼요. 난 사가(史家)가 아니에요, 에블린."

"하긴 그 말도 맞아요. 당신은 단지 시인일 뿐이죠."

"단지라구요? 그 단어는 의미를 너무 축소시키지 않을까요? 새로운 일의 시초에는 언제나 시인이 있었다고 생각하는데요……."

9부

델핀이여, 영원히(1930-1935)

늙어가면서 사람은 좀더 광인이 되고 좀더 현명해진다.

– 라 로슈푸코

풍요로운 일생의 완성

1930년 에스코피에는 죽음이 목전에 다가오고 있음을 느꼈지만 여전히 활동하기를 원했다. 파리로 돌아온 후 프랑스 요리인 연합회가 주관한 연회에서 그는 회장에게 1만 프랑을 헌납했다. 그 돈은 미국 측과의 비즈니스에서 그가 거둬들인 것이었다. 그는 또한 이 연회에서 대서양 너머의 앵글로색슨 민족이 새로운 프랑스 요리사들을 받아들였다고 발표했다.

4년 후인 1934년, 마르세유에서 크로아티아의 한 테러리스트가 알렉산다르 유고슬라비아 국왕과 프랑스의 외무장관인 루이 바르투를 암살했다. 그 사건은 에스코피에에게 큰 충격을 주었다. 유럽은 몰락하는 듯 보였다. 그때 그는 여든아홉에 접어들고 있었다.

에피쿠로스는 인생의 말년을 아테네의 한 평범한 정원에서 보냈다. 그는 그 정원에서 흰 꽃과 파란 꽃을 가득 심고 가꾸었다. 그는 친구에게 자신의 말을 받아 적게 한 후, 더운물을 받아놓은 욕조에 들어가 시원한 물을 한 잔 청하고, 평온한 죽음을 맞이하였다.

"내 인생의 가장 아름다운 날은 생의 마지막 순간인 바로 지금일세. 수포와 복통 때문에 고통은 점점 커져가고 또 격렬해진다네. 우리가 옛날에 나눴던 대화를 떠올리면서 맞이하는 내 영혼의 기쁨이 그 고통을 맞서게 해주었다네."

그는 평소 습관대로 "안녕"이라는 결구를 쓰지 않고 "행복하게나"라고 적었다.

"내 인생의 가장 아름다운 날은 생의 마지막 순간인 바로 지금!" 에스코피에는 이 문장을 다시 기억했다. "이 얼마나 숭고한 낙관주의인가! 내 인생의 가장 아름다운 날은 벨뷔 호텔 정원의 커다란 유카 나무 그늘 아래에서 식욕부진에 시달리던 한 여인에게 내 꿈을 얘기해주던 바로 그때가 아니었던가? 내가 인생을 살면서 대부분 실현시킨 그 꿈들을 꾸던 그때……."

뉘엿뉘엿 넘어가는 태양이 선인장에 길다란 그림자를 드리우고 있었고, 단계별로 지나온 그의 삶이 영화 필름처럼 펼쳐졌다. 담배가게의 굴뚝, 힘겨웠던 견습 시절, 처음 만들었던 시 메뉴들, 이반 주방장에게서 배운 것들, 바르두와의 대화, 프티 물랭 루주, 리츠와의 만남, 사라 베르나르, 아델리나 파티, 카틴카, 넬리 멜바, 프랑스 왕자, 영국의 웨일스 왕자, 《요리의 길잡이》 집필, 로마의 그랜드 호텔과 파리 리츠 호텔의 축성, 칼튼 호텔의 화재, 에피쿠로스 만찬, 미국 여행과 페르낭 빌라 구입 등… 이 모든 순간들이 합쳐져 농밀하고 풍요로운 일생이 완성되었다. 하지만 70여 년 동안 뜨거운 화덕 앞에서 매일 투쟁해야 했던 그의 노고에 대해, 이러한 행복했던 순간들은 어떠한 의미를 주는가? 늘 투쟁의 연속이었으며, 때로는 즐겁기도 했고 때로는 지긋지긋하기도 했었다. 그것은 고객을 끌어들이기 위한 방법이면서 동시에 스스로가 존재할 권리를 느낄 수 있게 해준 것이기도 했다.

'이토록 꾸준한 투쟁을 오래도록 계속할 수 있는 직업은 거의 없지.' 그는 생각했다.

이런 생각을 하면서 그는 2,000여 명의 각국 요리사들을 훈련시켜 프랑스 요리의 우수성을 증명해보였던 것에 만족하며 미소 지었다. 그가 아꼈던 제자 세 명의 얼굴이 눈앞에 떠올랐다. 그가 생선 요리 조수로 고용했던 에르보도는 나중에 런던 리츠 호텔에서 주방장으로 승진한 후, 리츠 호텔을 떠나 칼튼 호텔의 주방을 지휘했다. 언젠가 그는 "저는 리츠에서와 비슷한 대우를 받습니다. 하지만 선생님이 일했던 곳에서 일한다는 건 엄청난 성취감을 맛보게 해주지요"라고 고백했다. 탈라마스는 리츠 개발회사에 소속된 국제 요리사 연합의 수석 주방장을 맡았다. 탈라마스에게 에스코피에의 《요리의 길잡이》는 '프랑스 요리를 위한 바이블' 이었다. 밴더빌트가의 저택에서 경력을 쌓았던 도농은 미국에서 가장 높은 보수를 받는 요리사가 되었다.

그렇다. 그의 인생은 결코 무익하지 않았다.

평온한 죽음

에스코피에는 초록 등나무로 만든 안락의자에 앉아 있었다. 때는 가을의 막바지로 접어들고 있었다. 아주 잔잔한 바람에, 페르낭 빌라의 담벽에 덩굴진 어린 포도나무 잎들이 주홍빛으로 물든 채 흔들리고 있었다. 여든아홉 살의 에스코피에는 그날 매우 평온했고 여전히 젊었으며, 지나간 과거에 대해 만족해했다. '나는 신사 고객들에게 즐거움을 선사했지. 숙녀 고객들에게도. 나 역시 즐거웠어. 내가 만든 요리들과 책들은 아직도 쓸모 있을 거야…….' 에스코피에는 생각했다.

그는 장수하는 것이 식이요법 덕분인가 하고 자문해보았다. 그게 확실할까? 모에 샹동 샴페인 덕분에 사라 베르나르는 건강을 유지할 수 있었다. 1703년 여든의 나이에 런던에서 타계한 작가 생-테브르몽은 매일같이 12개의 굴을 먹은 덕분에 건강을 유지할 수 있었노라고 주장했다. 《세계의 다양성》을 저술했던 퐁트넬[1]은 식이요법을 비웃었지만, 그 역시 거의 백 살에 가까운 때인 1757년에 타계했다. 시인이자 극작가인 피롱은 퐁트넬의 장례 행렬이 지나가는 것을 보고 이렇게 중얼거렸다고 한다. "그가 저녁 먹으러 마을에 나오는 일 말고 집 밖으로 나오는 건 처음이군."

---

1) 프랑스의 과학자이자 문필가(1657-1757). 볼테르로부터 "루이 14세 시대가 낳은 가장 박식한 인물"이라고 평가받은, 계몽주의 지식인.

반짝이는 포도나무의 마지막 잎새들이 파닥거리며 천천히 떨어져내렸다. 에스코피에는 위대한 인물들이 남겨놓은 생의 마지막 말들에 대해 생각했다. 소크라테스는 "죽기 전에 리라를 연주해보고 싶어서" 리라 연주를 배우고 싶어했다. 그리모 드 라 레니에르는 "물 한 잔만 갖다 주시오. 원수들과 화해해야 하니까"라는 말을 마지막으로 남겼다고 한다.

'나는 무슨 말을 남길 것인가?' 에스코피에가 생각했다. '새로운 요리를 더 많이 개발해야 한다고? 아니면 새 별을 발견할 수 있다는 희망을 가지고 밤하늘을 바라보라고?'

그는 홀로였던 적이 거의 없었고 항상 수많은 편지를 받곤 했다. 친구들의 편지, 그를 존경하는 사람들의 편지, 무언가를 요구하는 편지……. 그의 마지막 책인 《나의 요리법》에서 그는 타임, 오리강, 바질 같은 프로방스 허브들이 잘 어울리는 음식에 대해 자세히 설명했다. 이 책이 출간되자, 그는 불안에서 해방되었다. 수정 작업과 추가 원고를 쓰는 일, 언론과의 인터뷰 등은 항상 힘든 일이었기 때문이다.

한 기자가 그에게 물었다.

"당신에게 가장 훌륭한 저녁식사는 어디에서였습니까?"

"델핀의 집에서였죠. 내 아내의 집 말이에요."

그것이 아마 그가 남긴 '마지막 말'이 아니었나 싶다.

그 무렵, 델핀의 상태는 좋지 않았다. 그녀는 1935년이 얼마 안 지나 세상을 떠났다. 며칠 후 그녀의 남편 역시 요독증의 희생자가 되었다. 1935년 2월 12일 에스코피에는 카렘, 타유방, 피에르 드 륀, 아피시우스, 아르슈스트라트, 그리모 드 라 레니에르, 브리야-사바랭을 비롯한 섬세한 미각을 가졌던 사람들과 요리사들의 낙원에서 그들과 상봉하였다. 그곳에 와 있던 동료들 가운데 비범하지 않았던 사람은 한 명도 없었다.

입맛 까다롭고 행복한 미식가들에게……

참고문헌 · 찾아보기

✣ 참고문헌

에스코피에의 작품들, 1903년에 발간되어 지금까지 정기적으로 재간행되고 있는 《요리의 길잡이》, 《나의 요리법》, 《밀랍꽃 제작 기술에 대한 소고》, 《빈곤 퇴치를 위한 구제사업 계획서》 외에 다음의 책들을 참고하였다.

Shaw, Timothy, *The World of Escoffier*, Zwemmer, London, 1995.

Escoffier, Auguste, *Souvenirs inédits*, Jeanne Laffitte, Marseille, 1985.

Barlett Sanger, Marjory, Escoffier, *master chef*, Farrar Straus Giroux, NY 1976, McGraw Hill, Toronto, 1976.

Hetherington, John, *Escoffier, god of the gastronomes*, N.Y., Horizon, 1961.

Herbodeau, Eugéne, et Thalamas, Paul, *Georges Auguste Escoffier*, Practical Press, London, 1955.

Neyrat, Jeanne et Paule, *Escoffier, un des grands maîtres de la cuisine française*, plaquette éditée par la Fondation Auguste Escoffier.

Weintraub, Stanley, *The Savoy*, State University Press of California, 1966.

Jackson, Stanly, The Savoy : romance of a great hotel, Dutton, N.Y., 1964.

Watts, Stephen, *The Ritz*, London, 1963.

Ritz, Marie-Louise, *César Ritz*, Tallandier, Paris, 1948.

Melba, Nellie, *Melodies and Memories*, Nelson, N.Y., 1980.

또한 빌뇌브-루베에 있는 요리 예술 박물관에 보관된 정기 간행물 〈요리의 기술〉과 〈에피쿠로스 수첩〉을 체계적으로 광범위하게 참고했다. 이 잡지들에 실린 기사들 가운데 어떤 기사들은 날짜나 이름의 철자 표기에서 거장의 《회상록》과 일치하지 않았다. 이러한 경우, 시간적으로 앞서 출간된 간행물의 표기를 따랐다.

오귀스트의 손자인 피에르 에스코피에는 여러 번의 인터뷰에 응해주었고, 가족 문서들과 편지들, 미출간된 할아버지의 유작들을 참고할 수 있도록 허락해주었다.

그리고 파시시 후작은 빌뇌브-루베에 있는 자신의 중세 성으로 나를 초대하였다.

마지막으로 에스코피에 재단의 박물관 책임자인 피에르 브레송과 그의 동료인 피에레트 부아시에가 내게 연구 방향을 제시해주었고, 귀중한 정보와 조언을 아끼지 않았다. 이 책을 위해 성심껏 도와준 모든 분들에게 이 자리를 빌어 감사의 말을 전한다.

오귀스트 에스코피에의 작품을 영구히 지속시키려는 소명을 지닌 오귀스트 에스코피에 재단에 대해 더 많은 정보를 얻고자 하는 독자는 인터넷에서 찾아보길 바란다.

e-mail : contanct@fondation-escoffier.org

homepage : http://www.fondation-escoffier.org

✣ 요리 찾기

✣ 소스 찾기

✣ 와인 · 리큐어 · 샴페인 · 커피 찾기

✣ 호텔 · 레스토랑 · 카페 찾기

✣ 인물 찾기

❖ 신문 · 잡지 · 도서 찾기

✣ 사건 · 사항 찾기

✣ 오귀스트 에스코피에 연혁

1846년 10월 28일. 니스에서 15킬로미터 떨어진 빌뇌브-루베 마을에서 오귀스트 에스코피에 출생.

1859년 13세 때, 숙부의 가게인 '프랑세 레스토랑'에서 견습생으로 일하기 시작. 요리뿐 아니라 식재료 구매 및 홀 서빙 등 식당의 전반적인 업무를 배움.

1864년 니스에 있는 '벨뷔 호텔'에 취직. 이곳에서 파리의 '프티 물랭 루주' 레스토랑의 소유주였던, 병든 딸의 요양을 위해 니스에 온 바르두 씨를 만남.

1865년 파리 정착. 19세가 된 에스코피에는 당텡 가(街)에 있는 '프티 물랭 루주' 레스토랑에서 고기구이 전문 조리사로 일하다가 곧 소스 담당자로 승진.

1866년 5개월간 군 복무.

1870년 프랑스-프로이센 전쟁 발발. 당들로 연대장의 요청에 따라 라인강 메스 지역의 군사령부에서 주방장으로 일함. 메스가 함락당한 후, 비스바덴에 포로로 잡힌 마크-마옹 제독의 군사령부 주방장이 됨. 이곳의 경험을 바탕으로 〈라인강 부대 요리사의 회고록〉이란 글을 씀.

1871년 파리 귀환. 라인강 부대를 지휘한 발드네 백작 연대장의 주방장이 됨.

1872년 니스에서 겨울 시즌을 보내면서 '뤽상부르 호텔'에서 주방장으로 일함.

1873년 파리로 돌아옴. '프티 물랭 루주'의 주방장이 됨. 시대의 유행을 재빨리 간파하여 고객들을 맞이하던 이 레스토랑의 주요 고객들로는 모르네 공작, 강베타, 웨일스 왕자(에드워드 7세), 마크-마옹 제독, 사라 베르나르 등의 유명 인사들이 있었음. 이때 에스코피에는 농축 토마토를 통조림에 저장하는 방법을 개발.

1876년 칸에 '프장 도레'라는 이름의 레스토랑 개업. 이후 몇 년간 파리와 칸을 오가며 일함.

1878년 8월 15일. '프티 물랭 루주'를 떠남. 8월 28일. 출판업자인 폴 다피의 딸 델핀 다피와 결혼. 이후 델핀과의 사이에 세 명의 자녀 폴, 다니엘, 제르멘을 둠.

1879년 파리의 팔레 루아얄에 있는 '슈베 가게'에서 매니저로 일함.

1880년 여름 시즌 동안 불로뉴-쉬르-메르에 있는 카지노의 레스토랑에서 주방장으로 일함.

1881년 파이야르 씨가 소유한 파리의 '메르 레스토랑'에서 주방장으로 일함.

1884년 잡지 〈요리의 기술〉 창간. 융블르트 부인이 소유한 몬테-카를로의 '그랜드 호텔' 지배인이 된 세자르 리츠가 에스코피에를 주방장으로 고용함. 이때부터 세자르 리츠와 오귀스트 에스코피에는 오랜 세월 동안 함께 일함. 1888년까지, 이들은 겨울 시즌에는 몬테-카를로의 '그랜드 호텔'에서 일하고, 여름 시즌에는 루체른의 '국립 그랜드 호텔'에서 일함. 이때부터 에스코피에의 본격적인 요리 혁명이 시작됨.

1885년 《밀랍꽃》 출간.

1888년 리츠는 몬테카를로의 '그랜드 호텔'과 루체른의 '국립 그랜드 호텔' 지배인직을 사임하고, 바덴바덴에 있는 호텔과 칸에 있는 '프로방스 호텔'의 지배인이 됨. 오귀스트 에스코피에는 계속해서 몬테카를로와 루체른에서 일했고, 이로 인해 세자르 리츠와 잠시 헤어지게 됨.

1890년 국제적인 사업가인 도일리 카트가 세운 호텔로 호화로운 위용을 자랑하는 런던 '사보이 호텔'의 주방 총책임자로 임명됨. 세자르 리츠가 당시 이 호텔의 총지배인을 맡음. 사보이 호텔은 국제적인 상류층 인사들의 만남의 장소가 됨. 망명 중인 오를레앙 공이 이 호텔 내의 전용 아파트를 빌려 장기 투숙함. 오페라 가수인 넬리 멜바가 1892년에서 1893년까지 오를레앙 공과 함께 이곳에 투숙. 이후 7년 동안, 오귀스트 에스코피에는 '사보이 호텔'의 고객인 유명 인사들을 맞이하고, 훗날까지 이름을 남긴 유명한 요리들을 고안함. 이러한 요리들로는 '더비 닭 요리', '페슈 멜바', '오로라 속의 님프', '자네트 닭가슴살 요리' 등이 있음.

1895년 로마에 '그랜드 호텔' 창립.

1897년 세자르 리츠가 '리츠 개발회사' 설립. 리츠와 사보이 호텔의 주주들간에 불화가 일어남. 리츠가 '사보이 호텔' 에서 사임. 에스코피에와 사보이의 다른 간부들(에슈나르, 아고스티니, 앙리 엘르)도 리츠를 따라 사임.

1898년 리츠가 총지배인이 된 '칼튼 호텔' 의 주방 일을 맡기 위해 런던으로 돌아옴. 7월 1일에 '칼튼 호텔' 개관. 에스코피에는 칼튼의 주방 총책임자로 일함. 저명한 고객들이 에스코피에를 따라 칼튼 호텔로 찾아옴. 1920년까지 이곳에서 근무.

1903년 《요리의 길잡이》 초판 출간.

1904년 독일 여객회사인 '함부르크-아메리카 노선' 의 여객선 레스토랑들의 주방 설비 책임을 맡음.

1906년 6월 19일 아메리카 호에서 독일 황제 빌헬름 2세와 조우.

1907년 첫 번째 미국 여행.

1909년 런던의 '모니코 레스토랑' 에서 에스코피에의 요리 입문 50주년 기념 파티 개최. 에스코피에는 자신을 위해 모인 찬조금을 늙은 요리사들이 거처하는 양로원에 기부함.

1910년 《빈곤 퇴치를 위한 구제사업 계획서》 출간.

1911년 '칼튼 호텔' 화재. 잡지 〈에피쿠로스 수첩〉 발간.

1912년 '미식가 연맹' 창설. 5월 25일. 첫 번째 '에피쿠로스 만찬' 개최. 함부르크와 뉴욕을 잇는 여객선 '임페라토르' 호 출범 기념 항해에서 두 번째로 빌헬름 2세와 만남. 두 번째 미국 여행. 《메뉴책》 출간.

1914년 7월, 전세계 147개 도시에서 마지막 '에피쿠로스 만찬' 이 개최됨. '칼튼 호텔' 에서 다양한 활동을 펼침. 프랑스에서 온 요리사들의 가족을 돕기 위한 위원회 결성.

1919년 73세.《요리 비망록》 발표. 휴전 1주년을 기념하기 위해 런던에 방문한 레몽 푸엥카레 대통령이 에스코피에에게 레지옹 도뇌르 슈발리에 훈장 수여(11월 11일).

1920년 '칼튼 호텔' 과 런던을 떠나 몬테-카를로에 줄곧 살고 있던 부인 곁으로 감. 직업 관련 업무나 전시회 창설, '요리 경진대회' 등으로 수많은 외국 출장을 다님.

1921년 기사 집필.《요리의 길잡이》 4판 인쇄.

1923년 《요리 비망록》 출간.

1926년 1926년 세 번째 미국 여행.

1928년 에두아르 에리오 장관이 에스코피에에게 레지옹 도뇌르 오피시에 훈장 수여.

1930년 '피에르 호텔' 개관을 위해 미국으로 감. 네 번째 미국 여행.

1934년 《나의 요리법》 출간.

1935년 2월 12일. 아내 델핀이 죽은 지 2주 후, 몬테-카를로에서 생을 마감. 생-샤를 성당에서 장례식 거행. 빌네브-루베의 가족 묘지에 매장.